재뉴어리의 푸른 문

재뉴어리의 푸른 문

초판 1쇄 발행일 2024년 6월 25일 | **초판 2쇄 발행일** 2024년 7월 12일
지은이 앨릭스 E. 해로우 | **옮긴이** 노진선 | **펴낸이** 김석원 | **펴낸곳** 도서출판 밝은세상
출판등록 1990. 10. 5 (제 10 - 427호) | **주 소** (10881) 경기도 파주시 문발로 119, 202호
전 화 031-955-8101 | **팩 스** 031-955-8110 | **메일** wsesanghanmail.net
블로그 blog.naver.com/balgunsesang8101 | **인스타그램** www.instagram.com/wsesang
ISBN 978-89-8437-488-1 (03840) | **값** 19,800원
잘못된 책은 구입한 곳에서 교환해 드립니다.

The Ten Thousand Doors of January

앨릭스 E. 해로우 Alix E. Harrow

노진선 옮김

밝은세상

동지이자 나침반인 닉에게

① 푸른 문

나는 일곱 살에 문(door)을 발견했다. 아무래도 대문자로 쓸 걸 그랬다. 이 문은 하얀 타일이 깔린 부엌으로 이어지거나 침실 벽장에 달린 지극히 평범한 문이 아니기 때문이다.

나는 일곱 살에 문(Door)을 발견했다. 보라. 이제 지면에서 문이라는 단어가 얼마나 크고 당당하게 서 있는지. D의 둥그런 부분은 백색 공허로 이어지는 검은 아치문 같다. 이 단어를 보면 아마 여러분은 살짝 오싹할 정도의 익숙한 느낌에 목덜미 솜털이 곤두설 것이다. 여러분은 내가 누구인지 전혀 모른다. 나무로 만든 이 노란 책상 앞에 앉은 나도, 책갈피를 찾는 독자처럼 책장을 휘리릭 넘기는 짭조름하면서 달콤한 산들바람도 보이지 않을 것이다. 내 살갗을 구불구불 복잡하게 가로지르는 흉터도 보이지 않을 것이다. 내 이름조차 모를 것이다(내 이름은 재뉴어리 스칼러다. 이제 여러분도 나에 대해 조금은 알았을 테지만 대신 요점은 흐려졌다).

하지만 문(Door)이라는 단어를 보면 내가 무슨 말을 하는지 여러분도 알 것이다. 어쩌면 그런 문을 직접 봤을 수도 있다. 오래된 교회의 반쯤 열린 썩은 문, 혹은 벽돌 벽 속에서 표면에 광택제를 발라 반짝이는 문. 만약 여러분이 상상력이 풍부해 자기도 모르게 두 발이 뜻밖의 장소로 데려가준 경험을 해본 사람이라면, 그런 문을 통과해 아주 뜻밖의 장소에 가본 적도 있으리라. 아니면 평생 그런 문은 흘낏 본 적조차 없을 수도 있다. 요즘에는 예전과 다르게 그런 문이 많지 않다.

그래도 그런 문이 있다는 사실은 알 것이다. 안 그런가? 왜냐하면 세상에는 일만 개의 문에 얽힌 일만 개의 이야기가 있고, 우리는 자신의 이름처럼 그 이야기를 잘 알기 때문이다. 그 문은 요정 나라와 발할라, 아틀란티스 섬, 레무리아, 천당과 지옥, 나침반이 절대 데려다줄 수 없는 모든 방향, 다른 어딘가로 이어진다. 단지 만년필과 들려줘야 할 일련의 사연이 있는 나와 달리 진정한 학자인 우리 아빠가 이 점을 훨씬 더 훌륭하게 표현했다. "우리가 이야기를 고고학 현장처럼 접근하고, 층층이 쌓인 먼지를 꼼꼼하게 털어낸다면 그 안에 늘 문이 등장한다는 사실을 알게 될 것이다. 그 문은 여기와 저기, 우리와 그들, 평범과 마법이 나뉘는 분기점이다. 문이 열리고 두 세계 간에 교류가 일어날 때 이야기가 시작된다."

아빠는 절대 문을 대문자로 쓰지 않았다. 하지만 아마 학자들은 단지 지면에 보이는 글자 모양이 더 멋지다는 이유로 대문자를 쓰지는 않을 것이다.

때는 1901년 여름이었다. 당시 내게 이 네 숫자의 조합은 별다른 의미가 없었다. 지금 생각해보면 그 해는 새로운 세기가 가져다준 도금된 약속으로 반짝거리며 자신감이 넘치다 못해 잔뜩 으스대던 시기였다. 19세기를 엉망진창으로 만들고 야단법석을 떨었던 문제들, 다시 말해 온갖 전쟁과 혁명과 불확실성, 모든 제국이 겪었던 성장통과는 다 작별하고 이제는 어디를 보든 평화와 번영뿐이었다. 최근에 J. P. 모건은 유사 이래 가장 부유한 사람이 되었다. 빅토리아 여왕은 마침내 서거했고 왕답게 생긴 아들에게 거대한 왕국을 물려주었다. 중국에서 제멋대로 날뛰던 의용단은 진압되었고, 쿠바는 문명화된 미국의 품에 쏙 안기게 되었다. 이성과 합리성이 대세가 되었으며 마법이나 미스터리는 발붙일 곳이 없어졌다.

또한 지도 가장자리에서 벗어났다가 터무니없고 불가능한 일을 겪은 경험담을 사실대로 말한 소녀도 발붙일 곳이 없어졌다.

∞

나는 켄터키주 서쪽의 들쑥날쑥한 가장자리, 켄터키주가 미시시피강에 발가락을 살짝 담근 곳에서 그 문을 발견했다. 그곳은 신비롭거나 심지어 조금이라도 흥미로운 일을 겪으리라고는 전혀 기대할 수 없는 곳이다. 그저 밋밋하고 볼품없어 보이는 사람들이 사는 밋밋하고 볼품없는 도시였다. 8월 막바지에도 다른 지역보다 두 배 더 뜨겁고, 세 배 더 쨍한 태양이 하늘에 걸려 있으며, 모든 것이 축축하고 찐득거린다. 다른 사람들과 공동으로 사용하는 욕조에 맨 마지막으로 들어갔다 나왔을 때 비누 거품이 묻은 살갗처럼. 하지만 문은 싸구려 미스터리 소설 속 살인 용의자처럼 종종 전혀 기대하지 않은 곳에서 나타난다.

내가 켄터키주에 간 이유는 오로지 로크 씨가 출장길에 날 데려갔기 때문이었다. 로크 씨는 그게 날 위한 '특별 선물'이자 내가 '사업이 어떻게 돌아가는지 직접 볼 수 있는 기회'라고 했다. 하지만 사실은 보모가 히스테리에 걸리기 일보 직전이었고, 지난달에만 적어도 네 번은 그만두겠다고 협박했기 때문이었다. 당시 나는 돌보기 까다로운 아이였다.

아니면 로크 씨가 내 기운을 북돋워주려고 그랬을 수도 있다. 지난주에 아빠가 보낸 엽서가 도착했다. 앞면에는 끝이 뾰족한 황금색 모자를 쓰고 성난 표정을 한 갈색 피부의 소녀가 있었는데 옆쪽에 대문자로 '정통 미얀마 복장'이라고 찍혀 있었다. 뒷면에는 갈색 잉크로 단정하게 쓴 세 줄의 글이 있었다. '여기 더 머물러야 할 것 같다. 10월에 돌아갈게. 보고 싶구나. JS.' 내 어깨 너머로 그 글을 읽은 로크 씨는 대충 기운 내라는 뜻으로 서투르게 내 팔을 토닥였다.

일주일 뒤에 나는 벨벳과 나무 패널로 만든 관처럼 좁아터진 풀먼 침대차에서 《정글로 간 로버 형제》를 읽고 있었다. 로크 씨는 《타임스》 비즈니스 섹션을 읽었고, 스털링 씨는 종자로서의 역할에 충실하게 무표정으로 허공을 응시했다.

로크 씨를 제대로 소개해야 한다. 그분은 이렇게 대충 이야기 속으로 비스듬히 흘러들어오는 걸 싫어했으리라. 여러분께 정식으로 윌리엄 코닐리어스 로크 씨를 소개한다. 억만장자까지는 아니지만 자수성가했으며 W. C. 로크 회사의 최고 경영자다. 동쪽 해안선을 따라 적어도 세 채의 웅장한 저택을 소유했고, 질서와 예절(Order and Propriety, 로크 씨는 틀림없이 대문자로 썼으리라. 저 P를 보라. 한 손으로 허리를 짚은 여인 같지 않은가?)의 미덕을 지지하며, 아마추어 수집가이기도 한 유력가들의 사교 클럽인 뉴잉글랜드 고고학 협회 회장이다. 내가 '아마추어'라고 쓴 이유는 부유한 사람들은 자신이 열정을 갖는 분야를 말할 때 가볍게 손사래를 치며 하찮게 말하는 화법이 유행이기 때문이다. 마치 돈벌이보다 수집을 더 우선시하는 것을 수긍했다가는 자신의 명성에 금이 간다는 듯이.

사실 나는 가끔 로크 씨가 그렇게 돈을 버는 이유가 자신의 수집벽을 충족시킬 자금을 마련하기 위해서가 아닐까 하는 의심이 들었다. 버몬트주에 있는 그의 저택은 ㅡ세상에 자신의 권세를 보여주려고 만든 다른 두 채의 티끌 한 점 없는 집과 달리 이곳은 우리가 실제로 사는 집이다ㅡ 개인 소유의 광대한 스미소니언 박물관으로 소장품이 어찌나 빼곡히 들어찼는지 회반죽과 석재가 아니라 골동품으로 지은 듯했다. 로크 씨의 소장품들은 체계 없이 진열되어 있었다. 골반이 넓은 여자의 석회석 조각상이 마치 레이스로 만든 것처럼 섬세하게 조각된 인도네시아 병풍과 나란히 놓여 있었고, 유리 상자에는 흑요석으로 만든 화살촉과 에도 시대 무사의 박제한 팔이 함께 들어 있었다(나는 그 팔이 싫었지만 자꾸 보게 되었다. 만약 그 팔이 살아서 근육이 잡혀 있었다면 어떤 모습이었을지, 그의 이름조차 모르는 미국 소녀가 종잇장처럼 버석한 팔을 보고 있다는 사실을 안다면 팔의 주인인 무사는 어떤 기분일지 궁금해하면서).

우리 아빠는 로크 씨가 거느린 현장 요원 중 한 명으로 내가 낡은 여행용 코트로 감싼 가지만 한 보따리였을 때부터 로크 씨를 위해 일했다. "네 엄마가 죽은 직후였다. 아주 비극적인 사고였지." 로크 씨는 내게 그때 일을 들려주는 걸 좋아했다. "그런데 사고가 일어났던 그 산간벽지에 아기와 함께 네 아빠가 있었던 거야. 이상한 피부색에 허수아비처럼 생겨서 팔에는 온통 한심한 문신을 새겼더구나. 난 이렇게 생각했지. '코닐리어스, 이 남자에게는 약간의 자비를 베풀 필요가 있어!'"

아빠는 그날 땅거미가 내리기도 전에 고용되었다. 지금은 세상 여기저기를 신나게 떠돌며 '특별히 독특한 가치'를 지닌 물건을 수집해 로크 씨에게 보낸다. 로크 씨가 그 물건을 유리 상자에 넣고 황동 명판을 붙인 다음, 내가 그걸 만지거나 가지고 놀거나 아스텍 동전을 훔쳐 《보물섬》의 여러 장면을 재현할라 치면 불호령을 내릴 수 있도록. 나는 로크 하우스의 비좁은 회색 방에서 지냈고, 로크 씨가 내게 예의범절을 가르치라고 고용한 보모들을 괴롭히며 아빠가 돌아오기를 기다렸다.

일곱 살이 되었을 때는 아빠보다 로크 씨와 더 많은 시간을 보낸 상태였고, 나는 양복에 조끼까지 갖춰 입는 번거로운 절차를 지극히 편안하게 여기는 사람을 사랑할 수 있는 한도 내에서 그를 사랑했다. 로크 씨는 늘 그랬듯이 그 도시에서 가장 멋진 숙박 시설에 우리가 머물 방을 예약했다. 켄터키주에서는 미시시피강 가장자리에 넓게 펼쳐진, 소나무로 만든 호텔에서 지냈다. 웅장한 호텔을 짓길 원했으나 평생 그런 호텔을 본 적 없는 사람의 작품이 분명했다. 흰색과 빨간색으로 된 줄무늬 벽지에 전기 샹들리에가 있었지만 마룻바닥에서 시큼한 메기 냄새가 슬금슬금 올라왔다.

로크 씨는 파리를 쫓듯이 호텔 매니저에게 손을 흔들며 "밥벌이를 잘하고 싶다면 이 아이를 잘 감시하게"라고 말하고는 로비로 갔다. 스털링 씨가 인간 형상을 한 개라도 되는 듯 그를 바짝 뒤따라갔다. 로크 씨는 나비넥타이를 매고 꽃무늬 소파에 앉아서 기다리던 남자에게로 가서 인사했다. "독커리 주지사님, 이게 얼마 만입니까! 지난번에 보내주신 편지는 주의 깊게 잘 읽었습니다. 두개골 수집은 어떻게 되어 가십니까?"

아하. 저게 우리가 켄터키주에 온 이유였다. 로크 씨는 고고학 협회 회원을 만나 저녁 내내 술을 마시고 시가를 피우며 소장품을 자랑하려는 것이다. 매해 여름이면 로크 하우스에서 고고학 협회 정기 모임이 열리지만 —성대한 파티와 그 뒤를 이어 회원들만 참석하는 고루한 행사가 이어지는데 아빠와 나는 참석할 수 없다— 일부 열성 회원들은 일 년을 기다리지 못하고 어디에서든 서로를 찾아냈다.

호텔 매니저는 아이 없는 어른들이 늘 그렇듯이 패닉에 빠져 내게 억지 미소를 지었고, 나도 이를 드러낸 미소로 답했다. "저 나갈게요." 나는 당당하게 말했다. 매니저는 조금 더 억지로 웃으며 어떻게 해야 할지 몰라서 눈을 깜빡거렸다. 사람들은 늘 나를 어떻게 대해야 할지 모른다. 내 피부색은 마치 삼나무 톱밥으로 뒤덮인 듯 구리 같은 붉은빛이지만 눈은 동그란 연노랑이며 고급스러운 옷을 입었다. 그렇다면 나는 주인의 사랑을 듬뿍 받는 애완동물 같은 처지인가 아니면 하녀인가? 저 가여운 호텔 매니저는 날 하녀들과 함께 부엌에 처넣어야 할까 아니면 차를 대접해야 할까? 로크 씨 표현대로 하자면 나는 '이쪽도 저쪽도 아닌 일종의 중간 개체'였다.

나는 기다란 꽃병을 넘어뜨렸지만 숨을 헉 들이쉬며 건성으로 '엄마야'라고 말하고는 슬그머니 자리를 피했다. 매니저는 욕설을 중얼거리더니 코트를 벗어 어질러진 바닥을 닦았다. 나는 문밖으로 도망쳤다(이렇게 지루한 이야기 속으로도 '문'이라는 단어가 슬며시 들어오는 게 보이는가? 때때로 모든 문장의 주름 속에는 마침표를 손잡이, 동사를 경첩으로 삼은 문이 숨어 있다는 느낌이 든다).

거리는 그저 햇볕에 달궈진 줄무늬처럼 자기들끼리 열십자로 교차하다가 결국 흙탕물이 흐르는 강 앞에서 끝났으나 켄터키주 나인리 주민들은 제대로 정비된 도심 거리를 거닐듯 한가롭게 걷고 있었다. 그러다가 지나가는 나를 빤히 바라보며 중얼거렸다.

빈둥거리는 부두 노동자 하나가 날 가리키더니 팔꿈치로 동료를 툭 치며 말했다.

"치카소족* 소녀야. 내가 장담하지."

그의 동료는 인디언 여자를 여러 명 사귀어본 경험을 언급하며 고개를 젓더니 달리 추측했다.

"서인도 제도 출신이야. 아니면 혼혈이거나."

나는 계속 걸었다. 사람들은 늘 그런 식으로 추측하면서 나를 이런저런 카테고리에 집어넣으려고 했다. 하지만 로크 씨는 그들 모두 똑같이 틀렸다고 분명히 말하며 나를 '유일무이한 표본'이라고 했다.

한번은 어떤 하녀의 말을 들은 내가 로크 씨에게 나는 유색인이냐고 물은 적이 있다. 로크 씨는 코웃음을 치며 "피부색이 이상하기는 하지. 하지만 유색인이라고 할 수는 없어"라고 했다. 나는 유색인과 그렇지 않은 사람을 가르는 기준이 무엇인지 잘 몰랐지만 내가 유색인이 아니라고 한 그의 말을 듣고 기뻤다.

아빠랑 함께 있으면 사람들의 호기심은 훨씬 더 강해졌다. 아빠의 피부색은 윤기가 흐르는 검붉은색으로 나보다 더 검었고, 눈동자는 아주 새까만데다 흰자에도 갈색 실핏줄이 있었다. 거기다 양쪽 손목을 타고 올라가는 검은색 문신에 꾀죄죄한 양복, 안경, 출처를 알 수 없는 억양……. 더 나열할 수 있지만 이쯤 해

*미시시피강 서쪽에 살았던 미국 인디언 부족

두자. 어쨌든 사람들은 우리를 빤히 바라봤다.

그래도 아빠가 곁에 있으면 좋으련만.

나는 거리의 그 모든 하얀 얼굴을 둘러보지 않으며 바삐 걷다가 누군가와 부딪혔다.

"죄송합니다, 부인."

등이 굽고, 허연 호두 속살처럼 쪼글쪼글한 노부인이 날 무섭게 내려다보았다. 아이를 혼내는 데 숙달된 할머니의 눈빛으로 특히 빨리 걷다가 부딪힌 아이를 노려보기에 제격이었다. "죄송합니다." 나는 다시 한번 말했다.

노부인은 대답하지 않았지만 마치 틈이 쩍 벌어지듯이 눈빛이 바뀌었다. 입이 벌어지고, 흐릿한 눈동자가 덧문처럼 활짝 열렸다.

"넌, 넌 대체 누구냐?"

노부인이 나를 성난 목소리로 다그쳤다. 사람들은 중간 개체를 싫어하나보다.

나는 메기 냄새가 풍기는 호텔로 허둥지둥 돌아가 이런 빌어먹을 사람들이 나와 접촉할 수 없는 곳, 바로 로크 씨의 안전하고 부유한 그늘에 웅크리고 있었다. 그게 올바른 대처였으리라. 하지만 로크 씨가 종종 불평하듯이 나는 이따금 상당히 버릇없고 제멋대로이며 만용을(같이 쓰인 앞의 두 단어를 볼 때 호의적인 표현은 아닌 듯하다) 부린다.

그래서 그냥 달아났다. 성냥개비처럼 가느다란 두 다리가 후들거리고, 가슴이 들썩여 촘촘히 꿰맨 드레스의 솔기가 미어질 때

까지 달음박질쳤다. 보도가 구불구불하고 좁은 길로 바뀌고, 내
뒤 건물들이 등나무와 인동덩굴에 먹혀버릴 때까지. 그렇게 달음
박질치는 동안 내 얼굴을 바라보던 노부인의 눈이나 이렇게 냅다
도망쳐버렸으니 나중에 얼마나 혼날까 하는 생각은 하지 않으려
고 애썼다.

발아래 밟히던 흙이 쓰러진 풀로 변했음을 깨달은 순간, 마구
휘돌던 두 다리가 멈췄다. 나는 웃자란 풀이 무성하고 인적 없는
들판에 서 있었다. 머리 위 하늘은 어찌나 푸른지 아빠가 페르시
아에서 가져온 타일이 생각났다. 이 세상을 다 삼켜버릴 듯해서
내가 빠질 수 있을 정도로 깊고 영롱한 푸른색이었다. 그런 하늘
아래로 녹 같은 적갈색 풀들이 물결쳤고, 드문드문 솟아 있는 삼
나무 몇 그루가 소용돌이치며 하늘로 뻗어 올라가고 있었다.

이 풍광이 만들어내는 느낌 ―햇볕을 받은 마른 삼나무의 진한
향, 오렌지색과 푸른색으로 이뤄진 암컷 호랑이처럼 하늘을 배
경으로 살랑살랑 흔들리는 풀들― 때문에 나는 몸을 동그랗게 말
고 메마른 나무줄기에 뚫린 구멍에 들어가 있고 싶었다. 엄마를
기다리는 아기 사슴처럼. 나는 양손으로 야생 곡물 맨 위에 주름
장식처럼 달린 이삭들을 훑으며 더 깊은 곳으로 어슬렁어슬렁 걸
어 들어갔다.

처음에는 문이 있다는 걸 전혀 몰랐다. 원래 문은 그런 법이
다. 누군가 똑바로 바라보기 전까지 반은 그늘에 잠긴 채 비스듬
하게 서 있다.

 이 문은 사실상 낡은 목재 문틀만 남아 있었는데 트럼프 카드로 집을 만들 때처럼 삼각형 모양이었다. 경첩과 못은 부식되어 거의 사라졌고, 그 주위에 녹슨 얼룩만 점점이 남아 있었다. 문자체는 용감한 널빤지만 몇 장 남아 있을 뿐이었다. 벗겨진 페인트가 아직 문에 달라붙어 있었는데 하늘과 같은 감청색이었다.

 당시 나는 이런 문에 대해 전혀 몰랐던 터라 설사 여러분이 그걸 직접 목격한 자들의 보고서에 주석을 달아서 만든 세 권짜리 책을 주었다 해도 믿지 않았으리라. 하지만 들판에 너무도 외롭게 서 있는 그 너덜너덜한 푸른 문을 봤을 때 저 문 너머에 다른 세상이 펼쳐졌으면 좋겠다는 생각이 들었다. 켄터키주 나인리가 아닌 다른 곳, 전혀 본 적 없는 새로운 도시, 너무 광대해서 절대 그 끝에 도달할 수 없는 어딘가로 이어졌으면 좋겠다고.

 나는 푸른 페인트에 손바닥을 대고 문을 밀었다. 경첩이 신음했다. 내가 읽은 그 모든 싸구려 신문*과 모험 소설 속에 등장하는 유령의 집처럼. 가슴 속에서 심장이 쿵쿵 뛰었고, 내 영혼의 순진한 일면은 뭔가 마법 같은 일이 생길지도 모른다고 기대하며 숨을 죽였다.

 당연히 문 반대편에는 아무것도 없었다. 그저 내가 사는 세상의 코발트 빛 하늘과 시나몬 빛 들판뿐이었다. 그런데도 −이유는 하느님만 아실 것이다− 그 광경을 보는 순간 마음이 아팠다. 나는 멋진 리넨 드레스 차림이었으나 아랑곳하지 않고 바닥에 주

*지식인이나 부자만 읽던 신문이 처음으로 대량 생산되면서 발행된 1센트짜리 신문

저앉아 원인 모를 상실감에 엉엉 울었다. 뭘 기대한 걸까? 내가
즐겨 읽는 책에서 아이들이 늘 우연히 발견하는 마법의 통로라
도 기대했을까?

　만약 거기 새뮤얼이 있었다면 우린 적어도 마법의 통로를 발견
한 척하며 놀았으리라. 새뮤얼 자피아는 현실에서 내 유일한 친구
였다. 펄프 매거진*에 병적으로 중독되었고, 수평선을 바라보는
선원처럼 먼 곳을 보는 듯한 표정에 갈색 눈동자를 한 소년이다.
새뮤얼은 구불거리는 황금색 필기체로 '자피아 가족 식품점 주식
회사'라고 적힌 빨간 마차를 타고 일주일에 두 번씩 로크 하우스
를 방문했는데 대개는 밀가루, 양파와 함께 어떻게든 내게 《아거
시 주간지》**나 《하프페니 마블》*** 최신호를 넘겨주었다. 주말이
면 가족이 운영하는 가게에서 도망쳐 나와 함께 유령과 호반의
용들이 등장하는 정교한 상상 놀이를 했다. 새뮤얼의 엄마는 그
를 '소그나토레'라고 불렀다. 새뮤얼 말로는 아무짝에도 쓸모없고
늘 공상이나 하면서 엄마를 속상하게 하는 아들이라는 뜻의 이탈
리아어라고 했다.**** 하지만 그날 그 벌판에는 새뮤얼이 없었다.
그래서 나는 대신 주머니에서 작은 수첩을 꺼내 이야기를 썼다.

　일곱 살이었던 당시에는 그 수첩이 내가 소유한 물건 중에서
가장 소중했다. 정확히 법적으로 내 소유라고 할 수 있을지 의문

*1896년부터 1950년대 사이에 미국에서 발행된 소설 잡지. 싸구려 갱지에 인쇄해 가격이 저렴했고
자극적인 장르 소설들이 주로 실렸다
**1882년부터 발행된 펄프 매거진
***어린이를 위한 영국의 동화 잡지
****원래 뜻은 그냥 몽상가다

이었지만. 나는 그 수첩을 사거나 다른 사람에게 받지도 않았다. 그저 발견했다. 일곱 살 생일을 며칠 앞둔 어느 날 파라오 룸에서 온갖 항아리를 열었다가 닫고, 장신구를 몸에 걸치면서 놀다가 우연히 푸른색의 예쁜 보물 상자를 열어보게 되었다(동판에는 이렇게 적혀 있었다. '아치형 뚜껑이 달린 상자, 상아, 흑단, 푸른색 파이앙스 도자기로 장식, 이집트 산. 원래는 한 쌍이었음'). 그 상자 바닥에 이 수첩이 있었다. 가죽 표지는 녹은 버터 색깔이었고, 목화로 만든 크림색 종이는 방금 내린 눈처럼 깨끗해서 무언가를 쓰고 싶었다.

내가 발견할 수 있도록 로크 씨가 일부러 놓아둔 것 같았다. 워낙 퉁명스러운 성격이라 내게 직접 전해주지 못한 비밀 선물. 그래서 난 망설이지 않고 수첩을 가져갔다. 그 후로 외롭거나 방황하는 기분이 들거나 아빠가 집에 없거나 로크 씨가 바쁘고 보모가 심술 맞게 굴 때마다 거기에 글을 썼다. 아주 많이.

대부분은 새뮤얼이 준 《아거시 주간지》에서 읽은 것 같은 이야기들이었다. 금발의 잭 혹은 딕 혹은 버다라는 이름의 용감한 소년들이 등장하는 이야기. 나는 간담이 서늘해지는 제목들을 생각해내고, 심하게 구불거리는 필기체로 그 제목을 쓰며(〈스켈리턴 키의 미스터리〉, 〈골든 대거 협회〉, 〈하늘을 나는 고아 소녀〉) 많은 시간을 보냈다. 반면 줄거리를 어떻게 채울지는 전혀 걱정하지 않았다. 그날 오후, 그 외로운 들판에서 어디로도 이어지지 않는 문 옆에 앉아 있을 때 나는 전혀 다른 이야기가 쓰고 싶어졌다.

일종의 실화, 내가 굳게 믿기만 한다면 기어들어 갈 수도 있는 이야기.

옛날에 용감하고 만능을(맞춤법?) 부리는 소녀가 문을 발견했다. 그것은 마법의 문이라서 대문자로 시작한다. 소녀는(She) 그 문을 열었다.

연필이 마지막 문장의 주어인 S자의 구부러지는 커브를 그리기 시작해 마지막으로 제자리에서 빙빙 돌며 마침표를 찍을 때까지의 짧은, 하지만 무척이나 길게 느껴지던 그 순간에는 나도 그렇게 믿었다. 산타클로스나 요정을 믿는 아이들처럼 반쯤 그러는 척하는 게 아니라 중력이나 비를 믿을 때처럼 철석같이.

그러자 세상에서 무언가가 이동했다. 거지 같은 표현이라는 건 알지만 —숙녀답지 못한 표현을 쓴 점 사과드린다— 달리 뭐라고 해야 할지 모르겠다. 마치 풀잎 하나 움직이지 않는 지진이나 그림자 하나 드리우지 않는 일식처럼 거대하지만 눈에 보이지 않는 변화가 일어났다. 갑작스러운 산들바람이 수첩 가장자리를 들췄다. 찝찔름한 바다 냄새와 따뜻한 돌 냄새, 미시시피강 옆의 이 볼품없는 들판에서는 맡을 수 없는 여러 가지 이국적인 향이 뒤섞인 바람이었다.

나는 수첩을 다시 주머니에 넣고 자리에서 일어났다. 다리가 바람에 흔들리는 자작나무 가지처럼 휘청거렸다. 기운이 빠진 탓이었지만 무시했다. 문이 썩은 나무와 벗겨진 페인트로 이뤄진 부드럽고 달각거리는 언어로 속삭이는 듯했기 때문이다. 나는 다시 문을 향해 손을 뻗었고 망설이다가 문을 열었다. 그런 다음 문지방을 넘으려고 발을 들어 올렸다.

순간 나는 어디에도 있지 않았다. 이쪽도 저쪽도 아닌 어중간한 상태라는 느낌이 울리면서 고막이 터질 듯했다. 거대한 호수 밑바닥을 헤엄칠 때처럼. 문을 향해 뻗은 내 손은 허공으로 사라져버렸고, 들어 올린 발은 영원히 끝나지 않을 호를 그렸다.

지금은 그 중간 지대를 문지방이라고 부른다. 문지방 (Threshold)의 T는 두 공간을 가른다. 문지방은 위험한 곳이다. 이곳도 저곳도 아니며, 문지방을 넘는 행위는 곧 도중에 날개가 돋을 거라고 순진하게 믿으며 절벽에서 뛰어내리는 행위나 마찬가지다. 머뭇거리거나 의심하면 안 된다. 중간 지대를 두려워해서는 안 된다.

마침내 한쪽 발이 문 반대편에 착지했다. 삼나무와 햇살 냄새가 사라진 대신 입 안에서 구리 같은 맛이 났다. 나는 눈을 떴다.

그곳은 해수와 돌로 만들어진 세상이었다. 나는 주위가 끝없는 은빛 바다로 둘러싸인 높은 절벽에 서 있었다. 까마득히 먼 아래에는 웅크린 손바닥에 놓인 자갈처럼 만곡을 이루는 섬의 해안가에 감싸인 도시가 있었다.

적어도 나는 그게 도시라고 생각했다. 사실 도시의 외관은 전혀 아니었다. 쉭쉭 윙윙거리며 도심을 가로지르는 전차도 없었고, 석탄 매연이 만들어낸 연무가 하늘에 드리워지지도 않았다. 대신 회반죽을 바른 석조 건물들이 정교한 나선형으로 배열되었으며 열린 창문이 검은 눈동자처럼 점점이 찍혀 있었다. 그렇게 모인 건물들 위로 몇몇 탑이 머리를 쳐들었고, 해안가를 따라 정박한 소형 배들의 돛이 아담한 숲을 이루었다.

나는 다시 울었다. 과장하지도 멋을 부리지도 않고 그냥 담담히 울었다. 마치 내가 간절히 원하는 무언가가 있는데 가질 수 없다는 듯이. 아빠가 주위에 아무도 없다고 생각할 때 가끔 울듯이.

"재뉴어리! 재뉴어리!" 몇 킬로미터 떨어진 싸구려 축음기에서 흘러나오는 듯한 소리였지만 나는 문을 통과해 날 따라와 메아리치는 저 목소리의 주인이 로크 씨임을 깨달았다. 그가 날 어떻게 찾아냈는지는 몰라도 이제 나는 큰 곤경에 처했다.

아, 내가 얼마나 돌아가기 싫었는지 이루 말로 표현할 수 없다. 바다에서는 희망찬 미래로 가득한 냄새가 났고, 저 아래 도심의 구불구불한 거리는 일종의 글씨 같았다. 날 부르는 사람이 내게 멋진 기차를 태워주고, 고급스러운 리넨 드레스를 사준 사람이자 아빠가 날 실망시켰을 때 내 팔을 토닥여주고, 나를 위해 수첩을 놓아둔 로크 씨가 아니었다면 그냥 거기 남았으리라. 결국 나는 문 쪽으로 몸을 돌렸다. 이쪽에서 바라본 문은 달라 보였다. 금방이라도 허물어질 듯하고, 풍화된 석회암 아치가 전부여서 문 역할을 할 위엄 있는 널빤지조차 없었다. 대신 잿빛 커튼이 펄럭거렸다. 나는 커튼을 젖혔다.

다시 아치를 통과하려는데 발치에서 은빛 광채가 은은히 빛났다. 흙 속에 둥근 동전이 반쯤 파묻혀 있었다. 외국어 단어 몇 개와 왕관을 쓴 여자의 옆모습이 새겨져 있었다. 손바닥에 올려놓은 동전은 따뜻했다. 나는 동전을 드레스 주머니에 집어넣었다.

이번에는 문지방이 새가 펼친 날개의 그림자처럼 내 위로 스쳐 지나갔다. 다시 풀과 태양의 메마른 냄새가 풍겼다.

"재뉴어…… 아, 여기 있었구나." 로크 씨가 와이셔츠에 조끼 차림으로 숨을 약간 헐떡이며 서 있었다. 콧수염이 성난 고양이의 꼬리처럼 곤두서 있었다. "어디 있었던 거냐? 너 때문에 바깥을 쏘다니며 목이 쉬도록 불러댔잖아. 알렉산더와 회의까지 중단해야……. 저게 뭐냐?" 로크 씨가 정색한 채 군데군데 푸른색이 남아 있는 문을 바라보고 있었다.

"아무것도 아니에요, 어르신."

로크 씨의 눈이 문을 떠나 내 쪽으로 휙 움직였다. 얼음처럼 냉랭한 눈빛이었다. "재뉴어리, 무슨 짓을 했는지 말해봐라."

내가 거짓말을 했다면 마음이 훨씬 덜 아팠으리라. 하지만 독자 여러분은 이해해야 한다. 로크 씨가 달처럼 옅은 눈동자로, 특유의 그 눈빛으로 바라볼 때면 여러분도 대개는 그가 원하는 대로 하게 될 것이다. 아마 그래서 W. C. 로크 회사가 그토록 많은 돈을 벌어들이지 않았을까?

나는 침을 삼켰다.

"전, 전 그냥 놀고 있다가 이 문을 넘어갔어요. 그랬더니 다른 세상이 나오더라고요. 바닷가에 흰색 도시가 있었어요." 내가 나이가 더 많았더라면 이렇게 말했을 것이다. '그곳에서는 바닷물과

세월과 모험의 냄새가 났어요. 다른 세상 냄새였죠. 당장 그곳
으로 돌아가 그 이상한 거리를 거닐고 싶어요.' 대신 나는 이렇게
또박또박 덧붙였다. "그 도시가 마음에 들었어요."

"사실대로 말해라." 로크 씨의 눈동자가 날 납작하게 내리눌렀다.

"사실이에요. 맹세해요."

로크 씨는 잠시 더 나를 바라보았다. 그의 턱에 힘이 잔뜩 들어
갔다가 풀어졌다. "이 문은 어디서 생긴 거냐? 네가, 네가 만들었
니? 이 쓰레기를 가지고 네가 만든 거야?" 로크 씨가 손짓했고,
그제야 나는 문 뒤에 수북이 쌓인 썩은 목재를 보았다. 오두막의
흩어진 뼈대였다.

"아니에요, 어르신. 그냥 발견한 거예요. 발견한 뒤에 이 문에
대한 이야기를 썼어요."

"이야기?"

우리 대화에 뜻밖의 반전이 등장할 때마다 로크 씨가 번번이
거기에 걸려 넘어지고, 그 반전을 좋아하지 않는다는 걸 알 수 있
었다. 그는 어떤 대화든 자신이 통제하길 좋아했다.

나는 주머니를 뒤적거려 수첩을 꺼내 그의 손에 쥐여주었다.

"여길 보세요. 여기 적혀 있죠? 짧은 이야기를 썼더니 문이, 뭐
랄까, 열리더라고요. 사실이에요. 맹세코 사실이에요."

로크 씨는 고작 세 줄짜리 이야기를 읽는 것치고는 필요 이상
으로 여러 번 내용을 훑어보았다. 그러더니 코트 주머니에서 시
가를 꺼낸 다음 성냥으로 불을 붙여 뻐끔뻐끔 빨았다. 시가 끝이

용의 눈동자처럼 오렌지색으로 타오를 때까지.

로크 씨는 투자자들에게 나쁜 소식을 전해야만 할 때처럼 한숨을 쉬더니 수첩을 덮었다.

"참으로 허무맹랑한 소리구나, 재뉴어리. 그동안 내가 너의 그런 면을 고쳐주려고 얼마나 노력했니?"

로크 씨는 엄지로 수첩 표지를 훑어 내리더니 자못 서글퍼 보이는 표정을 지으며 뒤에 어지럽게 쌓인 목재 더미 속으로 조심스럽게 수첩을 던졌다.

"안 돼요! 그걸 그렇게……"

"미안하구나, 재뉴어리. 진심이다." 로크 씨는 내 눈을 똑바로 보더니 손을 움직였다가 멈췄다. 마치 내게 손을 뻗고 싶었으나 마음을 바꿨다는 듯이. "하지만 널 위해 이렇게 해야만 해. 저녁 식사 때 보자꾸나."

나는 로크 씨와 싸우고 싶었다. 그에게 따지고, 땅바닥에 떨어진 수첩을 얼른 집어 들고 싶었지만 그럴 수 없었다. 그 대신 달아났다. 다시 들판을 가로지르고 구불구불한 흙길을 지나 시큼한 냄새가 나는 호텔 로비로.

그러니까 내 이야기는 처음부터 다리가 깡마른 소녀가 몇 시간의 간격을 두고 두 번이나 달음박질치는 것으로 시작한다. 아주 영웅적인 도입부는 아니다. 안 그런가? 하지만 만약 여러분이 가족도 돈도 없고, 가진 것이라고는 두 다리와 은화 한 닢뿐인 중간 개체라면 때때로 도피만이 유일한 선택지일 수밖에 없다. 게

다가 만약 내가 도망치는 소녀가 아니었다면 푸른 문은 발견하지 못했을 테고, 그랬다면 할 이야기도 별로 없었으리라.

∞

그날 저녁과 이튿날까지 나는 하느님과 로크 씨가 두려워 입을 다물고 있었다. 스털링 씨와 긴장한 호텔 매니저의 철저한 감시도 받았는데 매니저는 동물원에서 귀하지만 위험한 동물을 다루듯 나를 조심해서 다루었다. 나는 그랜드피아노 건반을 세게 누를 때마다 움찔거리는 그를 보며 한동안 즐거운 시간을 보냈지만 결국에는 방으로 안내되어 일찍 자라는 충고를 들었다. 하지만 나는 낮은 창문으로 빠져나가 해가 완전히 저물 때까지 골목을 요리조리 쏘다녔다. 도로에는 그림자가 얕고 검은 웅덩이처럼 흩어져 있었고, 들판에 도착했을 무렵에는 나인리 하늘에 걸린 매연과 담배의 뜨거운 연무 너머로 별들이 은은하게 빛나고 있었다. 나는 비틀거리며 잡풀을 가로질렀고, 카드로 만든 집 모양의 문을 찾아 실눈을 뜨고 어둠 속을 응시했다.

하지만 푸른 문은 거기 없었다.

대신 풀밭에 가장자리가 들쑥날쑥한 검은 원이 있었다. 문의 남은 흔적은 재와 숯뿐이었다. 타버린 물건들 사이로 시커멓게 그을린 채 귀퉁이가 말린 내 수첩이 있었다. 나는 수첩을 거기 그대로 두었다.

축 늘어지고 그다지 웅장하지 않은 호텔로 돌아갔을 때 하늘은 타르처럼 검었고, 내가 신은 니삭스는 얼룩투성이였다. 로크 씨는 로비에 장부와 서류를 펼쳐놓은 채 자욱한 푸른색 담배 연기 속에 앉아 있었다. 그가 애용하는 비취색 잔에는 그날 밤에 마실 위스키가 가득 들어 있었다.

"이 밤에 어딜 다녀왔니? 다시 그 문을 통과해보니 이번에는 화성이 나오든? 아니면 달나라였니?"

하지만 로크 씨의 말투는 부드러웠다. 로크 씨에 대해 알아야 할 중요한 사실은 그가 늘 내게 친절하다는 것이다.

"아니요." 나는 인정했다. "하지만 세상에는 그런 문이 더 있다고 장담해요. 그리고 반드시 그런 문을 찾아내 그곳 이야기를 쓸 거예요. 그러면 문들이 다 열릴 거예요. 어르신이 믿지 않아도 상관없어요."

왜 어리석은 입을 그냥 다물지 않았을까? 왜 고개를 젓고 울먹이는 목소리로 사과하고 나서 주머니 속 비밀 부적처럼 푸른 문에 대한 추억을 나 혼자 간직한 채 침대로 슬그머니 도망치지 않았을까? 왜냐하면 나는 고집 센 일곱 살이었고, 아직 진실한 이야기가 어떤 대가를 치러야 하는지 이해하지 못했기 때문이다.

"그래?" 로크 씨는 그렇게만 말했다. 나는 더 가혹한 엄벌은 피했다고 생각하며 침실로 씩씩하게 걸어갔다.

일주일 뒤 버몬트주로 돌아간 뒤에야 그 생각이 틀렸음을 깨달았다. 로크 하우스는 챔플레인 호수 가장자리에 걸터앉은 거대하고 붉은 돌성으로 굴뚝과 구리 지붕이 달린 탑들이 **빽빽**하게 솟아 있었다. 원목 패널로 마감하고 미로처럼 복잡한 실내는 기이하고 희귀하고 값비싼 물건들로 꽉 차 있었다. 《보스턴 헤럴드》의 칼럼니스트는 이 집을 '상상 속에서 나온 듯한 건축물로 현대인의 거주지라기보다는 《아이반호》*를 떠올리게 한다'라고 묘사했다. 소문에 따르면 어느 미친 스코틀랜드인이 이 성을 지어 달라고 의뢰한 다음 여기서 딱 일주일을 산 뒤에 영원히 사라졌다고 한다. 로크 씨는 1880년대에 경매에 나온 이 성을 구입해 세상의 진귀한 물건들로 채우기 시작했다.

아빠와 내게는 3층에 있는 두 방이 배정되었다. 아빠는 큰 책상과 창문 하나가 있는 정사각형 깔끔한 서재를, 나는 나와 보모가 잘 수 있는 좁은 침대 두 개가 있고 퀴퀴한 냄새가 나는 회색 방을 썼다. 가장 최근의 보모는 독일 출신 이민자 윌다 양으로 묵직한 검은색 모직 드레스를 입고 다녔으며, 아직 20세기를 많이 겪지는 않았지만 지금까지는 진심으로 못마땅하다고 말하는 표정을 지었다. 그녀는 찬송가와 막 빨아서 개킨 세탁물을 좋아했고, 소란을 떨거나 지저분한 것, 버릇없는 행동을 싫어했다. 따라서 우린 서로 천적이었다.

로크 씨와 내가 여행에서 돌아오자마자 윌다 양과 로크 씨는 복도에서 급히 이야기를 나눴다. 그녀의 눈이 지나치게 반짝이는 코트 단추처럼 나를 향해 번득였다.

*1819년 월터 스콧 경이 쓴 역사소설

"작은 비둘기야, 로크 씨 말로는 최근에 네가 지나치게 자극을 많이 받았다는구나. 거의 히스테리에 걸릴 정도로."

윌다 양은 나를 종종 '작은 비둘기'라고 불렀는데 암시의 힘을 믿기 때문이었다.

"아니에요, 부인."

"저런, 가여워라. 우리가 당장 너를 건강하게 해주마."

지나친 자극의 치료법은 정신을 산만하게 하는 물건이 하나도 없는 차분하고 체계화된 환경이었다. 따라서 내 방에서 알록달록하거나 기발하거나 사랑스러운 물건은 즉각적으로 전부 수거되었다. 커튼은 젖혀지고, 책꽂이에서 《삽화가 있는 어린이 성경》보다 재미있는 책들은 모조리 치워졌다. 내가 좋아하는 분홍색과 황금색으로 된 침대 덮개 ─작년에 아빠가 벵갈루루*에서 사서 보내주었다─는 풀 먹인 빳빳한 흰색 시트로 바뀌었다.

새뮤얼의 방문도 금지되었다.

윌다 양의 열쇠가 열쇠 구멍으로 스르륵 들어가더니 철컥 돌아갔고, 나는 혼자가 되었다. 처음에는 내가 독립전쟁 당시 영국군에 저항한 전쟁포로 혹은 반역자라고 상상하며 무덤덤한 저항의 표정을 지었다. 하지만 이틀째가 되자 침묵이 두 엄지가 되어 고막을 꽉 누르는 듯했고, 다리는 달리고 또 달리고 싶은 욕망으로 부르르 떨렸다. 소용돌이치는 삼나무가 있는 들판으로 돌아가 재만 남은 문을 통과해 다른 세계로 가고 싶었다.

*인도 남부 카르나타카주의 주도

사흘째가 되자 내 방은 감방이 되었고, 감방은 다시 새장이 되었다가 다시 관이 되었다. 나는 해저 동굴에 사는 장어처럼 가슴 가장 깊은 곳에서 헤엄치는 두려움을 발견하게 되었다. 어딘가에 감금되어 혼자 남겨지는 두려움이었다.

내 마음 한가운데 있던 무언가에 금이 갔다. 나는 날카로운 손톱으로 커튼을 갈가리 찢고, 서랍장에 달린 손잡이들을 다 뽑아 버리고, 굳게 잠긴 문을 작은 주먹으로 마구 두드렸다. 그러다가 바닥에 주저앉아 꺽꺽거리며 펑펑 울었다. 마침내 윌다 양이 뭔지 모를 시럽이 담긴 스푼을 들고 와서 내게 먹였고, 나는 잠시 모든 걸 잊었다. 근육은 미끈거리며 나른한 강이 되었고, 머리는 그 수면을 따라 힘없이 끄덕거렸다. 러그를 가로질러 슬금슬금 드리우는 그림자들은 공포의 대상이 되었고, 나는 다른 생각을 할 겨를 없이 공포에 사로잡혀 있다가 겨우 잠들었다.

잠에서 깨어보니 로크 씨가 침대 옆에 앉아 신문을 읽고 있었다. "잘 잤니, 애야? 기분은 어떠냐?"

나는 시큰한 침을 삼켰다. "나아졌어요, 어르신."

"다행이구나." 그는 읽고 있던 신문을 반듯하게 접었다. "내 말 잘 들어라, 재뉴어리. 넌 굉장한 잠재력을 가진 아이야. 굉장한 정도가 아니라 엄청나지. 하지만 올바르게 처신하는 법을 배워야 해. 이제부터 허무맹랑한 헛소리를 하거나 갑자기 자리를 박차고 나가버리거나 다른 세계로 이어지는 문이 어쩌고저쩌고하는 건 허락할 수 없다."

나를 살피는 로크 씨의 표정을 보니 옛날 화가들이 그린 하느님이 떠올랐다. 이리저리 저울질하고 평가하여 당신이 사랑받을 가치가 있다는 결과가 나온 후에야 사랑을 주는, 가혹하리만치 가부장적인 하느님. 그의 눈빛은 바위처럼 날 내리눌렀다. "이제부터 넌 분수를 파악하고 착한 아이가 돼야 해."

나는 간절히 로크 씨의 사랑을 받을 가치가 있는 사람이 되고 싶었다. 그래서 "네, 어르신"이라고 속삭였고 그렇게 되었다.

∞

11월이 돼서야 돌아온 아빠는 들고 온 짐처럼 구겨지고 지쳐 보였다. 아빠의 도착은 예전과 같은 패턴대로 진행되었다. 먼저 마차가 자갈이 깔린 진입로를 우두둑 소리를 내며 올라오다가 돌로 만든 장엄한 로크 하우스 앞에 멈춰 섰다. 마중 나가 있던 로크 씨는 잘 돌아왔다는 뜻으로 아빠의 등을 두드렸고, 나는 윌다 양과 함께 포이어*에서 기다렸다. 내가 입고 있는 풀 먹인 드레스가 어찌나 빳빳한지 몸에 비해 지나치게 큰 등딱지가 달린 거북이가 된 기분이었다.

현관문이 열렸고, 아빠가 11월의 희미한 햇살 속에서 아주 검고 이국적인 실루엣이 되어 서 있었다. 아빠는 문지방에 잠시 그대로 멈춰 서 있었다. 왜냐하면 이제 흥분한 25킬로그램의 어린

---

*현관문을 열고 들어가면 제일 먼저 나오는 공간으로 작은 방 하나 정도의 크기다

딸이 무릎으로 뛰어들 순간이었기 때문이다. 하지만 나는 움직이지 않았다. 평생 처음으로 아빠에게 달려가지 않았고, 그러자 실루엣의 어깨가 아래로 쳐졌다.

아마 여러분은 잔인하다고 생각할 것이다. 성질이 못된 아이가 그동안 자리를 비운 아빠를 벌준다고 말이다. 하지만 분명히 말하건대 당시 내 의도가 무엇인지는 알 수 없었다. 다만 문간에 나타난 아빠의 형체를 본 순간 분노로 현기증이 날 지경이었다. 아마 아빠에게서 정글과 증기선, 모험의 냄새가, 그늘진 동굴과 처음 보는 불가사의의 냄새가 나는 대신 내 세상은 참담할 정도로 단조롭기 때문이었을 것이다. 혹은 그저 내가 방에 감금되어있는 동안 아빠가 집에 없어서 문을 열어주지 않았기 때문일 수도 있고.

아빠는 머뭇거리며 세 걸음을 내딛더니 내 앞에 쪼그리고 앉았다. 내 기억보다 나이 들어 보였고, 턱에 까칠하게 자란 수염은 검은색이 아니라 흐릿한 은색으로 빛났다. 마치 내게서 떨어져 있는 동안 아빠의 세계에서는 하루가 사흘이었다는 듯이. 다만 눈에 베일처럼 드리운 슬픔은 예전과 똑같았다.

아빠는 내 어깨에 한 손을 올려놓았다. 문신이 검은 뱀처럼 아빠의 손목을 휘감고 있었다. "재뉴어리, 무슨 일 있니?"

아빠가 내 이름을 부를 때의 저 익숙한 소리, 기묘하면서도 기묘하지 않은 그 억양에 마음이 풀어졌다. 아빠에게 사실대로 말하고 싶었다. '제가 우연히 아주 놀랍고 굉장한 무언가를 발견했어요. 그게 이 세상의 형태에 구멍을 냈어요. 무언가를 썼더니 정말 그대로 되었어요.' 하지만 그동안 나는 가르침을 받았고 이제는 착한 소녀였다.

"아무 문제 없어요, 아빠." 나는 그렇게 대답했고, 아빠가 냉담하면서 어른스러운 내 목소리에 뺨을 맞은 듯 놀란 표정으로 변하는 걸 지켜보았다.

그날 저녁 식사 자리에서 나는 아빠에게 말을 걸지 않았고, 밤에 몰래 아빠의 방으로 들어가 이야기를 해달라고 조르지도 않았다(우리 아빠는 대단한 이야기꾼이다. 자신이 하는 일의 99퍼센트는 이야기를 따라가 그게 어디로 이어지는지 보는 것이라고 늘 말했다).

난 이제 허무맹랑한 헛소리와 작별했다. 소문자건 대문자건 문과도 작별했고, 은빛 바다와 회반죽을 바른 건물들의 도시도 꿈꾸지 않았다. 이야기와도 작별했다. 아마 어른이 되어 가는 과정에 내포된 교훈, 결국에는 누구나 배우는 교훈 중 하나일 것이다.

그래도 여러분에게 비밀 하나를 말해주겠다. 나는 여전히 그 이상한 여왕의 초상화가 새겨진 은화를 가지고 있었다. 속치마에 꿰맨 작은 주머니에 넣어 늘 살에 닿아 따뜻해질 정도로 품고 다녔다. 동전을 손에 쥐면 바다 냄새가 났다.

동전은 10년 동안 내 가장 소중한 보물이 되었다. 열일곱 살이 되어 《일만 개의 문》을 발견하기 전까지.

② 가죽으로 장정된 문

　새가 아니었다면 그걸 발견하지 못했으리라.

　나는 요리사인 퍼트램 부인에게서 저녁 커피를 훔치려고 부엌으로 내려가던 중이었는데 새가 지저귀고 날개를 퍼덕이는 소리에 2층 계단 중간에서 걸음을 멈췄다. 잠시 기다렸더니 다시 그 소리가 났다. 퍼덕이는 날갯짓으로 인해 밀려드는 정적과 공허한 통 소리. 그러고는 다시 고요해졌다.

　나는 그 소리를 따라 파라오 룸이라고 이름 붙인 2층 거실로 갔다. 로크 씨의 방대한 이집트 소장품이 보관된 방이었다. 붉은색과 푸른색 손궤, 날개 모양 손잡이가 달린 대리석 단지, 가죽 줄이 달린 황금색 작은 앙크 십자가, 무너진 신전에서 홀로 살아남은, 조각된 석조 기둥. 이 거실은 전체적으로 황금빛 광채가 감돌았다. 심지어 어스름한 여름밤에도.

　그 소리는 거실 남쪽 구석, 아직 내 푸른색 보물 상자가 있는 곳에서 났다. 주추 위에서 상자가 덜커덕거렸다. 상자에서 수첩을 발견한 뒤로 나는 이따금 상자 주변을 돌면서 먼지 냄새가 나는 그 깊숙한 안쪽을 들여다보지 않을 수 없었다. 크리스마스 무렵에는 사지에 작은 나무 막대가 달린, 종이로 만든 꼭두각시가 들어 있었다. 이듬해 여름에는 러시아풍 왈츠가 흘러나오는 자그마한 뮤직 박스가 들어 있었다. 그다음에는 알록달록한 구슬이 달린 작은 갈색 피부의 인형, 그다음에는 삽화가 있는 프랑스판 《정글북》이 들어 있었다.

로크 씨에게 직접 묻지는 않았지만 나는 그 물건들이 로크 씨의 선물이라고 확신했다. 선물이 가장 필요한 시기, 이를테면 아빠가 또 내 생일을 잊어버렸다든지 명절에 집에 돌아오지 못한다든지 할 때 딱 맞춰서 등장했기 때문이다. 말 없는 위로를 건네려고 내 어깨를 잡는 로크 씨의 어색한 손이 느껴지는 듯했다. 하지만 로크 씨가 일부러 상자 안에 새를 숨겨놓았을 것 같지는 않았다. 미심쩍은 마음으로 상자 뚜껑을 들어 올렸더니 마치 작은 대포에서 발사된 듯한, 회색과 황금색으로 이뤄진 무언가가 내 앞으로 튀어 올라 거실 벽을 스치며 날아다녔다. 깃털을 잔뜩 부풀린 연약한 새였다. 머리는 마멀레이드 색에 다리는 막대기처럼 길고 가늘었다. 나중에 그 새를 찾아보려 했지만 오듀본*의 책에 비슷해 보이는 새는 없었다.

나는 상자 뚜껑에서 손을 떼고 몸을 돌렸다. 뚜껑이 떨어져 닫히는 순간, 그 안에 무언가가 더 있음을 깨달았다. 책이었다. 자그마한 가죽 양장본으로 모퉁이가 긁혀 있고, 각인한 뒤 금박까

*미국 조류학자인 존 제임스 오듀본을 말한다

지 입힌 책 제목은 일부 벗겨졌다. 《일만 개ᄂ 군》. 나는 엄지로 책장을 휘리릭 넘겼다.

책과 좀 더 각별히 가까운 사람들, 그러니까 퀴퀴한 서점에서 한가한 오후를 보내거나 익숙한 제목이 적힌 책등을 몰래, 다정히 쓰다듬는 사람이라면 저렇게 책장을 넘기는 행위가 새 책에 나를 소개하는 과정에서 빠질 수 없는 요소임을 이해할 것이다. 그것은 글을 읽는 행위가 아니라 책장에서 피어오르는 먼지와 목제 펄프 냄새를 읽는 행위다. 고급 양장본의 냄새일 수도 있고, 얇디얇은 종이와 흐릿한 흑백 인쇄의 냄새일 수도 있고, 담배 피우는 노인의 집에서 50년간 읽힌 적이 없는 책의 냄새일 수도 있다. 싸구려 스릴이나 치열한 학문, 문학적 무게감, 혹은 풀리지 않는 미스터리의 냄새가 날 수도 있다.

이 책에서는 지금껏 어느 책에서도 맡은 적 없는 냄새가 났다. 시나몬과 석탄 연기, 카타콤과 양질토, 축축한 해안가의 저녁과 종려나무 아래서 땀으로 번들거리는 한낮, 그 어느 소포보다 오랫동안 배달되느라 몇 년 동안 세상을 돌며, 옷을 너무 많이 껴입은 부랑자처럼 냄새가 켜켜이 쌓인 듯했다. 모험 그 자체를 야생에서 수확한 다음 증류하여 고급 와인으로 만들어 각 장에 뿌린 듯한 냄새였다. 하지만 나는 지금 너무 앞서가고 있다. 이야기는 순서대로 진행되어야 하며 시작과 중간, 끝이 있다. 학자는 아니어도 그 정도는 안다.

∞

　푸른 문을 발견한 후 몇 년 동안 나는 제멋대로이고 만용을 부리는 대부분의 소녀들이 거쳐야만 하는 과정을 겪었다. 덜 제멋대로이고 덜 만용을 부리게 된 것이다.

　1903년 가을, 나는 아홉 살이었고 세상은 '현대'라는 단어를 혀로 살짝 맛보고 있었다. 캐롤라이나주에서는 한 형제가 하늘을 나는 기계를 만들어 열심히 실험했고, 새로 뽑힌 대통령은 말은 부드럽게 하되 큰 몽둥이를 들고 다니라고 했다.* 이는 분명 미국이 파나마를 침공해야 한다는 뜻이었다. 다홍색 머리가 인기를 끌었으나 여자들이 현기증과 탈모를 호소하는가 하면 미스 밸런타인 염색약이 붉은색 쥐약이나 다를 바 없다는 사실이 밝혀지면서 유행은 금방 끝났다. 아빠는 북유럽 어딘가에 있었다. 내게 보낸 엽서 앞면에 눈 덮인 산 그리고 헨젤과 그레텔처럼 차려입은 아이 둘이 있었고, 뒷면에는 '늦었지만 생일 축하한다'라고 적혀 있었다. 마침내 나는 로크 씨의 여행에 따라갈 수 있을 정도로 그의 신뢰를 회복했다.

　켄터키주에서의 그 사건 이후로 내 행동은 흠잡을 데 없었다. 나는 스털링 씨를 괴롭히지 않았고, 로크 씨의 소장품을 만지지도 않았고, 윌다 양의 규칙에 전부 따랐다. 심지어 다림질 후에 목깃을 반듯이 접어둬야 한다는 바보 같은 규칙까지도. 나는 '미

---

*협상은 평화적으로 하되 일이 잘못되었을 때를 대비해 힘 또한 갖추고 있어야 한다는 뜻

국으로 이주한 지 얼마 되지 않은, 이가 우글거리는 말썽꾸러기들'과 길바닥에서 놀지 않았고, 그저 3층에 있는 아빠의 서재 창문 너머로 식품점 마차를 몰고 오는 새뮤얼만 지켜보았다. 새뮤얼은 지금도 기회만 있으면 퍼트램 부인 몰래 내게 펄프 매거진을 건네주었다. 잡지는 그가 좋아하는 책장마다 귀퉁이가 접혀 있었다. 나는 다 읽은 잡지를 단단히 말아 빈 우유병에 넣어 돌려주었다. 최고의 문장과 가장 오싹한 문장들에 동그라미를 쳐서.

새뮤얼은 떠날 때면 늘 내가 있는 방 창문을 올려다보았다. 자기가 보고 있다는 걸 내가 알아차릴 때까지. 그러고는 손을 들었다. 가끔 윌다 양이 보고 있지 않을 때, 용기가 나 나도 답례로 유리창에 손끝을 댔다.

대개는 윌다 양의 눈물 어린 눈으로 감시를 받으며 라틴어 동사를 활용하거나 산수를 하며 시간을 보냈다. 일주일에 한 번씩 로크 씨와 수업을 하기도 했는데 그가 세상 물정 모르는 규제 위원회, 주식, 젊은 시절 영국에서 했던 공부, 그리고 최고급 스카치 세 종류에 대해 이야기하는 동안 나는 정중하게 고개를 끄덕거렸다. 나이 지긋한 가정부와 몸가짐을 연습했고, 우리 집에 찾아오는 모든 고객과 손님에게 정중하게 미소 짓는 법도 배웠다. "이런 귀여운 것 같으니. 게다가 말도 잘하네!" 그들은 가식적으로 웃으며 그렇게 말하고는 내 머리를 토닥였다. 마치 내가 훈련을 잘 받은 애완견이라도 된다는 듯이. 이따금씩 너무 외로워서 이대로 말라 죽어 먼지가 되었다가 말썽꾸러기 산들바람을 타고 날아갈지도 모른다고 생각했다.

때때로 나도 로크 씨의 소장품 중 하나인 듯했다. '재뉴어리 스칼러, 145센티미터, 황동, 목적 미상.'

따라서 로크 씨가 함께 런던에 가자고 했을 때 —단 그가 하는 모든 말을 십계명처럼 받들어야 한다는 조건이 붙었다— 내가 어찌나 열렬하게 좋다고 외쳤는지 스털링 씨가 움찔했을 정도였다.

내가 읽는 이야기와 삼류 소설 절반의 배경이 런던이라 나는 거기에서 무엇을 보게 될지 확실히 알고 있었다. 중절모를 쓴 범죄자들과 말썽꾸러기 아이들이 돌아다니는, 안개 자욱하고 침침한 거리, 사람들 머리 위로 우뚝 솟아 음울한 분위기를 물씬 풍기는 검댕이 낀 건물들, 말없이 늘어선 회색 주택들, 올리버 트위스트, 잭 더 리퍼 그리고 《소공녀》의 세라 크루가 떠올랐다.

대체로 런던은 그런 모습으로 연상되었다. 하지만 1903년에 내가 직접 가본 런던은 거의 정반대였다. 왁자지껄하게 시끄럽고 환하고 사람들로 북적거렸다. 런던 유스턴역에 도착한 노스웨스턴 철로 기차에서 내리자마자 우리는 하마터면 남색 교복을 입고 우르르 지나가는 한 무리의 초등학생들에게 휩쓸려 갈 뻔했다. 에메랄드 색 터번을 두른 남자는 우리 옆을 지나가며 공손히 머리 숙여 인사했다. 거무스름한 피부의 어느 가족은 낯선 언어로 실랑이를 벌였다. 기차역 벽에는 빨강과 노랑으로 이뤄진 광고 포스터가 걸려 있었다. '닥터 굿 펠로우의 진정한 인간 동물원, 피그미족, 줄루 전사, 인디언 추장, 동양에서 온 노예 소녀 보유!'

"여기가 이미 빌어먹을 인간 동물원인데 뭘." 로크 씨가 투덜대며 스털링 씨에게 우리를 왕립 고무 회사 본사까지 곧바로 데려다줄 택시를 잡으라고 했다. 짐꾼들이 로크 씨의 짐을 택시 트렁크에 실었고, 나중에 스털링 씨와 내가 그 짐을 끌고 사무실로 이어지는 흰색 대리석 계단을 올라갔다.

로크 씨와 스털링 씨는 검은 양복 차림의 직책이 높아 보이는 몇몇 남자들과 어둠침침한 복도로 사라졌다. 나는 로비에 비치된 등받이 좁은 의자에 앉아 그 누구도 방해하지 말고, 소리를 내지도 말고, 아무것도 만지지 말라는 지시를 받았다. 나는 맞은편 벽화를 골똘히 바라보았다. 무릎 꿇은 아프리카인이 브리타니아*에 고무 덩굴이 담긴 바구니를 건네는 그림이었다. 아프리카인은 꿈꾸는 듯한 눈빛에 맹종하는 표정이었다.

런던에서 아프리카인은 유색인으로 취급되는지, 그렇다면 나도 거기에 포함되는지 궁금했다. 나는 몸이 살짝 오싹해질 만큼 갈망을 느꼈다. 큰 무리의 일원이 되어 타인의 시선을 끌지 않고, 내 분수를 정확히 알고 싶은 갈망이었다. 알고 보니 '유일무이한 표본'으로 사는 건 외로웠다.

비서 하나가 실눈을 뜬 채 날 열심히 지켜보았다. 여러분도 그가 어떤 부류인지 알 것이다. 평생 자로 누군가의 손등을 내려칠 기회만 노리며 살아온 듯 입술이 얇고 체구가 땅딸막한 백인 여자 말이다. 나는 그녀에게 그런 기회를 부여하기 싫어 마치 로크

*영국의 의인화로 삼지창과 방패를 들고 투구를 쓴 여전사로 표현된다

씨가 날 부르는 소리가 들린다는 듯이 자리에서 벌떡 일어나 아까 그들이 사라졌던 복도로 재빨리 달려갔다.

문이 빼꼼 열려 있었다. 기름진 램프 불빛이 흘러나왔고, 남자들 목소리가 떡갈나무 패널을 붙인 벽에 부딪히며 부드럽고 열띠게 울렸다. 나는 방 안을 들여다보려고 조금 더 가까이 다가갔다. 콧수염을 기른 여덟 혹은 아홉 명쯤 되는 남자들이 로크 씨의 짐을 산더미처럼 쌓아둔 기다란 테이블에 둘러앉아 있었다. 검은 상자들이 열려 있고, 구겨진 신문과 지푸라기가 사방에 흩어져 있었다. 로크 씨는 테이블 맨 앞에 서서 내가 볼 수 없는 무언가를 손에 들고 있었다.

"참으로 귀한 물건입니다, 신사분들. 저 멀리 시암에서 왔는데 듣기로는 이 안에 든 비늘 가루가 상당히 강력한……."

남자들은 지나치게 진지한 표정으로 로크 씨의 말을 들었다. 그들의 척추는 거부할 수 없는 자력에 이끌리듯이 로크 씨를 향해 나아가 있었다. 다들 이상한 구석이 있었고, 어딘가 상당히 잘못되어 보였다. 마치 인간이 아닌 다른 생명체를 검은 단추가 달린 양복 속에 쑤셔 넣은 듯이.

남자들 가운데 하나는 나도 아는 얼굴이었다. 지난 7월에 열린 고고학 협회 파티에서 누런 눈을 두리번거리며 거실 가장자리를 따라 살금살금 돌아다니는 걸 본 적 있는 남자였다. 몸을 한시도 가만두지 못했고, 족제비처럼 생긴 얼굴에 머리카락은 미스 밸런타인 염색약으로 물들인 것보다 더 붉었다. 다른 사람들과 마찬가지로 로크 씨에게 몸을 내밀고 있던 그가 갑자기 마음에 들지 않는 냄새를 맡은 개처럼 코를 벌름거렸다.

어른의 명령을 어기고 자기들을 몰래 훔쳐보는 여자아이의 냄새를 맡을 수 있는 사람은 없다는 걸 나는 알고 있었다. 게다가 그냥 좀 훔쳐보았을 뿐인데 큰 벌을 받을까? 하지만 그 모임은 왠지 모르게 은밀하고 불법적인 느낌을 풍겼고, 아까 그 남자는 이상한 냄새의 진원지를 찾아내 추적하려는 듯이 고개를 치켜올렸다.

나는 문에서 몸을 휙 돌려 로비의 의자로 살그머니 돌아갔다. 그 후로 한 시간 동안 발목을 단정히 교차한 채 자리에 앉아 타일이 깔린 바닥만 계속 바라보았고, 비서의 한숨 소리와 씩씩거리는 소리는 애써 무시했다.

아홉 살이면 세상사를 그리 많이 알지는 못하지만 그렇다고 숙맥은 아니다. 그 당시 나도 아빠가 보낸 예술품과 보물이 전부 로크 하우스에 전시되는 건 아닐 거라고 짐작하고 있었다. 보아하니 그중 일부는 배에 실어 대서양을 가로지른 다음 공기가 탁한 경매장으로 보내 경매에 부치는 듯했다. 나는 가여운 점토판이나 필사본이 누군가에게 도난당해 홀로 쓸쓸히 지구를 떠돌다가 거기 적힌 글씨를 읽을 줄도 모르는 사람들을 위해 라벨을 붙이고 전시되는 모습을 상상했다. 하긴 로크 하우스에서 벌어지는 일도 별반 다르지 않았다. 로크 씨는 '기회가 찾아왔는데 잡지 않는 건 범죄나 다름없이 비겁한 행위'라고 늘 말해왔다.

나는 착한 아이의 또 다른 덕목은 어떤 특정한 일에 대해 침묵을 지키는 것이라는 결론을 내렸다. 그리하여 로크 씨와 스털링 씨가 다시 로비로 나왔을 때도, 우리가 택시를 타고 호텔로 가는 동안에도, 로크 씨가 갑자기 쇼핑을 하고 싶다면서 운전기사에게 호텔 대신 나이트스브리지로 가자고 했을 때도 아무 말 하지 않았다.

우리는 독립된 나라만큼이나 크고, 대리석과 유리로 만들어진 백화점으로 들어갔다. 하얀 이를 드러낸 점원들이 모퉁이마다 웃는 병정처럼 배치되어 있었다.

점원 하나가 반들거리는 바닥을 가로질러 우리에게 잽싸게 달려오더니 명랑하게 말했다. "환영합니다, 선생님! 뭘 도와드릴까요? 정말 사랑스러운 아이네요!" 점원은 환하게 미소 지었지만 눈으로는 내 피부와 머리카락, 눈동자를 뜯어보았다. 만약 내가 코트였다면 그녀는 나를 뒤집어 상표를 확인했으리라. "이런 애를 어디서 데려오셨어요?"

로크 씨는 나를 보호하려고 내 손을 잡아 그의 팔 아래로 끌어당기며 말했다. "이 아이는 내 딸이오. 입양한 딸. 이건 비밀인데 이 아이는 하와이 왕족의 마지막 생존자요." 로크 씨의 자신감 넘치는 우렁찬 목소리와 부티 나는 양복 차림 때문이었는지, 아니면 여태껏 하와이인을 만나본 적이 없어서인지 모르지만 아무튼 그녀는 로크 씨의 말을 믿었다. 그녀의 얼굴에 드리웠던 의심이 이내 극도의 흥미와 감탄으로 바뀌었다.

"어머나, 정말 특별한 아이네요. 저희 백화점에 라호르에서 수입한 멋진 터번이 있답니다. 꽤나 이국적이죠. 이 아이의 머리카

락에 정말 잘 어울릴 거예요. 아니면 양산을 보여드릴까요? 여름
햇볕으로부터 피부를 보호해준답니다."

로크 씨는 물건을 감정하듯이 날 내려다보았다. "책이 좋을 것
같군. 이 아이가 좋아하는 책으로 주시오. 이 애는 아주 착한 아
이라는 걸 스스로 직접 증명했어." 그러더니 내게 미소 지었다.
살짝 구부러진 콧수염만이 미소의 유일한 흔적이었다.

나는 얼굴을 붉혔다. 저울질당한 결과 가치가 있는 아이로 인
정받은 것이다.

∞

1906년 초여름에 나는 거의 열두 살이었다. 세상에서 가장 큰
배 RMS 루시타니아가 최근에 진수했고(로크 씨는 우리가 곧 그
배를 타게 될 거라고 약속했다), 신문은 여전히 샌프란시스코에
서 일어난 끔찍한 지진 이후의 참혹한 현장을 담은 흐릿한 사진
들로 가득했다. 나는 용돈을 모두 털어 《아우팅》 잡지를 정기 구
독했는데 매주 잭 런던의 신작 소설을 읽기 위해서였다. 로크 씨
는 나를 두고 출장을 갔고, 이번에는 아빠가 집에 있었다.

아빠는 하루 전에 포셋 씨의 브라질 원정대에 합류하기로 되어
있었는데 정부 기관의 승인을 받아야 하는 서류가 지연되었고,
안전하게 포장해 배편으로 보낸 부서지기 쉬운 골동품들도 아직
받지 못했다. 이유가 무엇이든 상관없었다. 내게는 그저 아빠가

집에 있다는 사실만이 중요했다.

우리는 군데군데 기름 자국과 그을린 자국, 커다란 흠집까지 있는 부엌의 식탁에서 아침을 먹었다. 아빠는 골동품 발굴 현장에서 사용하는 공책들을 검토하며 미간에 작은 V자 주름을 잡은 채 달걀과 토스트를 먹었다. 나는 개의치 않았다. 내게도 잭 런던의《화이트팽》최신 연재분이 있었으니까. 우리는 함께였지만 따로 떨어져 각자의 세계 속으로 사라졌고, 그게 어찌나 평온하고 바람직한 일이라는 느낌이 들었던지 나도 모르게 우리 부녀가 매일 아침 그랬던 척했다. 우리가 평범한 가족이고, 로크 하우스가 우리 집이고, 이 식탁이 우리 식탁인 척.

다만 우리가 평범한 가족이라면 식탁에 엄마도 있어야 했다. 아마 엄마도 책을 읽고 있으리라. 책등 너머로 날 올려다보고 미소 짓느라 눈가에 주름이 잡혔으리라. 또 아빠의 덥수룩한 수염에 붙은 빵 부스러기도 털어주었으리라.

이런 생각을 하는 건 바보 같은 짓이었다. 이미 집에 있는데도 집이 그리운 듯 갈비뼈 사이가 욱신거리며 텅 빈 느낌만 들었다. 더는 잡지도 읽을 수 없었다. 글자가 제멋대로 휘어지고 흐릿하게 보이기 때문이다.

아빠는 접시에 커피 잔을 포개서 들고, 공책을 겨드랑이에 낀 채 자리에서 일어났다. 책을 읽을 때 쓰는 작은 금테 안경 뒤로 보이는 아빠의 눈은 생각에 잠겨 있었다. 아빠가 자리를 뜨려고 몸을 돌렸다.

"잠깐만요." 내가 급히 삼키듯 그렇게 말하자 아빠는 놀란 부엉이처럼 날 보며 눈을 깜빡거렸다. "혹시, 제가 아빠를 도와드려도 될까요? 아빠가 하시는 일이요."

아빠는 유감스럽다는 듯이 고개를 저으며 안 된다고 말하려다가 마음을 바꾸고 날 바라보았다. 내 얼굴에서 뭘 보았는지 ―눈물을 참아서 촉촉하게 반짝이는 눈, 공허한 아픔― 아빠가 숨을 헉 들이쉬었다.

"물론이지, 재뉴어리." 아빠의 억양이 바다 위의 배처럼 내 이름 위로 굴러갔다. 나는 그 소리를 듣는 데서 희열을 느꼈다.

우리는 그날 로크 하우스의 수많은 지하실에서 함께 하루를 보냈다. 그곳에는 로크 씨의 소장품 중에서 아직 분류해두지 않았거나, 라벨을 붙이지 않았거나, 부서진 물건들이 지푸라기가 든 궤짝에 보관되어 있었다. 아빠는 공책들을 잔뜩 쌓아둔 채 앉아서 무언가를 중얼거렸고, 공책에 휘갈겨 쓰기도 했고, 가끔은 내게 아빠의 반질거리는 검은색 타자기로 라벨에 들어갈 내용을 타이핑하라고 지시하기도 했다. 나는 내가 신비의 동굴에 있는 알리바바, 혹은 용이 모아둔 보물 사이를 몰래 걸어 다니는 기사, 혹은 그냥 아빠와 함께 있는 소녀인 척했다.

"아, 램프, 그래. 카펫이랑 목걸이와 함께 거기 둬라. 무슨 일이 있어도 램프는 절대 문지르지 말고. 하긴 문지른다고 해도 무슨 큰일이 나겠냐마는." 아빠가 내게 가까이 다가오라고 손짓하기 전까지는 그게 내게 하는 말인 줄도 몰랐다. "이리 다오."

나는 '투르키스탄'이라는 라벨이 붙은 궤짝에서 꺼낸 청동 제품을 아빠에게 건넸다. 램프라기보다는 기형의 작은 새처럼 보이는 물건으로 기다란 주둥이가 부리처럼 달렸고, 날개를 따라 기묘한 심벌들이 새겨져 있었다. 아빠가 손끝으로 심벌들을 부드럽게 쓰다듬자 주둥이에서 흐릿한 연기가 풀려나오더니 흰 뱀처럼 몸을 배배 꼬며 꿈틀꿈틀 올라가 허공에 글자와 비슷한 모양을 만들었다.

아빠는 손으로 연기를 흩날렸고, 나는 눈을 깜빡거렸다. "어떻게 하신 거예요? 연기가 나려면 저 안에 있는 심지에 불을 붙여야 하잖아요. 어떻게 저절로 연기가 나는 거예요?"

아빠는 입꼬리를 올리며 반쯤 미소 지은 채 램프를 다시 궤짝에 넣었다. 그러고는 날 보며 어깨를 으쓱했다. 아빠의 미소는 더 크게 번졌고, 안경 뒤에서 즐거움을 가득 담은 눈이 번득였다.

아빠가 웃는 경우가 매우 드물기 때문이었는지, 아니면 오늘이 너무도 완벽한 날이었기 때문이었는지 몰라도 나는 바보 같은 말을 내뱉고 말았다. "나도 아빠랑 함께 가면 안 돼요?" 아빠는 고개를 갸웃했고 얼굴의 미소가 사라졌다. "브라질 가실 때요. 아니면 그 후에 어디라도 괜찮아요. 절 데리고 가주실래요?"

내게는 너무나 간절해 활활 타오르는 소망, 그리하여 석탄을 재 속에 묻어두듯 가슴 깊은 곳에 간직해온 그런 소망이었다. 나는 호텔 로비와 백화점, 단추가 가지런히 달린 여행용 코트에서 벗어나 생기로 진동하는 세상의 흐름 속으로 물고기처럼 뛰어들어 아빠 곁으로 헤엄쳐갈 수 있길 간절히 바랐다.

"안 된다." 차갑고 매정하고 단호했다.

"전 훌륭한 여행자예요. 로크 씨에게 물어보세요. 걸리적거리지도 않고, 만져서는 안 될 물건을 만지지도 않고, 그 누구와도 말하지 않고, 혼자 배회하지도 않고……."

아빠의 미간에 다시 어리둥절한 V자 주름이 잡혔다. "그렇다면 애초에 왜 여행이 가고 싶은 거지?" 아빠는 고개를 저었다. "널 데려갈 순 없어, 재뉴어리. 너무 위험해."

목이 뜨겁고 따끔거리면서 당혹감과 분노가 목을 타고 스멀스멀 피어올랐다. 나는 아무 말도 하지 않았다. 한마디라도 더 했다가는 울음이 터질 테고, 그럼 사정이 훨씬 더 악화될 테니까.

"내가 진귀하고 독특한 물건들을 발굴하는 작업을 한다는 건 너도 알지? 로크 씨와 고고학 협회 친구들을 위해서 말이야." 나는 고개를 끄덕이지 않았다. "그런 물건에 관심 있는 사람들이 그들만은 아니더구나. 다른 사람들도 있어. 정확히 어떤 사람들인지는 나도 모르지만……." 아빠가 침을 삼키는 소리가 들렸다. "넌 여기서 지내는 게 더 안전해. 자라나는 소녀에게는 여기가 더 적합해." 아빠가 마지막에 덧붙인 말은 의례적으로 준비해둔 말이라 공허한 메아리처럼 들렸다. 나는 그 말이 로크 씨가 했던 말을 그대로 따라 한 것임을 알 수 있었다.

나는 지푸라기가 흩어져 있는 바닥을 내려다보며 고개를 끄덕였다. "알았어요, 아빠."

"하지만 언젠가는 널 데려가마. 약속할게."

나도 아빠의 말을 믿고 싶었지만 살면서 약속이 지켜지지 않는 경우를 숱하게 겪은 터라 이제는 듣기만 해도 빈말이라는 걸 알 수 있었다. 나는 아무 말 없이 자리를 떴다.

안전한 내 방으로 돌아와 아직도 육두구와 샌들우드 향이 나는, 분홍색과 황금색으로 이뤄진 침대 시트를 몸에 둘둘 감았다. 스커트 안쪽 조그마한 주머니에서 동전을 꺼내 거기 새겨진 은색 눈동자의 여왕을 뜯어보았다. 여왕의 미소는 함께 도망가자는 듯 장난스러웠다. 순간적으로 내 심장박동은 마치 도망치던 무언가처럼 급강하했고, 입에서는 삼나무와 찝찌름한 맛이 났다.

나는 방 맞은편 서랍장으로 가서 보석함 안감에 뚫린 구멍 속으로 여왕을 밀어 넣었다. 어차피 지금은 이런 허황된 물건을 지니고 다니기에는 나이가 너무 많았다.

∞

1908년 3월에 나는 열세 살이 되었다. 열세 살은 극심히 어색하고 자기중심적인 나이라서 그해 일은 거의 기억나지 않는다. 다만 키가 10센티미터쯤 자랐고, 윌다 양은 나에게 이제부터 가슴에 철사로 만든 흉악한 장치를 착용하고 다니라고 했다. 남극으로 향하는 증기선을 탄 아빠가 보낸 편지에서는 얼음과 새똥 냄새가 났다. 로크 씨는 로크 하우스 동관에서 기름기가 좔좔 흐르는 텍사스 유전 업계 종사자들을 접대하고 있었는데 내게 그쪽에는 절대 얼씬대지 말라는 명령을 내렸다. 나는 열세 살 소녀가 느낄 수 있는 최대치의 외로움과 비참한 심사에 빠져 지냈다. 내 유일한 말동무는 월다 양이었다. 지난 몇 년간 같이 지내다보니 그녀는 나를 매우 좋아하게 되었다. 이제는 내가 '흠잡을 데 없는 아가씨'가 되었기 때문이다. 하지만 나에 대한 호감 표시라고 해봐야 지나치게 자주 미소를 짓고 —퀴퀴한 냄새가 나는 궤짝에 수십 년 동안 보관해온 물건처럼 삐걱거리고 거미줄이 처진 미소였다— 이따금씩 《천로역정》을 소리 내어 읽자고 제안하는 것뿐이었다. 차라리 말동무가 아예 없는 것보다 더 외로울 지경이었다.

그렇게 지내다가 어느 날 내가 다시는 외로움을 겪지 않아도 될 사건이 일어났다. 나는 아빠의 서재 책상에 웅크리고 앉아 로크 씨를 위해 장부 한 더미를 필사하고 있었다. 내 방에도 책상이 있긴 했지만 나는 주로 아빠의 책상을 이용했다. 아빠가 자주 집을 비워 반대할 일도 없었고, 서재의 고요한 분위기도 마음에 들었다. 먼지처럼 허공에 맴도는 아빠의 체취도 좋았다. 해염과 향신료, 신비로운 별이 섞인 냄새였다. 무엇보다 진입로가 잘 보여서 좋았다. 덕분에 새뮤얼 자피아의 마차가 이 성을 향해 흔들거리며 다가오는 모습을 지켜볼 수 있었다. 이제 새뮤얼이 내게 펄프 매거진을 건네주는 일은 거의 없었다. 펜팔 상대와 주고받는 편지 내용이 시간이 흐르며 점점 짧아지듯이 우리 사이에서 지속되어온 습관도 희미해져갔다. 그래도 새뮤얼은 늘 나를 향해 손을 흔들었다. 오늘 나는 마차 위로 뭉게뭉게 피어오르는 새뮤얼의 뿌얀 입김과 그가 서재 창문을 향해 고개를 비스듬히 들어 올리는 모습을 바라보았다.

저건 하얀 이가 번쩍인 걸까?

붉은 마차는 부엌을 향해 사라졌고, 나는 그 후로 30분 동안 마차 옆으로 자연스럽게 지나갈 방법들을 생각해냈다가 떨쳐버리기를 반복했다. 그때 윌다 양이 서재 문을 노크하더니 심히 의심스럽다는 말투로 자피아 군이 나와 얘기하고 싶어 한다는 말을 전했다.

"아, 무슨 일이지?" 나는 애써 태연한 척했다.

내가 새뮤얼을 만나려고 계단을 내려가는 동안 윌다 양은 검은 모직 그림자처럼 내 뒤를 따라왔다. 새뮤얼은 조랑말들 옆에서 날 기다리며 벨벳처럼 보드라운 그들의 귀에 뭐라고 중얼거리다가 날 보며 인사했다. "안녕하세요, 스칼러 양."

나는 새뮤얼이 대부분의 사춘기 소년들이 겪는 불행을 모면했음을 알아차렸다. 새뮤얼은 팔꿈치가 몇 개 더 생기지도 않았고, 갓 태어난 기린처럼 서투르게 움직이지도 않았다. 몸은 유연하면서도 다부졌고, 얼굴은 더 잘생겨졌다.

"안녕, 새뮤얼." 나는 최대한 어른스러운 목소리로 말했다. 마치 어릴 때 그를 뒤쫓아 잔디밭을 가로지르며 항복하라고 소리치거나 그에게 호수의 물과 솔잎으로 만든 마법의 약을 먹이며 놀았던 적이 없는 사람처럼.

새뮤얼은 날 저울질하듯 바라보았다. 나는 지금 입고 있는 올록볼록한 모직 드레스나 −윌다 양이 각별히 좋아하는 옷이었다− 핀

밖으로 힘차게 뻗어 나온 부스스한 머리카락은 생각하지 않으려고 했다.

월다 양이 협박하듯이 헛기침을 했다. 마치 목구멍에 걸린 무덤 속 먼지를 뱉어내려는 미라처럼.

새뮤얼은 마차를 뒤지더니 뚜껑이 달린 바구니를 찾아냈다. "이걸 드리려고요." 그의 얼굴은 지극히 담담했지만 한쪽 입꼬리에 잡힌 희미한 주름으로 보아 아마 미소를 지었으리라. 눈동자는 예전처럼 열정적으로 반짝거렸다. 예전에 자기가 읽었던 삼류 소설 줄거리를 들려주며 가장 흥미진진한 부분, 그러니까 남자 주인공이 유괴당한 아이를 구하기 위해 때맞춰 급습하는 장면을 말하기 직전과 같은 표정이었다. "받으세요."

이 순간, 독자 여러분은 이 이야기의 주제가 대문자로 시작하는 문이 아니라 사실은 두 마음 사이에서 열리는 더 내밀하고 더 기적적인 문이 아닐까 생각할 것이다. 어쩌면 결국에는 그런 이야기가 될지도 모른다. 나는 모든 이야기가 결국 사랑 이야기라고 믿게 되었으니까. 때맞춰 황혼 속에서 비스듬히 본다면 말이다. 하지만 이때는 아니었다.

세상에서 나의 가장 소중한 친구가 된 사람은 새뮤얼이 아니었다. 새뮤얼이 내게 건넨 바구니 속에 들어 있던, 땅딸막한 다리를 버둥거리며 코를 킁킁거리던 동물이었다.

나는 어쩌다 한 번씩 월다 양의 보호를 받으며 셸번에 다녀온 적이 있는 터라 자피아 가족이 읍내 식료품점 위의 옹색한 집에서 다 함께 산다는 사실을 알고 있었다. 시끌벅적하고 지저분한 다세대 주택이라서 로크 씨는 콧수염이 흩날릴 정도로 코웃음을 치며 그 가족에 대해 나직이 투덜거렸다. 그 식료품점에는 벨라 라는 개가 있었는데 덩치가 크고 턱이 튼튼했다.

새뮤얼은 최근 벨라가 털이 반질반질한 구릿빛 새끼들을 낳았 다고 설명했다. 새뮤얼의 형제들은 벨라가 아프리카에서 사자를 사냥하던 사냥개의 종자라고 사기를 치면서 새끼들을 어리숙한 관광객들에게 팔아넘기느라 바빴으나 새뮤얼은 한 마리를 빼돌 렸다. "제일 튼튼한 녀석이에요. 제가 아가씨를 위해 남겨뒀죠. 이 녀석이 아가씨를 쳐다보는 것 좀 보세요." 사실이었다. 바구 니 속에서 꼼지락거리던 강아지는 동작을 멈추더니 마치 신성한 명령이라도 기다리는 듯이 촉촉하고 푸른색 광택이 도는 눈으로 날 올려다보았다. 그 강아지가 나중에 내게 어떤 존재가 될지 당 시로서는 전혀 알지 못했지만 그래도 마음 한구석에서 어렴풋이 느꼈던 것 같다. 왜냐하면 새뮤얼을 올려다보았을 때 내 코가 위 험하게, 울기 직전처럼 찡하게 아렸기 때문이다.

나는 입을 열었지만 윌다 양이 다시 덜거덕거리는 헛기침 소리 를 냈다. "그건 안 되겠구나, 얘야." 그녀가 말했다. "그 동물은 원래 있던 곳으로 데려가거라."

새뮤얼은 얼굴을 찡그리지는 않았지만 미소를 지으면서 생겼 던 입꼬리의 주름이 다시 펴졌다. 윌다 양은 내 움켜쥔 손에서 바 구니를 낚아채 —바구니 안에서 강아지가 넘어지면서 굴렀고 다리를 허공에 버둥거렸다— 새뮤얼에게 들이밀었다. "스칼러 양이 네 너그러운 호의에 고마워할 거다. 틀림없이." 그러더니 날 다시 집 안으로 몰며 개는 세균이 우글거리고, 젊은 아가씨가 대형견을 키우는 건 부적절하며, 지위가 낮은 남자의 호의를 받아들이는 건 위험한 일이라고 한도 끝도 없이 연설을 늘어놓았다.

나는 저녁 식사를 마치고 나서 로크 씨에게 사정해보았으나 실패했다. "벼룩이 들끓는 짐승이 가여워서 그런 거냐?"

"아니에요, 어르신. 자피아 가에서 키우는 벨라 아시죠? 벨라가 새끼를 낳았는데……."

"그럼 혼혈이겠구나. 혼혈은 절대 오래 살지 못해, 재뉴어리. 그리고 잡종견이 내 박제품을 물어뜯게 둘 수는 없다." 그는 내게 포크를 흔들어댔다. "실은 말이다, 매사추세츠주에 사는 동료가 혈통이 아주 좋은 닥스훈트를 키운단다. 네가 공부를 열심히 한다면 그 개를 이른 크리스마스 선물로 줄 수도 있지." 로크 씨는 내게 다정한 미소를 지으며 입을 꾹 다문 윌다 양에게 몰래 윙크했다. 나도 애써 미소 지었다.

저녁 식사 후 다시 장부를 필사하려는데 기분이 울적했고, 이상하게 자꾸 마음이 쓰렸다. 마치 눈에 보이지 않는 사슬에 쓸려 살갗이 벗겨진 듯이. 눈에 눈물이 고이자 숫자들이 흐릿하면서 프리즘을 통과한 듯 오색으로 보였고, 불현듯 오래전에 빼앗긴 그 수첩이 있다면 얼마나 좋을까 하는 쓸데없는 생각이 들었다. 내가 이야기를 쓰자 그게 현실이 되었던 들판에서의 그날이 그리웠다.

펜이 슬그머니 장부의 여백으로 이동했다. 이건 말도 안 되고 가망이 없으며 허무맹랑한 수준에서도 한참을 벗어났고 종이에 쓰는 글은 마법의 주문이 아니라고 일깨워주는 머릿속 목소리를 무시한 채 나는 이렇게 썼다. '옛날에 한 착한 소녀가 나쁜 개를 만났고, 둘은 세상에서 둘도 없는 친구가 되었습니다.'

이번에는 세상이 고요하게 재구성되는 일은 없었다. 그저 희미한 한숨 소리만 들렸다. 마치 방 전체가 한숨을 내쉬듯이. 남쪽 창문이 미약하게 덜컹거렸다. 통증과도 같은 피로가 사지에 스며들더니 몸이 무거워졌다. 마치 몸 안의 모든 뼈를 도둑맞아 납으로 교체당한 듯했다. 손에서 펜이 툭 떨어졌다. 나는 흐릿한 눈을 깜빡였고 반쯤 숨을 죽였다. 하지만 아무 일도 일어나지 않았다. 강아지가 형상화되어 나타나는 일은 없었다. 나는 다시 필사를 시작했다.

이튿날 아침 갑자기 잠에서 깼다. 제정신인 젊은 여자가 자발적으로 깨어나기에는 너무 이른 시간이었다. 방 안에서 핑핑 하는 소리가 끈질기게 울렸다. 윌다 양은 본능적으로 못마땅하게 느꼈는지 미간을 찡그린 채 코를 골며 자고 있었다.

나는 잠옷 차림에 시트를 서투르게 마구잡이로 두른 채 창가로 달려갔다. 창문 아래 서리가 내린 잔디밭에는 동트기 전의 진주색 안개에 휩싸인 채 미소 비슷한 표정으로 얼굴을 들어 올린 새뮤얼이 서 있었다. 한 손으로는 몰래 잔디를 먹으려는 회색 조랑말의 고삐를 잡고 있었고, 다른 손은 바닥이 둥근 바구니를 들고 있었다.

나는 재미없고 의식적인 생각이 떠오르기 전에 황급히 문을 열고 나가 집 뒤쪽 계단을 내려갔다. '월다 양이 날 가만두지 않을 거야.' 혹은 '맙소사, 너 지금 잠옷 차림이야.' 같은 생각들은 옆문을 벌컥 열어젖히고 달려 나가 새뮤얼을 마주한 후에야 떠올랐다.

새뮤얼은 서리 내린 잔디 위에서 차가워진 내 맨발을 내려다본 다음 절박하고 간절한 내 얼굴을 바라보았다. 그러고는 두 번째로 바구니를 내밀었다. 나는 몸을 동그랗게 말고 잠든 차가운 털 뭉치를 두 손으로 들어 올려 가슴에 꼭 껴안았다. 강아지는 내 팔 안쪽의 온기를 향해 파고들었다.

"고마워, 새뮤얼." 내가 속삭였다. 지금 생각해보니 부족해도 한참 부족한 감사 인사였으나 새뮤얼은 만족한 듯했다. 그는 마치 여왕이 베푸는 호의를 정중하게 받아들이는 기사처럼 옛날 방식으로 고개를 숙이더니 침을 줄줄 흘리는 조랑말을 타고 안개가 자욱한 영지를 가로질러 사라졌다.

자, 여기서 분명하게 짚고 넘어가자. 나는 어리석은 여자가 아니므로 내가 장부에 쓴 글이 단순히 종이 위의 잉크 이상임을 깨달았다. 그 글은 세상으로 나아갔고, 눈에 보이지 않는 어떤 알 수 없는 방법으로 세상의 형태를 비틀어 새뮤얼을 내 침실 창문 밑에 서 있게 했다. 하지만 그보다 더 이성적인 설명도 가능하다. 어제 내 얼굴에 비쳤던 간절한 기색을 읽은 새뮤얼이 매정하고 늙은 독일 여자는 무시해버리기로 마음먹은 것이다. 나는 후자를 믿기로 선택했다.

그렇기는 해도 다시 방에 돌아가 베개 더미 속에 갈색 털 뭉치를 내려놓은 다음, 제일 먼저 펜을 찾아 책상을 샅샅이 뒤졌다. 나는 《정글북》을 찾아냈고, 맨 뒤 백지로 넘겨 이렇게 썼다. '그 날부터 소녀와 개는 절대 떨어질 수 없는 사이가 되었다.'

∞

1909년 여름, 나는 거의 열다섯 살이 되었고 사춘기가 드리웠 던 이기심의 안개가 걷히기 시작했다. 그해 봄에 《빨간 머리 앤》 2권과 《오즈의 마법사》 5권이 출간되었다. 최근 들창코에 앨리 스라는 백인 여자가 자동차로 미국 전역을 횡단했다(로크 씨는 그 업적을 '당치 않은 일'이라고 평가했다). 오스만 제국에서는 쿠 데타 혹은 혁명이 일어나서 야단법석이었다('철저하게 쓸데없는 일'). 아빠는 몇 달간 동아프리카에 머물렀는데 엽서 한 장 보내 지 않았다. 그 대신 크리스마스에 노란색 상아로 만든 코끼리 조 각상을 보냈다. 코끼리의 배에는 '몸바사*'라고 새겨져 있었다. 내 생일에 돌아가겠다는 쪽지도 함께 있었다.

물론 아빠는 내 생일에 오지 않았지만 대신 제인이 왔다. 싱그 러운 이파리에 아직 이슬이 맺히고, 초여름의 하늘은 이제 막 색 칠한 듯 말간 연푸른빛이었다. 배드와 나는 정원에 웅크리고 누 워 새로 나온 《오즈의 마법사》를 반기는 의미로 지금까지 출간된 시리즈 전부를 다시 꺼내 읽는 중이었다. 이미 오늘의 프랑스어와

*케냐 남부의 섬

라틴어 공부는 마쳤고, 로크 씨를 위해 계산하고 장부를 적는 일도 끝냈다. 월다 양이 없으니 이제 오후 시간은 완벽한 자유였다.

월다 양이 사라지게 되기까지 배드의 공이 정말 컸다. 월다 양이 가장 두려워하는 악몽을 형상화한다면 아마도 지나치게 큰 앞발과 뒷발, 보드랍고 수북한 갈색 털, 보모를 전혀 존중하지 않는 노란 눈의 배드 같은 강아지가 될 것이다. 내 침실에서 맨 처음 배드를 봤을 때 월다 양은 예상대로 발작을 일으켰고, 아직 잠옷 차림인 나를 로크 씨의 서재로 끌고 갔다.

"맙소사, 소리 좀 그만 질러, 이 여자야. 난 아직 커피도 안 마셨다고."

로크 씨는 월다 양에게 그렇게 말하더니 고개를 돌려 얼음처럼 차갑고 달처럼 옅은 눈으로 나를 뚫어지게 바라보았다.

"자, 대체 무슨 일이지? 어젯밤에 내가 분명히 말했을 텐데. 그런 개를 이 집에 들일 수는 없다고."

로크 씨의 눈빛 아래서 내 의지가 꺾이며 약해졌다. 하지만 《정글북》 뒷장에 나오는 글을 생각했다. '소녀와 개는 절대 떨어질 수 없는 사이가 되었다.' 나는 배드를 안은 팔에 힘을 주고, 로크 씨의 눈을 마주 보며 이를 악물었다.

일 초가 지났고, 다시 일 초가 지났다. 마치 엄청나게 무거운 물건이라도 들고 있는 듯이 목덜미에 땀이 맺혀 따끔거렸다. 그러자 로크 씨가 웃음을 터뜨렸다. "그 개가 너에게 그토록 소중하다면 키워도 된다."

그 후로 월다 양은 햇볕에 내놓은 신문지처럼 우리 삶에 미치는 영향력이 희미해졌다. 그녀는 놀라운 속도로 자라는 배드의 경쟁 상대가 될 수 없었다. 배드는 나와 함께 있을 때면 여전히 사랑스러운 강아지처럼 굴었다. 내 다리를 가로질러 털썩 누워서 자기도 하고, 덩치가 너무 커져서 내 무릎 사이에 들어올 수 없게 되었음에도 기어이 비집고 들어와 앉았다. 하지만 나 말고 다른 사람들과 함께 있을 때면 솔직히 위험해 보였다. 배드는 6개월 만에 월다 양을 하인들이 사용하는 숙소로 추방했다. 8개월이 되었을 때부터는 3층 대부분을 우리 둘이서 사용했다.

내가 마지막으로 본 월다 양은 마치 패전해 도망치는 장군처럼 잔뜩 겁에 질린 표정으로 3층에 있는 내 방 창문을 힐끗 돌아보더니 잔디밭을 허둥지둥 가로질러 갔다. 나는 배드가 깨갱거릴 정도로 꽉 끌어안았고, 우리는 그날 오후 내내 호숫가에서 물장난을 치며 자유를 만끽했다.

햇볕을 받아 따사로운 배드의 갈비뼈에 머리를 대고 누워 있는 지금, 진입로에서 자갈이 오도독거리고 부르릉거리는 엔진 소리와 함께 자동차 한 대가 오고 있었다.

로크 하우스의 진입로는 길고 구불구불하며 양편에 위엄찬 떡갈나무들이 늘어서 있었다. 배드와 내가 성 앞쪽으로 돌아가는 동안 택시가 이제 막 떠나고 있었다. 고개를 꼿꼿이 든 낯선 여자가 거대한 붉은색 석조 계단으로 성큼성큼 다가갔다.

아프리카 여왕이 태프트 대통령을 만나려고 워싱턴 D.C에 가

려다가 실수로 방향을 잘못 잡아 로크 하우스에 도착했나? 내 머
릿속에 맨 처음 든 생각이었다. 여자가 딱히 멋진 옷을 차려입었
다거나 ―반짝이는 검은 단추가 일렬로 단정하게 달린 베이지색
여행용 코트에 가죽 여행 가방 하나, 사람들이 수군댈 정도로 짧
은 머리― 거만해 보여서가 아니었다. 당당하게 가슴을 펴고 위
용 넘치는 로크 하우스를 올려다보는 그녀의 시선에서 기가 죽거
나 감탄하는 기색이 손톱만큼도 보이지 않았기 때문이다.

우리를 본 여자가 계단을 오르려다가 멈칫했다. 우리는 모퉁
이를 돌아 그녀에게로 다가갔다. 나는 배드가 충동적으로 달려
들 경우를 대비해 녀석의 목걸이를 꽉 잡고 있었다.

"네가 재뉴어리구나." 그녀의 억양은 이국적이면서 리드미컬했
다. "줄리언이 못된 개를 데리고 있는 머리 헝클어진 여자아이를
찾으라고 했거든." 여자는 손을 내밀었고 나는 그녀와 악수했다.
이국의 지형도처럼 그녀의 손바닥에는 굳은살이 박여 있었다.

그때 로크 씨가 현관문을 열고 나와 새로 구입한 반짝이는 뷰
익 모델 10을 향해 걸어간 건 정말 행운이었다. 왜냐하면 딱 벌
어진 내 입이 쉽게 다물어질 것 같지 않았기 때문이다. 로크 씨는
계단을 반쯤 내려온 후에야 우리를 보았다. "재뉴어리, 그 미치
광이 짐승에게 목줄을 채우라고 몇 번이나 말해야겠니?" 그런 다
음 낯선 여자를 힐끔 보고 나서 말했다. "근데 이 여자는 대체 뭐
냐?" 로크 씨의 말투로 보아 집 앞에 나타난 이상한 피부색 여자
에게 예의를 지킬 필요가 없다고 생각한 듯했다.

"전 제인 이리무라고 합니다. 줄리언 스칼러 씨가 저를 따님의 말동무로 고용했습니다. 매주 5달러씩 본인이 직접 급료를 지불하기로 했고요. 아마도 로크 씨라면 너그럽게 저의 식사와 잠자리를 제공할 거라고 하더군요. 이 편지에 줄리언 스칼러 씨의 의사가 설명되어 있을 겁니다." 그녀는 얼룩이 묻고 지저분한 편지봉투를 로크 씨에게 내밀었다. 그는 매우 의심스러운 표정으로 편지를 읽어나갔다. 그의 입에서 몇 차례 혼잣말이 흘러나왔다. "내 딸의 행복이라고? 자기가 고용했다고?"

로크 씨는 편지를 탁 소리가 나게 접었다. "지금 나에게 줄리언이 자기 딸을 위해 지구 반 바퀴나 돌아 보모를 보냈다는 말을 믿으라는 거요? 그것도 거의 다 자란 딸을 위해서?"

이리무 양의 얼굴은 바람에 깎인 듯 평평하고 각진 데다가 짜임새가 건축물에 가까울 정도로 완벽해 미소 짓거나 찡그릴 때도 일그러질 것 같지 않았다. "제 사정이 좋지 못해서요. 그 편지에 설명해놓았을 텐데요."

"일종의 자선 사업인가? 줄리언은 늘 너무 물러 터져서 손해 보는 짓을 한단 말이지." 로크 씨는 운전할 때 착용하는 장갑으로 손바닥을 탁 내려치더니 씩씩거리며 말했다. "잘 알았소, 미스…… 이름이 뭐였더라? 아무튼 난 줄리언이 결정한 일에 끼어들 생각은 추호도 없소. 하지만 당신에게 손님용 방을 내줄 수는 없어. 재뉴어리, 이 여자에게 네 방을 보여줘라. 월다 양이 쓰던 침대를 쓰면 될 거야." 로크 씨는 고개를 절레절레 흔들며 성큼성큼 걸어갔다.

로크 씨가 떠나자 수줍은 침묵이 살금살금 내려앉았다. 마치 어색해지고 싶지만 이리무 양의 흔들림 없는 눈빛 아래서는 차마 그럴 엄두가 나지 않는다는 듯이.

"음." 내가 침을 삼켰다. "이 녀석은 배드(Bad)라고 해요. 신드바드(Sindbad)*를 줄인 이름이죠." 나는 위대한 탐험가의 이름을 지어주고 싶었지만 적합한 이름이 없었다. 닥터 리빙스턴이나 스탠리가 제일 먼저 떠올랐으나(로크 씨는 두 사람을 너무 존경한 나머지 스탠리가 생전에 썼던 리볼버를 구입해 사무실에 전시해두었다. 총구가 좁은 엔필드 제품으로 로크 씨는 일주일에 한 번씩 닦고 기름칠했다) 그 이름을 들으면 유리 상자에 들어 있는 아프리카인의 쪼글쪼글한 팔이 생각났다. 마젤란은 너무 길었고, 드레이크는 너무 재미없었고, 콜럼버스는 너무 비효율적이었다. 결국에는 항해를 할 때마다 더 기이하고 경이로운 세상을 보여준 유일한 탐험가의 이름을 붙여주었다.

제인은 경계하듯 배드를 바라보았다. "걱정 마세요. 안 물어요." 나는 그녀를 안심시켰다. 배드는 '자주' 물지는 않았다. 나는 배드가 무는 사람은 아마도 은근히 믿을 수 없고, 나쁜 짓을 해서 벌을 받는 거라고 생각했다. 하지만 로크 씨는 내 의견을 재미있어하지 않았다.

"미스 이리무……." 내가 말문을 열었다.

"제인이라고 부르렴."

*영어로는 신드배드다

"미스 제인, 제가 아빠의 편지를 봐도 될까요?"

제인은 냉랭한 눈빛으로 나를 바라보았다. 마치 새로 발견한 균을 감정하는 과학자처럼. "안 돼."

"그럼 왜 아빠가, 음, 당신을 고용했는지 말해줄 수 있어요? 제발 말해주세요."

"네 아빠는 널 많이 아낀단다. 네가 혼자 있는 걸 원치 않아." 몇 가지 심술궂은 말들이 튀어나오려고 했다. '글쎄요, 그거 금시 초문이네요'도 그중 하나였다. 하지만 나는 그 말들을 입 안에 가둬두었다. 제인은 여전히 균을 감별하는 표정으로 나를 바라보더니 이렇게 덧붙였다. "네 아빠는 네가 안전하길 원해. 내가 반드시 그렇게 할 거고."

나는 로크 씨 영지에 깔린 초록색 잔디밭과 잔잔한 회색빛 챔플레인호를 훑어보았다. "아, 네."

내가 '우리 아빠가 정신이 이상해진 모양이니 당신은 그냥 가는 게 좋겠어요'를 정중하게 돌려서 말할 수 있는 방법을 고심하고 있을 때 배드가 제인에게 몸을 뻗더니 '물어야 할지 말아야 할지' 고민하는 표정으로 그녀를 살피며 코를 킁킁거렸다. 그러다가 잠깐 생각에 잠기더니 그녀의 손에 머리를 문지르며 귀를 긁어달라고 몰염치하게 요구했다.

개들은 인간보다 사람의 성품을 훨씬 더 잘 파악한다. "음, 로크 하우스에 오신 걸 환영해요, 제인. 이 집이 마음에 드시면 좋겠네요."

제인은 고개를 숙였다. "틀림없이 좋아하게 될 거야."

하지만 그녀가 로크 하우스에서 보낸 처음 몇 달 동안에는 이 집이나 나를 좋아하는 기색이 전혀 없었다.

제인은 온종일 몇 마디 하지 않은 채 우리에 갇힌 동물처럼 이 방에서 저 방으로 어슬렁어슬렁 돌아다니며 며칠을 보냈다. 그녀는 차가운 체념의 눈으로 날 바라봤고, 가끔은 의심스러운 표정으로 내가 버린 잡지들을 집어 들었다. 《스트랜드 미스터리 매거진》이나 《캐버리어; 위험천만한 모험기!》 같은 잡지들이었다. 제인은 마시려고 하면 사라져버리는 강의 물을 마시라거나 산 정상으로 끊임없이 바위를 밀어 올리는 임무를 부여받은 그리스 신화 속 영웅 같았다.

초반에는 제인과 대화를 나눠보려고 애썼으나 이내 그런 시도는 꺾이고 중단되었다. 나는 그녀의 과거를 정중히 물어보았지만 더 이상의 질문을 차단하는 퉁명스러운 대답이 돌아왔다. 나는 제인이 1873년 영국령 동아프리카의 중앙 산악지대에서 태어났다는 사실을 알고 있었다. 다만 1873년 당시 그곳은 영국령 동아프리카로 불리지 않았던 때이다. 그 이후 제인은 나이루에 있는 가스펠 협회 미션 스쿨에서 6년 동안 공부하며 여왕이 사용하는 영어를 배우고, 여왕이 소유한 목화 농장의 면으로 만든 옷을 입고, 여왕의 신을 위해 기도했다. 그러다가 '상당한 어려움'에 처하는 바람에 아빠의 채용 제안을 받아들였다.

"음, 적어도 여긴 그렇게 덥지는 않아요. 아프리카랑 비교해서요."

내가 괴로울 정도로 쾌활하게 말했다.

제인은 곧바로 대답하지 않고 서재 창문 너머로 초록빛이 감도는 황금색 연못을 내다보았다. "내 고향은 매일 아침 서리가 내린단다." 그녀가 부드럽게 대답했고, 그것으로 우리의 대화는 자비로운 죽음을 맞이했다.

처음으로 제인의 웃는 모습을 본 건 로크 하우스에서 매해 열리는 협회 파티에서였다. 협회 파티는 옷차림만 조금씩 달라질 뿐 매해 똑같았다. 로크 씨의 부유한 수집가 친구들과 그들의 부인이 아래층 거실과 정원에서 복작거리며 상대가 재치 있는 발언을 하면 지나치게 큰 소리로 웃음을 터뜨렸다. 수십 잔의 칵테일은 에테르 향이 나는 땀으로 바뀐 다음 나선형 담배 연기를 타고 위로 올라가 자극적인 향을 머금은 탁한 공기가 되어 우리 머리 위를 떠돌았다. 회원들은 이내 흡연실로 슬그머니 이동했고, 일층 전체가 온통 시가의 악취로 가득 찼다. 간혹 협회 파티를 내 생일을 기념해 열리는 거창한 파티라고 나 자신을 속이려고 해보았다. 왜냐하면 내 생일과 협회 파티는 며칠밖에 차이가 나지 않았기 때문이다. 하지만 술에 취한 손님들이 나를 자꾸 하인으로 착각해 셰리나 스카치위스키를 더 가져다 달라고 요청하는 바람에 그런 착각에 빠져 있기 힘들었다.

그해 내가 입은 드레스는 딱히 정해진 형태 없이 핑크 리본과 프릴로 이뤄진 거품 같았는데 그 옷을 입은 내 모습이 부루퉁한 컵케이크처럼 보였다. 불행히도 내게는 그 증거가 남아 있다. 그해 로크 씨가 특별 선물로 사진사를 고용했기 때문이다. 사진을 보면 나는 살짝 겁에 질린 표정으로 뻣뻣이 서 있었고, 머리카락을 어찌나 무지막지하게 뒤로 당겨 핀을 찔렀던지 흡사 대머리처럼 보일 지경이었다. 한쪽 손은 배드의 어깨에 두르고 있었는데 기운이 없어 몸을 기댄 건지 아니면 배드가 사진사를 공격하지 못하도록 붙잡고 있는 건지 알 수 없었다. 크리스마스가 되자 로크 씨는 그 사진을 작은 사진틀에 넣어 아빠에게 선물했다. 아빠가 여행하는 동안 그 사진을 지참하고 다닐 거라는 순진한 믿음에서였으리라. 아빠는 두 손으로 그 사진을 받더니 얼굴을 찡그리며 말했다. "딴사람 같구나. 별로 닮지 않았어." 아마도 엄마를 닮지 않았다는 뜻이리라.

몇 달 뒤 아빠의 책상 서랍을 열어보니 그 사진틀이 엎어져 있었다. 협회 파티에서 나는 웨딩 케이크 같은 드레스를 입고, 심지어 양옆에 배드와 제인이 침울한 보초병처럼 서 있었음에도 쉽게 눈에 띄지 않는 존재가 되었다. 대부분의 사람들은 나를 약간 호기심을 일으키는 대상 −로크 씨에게서 내가 보어인 다이아몬드 광부와 호텐토트족 여자 사이에서 태어난 딸이라거나 인도 갑부의 상속녀라는 소문을 듣고− 혹은 옷을 지나치게 잘 차려입은 하인으로 생각했다. 어느 쪽이든 내게 별로 관심을 두지 않아 다행이었다. 특히 붉은 머리카락을 찰랑거리는 남자 바살러뮤 일베인이 인파의 가장자리를 따라 살금살금 걸어 다니고 있었기 때문이다. 나는 벽지에 등을 붙인 채 새뮤얼이 옆에서 수정 구슬과 마법, 정확히 자정이 되면 다시 하녀로 돌아가는 공주 이야기를 속삭여주면 좋겠다고 부질없는 바람을 품었다.

로크 씨는 영국식 억양이 살짝 들어간 쾌활하고 우렁찬 목소리로 손님들과 한 사람씩 인사를 나눴다. 젊은 시절 영국 어딘가로 유학을 다녀온 까닭에 모음은 영국식으로 발음했고, 술에 취해 'r'을 더 심하게 굴렸다. "아, 헤이브마이어 씨! 와주셔서 기쁩니다. 정말 기뻐요. 저의 피후견인 재뉴어리는 만나보셨죠?" 로크 씨가 나를 향해 손짓하는 바람에 그가 애용하는 비취색 잔에 담긴 위스키가 출렁거리며 흘러넘쳤다.

헤이브마이어 씨는 키가 크고 여윈 남자로 살갗이 어찌나 하얀지 손목에서 실처럼 뻗어 나온 푸른색 정맥이 보일 정도였다. 그의 푸른색 정맥은 세상 사람들에게 자신이 자동차가 있음을 상기시켜주는 용도의 잘난 척하는 가죽 장갑 속으로 사라졌다.

헤이브마이어 씨는 손잡이가 금으로 된 지팡이를 흔들고는 내게 눈길도 주지 않은 채 말했다. "그럼, 당연하지. 파업 때문에 빠져나올 수 있을지 확실하지 않았네. 그나마 막판에 쿨리*들이 배로 도착해 천만다행이었지."

"헤이브마이어 씨는 설탕 사업을 하신단다." 로크 씨가 내게 설명했다. "연중 절반은 카리브해의 재미없는 섬에서 보내시지."

"아, 그렇게 나쁜 곳은 아니야. 나한테는 잘 맞는다네." 그의

---

*19세기에 아프리카, 인도, 아시아 식민지에서 혹사당한 중국인 및 인도인 노동자들. 미국에서 흑인 노예가 해방된 뒤로 이들이 그 노동력을 대신했고 거의 노예와 다름없는 취급을 받았다

시선이 제인과 내게로 미끄러지더니 입꼬리가 올라가며 미소를
가장한 비웃음을 지었다. "언젠가 이 둘에게 싫증 나면 그 섬으
로 보내주게. 난 늘 따뜻한 몸뚱이가 필요하니까."

　그 말을 듣자 내 온몸이 차가워지며 도자기처럼 빳빳해졌다.
이유는 알 수 없었다. 로크 씨가 마련해준 부유한 환경에서 자라
는 동안 나를 비웃는 사람을 만난 게 이번이 처음은 아니었다.
아마도 헤이브마이어 씨의 목소리에서 새어 나오는, 지하 석탄층
처럼 타오르는 태연한 허기 때문이었거나 옆에서 제인이 숨을 헉
들이쉬는 소리 때문이었으리라. 아니면 소녀의 마음은 예민해 쉽
게 상처받기 때문일 수도 있고.

　분명한 사실은 별안간 내 몸이 차가워지며 부들부들 떨렸고,
내 옆의 배드가 살아 움직이는 가고일처럼 이를 번득이며 위로
뛰어올랐다는 것이다. 내가 배드의 목걸이를 잡을 틈이 있었던
것 같은데 나는 도무지 움직일 수가 없었다. 헤이브마이어 씨가
분노에 사로잡혀 고음의 비명을 질렀고, 로크 씨는 뭐라 욕을 했
다. 그러든 말든 배드는 헤이브마이어 씨의 다리를 입 안 가득 물
고 으르렁거렸다. 그때 옆에서 다른 소리, 나직한 소리가 계속
이어졌다. 이 상황에 너무 어울리지 않는 소리라서 나는 잘못 들
은 줄 알았다.

　그것은 제인의 웃음소리였다.

　다행히 최악의 상황으로 치닫지는 않았다. 헤이브마이어 씨는 다
리를 열일곱 바늘 꿰맸고, 독한 압생트를 네 잔이나 마신 다음 투

숙하고 있던 호텔로 이송되었다. 배드는 '시간이 흐르는 한' 내 방에 가둬두라는 명령이 떨어졌고, 로크 씨가 몬트리올로 출장을 떠날 때까지 3주 동안 그렇게 갇혀 있었다. 나는 몇 시간 동안 로크 씨에게 손님에 대한 예의범절, 힘에 대한 연설을 들어야만 했다.

"얘야, 힘은 말이다, 언어란다. 또한 지형과 통화이기도 하면서 유감이지만 피부색이기도 해. 이건 네가 개인적으로 기분 나빠하거나 반대할 수 있는 무언가가 아니야. 그냥 이 세상의 순리다. 이 사실에 빨리 적응할수록 좋아."

로크 씨는 나를 동정하는 눈으로 바라보았다. 나는 초라하고 멍든 기분으로 서재에서 조용히 나왔다.

이튿날 제인은 한두 시간 동안 자취를 감췄다가 선물을 가지고 돌아왔다. 배드에게는 큼지막한 돼지 다릿살, 내게는 《아거시 주간지》 최신판을 주었다. 그러고는 윌다 양이 사용했던 딱딱하고 좁은 침대 끝에 걸터앉았다.

나는 고맙다고 말하려고 했으나 입에서 엉뚱한 말이 흘러나왔다. "왜 저한테 이렇게 잘해주세요?"

제인은 장난기 가득한 앞니 사이의 틈을 드러내며 미소 지었다. "네가 좋으니까. 그리고 남을 괴롭히는 사람은 싫으니까."

그 후 우리의 미래는 대략 정해졌다(이 구절을 볼 때마다 늘 지치고 늙은 운명의 여신이 우리의 미래를 봉투에 넣은 다음 밀랍으로 입구를 봉인하는 장면이 떠오른다). 그때부터 제인 이리무와 나는 친구 비슷한 사이가 되었다.

2년 동안 우리는 로크 하우스의 비밀스러운 공간과 다락방, 잊힌 창고와 버려진 정원에서 지냈다. 스파이나 쥐처럼 상류층 가장자리를 종종걸음으로 돌아다녔고, 주로 그림자 속에 머물다 간간이 로크 씨와 여러 하인들, 손님들 눈에 띄었다. 제인은 여전히 비밀이 많았고, 긴장한 채 무언가를 기다리는 듯했지만 이제는 적어도 우리가 같은 새장에 갇혀 있다는 느낌이 들었다.

나는 미래를 자주 생각하지 않았는데 간혹 막연히 먼 곳으로 모험을 떠나고 싶은 어린아이다운 욕망과 모든 게 지금과 똑같을 거라는 어린아이다운 확신에 차 있었다. 실제로도 대부분은 변함이 없었다.

열일곱 살 생일 전까지는. 보물 상자에서 가죽으로 장정된 책을 발견하기 전까지는.

∞

"스칼러 양."

나는 가죽으로 장정된 책을 손에 쥔 채 파라오 룸에 있었다. 배드는 몹시 지루해하며 이따금 한숨을 내쉬거나 씩씩거렸다. 스털링 씨의 단조로운 목소리에 우리 둘 다 소스라치게 놀랐다.

"아, 안녕하세요." 나는 책을 등 뒤로 숨기며 몸을 빙글 돌려 스털링 씨를 마주 보았다. 이 흠집투성이 책을 스털링 씨가 보지 못하도록 숨겨야 할 이유는 딱히 없었다. 그저 이 책에는 어떤

가 활력 넘치고 경이로운 면이 있었는데 스털링 씨가 그런 성향과 정반대의 인간이라는 점 말고는. 스털링 씨는 눈을 깜빡이더니 주추 위에 놓인 열린 상자를 힐끗 보고 나서 보일 듯 말 듯 고개를 갸웃했다.

"로크 씨가 서재로 오시랍니다." 스털링 씨는 말을 멈췄고, 그의 얼굴에 어두운 무언가가 휙 스쳐 갔다. 아마 두려움이었으리라. 만약 그가 주의를 기울이는 무표정 이외에 다른 표정을 지을 수 있었다면 말이다. "지금 당장."

나는 그를 따라 파라오 룸에서 나갔다. 배드가 발톱으로 딸각딸각 소리를 내며 뒤따라왔다. 나는 《일만 개의 문》을 스커트 허리춤에 밀어 넣었고, 책은 내 옆구리에 따뜻하고 단단하게 자리했다. 마치 방패처럼 느껴지며 이상하게 위안이 되었다.

로크 씨의 서재에서는 언제나 그랬듯이 시가 연기, 고급 가죽, 크리스털 디캔터에 넣어 사이드보드에 보관해둔 다양한 술이 뒤섞인 냄새가 났다. 로크 씨는 늘 그랬듯이 반듯하고 깔끔해 보였고, 노화 과정은 소중한 시간을 낭비하는 행위라서 거부하는 듯했다. 내가 평생 보아온 바로는 그저 관자놀이만 멋지게 희끗희끗할 뿐이었다. 반면 우리 아빠는 마지막으로 봤을 때 머리가 거의 다 백발이었다.

내가 들어가자 로크 씨는 온갖 풍상을 겪은 듯 얼룩진 편지봉투 더미에서 고개를 들더니 묘비처럼 어스레하고 진지한 눈으로 나를 뚫어지게 바라보았다. 그가 나를 그런 시선으로 보는 일은 매우 드물었다.

"스털링, 수고했네. 이제 나가보게."

스털링 씨가 서재에서 물러갔고, 문의 잠금장치가 딸깍 쇳소리를 내며 닫혔다. 가슴속에서 무언가가 퍼덕거렸다. 새의 날개가 갈비뼈에 닿는 듯했다.

"앉아라, 재뉴어리." 나는 늘 앉는 의자에 앉았고, 배드는 의자 밑으로 몸을 욱여넣었지만 절반만 성공했다.

"배드를 데려와서 죄송합니다, 어르신. 스털링 씨가 급해 보여 배드를 제 방에 데려다두고 올 수가……."

"괜찮다." 로크 씨가 내 말을 잘랐다. 가슴 속에서 퍼덕거리고 불안한 느낌이 더 강해졌다. 배드는 2년 전 협회 파티 사건 이후로 로크 씨의 서재 출입이 금지되었다(서재뿐 아니라 자동차, 기차, 만찬장까지). 배드를 볼 때마다 로크 씨는 으레 버릇없는 애완동물과 부주의한 주인의 잘못된 행태에 관해 일장연설을 늘어놓거나 콧수염이 흩날릴 정도로 못마땅하다는 듯 코웃음을 쳤다.

로크 씨는 이제부터 하려는 말을 씹어서 부드럽게 해야 한다는 듯 턱을 앞뒤로 움직였다. "네 아빠 일이다." 나는 로크 씨의 눈을 똑바로 쳐다보기가 힘들어 그 대신 책상에 놓인 전시용 유리 상자를 바라보았다. 황동 명판이 번쩍거렸다. '엔필드 리볼버, 마크1, 1879.'

"지난 몇 주간 네 아빠는 극동 아시아에 있었어. 틀림없이 너도 알고 있을 거다."

아빠는 이번 여행을 마닐라 항에서 시작해 계속 다른 섬으로 이동하며 북쪽에 있는 일본까지 갈 거라고 말했다. 자주 연락하겠다고 약속했지만 연락이 끊긴 지 몇 주가 지났다.

로크 씨는 다음에 할 말을 더욱더 철저히 씹었다. "이번 원정에 대한 네 아빠의 보고서는 드문드문 왔어. 원래 그렇긴 했지만 더욱 그랬지. 그러다 최근 들어서는 완전히 끊겨버렸단다. 마지막 보고서를 받아본 게 지난 4월이었어."

로크 씨는 뭔가 기대하는 표정으로 나를 뚫어지게 바라보았다. 마치 그가 부르다가 멈춘 콧노래를 내가 대신 끝낼 차례라는 듯이. 내가 다음에 무슨 말을 할지 당연히 알고 있어야 한다는 듯이.

나는 계속 리볼버를, 그 기름칠한 어둠과 광택이 사라진 사각형 총열을 바라보았다. 내 발에 배드의 뜨거운 숨결이 닿았다.

"재뉴어리, 내 말 듣고 있니? 네 아빠는 거의 석 달간 소식이 없었다. 그 원정대에 속한 다른 대원에게 전보를 받았는데 최근에 네 아빠를 봤거나 소식을 들은 사람이 없다더구나. 산비탈에서 네 아빠가 머문 캠프를 발견했는데 다 쓰러져 있고 아무도 없다더라."

가슴 속 새가 두 발로 내 가슴을 마구 할퀴어대며 겁에 질려 날개를 미친 듯이 퍼덕거렸다. 나는 미동도 하지 않고 앉아 있었다.

"네 아빠가 실종됐다." 로크 씨가 짧고 날카롭게 숨을 들이쉬었다. "아무래도 죽은 것 같구나."

∞

　나는 얇은 매트리스에 앉아 해가 버터처럼 매끄럽게 분홍색과
황금색으로 된 침대 덮개를 슬금슬금 가로지르는 걸 바라보았
다. 나달나달해진 실과 솜이 어느 외국 도시의 건축물처럼 침대
덮개에 그림자와 첨탑을 드리웠다. 누군가와 달라붙어 있기에는
너무 더운 날이었는데도 배드는 내 등을 감싼 채 누워 가슴 깊은
곳에서 나오는 강아지 특유의 소리를 냈다. 배드에게서 여름 냄
새와 막 깎은 잔디 냄새가 났다.

　아까 서재에서는 로크 씨의 말을 믿고 싶지 않았다. 그래서 울
부짖고 비명을 지르고, 로크 씨에게 그 말을 취소하거나 증명하
라고 따졌다. 그에게 달려들지 않으려고, 책상에 놓인 전시용 유
리 상자를 반짝이는 천 개의 파편으로 만들지 않으려고, 손바닥
에 핏빛 초승달이 박힐 정도로 주먹을 꽉 쥐었다.

　결국 포석 같은 두 손이 어깨에 놓이며 날 무겁게 눌렀다. "그쯤
해라, 얘야." 나는 로크 씨의 완강하면서도 옅은 색 눈동자를 바
라보았다. 그의 두 손 아래서 내 몸이 비늘처럼 얇은 조각으로 흩
어지고 무너지는 기분이었다. "줄리언은 죽었어. 받아들여야 해."

　그래서 나는 받아들였고, 로크 씨의 품으로 쓰러져 그의 셔츠
를 눈물로 적셨다. 그의 걸걸한 속삭임이 귓가에서 우르릉거렸
다. "괜찮다, 얘야. 너에게는 아직 내가 있으니까."

　이제 나는 부은 얼굴과 눈물이 마른 눈으로 내 방에 앉아 있

었다. 너무도 광막해서 끝이 보이지 않는 고통의 가장자리를 아슬아슬하게 걷고 있었다. 가만 내버려 두었다가는 그 고통이 나를 통째로 삼킬 터였다.

나는 아빠에게서 마지막으로 받은 엽서를 생각했다. 앞면에 해변과 강인해 보이는 여인들이 몇 명 있었는데 '스가시마의 해녀'라고 적혀 있었다. 나는 아빠를 생각했지만 내게서 멀어지는 뒷모습만 떠올랐다. 등이 구부정하고 지친 아빠의 뒷모습은 끔찍한 마지막 문을 지나 사라졌다.

'날 데려간다고 약속했잖아요.'

다시 소리를 지르고 싶었다. 소리가 목구멍 속에서 온몸을 비틀며 마구 할퀴어대는 듯했고 토하고 싶었다. 도망치고 싶었다. 다른 세상, 더 나은 세상으로 떨어질 때까지 계속 달음박질치고 싶었다.

그러다가 문득 가죽으로 장정된 책이 생각났다. 로크 씨는 이 순간을 대비해 그 책을 준 걸까? 내게 꼭 필요한 책이라는 걸 예감하고서?

나는 책을 스커트에서 꺼내 엄지로 표지에 찍힌 제목을 훑었다. 책은 마치 풀과 밀랍 먹인 실로 만든 경첩이 달리고, 가죽으로 장정된 작은 문처럼 날 위해 열렸다.

나는 그 문으로 뛰어들었다.

일만 개의
문

: 세계 신화에 등장하는 통로, 포털, 입구의 비교 연구

이 글은 6908년부터 –년까지 닌 시립 대학 요청에 따라 율 이언 스칼러*가 석사 학위 취득을 위한 요건의 하나로 작성했다.

이 논문은 세계 신화에서 반복적으로 치환되는 모티프인 통로, 포털, 입구를 주제로 한다. 이런 연구는 일견 학계에서 절대 저질러서는 안 될 두 가지 실수, 즉 경망스러워 보이거나 하찮아 보이는 실수를 저지르는 듯이 보일 수 있으나 문의 중요성을 현상학적 현실로 증명하는 것이 필자의 의도다. 이 연구는 단일 기호학, 언어학, 인류학 등 다른 학문에 기여할 잠재력이 무한하지만, 필자가 주제넘게 추정하자면 현재 우리 지식의 한계를 뛰어넘을 의도로 진행되었다. 이 연구를 통해 우주 물리 법칙에 대한 우리의 집단적 이해가 재정립될 것이다.

이 논문의 핵심 주장은 간단하다. 모든 신화에 공통으로 등장하는 통로, 포털, 입구는 물리적 변칙에 기원하며 이를 통해 이용

*Scholar, 재뉴어리의 성 Scaller와 발음은 같지만 철자가 다르다

자는 현세에서 다른 세상으로 이동할 수 있다는 것이다. 더 간단히 줄이자면 이런 문들이 실재한다는 것이다.

이제부터 이 결론을 옹호하는 광범위한 증거들을 제시하고 문의 본질, 기원, 기능에 관한 일련의 이론을 펼칠 것이다. 가장 중요한 제안은 이런 것들이다.

i) 문은 한 세상과 다른 세상 사이의 포털이며 정의할 수 없는 특정한 공명(물리 철학자들이 두 우주 간의 '약한 결합'이라고 부르는 것)이 있는 곳에만 존재한다. 문틀이나 아치, 커튼 등등 인간이 만든 건축물이 문을 둘러싸고 있을지라도 어떤 경우에든 자연현상 자체가 장식보다 먼저 존재한다. 또한 이 포털은 물리학 혹은 인간성의 특성상 발견하기가 지독히 어렵다.

ii) 그러한 포털에서는 어느 정도 누출이 일어난다. 물질과 에너지가 포털을 통해 자유롭게 흐른다. 그뿐만 아니라 사람들, 이국적인 종, 음악, 발명품, 아이디어, 한마디로 신화를 만들어내는 온갖 것들도 이동한다. 이야기를 따라가다 보면 거의 반드시 그 뿌리에 묻힌 문을 발견하게 된다.°

iii) 이런 누출과 그로 인해 생겨난 이야기는 이전에도 그랬고 지금도 모든 세상에서 인류의 문화적, 지적, 정치적, 경제적 발전에 결정적인 역할을 한다. 생물학에서도 무작위로 벌어지는 유전

°이전 학자들은 그런 이야기들을 모으고 문서화하는 데 꽤 성공했으나 그 이야기를 믿지 않았다. 따라서 모든 신화를 하나로 통합하는 단 하나의 인공물인 문을 찾는 데 실패했다
제임스 프레이저의 〈황금 가지 : 마법과 종교 연구〉, 재판 (런던 : 맥밀런 출판사, 1900) 참조

적 돌연변이와 환경적 변화 간의 상호작용이 진화를 일으킨다. 문은 변화를 도입한다. 그리고 변화에서 혁명, 저항, 권한 이양, 격변, 발명, 붕괴, 개혁 등 한마디로 인간사에서 가장 결정적인 모든 요소가 따라온다.

iv) 문은 귀중한 물건들이 대부분 그렇듯이 부서지기 쉽다. 한 번 닫히면 필자가 알아낸 어떤 방법으로도 다시 열 수 없다.

i에서 iv까지의 이론을 뒷받침하는 증거는 열여덟 개의 하위 범주로 나뉘고, 그것은 다음과 같이

원래는 저렇게 이어지는 책을 쓸 작정이었다. 내가 젊고 건방졌던 시절에는.

나는 반박할 수 없는 증거와 학자로서 책임감, 출판, 강연을 꿈꿨다. 연구라는 방대한 벽 속에서 각각의 작은 벽돌이 되어주는 인덱스 카드들이 깔끔하게 분류된 상자를 몇 개씩 가지고 있었다. 이를테면 나뭇가지들이 은은하게 빛나는 아치형 입구가 되어준 황금 나무에 관한 인도네시아 설화라든가 게일어 찬송가에 등장하는, 하늘의 대문을 통과해 날아간 천사들이라든가 수 세기에 걸친 비밀 탓에 거뭇거뭇해지고 모래바람에 풍화된, 말리에서 봤던 부조를 새겨 넣은 나무문의 기억이라든가.

하지만 나는 그런 책을 쓰지 못했다.

대신 기이하고 지극히 개인적이고 매우 주관적인 무언가를 썼다. 나는 자신의 영혼을 연구하는 과학자이자 자기 꼬리를 삼킨

뱀이 되었다. 하지만 설사 내가 충동을 길들여 학자의 면모에 걸맞은 글을 썼다 해도 그 글은 중요치 않았으리라. 확실한 증거도 없는 내 주장을 누가 진지하게 받아들이겠는가? 나는 증거를 내놓을 수 없다. 왜냐하면 내가 증거를 발견하자마자 사라져버리기 때문이다. 내 발끝을 스멀스멀 따라다니며 내 발자국을 삼키고 증거를 지워버리고 '문을 닫아버리는' 안개가 있다.

따라서 지금 당신이 손에 쥔 책은 훌륭한 학술서가 아니다. 편집자의 교정을 거치지도 않았고, 확인된 사실은 거의 담고 있지 않다. 그저 이야기에 불과하다.

그런데도 나는 두 가지 이유에서 이 책을 썼다.

첫째로 여기에 쓴 이야기는 사실이다. 단어와 그 단어의 의미는 물질 세상에서 영향력이 있으며 가장 오래된 연금술을 통해 현실을 형성하고 재형성한다. 더럽게 무력한 내 글조차도 적임자를 만나 올바른 진실을 말하고 사물의 본질을 바꿀 힘이 있다.

둘째로 오랫동안 연구하면서 모든 이야기는, 심지어 별 볼일 없는 설화조차도 중요하다는 사실을 배웠다. 이야기들은 인공물이자 팔림프세스트*이며 수수께끼이자 역사다. 미로에서 **빠져나**가기 위해 따라가야 할 붉은 실이다.

이 이야기가 당신의 실이 되어 이야기의 끝에서 당신이 문을 발견하기를 바란다.

*사본에 기록되었던 원문자를 지우고 그 위에 다른 내용을 덮어 기록한 파피루스나 양피지 사본

1장

애들레이드 리 라슨과 그녀의 인격 형성에
큰 영향을 미친 사건 소개

**그녀의 혈통과 어린 시절 – 문의 열림 – 문의 닫힘 – 소녀의
영혼에 초래한 변화**

애들레이드 리 라슨은 1866년에 태어났다.

세상이 '현대'라는 단어를 '질서', '규제 없는 자유무역'이라는 단
어와 함께 속삭이기 시작한 직후였다. 선로와 전깃줄은 길게 이
어진 바늘땀처럼 변방을 구불구불 가로질렀다. 여러 제국은 아
프리카 해안을 야금야금 먹어 치웠고, 방적 공장은 벌어진 입처
럼 등이 굽은 노동자들을 삼키고는 섬유로 된 김을 내뿜으며 윙
윙 돌아갔다.

하지만 다른 단어, 혼돈이나 혁명 같은 더 오래된 단어들도 여
전히 가장자리에 남아 있었다. 1848년에 일어난 유럽혁명은 메
케한 포연처럼 허공에 감돌았고, 인도의 세포이들은 여전히 항쟁
의 여운에 빠져 있었다. 여성들은 깃발을 만들고 소책자를 쓰면
서 속삭이고 공모했다. 자유의 몸이 된 노예들은 족쇄에서 풀려

나 새로운 나라의 피비린내 나는 빛 속에 서 있었다. 한마디로 세상의 모든 조짐은 여전히 열린 문들로 가득했다.

하지만 라슨 가는 전반적으로 더 넓은 세상에서 벌어지는 일에 철저히 무관심했다. 더 넓은 세상도 마찬가지로 그들에게 철저히 무관심했다. 라슨 가의 농장은 미국의 중앙, 그러니까 미국을 사람 몸이라고 칠 경우 정확히 심장이 위치하는 곳, 그중에서도 땅의 초록색 주름 속에 콕 박혀 있었다. 그런 까닭에 남북전쟁 당시 양쪽 군대 모두가 그 옆으로 행진하며 지나갔으나 농장을 보지 못했다. 라슨 가는 자신들과 농장에서 키우는 네 마리 젖소가 먹을 수 있을 정도의 옥수수를 재배했다. 수확한 대마는 강 아래쪽 남부 목화 농장에서 일하는 사람들에게 팔았고, 겨울에 영양 부족으로 치아가 흔들리지 않도록 사슴 고기를 충분히 염장해두었다. 그들의 관심사는 8천5백 평에 달하는 농장 경계선보다 약간 더 뻗어 있었고, 정치적 견해는 기껏해야 마마 라슨이 자주 말하는 격언인 '빈익빈 부익부'를 믿는 정도에 그쳤다. 그러다가 1860년에 어린 리 라슨은 한껏 애국심에 사로잡혀 서둘러 읍내로 나가 존 벨 후보에게 투표했다. 존 벨은 링컨뿐만 아니라 더글러스와 브레킨리지에게도 패했고, 그 결과 정치 활동은 근면 성실한 사람들의 주의를 돌려 생업을 방해하려고 만들어낸 술책에 지나지 않는다는 라슨 가의 배타적인 의심이 옳다는 게 확인되었다.

라슨 가뿐만이 아니라 그 동네 사람들 모두가 그렇게 생각했다.

지금껏 그 어떤 전기 작가나 연대기 작가, 심지어 지방 신문사 기자조차도 그 동네 사람들의 이름을 지면에 실은 적이 없었다. 내 연구를 위해 진행한 면담은 부자연스러웠고, 제대로 수행할 수도 없었으며 꼬리가 하얀 사슴이나 찌르레기를 신문하는 것과 비슷했다.

라슨 가에 주목할 만한 사실은 한 가지뿐이었다. 애들레이드 리가 태어났을 때 라슨 가에는 여자들뿐이었다. 라슨 가 남자들의 불운, 심부전, 비겁한 성격 탓에 집에 여자들만 남았는데 다들 어찌나 비슷하게 생겼는지 한 여자의 일생을 나이대별로 보여주는 듯했다.

라슨 가에 마지막으로 남아 있던 남자는 리 라슨이었다. 타이밍을 잘 맞추지 못한 그는 남부군이 기진맥진해 남동부로 행진하기 직전에야 의용군에 합류했다. 그의 새 신부는 ―이웃 나라 출신 창백한 젊은 여자― 라슨 가에 들어와 살면서 그에게서 소식이 오길 기다렸지만 끝내 오지 않았다. 그 대신 17주 후 어느 날 한밤중에 너덜너덜해진 군복 차림의 리 라슨이 왼쪽 엉덩이에 탄환이 박힌 상태로 나타났다. 그는 나흘 뒤 겁에 질린 표정으로 다시 서쪽을 향해 떠났다. 그 짧은 기간에 리 라슨의 아내는 애들레이드를 임신했다.

엄마가 시름시름 폐결핵과 우울증을 앓다가 세상을 떠났을 때 애들레이드는 겨우 세 살이었다. 그 후 할머니와 네 명의 고모가 그녀를 키웠다. 애들레이드는 불운과 가난 속에서 태어나 방치와 고독 속에서 자랐다. 이 평범하고 근원적인 이야기를 통해 우리는 한 사람의 출생이 반드시 결말까지 예고하지는 않는다는 교훈을 얻게 된다. 왜냐하면 애들레이드는 라슨 가에서 또 한 명의 창백한 여인으로 살지 않았기 때문이다.° 그녀는 다른 여인들과는 전혀 다른 존재, 너무도 찬연하고 거칠고 맹렬해서 하나의 세상에는 도저히 담기지 않는, 그래서 어쩔 수 없이 다른 세상을 찾아내야만 하는 존재가 되었다.

애들레이드라는 이름은 ─그녀의 고조모에게서 따온 사랑스럽고 여성스러운 이름이다. 프랑스계 독일 여성이었던 고조모는 애들레이드의 엄마처럼 창백하고 눈에 띄지 않는 존재였다─ 버려질 운명이었다. 그녀가 그 이름에 반발해서가 아니라 그저 그 이름이 양철 지붕에서 떨어지는 빗물처럼 저절로 그녀의 등을 타고 미끄러져 내렸기 때문이다. 그 이름은 밤마다 기도문을 읽고, 늘 단정한 옷차림을 하고, 어른이 말할 때면 다소곳이 시선을 내리까는 우아한 소녀에게나 어울렸다. 현재 라슨 가에서 적진에서 잡혀온 전쟁 포로처럼 살며 말라깽이에 볼품없는 들짐승 같은 모습을 한 아이에게는 어울리지 않았다.

애들레이드의 다섯 살 생일에 리지 고모를 제외한(그녀는 한번 습관이 들면 대포라도 쏘면서 협박하지 않는 한 바꾸지 않았다) 집안 모든 여자들은 패배를 인정하고 그녀를 에이드로 불렀다. 에이

°다른 학자들이 주목했듯이(1872년 미국 골동품 협회에서 발표한 클라우스 베르그농의《중세 시대 작품에 나타나는 운명과 생득권에 관한 에세이》참조) 여러 동화와 신화, 우화에서 피와 혈통의 중요성은 종종 반복되는 전제다

드가 더 짧고 날카로우며 큰 소리로 경고하고 훈계할 때 더 편했다. 그녀의 이름은 그렇게 굳어졌다. 비록 훈계는 먹히지 않았더라도.

에이드는 탐험을 즐기며 어린 시절을 보냈다. 마치 귀중한 물건을 잃어버려 반드시 찾아내려는 사람처럼, 혹은 지나치게 짧은 목줄을 힘껏 잡아당긴 개처럼 8천5백 평 농장을 샅샅이 뒤지고 다녔다. 그녀는 어른들은 절대 불가능한 어린아이만의 호기심과 상상력을 발휘해 그 땅을 속속들이 알게 되었다. 벼락을 맞아 속이 텅 빈 탓에 비밀 은신처가 되어주는 플라타너스들이 어디 있는지, 버섯이 균륜을 이루며 뽀얀 머리를 내밀 확률이 가장 높은 곳이 어디인지, 황철석이 개천 수면 아래서 은은히 빛나는 곳이 어디인지. 특히 농장 뒤쪽 좁고 길게 돌출된 건초지에 있는 오두막, 당장 무너질 듯 위태로운 그 집은 널빤지와 들보 하나까지 자세히 꿰고 있었다. 그 건초지는 한때 농장과 분리되어 있었다. 라슨 가가 구입했을 당시에는 오두막에 아무도 살지 않았고, 그 이전 몇 년 동안에는 타르 구덩이에 빠진 선사시대 생명체처럼 땅속으로 주저앉고 있었다. 하지만 에이드에게 건초지의 오두막은 매우 소중한 공간이었다. 붕괴 직전의 성이자 정찰병의 요새였고 해적의 저택이었으며 마녀의 은신처였다.

라슨 가 여인들은 자신들의 토지 안에 있는 오두막이었으므로 딱히 에이드에게 거기서 놀지 못하도록 제지하지는 않았다. 하지만 에이드가 썩은 목재와 삼나무 냄새를 물씬 풍기며 집으로 돌아올 때면 실눈을 뜨고 그 오두막이 얼마나 무서운지('유령이 나오는 오두막이란다. 다들 그랬어) 그리고 방랑자들이 어떤 운명을 맞이하는지 심각하게 경고했다.

"네 아빠도 방랑자였지." 이 대목에서 할머니는 침울하게 고개를 끄덕였다. "그 결과 우리가 어떻게 됐는지 봐라."

가끔 에이드에게 종종 그런 식으로 아빠의 삶을 생각해볼 기회가 주어졌지만 -그의 안절부절못하는 성격 탓에 아내는 버림받았고, 딸은 고아가 되었다- 그녀에게는 이빨 빠진 호랑이가 가하는 보잘것없는 위협에 불과했다. 아빠가 그들 모녀를 버리고 떠나기는 했지만 나름 사랑을 했고, 전쟁을 겪었고, 농장 너머 신나는 세상을 경험했으리라. 에이드가 생각하기에 그런 모험을 할 수만 있다면 어떤 대가도 치를 가치가 있어 보였다.

(필자에게 리 라슨의 삶은 모험 정신보다는 충동적이고 비겁했다고 정의할 수 있겠지만 딸의 입장에서는 아빠의 삶에서 어떤 가치라도 찾아야 했으리라. 특히 아빠가 부재하는 경우라면)

에이드는 가끔 목적을 가지고 배회하다가 일리노이 센트럴 라인에 몰래 올라타 차장에게 걸리지 않고 퍼두커까지 가기도 했고, 가끔 새들처럼 떠도는 게 좋아 여기저기 돌아다니기도 했다. 짙은 연기를 내뿜으며 지나가는 증기선을 종일 바라보며 얽히고설킨 강둑을 따라 걷기도 했다. 가끔은 난간 너머로 몸을 내밀며 증기선 선원인 척하기도 했지만 그보다는 오로지 떠나고 도착하는 목적으로 만들어진 증기선이 되는 상상을 더 자주 했다.

만일 에이드가 어린 시절에 혼자 돌아다닌 흔적을 지도에 그린다면, 그녀가 새롭게 발견한 곳들과 목적지를 지형도 형태로 표시한 다음 그 안에서 요리조리 돌아다닌 발자취를 표시한다면 우리는 그녀가 미궁의 중심에서 밖으로 나가는 길을 찾아내려고 했던 소녀이자 자유로워지려고 했던 미노타우로스였다는 사실을 알게 될 것이다.

에이드는 열다섯 살이 되었을 때 같은 지역을 빙빙 돌기만 하는 일상에 반쯤 미쳤고, 늘 계속되는 똑같은 날들에 상심했다. 그대로 살았더라면 성격이 내향적으로 변하고, 자신을 둘러싼 보이지 않는 미로의 무게에 짓눌렸을 텐데 어떤 사건 하나가 그녀를 구원해주었다. 너무나 기묘한 그 사건을 겪은 후 에이드는 계속 이어지는 평범한 일상에 불만족하게 되었고, 어딘가에 특별한 세상이 존재한다고 확신하게 되었다. 바로 버려진 건초지에서 유령을 만난 사건이었다.

들판의 웃자란 잡풀들이 적갈색과 장밋빛으로 변하고, 까마귀 울음소리가 청량한 공기를 날카롭게 가르며 울려 퍼지던 초가을 일이었다. 에이드는 여전히 농장 뒤쪽에 있는 낡은 오두막을 자주 찾아갔다. 비록 나이를 먹어 오두막을 다른 무언가로 상상하는 놀이는 하지 않았지만 유령을 본 날은 오두막 벽면으로 튀어나와 있는 굴뚝을 타고 올라가 지붕에 걸터앉아 끊임없이 다양하게 변화하는 형상을 만들어내며 날아가는 찌르레기 떼를 지켜볼 심산이었다.

건초지로 다가가던 에이드는 오두막 옆에 서 있는 검은 형체를 발견하고 걸음을 멈췄다. 고모들이 알았다면 당장 뒤돌아서 집으로 뛰어오라고 충고했으리라. 검은 형체는 필시 이방인이거나 오두막에서 나온 유령일 텐데 전자라면 무슨 수를 써서라도 피해야 했고, 후자라도 재빨리 도망쳐야 마땅했다. 하지만 에이드는 나침반 바늘처럼 검은 형체에 이끌렸다.

"누구세요?" 에이드가 외쳤다.

검은 형체가 움찔했다. 길쭉하고 호리호리한 형체로 멀리서 봐도 소년 같은 느낌이 났다. 검은 형체도 그녀에게 뭐라고 외쳤지만 단어가 그의 턱 속에서 뒤섞이는 듯했다.

"실례지만 뭐라고 했어요?" 에이드가 다시 외쳤다.

왜냐하면 상대가 이방인이든 유령이든 정중한 태도로 대해야 바람직하기 때문이다. 이번에도 상대는 무슨 뜻인지 알 수 없는 단어들을 잇달아 말했다.

이제 에이드는 상대를 또렷이 알아볼 수 있을 정도로 가까이 다가갔는데 진작 달아났어야 하는 건 아닐까 하는 의문이 들었다. 남자의 살갗은 뭐라고 표현할 수 없을 만큼 검붉은색이었다.

라슨 가 사람들은 교회에 가면 필요한 소식을 다 들을 수 있다는 이유로 신문을 구독하지 않았지만 에이드는 이따금 누군가 보고 버린 신문을 주워 읽어본 적이 있었다. 따라서 낯선 흑인 남자가 얼마나 위험한지 잘 알고 있었다. 그들의 만행을 묘사한 칼럼도 읽었고, 백인 여자를 원하는 그들의 욕망을 그린 만화를 보기도 했다. 만화에서 본 흑인들은 하나같이 괴물 같았고, 팔에는 털이 숭숭 났으며 넝마 차림에 우스꽝스러운 표정을 짓고 있었다.

하지만 오두막의 소년은 만화에서 본 흑인들과 닮지 않았다.

소년은 어렸고 —에이드와 동갑이거나 한두 살 어릴 것이다— 팔다리가 길고 매끄러워 보였다. 모직 천을 이상한 방식으로 걸치고 있었는데 천을 늘어뜨리거나 접어 정교한 곡선 주름을 잡은 게 특이했다. 마치 배의 돛을 훔쳐 몸에 둘둘 감은 듯이. 소년의 이목구비는 가늘고 섬세했으며 눈동자는 검고 맑았다.

소년이 다시 입을 열자 여러 음절로 된 일련의 말들이 거의 질문과 같은 형태로 배열되었다. 에이드는 그 말이 유령과 악마들만 아는 지옥의 방언일지도 모른다고 생각했다. 갑자기 그의 입에서 단어들이 바뀌더니 익숙한 모음들이 제대로 된 문장을 형성했다. "실례지만 뭐라고 했죠, 아가씨? 내 말 알아듣겠어요?" 소년의 억양은 매우 기이했지만 일부러 신경 써서 부드럽고 다정하게 말하는 듯했다. 마치 그녀를 놀라게 할까봐 두렵다는 듯이.

그 순간 에이드는 리지 고모의 말이 옳다는 결론을 내렸다. 신문이라는 매체는 순전히 종이 낭비일 뿐이었다. 놀란 눈에 침대 시트로 만든 것 같은 옷을 입고 부드럽고 조심스레 말하는 이 소년은 전혀 위협적이지 않았다.

"알아들어요." 에이드가 대답했다.

소년이 당혹스러워 하면서도 믿기지 않는다는 표정으로 다가와 손으로 옷자란 풀을 쓰다듬었다. 손바닥을 찌르는 뻣뻣한 감촉에 놀라더니 이번에는 손바닥이 하얀 손을 들어 올려 에이드의 광대뼈에 올려놓았다. 그 순간 둘 다 움찔하며 뒤로 물러섰다.

마치 상대가 피와 살이 있는 진짜 인간일 수 있다고는 미처 생각지 못했다는 듯이.

소년의 부드러운 태도와 순수하게 놀란 표정, 기다랗고 고운 손을 접한 에이드는 갑자기 경계심을 늦췄다.

"넌 누구니? 어디에서 왔어?" 만약 유령이라면 길을 잃고 머뭇거리는 게 틀림없었다.

소년은 적합한 어휘를 찾아내려고 더는 사용하지 않는 기억 속 벽장을 뒤지는 듯했다. "난 다른 곳에서 왔어. 여기 살지 않아. 벽에 있는 문을 통해 여기에 왔어." 그는 뒤돌아서 다 허물어져 가는 오두막의 기울어진 현관문을 가리켰다. 그 현관문은 에이드가 태어나기도 전부터 기울어져 있었던 탓에 문틀에 끼어 열리지 않았고, 에이드는 문 대신 창문으로 드나들어야 했다. 그랬던 문이 지금은 마른 소년의 가슴 넓이만큼 열려 있었다.

에이드는 이성적인 판단을 할 수 있었기에 침대 시트를 두르고 라슨 가의 땅으로 어슬렁어슬렁 걸어 들어와 다른 곳에서 왔다고 주장하는 낯선 소년의 말을 곧이곧대로 믿어서는 안 된다는 걸 잘 알고 있었다. 소년은 미쳤거나 거짓말을 하는 것이며 어느 쪽이든 시간을 할애할 가치가 없었다. 하지만 소년이 말할 때 에이드의 가슴에서 무언가가 위태롭게 전율했다. 소년의 말이 사실일지 모른다는 희망이었다.

"여기 앉을까?" 에이드는 뒤로 한 발 물러나 흰색과 빨간색 체크무늬 천을 풀 위에 펼쳤다. 풀이 뻣뻣해 담요가 솟아 있자 그녀는 천을 밟아 평평하게 만든 다음 거기에 앉았고 소년에게 옆으로 오라고 손짓했다.

소년이 싸늘한 가을 공기에 맨팔을 문지르더니 놀란 듯 귀여운 표정으로 다시 에이드를 바라보았다.

"네가 사는 곳은 날씨가 여기보다 더 따뜻한가봐? 이걸 입어." 에이드는 거친 캔버스 천으로 만든 코트를 벗어 그에게 건넸다. 여러 사람이 물려 입은 탓에 색이 바랜 데다 후줄근해진 코트였다.

소년은 소매에 팔을 넣어 어색하게 잡아당겼다. 아마 동물에게 두 번째 살갗을 입으라고 하면 저렇게 입으리라. 도저히 믿을 수 없는 일이었지만 에이드가 보기에 소년은 평생 코트를 입어본 적이 없는 듯했다.

"자, 여기에 앉아서 말해봐, 유령 소년. 네가 사는 다른 세상에 대해서." 소년이 에이드를 빤히 바라보았다.

여러분께서 허락하신다면 여기서 잠시 이야기를 멈추고 소년의 관점에서 이 장면을 다시 소개하겠다. 소년은 버려진 건초지와 매우 판이한 어딘가에서 왔고, 이질적인 태양 때문에 여전히 눈을 깜빡이기는 해도 지금까지 자신이 본 그 무엇과도 다른 소녀를 보았다. 소녀는 그를 향해 성큼성큼 다가왔다. 검은색 단추가 달린 드레스가 풀을 스치며 소리를 냈고, 챙 넓은 모자 아래로 겨울 밀 같은 빛깔의 머리카락이 엉켜 있었다. 이제 소녀는 풀밭에 앉아 서 있는 그를 올려다보았다. 눈동자가 맑았고, 얼굴은 약간 특이했지만 만약 소녀가 그의 세상에서 뭔가 가져다 달라고 했다면 그렇게 했을 것이다.

따라서 에이드 옆에 앉은 소년은 그가 사는 세상에 대해 말해 주었다.

소년이 사는 세상은 해염과 바람으로 이루어진 곳이었다. 도시 혹은 나라일 수도 있고, 혹은 그냥 세상일 수도 있다(이 대목에서 소년이 어떤 단어를 썼는지 정확하지 않다). 사람들은 석조 주택에 살며 길고 하얀 로브를 주로 입고 다녔다. 평화로운 도시로 해양 무역이 성행하며 부유해졌고, 글에 대한 숙련된 연구로 유명해졌다.

"네가 사는 마을에는 작가가 많아?" 소년은 '작가'라는 단어에 익숙하지 않았다. "책을 쓰는 사람들 말이야. 길고 지루한 거 있잖아. 죄다 죽은 사람들 이야기만 나오고."

소년은 크게 당황하며 말했다. "아니, 아니. '글.'" 소년은 더듬거리는 말로 좀 더 설명하려고 했다. 글의 속성과 우주의 형상, 잉크와 피의 상대적 점도, 언어와 그걸 세심하게 연구하는 일이 얼마나 중요한지에 대해. 하지만 소년이 구사할 수 있는 제한된 어휘와 걸핏하면 웃음을 터뜨리는 소녀의 성격 탓에 대화는 거의 진척되지 않았다. 소년은 더 이상 이야기하는 걸 포기하는 대신 소녀가 사는 세상에 대해 물었다.

에이드도 최대한 충실히 대답하려고 했지만 폐쇄된 삶을 사는 처지라 말해줄 게 거의 없었다. 근처 마을에 대해 아는 게 별로 없었고, 더 넓은 세상에 대한 지식이라고는 교실 하나짜리 학교에서 2년 동안 배운 게 전부였다.

"내가 장담컨대 여긴 네가 사는 세상처럼 재미있지는 않을 거야. 바다에 대해 말해줄래? 항해하는 방법을 알아? 어디까지 가 봤어?"

소년은 질문에 답했고, 에이드는 들었다. 어스름이 거대한 비둘기 날개처럼 내려앉았다. 에이드는 날이 고요히 저물고 있고, 야행성 새들이 구성지게 운다는 사실도 알게 되었다. 진작 집에 돌아갔어야 할 시간이었지만 도무지 발이 떨어지지 않았다. 에이드는 유령과 마법, 별세계를 믿을 수 있는 세상, 이 이상한 흑인 소년과 어스름을 가르며 언뜻언뜻 흰 손바닥이 보이는 그의 손을 믿을 수 있는 세상의 정지된 시간 속에 무중력으로 떠 있는 기분이었다.

"내가 사는 세상에서 너처럼 생긴 사람은 없어. 넌 무슨 일이 있었기에 살갗이 벗겨진 거야? 아니면…… 아니, 저건?" 소년의 영어가 목구멍 뒤쪽에서 연달아 나오는 감탄으로 바뀌었고, 에이드의 생각에 그 소리는 어느 세상에서나 '저게 대체 뭐지?'로 번역할 수 있을 듯했다. 소년은 그늘진 들판을 뚫어지게 바라보며 고개를 좌우로 휙휙 돌렸다.

"저건 반딧불이야. 올해 마지막으로 볼 수 있는 반딧불이지. 문 반대편 세상에는 반딧불이 없니?"

"우리 세상에는 없어. 반딧불은 무슨 용도로 쓰여?"

"특별한 용도는 없어. 이제 날이 어두워졌고, 빨리 집으로 돌아가지 않으면 크게 혼날 거라고 알려줄 뿐이지." 에이드는 한숨을 쉬었다. "이제 그만 가봐야겠다."

소년은 그들의 머리 위에서 밝게 빛나는 저녁별을 올려다보았다. 소년의 입에서 다시 단어들이 연달아 흘러나왔는데 에이드는 어렵지 않게 번역할 수 있었다. "나도 가야 해"였다. 에이드의 눈을 바라보는 소년의 눈빛이 검게 반짝거렸다. "하지만 돌아올 거지?"

"오늘 이리 늦도록 돌아오지 않은 벌로 크리스마스 때까지 헛간에 갇혀 있게 될지도 몰라." 소년은 그 말에서 명사 몇 개를 못 알아들은 게 틀림없었다. 하지만 에이드는 사흘 뒤 소년과 이 자리에서 다시 만나기로 약속했다.

"그때는 내가 널 우리 세상으로 데려갈게. 그럼 내 말을 믿게 될 거야."

"알았어, 유령 소년."

소년은 해맑게 웃었다. 마치 사흘 뒤 이 벌판에서 에이드를 다시 만나기로 약속한 것보다 더 좋은 일은 상상할 수 없다는 듯이 들뜨고 홀딱 반한 표정이었다. 에이드는 소년에게 키스하지 않을 수 없었다. 입술을 거의 비껴간 서투른 키스, 입술끼리 건조하게 스친 데 불과한 키스였지만 두 사람의 심장은 이상하게 요동쳤고, 사지가 콕콕 쑤시며 덜덜 떨렸다.

에이드는 스커트와 체크 담요를 펄럭이며 떠났고, 소년은 몇 분 지난 후에야 지금 자신이 정확히 어디에 있고, 이제 어디로 가야 하는지 생각해냈다.

☆

에이드가 집에 돌아가니 마마 라슨이 밤늦게 혼자 싸돌아다니
길 좋아한 여자아이들이 어떻게 되었는지, 고모들이 얼마나 불안
에 떨며 두려워했는지, 매사 그런 식이면 이 나라에서 여성의 위
신이 떨어질 수밖에 없다고 퍼부어대며 울부짖었다. 리지 고모가
끼어들어 자신은 머리끝까지 화가 났을 뿐 두렵지는 않았다며 엄
마는 본인 얘기만 했으면 좋겠다고 투덜거렸다. "에이드, 그나저
나 코트는 어디에 벗어두고 왔니?"

에이드는 잠시 생각한 뒤 '다른 세상으로 가버렸어요'라고 대답
하고는 가벼운 발걸음으로 계단을 올라갔다.

☆

마음 한 가운데에 랜턴처럼 밝게 빛나는 즐겁고 신비한 비밀을
품고 있으니 매주 겪는 일요 예배의 시련을 견디기가 훨씬 더 수
월했다. 마을 사람들은 ―사실 마을 사람들이라기보다는 저마다
고립된 농장에서 뿔뿔이 흩어져 살아가는 사람들의 집합체로 경
매나 장례식, 예배가 있을 때만 모였다― 매주 일요일마다 몹시
지루한 표정으로 발을 질질 끌며 신도석에 앉았다. 에이드는 새
롭고도 기분 좋은 방식으로 자신과 그들이 유리된 느낌이었다.
맥다월 목사의 설교는 바위를 만나 갈라지는 강물처럼 그녀를 비

껴갔다.

라슨 가 여자들은 늘 뒤에서 세 번째 줄에 앉았다. 마마 라슨이 맨 앞줄에 앉는 건 교만해 보이고, 맨 뒷줄에 앉는 건 무례해 보인다고 우겼기 때문이다. 그들은 지각한 신도들이 삼삼오오 들어와 고개를 푹 숙인 채 맨 뒷줄로 슬그머니 들어가 앉는 모습을 지켜보며 짜릿한 우월감을 느끼기도 했다. 대개 마지막 줄은 얼굴이 붉은 뷸러 가 사람 몇 명과 꼬마 한슨이 차지했다. 한슨은 사십 대였음에도 아직 꼬마로 불렸다. 남북전쟁에 참전했다가 머리를 다친 탓에 정신이 온전치 못했기 때문이다. 맥다월 목사의 목소리가 점점 커지고 땀을 뻘뻘 흘리기 시작한 설교 막바지 무렵에 에이드가 모르는 한 남자가 교회로 들어와 뒤에서 두 번째 신도석에 앉았다.

에이드는 바깥세상에 대해 잘 모르지만 거기서 온 사람이라고 확신했다. 모든 면에서 한 치의 오차도 없이 정확하게 정돈되어 있는 사람이었다. 그가 입은 모직 코트는 멋스럽고 길이가 짧아 칼주름을 잡아 다린 검은색 긴 바지가 그대로 드러났다. 희끗희끗한 콧수염은 꼼꼼하게 잘 다듬었다. 신도들이 다른 사람에게 들키지 않고 몰래 이방인 남자를 훔쳐보려고 일제히 자세를 바꾸는 소리가 어렴풋이 들렸다.

예배가 끝나자 신도들이 침입자 곁으로 몰려가는 바람에 교회 밖으로 나갈 수 없을 지경이었다. 첫 번째 줄에 앉았던 신도들이 자진해서 남자에게 마을 사람들을 소개해준 뒤 질문을 던졌다.

사람들은 그 남자가 예배를 즐겼기를 바랐고(하지만 에이드는 신도들이 예배를 즐기는 게 맥다월 목사님의 목표는 아닐 거라고 확신했다), 무슨 일로 왔는지 궁금해했다.

근처에 친척이 사나요? 아니면 강에서 사업을 하려고?

"환영해주셔서 정말 감사합니다. 하지만 전 바지선에는 조금도 관심이 없습니다. 사실 저는 토지를 거래하는 사람입니다. 좋은 땅을 찾고 있죠." 콧소리가 섞이고 이국적으로 들리는 남자 목소리가 신도들 머리 위로 울려 퍼지자 에이드 옆에 앉은 마마 라슨이 씩씩거렸다. 교회에서는 누구든 점잖고 공손한 태도로 얘기해야지 저리 큰 소리로 말해서는 안 된다면서.

"메이필드에서 이 근처에 적당한 가격에 구입할 수 있는 땅이 있다고 들었습니다. 유령이 출몰하고 별로 쓰이지 않는 땅이라고 하더군요. 그래서 이번 기회에 여러분에게 절 알리고자 왔습니다."

사람들은 마치 물결이 일듯이 이방인 옆에서 벗어나기 시작했다. 마을 사람들은 대도시에서 온 북부인이 자기들을 속여 땅을 빼앗아가려고 이 교회에 난입했다는 사실이 마음에 들지 않는 듯했다. 이곳은 카펫배거*가 찾아올 정도로 남쪽 지역은 아닌 탓에 주민들이 그들에 대해 아는 정보라고 해봐야 고작 일요신문 만화에 악당으로 그려진다는 사실 뿐이지만 그래도 그들을 알아볼 수

---

*Carpetbagger, 남북전쟁 후 북부에서 남부로 내려온 사람들. 당시 남부인들은 북부인들이 패전한 남부를 약탈하러 왔다고 판단해 그들을 매우 싫어하고 경계했다

는 있었다. 마을 사람들의 웅얼거리는 대답으로 보아 그들은 이
방인의 계획에 협조할 생각이 전혀 없는 듯했다.

"이 근처에는 살 만한 땅이 없어요. 다른 곳에 가서 찾아보세요."

사람들은 썰물처럼 교회를 빠져나가기 시작했고, 그들이 일렬
로 서서 신도석 사이 통로를 걸어가는 동안 에이드는 리지 고모
를 뒤따라갔다. 이방인은 사람들의 대답에 아랑곳하지 않고 여
전히 여유 넘치고 상냥하면서도 우월감이 가득한 미소를 짓고 있
었다. 에이드는 걸음을 멈췄다.

"우리 땅에 오두막이 하나 있는데 유령이 나오는 집으로 유명
해요. 어제도 제가 직접 보고 왔는데 팔지는 않을 거예요." 에이
드는 이방인에게 그렇게 말했다. 왜 그런 말을 했는지 알 수 없었
다. 다만 이방인의 얼굴에 깃든 우쭐한 표정을 사라지게 하고 싶
었고, 자신들이 근거 없는 미신을 두려워해 헐값에 땅을 팔아버
리는 가난한 시골뜨기가 아니라는 걸 증명하고 싶었다. 어쩌면
그 남자가 더 넓은 세상에서 왔다는 사실이 부럽고 호기심이 들
었기 때문일 수도 있다.

"그렇구나." 이방인은 자기 딴에는 틀림없이 호감을 줄 거라고
생각하는 미소를 지으며 몸을 내밀었다. "그렇다면 내가 널 배웅
할 수 있게 해다오." 어느새 에이드는 그와 팔짱을 끼고 있었고,
다리는 그의 옆에서 휘청거렸다. 고모들은 이미 밖으로 나간 뒤
였는데 아마 부채질을 하며 수다를 떨고 있으리라. "유령의 정체
는 뭐였니? 넌 정확히 뭘 봤지?"

하지만 남자와 이야기하고 싶었던 에이드의 마음은 이미 증발해버렸다. 에이드는 남자의 팔에서 손을 빼고는 사춘기 소녀 특유의 뚱한 표정으로 어깨를 으쓱였다. 더는 아무 말 없이 자리를 뜰 생각이었으나 이방인의 눈이 그녀의 눈을 사로잡았다. 그의 눈동자는 달 혹은 동전의 색이었고, 이루 말할 수 없이 차가웠지만 동시에 이상하게 매혹적이었다. 마치 상대를 끌어당기는 자기만의 중력이 있는 듯했다.

오랜 세월이 지난 후에도 늦은 오후의 나른한 온기 속에서 내 옆에 웅크리고 누워 있던 에이드는 그 눈빛을 묘사할 때마다 몸을 파르르 떨었다.

"내게 전부 다 말해다오." 이방인이 속삭이듯 말했다.

그래서 에이드는 그렇게 했다. "저도 별생각 없이 낡은 오두막에 갔는데 유령 소년이 거기에서 기다리고 있었어요. 처음에는 유령이라고 생각했죠. 흑인인데 이상한 옷차림에 알아들을 수 없는 말을 했으니까요. 하지만 유령은 아니었어요. 정확히 어디에서 왔는지도 모르겠더군요. 다만 유령 소년이 우리 오두막에서 걸어 나온 건 분명해요. 저는 그 사실이 기뻤어요. 그 소년이 마음에 들었고, 특히 그 아이의 손도 마음에……." 에이드는 더는 말이 새어 나오지 못하도록 이를 꾹 다물었다. 머리가 어질어질하고 숨이 조금 가빴다.

에이드가 말하는 동안 이방인의 얼굴에 특유의 호감가지 않는 미소가 드리워졌다. 다만 이번에는 그 미소의 이면에 조용히 먹이를 바라보는 포식자 같은 면모가 느껴졌다. "대단히 고마워요, 미스······?"

"애들레이드 리 라슨입니다." 에이드는 침을 삼키고 눈을 깜빡였다. "그만 가볼게요, 선생님. 고모들이 부르네요."

에이드는 깔끔한 양복을 입은 이방인을 돌아보지도 않고 부리나케 바깥으로 나갔다. 이방인의 눈길이 10센트짜리 동전 두 개가 되어 그녀의 목덜미를 꾹 누르는 듯했다.

☆

고모들은 근본적으로 심성이 착한 탓에 에이드가 받는 벌은 늘 똑같았다. 온 가족이 함께 자는(마마 라슨만 제외하고. 할머니는 밤잠을 자기보다 비스듬히 누운 상태에서 변형된 여러 자세로 일층에서 아무 때고 낮잠을 잤다) 2층 다락방에 이틀 동안 갇혀 지내는 것이다. 에이드는 이 감금을 순순히 받아들이지 않았지만—이 감금 기간에 라슨 가의 여인들은 마치 집에 유달리 성질이 고약하고 시끄러운 유령이 사는 듯 머리 위에서 들리는 쿵쿵, 탕탕 소리에 시달려야 했다— 그렇다고 거부하지도 않았다. 에이드가 생각하기에 이틀 동안 가족들을 달래서 만족시켜준 다음 사흘째 저녁에 창밖의 인동덩굴을 타고 도망치는 게 최선이었다.

월요일이 되자 리지 고모는 빨랫줄에서 막 걷은 빨랫감 한 바구니와 찢어진 속옷 더미를 주면서 빨랫감은 개키고 속옷은 수선하라고 했다. 왜냐하면 온종일 침대에 누워 있는 일은 벌이라기보다 상에 가깝다는 것이 고모의 주장이었기 때문이다. 고모는 자기도 내일 저녁에 가출할 테니 집에 돌아오면 푹 쉴 수 있도록 다락방에 가둬달라고 했다. 점심이 되자 방에서는 아래층에서 솔솔 올라오는 구운 베이컨 냄새와 콩 냄새가 났다. 에이드는 가족들에게 먹을거리를 가져다 달라는 사실을 상기시키려고 성서를 바닥에 툭 떨어뜨렸다.

기대와 달리 아무도 올라오지 않았다. 그때 고압적으로 현관문을 쾅쾅 두드리는 소리가 나자 다섯 여자의 놀란 침묵이 이어졌다. 손님 방문에 익숙지 않은 터라 갑작스러운 노크 소리에 어떻게 대처해야 할지 알 수 없었기 때문이다. 의자 다리가 바닥에서 소심하게 밀리는 소리, 발을 끄는 소리, 문이 안쪽으로 삐걱 열리는 소리가 났다. 에이드는 바닥에 납작 누워 마룻널에 귀를 바싹댔다.

들리는 소리라고는 부엌에서 우렁우렁 울리는 낯선 남자의 나직하고 이질적인 목소리뿐이었다. 이윽고 다섯 여자의 목소리가 강가의 놀란 새 떼처럼 남자의 목소리를 에워싸고 오르락내리락했다. 한 번은 진심으로 즐거워하는 남자의 웃음소리가 우렁차게 울려 퍼지기도 했다. 북처럼 속이 비어 있고 능글맞은 웃음소리였다. 에이드는 교회 예배에서 봤던 대도시 남자가 생각났고, 이상하게 마음이 어두워지면서 정확하게는 알 수 없지만 곧 무언가 무서운 일이 벌어질 것 같은 느낌이 들었다.

남자가 떠났고 문이 닫혔다. 고모들이 재잘거리던 소리는 이내 자지러질 듯 큰 웃음소리로 바뀌었다.

한 시간이 너끈히 지난 후에야 리지 고모가 식어버린 콩이 담긴 접시를 가져왔다. "아까 누가 왔었어요?" 에이드가 물었다. 그녀는 여전히 바닥에 엎드려 있었다. 두려움과 무력감에 몸이 마비되어 움직일 수 없었다.

"넌 알 거 없어, 요 참견쟁이야. 그냥 약간의 희소식이 있었을 뿐이야." 리지 고모는 그렇게 말하고는 마치 엄청난 비밀을 숨기고 있는 듯 자못 으스댔다. 아마 다른 고모였다면 에이드는 더 자세히 말해달라고 윽박질렀겠지만 리지 고모에게는 어림없었다. 그녀를 윽박지르는 건 산을 윽박지르는 거나 마찬가지였다. 다른 점이 있다면 산은 버릇없이 굴었다고 회초리로 때리지는 않는다.

에이드는 등을 대고 누운 자세로 낮은 천장을 가로질러 쭉쭉 뻗기도 하고, 서까래 사이 배수구에 고이기도 한 햇살을 바라보았다. 다른 곳, 다른 세상에서는 햇살이 어떻게 보일지 궁금했다. 다른 세상이 정말로 존재한다면. 유령 소년이 들려준 이야기들은 벌써 빛이 바래고 해진 느낌이 들었다.

사흘째 아침에 에이드는 팔다리가 불길할 정도로 무거워진 기분을 느끼며 잠에서 깨어났다. 고모들과 할머니는 그녀를 둘러싼 수북한 이불과 여자들의 살덩어리 속에서 여전히 코를 골고 훌쩍거렸다. 해는 마지못해 잿빛 여명과 함께 떠올랐는데 속도가 한없이 느렸다. 에이드는 옷을 입는 고모들 사이에 긴장한 채 앉아 진작 창밖으로 도망쳐 건초지에 갔더라면 얼마나 좋았을지 생각했다. 그녀의 뼈는 진동하며 긴장했고, 발은 마룻바닥을 탁탁 쳤다. 다락방은 밤새 자면서 내뱉은 숨으로 공기가 탁하고 눅눅했다.

"우린 오늘 읍내에 갈 거다." 마마 라슨이 공표하며 읍내에 갈 때 쓰는 모자를 향해 손짓했다. 1850년대에 구입한, 어마어마하게 큰 보닛으로 갈수록 토끼 인형처럼 보였고 토끼 인형 같은 냄새가 났다. "에이드, 넌 꼼짝 말고 집에서 쉬고 있어라. 지난번에는 우리 모두가 너 때문에 심장마비로 쓰러질 뻔했으니까."

에이드는 눈을 깜빡이고 나서 순순히 고개를 끄덕였다. 그녀가 고분고분할 거라는 환상을 유지하는 편이 예의 바른 일인 듯했기 때문이다.

라슨 가의 여자들이 모두 사라졌을 무렵 —드레스를 입고 스타킹을 신는 동안 온통 난리 치느라 하세월이더니 헛간에서 노새들에게 마구를 씌우고 마차를 끌어야 한다고 설득하느라 얼마간 시간이 걸린 후에야 비로소 그렇게 되었다— 에이드는 다른 세상으로 가고 싶은 욕망에 몸이 덜덜 떨렸다. 그리하여 갓 수확한 사과와 리지 고모가 일할 때 입는 코트를 집어 들고 거의 뛰다시피 종종걸음으로 집을 나섰다.

기대와 달리 낡은 오두막 앞에는 기다리는 사람이 아무도 없었다. 사실 낡은 오두막 자체가 아예 없었다. 들판은 어떤 형체도 없이 텅 비어 있었다. 부루퉁한 까마귀 몇 마리와 땅에 일렬로 박아 놓은 쇠막대만 보일 뿐이었다.

갑자기 방향감각을 잃은 에이드는 현기증이 나는 바람에 눈을 감은 채 몸을 휘청거렸다. 오두막이 있던 자리에는 마치 하늘에서 거인의 손이 내려와 무심코 오두막을 쓸어버린 듯이 부러진 목재들이 마구잡이로 흩어져 있었다. 문이 완전히 사라진 자리에는 그저 이끼로 얼룩진 나뭇조각만 몇 개 남아 있었다.

☆

에이드가 집에 돌아왔을 때 창마다 램프가 켜져 있었다. 노새들은 털이 헝클어지고 땀으로 얼룩진 채로 다시 건초지로 돌아갔다. 부엌에서는 고모들이 만족감에 겨워 자지러질 듯이 웃는 소리가 들려왔다. 에이드가 문을 열자 웃음소리가 뚝 그쳤다.

다섯 명의 고모가 부엌 식탁에 둘러서서 식탁에 쌓인 멋진 크림색 줄무늬 쇼핑 상자를 감탄하며 바라보고 있었다. 포장지가 쪼글쪼글한 구름처럼 그들 주위로 둥둥 떠다니는 듯했고, 다들 비밀스러운 희열로 볼이 발그레했다. 그들의 미소는 기이하고 소녀 같았다.

"애들레이드 리, 대체 어디에……."

"왜 우리 땅에 측량 막대가 꽂혀 있어요?" 에이드가 물었다. 고모들과 할머니는 그날 아침보다 더 근사한 옷을 차려입고 있었다. 벨벳 리본이 여기저기 달려 있고, 심지어 색이 선명한 스커트 안에는 엉덩이 쪽이 불룩 솟아오른 버슬까지 있었다. 진흙투성이 드레스에 양 갈래로 땋아 내린 머리가 헝클어져 있던 에이드는 불현듯 그들 모두에게 거리감을 느꼈다. 마치 그녀와 고모들이 아주 큰 방의 양 끝에 서 있는 듯이.

에이드의 질문에 대답한 사람은 마마 라슨이었다. "마침내 우리에게도 행운이 찾아왔다." 그녀는 여왕 같은 당당한 자세로 식탁을 향해 손을 뻗었다. "어제 그 대도시 남자가 찾아와 버려진 건초지를 사겠다며 제법 좋은 가격을 제시했단다. 아주 거액이었어." 고모들이 킥킥거렸다. "우리가 그 돈을 마다할 이유가 없잖니. 더구나 현찰로 주더구나. 그 돈이 전부 그 남자 주머니에 들어 있었어. 우린 그 자리에서 양도 계약서에 서명했다. 어차피 웃자란 잡풀로 뒤덮인 건초지가 우리에게 무슨 소용이 있겠니?" 마지막 말은 이방인 남자에게 건초지를 넘긴 뒤에 할머니와 고모들이 여러 번 반복한 말처럼 들렸다.

리지 고모가 상자 하나를 들고 앞으로 나왔다. "그리 침울한 표정 짓지 마라, 애들레이드. 이걸 보렴. 원래는 네 생일까지 기다렸다가 주려고 했는데……." 리지 고모는 말을 멈추고 상자를 열어 보랏빛이 감도는 푸른색 긴 천을 보여주었다. "네 눈동자 색과 잘 어울릴 거야."

에이드는 말문이 막혀 그저 리지 고모의 손을 토닥였다. 차라리 너무 고마운 마음에 목이 메는 거라 생각해주었으면 했다. 그러고는 눈물이 자신을 배신하고 볼에 길을 내기 전에 위층으로 뛰어갔다.

에이드는 가운데가 푹 꺼진 로프 침대로 동물처럼 기어들어 갔다. 마치 들판의 풀잎 가장자리가 칼날처럼 예리해 모험과 마법의 세계를 좋아하는 그녀의 어린아이 같은 면을 베어버린 듯 마음이 쓰라렸다.

그날 에이드는 온종일 무너진 오두막 옆에 머물렀다. 유령 소년이 나타나지 않으리라는 걸 알았지만 그래도 기다렸다. 어쩌면 애초부터 다른 세상은 없었고, 어리고 외롭고 어리석은 자신이 친구가 되어줄 유령 소년과 다른 세상에 관한 이야기를 지어낸 건지도 모른다. 어쩌면 고모들과 할머니가 사는 세상처럼 규칙에 얽매이고, 옥수수빵과 먼지처럼 현실적이고 지루한 세상 말고는 아무것도 없었는지도 모른다.

에이드는 그렇게 믿기 직전이었다. 하지만 그녀 안에 새로운 무언가가 있었다. 그녀의 가슴속에는 야생 씨앗이 심겨 있었고 때문에 세상을 있는 그대로 받아들일 수 없었다.

여러분도 알다시피 문은 여러 가지로 불릴 수 있다. 문은 틈새이자 샛길이고 미스터리며 경계이기도 하다. 하지만 무엇보다도 문은 변화다.° 문에서 무언가가 빠져나오면 그게 아무리 작고, 아무리 찰나라고 해도 변화가 뒤따르기 마련이다. 배의 항적을 따라가는 쇠돌고래처럼. 애들레이드는 이미 변화에 사로잡혔고 돌이킬 수 없었다.

°이 이론은 –서문에 세 번째 결론으로 설명되어 있다– 수십 년의 현장 연구를 근거로 하지만 또한 서구 학문의 많은 저술이 이를 간접적으로 지지한다

예를 들어 《몽골사》는 초기 유럽인의 탐험을 다룬 역작으로 1240년대 몽골의 궁정으로 떠나는 조바니 다 피안 델 카르파인의 여정을 묘사한다. 그 책에서 카르파인은 몇십 년 전 타타르인들 사이에서 굉장한 변화가 일어났는데 어떤 합리적인 이유로도 설명할 수 없다고 한다. 그러면서 몽골에서 인기 있는 신화를 소개한다. 칭기즈칸이 어릴 때 동굴 속 저주받은 문을 통해 사라졌다가 7년 후에야 돌아오는 내용이다. 카르파인은 어쩌면 칭기즈칸이 '여기와는 다른 세상'에서 시간을 보낸 후에 아시아 대륙을 정복하는 데 필요한 엄청난 지혜를 습득하고 돌아온 것은 아닐까 하는 이론을 제시한다

어쩌면 문을 통과했다가 다시 돌아와 세상을 바꾸지 않기란 불가능한 것인지도 모른다

그날 밤, 반쯤 상심하고 무너진 채 침대에 누워 있던 에이드는 계속 믿기로 했다. 말도 안 되지만 현실과는 다른 무언가를, 스러져가는 햇살 속에서 자신의 입술과 소년의 메마른 입술이 닿았던 감촉을, 세상에는 틈새가 벌어진 곳들이 있고 거기를 통해 신기하고 놀라운 것들이 새어 나올 가능성이 있다고.

그렇게 믿으니 어린 시절에 마구잡이로 느꼈던 불확실성이 서서히 줄어들었다. 에이드는 마침내 찾아내야 할 냄새의 진원지를 발견한 사냥개였고, 길을 잃고 항해하다가 나침반을 건네받은 선원이었다. 만약 정말로 문이 존재한다면 그녀는 열 개, 만 개라도 찾아내고 그 문을 통과해 만 개의 다른 세상으로 가리라 다짐했다. 그러다 보면 언젠가 그중 하나는 바닷가 도시로 이어지리라.

③ 어디로든 가는 문

낯선 방에서 깨어나 내가 왜 여기에 있는지 기억나지 않는 경험을 해본 적이 있는가? 그럴 때 우리는 순간적으로 그저 부유하며, 시간이 사라진 미지의 세상에 정지되어 있다. 토끼 굴로 끝없이 추락하는 앨리스처럼.

나는 평생 거의 매일 아침 로크 하우스 3층에 있는 그 비좁은 회색 방에서 눈을 떴다. 오랜 세월 햇볕에 색이 바랜 마룻널, 구석구석 책이 터질 듯이 꽂혀 있어 더는 꽂을 공간이 없는 책꽂이, 털이 북슬북슬한 용광로처럼 내 옆에 벌렁 누워 있는 배드, 이 모두가 내게는 살갗처럼 익숙하다. 그런데도 그 짧지만 긴 순간에 나는 내가 어디에 있는지 정확히 알지 못했다. 왜 볼에 말라붙은 소금 자국이 있는지, 왜 마치 누군가 밤에 내 몸에서 중요한 장기를 떼어낸 듯이 갈비뼈 바로 아래에서 칼로 에는 공허함이 느껴지는지, 왜 책 모퉁이가 턱을 찌르는지.

맨 먼저 책이 기억났다. 잡풀이 웃자란 건초지, 소녀와 유령, 경이로운 다른 세상으로 이어지는 문, 그리고 자꾸만 반복되는,

기괴할 정도로 익숙한 느낌. 마치 그 이야기를 전에 들은 적이 있는데 결말이 기억나지 않는 듯했다.

어떻게 이런 책이 푸른색 이집트산 궤짝에 들어 있었을까? 애초에 이 책을 쓴 사람은 누굴까? 왜 에이드 라슨이 어릴 때 내가 알았다가 잊어버린 친구처럼 느껴질까?

(나는 이 유쾌한 미스터리에 절박하게 끌렸다. 마치 시야 가장자리에서 맴돌다가 내가 똑바로 바라보면 덮치려고 대기하는 무언가가 있는 듯이)

방 맞은편 제인의 침대에서 부스럭거리는 소리가 들려왔다.

"재뉴어리, 일어났니?"

제인의 목소리에서 느껴지는 무언가, 그러니까 그녀답지 않게 주저하고 날 걱정하는 듯한 부드러운 말투를 들으니 '제인은 알고 있다'는 느낌이 들었다.

그러자 다시 이런 생각이 들었다. '제인이 뭘 안다는 거지?'

그제야 기억났다. '아빠가 돌아가셨어.' 그림자 속에서 거대하고 차가운 무언가가 튀어나와 날 통째로 먹어버렸고, 그 일 이후 모든 게 흐리멍덩한 잿빛으로 변했으며 아득히 멀어 보였다. 내 모험과 미스터리 이야기는 그저 또다시 달아빠진 가죽으로 장정된 책이 되어버렸다.

제인이 일어나서 기지개를 켜고 옷을 입는 소리가 들렸다. 내게 무슨 말인가 할 것 같은 느낌이 어렴풋이 들었다. 날 달래주거나 위안이 될 말. 그런 생각을 하자 뻣뻣한 솔로 까진 살갗을 문지르는 듯했다. 나는 눈을 꼭 감고 배드를 더 바싹 움켜잡았다.

창문이 삐걱 열리는 소리가 나더니 이슬을 잔뜩 머금은 따스한 바람이 내 머리카락을 헝클어뜨렸다. 제인이 부드럽게 말했다. "밖으로 나가자. 날씨가 정말 좋구나."

토요일 아침에 적합한 일상적인 제안이었다. 비스킷이 든 바구니와 한 아름의 책, 오랫동안 피크닉 담요로 사용한 탓에 풀 냄새가 밴 퀼트 담요를 챙겨 들고 야외로 나가는 건 우리가 좋아하는 의식이었다. 지금 상황에서 그 생각은 —평화로운 정적, 따뜻하고 졸린 잠자리의 날갯짓 소리— 폭풍우 속에서 안전한 항구를 떠올리는 것과 같았다.

제인 이리무에게 하느님의 축복이 함께 하길.

뜻밖에도 나는 몸을 일으킬 수 있었고, 그다음에는 일어날 수 있었고, 그다음에는 일상적인 아침 활동을 전부 할 수 있었다. 일단 시작하면 습관과 기억에 따라 몸이 저절로 올바른 방향으로 움직인다는 사실을 알게 되었다. 태엽을 감아놓은 시계가 매초마다 성실하게 똑딱거리듯이. 나는 아무 옷이나 주워 입었다. 발꿈치에 구멍이 숭숭 뚫린 스타킹에 평범한 갈색 스커트, 소매가 짧아 손목이 훤히 드러나는 작약 무늬 블라우스를 입었다. 흥분해서 자꾸만 물려고 하는 배드를 피해 빗으로 뻣뻣한 머리를 빗어 내렸다(사춘기가 되면 머리카락이 부드러워질지 모른다는 희망을 품었으나 오히려 더욱 뻣뻣해지고 부풀었다).

방에서 나올 무렵 나는 거짓되고 부서지기 쉬운 정상적 상태에

도달해 있었다. 그런데 복도에 놓여 있던 상자에 발이 걸렸다.

눈부시게 새하얗고 한 치의 오차도 없는 정사각형인 걸 보면 뉴욕의 고급 상점에서 사용하는 상자가 틀림없었다. 황금색 필기체로 적힌 간판이 달리고, 진열장이 번쩍이는 상점. 상자 위에 카드 하나가 깔끔하게 세워져 있었다.

사랑하는 재뉴어리

마음이 내키지 않겠지만 오늘 밤 파티에 참석해다오 네게 생일 선물을 주고 싶구나.

다음 대목에서 몇 줄이 지워져 있더니 그 아래에 이렇게 적혀 있었다.

이번 일은 정말 안타깝게 생각한다.

CL

추신. 머리를 손질하고 오렴.

비서가 받아 적은 편지가 아니라 건축가들이 도면에 쓰는 글처럼 바르게 또박또박 쓴 그만의 필체였다. 그 필체를 보니 그의 차가운 눈동자가 날 다시 압박하는 듯했고 ―'받아들여라'― 그 차갑고 검은 것이 날 더욱 세게 감싸는 듯했다.

제인은 내 어깨 너머로 카드를 읽더니 입을 꽉 다물었다. 그녀의 입술이 1페니 동전처럼 얇고 단단해졌다. "협회 파티에는 도 저히 빠질 수 없겠구나."

매년 열리는 협회 파티가 —나는 한두 주 전부터 두려움에 떨었다— 하필 오늘 밤이라는 걸 까맣게 잊고 있었다. 파티장에서의 내 모습이 그려졌다. 요란하게 웃어대며 내 신발에 샴페인을 흘리는 남자들을 밀치고 술에 취한 백색 인파 사이를 요리조리 빠져나가는 모습이었다. 그들의 시선이 내 살갗에 남긴 기름기를 씻어낼 수 있기를 바라며. 다들 우리 아빠 일을 알까? 신경 쓰기나 할까? 손에 들고 있던 카드가 떨렸다.

제인이 내 손에서 카드를 낚아채더니 반으로 접어 스커트 주머니에 넣었다. "신경 쓰지 마. 파티까지는 아직 몇 시간 남았어." 제인은 내 손을 끌어당겨 자기 팔꿈치 안쪽에 넣었고, 우리는 두 계단을 내려가 부엌으로 갔다. 요리사들이 땀을 뻘뻘 흘릴 만큼 정신없이 바쁜 터라 우리가 잼과 롤빵, 커피 한 주전자를 빼돌리는 걸 알아차리지 못했다. 우리는 로크 하우스의 완벽하게 손질된 잔디밭으로 나갔다.

처음에는 목적지를 정하지 않고 배회했다. 정원사들이 지나치게 생명력이 넘치거나 길들여지지 않은 풀들을 열심히 죽이고 있는 산울타리 정원을 가로지른 다음 잔물결이 이는 호숫가를 따라 걸었다. 왜가리들은 배드에게 짜증을 내며 소리쳤고, 파도는 기슭을 향해 철썩철썩 밀려왔다. 그러다가 마침내 로크 하우스에서 멀찍이 떨어져 전지가위가 닿지 못한 나무와 풀들이 우거진

전망 좋은 곳에 이르렀다. 우리 앞에는 전원 경관이 주름진 초록색 식탁보처럼 펼쳐져 있었다.

제인은 커피를 한 잔 따라 마시더니 곧바로 《톰 스위프트 시리즈》 중 일곱 번째 책을 파고들었다(저질스런 소설 시리즈라며 못마땅해하던 제인은 지금 이 책에 중독되었다. 새뮤얼의 어린 시절 악습이 또 다른 희생자를 낳은 것이다). 나는 아무것도 읽지 않았다. 그저 담요에 누워 연한 달걀빛 하늘을 바라보며 햇살이 내 살갗에 고이고 지글거리게 내버려 두었다. 씩씩거리며 말하는 로크 씨의 목소리가 귓가에 들리는 듯했다.

'그러다 살이 타면 어쩌려고 그러니?'

반면 아빠는 내가 일광욕을 해도 전혀 개의치 않았다.

아빠를 생각하고 싶지 않았다. 다른 생각을 하고 싶었다. 아빠 생각만 아니면 무엇이든 좋았다. "떠나고 싶다고 생각한 적 있어요?" 왜 그런 질문이 떠올랐는지 생각하기도 전에 먼저 입 밖으로 튀어나왔다.

제인은 읽고 있던 책을 그대로 퀼트에 엎어놓더니 날 물끄러미 바라봤다. "어디를 떠나고 싶다는 말이니?"

"모르겠어요. 로크 하우스, 버몬트주, 전부 다요."

짧은 침묵이 흐르는 동안 난 두 가지를 깨달았다. 첫째, 나는 너무 이기적이어서 지금껏 제인에게 고향에 가고 싶은지 한 번도 묻지 않았다. 둘째, 이제 아빠가 돌아가셨고 일주일마다 받던 급료도 사라졌으니 제인 입장에서는 여기 남을 이유가 전혀 없었다.

갑자기 패닉에 빠져 숨이 가쁘고 얕아졌다.

제인은 내 곁을 떠나게 될까? 나는 완전히 외톨이가 될까? 언제 그렇게 될까?

제인은 조심스럽게 숨을 내쉬었다. "고향이 얼마나 그리운지는…… 이루 말할 수 없지. 깨어 있는 매 순간 생각한단다. 하지만 널 떠나지는 않을 거야, 재뉴어리." 무언의 '아직은'이 우리 사이에 망령처럼 맴도는 듯했다. 혹은 '당분간'이거나. 울면서 제인의 치마에 매달려 영원히 내 곁에 있어 달라고 애걸하고 싶었다. 아니면 나도 함께 데려가달라고.

하지만 제인이 대수롭지 않게 "너는 어때? 너도 떠나고 싶니?"라고 물어본 덕분에 그런 민망한 상황을 모면할 수 있었다.

나는 침을 삼키고 이 두려움을 밀쳐두었다. 나중에 그걸 직시할 수 있을 정도로 강해졌을 때 다시 생각하리라. "네." 나는 그렇게 대답하면서 그게 진심임을 깨달았다. 탁 트인 지평선과 자정의 수수께끼처럼 머리 위에서 빙빙 돌아가는 기이한 별자리를 보고 싶었고, 신발이 너덜너덜해질 때까지 걷고 싶었다. 위험과 미스터리, 모험을 경험하고 싶었다. 내 이전에 아빠가 그랬듯이? "그렇고말고요."

수첩에 이야기를 휘갈겨 쓰던 어린 시절부터 난 그런 것들을 원했던 듯하다. 하지만 나이를 먹으며 그런 허황된 꿈들을 버렸다. 다만 이제 와서 보니 사실은 버린 게 아니라 그저 잊었을 뿐이다. 그 꿈들은 낙엽처럼 내 밑바닥에 가라앉아 있었다. 그러다《일만 개의 문》을 읽게 되었고, 그 책이 일으킨 회오리에 낙엽들이 다시 일어나 허공에 떠올랐다. 불가능한 꿈들이 폭동을 일으켰다.

제인은 아무 말도 하지 않았다.

사실 말할 필요가 없었다. 내가 로크 하우스를 떠나는 게 현실적으로 매우 힘든 일임을 우리 둘 다 알고 있었기 때문이다. 이상한 피부색에 돈도 가망도 없는 고아 소녀들이 넓은 세상에 나가 성공한 사례가 없었다. 설사 그들이 '유일무이한 표본'이라 할지라도. 아빠가 돌아가셨으니 이제는 로크 씨가 나의 유일한 피난처이자 닻이었다. 어쩌면 로크 씨는 날 불쌍히 여겨 W. C. 로크 회사에 비서나 타이피스트로 고용해줄지 모른다. 나는 재미없고 소심한 사람이 되어 코에 두꺼운 렌즈의 안경을 걸치고, 양 손목에는 늘 잉크가 묻어 있을 것이다. 어쩌면 늙어서 시들 때까지 로크 씨의 허락을 받아 내 비좁은 회색 방에서 계속 지내다가 나는 로크 하우스에 출몰하는 반 유령이 되어 손님들을 놀라게 할지도 모른다.

잠시 후에는 제인이 《다이아몬드 세공사들 사이의 톰 스위프트》의 책장을 규칙적으로 넘기는 소리가 들렸다. 나는 하늘을 바라보며 앞으로 절대로 하지 못할 모험이나 다시는 만나지 못할 아빠, 혹은 여전히 날 감싼 채 태양마저 희미하고 흐릿하게 만들어버리는 그 검고 차가운 것을 생각하지 않으려고 노력했다. 아예 아무 생각도 하지 않으려고 했다.

그날 저녁의 나처럼 성대한 파티에 참가하기 싫어하는 열일곱 살짜리 소녀가 또 있었을까?

나는 모퉁이를 돌아 진동하는 포마드와 향수 냄새 속으로 용기 내어 들어가려고 응접실 문 가장자리에 몇 분간 혹은 어쩌면한 세기 동안 서 있었다. 서빙을 맡은 직원들은 기다란 샴페인 잔이 담긴 반짝이는 쟁반과 먹음직스러워 보이는 카나페 쟁반을 들고 옆으로 쏜살같이 지나갔다. 그들은 걸음을 멈추고 내게 음식을 권하지 않았다. 마치 내가 잘못된 장소에 놓인 꽃병이나 걸리적거리는 램프라도 된다는 듯이 다들 나를 돌아갔다.

나는 숨을 들이쉬고 땀으로 축축해진 손바닥을 배드의 털에 문지른 다음, 응접실로 살그머니 들어갔다. 내가 들어서자 응접실 전체가 정지되었다거나 내가 읽는 책에서 공주가 무도회에 등장했을 때처럼 쥐 죽은 듯 괴괴했다고 말한다면 너무 지나친 과장이리라. 하지만 휘익 소리가 내 주위를 감돌았다. 마치 내가눈에 보이지 않는 바람의 에스코트를 받는 듯이. 대화를 나누던몇몇 사람들이 눈썹을 반쯤 치켜세우고, 입꼬리를 올린 채 날 돌아보는 바람에 대화가 휘청거렸다.

어쩌면 저들은 내 옆에서 뻣뻣하고 위협적으로 서 있는 배드를바라보고 있는지도 모른다. 엄밀히 말해 배드는 모든 사교 행사에 참석하는 것이 영원히 금지되었으나 나는 설령 배드를 데려간다고 하더라도 로크 씨가 그 일로 사람들 앞에서 난리를 치지 않을 거라고 확신했다. 배드 또한 누군가를 바늘로 꿰매야 할 정도로 물지 않을 터였다. 게다가 내 옆에 배드가 없었다면 나는 아예내 방에서 나오지 않았으리라.

아니면 저들은 날 주시하고 있을지도 모른다. 다들 고고학 협회에서 주최하는 파티와 크리스마스 만찬 때 로크 씨를 그림자처럼 따라다닌 나를 본 적이 있었고, 그때마다 날 무시하거나 호들 갑을 떨었다.

'드레스가 정말 예쁘네요, 미스 재뉴어리!'

그들은 부유한 은행장 부인 특유의 새 같은 태도로 웃으며 내게 조잘댔다.

"어머나, 정말 사랑스러운 아이네요. 어디서 데려왔다고 했죠, 코닐리어스? 잔지바르였던가요?'

당시 나는 어린아이였다. 인형 옷 속에 갇힌 채 누가 말을 걸면 정중하게 대답하도록 훈련받았고 무해한 중간 개체였다. 하지만 이제는 어린아이가 아니었고, 그들은 더 이상 내게 반하지 않았다. 지난겨울 나는 연금술처럼 온갖 불가사의한 변화를 겪으며 어린아이에서 갑자기 어색한 어른으로 탈바꿈했다. 키가 더 커졌고, 덜 다정해졌고, 타인을 덜 믿게 되었다. 금테를 두른 거울에 비친 내 얼굴은 나에게조차 생경했고 속이 텅 비어 있었다.

그때 로크 씨가 사람들에게 공개해둔 내 선물이 눈에 들어왔다. 긴 실크 장갑, 여러 줄로 된 연분홍 진주 목걸이, 느슨하게 여러 겹 주름을 잡은 아이보리와 장밋빛으로 이뤄진 시폰 드레스는 한눈에 봐도 비싸 보여 여자들은 저마다 가격을 추측하며 믿을 수 없다는 표정으로 바라보았다. 나는 로크 씨가 당부한 대로 내 머리카락과 전쟁을 벌였는데 뜨겁게 달군 빗과 마담 워커의 놀라운 헤어 컨디셔닝을 사용해 간신히 전쟁에서 이겼다. 하지만 두피가 아직도 살짝 지글거렸다.

대화는 어색하게 비척거리며 되살아났다. 사람들의 어깨와 등은 단호히 돌아갔고, 침입자에 대항하는 방패처럼 레이스 달린 부채들이 착착 펴졌다. 배드와 나는 그들 주위를 슬그머니 돌아 우리가 늘 서는 구석에 어울리지 않는 한 쌍의 마네킹처럼 자리했다. 손님들은 고맙게도 우리를 무시했고, 덕분에 나는 구부정하게 서서 과도하게 조이는 드레스의 버튼을 잡아당기며 반짝거리는 군중들을 지켜볼 수 있었다.

언제나 그렇듯이 일대 장관이었다. 하인들이 램프와 촛대란 촛대는 모조리 닦아놓아 응접실 전체에서 출처를 알 수 없는 황금색 빛이 흩뿌려졌고, 밀랍을 듬뿍 먹인 마룻바닥은 생명의 위협이 느껴질 만큼 반질거렸다. 에나멜 처리된 초대형 꽃병에는 작약이, 아시리아 시대의 두 조각상 사이에는 소규모 오케스트라가 비좁게 들어앉아 있었다. 뉴잉글랜드의 가짜 귀족들 모두가 서로 질세라 잔뜩 치장하고 와서 번쩍이는 빛을 뿌렸다. 거울에 비친 빛은 한층 더 강해져 사방으로 반사되었다.

군중들 가운데는 내 또래 여자아이들도 더러 눈에 띄었다. 그 아이들의 볼은 발그레했고, 길게 풀어 내린 머리카락은 매끄러운 컬이 완벽하게 살아 있었으며 희망찬 눈은 응접실 안을 재빨리 둘러보았다(지방 신문의 가십난에는 늘 파티가 열리기 전에 좋은 신랑감 순위와 풍문으로 들리는 그들의 재산을 다룬 칼럼이 실린다). 그들이 몇 주 동안 계획을 세우고 책략을 꾸미고, 엄마와 함께 드레스를 사러 돌아다니고, 거울을 보며 머리를 손질했다 가 풀고 다시 손질하는 모습을 상상해보았다. 이제 그들은 약속 과 특권으로 빛나며 이 파티에 와 있었다. 그들의 미래는 이렇게 금박을 입힌 단계적 절차에 따라 준비되어가고 있었다.

나는 그들이 미웠다. 아니, 미워하려고 했다. 하지만 그 어둡 고 형체 없는 것이 날 여전히 꽉 감싼 상태라 둔탁한 불쾌감 외에 다른 무언가를 느끼긴 힘들었다.

사람들 위로 쨍쨍쨍 소리가 울려 퍼지자 사람들의 머리가 근 사하게 치장한 꼭두각시처럼 일제히 돌아갔다. 로크 씨가 휘황 찬란한 샹들리에 아래에 서서 디저트 스푼으로 비취색 잔을 치고 있었다. 자신에게 주목해달라는 뜻이었는데 사실상 불필요한 행 위였다. 로크 씨는 자신만의 자기장을 만들어내는 듯이 언제 어 디서든 사람들의 이목을 끌었기 때문이다.

미뉴에트를 연주하던 오케스트라가 연주를 멈췄다. 로크 씨는 자애로운 환영의 뜻으로 양손을 들어 올렸다.

"신사 숙녀 그리고 존경하는 협회 회원 여러분, 우선 이렇게 자 리를 빛내주시고 제가 아끼는 최고급 샴페인을 거덜내주셔서 감 사합니다." 황금빛 거품을 타고 웃음이 둥실 떠올랐다. "우리는 뉴잉글랜드 고고학 협회 설립 48주년을 축하하고자 이 자리에 모 였습니다. 우리 협회는 아마추어 학자들의 소모임으로, 제가 오 만하게 표현하자면 인간 지식의 숭고한 진전을 이루는 데 기여하고자 최선을 다했습니다." 의무적인 박수 소리가 살짝 터져 나왔다. "하지만 우리는 더 위대한 목표, 인간성 자체의 진전을 축하하고자 이 자리에 모였습니다. 제가 보기에 오늘 밤 여기 모인 분들은 세계 도처에서 벌어지는 평화와 번영이라는 새로운 시대의 증인이자 조력자이기도 합니다. 매해 우리는 전쟁과 갈등이 줄어들고, 사업과 선의가 번창하고, 우리보다 불운한 사람들에게 문명화된 정부의 손길이 퍼져나가는 현상을 목도하고 있습니다."

나는 로크 씨의 연설을 귀에 못이 박히도록 들은 터라 나머지를 내가 직접 말할 수도 있었다. 로크 씨처럼 부유하고 힘 있는 백인들이 힘들게 일하고 헌신한 덕분에 삶의 질이 개선되었고, 혼돈과 혼란의 19세기를 지나 20세기에는 질서와 안정을 약속했다. 나라 안팎으로 불만족스러운 요소들은 제거되었고, 야만적인 식민지는 문명화되고 있었다.

어릴 때 아빠에게 이런 말을 한 적이 있다. "식민지 야만인들에게 당하지 마세요." 아빠는 손에 허름한 가방을 들었고, 굽은 어깨에는 후줄근한 갈색 코트가 걸려 있었다. 아빠는 내게 반쯤 미소 지으며 말했다. "난 아주 안전할 거야. 이 세상에 야만인은 없으니까." 아빠의 의견과 다른 로크 씨의 말과 다른 수많은 모험 소설에 대해 말해줄 수도 있었지만 나는 아무 말도 하지 않았다. 아빠는 손가락 관절로 내 볼을 톡 치고 사라졌다. 또다시.

'이제는 영원히 사라져버렸어.' 나는 눈을 감았고, 그 차갑고 어두운 것은 나를 더욱 꽉 옥죄었다.

그때 내 이름이 불리는 바람에 깜짝 놀랐다. "······증거가 필요하시다면 여기 제가 키운 재뉴어리가 있습니다!" 로크 씨의 쾌활하고 우렁찬 목소리였다.

나는 눈을 번쩍 떴다.

"재뉴어리는 엄마를 잃고 담요에 싸인 핏덩이였을 때 이 집에 왔습니다. 출생의 비밀을 간직한 고아였고 땡전 한 푼 없었죠. 그런데 지금 이 아이를 보십시오."

이미 다들 나를 보고 있었다. 잔물결이 퍼져나가듯 아이보리 색 얼굴들이 나를 돌아보았고, 그들의 눈동자는 내가 입은 드레스의 모든 솔기와 드레스에 달린 진주를 손가락처럼 잡아 뜯었다.

그들은 내게서 정확히 뭘 보려고 하는 걸까? 나는 여전히 엄마도 없고 땡전 한 푼 없는데. 게다가 이제는 아빠까지 잃었다.

나는 목재 패널로 마감한 벽에 등을 바싹대고 어서 끝나기를, 어서 로크 씨의 연설이 끝나고 오케스트라가 다시 미뉴에트를 연주하고 다들 나를 잊어주길 바랐다.

하지만 로크 씨가 내게 가까이 오라고 고압적으로 손짓했다. "부끄러워하지 마라, 얘야." 나는 움직이지 않았다. 눈은 겁에 질려 휘둥그레졌고, 심장은 '안 돼, 안 돼, 안 돼'라고 더듬거렸다. 머릿속으로 도망치는 상상, 손님들을 밀치며 잔디밭으로 달려나가는 상상을 했다.

그때 로크 씨의 자랑스럽게 빛나는 얼굴이 보였다. 나를 안아주던 그의 단단하고 따뜻한 팔, 우렁찬 목소리, 지금까지 그가 파라오 룸에 말없이 놓아두었던 선물들이 떠올랐다.

나는 침을 삼키고 벽에서 몸을 뗀 다음, 나무토막처럼 뻣뻣하고 무거운 다리로 좌중들 사이를 비틀거리며 걸어갔다. 수군거리는 소리가 날 따라왔고, 반질반질한 마룻바닥 위에서 배드의 발톱이 너무 크게 달그락거렸다.

내가 가까이 다가가자마자 로크 씨의 한 팔이 내려오더니 나를 으스러지게 끌어안았다. "바로 이 아이입니다. 문명의 표본이죠. 긍정적인 영향의 힘이 얼마나 강한지 보여주는 증거입니다." 로크 씨는 내 어깨를 꼭 껴안은 채 흔들어댔다.

여자들은 정말로 기절할까? 아니면 그저 저질스런 빅토리아 시대 소설과 영화에서 지어낸 현상일까? 아니면 여자들이 잠시 동안만이라도 보고 듣고 느끼는 부담을 늦추려고 적당한 순간에 쓰러진 건지도 모른다. 나는 그 심정이 이해되었다.

"……전부 다 포함해서 말입니다. 이 늙은이의 낙천주의와 열정을 받아주셔서 감사합니다. 하지만 우리는 오늘 즐기려고 이 자리에 모였습니다." 로크 씨는 마지막으로 건배하려고 잔을 들어 올렸다. 그가 아끼는, 옥을 깎아서 만든 비취색 잔이었다.

아빠가 저 잔을 가져다주었을까? 어떤 무덤이나 사원에서 잔을 훔치고 톱밥으로 포장한 다음, 지구 반대편으로 보내 저 네모지고 하얀 손아귀에 들어가게 했을까?

"평화와 번영을 위해. 우리가 만들어낼 미래를 위해!" 나는 용기를 내어 우리를 둘러싼 창백하고 땀에 젖은 얼굴들, 프리즘을 통과한 듯 오색 빛깔로 흩어지는 샹들리에 불빛 속에서 반짝이는 유리잔을 바라보았다. 로크 씨의 주위에서 박수갈채가 파도처럼 터져 나왔다.

로크 씨가 내 어깨를 놓아주더니 나직이 말했다. "잘했다, 얘야. 이따 10시 반에 동관 흡연실로 우리를 만나러 오거라. 네게 생일 선물을 주고 싶구나." 그는 '우리'가 누구인지 알려주려고 손가락으로 느릿하게 원을 그렸고, 나는 협회 회원들이 양복 입은 나방처럼 그의 주위로 모여든 걸 알아차렸다. 헤이브마이어 씨도 그중 하나였는데 장갑 낀 손을 지팡이에 올려놓은 채 정중하고 점잖은 경멸의 표정을 짓고 있었다. 내 손바닥 아래로 배드가 등의 털을 세우더니 해저 지진처럼 아주 나직하게 으르렁거렸다.

나는 가지 않으려고 버티는 배드를 끌고 몸을 돌려 무작정 좌중 속에 뛰어들었다. 사람들 눈에 띄지 않는 구석으로 가려고 했으나 가도 가도 끝이 나오지 않았다. 군중들이 어지럽게 소용돌이쳤다. 그들의 얼굴은 음흉했고 너무 활짝 웃고 있었다. 무언가가 달라졌다. 서커스에서 별로 내켜 하지 않는 코끼리를 막대기로 쿡쿡 찔러 무대로 내보내듯이 로크 씨의 연설이 나를 중앙 무대로 끌어낸 것이다. 장갑 낀 손가락이 지나가는 내 살갗을 쓰다듬었고, 섬광이 터지듯 커다란 웃음소리가 들렸으며, 핀을 찌르고 뜨거운 빗으로 지진 내 머리카락을 누군가 잡아당겼다.

귓가에서 웬 남자 목소리가 들렸다. "미스 재뉴어리, 맞지?" 푸른빛이 도는 흰 얼굴이 날 내려다보고 있었다. 찰랑거리는 금발이 그의 머리를 타고 내려왔고, 금색 커프스단추가 번쩍였다.

"무슨 그딴 이름이 있냐? 재뉴어리?"

"그게 내 이름이야." 나는 딱딱하게 대답했다. 예전에 아빠에게 대체 무슨 생각으로 달의 이름을 따서, 그것도 모든 생명들이 죽고 서리에 먹히는 1월에서 이름을 따왔는지, 그냥 평범한 이름을 지어줄 수는 없었는지 따져 물은 적이 있다. "좋은 이름이야." 아빠가 팔의 문신을 문지르며 말했다. 내가 추궁하자 아빠가 털어놓았다. "네 엄마가 그 이름을 좋아했어. 이름에 담긴 그 뜻을."

(여러분은 번거롭게 뜻을 찾아볼 필요 없다. 웹스터 사전에 따르면 1월의 정의는 다음과 같다. '한 해의 첫 달로 31일로 이뤄졌다. 로마 시대 신, 야누스, 라틴어로는 야누아리누스에서 기원한다.' 이렇게 큰 깨달음을 줄 수가!)

"자, 무례하게 굴지 마. 나랑 밖으로 산책이나 하러 가자." 소년이 날 음흉하게 쳐다보았다.

나는 또래 아이들과 많은 시간을 보내지는 않았지만 학교를 배경으로 한 소설을 많이 읽은 덕분에 신사는 어린 숙녀를 어둡고 후끈한 여름밤 속으로 데려가지 않는다는 사실을 알고 있었다. 하지만 다시 생각해보니 나는 진짜 숙녀가 아니었다.

"아니, 사양할게." 내가 말했다. 그는 마치 '아니'라는 단어가 존재한다는 사실은 알고 있었지만 현실에서 직접 들어본 적은 한 번도 없는 사람처럼 경악한 표정으로 눈을 깜빡거렸다.

소년이 내게로 몸을 내밀더니 내 팔꿈치를 향해 축축한 손을 뻗었다. "그러지 말고 나랑……."

그때 우리 사이에 샴페인 잔이 놓인 은접시가 나타나더니 쌀쌀맞은 목소리가 들렸다. "샴페인 드시겠습니까?"

새뮤얼 자피아였다. 그는 오늘 파티에 고용된 웨이터들이 입는 빳빳한 흑백 유니폼 차림이었다. 최근 2년간 새뮤얼을 거의 보지 못했는데 가장 큰 이유는 자피아 식품점의 마차가 운전석이 막힌 깔끔한 검은색 트럭으로 대체되었고, 나는 더 이상 서재 창가에서 그에게 손을 흔들지 못하게 된 탓이었다. 한두 번 로크 씨와 함께 식품점을 지나다가 새뮤얼의 흐릿한 뒷모습을 흘낏 보긴 했다. 새뮤얼은 트럭 짐칸에서 밀가루 포대를 내리다가 다른 생각에 빠져 꿈꾸는 표정으로 호수를 응시했다. 당시 나는 새뮤얼이 아직도 《아거시 주간지》를 구독하는지, 아니면 그런 유치한 공상은 포기했는지 궁금했다.

지금은 새뮤얼이 카메라 렌즈의 초점 속으로 완전히 들어온 듯 또렷하고 명확하게 보였다. 새뮤얼의 살갗은 올리브색이라는 이상한 이름으로 불리는* 황갈색이었고, 눈동자는 여전히 반질반질한 이판암처럼 검고 반짝거렸다.

그 눈동자가 이제는 정중한 척 질문을 던지며 치켜세운 두 눈썹 아래서 깜빡거리지도 않고 무덤덤하게 금발 신사를 바라보았다. 그 눈빛에는 어딘가 사람을 불안하게 만드는 면이 있었다. 지나치게 노골적으로 반항하는 눈빛이어서 금발 신사는 뒤로 반

*원래 올리브 열매는 녹색인데 피부색을 묘사할 때는 연갈색 피부를 일컫기 때문이다

발짝 물러서더니 상류층 사람 특유의 괘씸하다는 표정으로 새뮤얼을 바라보았다. 보통 하인들은 주인의 그런 표정을 보면 상황을 바로잡으려고 허둥지둥 달려가기 마련이었지만 새뮤얼은 움직이지 않았다. 그의 눈에서 불가사의한 빛이 어슴푸레 빛났다. 마치 이 젊은 신사가 자신을 혼내려고 나서면 좋겠다는 듯이. 풀을 먹여 빳빳한 재킷 솔기가 팽팽해질 정도로 딱 벌어진 새뮤얼의 어깨, 묵직한 쟁반을 들고 있는 그의 강단 있는 손목에 저절로 눈길이 갔다. 그런 새뮤얼 옆에 있으니 금발 신사는 밀가루 반죽처럼 허옇고 물컹해 보였다.

금발 신사가 얇은 입술의 한쪽 끝을 올린 채 몸을 빙글 돌리더니 또래 친구들의 보호막 속으로 다시 잽싸게 달려갔다.

새뮤얼은 내가 있는 쪽으로 몸을 부드럽게 돌리더니 황금빛 샴페인이 은은하게 빛나는 잔 하나를 들어 올렸다. "그럼 오늘 생일을 맞은 아가씨께서 드실래요?" 그의 표정은 철저하게 무덤덤했다.

'내 생일을 기억하네.' 갑자기 입고 있던 드레스가 가렵고 뜨겁게 느껴졌다. "고마워. 그러니까, 음, 날 구해줘서."

"아, 전 아가씨를 구한 게 아닙니다, 스칼러 양. 저 가여운 소년을 위험한 동물에게서 구한 거죠." 새뮤얼은 배드에게 고갯짓했다. 배드는 등의 털을 세우고 이를 드러낸 채 멀어져가는 금발 신사를 계속 바라보고 있었다.

"아." 정적이 흘렀다. 여기서 멀리 떨어진 곳에 있으면 좋으련만. 내가 애나 혹은 엘리자베스 같은 이름을 가진 금발 소녀이고, 태엽

감은 새처럼 웃으며 늘 무슨 말을 해야 할지 안다면 좋을 텐데.

새뮤얼의 눈꼬리에 주름이 잡혔다. 그는 내 손에 샴페인 잔의 스템을 쥐여주었다. 그의 손은 건조하고 여름날처럼 따뜻했다. "샴페인이 도움될 거야." 새뮤얼은 그렇게 말하고서 다시 좌중 속으로 사라졌다.

샴페인을 어찌나 빨리 마셨는지 코가 짜릿했다. 응접실을 가로질러 흡연실로 가는 동안 은쟁반에서 샴페인 잔을 몇 번 더 집어 들었다. 흡연실에 도착할 무렵에는 한 발 한 발 아주 정확하게 내디뎠고, 시야 가장자리에서 색들이 출렁거리며 번지는 현상을 무시하려고 했다. 내 어둠의 베일, 온종일 날 옭아맨 눈에 보이지 않는 그것은 깜빡거리며 휘어진 듯했다.

나는 문 앞에서 숨을 들이쉬었다. "준비됐니, 배드?" 배드는 날 보며 한숨을 내쉬었다.

흡연실은 내가 마지막에 간 이후로 몰라보게 작아 보였다. 그게 내 첫인상이었다. 하지만 다시 생각해보니 나는 이 방이 여남은 명의 남자들로 바글거리는 모습을 본 적이 없었다. 그들은 나직이 수군거리며 머리 위로 푸르스름한 연기를 왕관처럼 쓰고 있었다. 나는 이것이 지금까지 내가 절대 참석할 수 없었던, 회원들만 참석할 수 있는 중요한 회의 현장임을 깨달았다. 실질적인 결정은 이렇게 늦은 밤 술을 진탕 마시는 남자들의 회합에서 내려졌다. 그런 자리에 초대받았으니 기쁘거나 영광스러워야 마땅했는데 오히려 목구멍 뒤쪽에서 씁쓸한 무언가가 느껴졌다.

시거와 가죽이 뒤섞인 악취 때문에 배드가 재채기하자 로크 씨가 우리를 돌아봤다. "왔구나, 우리 재뉴어리. 이리 와서 앉거라." 그러더니 방에서 대충 중심부에 놓인 등받이 높은 의자를 가리켰다. 그 주위로 남자 회원들이 마치 초상화 화가 앞에 포즈를 취한 듯이 서 있었다. 헤이브마이어 씨와 족제비처럼 생긴 일베인을 비롯해 지난 파티에 참석했거나 로크 하우스를 방문한 적이 있어 내가 아는 사람들이었다. 목에 검은 리본을 두른 입술이 빨간 여자, 허기진 미소의 청년, 손톱이 길고 구부러진 백발 남자 등등. 그들에게는 키가 큰 풀 사이를 몰래 걸어 다니는 포식자처럼 어딘가 비밀스러운 구석이 있었다.

나는 사냥 당하는 기분으로 안락의자에 앉았다.

그날 저녁 두 번째로 로크 씨의 손이 내 어깨에 내려왔다. "오늘 중요한 공표를 하려고 널 이 자리에 불렀다. 동료 회원들과 오래 토론하고 신중히 생각한 끝에 난 너에게 많은 사람들이 원하는 귀한 선물을 주기로 했다. 상당히 이례적인 일이다만 음, 너의 독특한 상황을 고려하자면 매우 타당한 결정이라고 생각한다. 재뉴어리……." 극적인 정적이 이어졌다. "우린 널 협회의 정식 회원으로 받아들이기로 했다."

나는 로크 씨를 보며 눈을 깜빡거렸다.

이게 내 생일 선물인가? 나는 기뻐해야 하나? 내가 어릴 때부터 로크 씨의 협회에 가입해 전 세계를 돌아다니며 모험하고, 희귀한 물건들을 수집하는 게 꿈이었다는 걸 그가 알고 있었던 걸까?

쓸쓸한 뒷맛이 느껴지는 동시에 내 혀를 새빨갛게 지지는 느낌이었다. "감사합니다, 어르신."

로크 씨가 진심 어린 축하의 뜻을 담아 나를 두 번 토닥이더니 다시 연설을 시작했다. 공식적인 입문 과정, 그리고 이 협회 설립자(Founder, 저 대문자 F를 보라. 경례하는 병사 같지 않은가?) 이전부터 존재한 특정 의식과 선서에 대해서였다. 하지만 난 듣고 있지 않았다. 입 안이 타는 것 같은 느낌이 점점 더 강해졌고, 혀가 얼얼했고, 눈에 보이지 않는 베일이 내 주위에서 재와 숯으로 변해 바스러졌다. 흡연실이 열기로 고동치는 듯했다.

"감사합니다." 내가 로크 씨의 연설에 끼어들었다. 내 목소리는 무덤덤하다 못해 거의 아무런 억양이 없었다. 나는 남의 집 불구경하듯 흥미진진한 심정으로 내 목소리에 귀 기울였다. "하지만 유감스럽게도 어르신의 결정을 받아들일 수가 없네요."

정적이 흘렀다.

머릿속에서 은색 눈을 가진 목소리가 나직이 속삭였다. '착한 소녀가 되어야지. 네 분수를 알아야 해.' 하지만 그 목소리는 내 핏속에서 쿵쿵거리는 술기운에 묻혀 잘 들리지 않았다. "그러니까 제가 왜 협회에 가입해야 하죠? 까다로운 상류층 늙은이들이 자기보다 더 용감하고 훌륭한 사람들을 해외로 내보내 물건을 훔쳐 오라고 자금을 지원하는 모임일 뿐이잖아요. 그들 중 한 사람이 사라져도 슬퍼하는 척도 하지 않고 모임은 계속되죠. 마치 아무 일도 없었다는 듯이. 그 사람은 전혀 중요하지 않다는 듯이.” 나는 숨을 헐떡이며 말을 멈췄다.

다들 망연자실해 방 전체가 쥐 죽은 듯 고요해지자 나는 새삼 집에서 나는 소리가 얼마나 많은지 깨닫게 되었다. 대형 괘종시계가 똑딱거리는 소리, 가벼운 여름 바람이 창유리에 대고 한숨을 내쉬는 소리, 백 켤레의 고급 구두 무게에 마룻널을 받치고 있던 장선이 신음하는 소리. 나는 배드의 목걸이를 잡았다. 마치 통제가 필요한 쪽은 배드라는 듯이.

로크 씨의 손이 내 어깨를 꽉 잡았고, 평소 너그럽기 그지없던 그의 미소가 고통스레 이를 악문 표정으로 바뀌었다. “사과해라.” 그가 내게 나직이 말했다.

나는 턱이 굳어버린 듯했다. 내 일부, 그러니까 로크 씨의 착한 아이로 지금껏 단 한 번도 불평하지 않고 분수를 알고 늘 웃기만 하던 소녀는 그의 발아래로 몸을 내던지며 용서를 구하고 싶었다. 하지만 그런 행동을 하느니 차라리 죽고 싶은 심정이었다.

로크 씨의 눈이 나와 마주쳤다. 강철빛 서늘한 눈길이 내 얼굴을 붙잡은 차가운 손처럼 나를 내리눌렀다.

“죄송합니다.” 나는 그렇게 내뱉었다. 협회 회원 하나가 조롱하는 웃음을 터뜨렸다.

나는 로크 씨가 턱의 힘을 풀려고 애쓰는 모습을 지켜보았다. “재뉴어리, 우리 협회는 역사와 전통이 유구하고, 영향력이 막강하며 아주 명망 있는…….”

“네, 명망이 정말 대단하죠.” 내가 비웃었다. “우리 아빠 같은 사람은 가입할 수 없을 정도로요. 아빠가 어르신의 뜻을 받들어 물건들을 아무리 많이 훔쳐 오고, 어르신이 그 물건들을 경매에 내놓아 돈을 산더미처럼 쓸어 담아도요. 저는 협회에 가입할 수 있을 정도로 피부색이 덜 검은가봐요? 제가 참고할 수 있는 피부색 도표라도 있나요?" 나는 좌중을 향해 이를 드러냈다. "제가 죽고 나면 여러분 가운데 하나가 제 두개골을 수집품 목록에 추가할 수도 있겠네요. 일종의 잃어버린 연결 고리로요."

이번에 내려앉은 정적은 더 지독했다. 괘종시계마저도 너무 모욕감을 느껴 아무런 소리도 내지 않는 듯했다.

"자넨 꽤나 불만이 많은 아이를 키우고 있었구먼, 코닐리어스." 헤이브마이어 씨의 목소리였다. 그는 악의에 찬 미소를 지으며 장갑 낀 손으로 불을 붙이지 않은 시가를 빙글빙글 돌려댔다. "우리가 일찍이 경고했잖은가?"

로크 씨가 숨을 깊이 들이쉬는 게 느껴졌다. 나를 두둔할지 꾸짖을지 알 수 없었지만 이제는 어느 쪽이든 상관없었다. 모든 게 지긋지긋했다. 분수를 잘 아는 착한 소녀가 되어 저들이 선심 쓰듯 내게 던져주는 자존감 부스러기를 감지덕지하며 받아먹고 싶지 않았다.

나는 자리에서 일어났다. 머릿속에서 아까 마신 샴페인이 역겹게 톡 쏘는 느낌이 들었다. "생일 선물을 주셔서 감사합니다, 신사 여러분." 나는 그렇게 말하고 나서 몸을 빙글 돌려 어둠이 짙어진 문을 열고 씩씩하게 걸어갔다. 배드가 내 발치에서 따라왔다.

내가 흡연실에 다녀오는 동안 파티에 참석한 손님들은 더욱 땀으로 범벅이 되었고, 더욱 시끄럽게 떠들어댔고, 더욱 술에 취했다. 툴루즈 로트렉의 그림에 갇힌 듯 초록색 조명을 받은 얼굴들이 악귀 같은 표정을 지으며 내 주위를 빙빙 돌았다. 구릿빛 털에 윤기가 흐르는 배드에게 날카로운 이로 저들을 공격하라고 말하고 싶었다. 목이 쉴 때까지 비명을 지르고 싶었다.

허공에 문을 그리고 싶었다. 다른 어딘가로 통하는 문. 그리고 그 문으로 나가고 싶었다.

팔꿈치 근처에 은쟁반이 나타났다. 따뜻한 공기가 내 목덜미에 대고 속삭였다. "서관 앞에서. 5분 뒤에." 쟁반은 사라졌고, 나는 재잘거리는 무리 속으로 다시 미끄러지듯 사라지는 새뮤얼을 지켜보았다.

∞

배드와 내가 도깨비들의 오싹한 파티에서 도망치는 기분으로 서관을 몰래 빠져나와보니 새뮤얼이 혼자 기다리고 있었다. 새뮤얼은 양손을 주머니에 쑤셔 넣은 채 아직 따뜻한 로크 하우스의 벽돌 벽에 몸을 기대고 있었다. 깔끔한 웨이터 유니폼은 최근 어딘가에서 탈출이라도 시도한 듯 타이는 느슨하게 풀어진 채 구겨졌고, 소매 단추를 채우지 않았고, 검은색 재킷은 어디론가 사라지고 없었다.

"아, 네가 정말로 올 줄 몰랐어." 새뮤얼이 마침내 눈까지 함께 웃는 미소를 지었다.

"응."

그나마 밖에서는 정적을 견디기가 더 쉬웠다. 나는 배드가 어느 불운한 짐승을 찾아 산울타리를 뒤지며 킁킁거리는 소리, 새뮤얼이 대충 만 담배에 불을 붙이려고 성냥을 긋고 불꽃이 타오르는 쉬익 소리에 귀를 기울였다. 그의 두 눈에서 똑같은 불꽃 두 개가 타올랐다.

새뮤얼이 담배 연기를 깊이 빨아들이더니 진주색 연기를 내뱉었다. "저기, 난, 아니 우리 가족 전부 다 무슨 일이 있었는지 들었어. 스칼러 씨 일 말이야. 정말 안타깝……."

정말이지 안타깝고, 너무나 비극적이고, 갑작스레 발생한 일이라 당혹스러웠다고 말하려는 듯했다. 갑자기 난 그 말을 도저히 견디지 못하리라는 걸 분명하게 깨달았다. 내가 어떤 정신 나간 분노에 휩싸여 협회 모임을 박차고 나왔는지 몰라도 이제 그 분노는 응고되어 차갑게 식었고, 나만 홀로 남게 되었다.

나는 새뮤얼의 말을 자르며 난데없이 배드를 가리켰다. "왜 이 녀석을 나한테 준 거야? 여태껏 단 한 번도 그 이유를 말해주지 않았잖아." 내 목소리는 지나치게 크고 어색하게 들렸다. 읍내 극장에서 연기하는 삼류 배우처럼.

새뮤얼이 눈썹을 치켜세우고 들쥐 크기의 무언가를 우둑우둑 맛나게 씹어 먹는 배드를 지켜보더니 날 향해 한쪽 어깨를 으쓱였다.

"넌 외로웠으니까." 그런 다음 벽에 담배를 문질러 끄더니 이렇게 덧붙였다. "난 수적으로 불리한 사람을 보는 게 싫어. 로크 씨와 그 늙은 독일 여자는 한편이잖아. 너에게도 네 편이 필요해 보였어. 로빈 후드에게 리틀 존이 필요했듯이. 안 그래?" 새뮤얼의 눈이 나를 향해 반짝거렸다. 우리가 셔우드 숲에서 상상 놀이를 할 때마다 난 새뮤얼에게 자주 리틀 존 역할을 맡겼다. 필요에 따라 앨런 어 데일이나 터크 수사를 번갈아 시키기도 했고. 새뮤얼은 배드를 가리켰다. 배드는 목구멍에 걸린 쥐의 뼈를 내려가게 하려고 연거푸 듣기 싫은 기침 소리를 냈다. "이 개는 네 편이야."

너무 심드렁하고, 무심하게 친절한 말이었다. 나도 모르게 몸이 그에게로 더 나아갔다. 길 잃은 배가 등대로 향하듯 그에게로 몸이 기울었다.

새뮤얼은 여전히 배드를 보고 있었다. "요즘도 수영 많이 해?"

나는 눈을 깜빡거렸다. "아니." 어릴 때 새뮤얼과 나는 호수에서 물장구를 치고 물장난을 하며 놀았지만 지난 몇 년간은 물에 들어간 적조차 없었다. 왠지 모르게 자라면서 잃어버린 놀이 가운데 하나였다.

새뮤얼이 한쪽 입꼬리를 올리며 미소 지었다. "아, 그럼 수영 실력이 줄었겠네. 지금은 내가 이긴다에 25센트 걸지."

우리 둘이 수영 시합하면 늘 새뮤얼이 졌다. 새뮤얼은 가게 일을 거들어야 했기 때문에 나처럼 여름 한낮에 매일 수영을 할 수 없었다. "숙녀는 내기 안 해." 내가 새침하게 말했다. "하지만 만약 내기를 한다면 내가 25센트를 따게 될 거야."

새뮤얼이 웃었다. 어린 시절 이후로 듣지 못했던, 소년 특유의 요란한 웃음소리였다. 나도 바보처럼 웃었다. 그러자 어찌 된 영문인지 우리의 간격은 좁혀졌고, 나는 그를 보려면 고개를 갸웃이 들어올려야 했다. 그에게서 담배와 땀 냄새 그리고 막 깎은 잔디처럼 따뜻하면서 싱그러운 냄새가 났다.

자꾸만 《일만 개의 문》이 생각났다. 나도 가을 별자리 아래서 한 치의 의심도 없이 유령 소년에게 키스했던 애들레이드처럼 거칠고 대담하고 용감하면 좋으련만.

'착한 아이가 되어라.'

착한 아이 좋아하시네.

그렇게 생각하자 어질어질해지면서 취기가 돌았다. 오늘 밤에 많은 규칙을 깼다. 이미 깨진 규칙들이 내 뒤에서 산산조각 나 반짝이는데 하나 더 깬들 뭐가 다를까?

흡연실을 박차고 나가는 나를 바라보던 로크 씨의 얼굴이 떠올랐다. 분노가 치밀면 생기는 입가의 뻣뻣한 주름, 실망한 기색의 서늘한 잿빛 눈동자. 그러자 뱃속이 차가워졌다. 아빠는 이미 돌아가셨고, 로크 씨마저 없다면 이 세상에서 날 보호해줄 사람은 아무도 없었다.

나는 시선을 땅으로 내렸고, 서늘한 밤공기에 몸을 살짝 떨며 새뮤얼에게서 물러났다. 그가 한숨을 내쉬는 소리가 들린 듯했다.

내가 다시 정상적으로 숨을 쉴 수 있기까지 짧은 정적이 흘렀다.

새뮤얼이 대수롭지 않다는 듯 물었다. "지금 당장 다른 곳으로 갈 수 있다면 어디로 가고 싶어?"

"어디든 좋아. 다른 세상으로 가고 싶어." 나는 어릴 때 보았던 푸른 문과 바다 냄새를 떠올리며 말했다. 오랫동안 잊고 살았는데 애들레이드 이야기가 그 일을 다시 기억의 표면으로 끌어올렸다.

새뮤얼은 내 말을 듣고 비웃지 않았다. "챔플레인 호수 북쪽 끝에 우리 가족 별장이 있어. 매년 여름이면 거기서 일주일을 보내곤 했는데 아빠 건강이 나빠지시고 가게 일도……. 아무튼 그래서 몇 년 동안 가지 못했어." 나는 어린 새뮤얼을 떠올렸다. 가늘지만 단단한 팔에 살갗이 어찌나 그을었는지 몸에 축적된 햇살이 밖으로 뿜어져 나오는 듯했다. "아주 크거나 근사한 별장은 아니야. 거친 삼나무 널로 만든 상자처럼 생겼고, 녹슨 연통이 삐죽 튀어나온 집이야. 그 섬에 다른 집은 없고 오로지 우리 가족의 별장만 있어. 그 집에서 창밖을 내다보면 호수와 하늘과 소나무만 보이지. 이 모든 게 지긋지긋해지면……." 이 대목에서 새뮤얼은 손을 크게 흔들었는데 마치 로크 하우스뿐 아니라 그 안에 있는 모든 것 그러니까 비싼 수입 와인과 각지에서 훔친 보물들, 그에게 눈길도 주지 않은 채 그가 들고 있던 은쟁반에서 샴페인 잔을 집어 들며 조잘대던 은행장의 부인들까지 모두 포함시키는 듯했다.

"난 그 오두막을 생각해. 나비넥타이며 웨이터 유니폼, 가난한 자와 부자 그리고 그 둘 사이의 차이를 훌훌 벗어던질 수 있는 곳이지. 가능하다면 난 거기로 갈 거야." 새뮤얼이 미소 지었다.

"거긴 전혀 다른 세상이거든."

불현듯 새뮤얼이 지금도 펄프 매거진과 모험 소설을 읽고 있고, 여전히 머나먼 수평선을 바라보고 있다는 강한 확신이 들었다.

서로 비슷한 형태의 욕망을 가진 사람을 우연히 만난다는 건 몹시 기이한 일이다. 마치 거울 속 내 모습을 향해 손을 뻗었는데 손끝에 따뜻한 육신이 닿는 것과 같다. 그렇게 마법적이면서도 잘 어울리는 상대를 발견할 정도로 운이 좋다면 두 손으로 그를 꽉 잡고 절대로 놓아주지 않기를 바란다.

나는 그러지 못했다. 그 당시에는.

"너무 늦었어. 이만 들어가야겠다." 나는 그렇게 선언했고, 그 말은 우리 주위에 그려진 기적적인 원을 지워버렸다. 분필로 그린 선을 신발로 슥슥 문질러 지우듯이.

새뮤얼의 몸이 굳었다. 나는 도저히 그의 얼굴을 마주볼 수 없어서 ―그의 얼굴에서 뭘 보게 될까? 후회? 아니면 비난? 내 욕망과 일치하고픈 바람 혹은 절박함?― 그저 휘파람으로 배드를 부르고 돌아섰다.

나는 문 앞에서 잠시 머뭇거리다가 "잘 가, 새뮤얼"이라고 속삭이고는 집 안으로 들어갔다.

∞

방 안은 어두웠다. 달빛이 이제는 바닥에 허물처럼 벗어놓은 아이보리 드레스와 베개 위에 펼쳐진 제인의 까끌까끌한 머리카락, 내 몸에 바짝 닿은 배드의 구부러진 등 주위로 흐릿한 테두리를 둘렀다.

나는 침대에 누웠다. 샴페인의 조수가 썰물처럼 빠져나가면서 나 홀로 불운한 해양 생물처럼 해변에 남은 기분이었다. 그 틈을 타서 무겁고 숨 막히고 검은 그것이 돌아왔다. 마치 저녁 내내 나와 단둘이 남기만을 기다렸다는 듯이. 그것은 기름처럼 내 살갗 위에서 미끄덩거리며 콧구멍을 가득 채우고, 목구멍 뒤쪽에 고였다. 그런 다음 내 귀에 어린 고아 소녀의 상실감과 괴로움에 관한 이야기를 속삭였다.

'옛날 옛날 한 옛날에 엄마도 아빠도 없는 재뉴어리라는 소녀가 살았습니다.'

로크 하우스의 무게, 적벽돌과 구리, 세계 곳곳에서 훔쳐 온 귀하고 비밀스러운 물건들이 나를 짓눌렀다. 이 무게에 20년 혹은 30년간 짓눌리고 나면 어떻게 될까?

나는 몰래 달아나 이 슬프고 추악한 동화에서 벗어날 때까지 계속 달리고 싶었다. 내 이야기에서 도망치는 유일한 방법은 몰래 다른 사람의 이야기에 숨어드는 것이다. 나는 매트리스 아래에서 가죽으로 장정된 책을 꺼내 잉크와 모험의 냄새를 들이마셨다.

그런 다음 그 문을 지나 또 다른 세상으로 들어갔다.

2장

많은 문을 발견하고 역사의 기록에서 벗어난 라슨 양

시의적절한 죽음 – 세인트 아워스의 부 해그 – 갈망의 해와 그 결론

살을 에는 듯 추운 1885년 3월에 마마 라슨이 죽었다. 일찍 핀 수선화가 된서리에 시들어버린 지 일주일째 되는 날이자 손녀의 열아홉 살 생일을 여드레 앞둔 날이었다. 라슨 가의 딸들에게 엄마의 죽음은 대제국의 몰락이나 산맥의 붕괴와 대등한 비극으로 도저히 이해할 수 없는 사건이었다. 한동안 라슨 집안은 마구잡이로, 대책 없는 애도 분위기에 휩싸였다.

애도는 매우 자기중심적인 행위라서 라슨 가 여자들이 애들레이드에게 별다른 주의를 기울이지 못했다는 사실은 그다지 놀랍지 않다. 에이드는 고모들의 무관심이 감사했다. 만약 고모들이 그녀의 표정을 유심히 살펴봤다면 절망이나 슬픔과는 거리가 멀다는 걸 알아차렸을 테니까.

아직도 로그우드로 만든 검은 염료 냄새가 풍기는 모직 드레스

를 입은 채 할머니의 임종을 지키던 에이드는 숲의 거목이 우지
끈 쓰러지는 장엄한 광경을 지켜보는 묘목과 같은 심정이었다.
그것은 경외감이었고, 아마 약간은 겁이 나기도 했으리라. 하지
만 뼈만 남은 마마 라슨이 숨을 거두자 에이드 역시 묘목이 발견
했을 법한 사실을 똑같이 발견했다. 고목이 사라지자 머리 위를
뒤덮었던 빽빽한 나뭇가지들이 사라지며 가려져 있던 하늘이 환
히 드러난 것이다.

　에이드는 생전 처음 자신이 정말 자유로운지 의문이 들었다.
그렇다고 해서 지난 몇 년 동안 그녀가 속박된 삶을 살았던 건 아
니다. 사실 동시대 다른 젊은 여자들과 비교하자면 에이드는 아
무런 구속도 받지 않고 무책임한 삶을 살았다. 에이드는 캔버스
로 만든 바지를 입고, 남성용 작업 모자를 쓰고 다녔는데 그녀가
깨끗한 스커트를 입고 다니는 게 불가능하다는 사실을 고모들도
받아들였기 때문이었다. 그렇다고 일등 신랑감을 데려올 필요도
없었다. 고모들은 하나같이 남자를 별로 좋아하지 않았으니까.
학교에 다니거나 일자리를 구하라고 강요받은 적도 없었다. 고
모들은 에이드의 방랑벽을 부추기진 않았지만 적어도 체념하고
받아들였다.

　하지만 에이드는 여전히 눈에 보이지 않는 목줄에 매인 기분이
었고, 그 목줄은 그녀를 다시 라슨 목장으로 돌아오게 했다. 북
쪽으로 가는 기차를 타고 담뱃잎을 쌓아둔 헛간에서 노숙하며
엿새 동안 집을 비우기도 했지만 결국 늘 크게 한 바퀴를 돌아 집

으로 되돌아갔다. 마마 라슨은 그러다 타락한 여성*이 되면 어쩌려고 그러냐고 투덜거렸고, 고모들은 입을 꾹 다물었으며 에이드는 상심한 채 잠들어 문을 꿈꾸곤 했다.

세월이 흐르며 목줄은 점점 더 해지고 느슨해지다가 마침내 사랑과 가족 간의 의리라는 실 한 가닥만 남게 되었다. 그런데 마마 라슨의 죽음으로 그 실마저 툭 끊겨버렸다.

우리에 갇혀 있던 동물들과 반쯤 길들여진 어린 여자들이 그렇듯이 에이드 역시 몇 주가 지난 후에야 자신이 정말로 떠날 수 있다는 사실을 깨달았다. 농장 끄트머리 담쟁이덩굴로 뒤덮인 울퉁불퉁한 땅에 할머니를 묻고, 툴슨 씨에게 석회석 묘비에 묘비명(애다 라슨 여기에 잠들다, 1813~1885, 지극히 사랑받은 어머니)을 새겨달라고 돈을 지불한 지 3주 후에 에이드는 목구멍에서 행진곡에 맞춰 뛰는 맥박을 느끼며 잠에서 깼다. 온갖 가능성이 용솟음치는 화창한 봄날 아침이었다. 대부분의 여행자들은 이런 날씨를 반긴다. 바람이 서쪽으로 불고, 날씨는 따뜻하지만 발바닥에 닿는 땅은 아직 차갑고, 나뭇가지에 새순이 새록새록 돋아나며 대기에서 봄날 냄새가 감도는 시기. 그들은 이런 날에 떠나야 한다는 걸 알고 있다.

그리하여 에이드는 떠났다.

☆

*결혼 전에 순결을 잃고 하느님의 은혜를 잃은 여성을 말한다

그날 아침 에이드는 나이 순서대로 고모들의 뺨에 차례로 뽀뽀했다. 설령 뽀뽀가 평소보다 더 진심 어리고, 조카의 눈이 흥분으로 빛났다고 해도 그들은 알아차리지 못했다. 리지 고모만이 먹고 있던 삶은 달걀에서 고개를 들었다.

"어디 가려고?"

"읍내에요." 에이드가 담담하게 말했다.

리지 고모는 오랫동안 에이드의 눈을 빤히 바라보았다. 마치 앞으로 기울어진 조카의 어깨와 한쪽 입꼬리만 살짝 올라간 미소를 보고 에이드의 숨은 의도를 읽어냈다는 듯이. 마침내 리지 고모가 한숨을 푹 내쉬었다.

"그래. 네가 올 때까지 우린 여기 있을 거다."

그 당시 에이드는 리지 이모의 말을 듣는 둥 마는 둥하며 새장에서 풀려난 새처럼 이미 부엌문을 열고 잽싸게 밖으로 나가고 있었다. 하지만 나중에는 그 말을 자주 떠올렸고, 위안 삼아 문지르곤 했다. 그 말이 개천의 자갈처럼 물에 닳아 매끈해질 때까지.

에이드는 우선 기울어진 헛간으로 가서 망치와 말 털로 만든 브러시, 머리가 정사각형인 못 한 줌, '프러시안 블루'라는 딱지가 붙은 녹슨 페인트 통을 찾아냈다. 그녀는 그 물건들을 들고 버려진 건초지가 있는 서쪽으로 향했다. 그 들판은 세월의 흔적이 거의 남아 있지 않았다. 부유한 이웃 사람이 한때 풀을 깎아 건초를 만들었지만 이내 다시 버려졌다. 그 후로 측량사 몇 팀이 강둑을 따라 선적 컨테이너 창고를 지으려고 주위를 바쁘게 돌아다녔지만 지면이 너무 낮다는 사실을 알게 되었다. 이제 그 자리에는 녹슨 가시철사만 한 줄 둘려 있고, 사유지라 무단 침입을 금지한다고 적힌 양철 표지판이 달려 있었다. 에이드는 걸음을 멈추지 않은 채 철사 아래로 몸을 숙여 거침없이 안으로 들어갔다.

철거한 오두막의 목재는 아직도 다 치워지지 않은 채 인동덩굴과 미국자리공이 잡초처럼 뒤얽힌 덤불 속에서 썩어갔다. 에이드는 오래된 목재 앞에 무릎을 꿇고 앉았다. 머릿속에서는 생각이 지하로 흐르는 물처럼 깊고 말없이 흘렀다. 목재 더미 속에서 썩지 않은 나무, 받침대, 낡은 경첩을 찾아냈다. 남자 없는 집안에서 농장 일을 하며 살다 보니 에이드의 목공 기술은 제법 쓸 만했고, 그래서 대략 한 시간 만에 문틀과 대충 만든 문을 조립했다. 에이드는 문틀을 땅에 박고 어렵게 짜 맞춘 문을 걸었다. 가벼운 강바람에 문이 삐걱거렸다.

그 문에 벨벳 바다와 같은 짙푸른 페인트까지 발라 일을 끝낸 후에야 에이드는 자신이 무엇을 하고 있는지 온전히 이해하게 되었다. 그녀는 오랫동안 집을 비울 작정이었고, 무언가를 남겨두고 싶었던 것이다. 유령 소년과 함께한 오두막을 추억할 기념비나 마마 라슨의 묘비와 같은 추모비를. 언젠가 다시 문이 열려 다른 세상으로 갈 수 있게 되길 바라는 마음도 없지 않았다. 하지만 내 오랜 경험상 헛된 희망이었다. 문은 한번 닫히면 다시 열리지 않는다.

에이드는 연장을 남겨둔 채 읍내까지 1.5킬로미터쯤 되는 거리를 걸어갔다. 그런 다음 너무 후줄근해져서 그녀의 머리에서 잠든 동물처럼 보이는 가죽 모자 아래로 머리카락을 밀어 넣고 부두로 성큼성큼 걸어가 증기선을 기다렸다. 그녀의 전략은 계획을 세운다기보다 강 하류에서 헤엄치는 편에 가까웠다. 다시 말하자면 자신보다 더 위대하고 정신 나간 어떤 힘에 휩쓸려 미지의 바다로 나아가기로 했다. 보이지 않는 강물과 싸우는 대신 강물에 완전히 몸을 맡기는 것이다.

에이드는 이틀 동안 어슬렁거리며 구걸하고 다닌 뒤에야 그녀를 갑판원으로 고용할 만큼 사정이 절박한 증기선에 오르게 되었다. 그녀가 여자라는 사실은 전혀 걸림돌이 되지 않았다. 페인트가 묻은 바지며 헐렁한 면 셔츠는 충분한 위장이 되었고, 주근깨 투성이 사각형 얼굴은 아름답다기보다는 잘생긴 편에 가까웠다.

(적어도 은판 사진으로 남은 그녀의 얼굴은 그랬으리라. 에이드가 은판 사진기 앞에서 한 번이라도 포즈를 취했다면 말이다. 하지만 사진은 거울처럼 악명 높은 거짓말쟁이다. 사실 애들레이드는 이 세상 혹은 다른 어떤 세상에서든 내가 본 사람 중에서 가장 아름다웠다. 아름다움이란 영혼의 한복판에서 역동적이고 격렬하게 타오르는 불이며 거기에 닿으면 무엇이든 불이 붙는다는 사실을 이해한다면 말이다)

그렇기는 해도 현명한 뱃사람들은 에이드의 눈을 보고 나면 고용하길 주저했다. 그녀의 눈에는 자유분방과 객기가 있었고, 그것은 미래로부터 위험하게 해방된 사람의 눈빛이었다. 서던 퀸호의 선장은 경험 부족으로 강 상류에서 세 명의 술꾼과 한 명의 도둑을 고용하는 바람에 그들을 대체할 선원을 절박하게 찾던 중이었고, 이름과 목적지만 묻고 에이드를 고용한 건 순전히 우연이었다. 서던 퀸호의 일지에는 에이드의 이름이 '라슨'이고, 목적지는 '타지'라고 적혀 있었다.

에이드의 발이 미시시피 증기선의 회반죽을 바른 갑판을 향해 춤추듯 걸어가는 바로 그 순간에 우리는 이야기를 잠시 멈춰야 한다. 여기서부터 라슨 양의 이야기는 특이하긴 해도 신비롭거나 불가사의하지는 않다. 필자가 역사가 행세를 하며 면담과 증거를 꼼꼼하게 추려 한 소녀의 그럴듯한 성장기를 쓸 수도 있다. 하지만 이 순간부터 에이드의 이야기는 더 웅장해지고 더 기묘해지며 더 거칠어진다. 에이드는 비스듬히 그리고 보이지 않게 우화와 민화 속으로 발을 들이고, 기록된 역사의 틈새로 미끄러져 들어간다. 하늘을 덮을 정도로 울창한 숲을 뚫고 연기가 피어오르듯이. 아무리 똑똑하거나 꼼꼼한 학자라고 해도 연기와 신화를 지면에 지도로 그릴 수는 없다.

에이드 본인이 몇 개의 날짜와 세부 사항 외에는 더 알려주기를 거부했으니 여기서부터 그 후로 몇 년간은 그녀의 삶을 산발적으로 연달아 힐끗 보는 데 그칠 수밖에 없다. 따라서 에이드가 서던 퀸호에 머문 몇 달간은 그냥 무시할 것이다. 뱃일이 그녀에게 잘 맞았는지, 동료 선원들이 그녀에게 호감을 느꼈는지 아니면 겁을 먹었는지, 강둑 옆으로 휙휙 지나가는 진흙 빛 마을을 그녀가 어떻게 생각했는지 우리는 알 도리가 없다. 그녀가 가끔씩 갑판에 서서 남풍 쪽으로 고개를 돌린 채 답답했던 어린 시절에서 벗어나 자유를 느꼈는지도 알 수 없다. 다만 시간이 흘러 그녀가 전혀 다른 장소에서 전혀 다른 배에 승선해 지평선을 바라보는 모습이 목격되었다. 에이드는 마치 저 지평선을 만나려고 자신의 영혼이 펼쳐지고 뻗어나간 듯한 눈빛이었다고 한다.

심지어 에이드가 처음 부 해그의 이야기를 들은 것이 강을 따라 항해하는 증기선에서 일할 때였는지조차 확실치 않다. 비록 그럴 가능성이 농후하지만. 학자로서의 내 경험상 세상에 떠도는 이야기들은 항적을 따라가는 은빛 인어들처럼 배와 함께 강을 오르락내리락한다. 아마도 부 해그의 이야기도 당시 다른 이야기들과 함께 강을 헤엄치던 중이었으리라. 어쩌면 그 이야기를 들은 에이드는 고향 건초지의 오두막 유령이 생각났고, 열다섯 살 자신과 했던 먼지 쌓인 약속이 깨어났는지 모른다. 혹은 그저 상상력이 발동되었을 수도 있고.

어쨌든 우리가 확실하게 말할 수 있는 건 1886년 따뜻했던 겨울에 애들레이드 라슨은 뉴올리언스 알제에 있는 세인트 아워스 저택에 들어갔다가 열엿새 후에야 다시 나왔다는 사실이다.

여기서 우리는 에이드가 그 저택에 들어가기 전, 그녀와 이야기를 나눈 두 현지인의 증언에 의존해야 한다. 비록 오랜 세월이 지난 후에야 내가 그들을 찾아내고, 그들의 기억을 기록하긴 했지만 비센테 르블랑 씨와 그의 아내 메리는 자신들의 이야기가 한 치의 오차도 없이 정확하다고 주장했다. 그 당시 상황 자체가 너무도 특이했기 때문이다. 시간은 밤 10시였고, 그들은 흡족한 기분으로 댄스 홀을 나서(이 대목에서 르블랑 부인은 저녁 예배에서 돌아오는 길이라 우겼고, 르블랑 씨는 애써 무덤덤한 표정을 지었다) 호머 가를 느긋하게 걸어가고 있었다. 그때 젊은 여자가 부부에게 다가왔다.

"그 여자는, 뭐라고 해야 할까, 대단히 이상한 여자였어요. 행색이 꾀죄죄하고 부두 노동자처럼 캔버스 바지를 입고 있더군요." 르블랑 부인은 점잖은 성격이라 더는 설명하지 않았지만 여기서 우리는 그 여자가 아주 젊고, 밤에 홀로 낯선 도시를 서성이고 있었으며 피부가 밀가루보다 하얗다는 사실을 짐작할 수 있다.

르블랑 씨가 아내를 달래듯이 어깨를 으쓱였다. "글쎄, 그거야 아무도 모르지, 메리. 그 아가씨는 방황하는 듯했어요." 그가 좀 더 명확하게 설명했다. "길을 잃은 아이 같다는 뜻은 아닙니다. 아무런 걱정이 없어 보였거든요. 마치 일부러 방황을 자처하는 아이 같았어요."

젊은 여자는 그들에게 스무고개를 하듯이 질문을 던졌다. 이 거리가 엘미라 대로인가요? 근처에 포르투나 저택이 있나요? 저택 주위 담장이 얼마나 높은가요? 근처에 중형견이나 대형견이 있나요? 마지막으로 이렇게 물었다. "혹시 존과 부 해그에 관한 이야기를 아시나요?"

정신이 제대로 박힌 사람이라면 이렇게 미친 여자에게서 멀찌

감치 벗어나 혹시 뒤따라오지는 않는지 자주 뒤를 힐끗거리기 마련이었다. 하지만 메리 르블랑은 낯선 사람에게 적선하고, 거지들에게 저녁을 대접할 정도로 대책 없는 측은지심의 소유자였다.

"엘미라 대로에 가려면 서쪽으로 한 블록 더 가야 해요, 아가씨." 메리가 젊은 여자에게 말했다.

"흠, 너무하네요. 거리 표지판이 한두 개쯤 있어야 하지 않나요?"

"네, 맞아요." 르블랑 부부는 젊은 여자에게 대체로 정중하게 대했는데, 어딘가 모르게 이상해 보여도 어디까지나 백인 여자이기에 그랬으리라. 아니면 동화에서처럼 자기들이 시험당할까 두려웠을 수도 있다. 동화에서는 구걸하던 여자가 마녀로 변해 못되게 굴었던 사람들을 벌주기 때문이다.

"그럼 엘미라 대로에 포르투나 저택이 있나요?"

르블랑 부부는 서로 마주보았다. "아뇨, 그런 저택이 있다는 얘기는 들어본 적 없어요."

"젠장!" 젊은 여자는 그렇게 말하더니 돌을 깔아 만든 길에 침을 탁 뱉었다. 열아홉 살답게 반은 무심결에, 나머지 반은 의도적으로 과장해서.

그러자 메리가 물었다. "혹시 엘미라 가에 있는 세인트 아워스 저택을 말하는 건가요?" 르블랑 씨가 아내의 팔짱을 꽉 끼며 최대한 경고의 뜻을 담아 물었다. "원래는 영주가 살았던 저택인데 내가 태어난 이후 지금껏 아무도 살지 않아요."

"아, 그럼 그 저택일 수도 있겠네요." 젊은 여자의 눈동자가 고양이처럼 날카롭게 메리의 얼굴을 바라보았다.

메리가 자기도 모르게 속삭였다. "음, 아가씨가 그 저택에 대해 물었으니 말인데 내가 어릴 때부터 들은 말이 있긴 해요. 다만 그저 이야기에 불과하다는 걸 명심하세요. 제대로 교육받은 사람이라면 그런 이야기를 믿지 않을 테니까. 어쨌거나 세인트 아워스에 살았던 존 프레스터라는 남자가 부 해그를° 만났다고 들었어요."

젊은 여자의 얼굴에 치아와 욕망을 활짝 드러낸 미소가 스멀스멀 번져갔다. "세상에! 제 이름은 에이드 라슨이에요. 죄송하지만 몇 가지만 더 물어봐도 될까요?"

에이드는 그들에게 그 일에 대해 알고 있는 모든 걸 말해달라고 부탁했다. 잘생긴 청년 존이 매일 별이 빛나는 하늘과 흥미진진한 모험이 뒤얽힌 꿈을 꾸고, 아침마다 얼굴이 납빛이 되어 기진맥진한 상태로 깨어났다는 이야기. 여자는 혹시 세인트 아워스에 들어간 사람이 있는지(가끔 남자아이들이 서로 들어가 보라고 부추기면서 들어가더군요), 또 그들이 다시 나왔는지 물었다(물론이죠! 다만, 음, 소문이 있기는 했어요. 거기서 하룻밤 잤던 소년이 일 년하고도 하루가 지난 후에야 다시 나왔대요. 또 벽장에

° 르블랑 부부와 이야기를 나눈 뒤 나는 그 지역에서 한동안 '부 해그(Boo hag)'와 관련된 현상을 조사했다. 내가 보기에는 노파가 등장하는 평범한 이야기의 변형 같았다. 부 해그란 젊은 사람을 먹이 삼아 그들의 피나 숨결을 빨아들이는 노파를 말한다. 심지어 그들의 살가죽을 훔쳐 쓰고 먹잇감을 찾아 나서기도 한다. 조지아주 해변에서 떨어진 섬에 부 해그가 출몰한다는 소문을 훨씬 자주 들었는데 거기서는 hag-ridden(직역하면 노파가 몸 위에 올라탔다는 뜻인데 일반적으로는 악몽에 시달리거나 가위에 눌렸다는 뜻이다 : 옮긴이)이라는 표현이 매우 끔찍한 상황에서 자주 사용된다
애들레이드 라슨은 이런 이야기가 흔하다는 사실을 몰랐다. 학자처럼 추론하거나 치열한 연구를 통해서가 아니라 정확성이 떨어지는 방랑자의 나침반으로 목적지를 찾아냈다

숨어 있던 소년들은 머나먼 나라에 다녀오는 꿈을 꿨다고 해요).

"자, 마지막 질문이에요. 애초에 부 해그라는 유령은 어떻게 집에 들어가 가여운 존을 찾아냈을까요?"

르블랑 부부는 서로 마주보았다. 동정심이 강한 메리조차도 이 젊은 여자의 열성적인 태도가 불편해졌다. 그녀가 작업복 차림으로 밤길을 돌아다니는 이상한 상황 때문만이 아니었다. 그녀의 얼굴이 스스로 만들어낸 가스등 불빛을 받은 듯이 빛났고, 그녀의 태도가 사냥꾼인 동시에 사냥당하는 먹잇감 같아서 무언가로부터 도망쳐 다른 무언가로 달아나는 듯했기 때문이었다.

하지만 이야기를 하다가 마는 사람은 없는 법이다. 그것도 복잡하게 얽힌 결말이 남아 있는 상태에서는. "그거야 다른 유령이 사람 집에 들어갈 때와 똑같죠. 틈이나 구멍, 잠기지 않은 문을 찾아내 안으로 들어가요."

젊은 여자는 르블랑 부부에게 희열 가득한 미소를 지어 보이더니 한 팔을 휘두르며 고개 숙여 인사하고 서쪽으로 갔다. 그 후 그녀는 자취를 감췄는데 열엿새 되던 날, 거리에서 굴렁쇠를 굴리던 한 무리의 소년들이 세인트 아워스 저택에서 나오는 백인 여자를 보았다. 그들은 여자의 모습이 '마녀 같았다'고 했다. 젊은 여자가 입은 실용적인 옷은 넝마가 되어 너덜너덜했고, 그 위에 윤기 흐르는 검은 깃털로 만든 희한한 망토를 걸치고 있었다. 그녀의 눈은 오랫동안 바람을 맞은 듯 건조한 한편 붉게 충혈되어 있었고, 밤하늘을 바라보는 여자의 미소는 조금 음흉해 보였다.

마치 별과 잘 아는 사이라는 듯이.

소년들이 뭘 하다 왔냐고 묻자 그녀는 높은 산봉우리며 해송의 나뭇가지들 그리고 분홍색 실크를 별에 고정해둔 느낌이 드는 오로라에 대해 횡설수설할 뿐 정확하게 답변하지 못했다.

훗날 내가 그녀에게 그 문 너머에서 무엇을 봤냐고 물었을 때 —왜냐하면 그 저택에 틀림없이 문이 있었으니까— 에이드는 그저 웃기만 했다. "그거야 당연히 부 해그를 봤지." 내가 얼굴을 찡그리자 그녀가 나직이 속삭였다. "잘 들어. 세상의 모든 이야기들이 누군가에게 말해주려고 만들어지는 건 아니야. 때로는 그 이야기를 들려주는 것만으로도 그걸 훔치는 거야. 그 이야기에 깃든 미스터리를 조금씩 훔치는 거지. 그러니까 그 노파들이 그냥 돌아다니게 둬."

당시에는 그 말이 무슨 뜻인지 이해하지 못했다. 나는 학자라서 밝히고 설명하고 미지의 현상을 알리고자 하는 욕구가 있다. 하지만 세인트 아워스의 문에 관해서는 실패했다. 나는 그녀의 발자취를 따라 엘미라 대로로 갔고, 떨어져 썩어가는 목련 꽃잎의 달콤한 냄새에 파묻힌, 회반죽을 바른 저택을 발견했다. 예상대로 웅장하지만 머릿속에서 반쯤 잊힌 저택이었다. 나는 저녁에 다시 그 저택에 가서 뭔가를 더 알아볼 작정이었는데 그날 밤 1895년의 알제 대화재가 발생했다. 자정이 되자 하늘은 밝은 오렌지빛으로 물들었고, 동이 틀 무렵 세인트 아워스 저택까지 포함해 그 구역 전체가 시커멓게 그을린 뼈대만 남게 되었다.

이 화재를 기억하라. 화재는 명확하지 않은 발원지에서 급속히 번졌고, 호스나 양동이로 물을 뿌려도 소용없었으며 끝내 세인트 아워스는 속속들이 다 타 재가 되었다는 사실을.

그럼에도 내가 이 일을 기록하는 이유는 세인트 아워스가 내가 이 세상에서 발견한 첫 번째 문이자 라슨 양이 두 번째로 발견한 문이기 때문이다. 문을 발견하면 변화가 따른다.

☆

훗날 에이드는 대략 1885년부터 1892년을 '갈망의 해'라고 언급했다. 뭘 갈망했냐고 물었더니 에이드는 웃으며 "장담하건대 너랑 똑같은 걸 갈망했을 거야. 샛길. 특별히 찾는 곳 없이 어딘가를 찾았지." 그녀는 문을 찾아 지구를 샅샅이 뒤졌다. 허기진 상태로 방황하며.

그리고 문을 찾아냈다.° 버려진 교회와 벽 가장자리에 소금이 말라붙은 동굴에서, 묘지와 이역만리 시장의 펄럭이는 커튼 뒤에서.

°에이드는 아마도 대담한 모험가에 걸맞은 인물은 아닐 것이다. 가난하고 제대로 교육받지 못했고 딱히 뛰어난 점도 없다. 하지만 이 주제에 관해 내가 모은 문학 작품들을 보면 문은 우리가 예상하는 부류의 탐험가나 개척자, 그러니까 닥터 리빙스턴이나 용감하게 서부로 달려간 대니얼 분 같은 사람은 끌어들이지 않는 경향이 있다. 그보다는 가난하고 불행한 사람들, 아무도 원치 않은 노숙자들이 문을 찾아 냈다. 한마디로 세상의 여백을 따라 허둥지둥 걸어 다니며 출구를 찾던 사람들

고아이자 절름발이였던 토머스 에이킨헤드를 생각해보자. 그는 문제의 소지가 있는 성명서를 발표했는데 거기서 천국은 낡은 스코틀랜드 교회의 작고 허름한 문 너머에 있는 실제 장소라고 암시했다. 에이킨헤드는 그곳이 사실상 지옥이거나 연옥일 가능성도 인정했지만 확실히 '따뜻하고 화창하며 스코틀랜드보다는 훨씬 낫다'는 결론을 내렸다. 그는 그 해에 신성 모독죄로 교수형에 처해졌다

토머스 에이킨헤드, 《마법과 천국의 입구에 관한 글》, 1695년

문을 너무 많이 찾아낸 터라 이제 그녀의 머릿속에서 이 세상은 레이스 손뜨개처럼 여기저기 구멍이 뚫리고 해진 형태가 되어갔다. 쥐가 갉아 먹은 지도처럼. 나는 나중에 그녀의 발자취를 따라가며 가능한 한 많은 문을 재발견했지만 문은 본질적으로 구멍이자 경유지이며 사라진 곳이고, 부재는 기하학적으로 정확히 기록하기 힘들다는 게 증명되었다. 내 공책은 막다른 길과 불확실성, 속삭임과 소문으로 가득하고 심지어 내가 가장 공들여 쓴 보고서들마저도 여백에서 회색 천사들처럼 맴도는, 해답 없는 질문들로 가득하다.

이제 플랫 강의 문을 생각해보자. 에이드의 무지갯빛 흔적은 다시 미시시피강을 타고 올라갔고, 거기서 서쪽으로 가다가 마침내 프랭크 C. 트루라는 신사분에게 당도한다. 1900년에 내가 프랭크와 처음 이야기를 나눴을 때 그는 W. J. 테일러의 그레이트 아메리칸 더블 서커스, 거대한 세상의 박물관, 이동식 서커스, 곡마단, 살아 있는 들짐승 동물원과 의회에서 활동하는 곡마사였다. 검은 머리에 강렬한 눈빛의 남자였는데 그가 가진 매력과 재능 덕분에 아담한 체구의 한계를 훌쩍 뛰어넘는 존재감이 느껴졌다. 내가 에이드를 언급하자 프로답던 그의 미소가 아쉬운 미소로 변했다.

"네, 물론 기억합니다. 그런데 왜 묻죠? 당신이 에이드의 남편이라도 됩니까?"

내가 10년 전 일을 따지러 온 질투심 많은 연인이 아니라는 사실을 확인해주자 프랭크는 다시 의자에 등을 기대고 한숨을 내쉬더니 1888년 무더운 여름에 에이드와 만났던 이야기를 들려주었다.

프랭크는 '닥터 카버의 로키산맥과 대초원 전시회' 객석에서 에이드를 처음 보았다. 거기서 프랭크는 일당 1달러를 받고 서부극에 출연해 평원 인디언 역할을 하고 있었다. 에이드는 기다란 나무 의자에 혼자 앉아 있어 눈에 띄었는데 엉킨 머리카락에 노숙자처럼 대충 차려입은 행색으로 부츠는 지나치게 크고, 셔츠는 남성용이었다. 그녀는 리틀 빅혼 전투의 피투성이 재현이 끝날 때까지 객석에 남아 있었고, 야생마에 올가미를 씌우는 시범을 보일 때는 박수를 쳤다. 비록 야생마가 사실은 배가 불룩 나온 조랑말에 불과하고 야생성이라고는 집에서 기르는 고양이 수준이었지만. 프랭크가 인디언 경주에서 우승하는 장면에서는 에이드가 휘파람을 불었고, 두 사람은 서로 윙크를 주고받았다.

이튿날 저녁 '닥터 카버의 로키산맥과 대초원 전시회'가 시카고를 떠날 때 프랭크는 서커스 열차 속 그의 옹색한 방에서 에이드와 함께 있었다. 에이드는 고모들과 할머니가 가장 두려워하던 바로 그 하느님의 은혜를 잃은 여자가 되었고, 그 과정에서 놀라운 사실을 발견했다. 타락한 여자에게는 일종의 자유가 주어진다는 걸.° 확실히 사회적으로 치러야 할 대가가 있긴 했지만 —몇

°당연히 타락한 여자 같은 건 없다. 이 세상에서 가장 이해하기 힘든 요소는 사회적 규범이 엄격한 동시에 제멋대로라는 사실이다. 법적으로 결혼하기 전에 육체적으로 사랑을 나누는 일은 허용되지 않는다. 하지만 상대가 부유한 젊은 남자일 때는 괜찮다. 남자는 대범하고 자신감이 넘쳐야 하지만 그건 백인에게만 해당되는 말이다. 누구든 신분과 관계없이 사랑에 빠질 수 있지만 한쪽은 여자고, 다른 한쪽은 남자여야만 한다. 여러분은 저렇게 결함투성이인 경계를 따라 자신의 삶을 항해하지 않기를 바란다. 어차피 다른 세상이 있다

몇 여자 단원들이 점심 식사가 제공되는 텐트에서 에이드와 말하기를 거부했고, 남자들은 유감스럽게도 자기도 에이드와 잘 수 있을 거라고 생각했다– 하지만 전반적으로 에이드의 지평선은 줄어들기보다 넓어졌다. 어느새 그녀는 술이나 악습, 열정, 혹은 그저 피부색 때문에 각자 자기들만의 방식으로 타락한 남녀들이 북적거리는 지하 세계에 떨어지게 되었다. 마치 그녀가 사는 세상 안에서 문을 발견한 기분이었다.

프랭크는 그 후로 몇 주 동안 푸른색과 흰색으로 칠한 로키 마운틴 쇼 열차를 타고 미국 동부 지역을 덜컹거리며 오르락내리락했던 시간들이 만족스러웠다고 했다. 하지만 에이드는 점점 더 안절부절못했다. 프랭크는 에이드의 주의를 돌리려고 이런저런 이야기를 들려주었다.

"나는 에이드에게 붉은 구름 이야기를 들려주었어요. 내가 그 남자에 대해 말한 적 있던가요? 맹세컨대 에이드만큼 재미있는 이야기를 좋아하는 여자는 본 적이 없습니다."

프랭크는 에이드에게 미 육군과 파우더 강 수비대에 전에 없던 끔찍한 지옥을 맛보게 해준 용맹한 젊은 라코타족 추장 붉은 구름 이야기를 해주었다. 붉은 구름은 한 줌의 조각된 뼈로 전투 결과를 예견하는 초자연적인 능력이 있었다. "붉은 구름은 그 뼈를 어디서 얻었는지 절대 말하지 않았지만 그가 어릴 때 일 년 동안 사라졌다가 뼈가 든 가방을 들고 다시 나타났다는 풍문이 돌았지."

"붉은 구름이 어디서 사라졌는데?" 에이드가 물었고, 프랭크

는 그녀의 눈동자가 이제 막 떠오른 달처럼 둥글고 검었다고 회
상했다.

"노스 플랫 강 상류 어디쯤이겠지. 그곳이 어디든 붉은 구름은
아마 거기로 다시 돌아갔을 거야. 왜냐하면 블랙 힐스에서 금이 발
견되면서 미국 정부가 그 지역을 원주민의 땅으로 지정한다는 조
약을 깨버렸거든. 붉은 구름은 상심이 컸는지 다시 사라져버렸어."

그 이야기를 들은 에이드는 동트기 전에 떠났다. 떠나기 전 쪽
지를 남겼고, 프랭크는 아직 그 쪽지를 간직하고 있었지만 보여
주지 않았다. 에이드는 자기보다 프랭크에게 더 잘 맞았던 부츠
도 남겨두고 갔다. 그 후로 프랭크는 두 번 다시 에이드를 보거
나 소식을 듣지 못했다.

네브래스카주 노스 플랫 강 어딘가에 문이 있을지는 몰라도 나
는 끝내 발견하지 못했다. 내가 찾아갔을 때 마을은 처참할 정도
로 가난했고, 바람이 채찍처럼 휘몰아쳐 몹시 추웠다. 지저분한
술집에서 만난 어느 노인은 내게 여길 떠나 다시는 돌아오지 말
라고 담담하게 말했다. 왜냐하면 설사 거기에 그런 문이 있다고
해도 분명 나와 상관없는 일이고, 오글랄라 라코타족 원주민들
이 낯선 사람에게 비밀을 털어놓았다가 결과가 좋았던 적은 없기
때문이다. 나는 이튿날 아침에 마을을 떠났다.

그 문은 에이드가 갈망의 시기에 발견한 수십 개의 문 가운데
하나에 불과하다. 다음은 에이드가 발견한 문 가운데 일부로 필
자의 확인을 거쳤다.

1889년에 에이드는 프린스 에드워드 섬에서 감자를 재배하는 나이 많은 농부 밑에서 일했다. 에이드의 말대로라면 '실키 이야기'를 뒤쫓아 갔다고 하는데 아마도 셀키*일 것이다. 농부는 에이드에게 오래전에 죽은 이웃 사람이 바닷가 동굴에서 젊은 여자를 발견한 이야기를 해주었다. 여자는 미간이 유난히 넓고, 기름기가 감도는 검은 눈동자의 소유자였으며 인간의 언어는 단 하나도 구사하지 못했다. 그 후로 며칠간 에이드는 직접 바닷가 동굴을 탐험했고 마침내 어느 오후에 돌아오지 않았다. 가여운 농부는 에이드가 익사했다고 확신했는데 여드레 뒤에 그녀가 서늘하면서도 신비한 바다 냄새를 풍기며 다시 나타났다.

그런가 하면 1890년 에이드는 술에 취한 기러기처럼 바하마 제도를 요리조리 항해하는 증기선에서 일하던 도중 투생 루베르튀르의 독립운동과 그의 군대가 산악지대에서 마법처럼 사라진 이야기를 들었다. 그 당시 항로는 아이티를 병균 취급해 그 주위로 빙 돌아갔었기에 에이드는 증기선의 일자리를 포기하고 어부 하나를 매수해 매슈 타운에서 산림이 우거지고 지형이 험난한 아이티 해변까지 데려다 달라고 부탁했다.

에이드는 몇 주 동안 진흙으로 미끄러운 산악지대의 운재로를 비틀거리며 헤맨 끝에 투생의 문을 발견했다. 그 문은 옹이 진 아카시아 나무의 뿌리 속 긴 터널 안에 있었다. 에이드는 문 반대편에서 무엇을 발견했는지 말한 적이 없었고, 아마 우리도 영영 알

*켈트 신화에 등장하는 바다표범 요정

수 없으리라. 몇 년 뒤에 누군가 그 땅을 구입해 벌목하고 설탕 공장을 세웠기 때문이다.

같은 해에 에이드는 방심하고 눈을 마주쳤다가는 돌로 변해버린다는 얼음 눈의 괴물 이야기를 따라갔다가 그리스의 버려진 작은 교회에 도착했다. 거기서 문을(서리가 그려진 검은 문) 발견했고 그 안으로 들어갔다. 문 반대편에는 바람에 찢기고 무자비하게 추운 세상이 있었다. 기꺼이 버리고 떠날 수 있는 세상이었건만 에이드는 도착하자마자 동물 가죽을 뒤집어쓴 창백한 피부의 야생인 무리에게 잡혀버렸다. 그들은 '입고 있던 속옷까지 포함해' 에이드가 가진 걸 모두 탈탈 털어가더니 한동안 고래고래 소리를 지르다가 그녀를 여족장에게 데려갔다. 여족장은 소리치지 않고 그저 에이드를 뚫어지게 보더니 귀에 대고 속삭였다.

"맹세컨대 난 그 여자 말을 거의 알아들을 수 있었어. 내가 자기들 부족에 합류해 적과 싸우고 돈궤를 늘려야 한다는 등등의 말이었지. 하마터면 정말 그럴 뻔했어. 옅은 색깔에 엄청나게 차가운 여족장의 눈동자에는 마력 같은 게 있었거든. 하지만 결국에는 거절했어." 거절한 뒤에 어떻게 됐는지 에이드는 자세히 설명하지 않았으나 그 동네 그리스인들은 알몸에 털가죽만 걸치고, 살짝 동상에 걸리고, 다소 사나워 보이는 창을 든 미국 여인이 공포에 사로잡힌 눈으로 거리를 서성이는 걸 봤다고 전했다 (내가 직접 이 문을 통과한 경험은 나중에 이야기하겠다).

또 1891년에는 이스탄불 그랜드 바자의 그늘진 구석에서 타일을 붙인 아치형 통로를 발견해 거대한 황금 원반을 가지고 돌아왔는데 에이드는 그것이 용의 비늘이라고 주장했다. 그런가 하면 산티아고와 포클랜드 제도도 방문했고, 레오폴드빌에서는 말라리아에 걸렸고, 메인주 북동부 구석에서 사라져 몇 달간 자취를 감췄다. 에이드의 살갗에는 마치 일만 개의 향수를 뿌린 듯 다른 세상의 먼지들이 켜켜이 쌓였고, 그녀가 떠난 자리에는 그녀를 그리워하는 각양각색의 남자들과 도저히 믿을 수 없는 이야기들이 남았다.

에이드는 결코 한곳에 오래 머물지 않았다. 대다수 목격자는 에이드가 그저 방랑자이고 남쪽으로 날아가는 제비들처럼 알 수 없는 힘에 이끌려 여기저기 돌아다녔다고 말했다. 하지만 나는 그녀가 성배를 찾아다니는 기사들과 더 비슷했다고 믿는다. 그녀가 어떤 특정한 문과 특정한 세상을 찾아다녔다고.

1893년, 에이드는 스물일곱 번째 생일을 맞은 봄날에 눈 덮인 산꼭대기에서 그 문을 찾아냈다.

☆

그 문에 관한 이야기는 다른 이야기들과 마찬가지로 선로와 길을 따라 입에서 입으로 미끄러져 나아갔다. 전염병이 동맥을 타고 퍼지듯이. 1893년 2월 그 이야기는 텍사스주 태프트에 걸러 들어가 에이드 라슨이 일하던 목화씨 기름 공장 벽까지 침투했다.

동료 일꾼들은 그날의 점심시간을 이렇게 회상한다. 그들은 각자 양동이를 들고 기계 뒤에 모여 기름으로 끈적한 증기와 목화씨 껍질의 초록빛 썩은 내를 들이마시며 돌턴 그레이가 매일 전해주는, 술집에 떠도는 뜬소문을 듣고 있었다. 그날은 북부 출신 두 사냥꾼에 대한 이야기였는데 로키산맥에서 내려온 그들이 정신 나간 헛소리를 지껄였다고 했다. 자신들이 아끼는 소중한 물건을 몽땅 걸고 맹세하건대 실버힐스 산 정상에서 바다를 봤다는 것이다.

일꾼들은 박장대소했지만 에이드의 목소리가 그루터기에 꽂히는 손도끼처럼 그들의 웃음을 탁 갈랐다.

"그게 무슨 말이야? 바다를 봤다니?"

돌턴 그레이는 어깨를 으쓱였다. "난들 어찌 알아. 진에게 들은 바로는 그 두 사람이 실버힐스 산에서 길을 잃고 헤매다가 은광이 성행하던 시절 지은 낡은 석조 교회를 발견해 거기서 한두 주쯤 살았대. 지극히 평범하고 작은 교회였는데 뒷문을 열면 바다가 있었다는 거야."

다시 웃음이 살아났다가 점차 잦아들었다. 에이드 라슨이 먹다 남은 점심을 챙기더니 공장 앞마당을 가로질러 북서쪽 이스트 텍사스 앤드 걸프 철도 회사로 걸어갔기 때문이다.

텍사스주에서 콜로라도주까지 이동한 에이드의 흔적은 찾지 못했다. 그저 한 달 뒤 잠수부가 수면 밖으로 나오듯이 에이드는 알마라는 도시에 나타나 프런트산맥의 매섭게 추운 봄을 견디고 살아남으려면 부츠와 털옷을 비롯해 어떤 장비가 필요한지 묻고 다녔다. 상점 주인은 다가오는 여름 등산로에서 얼었다가 녹은 에이드의 시신이 발견되리라 확신하면서 안타까운 마음으로 그녀가 가게에서 나가는 모습을 지켜봤다.

하지만 열흘 뒤 에이드는 실버힐스 산에서 무사히 내려왔다. 볼은 텄지만 기분 좋게 씩 웃는 에이드의 얼굴을 본 상점 주인은 그녀가 마치 금광을 발견한 광부 같았다고 말했다. 에이드는 제재소가 어디 있는지를 물었다.

상점 주인은 제재소의 위치를 알려준 다음 이렇게 물었다. "실례지만 목재를 어디에 쓰려고요?"

"아." 에이드가 웃음을 터뜨렸고, 훗날 상점 주인은 마치 보름달이 떠오른 밤에 자지러질 듯이 웃어젖히는 미친 여자 같았다고 회상했다.

"배를 만들려고요."

특별한 목공 기술도 없는 에이드가 공기가 희박한 로키산맥 고원 지대에서 혼자 배를 만드는 모습은 당연히 사람들의 이목을 끌었다. 에이드는 실버힐스 산기슭에 대충 캠프를 꾸렸는데 어느 목격자의 표현에 따르면 '최근에 토네이도가 휩쓸고 지나간 판자촌' 같았다. 얼어붙은 땅바닥에 억지로 구부려놓은 소나무 판자들이 흩어져 있고, 빌려온 연장들은 이번 일이 끝나면 다시는 쓸 일이 없다는 듯이 아무렇게나 마구 뒤섞인 채 흩어져 있었다. 에이드는 연기 냄새가 심하게 밴 곰 가죽을 뒤집어쓴 채 유쾌하게 욕설을 퍼부으며 그 혼란스러운 현장을 진두지휘했다.

4월이 되자 배는 형태를 갖추게 되었다. 에이드의 캠프 한복판에 날렵하고 수액 냄새가 나는 흉곽 모양 뼈대가 나타난 것이다. 마치 하느님이 깜빡 잊고 살갗이나 비늘을 만들어주지 않은 불행한 해양 생물 같았다.

얼마 지나지 않아 신문기자들이 나타났고 《레드빌 데일리》에 박스 기사가 실렸다. 상상력이라고는 전혀 찾아볼 수 없는 제목과 함께.

산에서 배를 만드는 여자, 마을 사람들을 어리둥절하게 하다

그 기사에 흥미를 보인 사람들이 많아지며 소문이 무성해지자 더 큰 신문들도 지면을 할애해 기사를 썼고, 마침내 바다를 봤다는 사냥꾼들 이야기까지 추가되었다. 에이드와 그녀의 배가 알마에서 사라지고 나서 한 달도 더 지나서야 그 일은 심지어 《뉴욕타임스》에 게재되었다.

'로키산맥의 레이디 노아, 콜로라도주의 미친 여자가 대홍수를 대비하다'라는 훨씬 더 근사한 제목을 달고서.

저 빌어먹을 기사를 철회할 수만 있다면 나는 무엇이든 줄 용의가 있다. 리튼의 모든 단어, 온갖 세상의 모든 별, 내 두 손까지도.

내가 아는 한 에이드는 자신이 등장한 기사를 일절 읽지 않았다. 그저 널빤지를 서로 붙여 선체를 만들고, 선체의 틈을 메우려면 수지와 가문비나무 수액을 섞어 발라야 한다는 동네 지붕

수리공의 조언을 참고하며 묵묵히 배를 만들었다. 캔버스로 만든 돛은 엉성하게 바느질해 엉망진창으로 만든 터라 고모들이 봤더라면 아연실색했으리라. 그렇게 만든 돛은 뭉툭한 돛대에 빳빳하게 걸렸고, 그달 말이 되었을 때 에이드는 자신이 만든 배가 세상에서, 혹은 적어도 해발 3천 미터 이상에서는 가장 멋지고 항해에 적합할 거라고 확신했다. 뱃머리에 불로 지진 잿빛 이름도 삐뚤빼뚤하게 새겨 넣었다. 더 키(The Key).

그날 저녁 에이드는 마을로 내려가 목화씨 공장에서 일하며 모아두었던 돈을 다 털어 훈제 햄, 콩 통조림, 대형 식수 세 통, 나침반을 구입하고 자신을 도와줄 젊은 남자 둘을 고용했다. 에이드는 엉터리 스페인어를 동원해가며 그들에게 배를 산 위로 운반해달라고 부탁했다. 몇 년 뒤에 나는 이 남자들 중 하나인 루시오 마르티네스를 찾아냈다. 씁쓸하고 지친 표정의 그는 그 일을 맡지 말 걸 그랬다고 고백했다. 그 후로 10년 동안 근거 없는 의혹에 시달렸는데 미치광이 백인 여자가 사라지기 전에 그녀와 배를 마지막으로 본 사람이 그와 그의 친구였기 때문이다. 심지어 그 사건이 일어난 후로 1, 2년간 군 보안관에게 신문을 당하기도 했다. 보안관은 루시오 마르티네스에게 애들레이드가 마지막으로 목격된 장소를 정확하게 표시한 지도까지 그려내라고 했다.

에이드는 실버힐스 산 정상에서 두 사람과 헤어졌을 때 가여운 루시오 마르티네스가 장차 어떤 불행을 견뎌야 할지 몰랐을 수도 있다. 아마 그런 일에는 아예 신경 쓰지 않았으리라. 에이드는 성

배를 찾아내기 직전의 기사처럼 순수한 이기심에 사로잡혀 있었고, 나침반 바늘이 오로지 북쪽만 가리키듯이 자신에 세운 목표에서 한 치도 벗어날 수 없었다.

에이드는 루시오와 그의 친구가 지그재그로 비탈길을 내려가고, 반달이 소나무들을 부드러운 은빛으로 물들일 때까지 기다렸다. 그런 다음 사슴들이 다니는 길을 따라 마구잡이로 만든 배를 끌고 한때 광부들의 교회로, 혹은 그보다 더 오래되고 신성한 어떤 일에 사용되었을지도 모를 나지막한 석조 건물로 향했다.

그 문은 에이드가 몇 주 전에 발견했을 때와 똑같았다. 돌을 쌓아 만든 벽의 대부분을 차지하는 문으로 목제 문틀은 세월이 흐르는 동안 까맣게 변했고, 판자에 거칠게 뚫린 구멍이 유일한 손잡이였다. 벌써 문 너머에서 부드러운 산들바람을 타고 찝찌름한 바다와 삼나무, 태양으로 도금된 기나긴 날들의 냄새가 실려 왔다. 에이드에게 익숙할 리 없는 냄새였지만 사실은 익숙했다. 늦여름 벌판에서 그녀가 유령 소년에게 키스했을 때 그의 살갗에서 나던 냄새였으니까. 다른 세상의 냄새.

에이드는 문을 열고 다른 세상의 기이한 바다에 배를 띄웠다.

④ 잠기지 않은 문

잠에서 깬 나는 눈을 떴다. 눈은 마치 눈구멍에서 뽑아내 알갱이가 거친 모래밭에 굴린 다음, 다시 제자리에 엉성하게 끼워 넣은 듯했다. 입 안은 풀칠이 되어있는 듯했고, 시큼한 맛이 났으며 머리는 밤새 한참 쪼그라든 듯했다. 어리둥절했던 처음 몇 초간은 어젯밤 파티에서 샴페인을 여섯 잔이나 마셨다는 사실을 잊어버린 채 혹시 그 책 때문에 어지러운 건가 생각했다. 마치 이야기가 와인처럼 내 혈관 속에서 발효되어 날 취하게 할 수 있다는 듯이.

만약 이 세상에 그렇게 할 수 있는 이야기가 있다면 그건 바로 《일만 개의 문》이리라. 확실히 그보다 더 나은 책, 다시 말해 더 흥미진진한 모험과 낭만적인 키스가 등장하고 덜 거들먹거리는 책도 읽어봤지만 이 책처럼 왠지 모르게 이 모든 이야기가 사실일지 모른다는 막연하고 허무맹랑한 의심을 불러일으킨 적은 한 번도 없었다. 그늘진 곳마다 누군가가 열어주길 기다리는 문이 숨겨져 있을지 모른다는 의심, 여자는 뱀처럼 어린 시절의 허물을 벗어버리고 소용돌이치는 미지의 세계로 뛰어들어야 할지 모른다는 의심이었다.

내가 아무리 가여웠다고 해도 로크 씨가 이렇게 비현실적인 선물을 줬을 리 없다. 그렇다면 어떻게 이 책이 파라오 룸의 내 보물 상자에 들어 있었을까?

하지만 내 가슴에 여전히 얹혀 있는 그것의 무게 때문에 이 수수께끼는 점점 옅어지고 멀어지는 듯했다. 나는 그것이 늘 가슴에 자리할 것이며, 제2의 살갗처럼 내 몸에 착 달라붙어서 내가 만지는 모든 것에 은밀히 독을 퍼뜨리리라는 걸 깨달았다.

배드가 강아지였을 때처럼 내 팔 밑으로 파고들자 축축한 코가 느껴졌다. 무척 무더운 날이었는데도 —이제 7월의 태양이 구리 지붕을 뜨겁게 달구며 마룻바닥을 가로질러 조금씩 질척하게 흘러가고 있었다— 나는 배드를 끌어안고 털에 얼굴을 묻었다. 태양이 중천을 향해 올라가고, 로크 하우스가 우리 주위에서 끼익끼익 소곤소곤 소리를 내는 동안 배드와 나는 땀에 젖어 끈끈한 상태로 누워 있었다.

더위에 멍해져서 억지로 잠에 빠져들고 있을 때 침실 문이 열렸다.

커피 냄새가 나더니 귀에 익은 단호한 발소리가 방을 가로질렀다. 남몰래 가슴에 쌓여 있던 긴장이 저절로 풀어지며 나는 안도의 한숨을 내쉬었다.

'아직 떠나지 않았구나.'

제인의 옷차림과 초롱초롱한 눈을 보니 한참 전에 일어났고, 너무 늦어지지 않는 한 나의 늦잠을 방해하지 않으려고 했음을 알 수 있었다. 제인은 김이 모락모락 나는 컵 두 개를 책장에 내려놓고는 부서질 듯 낡은 의자를 침대 옆으로 끌고 와 앉더니 가슴 앞에서 팔짱을 꼭 꼈다.

"잘 잤니, 재뉴어리?" 엄격하다 못해 사무적인 말투였다. 어쩌면 집에 없는 시간이 더 많았던 아빠의 죽음을 애도하는 데는 하루면 된다고 생각했을지도 모른다. 아니면 그저 내가 늦잠을 자고 방을 독차지한다는 사실에 화가 났을 수도 있다.

"부엌에서 일하는 아이들에게 어젯밤 파티에서, 뭐랄까, 우여곡절이 있었다고 들었다."

나는 '얘기하고 싶지 않아요'와 비슷한 신음을 냈다.

"네가 술에 취해 로크 씨에게 소리를 질렀고, 흡연실을 박차고 나갔다는 게 사실이니? 내 정보원의 말이 틀리지 않았다면 그런 다음 자피아 식료품점 아들과 사라졌다면서?"

나는 아까의 그 신음을 반복했다. 이번에는 약간 더 크게. 제인이 양 눈썹을 치켜세웠다. 나는 한 팔을 들어 눈 위에 올리고는 눈꺼풀 안쪽 오렌지빛 잔광을 응시하며 투덜대듯 대답했다.

"네."

제인은 웃음을 터뜨렸고, 한동안 계속된 우렁찬 웃음소리에 배드가 움찔했다. "너에게 아직 희망이 있구나. 네가 너무 소심해서 세상을 어떻게 살아갈까 걱정했는데 내 생각이 틀렸나봐." 제인은 웃음을 멈추고 정신을 차렸다. "네 아빠를 처음 만났을 당시 줄리언은 네가 말썽꾸러기에 들짐승 같은 아이라고 했어. 나도 네가 그러기를 바란다. 너에겐 그런 면이 필요해."

나는 제인에게 묻고 싶었다. 아빠가 내 이야기를 자주 했는지, 뭐라고 했는지, 언젠가 날 데리고 여행을 떠날 거라고 한 번이라도 말한 적이 있는지. 하지만 그 말들은 목구멍에서 응고되어버렸다. 나는 침을 꿀꺽 삼켰다.

"왜요?"

제인은 다시 평소처럼 엄격하면서 짜증이 난 듯한 표정을 지었다. "상황이 천년만년 늘 똑같을 수는 없으니까, 재뉴어리. 상황은 변해야 해."

아, 그거였구나. 제인은 곧 떠난다고 말하려는 것이다. 영국령 동아프리카 고원 지대에 있는 고향으로 돌아가고 나는 이 비좁은 회색 방에 홀로 남겨두려는 것이다. 나는 가슴 속에서 미친 듯이 허우적거리는 공포심을 짓누르려고 했다.

"알아요. 떠날 거라는 말이죠?"

나는 내 말이 차분하고 어른스럽게 들리기를, 시트를 움켜쥔 내 두 주먹을 그녀가 보지 않았기를 바랐다.

"이제는…… 이제는 아빠가 돌아가셨으니까요."

"실종되었지." 제인이 정정했다.

"뭐라고요?"

"네 아빠는 실종되었어. 죽은 게 아니라."

나는 한쪽 팔꿈치로 몸을 일으키며 고개를 저었다. "하지만 로크 씨 말로는……."

제인이 입을 삐죽거리며 각다귀를 때려잡을 때의 손짓을 했다.

"로크 씨는 신이 아니야, 재뉴어리."

'신일지도 몰라요.' 나는 그렇게 대답하지는 않았지만 내 얼굴이 완강하게 부인하는 표정으로 변했음을 알고 있었다.

제인은 한숨을 쉬었지만 다시 말을 꺼낸 그녀의 목소리는 주저한다 싶을 만큼 더 부드러웠다.

"그렇게 믿을 만한 이유가 있어. 네 아빠가 분명히 약속한 게 있거든. 난 줄리언을 포기하지 않았어. 아직은. 그러니 너도 포기하지 말아야 해."

그 검은 것이 나를 더 꽉 감싸는 듯 했고, 보이지 않는 앵무조개 껍데기가 제인의 희망 섞인 잔인한 말로부터 나를 보호했다. 나는 다시 눈을 감고 제인과 반대쪽으로 돌아누웠다.

"커피는 마시고 싶지 않아요. 그래도 가져다줘서 고마워요."

갑자기 숨을 혁 들이쉬는 소리가 났다. 내가 제인을 화나게 했나? 잘됐다. 어쩌면 제인은 앞으로 내가 보고 싶을 거라는 빈말이나 계속 연락하자는 거짓 약속도 없이 그냥 떠나버릴지도 모른다.

그때 제인이 다급하게 속삭였다.

"이건 뭐지?" 내 등 부근의 시트를 더듬는 그녀의 손길이 느껴지더니 작은 사각형 물건이 내 아래서 미끄러져 나갔다.

몸을 일으켜 보니 제인이 《일만 개의 문》을 움켜쥐고 있었다. 표지를 잡은 그녀의 손끝이 하얗게 질릴 정도로 세게.

"그건 제 책이에요. 미안하지만……."

"이거 어디서 났니?" 내 말을 자르는 그녀의 목소리는 조금도 흐트러지지 않고 담담했지만 이상하게 다급했다.

"선물로 받았어요." 내가 방어적으로 말했다. "아마 그럴 거예요."

하지만 제인은 내 말을 듣고 있지 않았다. 파르르 떨리는 손으로 책장을 휙휙 넘겼고, 눈은 단어들을 가로질러 재빨리 달렸다. 마치 그 글이 그녀를 위해 쓰인 중요한 메시지라는 듯이. 나는 터무니없고 이상한 질투를 느꼈다.

"이 책에 이리무 이야기도 나오니? 표범 여인들 말이야. 이 책에 그 이야기가……?"

그때 귀에 거슬리는 똑똑 소리가 들렸다. 배드가 이빨 하나를 드러내며 자리에서 일어났다.

"제인 양? 로크 씨가 단둘이 얘기를 나누고 싶다고 하십니다." 스털링 씨였다. 늘 그렇듯이 용케 걷고 말하는 법을 배운 타자기 같은 말투였다.

제인과 나는 서로 바라보았다. 제인이 로크 하우스에 머문 지난 2년 동안 로크 씨는 한 번도 그녀와 단둘이 이야기를 나눈 적이 없었다. 다른 사람 앞에서 이야기를 나눈 것도 다해야 열 번쯤 되리라. 로크 씨는 제인을 마음에 들지는 않지만 필요한 물건쯤으로 생각했다. 친구에게 받은 선물이라 어쩔 수 없이 보관해야 하는 보기 싫은 화병처럼.

제인의 목 근육이 움직이더니 가죽으로 장정된 책에 축축하고 짙은 손자국을 남기게 한 감정을 꿀꺽 삼켰다. "곧 갈게요,

스털링 씨. 고맙습니다."

문 반대편에서 전문가답게 잘 조율된 헛기침 소리가 들렸다. "괜찮으시면 지금 당장 오시라고 합니다."

제인은 눈을 감더니 답답한 마음에 턱을 좌우로 움직이고는 "알겠습니다"라고 외쳤다. 그런 다음 자리에서 벌떡 일어서며 책을 스커트 주머니에 쑤셔 넣고 그 위에 손을 얹었다. 마치 책이 거기 있다는 사실을 다시 확인하는 듯이. 그런 다음 훨씬 더 나직한 목소리로 내게 속삭였다.

"이따 돌아와서 다시 얘기하자."

나는 제인의 스커트를 움켜잡고 설명해달라고 했어야 마땅했다. 스털링 씨에게 입 다물라고 쏘아붙이고는 그 후에 이어지는 스털링 씨의 얼빠진 침묵을 즐겼어야 했다.

하지만 난 그러지 않았다.

제인은 급히 복도로 나갔고, 주위는 다시 고요하고 잠잠해졌다. 제인이 지나가면서 흐트러진 먼지 입자들만이 허공에서 빙글빙글 맴돌고 있을 뿐이었다. 배드가 마룻바닥으로 뛰어내리더니 기지개를 켜고 몸을 털었다. 고운 구릿빛 털이 안개처럼 피어올라 먼지와 합류해 햇살 속에서 황금색으로 반짝거렸다.

나는 다시 침대에 벌렁 누웠다. 집 밖 정원에서 정원사의 전지가위가 능숙하게 싹둑거리며 가지치기하는 소리가 들렸다. 멀리서 연철 대문을 통과하는 자동차의 부르릉 소리도 들렸다. 심장이 너무 빠르게 톡톡 뛰면서 갈비뼈에 닿을 정도로 파닥거렸다.

마치 잠긴 문을 미친 듯이 노크하는 사람처럼.

로크 씨는 내게 아빠가 죽었다고 했다. '받아들여라'라고 말했고 그래서 나는 그렇게 했다. 하지만 만약⋯⋯?

갑자기 사지에서 시큼한 피로가 솟아났다. 아빠가 내일이나 모레 돌아올 거라 믿으며 기다린 세월이 몇 년인가? 우편함으로 서둘러 달려가 우편물 더미에서 아빠의 단정한 필체를 찾아 헤맨 세월은? 언젠가 아빠가 집에 돌아와 '재뉴어리, 이제 때가 됐구나'라고 말해주기를, 그리하여 아빠와 함께 빛나는 미지의 나라로 떠나게 되기를 바라면서 또 한편으로는 바라지 않으려고 노력했던 세월은?

분명 아빠가 살아 있을지 모른다는, 마지막이자 내게 가장 큰 실망감을 안겨줄 이 희망을 품을 필요는 없었다.

제인이 책을 두고 갔으면 좋았으련만.

다시 도망치고 싶었다. 유령 소년을 찾아 헤매는 에이드의 이야기로 돌아가고 싶었다. 에이드는 실낱같이 가늘고, 실현 가능성이 극히 낮은 희망을 품고 유령 소년을 찾느라 그 많은 세월을 보냈다.

만약 그녀가 내 입장이었다면 어떻게 했을까?

'나라면 직접 아빠를 찾아 나섰을 거야.' 남부 억양이 들어간 담담한 목소리로 대답이 들려왔다. 만약 에이드가 소설 속 캐릭터가 아니라 실존 인물이었다면 틀림없이 그녀의 목소리라고 생각했을 것이다. 그 대답이 머릿속에서 또렷하고 강하게 울렸다. 마치 전에도 들은 적이 있는 듯이.

'나가서 아빠를 찾아.'

미동도 하지 않은 채 누워 있던 내 가슴 위로 위험한 전율이 갑작스러운 열기처럼 퍼져나갔다. 하지만 이번에는 더 어른스럽고 냉철한 목소리가 《일만 개의 문》은 그저 소설일 뿐이며 소설은 믿을 수 없는 조언자라는 사실을 상기시켜주었다. 소설은 합리성이나 현실성과는 관련이 없다. 그저 비극과 서스펜스, 혼돈과 규칙 위반, 광기와 상심을 팔며 우리를 그런 쪽으로 몰고 간다. 피리 부는 사나이처럼 쥐들을 꼬여내 강으로 떨어지게 만드는 간교한 속임수로.

그냥 여기에 남아 어젯밤 내가 저지른 망발에 대해 로크 씨의 자비를 구하고, 어린아이 같은 꿈들일랑 원래 자리에 가둬두는 편이 더 현명할 수도 있다. '약속하마'라고 말하던 아빠의 목소리가 나직하고 진정성 있게 들렸다는 사실은 잊는 법을 배워야 한다.

'아빠는 끝내 날 데리러 오지 않았어요. 날 구해주지 않았다고요.'

하지만 만약 내가 용감하고 만용을 부리고 아주 어리석다면, 만약 내가 가슴에서 들리는 그 담담하고 두려움 없는 목소리, 너무도 익숙하면서 너무도 이상한 그 목소리에 귀를 기울인다면 우리 부녀를 구할 수 있을지도 모른다.

∞

집을 나가는 길에 누군가와 마주칠 거라고 예상하지 못했는데 예상했어야 마땅했다. 협회 회원 몇몇이 로크 씨의 귀빈으로 머물며 2층 호화로운 손님용 침실을 차지했고, 파티 뒷정리를 하려고 고용된 하인들로 집 안이 여전히 북적거렸기 때문이다. 하지만 내가 상상한 가출은 매우 구체적이고 진부했다. 나는 배드와 현관문을 몰래 빠져나가 유령처럼 진입로를 내려가고, 나중에 쿵쾅거리며 내 방으로 올라온 로크 씨는 내가 남긴 쪽지(별다른 정보는 없지만 오랫동안 친절과 관용을 베풀어준 것을 감사하고 사과하는 내용)를 발견하고 부드럽게 욕할 것이다. 아마 창밖을 바라보며 날 찾겠지만 늦어도 한참 늦었다. 그런데 현실에서는 로크 씨가 포이어에 서 있었다. 헤이브마이어 씨와 함께.

"……그냥 철부지일 뿐이에요, 시어도어. 하루 이틀이면 다 정리될 겁니다." 로크 씨는 내게 등을 돌린 채 한쪽 팔은 불안한 고객을 달래주는 은행가처럼 자신감 넘치게 움직였고, 다른 팔로는 헤이브마이어의 코트를 들고 있었다. 그 말이 의심스럽다는 듯이 실눈을 뜬 헤이브마이어 씨가 코트를 향해 손을 뻗다가 계단에 선 나를 보았다.

"아. 자네가 아끼는 불평꾼이로군, 코닐리어스." 헤이브마이어의 미소는 그저 양쪽 입꼬리가 올라가고 이가 드러난다는 점에서 미소일 뿐이었다. 로크 씨가 뒤로 돌았다. 탐탁지 않게 날 바라보던 그의 냉정한 표정이 아연실색으로 바뀌며 입이 살짝 벌어졌다.

그렇게 찡그린 얼굴과 '이게 다 무슨 어처구니없는 짓이냐?'라는 눈빛을 보니 나도 모르게 위축되었다. 조금 전까지만 해도 급격히 샘솟는 성급한 자신감에 취해 내가 가진 옷 중에서 가장 튼튼한 옷으로 갈아입고, 자루 모양 캔버스 배낭에 소지품을 마구잡이로 잔뜩 밀어 넣고, 쪽지 두 개를 써서 멋지게 남겨두고 나왔는데 이제는 그 자신감이 주춤하며 갑자기 내가 가출하겠다고 호기롭게 공표하는 어린아이가 된 기분이었다. 그제야 배낭에 책을 적어도 아홉 권 혹은 열 권이나 넣었는데 여분의 양말은 하나도 넣지 않았다는 사실이 생각났다.

로크 씨의 입이 벌어지고, 한바탕 설교를 하려고 가슴이 부풀어 올랐지만 그 순간 나는 무언가를 깨달았다. 만약 그가 헤이브마이어와 여기에 있다면 그건 분명 제인과 이야기가 끝났다는 뜻이다. 하지만 제인은 방에 돌아오지 않았다.

"제인은 어디 있죠?" 내가 선수를 쳤다. 제인은 우리 방에 돌아와 내가 《톰 스위프트와 비행선》에 숨겨둔 쪽지를 발견하고 후에 보스턴에서 나와 만나야 한다. 우리는 동쪽으로 가는 증기선을 예약해 모험을 시작할 것이다. 물론 제인이 그러기를 원한다면. 내 기발한 아이디어 덕분에 나는 그녀를 마주 보며 제안해야 하는 불가피한 과정과 그녀의 입에서 거절의 답을 듣게 될 가능성을 회피할 수 있었다.

로크 씨의 얼굴은 짜증으로 하얗게 질려 있었다. "네 방으로 돌아가거라. 나중에 이야기하자. 사실 이제부터 넌 방에서 나오지 못해. 내가……."

"제인은 어디 있죠?"

우리를 지켜보던 헤이브마이어가 느릿느릿하게 말했다. "아가씨가 술에 취했을 때만 무례한 성격이 아니라는 걸 알게 되니 큰 위안이 되는군요, 스칼러 양."

로크 씨는 그의 말을 무시했다. "재뉴어리, 어서 올라가라. 당장." 그의 목소리는 나직하고 다급했다. 나는 그의 얼굴에서 시선을 돌렸지만 그의 옅은 눈동자가 나를 꽉 움켜잡고 뒤로 쿡쿡 밀치는 게 느껴졌다. "네 방으로 돌아가라."

하지만 나는 로크 씨의 말을 듣는 데 질렸다. 그의 의지가 날 점점 더 작아지도록 짓누르는 데도 질렸고, 내 분수를 아는 데도 질렸다. "싫어요." 내 입에서 그렇게 머뭇거리는 속삭임이 튀어나왔다. 나는 침을 삼키고, 배드의 뜨거운 구릿빛 몸에 손가락을 댔다. "싫어요. 전 떠날 거예요."

나는 강한 역풍 속으로 들어가는 여자처럼 고개를 숙이고 가슴을 활짝 폈다. 그런 다음 배낭을 들어 올려 계단을 내려간 다음 포이어를 가로질렀다. 등은 계속 꼿꼿이 편 채.

배드와 내가 두 사람을 지나 손을 뻗으면 현관문의 황동 손잡이를 잡을 수 있는 지점에 이르렀을 때 헤이브마이어가 웃음을 터뜨렸다. 손바닥 아래로 배드의 등 털이 곤두서는 게 느껴질 정도로 섬뜩한 고음의 웃음소리였다. 나는 배드의 목걸이 아래로 손가락을 밀어 넣었다.

"네까짓 게 가봤자 어디를 간다고?" 헤이브마이어가 그렇게 묻더니 지팡이를 들어 조롱하듯 내 캔버스 배낭을 쿡쿡 찔렀다.

"아빠를 찾을 거예요." 난 거짓말하는 데도 질렸다.

헤이브마이어의 거짓 미소가 역겨울 정도로 다정하게 변했다. 그는 내 쪽으로 몸을 내밀더니 장갑 낀 손가락을 구부려 내 턱 밑에 대고 내 얼굴을 치켜들었다. 그의 눈에서 어울리지 않는 무언가가 ―기대감? 기쁨?― 환히 빛났다. "네 죽은 아빠겠지."

그때 배드의 목걸이를 놓아버리고 배드가 헤이브마이어를 갈기갈기 찢어버리게 내버려두었어야 했다. 그의 뺨을 때리거나 무시해버리거나 문으로 돌진했어야 했다.

내가 실제로 한 행동만 제외하고 뭐든 해야 했다.

"그럴 수도 있고, 아닐 수도 있죠. 아빠는 그저 어딘가에서 실종됐을 수도 있어요. 문을 발견하고 그 문을 지나 다른 세상, 더 나은 세상, 당신 같은 사람이 없는 세상에 있을지도 모르죠." '명백한 실성'과 '한심' 사이의 어딘가에 해당하는 대답이었다. 나는 로크 씨가 한숨을 쉬고, 헤이브마이어에게서는 치찰음에 가까운 이상한 웃음소리가 나오기를 기다렸다.

하지만 두 사람 다 아주 조용했다. 팔의 털이 쭈뼛 서고, 높이 자란 풀들 속에서 먹이를 기다리는 늑대와 뱀이 생각나는 그런 침묵이었다. 내가 방금 대단히 큰 실수를 했음을 깨닫게 만드는 정적이었다. 설사 그게 왜 실수인지 모른다고 해도.

헤이브마이어가 허리를 곧게 펴고 내 턱 밑에서 손을 떼더니 초조해진 사람처럼 장갑 낀 손으로 주먹을 꼭 쥐었다. "코닐리어스,

우리가 특정 정보는 협회 회원들만 공유하고 외부 유출은 하지 않기로 합의하지 않았나? 사실 그게 우리 협회의 핵심 원칙이라고 생각하네만. 설립자가 직접 정한 원칙 말이야." 그날 아침 두 번째로 나는 불현듯 이 대화가 낯선 언어로 진행되는 듯한 느낌이 들었다.

"난 저 아이에게 아무것도 말하지 않았습니다." 로크 씨의 목소리는 퉁명스러웠지만 그 안에는 억눌린 다른 어조가 있었는데 아무래도 두려움 같았다. 다만 나는 로크 씨가 두려워하는 목소리를 들어본 적이 없었다.

헤이브마이어가 콧구멍을 벌름거리며 나직이 "그런가?"라고 말하더니 "루크! 에번스!"라고 외쳤다. 그의 외침에 덩치 좋은 두 남자가 반쯤 꾸리다 만 짐을 안고서 계단을 쿵쿵 내려왔다. "부르셨습니까, 헤이브마이어 씨." 그들이 헐떡거렸다.

"이 아이를 방으로 데려가서 가두게. 그리고 개 조심하고."

책에서 주인공이 겁에 질려 얼어붙는 대목이 나오면 늘 짜증이 났다. '정신 차려!' 난 그들에게 소리치고 싶었다. '뭐라도 하라고!' 한쪽 어깨에 캔버스 배낭이 바보처럼 매달려 있고, 배드의 목걸이를 잡고 있던 손에서 힘이 빠진 채 우두커니 서 있던 내 모습을 떠올리자니 지금도 그런 내게 소리치고 싶다. '뭐라도 좀 해봐!'

하지만 나는 착한 소녀였고 그래서 결국 아무것도 하지 않았다. 헤이브마이어가 하인들에게 서두르라는 뜻으로 지팡이를 바닥에 탁탁 내리칠 때도, 로크 씨가 씩씩거리며 항의할 때도, 손마디가 굵은 손들이 내 팔꿈치 위를 꽉 잡을 때도 나는 침묵했다.

배드가 으르렁거리며 용감하게 폭발하자 하인 하나가 격렬히 흔들어대는 배드의 머리 위로 묵직한 코트를 던지고, 그 위로 몸을 날려 배드를 제압했다.

나는 반쯤 끌려가다시피 계단을 올라가 내 침실로 내동댕이쳐졌다. 침실 문의 잠금장치가 돌아가더니 기름을 칠한 로크 씨의 리볼버 공이치기처럼 찰칵 맞물렸다.

나는 찍소리도 내지 않았다. 그때 배드가 격렬하게 짖어대는 소리와 남자들의 욕설, 구둣발로 연달아 살을 퍽퍽 내려치는 소리가 들리더니 섬뜩한 정적이 찾아왔다. 그때쯤에는 너무 늦었다.

여러분도 이 일을 교훈 삼기를 바란다. 오랫동안 너무 착하고 조용하게 살면 대가를 치르게 된다. 결국에는 반드시 대가를 치르게 된다.

"배드 배드 배드배드배드."

나는 손톱으로 문을 긁으며 손목뼈에서 소리가 날 때까지 손잡이를 좌우로 돌려댔다. 남자들의 목소리가 계단을 타고 올라와 방문 밑으로 미끄러져 들어왔지만 경첩이 덜커덩거리는 소리와 출처를 알 수 없는 끔찍한 신음 때문에 그들이 뭐라고 하는지 알아들을 수 없었다. 층계참에서 들리는 헤이브마이어의 짜증 난 목소리를 들은 후에야 나는 그 신음의 주인이 나라는 걸 깨달았다.

"누가 저 아이 입 좀 다물게 할 수 없어?"

나는 동작을 멈췄다. 헤이브마이어가 다시 계단 아래를 향해 외치는 소리가 들려왔다. "저건 밖으로 내보내고 저기 좀 치우게, 에번스." 그러더니 다시 고요해졌다. 귀에서 피가 슉슉 지나가는 우레 같은 소리와 내가 조용히 무너지는 소리뿐이었다.

나는 다시 일곱 살이었고 조금 전에 윌다 양이 검은 자물쇠로 방문을 잠가 나는 홀로 갇히게 되었다. 양옆에서 벽이 성큼 다가와 날 마치 식물 표본처럼 짓눌렀던 일, 은 스푼에 담긴 시럽의 역겨울 정도로 단맛, 내가 느꼈던 공포의 냄새가 떠올랐다. 그 일들을 잊었다고 생각했지만 사진처럼 선명히 기억났다. 이 기억들은 보이지 않게 숨어서 내게 공포를 속삭이며 늘 거기 있었던 걸까? 모든 착한 소녀들 뒤에는 착한 위협이 도사리고 있을까? 나는 담담하게 생각했다.

멀리 떨어진 응접실에서 발을 질질 끄는 소리, 욕설이 들렸다.

'배드.'

다리가 힘없이 꺾였고, 나는 문에 기댄 채 바닥으로 주르륵 미끄러져 내리며 생각했다.

'혼자가 된다는 게 이런 기분이구나.'

전에도 그런 기분을 안다고 생각했다. 하지만 이제 제인은 사라졌고 배드는 끌려갔다. 나는 이 허름한 회색 방에서 썩어 면과 먼지가 될 테고, 지구상에 나를 걱정해주는 사람은 아무도 없으리라.

그 검은 것이 다시 내려와 석탄 연기 같은 날개로 내 어깨를 감쌌다.

'엄마도, 아빠도, 친구도 없구나.'

내 탓이다. 그냥 달아날 수 있다고, 임무 수행의 여정에 나선 영웅처럼 그냥 용기를 내서 광활한 미지의 세계로 나아갈 수 있다고 생각한 내 탓. 내가 조금은 규칙을 바꿀 수 있고, 내 손으로 직접 더 웅장하고 더 훌륭한 이야기를 쓸 수 있다고 생각한 탓이다. 하지만 규칙은 로크 씨와 헤이브마이어 같은 이들에 의해 만들어진다. 옷을 잘 차려입은 거미들처럼 황금 거미줄 한가운데 앉아 세상의 부를 끌어당기는, 비공개 흡연실의 부자들 말이다. 한마디로 중요한 사람들, 비좁은 방에 갇혀 잊히는 일이 없는 사람들이다. 내가 바랄 수 있는 최상의 삶은 그들의 너그러운 그늘 속에서 살금살금 돌아다니며 사는 것이다. 사랑받지도 욕을 먹지도 않지만 문제를 일으키지 않는 한 자유롭게 돌아다닐 수 있는 중간 개체로.

나는 손바닥에서 손목으로 이어지는 부분으로 눈을 꾹 눌렀다. 주문을 걸어 사흘 전으로 돌아가고 싶었다. 아무것도 모르고 어리둥절한 채 파라오 룸에 서서 푸른 궤짝을 향해 손을 뻗던 순간으로 돌아가고 싶었다. 다시 《일만 개의 문》 속으로 사라져 에이드의 믿기지 않는 모험기에 완전히 몰두하고 싶었다. 하지만 그 책은 제인이 가져갔고, 그녀는 사라졌다.

문을 찾아내 글을 써서 그 문으로 나가고 싶었다.

하지만 그건 정신 나간 소리다.

그렇기는 해도 그 책은 분명히 있고, 내 기억 속에서 메아리쳤다.

그 책을 집어 들던 제인의 다급하고 강렬했던 검은 눈동자와 내가 문을 잠깐 언급했을 뿐인데 얼어붙던 헤이브마이어와 로크 씨. 만약……?

나는 그 보이지 않는 절벽 끝에 아슬아슬하게 서서 생명력으로 용솟음치는 바다에 빠지지 않으려고 몸을 뒤로 피했다. 그런 다음 서서히 자리에서 일어나 방을 가로질러 서랍장으로 갔다. 내 보석함은 오래된 반짇고리로 17년간 모은 보물이 빼곡히 들어 있었다. 깃털과 돌, 파라오 룸에서 가져온 자질구레한 장신구들, 아빠에게서 온 편지 등등. 편지는 접었다 펴길 얼마나 반복했는지 접힌 자리가 투명해질 지경이었다. 반짇고리 안감을 손끝으로 훑어 내리자 마침내 동전의 차가운 가장자리가 만져졌다.

일곱 살 때와 똑같이 은빛 여왕이 내게 이국적인 미소를 지어 보였다. 손바닥에 놓인 동전은 묵직했고 꽤 진짜 같았다. 거대한 날개의 바닷새가 찝찌름한 바다와 삼나무, 익숙하면서도 익숙하지 않은 다른 세상의 태양을 끌고 날 덮쳐 내 몸 한가운데를 통과한 듯 현기증이 밀려왔다.

나는 두 번 연속 숨을 들이쉬었다.

'미친 짓이야.'

하지만 아빠는 돌아가셨고, 문은 잠겼고, 배드에게는 내가 필요하고, 미치지 않고서는 이 상황에서 벗어날 길이 없었다. 나는 까마득히 솟은 절벽 끝에서 뛰어내려 검은 바다로 들어가야 했다. 그 바닷속에서는 비현실이 현실이 되고, 불가능한 일들이 반짝거리는 지느러미를 흔들며 헤엄쳐 다니고, 나는 이 모두를 믿을 수 있었다.

그렇게 믿자 갑자기 마음이 차분해졌다. 나는 동전을 스커트 주머니에 쑤셔넣고 반대편 창가 책상으로 갔다. 반쯤 글을 쓰다 남은 종잇조각이 있어 책상에 대고 손으로 눌러 반듯하게 폈다. 잠시 동작을 멈추고 술에 취한 믿음의 알갱이들을 모두 모은 다음 펜을 집어 들어 이렇게 적었다.

'문이 열린다.'

나는 다시 일곱 살이었고, 마법을 믿을 정도로 어렸던 그때와 똑같은 일이 벌어졌다. 펜촉이 빙글빙글 돌아가며 마침표를 찍자 주위에서 온 우주가 숨을 내쉬고, 보이지 않는 어깨를 으쓱하는 듯했다. 창문으로 흘러 들어오던 햇살이 오후의 구름에 가려 약해지고 희미해지더니 갑자기 더 진한 황금빛이 되었다.

뒤에서 경첩이 삐걱 소리를 내며 문이 열렸다.

신나서 킥킥거리는 광기가 날 집어삼킬 거라고 위협하더니 온몸이 쑤시는 피로가 뒤따랐다. 끈적거리고 어질어질한 어둠이 눈 뒤에서 고동쳤지만 나는 거기에 신경 쓸 시간이 없었다.

'배드.'

나는 후들거리는 다리로 달려 몇몇 놀라는 손님들 옆으로 휙 지나갔고, 깔끔한 황동 명판이 달린 전시용 유리 상자를 지나쳐 계단을 날듯이 내려갔다.

포이어의 장면이 바뀌었다. 헤이브마이어는 밖으로 나갔고, 현관문은 아직 열려 있었으며, 로크 씨는 헤이브마이어의 덩치 큰 하인에게 나직한 목소리로 퉁명스럽게 말하고 있었다. 하인은 고개를 끄덕이며 흰 수건에 손을 닦았다. 수건에 붉은 얼룩이 남았다. 피였다.

"배드!"

원래는 크게 외치려고 했으나 가슴이 조이고 답답했다.

두 사람이 나를 휙 돌아보았다.

"배드를 어떻게 한 거예요?"

이제 나는 거의 속삭이듯 말했다.

둘 다 대답하지 않았다. 헤이브마이어의 하인은 눈을 끔벅거리며 불안한 표정으로 나를 바라보았다. 마치 자기가 직접 본 증거를 의심하는 사람처럼.

"제가 저 아이를 방에 가뒀습니다. 맹세코요. 어르신 분부대로 했습니다. 그런데 어떻게……."

"입 다물게." 로크 씨가 성난 목소리로 속삭이자 하인이 입을 딱 다물었다. "어서 나가봐."

하인은 두려움과 의심이 가득한 표정으로 날 돌아보더니 주인을 뒤따라 허둥지둥 밖으로 나갔다.

로크 씨는 다시 나를 돌아보며 양손을 들어 올렸다. 나를 회유하기 위해서인지 짜증이 나서인지 알 수 없었지만 어느 쪽이든 상관없었다.

"배드는 어디 있죠?" 마치 내 몸이 거인의 손아귀에 잡힌 듯이 여전히 폐에 공기가 부족했다. "어서 배드를 어떻게 했는지 말해요."

"이리 와서 앉아라, 얘야."

"웃기지 마세요." 나는 평생 누구에게도 저런 말을 한 적이 없었지만 지금은 뜨겁고 격렬한 분노가 치밀어 올라 몸이 부들부들 떨렸다. "배드는 어디 있죠? 제인은요? 난 제인이 필요해요. 이거 놔요!"

로크 씨가 계단을 올라와 내 턱을 거칠게 움켜잡았다. 그의 손가락이 내 턱을 찔렀고, 그가 내 얼굴을 치켜들더니 내 눈을 똑바로 바라보았다.

"앉으라니까."

내 다리가 꺾이자 로크 씨가 내 팔을 붙잡고 가장 가까운 방으로 ―영양 머리 박제와 진갈색 열대 나무로 만든 가면들이 가득 걸린 응접실로 사파리 룸이라고 불렀다― 반쯤 끌고 가다시피 하더니 안락의자에 날 내동댕이쳤다. 나는 의자 팔걸이를 꼭 붙잡았다. 어질어질해 몸을 가누기 힘들었고, 아직 그 지독한 피로에 시달리고 있었다.

로크 씨는 응접실 맞은편에서 다른 의자를 끌고 왔다. 의자 다리 밑 카펫에 우글쭈글 주름이 잡혔다. 그가 무릎이 맞닿을 정도로 나와 가까이 앉더니 등받이에 몸을 기대며 짐짓 차분한 척했다.

"너도 알 거다. 내가 너에게 얼마나 공을 들였는지." 로크 씨가 다정하게 말했다. "지금까지 널 보살피고, 윤을 내고, 보호했어. 내가 소장한 물건 가운데 널 제일 아꼈지." 그가 분노로 주먹을 불끈 쥐었다. "그런데도 너는 위험에 뛰어들겠다고 우기고 있어."

"로크 씨, 제발 배드가 어디에……."

그가 몸을 앞으로 내밀며 얼음장처럼 차가운 눈동자로 내 눈을 들여다보더니 두 손으로 내가 앉은 의자 팔걸이를 잡았다. "넌 왜 분수에 맞게 사는 법을 배우지 못하지?"

'분수에 맞게 사는 법'을 말할 때 그의 목소리가 낮아졌고, 내가 들어본 적이 없는 억양이 심하게 섞여 있었다. 목 뒤쪽에서 나오는 이질적인 억양이었다. 나는 몸을 움찔했다. 그는 몸을 다시 뒤로 물리더니 숨을 길게 들이쉬었다.

"네 방에서 어떻게 나왔는지 말해봐라. 도대체 일탈에 대해 어떻게 알았는지에 대해서도."

'문을 말하는 건가?'

구두 굽으로 무언가를 퍽퍽 때리던 소름 끼치는 소리를 들은 뒤 처음으로 나는 배드를 완전히 잊어버렸다. 머릿속에서는 내게 《일만 개의 문》을 준 사람이 절대로 로크 씨일 리 없다는 생각뿐이었다.

"네 아빠에게 듣지 않은 건 확실해. 그 심드렁한 글이 적힌 손바닥만 한 엽서에는 우표를 붙일 공간조차 빠듯했으니까." 로크 씨가 콧수염이 흩날릴 정도로 코웃음을 쳤다. "그 빌어먹을 아프리카인이냐?"

나는 눈을 깜빡거렸다. "제인이요?"

"아하, 그러니까 그 여자가 확실히 연관이 있나보구나. 내 그럴 줄 알았다. 그 여자는 나중에 찾아낼 거야."

"찾아낸다고요? 제인은 어디 있죠?"

"그 여자는 오늘 아침에 해고했어. 그 여자가 하던 일이 뭐든 간에 더는 필요치 않게 됐으니까."

"어르신은 그럴 자격이 없어요. 제인을 고용한 사람이 우리 아빠인 만큼 어르신이 마음대로 해고할 수 없다고요."

마치 그 사실이 중요하다는 듯 내가 말했다. 마치 계약서의 세부 조항이나 허점을 이용해 제인을 돌아오게 할 수 있다는 듯이.

"유감스럽지만 네 아빠는 이제 어느 누구도 고용할 수 없다. 죽은 사람에게는 불가능한 일이지. 하지만 지금 우리의 주된 관심사는 그게 아니야."

좀 전까지만 해도 펄펄 끓던 로크 씨의 분노는 어느새 가라앉았고, 이제 그는 퉁명스럽고 냉정하고 침착했다. 이사회에서 발표를 한다거나 스털링 씨에게 지시를 내리는 중이라고 해도 믿을 정도로.

"사실 지금은 네가 그걸 어떻게 알았는지 별로 중요하지 않아. 중요한 건 네가 혼자 힘으로 너무 많은 사실을 알아냈고, 하필이면 그런 사실을 우리 협회에서도, 뭐랄까, 유달리 경솔한 회원 앞에서 드러낼 정도로 형편없는 판단력을 가졌다는 점이지."

로크 씨는 짧게 한숨을 쉬더니 어쩔 수 없다는 듯이 어깨를 으쓱였다. "시어도어는 더 거칠지만 효과적인 방법을 쓸 거다. 그리고 유감스럽게도 네가 마법을 써서 잠긴 문을 열었다는 사실을 알면 한층 더 흥분할 거야. 뭐, 아직 젊으니까."

'당신보다 나이가 많은데?'

토끼 굴로 데굴데굴 떨어질 때 앨리스도 이런 기분이었을까?

"그러니 난 널 보호할 방법, 널 숨길 방법을 찾아야 해. 이미 몇 군데 연락해뒀다."

나는 거침없이 추락하며 버둥거렸다. "누구한테요?"

"내 친구와 고객들이지." 그가 사각형 모양 손을 흔들었다. "네가 가 있기에 적당한 곳을 찾아냈다. 아주 전문적이고 현대적이면서 편안한 곳이라고 들었어. 빅토리아 시대에 사람들을 가둬두던 지하 감옥과는 거리가 먼 곳이야. 브래틀보로는 명성이 자자하더구나." 마치 나도 그 사실에 기뻐해야 한다는 듯이 로크 씨가 날 보며 고개를 끄덕였다.

"브래틀보로요? 잠깐만요." 나는 가슴이 조였다. "브래틀보로 요양원? 정신 병원 말이에요?" 나는 로크 씨의 손님들이 그 이름을 속삭이는 걸 들은 적이 있다. 부자들이 미혼의 정신 나간 여자 친척들과 말을 듣지 않는 딸들을 보낸다는 바로 그곳이었다.

"난 미치지 않았어요. 병원에서 날 받아주지 않을 거예요."

로크 씨의 표정은 날 동정하는 쪽으로 바뀌었다. "저런! 얘야, 내가 너에게 돈의 가치를 가르친 걸 기억하지? 게다가 사람들은 널 아빠의 사망 소식을 들은 뒤로 마법의 문에 대해 헛소리를 지껄이고 다니는 혼혈 고아 소녀로 알고 있어. 솔직히 말해 네 피부색을 눈감아달라고 더 간곡히 설득하긴 했다. 하지만 내가 장담하건대 병원에서는 기꺼이 널 받아줄 거야."

머릿속에서 영화 테이프가 돌아갔다. 검은 화면에 자막이 나오면서 관객들에게 로크 씨의 대사를 보여준다.

"네 아빠가 숨을 거두었다, 재뉴어리!" 그러다가 느닷없이 다른 화면으로 전환되는데 젊은 여자가 울면서 악다구니를 쓰고 있다.

"얘가 미쳤구나, 가여운 것!"

그다음에는 '정신 병원'이라고 적힌 석조 아치 밑으로 검은색 트램이 지나가고, 뒤에서는 번개가 번쩍거린다. 배경 화면이 환해지면서 여주인공이 병원 침대에 묶여 힘없이 벽을 응시하는 장면으로 바뀐다.

'안 돼.'

로크 씨가 다시 입을 열었다. "기껏해야 몇 달, 길어야 일 년쯤 될 거다. 그동안 내가 협회를 설득해 더 침착한 사람들의 의견이 우세해지게 해야지. 네가 다루기 쉬운 성격이라는 걸 증명할 거다." 로크 씨는 날 보며 미소 지었고, 몸을 가누기 힘든 공포 속에서도 그 말에 깃든 친절과 미안해하는 마음을 읽을 수 있었다. "다른 식으로 해결할 수 있었다면 좋으련만 지금으로서는 이게 널 안전하게 지킬 수 있는 유일한 방법이야."

나는 숨을 헐떡거렸고, 근육이 파르르 떨렸다. "그럴 순 없어요. 그럴 리 없어요."

"그냥 가장자리에서 깔짝거릴 수 있다고 생각했니? 이 물에 발가락만 살짝 담글 수 있을 줄 알았어? 이 문제는 아주 심각하단다, 재뉴어리. 내가 진작 말해주려고 했는데 우리는 자연의 순리를 집행하고 세상의 운명을 결정짓는 사람들이야. 언젠가는 네가 쓸모 있을지도 모르지." 로크 씨는 다시 내 얼굴로 손을 뻗었고 나는 움찔했다. 그가 마치 탐이 나는 수입 도자기를 만지듯 손끝으로 내 뺨을 쓸어내렸다. "잔인하다고 생각하겠지만 날 믿어라. 지금으로서는 이게 최선이야."

로크 씨와 눈이 마주치자 그를 믿고 싶은 기묘하고 어린아이 같은 갈망이 솟아났다. 내 안으로 몸을 웅크려 숨어버리고 늘 그랬듯이 세상이 나를 비껴서 흘러가게 내버려두고 싶었다. 하지만…….

배드.

정말이지 나는 달아나려고 했다. 하지만 아직 다리에 힘이 없어서 비틀거렸고, 응접실을 빠져나가기 전에 로크 씨에게 허리를 붙잡혔다. 그는 날 할퀴고 침을 뱉더니 코트를 걸어두는 벽장으로 질질 끌고 가 그 안으로 내던졌다. 벽장문이 쾅 닫혔고, 나는 입은 적 없는 털 코트의 부유하고 퀴퀴한 냄새와 내 숨소리 말고는 아무것도 없는 어둠 속에 갇혔다.

"로크 씨?" 내 입에서 떨리는 고음이 흘러나왔다. "로크 씨, 잘못했어요. 제발!" 나는 횡설수설했고 애걸복걸하며 엉엉 울었지만 문은 열리지 않았다.

비범한 여주인공은 지하 감옥에 갇혔어도 입을 꾹 다물고 앉아 용감하게 탈출 계획을 세우고, 의분으로 적을 증오해야 한다. 하지만 나는 그저 부은 눈으로 몸을 부르르 떨며 안절부절못했다.

우리는 책에 나오는 인물을 쉽사리 미워한다. 나도 책을 읽기 때문에 잘 안다. 또한 작가의 펜 끝에서 어떤 인물이 순식간에 악당(Villains)으로 돌변할 수 있다는 사실 또한 잘 안다(저 대문자 V는 뾰족한 칼끝이나 날카로운 송곳니 같다). 하지만 현실은 다르다. 그러니까 로크 씨는 아빠가 날 방치했을 때 대신 보살펴준 사람이다. 나는 그를 미워하고 싶지 않았고 이 모든 걸 되돌리고 싶었다. 지난 몇 시간 동안 벌어진 일을 지우고 싶었다.

벽장 속에서 얼마나 기다렸을까? 그 안에서는 시간이 변덕을 부렸고, 흐르는 듯했다가 또 흐르지 않는 듯했다.

마침내 거들먹거리듯이 현관문을 두드리는 소리가 났고 로크 씨의 목소리가 들렸다. "어서들 들어오세요, 신사분들. 이렇게 와주셔서 천만다행입니다." 발을 질질 끄는 소리, 구둣발소리, 경첩이 삐걱거리는 소리가 들렸다. "지금 그 아이가 약간 흥분한 상태인데 정말 감당할 수 있겠습니까?"

다른 목소리가 들렸다. "전혀 어렵지 않을 겁니다. 저와 직원들은 그런 일에 매우 익숙하니까요. 로크 씨는 보기 힘들 수도 있으니 잠시 다른 방에 가 계시는 게 어떨까요?"

"아뇨, 난 끝까지 지켜보고 싶습니다."

구둣발 소리가 요란하게 들리더니 벽장문이 스르륵 열렸고, 오후 햇살을 등진 세 남자의 실루엣이 나타났다. 장갑을 낀 거친 손이 내 팔 위쪽을 잡아 다리에 감각이 없는 나를 현관으로 질질 끌고 갔다.

"로크 씨, 제발! 전 아무것도 몰라요. 그럴 생각이 아니었어요.

제발 이 사람들을 말려주세요."

그때 그들이 달콤한 꿀 냄새가 나는 축축한 천으로 내 입과 코를 틀어막았다. 나는 천에 대고 고함을 질렀지만 마침내 소리가 잦아들면서 설탕 맛 나는 어둠이 내 눈과 사지를 덮쳤다.

내가 마지막으로 느낀 건 어렴풋한 안도감이었다. 적어도 어둠 속에서는 날 동정하는 로크 씨의 눈을 보지 않아도 될 테니까.

∞

우리가 제일 먼저 알아차리는 건 냄새다. 잠에서 깨기도 전에 냄새는 어둠 속을 파고들어 우리에게 온다. 전분과 암모니아, 잿물 그리고 공포감일지도 모를 무언가가 증류되어 수십 년 동안 병원 벽에서 발효된 냄새였다. 또한 우리는 자기 몸에서 나는 냄새도 맡을 수 있다. 깜빡 잊고 냉장고에 넣지 않은 고기처럼 기름진 땀 냄새. 따라서 눈을 떴을 때 ―주머니 속에서 녹아버린 캐러멜 두 개를 떼어내는 과정과 매우 유사했다― 내가 낯선 회녹색 방에 있는 걸 알고도 나는 놀라지 않았다. 침실을 침실답게 만들어주는 요소는 전부 사라진 듯했고, 반질반질한 바닥과 인색해 보이는 두 개의 좁은 창문만 남아 있었다. 심지어 그 창문으로 들어오는 햇살마저도 채도가 낮았다.

마치 몸의 근육이 모두 뼈에서 분리된 듯 축 늘어졌고, 머리가 지끈거렸고, 심한 갈증이 일었다. 하지만 허리춤에 넣어둔 은색 동전을 만지려고 손을 뻗으려다가 손을 움직일 수 없음을 알게 된 순간 갑자기 두려움이 밀려들었다. 내 양쪽 손목이 부드러운 울로 된 끈에 묶여 있었다.

물론 두려움은 아무것도 해결해주지 않는다. 그저 땀만 더 날 뿐이다.

나는 그렇게 머리가 지끈거리고 입 안이 끈적한 상태로 두려움과 함께 몇 시간 동안 누워 배드와 제인, 아빠를 생각했고, 로크 하우스의 먼지와 세월의 냄새를 그리워했다. 또한 이 모든 일이 얼마나 심하게 잘못되었는지 생각했다. 마침내 간호사들이 왔을 때는 기다리느라 녹초가 된 상태였다.

간호사들은 철심을 박은 듯 등이 꼿꼿했고, 손은 양잿물을 다루느라 거칠었다. 어느 한 간호사가 달래는 목소리로 말했다. "이제 일어나서 음식을 먹을 시간이야. 말을 잘 들어야지." 그들은 그렇게 명령했고, 나는 충실히 따랐다. 한때는 오트밀이었을지 모르는 질척하고 밍밍한 뭔가를 먹었고, 물을 세 잔 마셨다. 그리고 그들의 명령에 따라 구멍이 뚫린 스테인리스스틸 용기에 오줌도 쌌고, 심지어 그들이 다시 누우라고 했을 때는 순순히 누워 그들이 다시 끈으로 내 손목을 묶도록 내버려두었다.

몰래 허리춤에서 동전을 꺼내 손바닥에 뜨겁고 동그란 자국이 생길 정도로 꼭 쥔 것이 내 유일한 반항이었다(아, 이 얼마나 한심하고 소심한 반항인가). 첫날밤은 그 동전을 쥐고 은빛 얼굴의 여왕들이 아무런 구속 없이 이국의 바다를 항해하는 꿈을 꾸며 버렸다.

이튿날 아침에는 정신 병원을 다룬 자극적인 신문 기사에서처럼 음침한 의사들이 곧 들이닥쳐 내게 약을 먹이거나 때릴 거라고 확신했다. 침대에 몇 시간 더 누워 타일 바닥을 조금씩 가로지르는 우중충한 햇살을 지켜본 후에야 어릴 때 배웠던 교훈이 떠올랐다. 사람을 망가뜨리는 건 고통이나 괴로움이 아니다. 오로지 시간이다.

시간은 검은 비늘로 뒤덮인 용처럼 당신의 가슴뼈에 앉아 있다. 매초가 타일 바닥을 가로지르는 용의 발톱처럼 딸그락거리고, 매시간은 용의 유황 날개를 타고 미끄러지듯이 흘러간다.

간호사들이 두 번 찾아와 같은 절차를 반복했다. 나는 고분고분 행동했고, 그들은 나를 어르고 달래주었다. 나는 미치지 않았고, 뭔가 큰 착오가 있어 보이니 제발 의사 선생님과 이야기하게 해달라고 더듬거리며 부탁하자 한 간호사가 킥킥거리며 웃기까지 했다.

"얘야, 선생님은 아주 바쁘단다. 네 면담은 내일로 예정돼 있어. 적어도 이번 주 안에는 면담을 하게 될 거야." 간호사는 내 머리를 쓰다듬었다. 어떤 어른도 다른 어른의 머리를 그런 식으로 쓰다듬지는 않으리라. 그러더니 이렇게 덧붙였다. "하지만 네가 말을 아주 잘 들었으니까 오늘 밤에는 손을 풀어주마."

마치 손이 풀려난 사실, 팔을 마음껏 움직이며 지나치게 풀을 먹여 빳빳한 시트 말고 다른 물건을 만질 수 있는 인간의 기본적 자유를 누릴 수 있다는 것만으로도 내가 감사해야 한다는 듯한 그녀의 말투가 석탄처럼 내 안에 불을 붙였다. 불이 계속 타도록 내버려두었다가는 대화재로 이어질 터였다. 게걸스러운 불길이 뻣뻣한 시트를 태워버리고, 오트밀을 벽에 던져버리고, 내 눈동자는 새하얗게 달아오를 것이다. 그러고 나면 아무도 내가 제정신이라고 믿지 않으리라. 그래서 나는 석탄을 껐다.

간호사들이 나가자 나는 창가에 서서 여름 햇살을 받아 따뜻해진 유리창에 이마를 댔다. 그런 다음 다리가 아플 때까지 서 있다가 침대에 누웠다. 시간의 용들이 나를 몰래 따라다녔다. 해가 지자 녀석들은 더 커졌고, 그늘 속에서 증식했다.

규칙적으로 창문을 톡톡 치는 소리가 들려왔다. 반쯤 귀에 익은 소리가 아니었다면 아마 나는 그 두 번째 밤에 산산조각 났을 것이다. 그 소리에 나는 숨을 멈췄다. 침대에서 살그머니 내려와 힘이 없어 흐느적거리는 팔로 빡빡한 창문 걸쇠와 씨름했다. 창문은 겨우 몇 센티미터 열렸지만 달콤한 여름 밤공기가 들어오기에 충분했다. 또한 저 아래서 올라오는 익숙한 목소리도 들을 수 있었다.

"재뉴어리? 너 맞아?"

새뮤얼이었다. 잠시 나는 라푼젤이 되어 마침내 탑에서 날 구해주러 나타난 왕자를 맞이하는 심정이었다. 다만 나는 라푼젤처럼 좁아빠진 틈으로 빠져나갈 수 없었다. 설사 이렇게 곱슬곱슬하고 엉킨 머리가 아니라 긴 금발이었다고 해도. 어쨌거나.

"네가 왜 여기 있어?" 내가 새뮤얼에게 속삭였다. 눈에 보이는 건 몇 층 아래 땅에서 손에 무언가를 쥔 사람 형상의 그림자가 전부였다.

"제인이 날 보냈어. 널 만나려고 했는데 도저히……."

"내 병실이 어디인지 어떻게 알았어?"

새뮤얼의 그림자가 한쪽 어깨를 으쓱였다. "기다렸어. 네가 보일 때까지 지켜보면서."

나는 아무 말도 하지 않았다. 새뮤얼이 산울타리에 숨어 내가 갇힌 감옥을 올려다보고, 창문에 내 얼굴이 나타날 때까지 몇 시간씩 기다리는 모습을 상상했다. 그러자 가슴뼈를 타고 전율이 흘러내렸다. 경험상 내가 가장 아끼는 사람들은 내 곁에 머물지 않았다. 그들은 늘 나를 홀로 남겨둔 채 등을 돌렸고, 다시는 돌아오지 않았다. 하지만 새뮤얼은 끝까지 기다렸다.

새뮤얼이 다시 입을 열었다. "제인이 너에게 이걸 꼭……."

그가 잠시 말을 멈췄다. 일 층 창문 안쪽에서 노란 불빛이 탁 켜지더니 누가 있는지 살펴보려고 우르르 달려오는 거친 발소리가 들렸다.

"잡아!" 새뮤얼이 말했다.

나는 그가 던진 기다란 노끈에 묶인 돌을 잡았다. "빨리 위로 잡아당겨!" 새뮤얼은 그렇게 말하고는 조경이 잘된 정원수들 쪽으로 사라졌고, 이내 병원 출입문이 바깥쪽으로 삐걱거리며 움직이는 소리가 들렸다. 공포심에 사로잡힌 나는 경련을 일으키듯 노끈을 창문의 열린 틈으로 휙 끌어당긴 다음 낑낑거리며 창문을 닫았다. 그러고는 벽에 기댄 채 바닥으로 주르륵 내려앉아 숨을 헐떡거렸다. 마치 밤을 향해 달음박질치는 사람이 새뮤얼이 아니라 나라는 듯이.

노끈 끝에 자그마한 사각형 물건이 매달려 있었다. 책이었다. 바로 그 책. 어둠 속에서도 나는 반쯤 지워진 제목이 어둠을 뚫고 빛나는 금니처럼 내게 미소 짓는 걸 볼 수 있었다. 《일만 개ㄴ 문》. 새뮤얼이 내게 몰래 책을 건네준 것도 오랜만이었다. 예전처럼 새뮤얼이 좋아하는 장면이 나오는 페이지를 접어놓았을까? 나는 어지러운 머리로 생각했다.

수많은 질문이 꼬리에 꼬리를 물고 떠올랐다.

제인은 어떻게 이 책을 알아봤을까? 왜 내게 이 책을 보냈을까? 만약 내가 여기 영원히 간힌다면 새뮤얼은 언제까지 날 기다렸을까?

하지만 나는 모든 의문을 무시했다. 책은 문이고, 나는 밖으로 나가고 싶었다. 그래서 타일 바닥 한복판에 사각형으로 비스듬히 들어오는 복도의 불빛으로 엉금엉금 기어가 책을 읽기 시작했다.

3장

문과 세상과 글에 대한 더 많은 이야기

**다른 세상들과 자연법칙의 융통성 – 시티 오브 닌 – 반대편에
서 본 익숙한 문 – 바다의 유령**

야박하지만 이쯤 해서 우리는 애들레이드 라슨을 완전히 버려야
한다. 당분간 그녀가 머리카락으로 스며들었던 수액 냄새를 짭조
름한 바닷바람에 흩날리고, 가슴 속에 점점 더 강한 확신을 품으
며 키호를 타고 낯선 바다를 항해하도록 내버려두자.

우리에게는 에이드를 버려야 할 나름의 이유가 있다. 이제 문 자
체의 성질을 직접적으로 논의해야 할 때가 된 것이다. 먼저 내가
설명을 미룬 이유는 어떤 극적인 효과를 노린 음흉한 의도 때문이
아니라 단지 지금쯤은 여러분의 신뢰를 얻길 바랐기 때문임을 분
명히 밝힌다. 나는 그저 여러분이 내 말을 믿어주었으면 한다.

우선 이 논문의 첫 번째 명제부터 시작하겠다. 문은 한 세상과
다른 세상 사이에 있는 포털이며 정의할 수 없는 특정한 공명이
있는 곳에만 존재한다는 명제다. '정의할 수 없는 특정한 공명'이

란 세상들 사이의 공간으로 모든 문의 문지방에서 대기 중인 광활한 어둠인데 그곳을 통과하기란 지독히 위험하다. 마치 한 사람의 경계가 아무런 압박도 받지 않는 상태가 되어 그의 정수가 텅 빈 공간으로 흘러넘칠 조짐을 보이는 듯하다. 문학과 신화에는 이런 공간으로 들어갔다가 반대편으로 나오지 못한 사람들의 이야기가 넘쳐난다.°

따라서 문 자체는 원래 이 어둠이 가장 얇고 가장 덜 치명적인 곳, 다시 말해 교착점 혹은 자연스럽게 생긴 교차로에 만들어지는 듯하다.

그렇다면 다른 세상의 본질은 무엇일까? 앞 장에서 알게 되었듯이 다른 세상은 끝없이 다양하고 늘 변하며 종종 우리가 사는 세상의 관습과 일치하지 않는다. 그럼에도 우리는 이 세상 관습을 우주의 물리 법칙이라고 부를 정도로 오만하다. 붉은 피부에 날개 달린 남녀가 사는 세상도 있고, 아예 남녀라는 성별 없이 그 중간 어디쯤 해당하는 사람들만 존재하는 세상도 있다. 담수가 흐르는 바다에서 헤엄치는 거대한 거북이 등딱지에 대륙이 얹혀

°잃어버린 아이들과 지하 감옥, 바닥없는 구멍, 바다 가장자리에서 벗어나 무의 세계로 들어가는 배들이 등장하는 이야기들을 생각해보라. 그것은 여정이나 통과가 아닌 갑작스럽고 돌이킬 수 없는 결말을 다룬 이야기들이다

궁극적으로 성공인지 실패인지 결정하는 데 중요한 역할을 하는 것이 여행자의 성격이라고 나는 믿는다. 그저 순수한 동화로 보이는 이디스 블랜드의 《키리엘로 가는 문》을 생각해보라. 이 책에서 다섯 명의 영국 초등학생은 마법의 문을 발견해 새로운 세상으로 가게 된다. 그들이 집으로 돌아가는 과정에서 가장 어리고 겁이 많았던 아이는 '거대한 어둠'에 빠지고, 그 후로는 생사를 알 수 없게 된다. 평론가들은 이 책이 건강한 아이들이 읽기에는 너무 암울하고 기이하다고 판단했다

문을 열 때는 반드시 반대편 세상을 볼 수 있을 정도로 용감해야 한다. 그것이 내가 해줄 수 있는 조언이다

이디스 블랜드, 《키리엘로 가는 문》(랜덤 : 룩킹 글래스 라이브러리, 1900)

있는 세상도 있고, 뱀이 알쏭달쏭하게 말하는 세상도 있고, 죽은 자와 산 자의 경계가 별로 중요하지 않을 정도로 희미한 세상도 있다. 길들여진 불이 온순한 사냥개처럼 사람을 졸졸 따라다니는 마을도 보았고, 유리 첨탑이 너무 높아 나선형으로 돌아가는 꼭대기에 구름이 모여 있는 도시도 보았다(여러분이 사는 음울한 지구와 비교해볼 때 왜 다른 세상은 신비한 마법으로 가득한지 의아한가? 그럼 다른 세상의 관점으로 볼 때 지구도 얼마나 마법처럼 느껴질지 생각해보라. 바닷속에서 사는 사람들에게는 공기로 숨을 쉬는 당신의 능력이 놀라울 것이다. 창을 던지는 원시 부족들의 세상에서는 우리가 사용하는 기계가 인간을 위해 지칠 줄 모르고 일하도록 제어되는 악마로 보일 것이다. 빙하와 구름의 세상에서는 여름이라는 계절 자체가 기적이다).

두 번째 명제는 문을 통해 두 세상 사이에 가변적이긴 해도 상당한 유출이 일어난다는 것이다. 하지만 무엇이 유출되고 그것들은 어떤 운명을 맞이하게 될까? 우선 남자와 여자가 있다. 그들은 자기들이 살던 세상의 특정한 재능과 기술을 가져오는데 그들 중 일부는 정신 병원에 갇히거나 화형되거나 참수되거나 추방되는 등 불운한 결말을 맞기도 한다. 하지만 반대로 자신들의 기묘한 힘이나 불가사의한 지식을 이용해 이익을 추구하는 이들도 있다. 그들은 권력과 막대한 부를 얻고 사람들과 세상의 운명을 결정한다. 한마디로 세상을 변화시키는 것이다.

물건들 또한 두 세상 사이의 문을 통해 조금씩 흘러들어온다.

이상한 바람을 타고 날아오거나 서리처럼 새하얀 거품이 이는 파도에 실려 오거나 혹은 부주의한 여행자의 손에 운반되었다가 버려지기도 하고 심지어 가끔 훔쳐 오는 경우도 있다. 그들 중 일부는 잃어버리거나 방치되거나 잊히지만 −낯선 언어로 적힌 책, 이상한 모양새의 옷, 그것이 만들어진 세상 외에서는 쓸모가 없는 장치들− 몇몇은 이야기를 남기기도 한다. 마법 램프, 마법의 거울, 황금 양털, 젊음의 샘, 용의 비늘로 만든 갑옷, 달빛 줄무늬가 있는 빗자루가 등장하는 이야기들처럼.

나는 소설과 시, 자서전, 논문, 미신, 백 가지 언어로 불리는 노래가 남겨놓은 희미한 흔적을 따라 그런 세상들과 보물을 기록하는 데 거의 평생을 보냈다. 그런데도 거의 다 발견하기는커녕 의미를 부여할 일부분에도 미치지 못한다는 느낌이 든다. 지금은 다른 세상들과 보물을 모두 기록하는 것 자체가 불가능해 보인다. 비록 젊은 시절에는 반드시 그 일을 해내고야 말겠다는 야망을 품기도 했지만.

1902년 겨울, 핀란드 해안 어딘가에서 다른 세상을 발견했다가 −나뭇가지에 우주의 모든 행성이 다 자리잡을 수 있을 만큼 거대한 나무들이 가득한 아름다운 세상이었다− 거기서 만난 아주 현명한 여자에게 내 야망을 털어놓은 적이 있었다. 쉰 살 정도의 위풍당당한 여자였는데, 언어 장벽과 꽤 많은 와인을 마셨음에도 여전히 밝게 타오르는 맹렬한 지성의 소유자였다. 내가 다른 세상으로 가는 문을 모조리 찾아낼 작정이라고 말했더니 그녀가 웃으며 말했다.

"이 바보야, 이 우주에는 다른 세상이 일만 개는 된다고요."

훗날 그녀가 사는 세상에서는 일만이 가장 큰 숫자이고, 어떤 물건이 일만 개가 있다는 말은 그 수가 무한하므로 셀 필요가 없다는 뜻임을 알게 되었다. 이제는 우주에 다른 세상이 무한하다는 그녀의 말이 지극히 옳고, 내가 품었던 야망은 그저 절박한 애송이의 꿈이었다고 확신한다.

하지만 우리는 여기서 일만 개의 세상을 모두 알아보려고 애쓸 필요가 없다. 우리는 1893년 애들레이드 라슨이 항해했던 세상에만 관심이 있다. 그곳이 우주에서 가장 환상적이거나 아름다운 세상은 아닐테지만 다른 어떤 곳보다 내가 보고 싶은 세상이다. 내가 거의 20년 가까이 찾아 헤맨 세상이니까.

새로운 등장인물을 소개할 때 작가들은 그들의 생김새와 옷차림을 제일 먼저 묘사한다. 그렇다면 새로운 세상을 소개할 때 그곳의 지형부터 묘사하는 게 옳을 듯하다. 그곳은 광막한 바다와 무수히 작은 섬들로 이뤄진 세상이다. 지도를 본다면 여러분의 눈에는 기이하게 불균형을 이룬 세상으로 보일 것이다. 마치 무지한 화가가 실수로 푸른색을 너무 많이 칠한 듯이.

애들레이드 라슨은 우연히 이 세상의 한복판을 항해하게 되었다. 그녀의 배가 떠 있는 바다는 지난 세기에 여러 이름을 가지고 있었으나 그 당시에는 주로 아마리코로 불렸다. 새로운 등장인물을 소개할 때 이름을 말해주는 게 관례지만 다른 세상들의 이름은 생각보다 정하기 쉽지 않다. 여러분이 사는 지구만 해도 수 많은 언어로 된 다른 이름을 가지고 있으니 말이다. 독일어로는 에르데, 북유럽 신화에서는 미드가르드, 라틴어로는 텔루스, 아 랍어로는 아르드 등등. 만약 별세계의 학자가 지구에 도착해 이 름을 딱 하나로 정하려고 한다면 얼마나 황당하겠는가? 다른 세 상들은 저마다 복잡하고 아름답게 분열되어 있어 이름을 붙이 기 힘들다. 하지만 편의를 위해 이 세상의 이름 중에서 하나를 골 라 번역하자면 '리튼(The Written)'이다. 세상의 이름치고는 이 상하다고 생각한다면 리튼에서는 글이 그 자체로 힘을 갖는다 는 사실을 먼저 이해해야 한다. 글이 힘을 갖는다는 말은 사람들 의 심금을 울리거나 이야기를 들려주거나 사실을 알린다는 의미 가 아니다. 그 어떤 세상에서도 글은 그 정도 힘을 가지고 있다. 다만 리튼에서는 글이 잉크와 종이의 요람에서 일어나 현실을 재 창조한다. 문장이 날씨를 바꾸고, 시가 벽을 무너뜨리고, 이야기 가 세상을 바꿀 수 있다. 모든 글이 그런 힘을 갖는 게 아니라 – 만약 그렇다면 대혼란이 올 테니까– 어느 특정한 사람이 쓴 글 만 그런 힘을 갖는다. 그들은 타고난 재능에 오랫동안 성실하게 연구를 거듭한 사람들인데 그렇다고 해도 당신이 생각하듯이 글 만 쓰면 동화 속에서 주인공에게 도움을 베푸는 요정의 마법처 럼 무엇이든 뚝딱 이뤄지는 건 아니다. 아주 위대한 글꾼(Word worker)조차도 하늘을 나는 마차에 대해 대충 한 문장을 끼적 일 때마다 지평선을 가로질러 날아가는 마차를 볼 수 있는 건 아니다. 혹은 글로써 죽은 자를 다시 살아나게 할 수도 없고, 어떤 식으로든 세상의 아주 근본적인 토대를 뒤집을 수도 없다. 하지만 몇 주 동안 공들여서 이야기를 만들어낸다면 특정한 일요일에 비가 올 가능성을 높일 수 있고, 스탠자*를 써서 적의 침략에 시티의 성벽이 조금 더 굳건히 버티도록 할 수도 있고, 무모한 배한 척이 보이지 않는 암초를 피해 가도록 인도할 수도 있다. 조류의 방향을 바꾸고 바다를 갈랐다든지 시티를 초토화한다든지 하늘에서 용들이 내려오게 했다든지 하는, 반쯤 잊히긴 했지만 더 위대한 마법을 부린 이야기들도 있긴 하다. 하지만 너무 황당무계하고 믿기지 않는 이야기들이라 전설이라 부르기도, 진지하게 받아들이기도 어렵다.

잘 알겠지만 모든 힘이 다 그렇듯이 글을 써서 마법을 부리려면 대가를 치러야 한다. 글은 글을 쓰는 사람에게서 생명력을 끌어내기 때문에 글의 힘은 글을 담는 그릇 역할을 하는 인간의 능력에 따라 제한된다. 글을 써서 마법을 부리는 행위는 글을 쓰는 사람을 지치고 고통스럽게 하며 야심만만하고 세상의 날실과 씨실을 무시하는 일일수록 더 큰 대가를 치러야 한다. 대다수 평범한 글꾼들은 가끔씩 코피를 흘리거나 하루 몸져눕는 고통 이상의 위험을 감수할 의지가 없겠지만 재능이 풍부한 글꾼이라면 몇 년에 걸쳐 성실히 연구하고 훈련을 거듭해 수명이 단축되지 않도록 자제와 균형을 배워야 한다.

*4행 이상의 각운이 있는 시구

이런 재능을 가진 사람들은 섬마다 다른 이름으로 불리지만 우리들은 그들이 연구만으로는 절대로 모방할 수 없는 특별한 무언가를 타고난 존재라는 데 동의한다. 그 무언가의 정확한 성질에 관해서는 학자와 성직자들 사이에서 의견이 분분하다. 자기 확신이나 상상력의 범위와 연관이 있다고 주장하는 사람도 있고, 그저 강철 같은 의지를 가졌기 때문일 거라고(반항적이라고 알려진 사람들이므로) 주장하는 사람도 있다.° 그들을 어떻게 다뤄야 하는지, 또 그들이 당연히 초래할 수 있는 혼란을 제한하는 최선의 방법은 무엇인지를 두고도 의견이 크게 엇갈린다. 작가는 신의 의지를 전달하는 자이므로 신성한 성인으로 대접해야 한다는 신념을 가진 섬들도 있다. 남쪽에 있는 일련의 거주 지역에서는 작가들이 그들의 상상력으로 혹세무민하지 못하도록 글을 읽지 못하는 사람들과 분리되어 살아야 한다고 주장하기도 한다. 하지만 그러한 극단적인 주장들은 드문 편이고, 대부분의 시티는 거기에 소속된 작가들에게 기능적이면서도 존경할 만한 역할을 부여하면서 그들이 계속 일하게 한다.

아마리코 해를 둘러싼 섬들도 그랬다. 재능 있는 작가들은 대부분 대학에 고용되었고, 시민의 이익을 위해 헌신해야 했으며, 워드워커라는 성이 하사되었다.

°파페이는 그들이 그런 힘을 타고난 건 순전히 고집불통인 성격 때문이라는 유명한 주장을 펴기도 했다. 그 증거로 그는 《일긴의 노래》를 쓴 재능 있는 작가 레나 워드워커를 제시했다. 그녀는 한때 치명적인 전염병에서 자신이 사는 도시를 구한 적이 있다. 또한 파페이의 아내이기도 한데 듣자 하니 상당히 까다로운 여자인 모양이다
파페이 스칼러, 《작가의 본질에 관한 논문》(시티 오브 닌, 6609)

내 오랜 지인이 말했듯이 리튼과 당신의 세상 사이에는 일만 가지의 차이점이 있다. 대다수는 너무 사소해 굳이 기록으로 남길 가치도 없다. 나는 모든 거리의 돌 하나하나마다 스며든 해수와 태양의 냄새 혹은 망루에 서서 조수를 지켜보며 시민들에게 시간을 알려주는 사람들에 대해 설명할 수 있다. 각양각색 배들이 행운과 순풍을 기원하는 글귀가 한 땀 한 땀 정성스럽게 수놓아진 돛을 달고 바다를 누비는 모습도 말해줄 수 있다. 모든 부부가 오징어 먹물 문신으로 손을 장식하는 관습과 살을 찔러 단어를 새기는 일을 하는, 글꾼들에 대해서도 말해줄 수 있다.

하지만 그런 사실과 관습들을 인류학적으로 기록해봐야 결국 그 세상의 본질은 거의 전달할 수 없으리라. 그 대신 하나의 특정한 섬과 특정한 시티, 특정한 소년에 대해 말할 것이다. 그 소년을 주목해야 하는 유일한 이유는 어느 날 소년이 우연히 문을 넘어가 그을린 오렌지빛 들판이 있는 다른 세상을 발견했기 때문이다.

☆

마침내 애들레이드 리 라슨이 그랬듯이 당신도 초저녁에 시티 오브 닌에 다가간다면 처음에는 등에 혹이 달린 생명체가 돌출된 절벽을 감싸고 있는 형국으로 보일 것이다. 좀 더 가까이 접근해보면 이 생명체는 백색 도료를 바른 척추뼈처럼 줄지어 늘어선 건물들로 나눠질 것이다. 건물들 사이로 구불구불 돌아가는 거리가 혈관처럼 뻗어 있고, 마침내 그 거리를 따라 걸어 다니는 형체들도 보일 것이다. 잽싸게 도망치는 고양이들을 뒤쫓아 골목길을 뛰어가는 아이들, 흰 로브를 입고 엄숙한 표정으로 대로를 걸어가는 남자와 여자들, 사람들로 붐비는 해안가에서 바구니를 끌고 도심으로 돌아가는 가게 주인들. 그중에는 잠시 동작을 멈추고 꿀 빛으로 물든 바다를 바라보는 사람도 있을 것이다.

여러분은 아마 시티가 바다에 둘러싸인 작은 파라다이스일 거라고 생각할 것이다. 전체적으로 그런 느낌이 드는 건 사실이다. 비록 솔직히 말해 내 시각이 객관적이라고 말하긴 힘들지만.

시티 오브 닌은 확실히 평화로운 곳이고, 아마리코 해의 가장자리를 에워싼 도시 중에서 제일 멋지지는 않지만 그렇다고 제일 가난하지도 않다. 그곳은 훌륭한 글 작업과 공정하게 거래하는 상인들로 명성을 떨쳤고, 권위 있는 연구의 중심지로 약간의 명성도 얻었다. 닌의 연구는 터널처럼 생긴 거대한 문서 보관소에 뿌리를 두는데 이곳은 아마리코 해 부근에서 가장 오래된 문서 보관소로 가장 폭넓은 자료를 소장하고 있다. 만약 이 섬에 가게 된다면 꼭 이 보관소를 방문해 그 세상에서 한 번이라도 문서화된 적이 있는 온갖 언어로 적힌 두루마리 족자며 책과 책장이 빼곡히 들어찬 끝없는 터널을 거닐어보길 바란다.

물론 시티 오브 닌도 인간들이 사는 도시가 으레 겪기 마련인 온갖 문제에 시달려왔다. 가난과 갈등, 범죄와 처벌, 질병과 가뭄. 이런 문제들로부터 완전히 자유로운 세상은 아직 보지 못했다.

하지만 이런 문제들은 시티 동쪽 변두리, 엄마의 문신 가게 위층 노화된 석조 주택에 사는 몽상에 잠긴 눈동자의 소년, 율 이언에 게는 미치지 못했다.

율의 부모님은 자식에게 매우 헌신적이었는데 그가 응석받이가 되지 않았던 유일한 이유는 형제자매가 많기 때문이었다. 율에게 는 여섯 명의 형제자매가 있었고, 어느 세상에서나 그렇듯이 그들 은 제일 사이좋은 친구였다가 또 어떨 때는 철천지원수가 되었다. 율이 자는 좁은 침대 위 천장에는 주석 별들이 매달려 있었는데 그 별들은 빛나는 행성, 상상 속 장소와 함께 그의 꿈을 채웠다. 또한 율에게는 제일 좋아하는 이모에게 받은 바 스토리텔러(Var Storyteller)의 《아마리코 이야기》 양장본 세트와 율이 책을 읽는 동안 햇살이 내리쬐는 창틀에서 자는 걸 좋아하는 신경질적인 고 양이도 한 마리 있었다.° 백일몽과 몽상에 적합한 삶이었는데 그 두 가지야말로 율이 가장 사랑했다.

율과 그의 형제자매는 오후가 되면 아빠와 함께 작은 고깃배에 서 일하거나 엄마의 문신 가게에서 엄마를 도왔다. 각기 다른 글 씨체로 축복의 말과 기도문을 필사하고, 잉크를 섞고, 도구들을 씻는 일이었다. 율은 고깃배보다 문신 가게에서 일하길 더 좋아 했는데 특히 엄마가 고객의 살갗을 바늘로 콕콕 찔러 핏빛 점으 로 이뤄진 작은 글씨를 새기는 모습을 지켜볼 때가 제일 좋았다.

°내가 알게 된 바로는 고양이는 어떤 세상에서든 다소 비슷한 형태로 존재한다. 나는 그들이 지난 몇천 년 동안 문을 들락날락했을 거라고 믿는다. 집에서 고양이를 키워본 사람이라면 그게 고양이들의 취미 임을 알 것이다

엄마의 글은 딱히 효력이 강하지는 않았지만 손님들은 그녀의 이름을 딴 틸사 잉크로 문신을 새기는 데 기꺼이 돈을 지불했다. 그녀가 새긴 축복의 문구들이 가끔은 정말로 이뤄지기 때문이었다.

틸사는 원래 율을 도제로 삼을 생각이었지만 아들에게 글꾼으로서의 재능이 눈곱만큼도 없다는 사실이 이내 명백해졌다. 그래도 율을 훈련시킬 수 있었으나 실제로 누군가에게 문신을 해줄 정도의 참을성이 전혀 없었다. 그저 글과 그 소리, 형태, 경이로울 정도로 부드럽게 흘러가는 성질을 사랑할 뿐이었다. 그리하여 율은 자신도 모르게 긴 흰색 로브를 입고 다니는 학자들 쪽으로 마음이 기울게 되었다.

시티 오브 닌에서 태어난 아이들은 몇 년 동안 학교 교육을 받아야 했으므로 매주 대학 안뜰에 모여 글자와 숫자, 아마리코 해에서 사람이 사는 118개 섬의 위치에 대해 젊은 학자의 강의를 들었다. 대다수 아이들은 부모가 허락하면 수업을 빠졌지만 율은 그러지 않았다. 수업이 끝난 뒤에도 종종 남아 질문을 하고 심지어 감언이설로 선생님들에게서 책을 몇 권 받아내기도 했다. 그중에서도 릴링 스칼러라는 인내심 많고 젊은 남자 선생님은 율에게 각기 다른 언어로 적힌 책들을 주었는데 그 책들은 율이 가장 자랑스러워하는 소장품이 되었다. 율은 그의 마음속에서 굴러가는 새로운 음절들과 그들이 만들어내는 이상한 이야기가 마음에 들었다. 파도가 남기고 간, 침몰한 배의 보물들처럼.

율은 아홉 살이 되었을 때 세 가지 언어에 능숙해졌는데 그중 하나는 대학 문서 보관소에만 존재하는 언어였다. 율이 열한 살이 됐을 무렵에는 —전통적으로 장차 무슨 일을 할지 결정하는 나이— 그의 엄마조차도 그가 학자의 길을 걸어야 한다는 걸 반대할 수 없었다. 틸사는 항구에 있는 시장에서 염색하지 않은 긴 천을 샀고, 학자들이 입듯이 아들의 검은 팔다리에 천을 둘러주며 살짝 한숨을 쉬었다. 율은 책을 한 아름 안고 눈 깜짝할 사이에 밖으로 나갔다.

대학에서의 첫 일 년 동안 율은 몽상에 빠진 천재에 가깝다는 소리를 들었다. 그런 율을 보며 선생님들은 답답함을 느끼는 동시에 감탄하지 않을 수 없었다. 율은 우물에서 두 손으로 물을 퍼 올리듯이 쉽게 새로운 언어를 배웠지만 그중 하나를 완전히 터득하는 데 전념하려 하지 않는 듯했다. 그는 얇은 노처럼 생긴 도구로 필사본 책장을 넘기며 문서 보관소에서 거의 살다시피 했지만 들어야 하는 강의를 빼먹기 일쑤였다. 선원의 항해 일지에서 재미있는 내용을 발견했기 때문이거나 미지의 언어가 적힌 낡은 지도를 발견했기 때문이었다. 율은 마치 빵과 물처럼 책이 그의 건강에 필요하다는 듯이 탐독했지만 수업과 관련된 책은 거의 읽지 않았다.

너그러운 선생님들은 시간이 흘러 율이 성숙해지면 쉽게 해결될 문제라고 주장했다. 언젠가는 율 이언도 연구 대상을 정해 그 분야에 헌신할 테고, 멘토를 선택해 닌 대학을 일류로 만들 위대한 연구 성과를 거두게 될 거라고. 그 반면 아침 식탁에서 물병에 우화집을 받쳐둔 채 꿈꾸는 표정으로 책장을 넘기는 율을 지켜본 선생님들은 그 말에 회의적이었다.

율의 열다섯 번째 생일이 다가오자 그를 낙천적으로 보던 선생님들조차도 점점 더 걱정이 많아지기 시작했다. 율은 연구 분야를 좁히거나 하나의 연구에 매진하려는 조짐이 전혀 보이지 않았고, 시험이 다가오는데도 천하태평이었다. 만약 시험을 통과하면 그는 정식으로 율 이언 스칼러로 공표되어 대학에서 지위가 올라갈 것이다. 하지만 시험에서 떨어진다면 다른 분야의 도제가 되길 고려해보라는 제안을 정중히 받게 될 것이다.

돌이켜보면 율에게 목표가 없었던 이유는 사실 그가 보이지 않는 곳에 도사린, 형체도 없고 이름도 밝혀지지 않은 무언가를 찾아 헤맸기 때문이 아닐까 싶은데 아마도 사실이리라. 율과 애들레이드는 매우 똑같은 마음으로, 다시 말해 자신들이 사는 세상의 한계를 느끼며 다른 세상을 찾아 어린 시절을 보냈을 것이다.

하지만 안절부절못하는 마음으로 무언가를 찾아 헤매는 건 진지한 학자가 할 일과는 거리가 멀다. 어느 날 율은 '미래에 대해 진지한 대화'를 나눠야 하니 총장실로 오라는 부름을 받았다. 한 시간 뒤 율은 《북해 섬의 신화와 전설 연구》를 읽고 있던 페이지에 손가락을 끼운 채 총장실로 갔다. 그러고는 다른 생각에 사로잡힌 듯 멍한 표정으로 물었다.

"절 부르셨다고요?"

총장은 대부분의 학자가 그렇듯이 주름지고 침울한 얼굴의 소유자였다. 양팔을 휘감아 올라가는 명예로운 문신에는 그가 케나 머천트*와 결혼했고, 학문에 헌신했으며, 20년간 시티를 위해 봉사했다고 적혀 있었다. 백발이 달라붙은 그의 머리는 정수리가 초승달 모양으로 벗겨졌다. 마치 그의 학구열에 정수리부터 머리카락이 타버린 듯이. 그는 심란한 눈빛으로 율을 바라보았다.

"앉아라, 율. 앞으로 대학에서의 네 미래에 대해 이야기하고 싶구나."

총장의 시선은 율이 들고 있는 책으로 향했다.

"돌려 말하지 않겠다. 우리는 너에게 목표와 규율이 없다는 점을 대단히 염려하고 있다. 교과과정에 전념할 수 없다면 넌 다른 길을 모색해야 해."

율은 익숙하지 않은 음식을 건네받은 고양이처럼 호기심 어린 표정으로 고개를 갸웃했다.

"다른 길이라면?"

"네 마음과 기질에 잘 맞는 일을 찾아야 한다는 뜻이다."

율은 잠시 말이 없었지만 햇볕이 내리쬐는 오후에 올리브 나무 아래 웅크리고 앉아 오래전에 잊힌 언어로 적힌 책을 읽는 것보다 자신의 기질에 잘 맞는 일은 생각할 수조차 없었다.

"그게 무슨 말씀이시죠?"

이 대화가 정중한 혼란보다는 괴로운 애원 쪽으로 갈 거라고 기대했던 총장은 입술을 꾹 다물어 가느다란 갈색 직선으로 만들었다.

"그러니까 넌 대학을 떠나 다른 곳에서 도제 수업을 받아야 할

---

*Merchant 상인이라는 뜻

것 같다는 말이다. 네 어머니께서 틀림없이 널 훈련시켜주실 거다. 아니면 동쪽에 있는 글꾼 밑에서 필경사로 일하거나 상인 밑에서 부기 담당자로 일할 수도 있겠지. 네가 원하면 내 아내에게 말해보마."

그제야 율의 표정은 총장이 예상했던 대로 공포에 질렸다. 총장은 다시 부드럽게 말했다.

"아직 그 단계까지 간 건 아니다. 그러니까 다음 한 주 동안 네가 어떤 선택을 하면 좋을지 잘 생각해봐라. 만약 대학에 계속 남아 학자 시험을 보고 싶다면 그 길을 찾아보자."

총장은 그만 나가보라고 했다. 율은 돌로 만든 서늘한 복도를 지나 안뜰을 성큼성큼 가로지른 다음 구불구불한 거리를 따라 걷다가 어느새 목덜미에 따가운 햇볕을 받으며 시티 뒤의 언덕을 오르게 되었다. 딱히 정해진 목적지는 없었다. 그저 총장에게 받은 선택지로부터 도망치고 있었다.

학자라는 지위에 속하고 싶은 소년이었다면 선택하기 쉬웠으리라. 아마리코 해의 역사나 고대 언어, 종교철학과 관련된 연구 주제를 하나 정하거나 그런 열망을 모두 버리고 소박한 필경사로 일하면 될 테니까. 하지만 율에게는 두 가지 길 모두 이루 말할 수 없이 암울하게 여겨졌다. 어느 쪽이든 그의 끝없는 지평선을 좁혀야 하고, 더는 꿈을 꿀 수 없기 때문이다. 둘 중 어느 하나를 선택한다고 생각만 해도 마치 거대한 두 손이 갈비뼈 양쪽을 짓누르는 것처럼 가슴이 조였다.

당시에는 율도 몰랐겠지만 그의 심정은 에이드가 버려진 건초지로 달려가 누구의 방해도 받지 않으며 뱃고동 소리를 듣고 광활한 하늘을 바라보던 날들과 똑같았다. 다만 에이드는 삶의 가혹한 경계를 늘 곁에 둔 채 자랐고, 진작부터 거기서 벗어나겠다고 다짐한 반면 가엽고 순진한 율은 그날에서야 그런 규칙이 존재한다는 사실을 알게 되었다.

율은 이 새로운 사실에 충격을 받아 비틀거리며 관목으로 뒤덮인 산비탈의 농장을 지났다. 사람들이 지나다니던 길이 끊어질 때까지 걷다가 그다음에는 동물이 지나다니는 길을 두 손 두 발로 기어서 절벽까지 올라갔다. 마침내 동물들이 다니던 길마저 끊기고 울퉁불퉁한 회색 바위가 나오더니 바람을 타고 소금기를 흠뻑 머금은 머나먼 숲의 향이 실려 왔다. 율은 이렇게 시티를 내려다볼 정도로 높이 올라와 본 적은 처음이었는데 시티가 발아래서 점점 줄어들다가 마침내 광활한 바다에 둘러싸인 조그맣고 흰 사각형 무더기로 보이는 게 좋았다.

바람에 마른 땀으로 피부가 따끔거렸고, 돌을 잡고 올라오느라 손바닥은 살갗이 벗겨져 쓰라렸다. 그만 돌아가야 한다는 걸 알았지만 그의 다리는 계속 그를 앞으로 이끌었다. 그러다가 또 다른 절벽 하나를 넘어갔더니 아치형 입구가 보였다.

입구에는 얇은 회색 커튼이 달려 있었고, 바람이 불지도 않는데 마녀의 스커트처럼 저절로 펄럭거렸다. 아치 너머에서 돌과 바닷물이 뒤섞인 닌의 냄새와 전혀 다른, 강물과 진흙, 햇살의 냄새가 흘러나왔다.

아치를 본 순간 율은 거기서 눈을 뗄 수가 없었다. 마치 아치가 손가락을 까딱거리며 그에게 오라고 손짓하는 듯했다. 율은 온몸에 희망이 넘쳐흐르는 듯이 정신 나간 기분으로 아치를 향해 걸어갔다. 저 커튼 너머에 신기하고 놀라운 무언가가 기다리고 있을 것만 같았다. 터무니없고 근거 없는 희망이었다.

커튼을 젖혀보았더니 그 너머에는 그저 거친 풀과 돌뿐이었다. 율은 아치 아래로 발을 내디뎌 자신을 삼킬 것처럼 광활한 어둠으로 들어갔다. 어둠은 그를 짓눌렀고, 타르처럼 몸에 찰싹 달라붙었으며, 숨 막힐 듯이 광활했다. 그러다가 마침내 율의 손바닥에 단단한 목재가 만져졌다. 율은 필사적인 심정과 아직 활활 타오르는 희망으로 목재를 밀었다. 오랫동안 방해받지 않고 쌓여 있던 먼지가 일며 목재가 뻑뻑하게 움직이는 느낌이 들더니 드디어 열렸고, 율은 그을린 오렌지빛 잡풀과 달걀빛 하늘 아래로 나오게 되었다. 다른 세상의 이상한 공기 속에서 입을 딱 벌린 채 우두커니 서 있은 지 몇 분 지나지 않아 그녀가 들판을 가로질러 성큼성큼 다가왔다. 우유와 밀의 빛깔로 이뤄진 소녀였다.

둘이 만난 이야기는 다시 반복하지 않겠다. 서늘한 초가을에 두 젊은이가 나란히 앉아 그곳과 다른 세상에 관해 믿을 수 없는 이야기를 주고받았다는 사실은 앞에서 이미 설명했다. 그들은 닌의 문서 보관소에 남아 있는 소수의 고대 문서에만 존재할 뿐 오래전에 죽은 언어로 이야기했는데 율은 그저 새로운 음절이 혀에서 춤추는 게 즐거워 그 언어를 공부한 적이 있었다. 그 일은 그저 두 사람의 만남이 아니라 마치 궤도를 벗어났다가 서로를 향해 돌진한 두 행성의 충돌에 가까웠다. 둘이 키스했고, 반딧불이 그들 주위를 밝혔다는 이야기도 이미 했다.

그들의 만남이 얼마나 짧고 불운했는지도.

율은 소녀를 만난 이후로 사흘간 멍한 희열의 상태에 빠져 있었다. 학자들은 그가 어디서 떨어지거나 사고를 당해 머리가 살짝 이상해진 건 아닌지 걱정했다. 소년들이 겪는 병에 대해 잘 아는 율의 부모님은 혹시 그가 사랑에 빠진 건 아닌지 염려했다. 율은 아무런 설명도 하지 않은 채 그저 더없이 행복한 미소를 지었고, 유명한 연인들과 범선을 주제로 한 오래된 발라드를 음정도 맞지 않게 흥얼거렸다.

사흘째 되던 날, 율은 커튼이 드리워진 그 아치로 다시 돌아갔다. 끝없는 어둠 반대편에서 에이드 역시 건초지의 오두막으로 향했다. 물론 여러분은 율을 기다리던 결과가 쓰디쓴 실망감으로 이어졌다는 사실을 이미 알고 있다. 율이 발견한 건 낯선 세상으로 이어지는 마법의 문이 아니라 그저 언덕 꼭대기에 쌓인 돌무더기와 죽은 생명체의 살갗처럼 썩어서 미동도 없이 매달려 있는 회색 커튼뿐이었다. 그가 아무리 악다구니를 써도 문은 어디로도 이어지지 않았다.

마침내 율은 털썩 주저앉았고, 소녀가 그에게 오는 길을 찾아낼지도 모른다는 희망으로 기다렸다. 하지만 소녀는 오지 않았

다. 밤이 깊어가는 동안 거의 다 타서 곧 꺼질 듯한 촛불처럼 가
물거리는 희망을 품고 잡풀이 웃자란 벌판에서 기다렸던 에이드,
언덕 꼭대기에서 앙상한 두 팔로 무릎을 끌어안은 채 앉아 있던
율. 이 둘의 모습은 마치 거울을 사이에 둔 듯했으나 둘 사이에
존재했던 건 차가운 거울이 아니라 두 세상 사이의 광대한 간격
이었다.

율은 지평선 위로 꼬물꼬물 올라오는 별자리를 지켜보며 별들
로 이뤄진 익숙한 글귀를 읽었다.

'하늘이 보낸 배', '여름의 축복', '학자의 겸손'. 율에게 자신의 이
름만큼이나 익숙한 이 글귀들이 거대한 책의 책장처럼 그의 머리 위로
미끄러지듯 지나갔다. 율은 또 다른 어둠 속에서 기다리고 있을 에이
드를 생각했다. 그녀의 별들이 그녀에게 무슨 말을 해줄지 궁금했다.

율은 자리에서 일어나 가져온 은화를 엄지로 문지르다가 ―자
신이 사는 세상의 증거로 그녀에게 보여줄 생각이었다― 손에서
놓아버렸다. 버린 것인지 공물로 바친 것인지 그도 알 수 없었지
만 확실한 건 더는 그 은화를 몸에 지니고 있고 싶지 않았다는 사
실이다. 은화에 찍힌, 그를 바라보는 닌 설립자의 눈동자, 그리
고 모든 걸 안다는 듯한 그 눈빛을 더는 느끼고 싶지 않았다.° 율

°아마리코 해 주변에 세워진 도시들은 대부분 동전에 설립자의 얼굴을 새겨놓았다. 시티 오브 닌은 수
세기 전에 닌 워드워커가 세웠고, 달빛이 비친 땅에서 율을 바라보고 있는 것도 바로 그녀의 반쯤 미소
짓는 얼굴이었다. 또한 동전에는 힘을 가진 말도 새겨지는데 그 말에는 도시의 영혼이 일부 담겨 있다.
닌의 동전을 쥐고 있으면 해수와 책 먼지 냄새를 맡게 될 것이고, 아마 어느새 햇볕으로 색이 바랜 거리
와 평화로운 도시의 즐거운 조잘거림이 떠오를 것이다. 율이 들판에서 만난 소녀와 나누고 싶었던 풍경
도 바로 그것이었다. 고향의 작은 은빛 조각

은 몸을 돌려 자리를 떴고, 다시는 그 돌 아치로 돌아가지 않았다.

하지만 문은 변화라는 사실을 여러분은 기억할 것이다. 따라서 그날 밤 아치를 떠났던 율은 사흘 전 아치를 처음 발견했던 그와는 약간 달랐다. 새로운 뭔가가 그의 심장 옆에서 쿵쿵거렸다. 마치 별도의 장기가 돌연 생겨난 듯했다. 그 장기는 다급하고 강한 리듬으로 쿵쿵거렸기 때문에 율은 아픔 속에서도 그 박동을 알아차리지 않을 수 없었다. 그날 밤 그가 들어오는 바람에 깼던 형제들이 못마땅한 신음과 함께 다시 잠드는 소리를 들으며 침대에 누운 율은 그게 과연 어떤 감정인지 생각했다. 절망이나 상실감, 외로움은 아니었다. 가끔씩 문서 보관소에서 오래된 양피지에 적힌 글이 그를 앞으로, 더 깊숙이 잡아끌어 나선형으로 돌아가는 이야기의 길로 빠져들게 했을 때 느꼈던 감정과 비슷했다. 하지만 그 감정조차도 지금 그가 느끼는 이 두근거리고 다급한 마음에 비하자면 아무것도 아니었다. 율은 혹시 심잡음*인가 어렴풋이 걱정하며 잠들었다.

이튿날 아침 율은 그 감정이 심잡음보다 훨씬 더 심각한 일임을 깨달았다. 마침내 삶의 목표를 발견한 것이다.

율은 침대에 몇 분 더 누워 자기 앞에 놓인 이 막중한 과업을 생각했다. 그러다가 벌떡 일어나 재빨리 옷을 입고 밖으로 나갔다. 어찌나 쏜살같이 나갔는지 형제들도 문을 스쳐 지나가는 그의 하얀 로브 자락만 흘깃 보았을 뿐이었다. 율은 곧장 총장실로

*심장에서 들리는 이상 소음

달려갔고, 당장 시험을 보겠다고 말했다. 총장은 포부가 있는 학자라면 앞으로 무엇을 연구할지 철두철미하게 준비해서 발표해야 하며 진지하고 헌신적인 태도와 능력을 보여줘서 동료 학자들을 설득해야 한다는 점을 부드럽게 상기시켰다. 그런 만큼 충분한 시간을 들여 참고문헌을 편집하고 출처가 될 책들을 모으고, 상급 학자들의 의견을 구해보라고 제안했다.

율은 화가 치미는 것 같은 신음을 내더니 이렇게 말했다. "네, 잘 알겠습니다. 그럼 사흘 뒤에 시험을 볼게요. 그러면 되겠죠?" 총장은 허락했으나 그의 표정은 율이 철저히 실패해 모욕만 당할 거라고 예상하는 듯했다.

총장의 예상은 웬만해서는 틀리지 않았으나 이번에는 빗나갔다. 시험을 보러 나타난 율은 지난 몇 년간 교수들이 알고 조바심쳤던 소년과는 완전히 달라보였다. 율의 꿈꾸는 듯 감탄하는 표정과 촉촉한 눈동자에 깃든 호기심은 태양 아래 해무처럼 완전히 걷히고 침울한 얼굴의 청년이 드러났는데 그에게서는 맹렬하고 흔들림 없는 결기가 뿜어져 나왔다. 율의 발표는 수많은 언어에 통달하고, 각기 다른 여남은 개의 연구 분야에 익숙하며, 고대 설화와 쓰다 만 이야기를 오랜 세월에 걸쳐 샅샅이 뒤져본 사람만이 얻을 수 있는 명확성과 야망을 잘 보여주는 본보기라고 할 수 있었다. 연구 과제 발표가 끝나면 으레 다른 학자들이 그 내용에 대해 반론과 염려를 제기하기 마련인데 이번에는 정적만이 흘렀다.

제일 먼저 입을 연 사람은 총장이었다.

"율, 네 교과 과정에서는 아무런 흠도 찾을 수가 없구나. 그 분야를 연구하려면 반평생이 걸릴 거라는 사실만 제외하고 말이다. 내가 알고 싶은 건 어디서 갑자기 이런 확신을 얻게 되었냐는 거다. 왜 이 길을 선택했지?"

율은 가슴뼈가 떨리는 걸 느꼈다. 마치 가슴뼈에 붉은 실이 묶여 있고, 누군가 실 끝을 홱 잡아당긴 느낌이었다. 잠시 그냥 사실대로 말할까 하는 바보 같은 충동이 들기도 했다. 사실 자신은 책장 위에서 빠르게 달리는 개미들의 행렬 같은 글을 따라 다른 세상으로 가려하고 있으며 반딧불이 점점이 켜진, 그을린 오렌지 빛 들판 그리고 우유와 밀 빛깔로 이뤄진 소녀를 찾고 있다고.

율은 솔직하게 대답하는 대신 이렇게 말했다.

"진정한 학문은 기원도 목적지도 필요치 않습니다. 훌륭하신 총장님, 새로운 지식 추구, 그 자체가 동기입니다." 이것이야말로 학자들을 가장 기쁘게 만드는 고상하고 현명한 대답이었다. 학자들은 우쭐해하며 율의 주위로 모여들어 그를 치켜세웠고, 잔뜩 멋 부린 글씨체로 그의 제안서에 서명했다. 총장만이 이름을 적기 전에 멈칫하고는 지평선에 몰려드는 먹구름을 바라보는 듯한 어부의 눈길로 율을 바라보았다. 하지만 결국 그 역시 고개를 숙이고 서명했다.

그날 율은 공식적인 축복과 새로운 이름을 받았다. 율의 어머니는 그 두 가지 모두를 율의 왼쪽 팔목을 감고 올라가는 문신으로 새겨주었다. 이튿날 율이 자신이 가장 좋아하는 열람실을 향해 흰 석조 계단을 오를 때에도 문신을 새긴 자리는 여전히 뜨겁고 따끔거렸다. 율은 바다가 내려다보이는 노란 나무 책상 앞에 앉아 새로운 공책의 향긋한 첫 장을 펼쳤다. 그런 다음 평소답지 않게 단정한 글씨체로 이렇게 적었다. '메모와 연구 1권 : 전 세계 신화에 등장하는 통로, 포털, 입구의 비교 연구, 6908년, 율 이언 스칼러 편찬.'

이 제목은 여러분이 짐작하듯이 이후에 바뀌었다.

☆

율 이언 스칼러는 그 후로 12년 동안 상당히 많은 시간을 바로 그 책상 앞에 웅크리고 앉아 무언가를 썼다가 읽기를 되풀이했다. 책상 주위로 어찌나 많은 책이 쌓였는지 그의 서재는 종이로 만든 도시 모형을 닮아갔다. 율은 민간 설화 전집과 오래전에 죽은 탐험가들의 인터뷰, 항해 일지, 잊힌 종교의 성전들을 읽었다. 그 책들은 아마리코 해에 존재하는 모든 언어뿐만 아니라 몇 세기 전에 하나의 세상과 다른 세상 사이의 틈새에 우연히 떨어진 온갖 언어로도 적혀 있었다. 마침내 더는 읽을 자료가 남지 않자 율은 동료 학자들에게 대수롭지 않게 말했듯이 '현장' 연구에 나설 수밖에 없었다. 동료 학자들은 특유의 속 편한 태도로 '현장'이 그저 다른 시티에 있는 문서 보관소를 언급하는 것이리라 생각해 그에게 잘 다녀오라고 덕담을 해주었다. 설마 율이 가방에 일기장과 말린 생선을 꾹꾹 눌러 담고, 돈을 주면서 무역선들과 우편배달 차량들을 연달아 얻어 타고, 동물의 흔적을 쫓는 사냥개처럼 정신을 집중한 채 이역만리 섬들의 황야를 돌아다닐 거라고는 짐작도 못 했다. 하지만 율이 쫓는 흔적은 이야기와 신화가 남긴, 눈에 보이지 않고 희미하게 깜박거리는 발자취였고, 그가 사냥하는 건 동물이 아니라 문이었다.

율은 시간이 흐르면서 귀중한 문 몇 개를 발견했다. 그중 어느 문도 목화꽃 같은 피부색 사람들이 살고, 삼나무 향 나는 세상으로 이어지지는 않았지만 율은 낙담하지 않았다. 율은 실패의 쓴맛을 제대로 본 적이 없거나 두 손으로 퍼 담은 물이 손가락 사이로 빠져나가듯 수명이 서서히 줄어드는 느낌을 받아본 적이 없는 젊은이들 특유의 자신감으로 가득 차 있었다. 그에게는 성공이 필연적인 듯했다.

(물론 지금 나는 그렇게 어리석지 않다)

율은 종종 이런 장면을 즐겨 상상했다. 몇 주 동안 힘들게 여행한 끝에 마침내 그녀의 집을 찾아내고, 그녀는 일하다 말고 고개를 들어 성큼성큼 다가오는 그를 바라보며 환하게 웃는다. 혹은 처음 만났던 들판에서 재회할 수도 있다. 둘은 신록처럼 파란 잡풀을 헤치며 서로를 향해 달려간다. 혹은 상상도 못 했던 외딴 도시에서 혹은 울부짖는 뇌우 속에서 혹은 이름 없는 섬의 바닷가에서 그녀를 찾아낼 수도 있다.

율은 젊은이들을 종종 괴롭히는 근거 없는 자만심에 차서 애
들레이드가 그를 기다리지 않을 가능성은 한 번도 생각해본 적
이 없었다. 그녀가 지난 10년 동안 자신을 안내해줄 책이나 기록
하나 없이, 이 배에서 저 배로 날아다니는 항구의 갈매기처럼 본
능적으로 쉽게 여러 세상을 들락날락했으리라고는 상상도 못 했
다. 또한 그녀가 산속에서 금방이라도 부서질 것 같은 배를 직접
만들어 아마리코 해의 쪽빛 파도를 헤치며 항해 중일 거라고는
더더욱 상상하지 못했다.

사실 그것은 너무 기이한 상상이었기에 시티 오브 플럼의 부둣
가에 떠도는 괴상한 풍문을 들었을 때 율은 철저히 무시했다. 대
개 그렇듯이 그 풍문도 떠도는 이야기에 타인에게서 전해들은 말
이 더해져 하나의 이야기가 되었다. 가장 자주 반복되었던 부분
은 시티 오브 플럼 동부 해안에서 흰색 캔버스로 만든 돛을 단 이
상한 배가 목격되었다는 것이다. 대체 어떤 정신 나간 인간이 돛
에 축복의 글귀도 새기지 않고 바다를 항해하는지 궁금해 한두
명의 여자 어부와 상인이 그 배에 다가가 보았으나 다들 얼른 뱃
머리를 돌렸다고 했다. 백지장처럼 새하얀 피부의 여자가 배를
몰고 있었기 때문이다. 아마도 수면으로 올라온 유령이나 허여멀
건 해양 생물로 보였을 것이다.

율은 바닷가 사람들의 미신에 고개를 절레절레 흔들고는 플럼
도서관에 빌린 연구실로 돌아갔다. 그는 화산 분화구에 살면서
113년에 한 번씩 나타난다는, 불을 뿜는 도마뱀의 전설을 따라

이곳에 왔다. 율은 저녁 내내 자신이 직접 적어둔 메모를 꼼꼼히 읽어본 뒤 좁은 침대에 누워 마음이 자유롭게 빙글빙글 돌아가며 선잠을 들락날락할 때에야 비로소 그 유령 선원의 머리카락이 무슨 색이었을지 궁금해졌다.

이튿날 아침 율은 부두로 돌아가 놀란 상인들 몇 명을 추궁해 대답을 얻어냈다.

"피부색처럼 새하얀 색이었어." 선원 하나가 겁먹은 말투로 말했다. "아니야, 가만 생각해보니 지푸라기 색에 더 가까웠던 것 같아. 분명 노르스름했어."

율은 침을 꿀꺽 삼켰다. "그 배가 이쪽으로 오고 있나요? 플럼에 올까요?"

선원은 확답할 수 없었다. 바다 마녀 혹은 유령이 뭘 원하는지 누가 알겠는가?

"하지만 그 방향으로 계속 간다면 곧장 동쪽 해안에 도착할걸세. 그럼 누가 이야기를 지어냈는지 알게 되겠지. 안 그런가, 에돈?"

선원은 대화를 중단하고 의심 많은 동료를 팔꿈치로 쿡 찌르더니 인어들이 옷을 입는지 안 입는지를 두고 활기찬 토론을 시작했다.

홀로 부두에 남은 율은 별안간 지축이 기울어지는 듯한 느낌이 들었다. 마치 다시 어린 시절로 돌아가 얇은 커튼을 향해 잉크가 묻지 않은 손을 뻗는 듯했다.

율은 달리기 시작했다. 동쪽 해안으로 ―바위투성이 황폐한 해안으로 잡동사니를 모으는 사람들이나 낭만적인 시인들 외에는 아무도 가지 않았다- 가는 길은 몰랐지만 숨을 헐떡이며 연달아 물어보고 다닌 끝에 정오가 되기 한참 전에 도착했다. 그는 모래 사장에 앉아 두 다리를 가슴에 끌어안고, 황금빛 물마루를 바라보며 지평선에 흰 돛이 나타나기를 기다렸다.

그날 혹은 그 이튿날에도 그녀는 나타나지 않았다. 율은 매일 아침 해변으로 나가 어스름이 내릴 때까지 바다를 지켜보았다. 지난 몇 년 동안 안절부절못하고 의욕이 넘쳤던 그의 마음도 잠을 자려고 몸을 둥글게 만 고양이처럼 차분해지는 듯했다.

사흘째 되는 날, 파도를 타고 꾸물꾸물 다가오는 배 한 척이 보였다. 바람에 잔뜩 부푼 돛은 어느 모로 보나 흰색이었다. 율은 길쭉한 배가 어색하게 기우뚱거리며 다가오는 광경을 뚫어지게 바라보았다. 소금기와 햇볕 때문에 눈이 화끈거릴 때까지. 배에는 딱 한 사람만 타고 있었는데 당당하고 도전적인 자세로 섬을 마주 보고 있었고, 엉킨 금발이 머리 주위로 사정없이 휘몰아쳤다. 율은 춤을 추거나 환호성을 지르거나 기절하고 싶은 히스테릭한 충동을 느꼈지만 그저 우두커니 서서 한 손을 허공으로 들어 올렸다.

율은 그녀가 자신을 발견한 걸 보았다. 발밑에서 배가 기우뚱거리는데도 그녀는 미동도 하지 않은 채 웃음을 터뜨렸다. 호탕한 너털웃음이 파도를 타고 여름날의 천둥소리처럼 율에게 도달했다. 그녀는 몇 겹씩 껴입은 황토색 옷을 벗더니 한 치의 망설임도 없이 배 아래의 얕은 파도로 뛰어들었다. 잠깐이었지만 율은 자신이 지난 12년간 반쯤 정신 나간 여자를 찾아다닌 건 아닌지 의아했고, 과연 저 여자를 감당할 수 있을지 의심스러웠다. 그러다 웃음을 터뜨리며 파도 사이로 흰색 로브를 끌고 그녀를 맞이하려고 바다에 뛰어들었다.

여러분의 세상에서는 1893년, 이쪽 세상에서는 6920년 늦봄에 율 이언 스칼라와 애들레이드 리 라슨은 시티 오브 플럼을 둘러싼 정오의 조수 속에서 서로를 발견했고, 다시는 자발적으로 헤어질 생각이 없었다.

나는 황금색과 쪽빛으로 물든 꿈을 꾸었다. 내가 탄 배는 흰 돛을 단 배를 뒤따라 이국의 바다 위를 스치듯 가르며 나아가고 있었다. 앞서가는 배의 뱃머리에는 머리카락을 나부끼며 서 있는 흐릿한 형체가 보였다. 그녀의 이목구비는 뭉개져서 확실히 보이지 않았지만 지평선을 등지고 선 모습이 왠지 눈에 익으면서도 너무나 온전하고 거칠고 진실해 보여 꿈인데도 가슴이 찢어질 듯 아팠다.

나를 깨운 건 볼을 타고 흘러내리는 눈물이었다. 나는 병실 바닥에 누워 있었다. 몸은 싸늘하고 뻣뻣했으며 《일만 개의 문》 모서리에 눌려 있던 얼굴 한쪽이 아팠지만 상관없었다.

내가 어릴 때 별세상에서 발견한, 흙 속에 반쯤 묻혀 있던 그 은화가 이제 내 손바닥에 미지근하게 놓여 있다. 은화는 진짜다. 무릎 아래에서 느껴지는 타일의 서늘한 감촉만큼이나, 내 볼에 차갑게 흘러내리는 눈물만큼이나. 나는 은화를 손에 쥐고 바다 냄새를 맡았다.

만약 이 은화가 진짜라면 나머지도 전부 진짜다. 시티 오브 닌과 끝없이 이어지는 문서 보관소, 애들레이드와 일백 개의 다른 세상을 돌아보는 그녀의 모험, 진정한 사랑 그 모두가. 문과 글 작업이라고 하는 것 모두가.

나는 반사적으로 의구심이 들며 몸이 부르르 떨렸고, 코웃음을 치며 '허무맹랑한 헛소리'라고 말하는 로크 씨의 목소리가 귓가에 울렸다. 하지만 나는 이미 예전에 한번 믿기로 한 적이 있고, 그때 글을 써서 잠긴 문을 열었다. 《일만 개의 문》이 어떻게 진행될지 몰라도 문과 글과 다른 세상에 관한 이 믿기지 않고 말도 안 되는 판타지는 사실이었다. 이유는 모르겠으나 나는 이 소설의 일부였다. 로크 씨와 협회와 제인도 그러했고, 아마 목숨을 잃은 나의 가여운 아빠도 그럴 것이다.

나는 네 번째 줄마다 지워진 미스터리 소설을 읽는 여자가 된 기분이었다. 미스터리 소설에 푹 빠진 사람이 할 수 있는 일은 하나뿐이다. 계속 읽는 것. 책을 낚아채 읽다가 만 페이지를 찾아 책장을 뒤적이던 나는 멈칫했다. 책 뒤쪽에 얇은 쪽지 하나가 삐죽 나와 있었다. '자피아 패밀리 식료품 주식회사'라고 적힌 영수증이었는데 왁스를 바른 뒷면에 메모가 적혀 있었다.

버텨야 해, 재뉴어리.

전부 딱딱한 대문자였고, 펜을 쥐는 게 익숙하지 않은 사람이 조심스럽게 눌러 쓴 필체였다. 나는 호수 북쪽 끝에 있는 가족 별장을 이야기하던 새뮤얼과 어둠 속에서 움직이던 그의 그늘진 손, 밤공기 속에서 주홍빛 행성처럼 궤적을 그리던 담배 연기를 생각했다.

아, 새뮤얼.

영수증을 쥔 채 새뮤얼의 손을 생각하지만 않았더라도 열쇠가 철컥 돌아가며 문이 열리고, 두 간호사가 풀 먹인 흰색 앞치마를 두른 한 쌍의 가고일처럼 문지방에 나타나기 전에 그들의 발소리를 들었을 것이다.

그들의 눈이 방을 둘러보았다. 잠을 잔 흔적이 없는 침대, 빗장이 풀린 창문, 무릎까지 올라간 잠옷 차림으로 바닥에 누워 있는 환자. 그러더니 책으로 향했다. 두 사람이 어찌나 일사불란하게 나를 향해 다가오는지 이런 경우를 대비한 일종의 정해진 절차가 있는 게 틀림없었다. 절차 4B, 수감자가 침대를 벗어나 밀수품을 소지하고 있을 때.

그들의 손이 하피의 발톱처럼 내 어깨에 박혔다. 몸이 얼어붙었지만 ─나는 차분한 상태를 유지하며 정상인처럼 보이고, 말을 잘 들어야 했다─ 간호사 하나가 바닥에서 책을 집어 들자 나도 모르게 그를 향해 달려들었다. 간호사들이 내 손목을 등 뒤로 비틀었고, 나는 발길질하고 절규하고 침을 뱉으며 미친 여자처럼 마구잡이로 싸웠다. 하지만 그들은 나보다 나이가 많았고, 힘이 더 셌고, 절망적일 정도로 유능한 터라 이내 마구 휘두르던 내 팔

은 옆구리에 딱 붙었고, 내 발은 반은 행진하고, 반은 미끄러지
듯 복도로 나갔다.

"선생님에게 곧장 가는 게 좋겠어." 간호사 하나가 숨을 헐떡
이며 말하자 다른 간호사가 고개를 끄덕였다.

나는 다른 병실들 앞을 지나며 유리창에 비친 내 모습을 힐끗 보
았다. 흰옷을 입고 눈에는 광기가 돌며 머리가 헝클어진 검은 유령
이 두 여자의 호위를 받고 있었다. 어찌나 올곧고 냉엄해 보이는지
천사 아니면 악마가 틀림없었다.

간호사들은 나를 두 층 아래의 사무실로 데려갔다. 사무실 유
리창에 금박으로 '닥터 스티븐 J. 팔머, 병원장'이라고 적혀 있었
다. 불현듯 내가 얌전히 행동하면서 선생님을 만나게 해달라고
정중히 부탁할 때는 무시하다가 소리를 지르고 몸부림을 치자 곧
바로 이 사무실로 데려왔다는 사실이 어이가 없는 한편 너무 웃
겼다. 의사 선생님을 만나고 싶을 때마다 난동을 피워야 할지도
모르겠다. 어쩌면 일곱 살의 그 반항적인 아이로 다시 돌아가야
할지 모른다.

팔머 박사의 사무실은 나무 패널을 덧댄 벽에 가죽 의자가 있
고, 오래된 기구들과 라틴어로 적힌 자격증이 들어 있는 금색 액
자들로 가득했다. 팔머 박사는 냉담한 성격의 노년 남자로 작은
반달 모양 돋보기가 마치 철사로 만든 새처럼 코끝에 걸터앉아
있었다. 병원 곳곳에서 풍기는 암모니아와 공포의 냄새가 적어도
여기에서는 흔적조차 없었다.

그걸 깨닫자 팔머 박사가 미워졌다. 팔머 박사는 매일 그 악취를 들이마실 필요가 없기 때문이다.

간호사들이 날 의자에 앉히고 내 뒤에 위협적으로 섰다. 그녀들 중 하나가 팔머 박사에게 내 책을 건넸다. 그의 책상에 놓인 책은 작고 초라해 보였다. 전혀 마법의 책으로 보이지 않았다.

"이제부터는 재뉴어리 양이 예의 바르게 행동할 거야. 안 그런가?" 팔머 박사의 굳건하고 자신감 넘치는 목소리는 상원의원이나 세일즈맨, 혹은 로크 씨를 연상시켰다.

"네, 선생님." 내가 속삭였다.

가고일 간호사들이 사무실에서 나가자 팔머 박사는 책상에 놓인 여러 개의 폴더와 서류를 뒤적거리더니 펜을 집어 들었다. 묵직하고 못생겨 비상시에 볼링 핀으로 써도 될 것 같은 펜을 보는 순간 나는 숨을 죽이며 미동도 하지 않았다. 나는 글을 써서 문하나를 연 적이 있는 사람이다.

"이 책 말인데." 팔머 박사는 손가락 마디로 책의 표지를 톡톡 쳤다. "이 책을 어떻게 병실로 몰래 들였지?"

"제가 가져온 게 아니라 이 책이 그냥 창문으로 들어왔어요."

대다수 사람들은 사실과 정신 나간 소리를 구별하지 못한다. 한번 실험해보면 내 말이 무슨 뜻인지 알 것이다.

팔머 박사가 딱한 미소를 지었다. "로크 씨에게 들은 바로는 네가 이렇게 된 건 아빠와 연관이 크다고 하더구나. 아빠에 대해 말해보겠니?"

"아뇨." 나는 당장 책을 돌려받고 싶었다. 구속과 속박에서 벗어나 배드와 친구들, 아빠를 찾으러 가고 싶었다. 그러자면 저 빌어먹을 펜이 필요했다.

팔머 박사는 다시 딱한 미소를 지었다. "네 아빠가 외국인이라고 했던 것 같은데? 유색인이었지? 애버리진이나 흑인종 계열인가?"

나는 잠시 간절히 생각했다. 팔머 박사 얼굴에 침을 뱉어 그의 깔끔한 안경에서 타액이 주르르 흘러내리면 얼마나 기분이 좋을까?

"네, 선생님." 나는 내게 익숙한 착한 아이 얼굴을 끌어내리려고 했다. 로크 씨의 세상에서 매우 쓸모 있었던 그 순진하고 고분고분한 표정으로 이목구비를 배열하려고 했다. 그 표정은 나무로 만든 가면처럼 내 얼굴에 딱딱하게 자리 잡았다. 별 설득력 없이.

"아빠는 로크 씨 밑에서 일하셨어요. 아니, 지금도 일하세요. 고고학 탐험가로요. 출장을 자주 다니시죠."

"그렇군. 그리고 최근에 돌아가셨지."

나는 로크 씨가 신이 아니며 자신은 아직 포기하지 않았다고 말했던 제인을 떠올렸다. '아, 아빠, 나도 아직 포기하지 않았어요.'

"네, 선생님. 부탁인데……." 나는 침을 꿀꺽 삼키고 나서 착한 아이 가면을 다시 조립하려고 했다. "언제 집에 돌아갈 수 있을까요?"

집(Home). 저 H는 지붕이 두 개 달린 집 같다. 그 말을 했을 때 내가 생각했던 집은 로크 하우스였다. 미로처럼 복잡한 복도와 숨겨진 다락방, 따뜻한 적벽돌 벽. 하지만 이제 다시는 그 집으로 돌아가지 못할 듯했다.

팔머 박사는 다시 폴더를 뒤적거리며 날 보지 않았다. 로크 씨는 내가 미쳤든 미치지 않았든 언제까지 날 여기 가둬두려고 돈을 냈을까?

"지금은 언제 돌아갈 수 있을지 확실하지 않아. 하지만 내가 너라면 서두르진 않을 거다. 여기서 몇 달 쉰다 한들 나쁠 건 없잖아. 쉬면서 기력을 회복하면 일거양득이지."

이 빌어먹을 정신 병원에 몇 달 동안 갇혀 지내고 싶지 않은 타당한 이유를 적어도 서른 개는 댈 수 있었지만 난 그냥 이렇게 말했다.

"알겠습니다, 선생님. 그럼 그 책을 돌려받을 수 있을까요? 그리고 펜과 종이도 주시겠어요? 저는 글을 쓰면 마음이 편안해지거든요."

나는 소심한 미소를 지어 보였다.

"아직은 안 돼. 그 문제는 다음 주에 다시 의논하자. 네가 계속 얌전하게 굴면 고려해보마. 제이컵스 부인, 레이놀즈 부인, 이제 그만……."

뒤에서 문이 열리더니 두 간호사의 날카로운 발소리가 마룻바닥을 또각또각 가로질렀다.

'일주일이나 기다리라고?'

나는 책상 위로 몸을 날려 박사가 쥐고 있던 번드르르하고 매끈한 펜을 잡아 그의 손아귀에서 떼어낸 다음, 빙글 돌아 간호사들을 들이받고 앞으로 나아갔다. 하지만 이내 그들에게 붙잡혔고, 그렇게 덧없이 끝나버렸다. 풀을 먹인 흰색 소매의 팔이 상당히 냉정하게 내 목을 조르자 펜을 쥐고 있던 손가락들이 속수무책으로 벌어졌다.

"안 돼요, 제발, 당신들은 몰라." 나는 팔을 허우적거렸고, 맨발이 헛되게 바닥에서 미끄러졌다.

"에테르가 필요할 것 같군. 브롬화물도 먹이고. 수고들 하게."

내가 팔머 박사의 사무실에서 끌려 나가기 전에 마지막으로 봤을 때 그는 깔끔을 떨며 펜을 주머니에 넣었고, 내 책은 책상 서랍에 넣었다. 나는 씩씩거리고 울고불고 소리를 지르며 복도를 걸어갔다. 증오와 갈망으로 몸이 부르르 떨렸다. 병실마다 문에 달린 폭 좁은 유리창에 얼굴들이 나타나더니 나를 내다보았다. 달처럼 창백하고 텅 빈 얼굴들. 교양 있는 아가씨인 내가 순식간에 미친 여자로 추락했다는 사실이 우스웠다. 마치 이 짐승 같고 경계 없는 괴물이 오랫동안 내 살갗 바로 밑에서 꼬리를 흔들어대며 살고 있었던 듯 하다. 하지만 세상에는 이런 짐승 같은 여자들을 가둬두려고 지은 곳이 있다. 그들은 나를 침대로 끌고 가서 눕히고, 끈으로 손목과 발목을 묶고, 차갑고 끈적거리면서 축축한 무언가로 내 입을 막았다. 나는 숨을 참았다가 더는 견딜 수 없게 되었고, 타르 같은 암흑 속으로 떠내려갔다.

∞

그 후로 며칠간 벌어진 일은 별로 이야기하고 싶지 않으니 생략하겠다. 흐릿하고 기나긴 잿빛 나날들이었다. 낮에는 이따금 불규칙적으로 잠에서 깼다. 그때마다 입 안에서 역겨울 정도로 싸한 약의 뒷맛이 감돌았다. 밤에는 숨이 막히는 악몽을 꿨지만 도무지 깨어날 수 없었다. 다른 사람들과 −간호사며 다른 수감자들− 이야기를 나눴던 것도 같지만 내 진정한 동반자는 은화 속 여왕뿐이었다. 살금살금 걸어 다니는 혐오스러운 시간도.

나는 시간을 외면하려고 잠을 청했다. 누워서 꼼짝도 하지 않은 채 늘 똑같고 지루한 풍경을 피해 눈을 감고, 온몸에서 힘을 빼고, 몸의 근육을 느슨하고 부드럽게 했다. 가끔은 그대로 잠이 들거나 적어도 한동안 평소보다 더 잿빛으로 흐릿한 시간을 보내기도 했지만 대개는 잠들지 못했다. 주로 눈꺼풀의 분홍색 혈관을 바라보거나 혈액이 슉슉 흐르는 소리에 귀를 기울이며 그냥 누워 있었다.

간호사와 조무사들이 몇 시간에 한 번씩 일정표가 적힌 석판을 쥔 채 나타나 날 침대에서 풀어주고 몸을 움직여보라고 쿡쿡 찔렀다. 나는 빈틈없는 감시를 받으며 음식을 먹어야 했고, 풀을 먹인 빳빳한 환자복을 입어야 했으며, 줄줄이 늘어선 대형 주석통에 들어가 목욕을 해야 했다. 나는 물고기처럼 창백한 알몸으로 서 있는 스물네 명의 다른 여자들 옆에서 몸을 부르르 떨었다. 알몸인 우리의 모습은 껍데기를 떼어낸 달팽이처럼 흉하고 노골적이었다. 나는 그들이 입을 씰룩거리거나 울거나 묘비처럼 말없이 서 있는 모습을 몰래 관찰했고, 소리를 지르고 싶었다.

'난 저들과 달라요. 난 미치지 않았어요. 난 여기 있어야 할 사람이 아니에요.' 하지만 이내 이런 생각이 들었다. '어쩌면 저들도 처음에는 여기 있어야 할 사람이 아니었을지도 몰라.'

시간은 이상하게 흘러갔다. 시간의 용들이 내 주위를 살금살금 돌아다녔다. 내가 잠을 자는 동안 녀석들의 배를 덮은 비늘이 타일에 쓸리면서 스르륵스르륵 소리가 나기도 했다. 가끔은 녀석들이 침대로 슬그머니 올라와 예전에 배드가 그랬듯이 내 옆에 눕기도 했다. 나는 눈물 젖은 얼굴로 깨어났고 사무치게 외로웠다.

그렇지 않을 때는 의분에 사로잡혔다.

어떻게 로크 씨는 날 배신하고 이런 지옥에 밀어 넣을 수 있지? 어떻게 그들이 배드를 때리도록 내버려둘 수 있지? 어떻게 아빠는 날 홀로 남겨두고 떠날 수 있지?

하지만 결국 분노는 다 타버리고 재와 진회색으로 그린 칙칙한 풍경만 남는 법이다.

병원에 갇힌 지 닷새나 엿새(아니면 이레인가?)가 되었을 때 간호사의 목소리가 들렸다. "손님이 찾아왔어요, 스칼러 양. 친척 아저씨가 당신을 보러 왔어요."

나는 눈을 꼭 감은 채 오랫동안 자는 척하면 몸이 포기하고 내 뜻에 따라주기를 바랐다. 문이 딸칵 닫히는 소리, 의자를 끄는 소리가 나더니 느릿느릿 말하는 목소리가 들려왔다.

"맙소사, 아침 10시 반인데 아직까지 자고 있다니? 잠자는 숲 속의 미녀 농담을 하고 싶지만 절반만 사실이니 하지 않으마."

눈을 번쩍 떠보니 그가 가까이 있었다. 석고처럼 하얀 피부에 잔인한 눈, 지팡이에 거미처럼 놓인 흰 장갑을 낀 두 손. 헤이브마이어였다.

내가 마지막으로 들었던 그의 말은 자기 하인들에게 내가 가장 사랑하는 친구를 집 밖으로 내치라는 명령이었다. 나는 그에게 달려들었다. 내 몸이 절망적으로 쇠약해진 상태고, 사지가 침대에 묶여 있다는 사실을 잊어버린 탓이었다. 난 그저 헤이브마이어를 해치고 물어버리고 손톱으로 얼굴을 긁어내리고 싶다는 생각밖에 없었다.

"자, 자, 흥분하지 마라. 네가 이렇게 나오면 간호사를 불러야 하는데 약에 취해 침을 질질 흘리는 넌 내게 전혀 도움이 되지 않아."

끈에 묶인 상태인 나는 으르렁거리며 몸부림을 쳤고, 헤이브마이어가 킥킥 웃었다.

"로크 하우스에 있을 때 넌 늘 아주 고분고분하고 교양이 넘쳤지. 그때도 난 코닐리어스에게 널 믿지 말라고 했다."

나는 그의 얼굴에 침을 뱉었다. 어릴 때 새뮤얼과 함께 호숫가에서 멀리 침 뱉기 시합을 한 이후 누군가에게 침을 뱉어본 적은 처음이었다. 침이 목표물에 어느 정도 명중한 걸 보니 위안이 되었다.

헤이브마이어는 장갑 낀 손가락으로 볼을 쓱 닦았다. 즐거워하던 그의 표정이 금방이라도 부서질 듯 일그러졌다.

"네게 물어볼 게 있어. 코닐리어스는 이 모든 일이 실제보다 너무 부풀려졌다고 우리를 설득했었지. 넌 그저 회원들의 대화를 엿들었을 뿐이고, 아빠 일 때문에 정신이 완전히 나갔으나 위협적인 존재는 아니다 등등. 하지만 난 생각이 달라." 그가 몸을 앞으로 내밀었다. "균열에 대해 어떻게 알게 됐지? 누구한테 들은 거야?"

나는 이를 드러냈다.

"내 질문에 대답할 생각이 없나보군. 그럼 방에서 어떻게 나왔지? 에번스는 분명 널 가뒀다고 했어. 나에게 거짓말할 정도로 어리석은 녀석은 아니야."

내 입꼬리가 올라가며 어정쩡한 미소를 지었다. 보는 이로 하여금 '저 여자는 제정신이 아니네. 정신 병원에 가둬야겠어'라는 생각이 들게 하는 미소였지만 난 상관없었다.

"내가 마법이라도 부렸나보네요, 헤이브마이어 씨. 어쩌면 내가 유령일 수도 있고요." 미소가 일그러지며 내 한쪽 입꼬리가 올라갔고, 나는 그를 잡아먹을 듯이 으르렁거렸다. "내가 지금 미쳤다는 소식 못 들었어요?"

헤이브마이어는 고개를 갸웃거리며 나를 빤히 바라보았다. "혹시 궁금해할까봐 말해주자면 네가 키우던 그 사악한 개는 죽었어. 에번스가 호수에 던져버렸지. 내가 대신 사과하지. 하지만 난 개인적으로 누군가 진작 했어야 하는 일이라고 생각한다."

발로 얻어맞은 짐승처럼 내 몸이 움츠러들었다. 갈비뼈가 산산이 부서져 내 안의 부드러운 살을 파고들었다.

'배드, 배드, 아 배드⋯⋯.'

"이제야 네가 내 말에 완전히 집중하는 것 같구나. 좋아. 자, 이번엔 다른 걸 하나 물어보지. 혹시 우피라고 들어본 적 있나? 뱀피르는? 슈트리가는?" 헤이브마이어의 입에서 속삭이듯 그런 이름들이 흘러나왔다. 그 말을 들으니 이상하게 열두 살 때 로크 씨를 따라갔던 빈 여행이 생각났다. 그때는 2월이었는데 빈은 노후화되었고 그늘졌으며 바람이 사정없이 몰아쳤다.

"하긴 명칭은 그리 중요하지 않아. 너도 틀림없이 그런 존재에 대해 대략 들어봤을 거야. 북쪽의 검은 숲에서 기어 나와 살아 있는 자들의 피를 마음껏 빨아먹는 존재들이지."

헤이브마이어는 그렇게 말하는 동안 왼손에 낀 흰 장갑의 손끝을 하나씩 차례로 잡아당기며 장갑을 벗었다.

"거짓말은 대체로 미신을 믿는 하류층에서 퍼지고, 펄프 매거진에 반복되어 등장해 빅토리아 시대에 거리에서 생활하는 어린 아이들에게 팔렸지." 이제 장갑이 완전히 벗겨지며 그의 손이 드러났다. 손가락이 어찌나 창백한지 푸른 혈관이 다 보였다.

"브램 스토커*는 즉결 처형됐어야만 했어."

헤이브마이어가 내게로 손을 뻗었다. 그의 손끝이 닿기 전 미처 일 초도 되지 않은 순간에 내 팔의 솜털이 쭈뼛 곤두섰고 가슴이 조였다. 나는 동물적으로 그의 손이 내게 닿아서는 안 된다고, 필사적으로 도와달라는 비명을 질러야 한다고 확신했지만

*빅토리아 시대 소설가로 주로 공포 소설을 썼다. 드라큘라가 대표작

이미 때는 늦었다.

내 살갗에 닿은 그의 손가락은 차가웠다. 온몸이 쑤시고 화끈거리고 이가 시릴 정도의 한기였다. 내 몸의 온기가 손가락을 향해 극심하게 빨려 나갔음에도 한기의 허기는 조금도 누그러지지 않았다. 나는 말하려고 했지만 입술이 무감각하고 둔했다. 마치 한기가 몰아치는 밖에서 칼바람을 맞으며 계속 걸어 다닌 사람처럼.

헤이브마이어가 흡족한 한숨을 부드럽게 내쉬었다. 마치 벽난로 옆에서 손을 녹이거나 뜨거운 커피를 처음으로 한 모금 마실 때처럼. 그는 마지못해 내게서 손가락을 뗐다.

"모든 이야기에는 언제나 티끌만큼의 진실이 들어 있기 마련이야. 네 아빠가 계속 지구를 바삐 돌며 주인을 위해 유물을 발굴하고 다닌 이유도 바로 그런 신조 때문이었을 거다." 그의 볼이 건강하지 못한 폐결핵 환자처럼 진홍색으로 물들었고, 검은 눈동자는 춤을 추었다.

"이제 말해봐라, 얘야. 균열에 대해서 어떻게 알았지?"

내 입술은 여전히 무감각했고, 혈관 속 혈액은 느릿느릿 흐르며 굳어진 듯했다.

"이해가 안 되네요. 왜……."

"우리가 왜 그리 걱정하냐고? 너도 코닐리어스에게 질서와 번영, 평화 등등에 대한 설교를 들었을 거다. 하지만 솔직히 말해 내 목표는 그렇게 고상하지 않아. 난 그저 이 세상이 현상 유지되기만 바랄 뿐이야. 지금처럼 내게 아주 협조적이고 갑자기 사라져도 아무도 찾지 않는 무방비 상태의 사람들로 가득하길 말이야. 따라서 난 개인적인 이유로 이 일에 관심이 많아. 그러니까 네가 아는 걸 전부 털어놓는 게 현명할 거야."

나는 헤이브마이어를 바라보았고 ―그는 당당하게 미소 지으며 엄지로 손톱들을 훑고 있었다― 태어나서 이토록 큰 두려움을 느낀 건 처음이었다. 광기와 마법의 바닷속에서 익사할까 두려웠고, 내가 무슨 짓을 하는지도 모른 채 누군가를 혹은 무언가를 배신할까 두려웠다. 하지만 무엇보다도 저 차디찬 손가락이 또다시 내게 닿을까 두려웠다. 그때 날카로운 노크 소리가 들렸다. 우리 둘 다 아무 말도 하지 않았다.

레이놀즈 간호사가 문을 열고 들어왔다. 그녀의 구두가 거들먹거리듯 타일 바닥을 또각또각 가로질렀다.

"유감이지만 이제 목욕할 시간입니다, 선생님. 가족은 나중에 다시 면회를 신청해주셔야 합니다."

헤이브마이어는 간신히 분노를 누르며 입꼬리를 들어 올리고는 "아직 안 끝났어"라고 속삭였다. 로크 하우스에서는 그렇게 말하면 곁에 있던 하인들이 냉큼 자리를 피해 몸을 숨겼으리라. 하지만 여긴 로크 하우스가 아니었다. 레이놀즈 간호사는 실눈을 떴고 입을 꾹 다물었다.

"죄송하지만 선생님, 여기 브래틀보로의 환자들에게는 규칙적인 일정이 매우 중요합니다. 환자들은 쉽게 흥분하기 때문에 마음의 안정을 위해 예측 가능하고 약물을 멀리하는 생활을……."

"알았소." 헤이브마이어는 그녀의 말을 자르고 코로 숨을 깊이 들이쉬었다. 그런 다음 장갑을 흔들어 털고 나서 그 안에 손을 집어넣으며 장갑을 잡아당겼다. 눈에 띌 정도로 천천히 움직이는 그 동작이 어딘가 모르게 역겨워 보였다.

헤이브마이어는 지팡이 위에서 두 손을 교차하더니 내게 몸을 내밀었다.

"곧 다시 이야기를 나누게 될 거야. 내일 저녁에는 한가하니? 다시는 방해받고 싶지 않아서 말이야."

나는 서서히 온기가 돌아오는 입술을 핥으며 실제보다 더 용감한 목소리로 말하려고 했다.

"저녁에는 면회가 불가하지 않나요?"

그가 킬킬 웃었다.

"아, 저런! 펄프 매거진에 실린 이야기를 전부 믿어서는 안 돼. 너희들은 매사 이유를 만들어내려고 하지. 괴물은 나쁜 아이들과 헤픈 여자, 불경한 사람에게만 찾아온다는 식으로 말이야. 사실 힘 있는 자들은 마음만 먹으면 언제 어디서나 약자를 공격할 수 있어. 늘 그랬고, 앞으로도 그럴 거야."

"선생님." 간호사가 재촉하며 우리에게로 다가왔다.

"알았어. 알았다고." 헤이브마이어는 그녀를 향해 손을 탁 치는 시늉을 하더니 내게 굶주린 미소를 지어 보이고 떠났다.

나는 복도를 따라 울려 퍼지는 지팡이의 또각또각 소리에 귀 기울였다.

∞

목욕을 절반쯤 했을 때 몸이 떨리기 시작하더니 멈출 수가 없었다. 간호사들이 호들갑을 떨며 따뜻한 수건으로 내 팔다리를 문질렀지만 몸은 점점 더 심하게 떨렸고, 나는 벌거벗은 몸으로 타일 바닥에 웅크리고 앉아 어깨가 부서지지 않도록 두 손으로 감쌌다. 간호사들은 날 다시 병실로 데려갔다.

레이놀즈 부인은 소름이 돋은 내 팔을 끈으로 묶으려고 병실에 남아 있었다. 그녀가 내 손목을 묶기 전에 나는 양손으로 그녀의 손을 잡았다.

"혹시 제 책을 돌려받을 수 있을까요? 오늘 밤만이라도요. 말 잘 들을게요. 제, 제발요."

차라리 내가 일부러 말을 더듬었더라면 좋겠다. 정신 병원을 탈출하기 전 직원들의 신뢰를 얻으려는 일종의 계략이었다면 좋았겠지만 나는 보이는 그대로 겁에 질려 있었다. 내게는 아무런 희망도 없으며 그저 머릿속에서 울부짖는 생각들로부터 숨고 싶었다. 이를테면 이런 생각들이었다.

'헤이브마이어는 괴물이야.', '협회 회원들은 다 괴물이야.', '그렇다면 로크 씨는 뭐지?' 그리고 '배드는 죽었어.'

레이놀즈 부인이 정말로 내 부탁을 들어줄 거라고 생각하지 않았다. 간호사들에게 우리는 규칙적으로 먹이고 씻겨줘야 하는 존재이자 덩치 크고 옮기기 힘든 가구나 마찬가지였다. 간호사들이 우리에게 말을 걸기는 해도 농부의 아내가 손수 키우는 닭들에게 말할 때처럼 가볍게 수다를 떠는 식이었다. 그들은 우리를 먹이고 씻겼지만 살에 닿는 그들의 손은 거친 돌멩이 같았다.

레이놀즈 부인은 잠시 동작을 멈추고 나를 내려다보았다. 그녀의 표정은 마치 순간적으로 내가 환자라는 사실을 잊고 날 그저 책을 읽고 싶어 하는 소녀로 본 듯했다.

레이놀즈 부인은 놀란 쥐처럼 내게서 얼른 시선을 돌리더니 내 손끝에서 톡톡 뛰는 맥박이 느껴질 때까지 손목을 끈으로 꽉 조이고는 다시 날 보지도 않은 채 밖으로 나가버렸다.

나는 흐느껴 울었다. 입술 양옆으로 번들거리는 콧물이 흘러내렸으나 닦을 수조차 없었고, 얼굴을 베개에 묻거나 무릎 사이로 고개를 숙일 수도 없었다. 나는 계속 울며 복도에서 들리는 여자들의 질질 끄는 발소리에 귀를 기울였다. 머리 아래로 베갯잇이 축축해지고 복도가 조용해질 때까지. 형광등이 치직거리더니 타닥 소리를 내며 꺼졌다.

어두워지자 헤이브마이어가 더욱 생각났다. 어둠 속에서 나를 향해 거미처럼 다가오는 그의 하얀 손가락, 달빛 속에서 어슴푸레 빛나는 그의 푸르스름한 살갗.

그때 자물쇠 구멍으로 들어온 열쇠가 찰칵 돌아가더니 문이 슬그머니 열렸다. 나는 끈에 묶인 채 몸부림쳤다. 심장이 조였고, 검은 양복 차림의 헤이브마이어가 방으로 천천히 들어서는 게 보이는 듯했다. 바닥에서 그의 지팡이가 또각거리는 소리가 점

점 더 가까워지더니……. 하지만 헤이브마이어가 아니라 레이놀
즈 부인이었다. 그녀의 겨드랑이에 《일만 개의 문》이 끼워져 있
었다. 어둠 속에 몰래 찍힌 흰 얼룩 같은 그녀가 서둘러 침대 옆
으로 다가오더니 시트 아래로 책을 밀어 넣고 더듬거리는 손으로
내 손목에 묶인 끈을 풀어주었다. 나는 입을 열었지만 그녀는 나
를 보지도 않은 채 고개를 젓고는 방을 나갔다. 다시 문이 딸칵
잠겼다.

　처음에는 그저 책을 들고 있기만 했다. 닳아버린 제목을 엄지
로 쓰다듬으며 머나먼 자유의 냄새를 들이마셨다. 그러다가 비
스듬히 들어오는 달빛 아래로 조금씩 다가가 책을 펼치고 그 속
으로 도망쳤다.

사랑에 관하여

**사랑이 뿌리를 내리다 – 사랑이 바다로 향하게 하다 – 뻔한
동시에 기적과도 같은 사랑의 결과**

지식인들과 교양인들은 진정한 사랑을 비웃는 풍조가 있다.
그들은 사랑을 그저 아이들 혹은 젊은 여자들에게나 먹히는 달
콤한 동화로 취급하고, 요술 지팡이나 유리 구두처럼 우습게 여
긴다.° 배운 자들이라고는 해도 그저 가엾기만 할 따름이다. 만
약 그들이 진정한 사랑을 해봤다면 그처럼 어리석은 말은 절대로
하지 않았을 테니까.

그들이 1893년 율 이언과 애들레이드 리가 만나는 현장에 있
었다면 좋았으리라. 두 사람이 허리까지 올라오는 파도 속에서
서로 얼싸안고, 그들의 눈이 길 잃은 배를 마침내 집으로 인도
하는 등대처럼 환히 빛나는 걸 지켜본 사람이라면 사랑의 존재
를 결코 부인할 수 없었으리라. 사랑은 두 사람 사이에 걸린 작

°지금쯤은 여러분이 문의 성질에 충분히 익숙해져서 요술 지팡이와 유리 구두 모두 다른 세상에는 널
렸으리라고 짐작할 수 있기를 바란다

은 태양 같았다. 열을 내뿜고, 그들의 얼굴을 붉은빛과 황금빛으로 물들이는 태양. 하지만 그런 나조차도 사랑이 늘 우아하지만은 않다는 사실을 수긍해야 한다. 서로에게서 몸을 뗀 율과 에이드는 파도 속에 서서 자기 앞에 있는 완벽한 타인을 바라보았다. 당신이라면 다른 세상의 건초지에서 딱 한 번 만난 여자에게 무슨 말을 하겠는가? 당신이라면 유령 소년에게 무슨 말을 하겠는가? 지난 12년간 구두 가죽처럼 새까만 그의 눈동자가 당신을 따라다니며 괴롭혔다면? 둘 다 동시에 말했다. 둘 다 동시에 더듬거리다가 침묵했다.

그러자 에이드가 성질을 내며 말했다.

"젠장." 그러고는 잠시 후에 다시 말했다. "젠장." 그러더니 손으로 머리카락을 빗어 내리고 달아오른 뺨에 바닷물을 문질렀다.

"정말 네가 맞니, 유령 소년? 너, 이름이 뭐야?"

지극히 자연스러운 질문이었으나 그로 인해 둘 사이에 걸려 있던 태양이 희미해졌다. 불현듯 서로 이름도 모르는 두 사람이 사랑에 빠지는 게 얼마나 터무니없는 일인지 둘 다 깨달은 것이다.

"율 이언." 다급한 속삭임이 흘러나왔다.

"만나서 반가워, 줄리언. 나 좀 도와줄래?" 에이드는 배를 향해 고갯짓했다. 이제 배는 유쾌하게 위아래로 흔들리며 남쪽으로 흘러가고 있었다. 두 사람은 오랫동안 입씨름을 하고 허우적거린 끝에 작은 배를 만으로 끌어올렸고, 파도 속에서 우두커니 서 있는 바위에 닻을 내렸다. 둘은 말없이 일하며 뼈와 근육으로 이뤄진 놀라운 기하학적 구조와도 같은 서로의 몸이 움직이는 모습을 뚫어지게 바라보았다. 마치 그것이 번역하라고 주어진 비밀 암호라도 된다는 듯이. 마침내 일이 끝나자 둘은 붉게 피어오른 노을 속에 섰고, 다시 서로를 직접 바라보기가 몹시 어려워졌다.

"괜찮으면 나랑 함께 갈래? 시내에 내가 머무는 곳이 있어." 율은 빨래를 해주는 집 2층에 있는 자신의 비좁은 방을 떠올리면서 에이드를 성이나 궁전 혹은 적어도 여행하는 상인들이 즐겨 이용하는 발코니 딸린 비싼 방으로 데려갈 수 있다면 얼마나 좋을까 생각했다. 에이드는 고개를 끄덕였고, 둘은 나란히 구불구불한 길을 걸으며 시티 오브 플럼을 가로질렀다. 가끔씩 좁은 길에서 둘의 손등이 소심하게 스쳤지만 오래 붙어 있지는 않았다. 그렇게 좁은 길을 가득 채운 열기로 율의 살갗은 성냥을 대고 그은 듯 후끈거렸다.

집에 돌아온 율은 정돈되지 않은 침대 끝에 에이드를 앉힌 다음 잽싸게 방 안을 돌며 쌓인 책들을 정리하고, 빈 잉크병들을 모아 구석으로 치웠다. 에이드는 아무 말도 하지 않았다. 만약 율이 어린 시절에 몇 시간 동안 이야기를 나눈 것보다 더 오래 에이드를 알고 지냈다면 그녀의 그런 태도가 평소와 매우 다르다는 걸 알 수 있었으리라. 애들레이드 리는 아무런 수치심 없이 혹은 잔머리를 굴리지 않고 자신의 욕망을 솔직하게 드러내는 사람이었고, 일반적으로 세상이 자신의 그런 욕망에 부응해주길 기대했다. 하지만 바다와 잉크 냄새가 나는 어질러진 방에 앉아 있는 지금은 뭐라고 말해야 할지 알 수 없었다.

율은 머뭇거리며 그녀 옆에 앉아 물었다.

"여긴 어떻게 온 거야?"

"내가 사는 세상의 산 정상에 있는 문으로 들어간 다음 항해를 시작했어. 여기까지 오는 데 너무 오래 걸려서 미안해. 막상 찾아보니까 세상에 문이 천지더라고." 에이드의 목소리에서 평소 으스대던 말투가 다시 약간 새어 나왔다.

"여길 찾아다닌 거야? 날 만나려고?"

에이드는 고개를 갸웃했다. "당연하지."

율은 환하게 웃었다. 에이드에게 그 웃음은 어린 시절의 그에게서 훔친 듯했다. 그녀가 사흘 뒤 다시 만나러 오겠다고 약속했을 때 자신의 행운에 들뜬 율이 지었던 미소와 똑같았다. 불현듯 그 미소를 보자 에이드는 뭘 해야 할지 분명히 깨달았다.

에이드는 그에게 키스했다. 양쪽 입꼬리가 올라가 있던 그의 입술이 그녀의 입술과 닿자 모양이 바뀌었고, 섬세한 학자의 손이 그녀의 어깨에 가볍게 내려앉았다. 에이드는 그를 보려고 잠시 몸을 떼었다가 ─붉은 기가 살짝 도는 검은 피부, 초승달처럼 환하게 빛나는, 아까와 전혀 다른 미소, 그녀의 얼굴을 바라보는 진지한 눈빛─ 웃음을 터뜨리고는 그를 덮쳤다.

밖에서는 시티 오브 플럼이 저녁의 달콤한 인사불성 상태로 빠져들었고, 시민들은 저녁 식사를 마치고 아직 해가 지기 전의 고즈넉한 시간 속에 있었다. 시내 너머에서는 아마리코 해가 타르를 바른 일천 개의 선체와 바위섬들을 철썩철썩 때렸고, 문 너머 다른 세상의 하늘로 소금기를 듬뿍 머금은 산들바람을 날렸으며, 일만 개의 세상은 각자 황혼에 물든 각기 다른 춤을 추며 비틀거렸다. 하지만 에이드와 율은 태어나서 처음으로 다른 세상에 신경 쓰지 않았다. 이제 그들의 우주는 시티 오브 플럼에 위치한 빨래 해주는 집 2층의 좁은 침대로 제한되었기 때문이다. 그들은 며칠 뒤에야 그 방에서 나왔다.

일단 진정한 사랑이 존재한다는 사실에 동의했으니 이제 그 본질에 대해 생각해보자. 진정한 사랑을 곡해하고 여러분을 오도하는 여러 시인의 주장과 달리 사랑은 그 자체로 하나의 사건이 아니다. 갑자기 일어나는 무언가가 아니라 그저 늘 존재해온 무언가다. 우리는 사랑에 빠지는 게 아니라 발견하는 것이다.

빨래해주는 집 2층 방에서 보낸 며칠 동안 에이드와 율이 그토록 몰입했던 것도 바로 이런 고고학적 과정에 다름 아니었다. 그들은 처음에는 신기하고도 기적적인 몸의 언어로 사랑을 발견했다. 살갗과 시나몬 향의 땀, 구겨진 시트가 남긴, 가장자리가 분홍빛인 주름 자국, 각기 다른 방향으로 갈라져 손등을 가로지르는 혈관들의 삼각주. 율에게 그 모든 자취는 완전히 새로운 언어였고, 에이드에게는 이미 알았다고 생각했던 언어를 다시 배우는 과정이었다. 하지만 이내 말이 그들 사이의 공간에 스며들었다. 심해에서 분출되는 고온 열수로 인해 후텁지근해지는 오후를 거쳐 다행히 기온이 내려가는 서늘한 밤으로 접어들 때까지 그들은 며칠 동안 서로에게 지난 12년간의 이야기를 들려주었다.

에이드가 먼저 말했다. 에이드의 이야기는 별이 빛나는 밤하늘 아래의 기차 여행과 너무 걸어서 발이 아픈 여행, 떠나고 돌아오고, 어스름 속에서 비스듬히 선 채 반쯤 열린 문이 등장하는 스릴 넘치는 허담이었다. 율은 그 이야기를 듣는 동안 도저히 펜을 쥐지 않을 수 없었다. 마치 그녀가 인간으로 변신한 문서 보관소의 두루마리 족자이고, 그녀가 사라지기 전에 그 이야기를 글로 남겨야 한다는 듯이.

에이드는 마지막으로 실버 힐스 산과 바다로 이어지는 문에 대해 이야기했고, 율이 더 자세한 사항과 날짜, 구체적인 정보를 알려달라고 조르자 그저 웃을 뿐이었다.

"바로 그런 쓸데없는 요소들이 더없이 훌륭한 대서사시를 망치는 법이야. 안 됩니다, 선생님. 이젠 네 이야기를 들을 차례야."

율은 서늘한 돌바닥에 엎드렸다. 다리는 시트와 얽혀 있었고, 팔 아래쪽은 번진 잉크로 얼룩져 있었다.

"네 이야기가 곧 내 이야기인 것 같아." 율은 어깨를 으쓱했다.

"무슨 말이야?"

"그날 들판에서의 만남이 널 바꿔놓았듯이 나도 바꿔놓았어. 우리 둘 다 문의 비밀을 알아내고, 이야기와 신화를 따라가는 데 일생을 바쳤잖아. 안 그래?" 율은 팔에 머리를 올리고, 침대 위에 황금빛으로 널브러진 에이드를 올려다보았다. "다만 나의 여정은 도서관과 훨씬 더 관계가 있었지."

율은 공상을 좋아했던 어린 시절과 공부에 헌신했던 유년기, 훌륭하다고 평가받는 자신의 연구 저서들(그는 저서에서 문이 존재한다고 직접 주장한 적은 없었고 그저 귀중한 사회적 통찰을 제공하는 신화적 구조물로서 문을 제시했다), 각기 다른 세상들 사이에 존재하는 문의 진정한 본질을 밝히려는 자신의 끝없는 여정에 대해 말했다.

"그래서 뭘 발견했어, 줄리언?" 율은 그의 이름을 부드럽게 굴려 하나로 불러주는 에이드의 이질적인 발음에 희열을 느꼈다.

"이것저것." 율은 그렇게 말하고 나서 책상에 쌓여 있는 《전 세계 신화에 등장하는 통로, 포털, 입구의 비교 연구》 여러 권을 향해 고갯짓했다. "하지만 아직 멀었어."

에이드는 자리에서 일어나 율의 책상으로 걸어가 책장에 비스듬히 적힌 낯선 글씨를 숙독했다. 율의 눈에 비친 그녀의 몸은 흰 옥양목을 두른 듯 신기해 보였고, 살갗은 아주 뽀얀 우유색이었다가 또 어떤 부위는 햇볕에 그을려 주근깨투성이였다.

에이드가 말했다. "내가 확실히 아는 건 다른 세상으로 갈 수 있는 장소들이 있다는 거야. 두께가 얇은 장소라고 해야 하나? 유심히 보지 않으면 찾기 힘들어. 아무튼 그 장소를 거치면 다른 세상으로 갈 수 있어. 그중에는 마법으로 가득 찬 세상도 있지.

그런 곳에서는 늘 누출이 일어나. 그러니까 우린 그저 이야기들을 따라가기만 하면 되는 거야. 넌 뭘 알아냈는데?"

율은 다른 학자들도 누군가 이미 쉽게 대답할 수 있는 질문들에 자신의 일생을 바친 것인지, 만약 그랬다면 그들은 당황해했을지 즐거워했을지 궁금했다. 에이드는 종종 그를 당황하게 하는 동시에 즐겁게 했다. "별로 많지 않아." 율은 건조하게 대답했다. "네 말대로 두께가 얇은 장소, 두 개의 세상이 서로 겹쳐지는 장소들이 있어. 하지만 나는 거기서 일어나는 누출이 왠지 중요하다는 생각이 들어. 없어서는 안 될 정도로."

율은 말을 이었다. 문은 변화이고, 변화는 위험하지만 필요하다고. 문은 혁명이고 격변이자 불확실성이고 미스터리이며 중심축으로 온 세상이 그 축에 따라 뒤집힐 수 있다. 문은 모든 이야기의 시작이자 끝이고, 세상 사이의 통로로 모험과 광기, 심지어 ―이 대목에서 그는 미소 지었다― 사랑으로도 이어질 수 있다. 문이 없다면 세상은 침체되고 석회화되며 이야기가 사라진다.

율은 학자다운 근엄한 태도로 마무리 지었다. "하지만 애초에 문이 어떻게 생겨났는지는 모르겠어. 문은 늘 그 장소에 있었을까? 아니면 만들어졌을까? 만약 만들어졌다면 누가, 어떻게 만들었을까? 만약 그렇게 세상의 틈을 비집어 열려면 글꾼은 평생을 바쳐야 할 거야. 혹시, 아마 아닐 테지만 두 세상이 이미 아주 가까이에서 맴돌고 있다면 몰라도. 아마 그보다는 베일을 젖히거나 창문을 여는 쪽에 더 가까울 거야. 하지만 먼저 그런 일이 가능하다는 사실을 글꾼에게 이해시켜야 하는데 과연 그게……."

"문이 어떻게 생겼는지가 왜 중요해?" 에이드가 그의 말을 잘 랐다. 율이 말하는 동안 그녀는 옆에 누워 존경과 의구심이 뒤섞 인 표정으로 그를 바라보고 있었다.

"왜냐하면 문이 너무나 약해 보이니까. 너무 쉽게 닫혀버리기도 하고. 만약 문을 만들어내지 못하고 파괴할 수만 있다면 세월이 흐르면서 문이 점점 더 줄어들지 않겠어? 그 생각이 날 오랫동안 괴롭혔어. 널 다시는 찾을 수 없을지도 모르니까."

아무런 성과 없이 헤맸던 지난 12년의 무게가 두 사람을 무겁 게 짓눌렀다.

에이드는 율의 등에 팔과 다리를 하나씩 올려놓았다.

"이제는 상관없어. 어쨌든 내가 널 찾아냈잖아. 이제 우리 사이 의 문이 닫힐 일은 없을 거야." 에이드가 어찌나 사나우면서도 용 감하게 말했는지 마치 암컷 호랑이가 갈비뼈까지 울리게 포효하 는 듯했고, 율은 그녀의 말을 믿지 않을 수 없었다.

☆

며칠이 더 지난 후에야 에이드와 율은 미친 듯이 서로를 알고 자 하는 욕구가 충족된 상태로 침대에 나란히 누워 꼼짝하지 않 았다. 그들은 둘 사이에 자리 잡은 사랑의 형태를 대략 발견했 고, 나머지는 시간을 두고 차분히 알아가기로 했다. 뱃머리 앞에 끝없이 펼쳐진 바다처럼 저절로 흘러가도록.

에이드는 집에 돌아온 기분이었다. 수년간 정처 없이 떠돌며 안절부절못하는 마음으로 이야기들의 희미한 흔적을 따라 떠돌아다닌 끝에 마침내 가만히 쉬는 데 만족했다. 반면 율에게는 새로운 출발점이었다. 그는 평생을 연구와 학문이라는 아늑한 울타리 안에서 살았고, 외골수의 열정으로 연구에 매진했으며, 지평선은 거의 올려다보지 않았다. 하지만 이제는 닻을 올리고 표류 중이었다. 이제 그에게 연구는 그리 중요하지 않았다. 지금 그의 옆에 누워 있는 에이드의 희고 길고 따뜻한 몸에 얽힌 훨씬 더 장엄한 미스터리에 비하면 문의 미스터리 따위는 아무것도 아니었다.

"이제 뭐하지?" 어느 날 아침, 율이 에이드에게 물었다.

에이드는 연분홍빛 여명 속에서 반쯤 졸고 있었다. 그의 목소리에 담긴 걱정을 간파한 에이드가 웃음을 터뜨렸다. "우리가 하고 싶은 걸 아무거나 하면 되지, 줄리언. 우선 네 세상을 구경시켜주는 일부터 시작하면 어때?"

"그래." 율은 길게 숨을 내쉬고 나서 한동안 말이 없더니 다시 입을 열었다. "그 전에 먼저 하고 싶은 일이 있어." 그러더니 자리에서 일어나 책상을 뒤져 젤리처럼 찐득한 잉크가 담긴 병과 펜을 찾아냈다. 율은 침대 옆에 쭈그리고 앉아 에이드의 왼팔을 시트 위에 쭉 폈다. "우리 세상에서는 중요한 일이 일어나면 기록을 해둬. 다들 알아야 하는 중요한 일인 경우 여기에 기록해." 율은 에이드의 손목 안쪽 부드러운 살갗을 톡톡 쳤다.

"뭐라고 쓸 건데?"

에이드의 눈과 마주친 율의 눈이 캄캄한 지하에 생긴 물웅덩이처럼 검고 엄숙하게 변했다. 에이드는 배에서 가벼운 전율을 느꼈다.

"이렇게 쓰고 싶어. 6920년 여름, 오늘, 애들레이드 리 라슨과 율 이언 스칼러는 사랑을 찾았고 그 사랑을 영원히 지키기로 맹세했다." 율은 침을 꿀꺽 삼켰다. "물론 네가 반대하지 않는다면. 이 잉크로 쓰면 적어도 몇 주는 갈 거야. 결국 물에 씻겨나가겠지만. 그냥 일종의 약속이야."

에이드의 심장이 두근거렸다. "물에 씻겨나가는 게 싫다면?"

율은 말없이 자신의 왼팔을 들어 올렸다. 촘촘하게 적어놓은 문신이 그의 손목을 타고 올라갔다. 그에게 스칼러라는 성을 부여한다는 글과 함께 그의 가장 유명한 저서들이 열거되어 있었다. 에이드는 매우 진지한 표정으로 그 문신을 바라보았다. 마치 자신의 미래를 보고 마지막으로 돌아설 기회가 주어진 사람처럼. 그런 다음 율의 눈을 바라보았다.

"그럼 굳이 펜으로 적을 필요가 있을까? 어디에 가야 문신을 할 수 있지?"

아찔한 안도감이 거대한 방울이 되어 율의 가슴에서 톡 터졌고, 그는 웃음을 터뜨렸다. 에이드는 그에게 키스했다. 그날 오후 두 사람이 집을 나섰을 때 검은색 잉크로 적은 글이 둘의 맞잡은 손을 휘감아 올라갔는데 세상 사람들이 볼 수 있도록 자신들의 미래를 적어놓았다.

그들은 몇 시간 동안 알록달록한 차양들이 늘어선 시티 오브 플럼의 시장에서 장을 봤다. 율은 아마리코 연안에서 흔히 사용하는 간결하고 실용적인 말로 상인들과 흥정하며 말린 과일과 귀리를 샀고, 그러는 동안 배가 지나가며 뒤로 하얀 물 자국을 남기듯이 에이드를 신기하게 바라보는 구경꾼들이 그녀를 뒤따라다녔다. 팔이 깡마른 아이들은 킥킥거리거나 비명을 질렀고, 시장에서 일하는 여자들은 에이드를 딱하게 여기며 혼잣말을 중얼거렸고, 일찍이 유령 여자에 관한 풍문을 들은 어부들은 웅성거렸다.

율은 기우뚱거리는 수레를 빌려 물건을 싣고 에이드의 작은 배가 아직 바다에서 흔들거리는 동쪽 해안으로 갔다. 그날 밤, 그들은 배에 남아 있던 캔버스 천 쪼가리를 덮고 배 바닥에 누웠다. 송진을 바른 선체에 부딪치는 파도 소리를 듣고, 별 모양 장식을 박아 넣은 댄서의 스커트처럼 그들 위에서 선회하는 밤하늘을 지켜보았다. 에이드는 율의 팔 안쪽의 부드러운 부위에 머리를 대고 누워 '그 후로 영원히 행복하게 살았습니다'와 감미로운 결말을 생각했다. 율은 '옛날 옛적에'와 과감한 시작을 생각했다.

동이 트자 그들은 출발했다. 뭘 보고 싶은지 묻는 질문에 에이드는 '전부 다'라고 대답했다. 그래서 율은 순순히 모든 걸 볼 수 있는 항로를 잡았다. 제일 먼저 시티 오브 시슬리에 정박해 예배당의 분홍색 돔 지붕을 바라보며 감탄하고, 후추 맛이 나는 과일

인 신선한 과나를 맛보았다. 그다음에는 몰락한 시티의 폐허가
태양 아래 부러진 잿빛 이빨처럼 모습을 드러낸 무인도 소 섬에
서 사흘 밤을 잤다. 그다음에는 너무 작아 이름도 없고, 모래로
뒤덮인 야트막한 섬들을 연달아 짧게 방문했다. 시티 오브 예프
의 거리를 거닐었고, 시티 오브 정길의 서늘한 동굴에서 잠을 잤
으며, 쌍둥이 시티 이요와 이보를 연결하는 유명한 다리를 건너
기도 했다. 무더운 적도에서 온 여름 해류를 따라 북쪽과 서쪽으
로 항해했고, 너무 멀리 떨어져 있어서 율도 해도에서만 봤던 도
시들을 보았다.

　율이 학자로서 받는 보수는 작은 방을 빌리고 소박한 식사를
할 수 있는 정도라서 시장에서 계속 음식을 살 정도로 넉넉하지
않았다. 그 대신 율은 오래전 아빠에게 배웠던 기억을 더듬어 매
듭을 만들고 고리를 끼워 저녁으로 먹을 물고기를 낚았다. 에이
드는 두께가 얇은 묘목을 자르고 구부리고 엮어서 태양과 비를
피할 수 있는 아치형 구조물을 만들어 배의 고물에 설치했다. 북
적거리는 시티 오브 케인에서 율은 밀랍을 입힌 실과 자신의 손
바닥만큼 기다란 철 바늘을 샀다. 그들의 배는 하루 동안 케인
항구에 정박해 있었는데 그동안 율은 아무런 글귀도 적혀 있지
않아 사람들의 입방아에 오르내렸던 돛에 바느질로 축복의 글귀
를 수놓았다. 좋은 날씨와 안전한 항해를 바라며 일반적으로 사
용하는 기도문을 수놓았지만 대다수 선원들이 그 외에 다른 구
체적인 목표 −만선 기원이라든가 이윤이 많이 남는 거래라든가

안전한 여행−를 덧붙이는 것과 달리 율은 그저 '사랑을 위해서'라
고만 수놓았다. 에이드는 자신의 손목을 휘감고 올라간 그 글귀
가 돛에 똑같이 새겨진 걸 보고 활짝 웃으며 율의 뺨에 키스했다.

그들이 키호를 타고 다니면서 보낸 꿈같은 몇 달이 어떻게 끝
날지는 좀처럼 상상하기 힘들었다. 여름의 열기가 점점 약해지며
서늘한 강풍이 부는 무역의 계절이 돌아왔다. 아마리코 해는 무
역선으로 바글거려 바다 자체에서 향신료와 기름, 고급 아마 빛
의 종이 냄새가 풍겼다. 율과 에이드는 사랑에 취해 물살을 가르
며 이리저리 떠돌았고, 하얀 물거품이 이는 파도를 타고 다시 남
쪽으로 갔다. 그들은 다음에 갈 섬, 시티, 인적 없는 해변에서 둘
이 꼭 부둥켜안고 잠을 잘 다음 날 밤까지만 계획을 세웠다. 율
은 어쩌면 영원히 이렇게 살지도 모르겠다고 생각했다.

물론 율의 생각은 틀렸다. 진정한 사랑은 결코 침체되지 않는
다. 사실 사랑은 문이나 다름없어서 기적적이고 위험한 가지각색
의 일들이 들어올 수 있다.

"줄리언, 내 사랑, 일어나봐." 그들은 소나무로 뒤덮이고, 나무
꾼과 염소를 치는 사람들만 사는 작은 섬에서 하룻밤을 보내는
중이었다. 율은 전날 저녁에 마신 주니퍼 베리 주의 냄새가 나는
땀을 흘리며 캔버스 천과 옷감으로 만든 침대에 푹 파묻혀 곤히
자고 있었지만 에이드가 부르자 눈꺼풀을 들어 올렸다.

"응?" 율이 불분명하게 물었다.

에이드는 바다를 등진 채 앉아 있었는데 소나무 가지들 사이로

슬그머니 떨어지는 여명이 만들어낸 음영에 잠겨 있었다. 지푸라기 빛깔인 그녀의 머리카락은 일전에 율에게 낚시용 칼로 잘라달라고 한 터라 어깨 부근까지 들쭉날쭉하게 내려와 있었고, 살갗은 표피가 벗겨지고 전과 달리 희한한 갈색으로 변해 있었다. 다른 여자 선원들처럼 튼튼한 천을 몸에 둘둘 감고 있었지만 에이드는 아직 제대로 주름을 잡고 자락을 집어넣는 방법을 모르는 탓에 천은 그저 느슨한 그물처럼 몸에 걸쳐져 있을 뿐이었다. 율은 그녀가 이 세상뿐만 아니라 모든 세상을 통틀어 가장 아름답다고 생각했다.

"할 말이 있어." 에이드가 아직 왼쪽 손목에 남아 있는 검은 글씨를 문지르며 말했다. "중요한 일이야."

율은 그녀를 좀 더 자세히 들여다보았다. 처음 대하는 낯선 표정이었다. 둘이 함께 보낸 지난 몇 달 동안 율은 그녀의 지친 표정과 환희에 들뜬 표정, 분노의 표정, 독기를 품은 표정, 지루한 표정, 용감한 표정을 보았지만 지금처럼 겁에 질린 표정은 본 적이 없었다. 뜻 모를 두려움이 외국에서 온 관광객처럼 에이드의 이목구비에 자리 잡고 있었다.

에이드는 숨을 내쉬고 나서 눈을 감았다.

"줄리언. 아무래도, 아니야, 사실 난 확신해. 확신한 지 제법 됐어. 나, 임신했어."

그 순간 시간이 정지했다. 철썩거리던 파도가 멈췄고, 소나무 가지들은 더 이상 서로 스치지 않았으며, 땅을 파고 있던 작은 곤충들도 동작을 멈췄다. 율은 심장이 계속 뛰는지 확실하지 않았지만 자신이 죽은 것 같지는 않았다.

"별로 놀란 표정이 아니네. 하긴 두 사람이 반년 동안 우리처럼 계속 붙어 다닌다면 바보가 아니고서야 우리에게, 아니 내게……." 에이드는 꽉 다문 입술 사이로 숨을 들이쉬었다.

율에게는 그녀의 말이 잘 들리지 않았다. 순간적인 정적이 사라지고 떠들썩하게 축하하는 소리가 들렸다. 마치 더듬거리는 그의 심장이 시내에서 벌어지는 퍼레이드로 대체된 듯했다. 율은 부드럽고 조심스럽게 대답했다.

"어떻게 할 거야?"

에이드의 눈이 커졌고, 배를 감싸고 있던 그녀의 손가락이 무기력하게 벌어졌다. 마치 그로부터 아이를 보호하려는 듯이.

"내겐 선택의 여지가 없어. 안 그래?"° 하지만 그녀의 목소리에 악감정이나 후회는 없었다. 그저 서늘한 두려움뿐이었다. "하지만 남자들에게는 선택의 여지가 있지. 물론 우리 아빠는 절대……. 아무튼 넌 어떻게 하고 싶은데?"

그제야 율은 진작 알았어야 할 사실을 깨달았다. 에이드가 두려워하는 건 아기가 아니라 그였다. 그제야 마음이 놓인 율은 웃음을 터뜨렸다. 그 기쁨에 겨운 너털웃음에 머리 위 소나무 가지에 앉아 있던 새들이 흩어져 날아갔고, 에이드는 갑자기 솟아난

°사실 에이드에게는 선택의 여지가 있었다. 아마 그녀는 지금 있는 곳이 자신의 세상이 아니라 율의 세상이라는 사실을 잊었을 것이다. 율의 세상에는 글꾼이 있다. 임신은 일종의 불확실하고 취약한 상태인데 초기에는 더욱 그렇다. 따라서 실력이 뛰어난 글꾼에게 충분한 보상을 한다면 원치 않는 아이는 엄마의 배 속에서 그저 희미하게 빛나는 잠재적인 존재일 때 글을 써서 사라지게 할 수 있다

희망에 볼 안쪽을 깨물었다.

율은 담요를 옆으로 젖히고 에이드에게로 기어가 그녀의 손을 잡았다. 상처가 있고 햇볕에 그을리고 손톱은 뭉툭했지만 아름다운 손이었다.

"네가 허락해준다면 난 널 닌으로 데려가서 결혼할 거야. 닌에서 우리가 살 집을 구하고 우리 셋은, 아니 넷인가? 아니면 여섯? 아무튼 우리는 그곳에서 내 형제자매들을 만날 거야. 겨울은 닌에서 보내고, 여름이면 바다로 나갈 거야. 난 이 세상 어떤 남자보다 너와 우리 아이들을 온 마음으로 사랑할 거야. 내가 살아 있는 한 너와 아이 곁을 떠나지 않을 거야."

율은 에이드의 얼굴에서 두려움이 잦아드는 모습을 지켜보았다. 두려움이 사라진 자리에 빛을 내며 타오르는 무언가가 대신 자리했는데 절벽 가장자리에 서 있는 잠수부 혹은 빈 종이를 바라보는 글쟁이를 연상시켰다.

"좋아." 에이드는 그렇게 말했고, 그 한마디로 그들의 인생은 결정되었다.

만약 율이 더 훌륭한 인간이었더라면 그 약속을 아내뿐 아니라 딸에게도 지켰으리라.

☆

율의 어머니 틸사는 두 사람의 팔에 결혼 서약을 문신으로 새졌다. 엉킨 백발을 뒤로 모아 스카프로 질끈 묶고 작업했는데 틸사의 바늘은 율이 어린 시절부터 알아온 그대로의 리듬으로 오르락내리락했다. 고대의 신이 끄는 불수레가 지나가면 동이 트듯이 바늘이 지나간 자리에 피와 잉크가 뒤섞인 글씨가 새겨졌다. 율에게 그 모습은 지금도 신비한 마법을 보는 듯했다. 팔에 결혼 서약을 새기는 의식은 에이드에게 전통적으로 중요한 의미는 없었지만 그래도 자신의 아래팔을 휘감아 올라가는 검은 선들의 기묘한 아름다움에 숨을 죽였다. 그들이 서로 팔을 대고 검붉은 상처가 맞닿은 상태에서 문신으로 새긴 결혼 서약을 큰 소리로 낭독할 때 에이드는 여전히 발밑에서 지각변동이 일어나는 느낌이었다.

결혼 서약이 끝난 다음에는 전통적인 축복의 서명 행사가 뒤따랐다. 율의 부모님이 손님들을 맞이했다. 몹시 당혹스러워 하면서도 상냥한 부모님의 표정에서는 어쩌다 자기 아들이 가진 거라고는 이름과 세상에서 가장 흉측하게 생긴 배뿐인, 우유처럼 희멀건 피부의 외국인과 결혼하게 되었는지 모르겠다는 기색이 엿보였다. 율의 사촌과 등이 굽은 이모, 고모, 대학 동료들 모두가 족보에 이름을 올리는 신혼부부를 위해 기도해주려고 몰려들었다. 그들은 오랫동안 남아서 먹고 마셨으며, 이런 행사 때마다 늘 그랬듯이 인사불성이 되었다. 에이드는 시티 오브 닌에서의 사흘째 밤을 율이 어릴 때 잤던 좁은 침대에 누워 주석으로 만든 별이 머리 위에서 빙글빙글 돌아가는 모습을 바라보았다.

율은 일주일 동안 언쟁을 벌인 끝에 대학과 새로운 계약을 체결했다. 그는 현장 조사를 끝냈고, 이제는 조용한 곳에서 생각을 정리할 시간이 필요하다고 공표했다. 또한 아내와 아이를 부양할 수 있을 만큼의 보수도 필요하다고 말했다. 대학 측은 율의 주장에 머뭇거렸으나 그는 생각을 굽히지 않았다. 율이 앞으로 대학 평판에 어느 정도 기여할 수 있을지 많은 논의가 오간 끝에 결국 총장은 그에게 일주일에 세 번씩 광장에서 강의해달라고 요청하고, 그 대가로 섬의 북쪽 높은 산비탈에 있는 작은 집을 살 수 있는 돈을 주었다.

노후화된 집은 지반침하로 한쪽이 기울어진 데다 뒤쪽 언덕에 반쯤 묻혀 있었다. 그 언덕에서는 따뜻한 오후가 되면 염소 냄새가 심하게 풍겼다. 몇 세대에 걸쳐 생쥐들의 보금자리로 이용되어온 시커멓게 그을린 난로와 캔버스 천으로 만든 시트 안에 지푸라기를 넣어 만든 매트리스가 있었다. 돌로 된 벽난로 맨틀피스에 그들의 이름을 새겨준 석공은 내심 신혼부부가 살기에는 음침하고 기울어진 집이라고 생각했지만 율과 에이드에게는 벽 네 개와 지붕이 있는 건축물 가운데 가장 아름다운 집이었다. 이는 진정한 사랑이 주는 미다스 효과로 닿기만 하면 무엇이든 금으로 만들었다.

서늘한 박무와 칼바람으로 만들어진 거대한 흰 고양이 같은 겨울이 슬그머니 닌을 덮쳤다. 에이드는 그 정도 추위는 끄떡없었고, 모직 천을 가슴에 둘둘 감은 채 난로 옆에서 부르르 떠는 율을 보며 깔깔거렸다. 그녀는 여름옷만 걸치고 언덕을 가로지르는 기나긴 산책에 나섰다가 바람을 맞아 거칠어진 얼굴로 돌아왔다.

"더 따뜻한 옷을 입고 가지 그래?" 어느 날 아침 율이 에이드에게 애원조로 말했다. "배 속의 우리 아들을 위해서라도 말이야." 율은 부드럽게 경사진 그녀의 배에 슬그머니 한쪽 팔을 둘렀다.

에이드는 웃으며 그의 손을 뿌리쳤다. "딸이겠지."

"음, 그럼 이거라도 입을래?" 율은 그렇게 말하며 등 뒤에서 거칠어 보이는 캔버스 천으로 만든 갈색 코트를 끌어당겼다. 율의 세상에서는 이질적이지만 에이드의 세상에서는 익숙한 옷이었다.

에이드는 움직이지 않았다. "지금까지 그 옷을 가지고 있었어?"

"당연하지." 율은 에이드의 목덜미에 고개를 숙이더니 소금 냄새 나는 엉킨 머리카락에 대고 속삭였다. 그날 아침 그녀의 산책은 평소보다 조금 늦어졌다.

닌의 봄은 습도가 높았다. 따뜻한 비가 모든 길을 진창으로 만들었고 돌마다 이끼가 꼈다. 단정하게 접어 쌓아둔 옷들에 곰팡이가 피었고, 갓 구운 빵은 식기도 전에 눅눅해졌다. 에이드는 율과 함께 시내에서 더 많은 시간을 보냈다. 그녀는 비가 내리는 거리를 율과 함께 거닐었고, 지나가는 행인을 볼 때마다 서투른 아마리카어로 말을 걸어 연습했다. 에이드는 율의 아빠가 끄는 고깃배의 용골에 앉아 작은 해산물들의 껍데기를 박박 문질러 닦았다. 또한 자신의 배도 관리했다. 시아버지의 조언에 따라 손보고 다시 만든 결과 키호는 전보다 좀 더 당당해졌다. 돛대는 더 가늘고 길어졌으며, 선체는 잘 아물었다.

에이드는 파도 위에서 흔들거리는 배를 지켜보며 갈비뼈 밑에서 구르는 아기의 태동을 느끼는 걸 좋아했다. 에이드는 배 속의 딸에게 말했다. "언젠가는 너의 배가 될 거야. 넌 키호를 타고 노을 속으로 항해하게 되겠지."

에이드가 7월이라고 부르는 한여름이 되자 모든 것이 태양 빛으로 하얗게 바랬다. 율이 집에 돌아와보니 에이드가 혼잣말로 욕설을 중얼거리며 허리를 숙이고 있었다. 그녀의 살갗은 구슬땀으로 번들거렸다.

"우리 아들이 나오는 거야?"

"딸이라니까." 에이드는 숨을 헐떡이며 율을 바라보았다. 에이드의 표정은 첫 전투에 뛰어든 젊은 병사 같았다. 율은 에이드의 손을 잡았다. 둘의 문신이 한 쌍의 뱀처럼 그들의 손목을 똑같이 휘감아 올라갔다. 그 순간 율은 세상 모든 아빠들이 그러하듯 마음속으로 절박하게 기도했다.

에이드가 무사히 순산하고, 동트기 전에 복스럽고 건강한 아이와 산모를 껴안을 수 있게 해달라고.

세상에서 가장 자주 반복되고 초월적인 기적 속에서 율의 기도는 이루어졌다. 그들의 딸은 동트기 직전에 태어났다. 삼나무 빛깔 피부색에 밀빛 눈동자를 가진 아이였다. 그들은 아이에게 에이드의 세상에서 반쯤 잊힌 고대 신의 이름을 붙여주기로 했다. 율은 닌의 문서 보관소에 보관된 고대 자료에서 그 신에 대해 공부한 적이 있었다. 빛바랜 문서에 묘사해놓은 바로는 앞뒤를 모두 바라볼 수 있도록 두 개의 얼굴을 가진 기묘한 신이었다. 그는 어느 특정한 하나의 영역만 주관하는 게 아니라 두 영역 사이를 주관했다. 과거와 현재 사이, 여기와 거기 사이, 끝과 시작 사이. 한마디로 출입구의 수호신이었다.

하지만 에이드가 생각하기에 제이너스*는 제인과 발음이 너무 비슷했고, 자신의 딸에게 절대 제인이라는 이름을 붙여줄 수는 없었다. 그래서 그들은 그 신의 어머니 이름을 붙여주기로 했다. 재뉴어리.

☆

아, 나의 사랑하는 딸, 흠잡을 데 하나 없는 나의 재뉴어리. 네게 용서를 구하고 싶지만 그럴 용기가 나지 않는구나.

용서는 바라지 않으니 그저 믿어다오. 문과 다른 세상들과 리튼을 믿어다오. 무엇보다도 우리가 너를 지극히 사랑했다는 사실을 믿어다오. 우리가 남긴 증거라고는 지금 네가 들고 있는 그 책에 담긴 이야기가 전부일지라도.

*Janus 우리에게는 야누스 신으로 알려져 있다

⑥ 피와 은의 문

어릴 때는 월다 양 맞은편에 앉아 쥐 죽은 듯이 고요한 정적 속에서 20분간 아침을 먹었다. 월다 양은 대화를 나누면 소화에 방해되고, 잼과 버터는 명절에만 먹어야 한다고 믿었다. 월다 양이 떠난 후 나는 로크 씨와 함께 반질반질한 초대형 식탁에서 아침을 먹었는데 꼿꼿한 자세와 숙녀다운 침묵을 유지하며 그에게 좋은 인상을 남기려고 최선을 다했다. 그러다가 제인이 오면서 아침 식사는 사용하지 않는 거실이나 어질러진 다락방에서 훔쳐 온 커피를 함께 마시는 일이 되었다. 거실이나 다락방은 사방에서 먼지와 햇살 냄새가 났고, 배드는 안락의자에 구릿빛 솜털을 묻혀도 혼나지 않았다.

브래틀보로에서는 국자로 퍼서 주석 그릇에 담아주는 죽이 주된 아침 식사였다. 높은 곳에 뚫린 창문으로 희미한 햇살이 걸러져 들어왔고, 테이블 사이 통로를 걸어 다니는 직원들의 또각거리는 구두 소리가 울렸다.

나는 얌전히 행동한 덕분에 식당에서 소곤거리며 먹는 여자들 무리에 합류할 수 있게 되었다. 그날 아침에는 나랑 전혀 어울리지 않는 한 쌍의 백인 여자와 함께 앉았다. 한 명은 나이가 많고 홀쭉하며 입을 오므린 얼굴에 머리카락을 뒤로 모아 틀어 올렸는데 눈썹이 살짝 들릴 정도로 머리카락을 세게 끌어당긴 상태였다. 다른 한 명은 어리고 덩치가 컸으며 촉촉한 회색 눈동자에 입술은 터서 갈라졌다.

내가 자리에 앉는 동안 둘 다 나를 물끄러미 바라보았다. 익숙한 시선이었다. 불신으로 가득 찬 시선, 넌 도대체 정체가 뭐냐고 물으며 살을 파고드는 칼날 같은 시선이었다.

하지만 그날 아침에는 아니었다. 그날 아침 내 살갗은 번쩍이는 장갑 갑옷이었고, 은으로 된 뱀 가죽이었으며, 그 어떤 공격에도 날 보호해주었다. 그날 아침, 나는 율 이언 스칼러와 애들레이드 리 라슨의 딸이었고, 그런 눈빛은 내게 아무런 영향도 미치지 못했다.

"비스킷 먹을 거야?" 회색 눈동자의 여자는 내가 비스킷을 뺏어 먹을 수 없을 정도로 이상한 사람은 아니라는 결론을 내린 듯했다. 비스킷은 생선 비늘 빛깔의 평평한 죽 덩어리 속에 반쯤 묻혀 있었다.

"아니."

그녀는 비스킷을 가져가 축축한 부분을 빨더니 자기소개를 했다. "난 애비야. 이분은 마거릿 할머니." 노부인은 날 보지 않았지만 얼굴이 더 안쪽으로 오므라들었다.

"난 재뉴어리 스칼러(Scaller)야." 나는 공손하게 말했지만 마음속으로는 '재뉴어리 스칼러(Scholar)'라고 생각했다. 우리 아빠처럼. 그 생각은 내 가슴속에서 불을 밝힌 랜턴과 같았고, 환한 불빛이 어찌나 생생한지 닫힌 문 주위로 불빛이 새어 나오듯 틀림없이 내게서도 새어 나올 듯했다.

마거릿은 상류층 사람 특유의 희미한 코웃음을 쳤다. 코를 훌쩍였다고 착각하기 딱 좋을 정도의 미묘한 코웃음이었다.

마거릿은 미치광이가 되기 전에는 어떤 사람이었을까? 막대한 유산을 상속받은 상속녀? 은행장 아내?

"무슨 이름이 그따위야?"

그녀는 여전히 날 보지도 않은 채 허공에 대고 그렇게 물었다.

내 가슴속 랜턴이 더욱 밝게 타올랐다. "그게 제 이름이에요." 온전한 내 이름, 서로 사랑했고 나를 사랑했던 친부모가 지어준 이름. 이유는 모르겠지만 그들은 나를 버렸다. 그렇게 생각하자 갑작스러운 외풍에 랜턴 불빛이 약간 흐릿해지며 펄럭거렸다.

산비탈의 작은 돌집과 키호, 우리 엄마와 아빠에게는 무슨 일이 있었던 걸까?

딱히 알고 싶지 않다는 마음이 들었다. 순식간에 끝나버린 이 덧없는 과거, 잠시나마 내게 가족과 집이 있었던 '영원히 행복하게 살았습니다'의 짧은 순간에 가능한 한 오래 머물고 싶었다. 간밤에 나는 괜히 한 페이지를 더 읽었다가 책을 통째로 빼앗기는 위험을 감수하느니 그냥 매트리스 아래로 쑤셔 넣었다.

갑자기 정적이 흐르자 애비는 축축한 눈을 깜빡거렸다. "오늘 아침에 오빠한테서 전보를 받았어. 화요일이나 어쩌면 수요일에 집으로 돌아가게 될 거래." 마거릿이 다시 희미하게 코웃음을 쳤다. 애비는 그녀를 무시하고 내게 물었다. "넌 여기에 언제까지 머물 것 같아?"

'나도 몰라.'

나는 고딕 소설에 등장하는 비극적인 고아 소녀처럼 정신 병원에 갇혀 지내기에는 할 일이 너무 많았다. 내 빌어먹을 책도 다 읽어야 했고, 제인도 찾아야 했고, 아빠도 찾아야 했고, 모든 걸 제대로 다시 써야 했다. 게다가 오늘 밤이 되면 흡혈귀가 내 방 창문으로 올라와 날 먹어버릴 수도 있었다.

무슨 수를 써서라도 도망칠 방법을 찾아야 했다. 나는 율과 에이드의 딸로 다른 세상의 태양 아래서 태어났다. 게다가 내 이름은 중간과 통로의 신, 문의 신을 따서 지었다.

내가 어딘가에 갇힌다는 건 불가능하지 않을까?

나의 피 자체가 일종의 열쇠요, 내가 새로운 이야기를 직접 써 내려갈 수 있게 해주는 잉크였다.

그래, 피.

내 얼굴에 서서히 미소가 피어오르며 입꼬리가 위로 올라갔다. "아니, 오래 있지 않을 거야." 나는 쾌활하게 대답했다. "난 할 일이 너무 많거든."

애비는 흡족하다는 듯이 고개를 끄덕이더니 집에 돌아가면 피크닉을 갈 계획이고, 사실 오빠는 그녀를 매우 그리워하고 있으며 그녀가 이렇게 성가신 여동생이 된 건 오빠 탓이 아니라는 믿기 힘든 이야기를 구구절절 늘어놓았다.

우리는 여러 개의 똑같은 잿빛 줄을 이루어 식당에서 나갔다. 나도 다른 사람처럼 어깨를 안쪽으로 움츠리고 등을 구부정하게 숙인 자세로 걸었다. 레이놀즈 부인과 다른 간호사가 날 방으로 안내해주었고, 나는 부드러운 목소리로 얌전히 '고맙습니다'라고 말했다. 레이놀즈 부인이 내 눈을 휙 올려다보았다가 시선을 돌렸다. 그들은 내 손을 묶지 않고 밖으로 나갔다.

나는 그들의 발소리가 복도를 따라 또각또각 울려 퍼지다가 옆 병실로 들어갈 때까지 기다린 다음 매트리스 아래로 손을 넣었다. 손가락으로 책등을 가볍게 쓸어내렸을 뿐 책을 꺼내지는 않고 그대로 두었다. 대신 시티 오브 닌에서 만든 서늘한 은화를 꺼냈다.

은화는 내 손바닥에 묵직하게 자리 잡았다. 50센트보다 크고, 두 배는 더 두꺼웠다. 여왕이 나를 올려다보며 미소 지었다.

나는 침대 옆 거친 시멘트 치장 벽토에 은화 가장자리를 대고 서서히 갈기 시작했다. 은화를 들고 불빛에 비춰보니 매끄러운 곡선 가장자리가 아주 약간이나마 마모되었다.

나는 미소 지었다. 도망칠 터널을 파는 죄수의 절박한 미소였다. 나는 다시 벽에 대고 은화를 갈았다.

∞

저녁 식사 시간이 됐을 때 내 두 팔은 꽉 비틀어 짠 걸레 같았고, 은화를 쥔 손가락 마디마디가 욱신거렸다. 다만 내가 쥔 건 이제 은화가 아니었다. 여왕의 얼굴은 양쪽이 비스듬히 갈리고 가운데가 뾰족해져 중앙의 현명한 눈동자 하나만 남아 있었다. 저녁을 먹고 나서도 계속 은화를 갈았다. 왜냐하면 끝이 뾰족할수록 좋기 때문이고, 나 또한 두려웠기 때문이다.

하지만 결국 밤이 되었다. 나는 아무것도 없는 벽에 드리운 햇살이 장밋빛에서 연하디연한 노란빛으로 변했다가 다시 흐릿한 잿빛으로 바뀌는 걸 지켜보았다. 헤이브마이어가 곧 돌아올 터였다. 싸구려 괴기 소설에 나오는 괴물처럼 복도를 살금살금 지나 그 차가운 손가락을 내게로 뻗어 내 육신의 온기를 마실 것이다.

나는 이불을 젖히고 맨발로 바닥을 디딘 다음 잠긴 문으로 살며시 걸어갔다.

작은 칼날 혹은 예리한 은 펜촉처럼 변한 은화가 손바닥에서 얇게 빛났다. 헤이브마이어의 굶주린 눈을 생각하며 은화 끝으로 손끝을 살짝 눌렀다.

달빛 아래에서는 피가 잉크처럼 보였다. 나는 무릎을 꿇고 타일 바닥에 삐뚤삐뚤하게 첫 글자를 썼지만 반질거리는 타일 위에서는 피가 구슬이나 진주처럼 자그마하게 맺혔다. 손을 쥐어짰더니 번지고 고인 '그'자 위에 마지못해 핏방울 몇 개가 떨어졌다. 하지만 나는 이미 알고 있었다. 이런 식으로 쓰려면 너무 많은 피와 시간이 필요할 터였다.

나는 침을 삼켰다. 무릎 위로 왼팔을 뻗은 상태에서 이 팔을 종이나 석판, 점토판, 아무튼 살아 있지 않은 무언가로 생각하려고 했다. 은화의 뾰족한 끝을 살갗에 댔다. 팔 아래쪽, 힘줄 많은 근육이 팔꿈치로 이어지는 바로 그 부분에.

나는 '버텨야 해, 재뉴어리'를 생각하며 쓰기 시작했다.

예상보다 덜 아팠다. 아니, 거짓이다. 붉은 유정처럼 피가 부글부글 올라올 정도로 살에 깊게 글자를 새길 때 예상되는 딱 그만큼 아팠다. 다만 가끔 너무나 불가피하고 필요한 일일 때는 고통이 느껴지지 않는 법이다.

그녀를

나는 밧줄처럼 아래팔 가운데로 지나가는 혈관을 건드리지 않으려고 조심했다. 혹시라도 건드렸다가는 출혈 과다로 타일 바닥에서 죽어 탈출 시도 자체가 물거품이 될 수도 있다. 하지만 동시에 너무 얕게 새길까 두려웠다. 마치 그것이 내가 내심 망설이거나 믿지 않는다는 신호라도 된다는 듯이. 중요한 건 믿음임을 기억하라.

그녀를 위해 문이 열린다.

은화 끝이 살갗을 뚫고 들어가 마침표를 그리며 돌아가는 동안 나는 진심으로 그렇게 믿었다.

방이 지난번처럼, 거의 익숙하게 느껴질 정도로 재정비되며 미묘하게 뒤틀렸다. 눈에 보이지 않는 주부가 주름을 펴려고 현실의 양쪽 모퉁이를 팽팽하게 잡아당기는 듯했다. 나는 눈을 질끈 감고 기다렸다. 희망이 혈관을 타고 고동치며 바닥으로 뚝뚝 떨어졌다. 만약 계획이 실패한다면 −그렇게 된다면 하느님이 날 도와주시기를− 이튿날 나는 응고된 내 핏속에 쓰러진 채 발견될 것이다. 적어도 헤이브마이어가 훔쳐 갈 생명의 온기는 전혀 남아 있지 않으리라.

그때 문의 잠금장치가 딸칵 소리를 내며 돌아갔다. 나는 눈을 떴고, 갑자기 밀려드는 피로에 눈을 깜빡거렸다. 마치 희미한 산들바람이 지나간 듯 문이 안쪽으로 살짝 열려 있었다.

나는 몸을 앞으로 숙여 바닥에 이마를 대고 피로의 물결이 밀려와 나를 후려치도록 내버려두었다. 눈이 저절로 감겼고, 호수 밑바닥을 향해 내려갔다가 다시 올라갈 때처럼 갈비뼈가 욱신거렸다.

하지만 곧 그가 올 테니까 여기에 있을 수 없다.

나는 팔 하나와 두 다리로 기어서 힘없이 다시 침대로 돌아갔고, 그 과정에서 바닥에 떨어졌던 피가 뭉개졌다. 나는 매트리스 아래를 더듬어 책을 찾아낸 다음 잠시 꼭 끌어안고 거기서 나는 향신료와 바다 냄새를 들이마셨다. 아빠가 집에 돌아와 저녁 식사할 때 의자 등받이에 걸쳐두었던 낡고 흐물흐물한 코트에서 나던 냄새와 똑같았다.

왜 전에는 그 사실을 깨닫지 못했을까?

나는 책을 겨드랑이에 끼고 칼로 변한 은화를 손에 꼭 쥔 채 방을 나섰다.

당연히 문지방이 없다. 하지만 방에서 복도로 나가면 다른 세상으로 이어졌다. 나는 황급히 복도를 걸어갔다. 뻣뻣한 환자복이 다리에 닿아 버스럭거렸고, 피가 뚝뚝 떨어져 핏방울로 이뤄진 기나긴 선이 생겼다. 어이없게도 헨젤과 그레텔이 어두운 숲에 남겼던 빵 부스러기가 생각났고, 나는 신경질적으로 웃고 싶은 충동을 억눌렀다.

계단 두 개를 내려가 눈처럼 새하얀 현관 로비로 들어섰다. 유리창에 금박 글씨가 깔끔하게 새겨진 문들을 지나면서 흐릿한 눈을 깜빡였다. '스티븐 J. 팔머 박사'라고 적힌 글씨가 내 눈에 들어왔다. 팔머 박사의 사무실로 들어가 정리된 파일과 폴더를 다 뒤집어엎고, 그가 조심스럽게 적어둔 쪽지도 찢어버리고 ─어쩌면 그 흉측한 펜도 훔치고─ 싶은 비이성적인 충동이 일었지만 계속 앞으로 걸어갔다.

출입문 앞에 섰을 때 맨발에 차가운 대리석 바닥이 느껴졌다. 당당한 쌍여닫이 유리문을 향해 손을 뻗는 사이에 벌써 여름 잔디와 자유의 냄새가 났다. 그때 난 동시에 두 가지를 알아차렸다. 첫째로 위층에서 언성을 높인 목소리에 이어 놀란 아우성이 메아리쳤고, 내가 복도를 지나 출입문 바로 앞까지 피가 튄 붉은 흔적을 남겼다는 사실이었다. 둘째로 출입문 너머에 그림자와 달빛으로 그린 흐릿한 형체가 서 있었다. 키가 크고 비쩍 마른 남자의 실루엣이었다.

안 돼.

마치 무릎까지 올라오는 모래 속을 헤치며 걷듯이 다리에서 힘이 빠지고 움직임이 느려졌다. 수상한 형체가 다가오면서 실루엣이 점점 더 또렷해졌다. 손잡이가 돌아가고 문이 열리더니 헤이브마이어가 잠시 문지방에 서 있었다. 지팡이와 장갑은 없었고, 하얀 거미 같은 손이 몸의 양옆에 축 늘어져 있었다. 어둠 속에서 그의 살갗이 희미하게 빛나면서 이질적으로 느껴졌고, 불현듯 그가 햇빛 아래서 멀쩡한 인간으로 보인다는 사실이 너무나 신기했다.

나를 바라보는 그의 눈이 휘둥그레지더니 이내 미소 지었다. 먹잇감에 굶주린 포식자의 미소였다. 여러분은 혹시라도 사람의 얼굴에서 저런 미소를 보는 일이 없기를 바란다. 나는 달음박질쳤다. 사람들의 목소리가 점점 더 커졌고, 앞에 보이는 전구들이 타다닥거리고 윙윙거렸다. 흰 유니폼을 입은 간호사와 직원들이 내게 호통치며 나를 향해 허둥지둥 달려왔다. 하지만 나는 뒤에 있는 헤이브마이어가 악의를 품은 바람처럼 느껴졌기에 계속 달렸고, 급기야 직원들과 얼굴을 마주 보게 되었다. 그들은 걸음을 멈추고 나를 달래려는 듯이 손을 들어 올리더니 이내 어르는 목소리로 말했다. 다들 내게 손대길 꺼렸다. 잠시 그들의 눈에 비친 내 모습이 떠올랐다. 피범벅이 된 잠옷, 기도문 같은 문장을 새긴 팔, 희지도 검지도 않은 피부의 들짐승 같은 소녀, 이를 드러내고 두려움으로 동공이 팽창된 눈. 로크 씨가 보살피던 착한 소녀는 이제 완전히 딴사람이 되었다. 항복할 생각이 전혀 없는 사람으로.

나는 아무런 명패도 붙어 있지 않은 나무문을 열고 그 안으로 뛰어들었다. 어둠 속에서 내 주위로 빗자루와 양동이가 우당탕 소리를 내며 바닥으로 쓰러졌고, 암모니아와 양잿물 냄새가 났다. 여긴 청소용품을 넣어두는 벽장이었다. 천장에 매달린 끈을 잡아당겨 불을 켠 다음 사다리를 문손잡이 밑으로 서툴게 밀어 넣었다. 내가 읽은 소설에서는 주인공들이 늘 그렇게 했는데 현실에서는 너무 부실해 보였다.

문밖에서 달려오는 발소리가 우다다다 들리더니 이내 문손잡이가 거칠게 덜컹거렸고, 욕설과 고함이 뒤따랐다. 불길한 주먹질에 사다리가 흔들렸다. 나는 맥박이 치솟았고 목구멍에서 겁에 질린 칭얼거림이 새어 나오려는 걸 꾹꾹 눌렀다. 더는 달아날 곳이 없었고, 열어젖힐 문도 없었다.

'버텨야 해, 재뉴어리.'

사다리에 금이 가는 소리가 났다.

도망쳐야 했다. 멀리, 빠르게. 나는 바다로 연결되는 푸른 문을 생각했다. 아빠의 세상과 새뮤얼의 세상, 호숫가에 있다는 그의 별장을 생각했다. 왼팔을 내려다봤더니 글을 새긴 자리가 멀리서 다가오는 고적대의 북소리처럼 통증으로 쿵쿵 울렸다.

'더 못 쓸 이유가 없지.'

나는 아주 잠시 머뭇거렸다.

'모든 힘이 다 그렇듯이 대가를 치러야 한다'고 아빠는 썼다. 이렇게 세상의 틈을 비집어 열기까지 얼마나 큰 대가를 치러야 할까? 청소용품을 넣어두는 이 벽장에서 몸을 떨고 피를 흘리는 내가 그 대가를 감당할 수 있을까?

"이제 그만 나와요, 스칼러 양. 유치한 짓 그만해요." 문 너머에서 누군가가 속삭였다. 인내심이 넘치는 목소리였다. 나무 위로 도망친 동물 주위를 맴돌며 기다리는 늑대처럼.

나는 차가운 공포를 삼키고 글을 쓰기 시작했다.

간신히 손이 닿는 어깨부터 시작해 작은 글씨로 촘촘하게 써내려갔다. *그녀의 글은 피와 은의*

벽장문을 두드려대던 천둥 같은 소리가 멈추더니 냉랭한 목소리가 들렸다.

"저리 비켜."

짜증 내는 말소리와 질질 *끄는* 발소리가 나더니 누군가 문틀이 덜컹거릴 정도로 훨씬 더 힘차게 문을 쿵쿵 두드려댔다.

문을

어디로 통하는 문이어야 할까?

눈이 두개골에서 *빠지는* 듯했다. 마치 피를 흘리고 아픈 몸에서 벗어나 혼자 위로 솟아오르고 싶다는 듯이. 내게는 주소도 없었고, 지도 위의 어느 한 지점을 짚을 수조차 없었지만 상관없다. 믿음이 중요하다. 의도가 중요하다.

만든다. 나는 은 날로 마지막 글자를 새기며 새뮤얼을 생각했다.

아까 쓴 첫 문장 옆으로 새로운 글씨들이 촘촘히 올라와 둘이 합쳐져 하나의 이야기가 되었고 나는 그 이야기를 간절히, 미친

듯이 믿었다. *그녀의 글은 피와 은의 문을 만든다. 그녀를 위해
문이 열린다.*

사다리가 마지막으로 돌이킬 수 없게 부러져버렸다. 바닥에 쓰
러진 청소도구와 부러진 나뭇조각을 밀치며 문이 안쪽으로 열렸
지만 나는 상관하지 않았다. 문이 열린 동시에 세상이 소용돌이
치고 이동하며 저절로 재정비되더니 도저히 믿을 수 없는 일이 벌
어졌기 때문이다. 내 등으로 상쾌한 산들바람이 불었다. 바람을
타고 솔잎과 서늘한 대지, 따뜻한 7월의 호수 냄새가 풍겼다.

몸을 돌려보니 뒤쪽 벽에 기괴한 구멍이 뚫려 있었는데 녹과
은으로 번쩍였다. 마치 어린아이가 분필로 그린 그림이 실물이
된 듯 흉측하고 조잡했지만 나는 그게 무엇인지 알아볼 수 있었
다. 문이었다.

벽장문은 억지로 빼꼼 열렸고, 창백한 손 하나가 문 가장자리
를 돌아 나왔다. 나는 허둥지둥 뒷걸음질 치다 내 피에 발이 미끄
러졌고, 턱에서 기묘한 통증이 느껴지는 걸로 보아 턱이 아프도
록 씩 웃고 있음을 깨달았다. 마치 배드가 누군가를 물기 몇 초
전처럼. 등에 문이 닿았고 ―감사한 공간의 부재, 소나무 향이 나
는 약속― 그 안으로 날 밀어 넣었다. 거칠게 잘린 가장자리에 어
깨가 긁혔다.

나는 무엇이든 삼켜버릴 것 같은 어둠을 향해 뒤로 추락했고,
사람들의 얼굴과 손이 벽장 안으로 우르르 밀려드는 모습을 지켜
보았다. 팔이 여럿 달린 괴물이 날 잡으려고 팔을 뻗은 듯했다.

이윽고 문지방의 공허가 날 먹어버렸다.

그곳이 얼마나 텅 비었는지 잊고 있었다. '텅 비었다'라는 표현
도 올바르지 않다. 무언가가 비었다고 한다면 한때 가득 찼다는
뜻일 텐데 문지방에는 무언가 존재한다는 게 불가능하다. 내가
존재하는지도 확실하지 않았고, 순간적으로 내 몸의 가장자리가
소멸되고 풀어지는 끔찍한 느낌이 들었다.

발밑에 단단한 마룻바닥이 있고, 얼굴에 따뜻한 햇볕이 비치는
지금도 그 순간을 생각하면 겁이 덜컥 난다. 하지만 그때 피로 끈
적거리는 손가락에 《일만 개의 문》의 낡은 가죽 표지가 닿았다.
나는 추락을 두려워하지 않고 거대한 검은 호수의 수면을 톡톡
스치며 가로지르는 돌처럼 하나의 세상에서 다른 세상으로 뛰어
들었던 엄마와 아빠를 생각했다. 또 제인과 새뮤얼, 배드도 생각
했다. 그러자 마치 그들의 얼굴이 공허 속에서 펼쳐지는 지도가
된 듯했고, 나는 내가 어디로 가고 있는지 기억났다.

다시 문의 거친 가장자리가 내 어깨를 스쳤고, 문지방보다는
훨씬 덜 캄캄한 어둠이 나타나더니 아래쪽에 퀴퀴한 마룻바닥
이 보였다. 나는 앞으로 고꾸라졌고, 절벽에 매달리려는 사람처
럼 바닥에 손톱을 박아 넣으려고 했다. 책 모서리가 갈비뼈를 찌
르는 느낌이 아프면서도 기분 좋았다. 문지방 속에서 사라져버린
듯했던 심장이 다시 살아나 천둥처럼 우르릉거렸다.

"누구세요?"

한 형체가 바닥을 가로질러 다가오더니 내 위로 달빛 테두리를

두른 그림자를 드리웠다. 그러더니 "재뉴어리?"라고 물었다. 나직한 여자 목소리였는데 내 이름의 모음을 발음하는 방식이 이질적이면서도 귀에 익었다. '말도 안 돼'라는 생각이 마음속에서 튀어나왔지만 지난 며칠간 무엇이 말이 되고, 말이 안 되는지 인식하는 능력이 현저히 약해진 터라 그 생각은 슬그머니 꽁무니를 뺐다.

기름 냄새를 풍기는 황금색 불빛이 펄럭거리더니 그녀가 내 앞에 나타났다. 램프 불빛을 받은 짧은 머리카락, 헝클어진 드레스, 내 옆에 무릎 꿇고 앉을 때 살짝 벌어지는 입.

"제인." 머리가 너무 무거워서 나는 머리를 내려놓은 채 바닥에 대고 말했다. "여기 계셨네요. 여기가 어딘지는 모르겠지만. 목적지를 정해두긴 했어도 원래 문이라는 게 한 치도 예상할 수 없잖아요." 마치 물속에서 소리를 지르듯 내 말이 질척거리고 불분명하게 흘러나왔다. 램프 불빛이 희미해지는 듯했다. "근데 여긴 어떻게 왔어요?"

"그보다 더 시급한 질문은 네가 어떻게 여기에 왔냐는 거야. 그건 그렇고 '여기'는 자피아 가의 별장이야." 제인은 억지로 무덤덤하게 말하는 듯했다. "도대체 무슨 일이 있었니? 네 몸이 피범벅이 되었잖아."

나는 그녀의 말을 듣는 대신 방의 그늘진 구석에서 나는 소리를 듣고 있었다. 비틀거리며 질질 끄는 소리가 나더니 마룻바닥에서 발톱이 딸그락거리는 소리가 이어졌다. 숨이 멎는 듯했다. 조용한 발소리가 이따금씩 머뭇거리며 점점 다가왔다.

'말도 안 돼.' 나는 고개를 들었다.

배드가 절룩거리며 불빛 속으로 걸어들어왔다. 한쪽 눈은 부었고, 뒷다리 하나는 바닥에서 뜬 채 떨고 있었으며, 축 처진 얼굴은 수척해졌다. 배드는 잠시 나를 쳐다보며 눈을 끔뻑거렸다. 마치 정말 나인지 확인하려는 듯이. 그러다가 우리는 서로에게 뛰어들었다. 우리의 몸이 서로 충돌하며 적갈색 팔다리와 노란색 털이 필사적으로 뒤엉켰다. 배드는 기어들 곳을 찾는 듯이 내 목과 겨드랑이 사이를 마구 파고들며 쉰 목소리로 강아지처럼 낑낑거렸다. 전에는 들어본 적이 없는 소리였다. 나는 배드를 부둥켜안았고, 녀석의 떨리는 어깨에 이마를 댄 채 개가 다쳤을 때 주인들이 해주는 어리석고 무의미한 말들을 해주었다(알아, 우리 강아지, 괜찮아, 나 여기 있어, 미안해, 미안해). 가슴속에서 들쭉날쭉하게 깨진 무언가가 다시 이어 붙기 시작했다.

제인은 헛기침을 했다. "방해해서 미안한데 혹시 저 구멍에서 더 나올 게 있니?"

나는 동작을 멈췄다. 바닥을 탁탁 내리치던 배드의 꼬리도 멈췄다. 등 뒤에서 둔탁하게 바닥을 긁는 소리, 살금살금 움직이는 소리가 울려 퍼졌다. 무언가 이쪽으로 기어 오는 듯했다. 나는 어깨너머로 내가 만든 문을 돌아보았다. 가장자리가 우둘투둘하게 찢어진 검은 구멍 같았다. 마치 현실이 조심성이 없어 튀어나온 못에 걸려 찢어진 듯이. 내 착각인지는 몰라도 구멍 깊은 곳에서 굶주린 두 눈동자 같은 흉악한 빛이 번득였다.

"날 잡으러 오고 있어요." 내 목소리는 초연할 정도로 차분했지만 머릿속은 겁에 질려 빙글빙글 돌아갔다. 새하얗고 사악한 헤이브마이어가 나타나 내게서 원하는 건 뭐든지 빼앗아가리라. 아마 다른 이들도 용기가 나면 그를 뒤따를 것이고 나를 영원히 가두리라. 내게 가둘 게 남아 있다면. 아마 제인도 가둘 것이다. 한밤중에 의학적으로 제정신이 아닌 도망자와 함께 있다가 발견된 아프리카 여자라면 틀림없이 화를 당할 것이다.

심하게 두들겨 맞은 우리 가여운 배드는 누가 돌봐줄까?

"아무래도 저 문을 닫아야 할 것 같아요." 열 수 있다면 닫을 수도 있다. 시티 오브 닌과 엄마의 들판 사이에 있던 문이 닫혔을 때 아빠도 그 사실을 깨닫지 않았던가? 왜, 어떻게 닫혔는지 알아내지 못했지만 그도 그럴 것이 아빠는 학자다. 아빠가 가진 무기는 성실한 연구와 이성적인 증거, 수십 년에 걸친 문서화 작업이다.

반면 내가 가진 무기는 글과 의지다. 그리고 지금은 시간이 없다. 나는 칼로 변한 은화를 찾아냈다. 피가 딱딱하게 응고되어 있어 더는 은빛으로 빛나지 않았다. 나는 무릎을 꿇고 앉아 몸을 앞으로 숙여 지금도 욱신거리는 팔을 바닥에 내려놓았다. 방 안이 이상하게 흐릿해졌다가 또렷해지기를 반복하자 눈을 약간 깜박거리며 마지막으로 은화의 뾰족한 끝을 살갗에 대고 꾹 눌렀다.

"안 돼! 재뉴어리, 너 지금 무슨……." 제인이 내 손을 잡아당겼다.

"제발." 나는 침을 삼켰다. 몸이 약간 흔들렸다. "제발 날 믿어주세요. 믿어보시라고요." 제인이 날 믿어야 할 이유는 전혀 없었다. 다른 사람이었다면 기꺼이 날 다시 병원으로 끌고 갔으리라. 앞으로 백 년 동안은 날카로운 물건이 없는 작은 방에 가둬두라고 적은 쪽지를 내 가슴에 붙여서.

(이것이 로크 씨가 내게 저지른 진정한 폭력이다. 우리는 우리의 목소리가 얼마나 약하고 덧없는지 모른다. 부자가 은행 융자 서류에 서명하듯이 내 목소리를 쉽게 빼앗아버리는 걸 보기 전까지는)

바닥을 긁는 소리가 점점 더 커졌다. 제인의 눈동자가 내 뒤쪽 벽에 뚫린 구멍으로 휙 돌아갔다가 다시 피가 엉겨 붙은 채 내 팔에 새겨진 글씨로 향했다. 그녀의 얼굴에 이상한 표정이 스치더니 ―재빨리 상황을 판단한 걸까? 아니면 나를 건드리지 말아야겠다고 생각했을까?― 내 손을 놓아주었다.

나는 피가 묻지 않은 맨살을 골라 단어 하나를 새기기 시작했다.

오.로.

어둠 속에서 느껴지는 인기척, 귀에 거슬리는 숨소리, 나를 향해 다가오는 흰 거미 같은 손.

오로지.

오로지 그녀를 위해 문이 열린다.

상처가 나으며 주위 피부가 조이듯이 벌어졌던 세상이 오므라드는 듯했다. 어둠이 물러가고 하얀 손이 경련을 일으키더니 인간 같지 않은 소름 끼치는 비명 소리가 들려왔다. 어느새 내가 바라보던 자리는 평범한 오두막 벽이 되었다.

비로소 문이 닫혔다.

나는 앞으로 쓰러지며 볼이 바닥에 닿았고, 제인의 서늘한 손이 내 이마를 짚었다. 배드가 절룩거리며 다가와 등을 내게 바짝 붙인 채 바닥에 앉았다.

내가 눈을 감기 전 마지막으로 본 건 마룻바닥에 일렬로 놓인 세 개의 기이하고 새하얀 물체였다. 흔치 않은 버섯의 하얀 기둥 꽁다리 같기도 했고, 다 타고 남은 양초 토막 같기도 했다. 눈을 감고 통증이 안개처럼 내려앉은 잠 속으로 빠져들고 나서야 비로소 그것이 무엇인지 깨달았다. 세 개의 흰 손가락 끝이었다.

∞

나는 한동안 다른 곳에 있었다. 정확히 어디인지 모르지만 또 다른 종류의 문지방 같았다. 빛도 없고, 끝도 없는 공간, 별이나 행성, 달이 없는 고요한 은하계였다. 다만 나는 그곳을 통과하는 게 아니었다. 통과한다기보다 그냥 정지해 있었다. 마냥 기다리고 있었다. 그곳이 괴물과 피와 통증이 없는 곳이고, 계속 남아 있고 싶다고 어렴풋이 생각했던 기억이 난다. 하지만 무언가가 계속 나를 방해했다. 숨을 쉬는 따뜻한 덩어리 같은 무엇이 내 옆에 자리 잡고 앉아 내 머릿속을 헤집으며 작은 소리로 칭얼거렸다.

배드. 배드가 살아 있고 배드에게는 내가 필요하다.

그래서 나는 암흑세계에서 일어나 눈을 떴다.

"안녕, 배드."

내 혀가 솜 같고 두툼해 발음이 둔탁한데도 배드는 귀를 쫑긋거렸다. 그러더니 다시 가슴에서 칭얼거리는 소리를 내며 내게 어떻게든 더 밀착하려고 했다. 우리 사이에는 이미 바늘 하나 들어갈 공간조차 없었는데도 나는 배드의 따뜻한 어깨에 볼을 댔다. 양팔로 배드를 껴안으려다가 조그맣게 비명을 내지르며 멈칫했다.

온몸이 구석구석 아팠다. 몸이 도저히 감당할 수 없는 짐을 억지로 짊어지고 있었던 것처럼 뼈가 쑤셨고, 불덩이처럼 욱신거리는 왼팔은 길게 찢은 시트 조각으로 칭칭 감겨 있었다. 귀에서는 피가 느릿느릿 고동쳤다. 공간과 시간의 본질을 다시 쓰고, 나만의 문을 만들어낸 대가라고 하기에 합당해 보였다. 나는 눈을 깜빡거리며 웃고 싶은, 혹은 울고 싶은 충동을 참고 주위를 둘러보았다.

새뮤얼이 말한 대로 폐가 같은 분위기의 작은 오두막이었다. 담요 더미에서는 퀴퀴한 냄새가 났고, 요리용 화로는 녹슬어 표면이 오렌지색 얇은 조각으로 갈라졌으며, 창문에는 거미줄이 잔뜩 쳐져 있었다. 하지만 오두막에 나는 냄새가 너무 좋았다. 햇살과 소나무, 호수와 바람의 냄새였다. 마치 벽에 여름의 모든 향기가 듬뿍 스며든 듯했다. 브래틀보로와 정반대되는 곳이었다.

그제야 나는 침대 발치에 앉아 있는 제인을 발견했다. 그녀는 김이 모락모락 나는 주석 머그잔을 들고 한쪽 입꼬리를 올린 채 배드와 나를 지켜보고 있었다. 우리가 떨어져 있는 동안 제인은 어딘가 달라졌다. 옷 때문일 수도 있고 —평소 입었던 회색 드레스 대신 종아리까지 오는 스커트에 헐렁한 면 블라우스를 입었다— 눈의 광채 때문일 수도 있다. 마치 지금까지 쓰고 있던 가면을 벗어던진 듯했는데 나는 그녀가 가면을 쓰고 있는 줄 미처 몰랐다.

불현듯 내가 제인을 잘 모른다는 생각이 들었다. 나는 배드의 등을 바라보며 말했다.

"배드는 어떻게 찾았어요?"

"호숫가에서 찾았어. 로크 하우스를 지나면 나오는 작은 만에서. 배드는……." 제인은 말하길 머뭇거렸고, 내가 고개를 들어보니 올라갔던 그녀의 입꼬리가 내려와 있었다. "상태가 별로 좋지 않았어. 반은 익사 상태에 피투성이가 되도록 얻어맞았더라고. 배드가 익사하기를 바라고 누군가가 절벽에서 떨어뜨린 듯했어." 그녀는 한쪽 어깨를 으쓱였다. "나는 최선을 다해 치료했어. 저 다리가 정상으로 돌아올지는 미지수지만." 배드의 다리를 만져보니 옷핀이 꽂혀 있고, 여러 줄의 뻣뻣한 바늘땀이 있었으며, 뒷다리는 부목을 대서 붕대로 감아놓았다.

나는 입을 열었지만 한마디도 하지 않았다. 고맙다는 말이 너무도 부적절하고, 내가 진 엄청난 빚에 비하면 너무나 보잘것없어 목구멍에서 시들어버릴 때가 있기 마련이다.

제인, 혹시라도 당신이 이 책을 읽을지도 몰라 여기에 쓸게요. 정말 고마워요.

나는 침을 삼켰다. "당신은 어떻게 여기에 왔어요?"

"너도 짐작했겠지만 로크 씨가 나를 서재로 부르더니 더는 네 곁에 있을 필요가 없다고 하더구나. 내가 반발했더니 그 빌어먹을 종자가 와서 날 밖으로 안내했어. 짐도 챙겨놓지 않았는데 말이야. 그날 밤에 난 당연히 그 집으로 다시 돌아갔지만 넌 이미 떠나고 없었어. 널 지켜주지 못해서 미안하다." 이 대목에서 그녀의 콧구멍이 벌렁거렸다. "정말 미안해."

제인은 어깨를 폈다. "브래틀보로는 백인들을 위한 정신 병원이라고 들었어. 그러니까 난 너를 면회할 수 없었지. 그래서 자피아 식료품점 아들을 찾아갔어. 이탈리아인은 백인이라고 할 수 있으니까. 하지만 그 애도 면회가 허락되지 않더구나. 보아하니 그 애가 좀 더, 음, 효과적인 방법으로 네게 물건을 전달한 모양이구나." 제인의 얼굴에 다시 미소가 나타났다. 앞니 사이의 틈이 보일 정도로 환한 미소였다.

"그 애는 정말 헌신적인 친구지?"

나는 그 말에 대답할 필요가 없다고 생각했다. 제인이 말을 이었다.

"아주 친절한 청년이기도 하고. 그 아이가 내게 이 집 주소를 알려주면서 여기서 생각하고 계획을 세우라고 하더구나. 잠도 자고. 나는 이제 로크 하우스에 머물 수 없으니까."

"미안해요." 내가 기어들어가는 목소리로 말했다.

제인은 코웃음을 쳤다. "미안해할 필요 없어. 난 그 집에 도착한 순간부터 그곳과 주인이 싫었어. 오로지 네 아빠와 타협했기 때문에 참고 살았을 뿐이야. 줄리언은 나에게 널 지켜달라고 했어. 그 대가로 내가 간절히 원하는 뭔가를 해주기로 했고."

제인은 생각에 잠겼고, 내가 숨을 죽일 정도로 암울하고 한없이 깊은 분노로 타오르더니 이내 그 분노를 꿀꺽 삼켰다. "하지만 이제 줄리언은 그걸 해줄 수 없는 처지가 됐어."

나는 한 팔로 배드를 꼭 끌어안고 최대한 담담하고 중립적인 목소리로 말했다. "그럼 이제 떠나겠네요? 집으로 돌아갈 거예요?"

제인의 눈이 휘둥그레졌다. "지금? 네가 이렇게 다쳐서 아프고, 정체를 알 수 없는 무언가에 쫓기고 있는데? 줄리언은 우리 계약을 깼을지 몰라도 너와 나는 완전히 별개의 합의를 했잖아." 나는 바보처럼 눈을 깜빡거리며 그녀를 바라보았다. 지금껏 내가 본 제인의 표정 가운데 제일 부드러웠다. "난 네 친구야, 재뉴어리. 널 떠나지 않을 거야."

"아." 한동안 우리 둘 다 침묵을 지켰다. 나는 다시 식은땀을 흘리는 비몽사몽 상태로 빠져들었다. 제인은 요리용 스토브의 불씨를 살려내 다시 커피를 데웠다. 그런 다음 침대 가장자리로 돌아와 배드의 엉덩이를 옆으로 밀치고 내 옆에 앉더니 무릎에 《일만 개의 문》을 올려놓고 엄지로 표지를 쓰다듬었다. 책은 너덜너덜했고, 적갈색 얼룩들이 뭉개져 있었다.

"넌 더 자야 해."

하지만 도무지 잠이 오지 않았다. 궁금한 질문들이 귓가에서 각다귀처럼 앵앵거렸다.

아빠는 제인에게 뭘 약속했을까? 두 사람은 어떻게 만났고, 제인에게 저 책은 어떤 의미일까? 왜 아빠는 이 칙칙한 잿빛 세상으로 왔을까?

나는 이불 밑에서 꼼지락거렸고, 마침내 배드가 그런 나를 보며 한숨을 쉬었다.

"혹시 그 책 좀 읽어줄 수 있어요? 4장까지 읽었어요."

제인이 벌어진 앞니를 드러내며 싱긋 웃었다. "물론이지."

그러고는 책을 펼쳐 읽기 시작했다.

5장

상실에 대하여

천국 – 지옥

누구나 자신의 기원을 기억하지 못한다. 대다수는 유년기에 관한 일종의 근거 없는 믿음을 가지고 있는데, 부모에게 들은 일련의 이야기들을 흐릿한 기억과 뒤섞어 엮어낸 결과물이다. 부모는 우리가 집에서 키우던 고양이를 쫓아가다 계단에서 굴러 하마터면 죽을 뻔했던 일, 뇌우 속에서도 방긋 웃으며 자던 일, 우리가 처음으로 했던 말, 걸음마를 처음 떼었던 일, 첫 생일 따위를 이야기해준다. 또 여러 가지 다른 이야기를 해주지만 사실은 모두 같은 내용이다. 우리는 너를 사랑하고, 널 처음 본 순간부터 줄곧 그랬다는 내용.

율 이언은 딸에게 그런 이야기를 해준 적이 없다(계속 삼인칭 시점으로 서술하는 비겁함을 허락해주길 바란다. 어리석은 짓이지만 이렇게 써야 덜 고통스럽구나). 그러면 도대체 재뉴어리는 무엇을 기억할까?

자신의 부모가 딸이 태어나고 처음 며칠 동안 밤마다 두려운 희열을 느끼며 오르락내리락하는 딸의 갈비뼈를 지켜보던 일을 기억하지 못할 것이다. 엄마, 아빠, 가족 같은 새로운 단어가 살갗 아래에서 구불구불 돌아가며 새겨질 때의 그 뜨겁고 부어오른 느낌도 기억하지 못할 것이다. 부모가 간밤에 몇 시간 동안 서성거리며 그녀를 어르고, 여섯 가지 언어로 아무 의미도 없는 노래를 부른 뒤 모든 감정이 고스란히 드러난 얼굴로 —금방이라도 기절할 듯한 피로, 약간의 히스테리, 입 밖에 낼 수는 없지만 그저 눕고 싶은 갈망— 가끔씩 여명 속에서 서로를 바라봤던 일, 그리고 자신들이 일만 개의 세상에서 가장 운이 좋은 사람이라고 확신했다는 사실도 기억하지 못하리라.

어느 날 저녁, 아빠가 작은 돌집 뒤로 올라가 산비탈에서 엄마 곁에 누워 잠든 그녀를 발견한 일도 기억하지 못하리라. 그녀는 입을 벌리고 발가벗은 채 허리에 무명천만 두르고 있었고, 희미한 산들바람에 곱슬머리가 살랑거렸다. 달콤한 모유 냄새가 나는 아기의 숨결 속에서 암사자나 앵무조개처럼 금백색 곡선을 그리며 재뉴어리를 감싸고 있었다. 여름도 거의 끝물이라서 저녁 그림자가 둘을 향해 서늘한 발끝으로 살금살금 걸어가고 있었지만 아직은 그들에게 닿지 않았다. 둘은 원래 모습 그대로 온전히 빛나고 있었다.

산비탈에 서서 그들을 바라보는 율은 기쁨으로 가슴이 벅찼지만 거기에는 애달픈 마음도 살짝 섞여 있었다. 마치 이미 이 기쁨

을 잃고 슬퍼하는 사람처럼. 마치 이 천국에 영원히 살 수는 없다
는 사실을 아는 사람처럼.

☆

　지금도 그 사건을 말하려면 마음이 아프다. 울란바토르 외곽
고원에서 텐트 안에 웅크리고 앉아 펜이 사각거리는 소리와 늑대
들의 냉기 서린 울음소리를 제외하면 나 혼자뿐인 지금도 고통이
밀려와 이를 갈게 된다. 그 아픔이 사지에 내려앉고 골수까지 독
을 퍼뜨린다.

　네가 네 이름에 대해 물어봤던 때를 기억하니? 그때 나는 네 엄
마가 좋아했던 이름이라고 말했지. 넌 그 대답에 만족하지 못하
고 짜증을 내면서 가버렸어. 그때 네 턱선이 네 엄마와 어찌나 똑
같은지 난 숨이 잘 쉬어지지 않더구나. 다시 일에 집중하려고 했
지만 불가능했어. 괴로워서 몸을 부르르 떨며 침대로 기어들어가
네 이름인 재뉴어리를 말하던 네 엄마의 입매를 생각했단다.

　난 그날 저녁을 거르고 이튿날 동이 트기 전에 집을 떠났지. 넌
날 배웅하려고 자다가 끌려 나왔어. 마차 창문 너머로 보이던 너
의 얼굴, 자느라 헝클어진 머리와 은근히 날 비난하는 것 같은
표정은 그 후로 몇 달간 뇌리에서 떠나지 않았어. 난 상실의 아픔
에 빠져 네게 부재의 아픔을 준 거야.

　이제 와서 그 빈자리를 채울 수는 없다. 시간을 되돌려 그때로

돌아가 억지로 마차 문을 벌컥 열어젖히고 네게 달려가 널 끌어당기고 네 귀에 '우린 널 사랑한다. 언제나 널 사랑했어'라고 말해줄 수도 없다. 나는 그 일을 너무 미뤘고, 이제 넌 거의 성인이 되었어. 하지만 적어도 그 사실을 말해줄 수는 있다. 너무 늦긴 했지만.

네가 리튼에 있는 아마리코 해의 돌섬이 아니라 군데군데 튀어나온 소나무를 제외하고는 온통 눈으로 뒤덮인 버몬트주에서 어린 시절을 보낸 이유는 그 때문이다. 마치 네가 오래 바라보면 눈이 멀어버리는 작은 태양이라도 된다는 듯이 네 아빠의 눈이 어쩌다가 가끔씩 그것도 아주 잠깐만 네 얼굴에 머문 이유도 그 때문이다. 내가 네게서 거의 일만 킬로미터 떨어져 추위로 손이 곱고, 늘 내 곁을 맴도는 절망과 희망이라는 쌍둥이 하피를 제외하고 홀로 있는 이유도 그 때문이다.

6922년 리튼의 초봄, 딸이 태어난 후 율 이언 스칼러와 애들레이드 라슨에게 다음과 같은 일이 일어났다.

☆

봄이 막 시작됐을 무렵, 율은 처음으로 에이드의 얼굴에서 이전에 본 적 없는 표정을 발견하게 되었다. 에이드는 그리움이 가득한 표정으로 지평선을 자주 내다보았고, 한숨을 내쉬며 잠시 하던 일을 잊어버리곤 했다. 밤에는 덮고 있는 이불이 거추장스럽다는 듯이 몸을 비틀며 짜증을 내고는 동이 트기 전에 일어나

차를 끓이고 부엌 창문 너머로 다시 태양을 바라보았다.

어느 날 밤 두 사람이 봄의 초록 향에 감싸인 채 어둠 속에 함께 누워 있을 때 율이 물었다.

"무슨 일 있어, 애들레이드?"

율은 시티 오브 닌의 언어로 물었고, 에이드 역시 같은 언어로 대답했다.

"아니, 응. 나도 모르겠어." 그러다가 다시 영어로 말했다. "그냥 내가 한곳에 계속 매여 있는 걸 좋아하는지 잘 모르겠어. 난 우리 딸도 사랑하고, 당신도 사랑하고, 이 집과 이 세상도 사랑하지만 가끔은 짧은 목줄에 묶인 미친개가 된 기분이야." 에이드는 돌아누웠다. "어쩌면 다들 처음에는 이런 기분일지도 몰라. 계절 탓일 수도 있고. 난 늘 봄을 떠나기 위한 계절이라고 말했거든."

율은 대답하지 않았지만 머나먼 바다의 한숨 소리를 들으며 깨어 있었다. 깊은 생각에 잠겨서.

이튿날 율은 일찌감치 집을 나섰다. 에이드와 재뉴어리는 아직 침대에 퍼져 자고 있었고, 하늘은 아직 잠에서 깨지 못한 채 흐릿한 꿈을 꾸고 있었다. 율은 몇 시간 동안 돌아다니며 네 사람과 이야기했고, 많지는 않지만 지금까지 모아둔 돈을 전부 다 썼고, 대출과 소유권 서류를 각각 세 장씩 서명했다. 그런 다음 헐떡이며 돌집으로 돌아가 환히 웃었다.

"학교는 어쩌고?" 에이드가 물었다("바!" 옆에서 재뉴어리가 고압적으로 덧붙였다).

율은 에이드의 품에서 아기를 안아 들고 그녀에게 윙크하며 말했다.

"따라와."

그들은 언덕을 빙글빙글 돌아 시티로 내려갔다. 광장과 대학을 지나고, 율의 어머니가 운영하는 문신 가게와 바닷가 어시장을 지나 따뜻한 햇볕이 내리쬐는 선창으로 나갔다. 율은 그녀를 선창 맨 끝으로 데려가더니 작고 멋진 배 앞에 섰다. 키호보다 더 크고 날렵했으며, 빠른 항해와 모험, 자유를 기원하는 문구를 급하게 수놓은 돛이 달려 있었다. 여러 개의 캔버스 가방에는 그물과 방수포, 식수가 든 통들과 훈제 생선, 말린 사과, 주니퍼 베리주, 밧줄, 밝은색 구리 나침반 같은 비품이 가득 들어 있었다. 배한 쪽 끝에는 지붕 달린 깔끔한 선실이 있었는데 안에는 지푸라기를 넣은 매트리스도 있었다.

에이드가 너무 오랫동안 말이 없자 율의 마음에 의심이 싹트며 안절부절못하고 심장 박동이 빨라졌다. 동트기 전에 혹은 배우자와 상의하지 않고 무언가를 결정하는 건 절대 현명한 일이 아니었지만 율은 두 가지 모두에 해당하는 짓을 저질렀다.

"이게 우리 배야?" 마침내 에이드가 물었다.

율은 침을 삼켰다. "응."

"왜 그런 결정을 내린 거야?"

율은 목소리를 낮추더니 그녀의 손안으로 자신의 손을 슬그머니 밀어 넣었다. 그러자 둘의 문신이 합쳐져 검은 잉크로 쓴 책장이 되었다.

"난 당신의 목줄이 되지 않을 거니까." 그러자 에이드가 가슴 벅찬 표정으로 그를 바라보았는데 어찌나 사랑이 넘치는지 율은 자신의 행동이 그저 친절을 베푸는 수준이 아니라 꼭 필요했다는 사실을 알게 되었다.

(내가 그 일을 후회하냐고? 할 수만 있다면 되돌리겠냐고? 에이드에게 방랑자로 사는 삶을 포기하고 집과 살림에만 전념하라고 말하겠냐고? 삶과 영혼, 둘 중에서 무엇을 더 중시하는지에 달렸지)

옹기종기 모여 있는 갈매기들에게 손뼉을 쳐대다가 싫증이 난 재뉴어리는 배로 주의를 돌렸고, 꽥꽥거리는 소리를 냈다. 율과 에이드가 평소 '당장 그거 내놔'라고 해석하는 소리였다.

에이드는 딸과 이마를 맞대고 말했다.

"엄마도 너랑 똑같은 심정이란다."

두 번의 아침이 지난 뒤 시티 오브 닌은 그들에게서 멀어지며 점점 작아졌고, 앞에는 밝고 깨끗한 동쪽 지평선이 펼쳐져 있었다. 에이드는 예전에 입었던 후줄근한 코트를 입고, 아기를 가슴에 꼭 끌어안은 채 뱃머리에 앉아 있었다. 아마도 발밑에서 다시 흔들리는 파도를 느끼고, 황혼을 배경으로 실루엣을 그리는 낯선 도시들을 바라보고, 대기를 가르며 노래하는 미지의 언어를 듣는 심정을 재뉴어리에게 속삭이는 중일 거라고 율은 생각했다.

그 후로 몇 달간 그들은 자신들이 정한 이동 경로를 따라 이주하는 철새 무리처럼 이 시티에서 저 시티로 이동했고, 한곳에 결코 오래 머물지 않았다. 겨울을 나는 동안 우윳빛으로 변했던 에이드의 피부는 다시 그을리고 주근깨가 생겼고, 머리카락은 색이 바래고 엉키고 헝클어져 말갈기를 연상시켰다. 재뉴어리는 석탄이나 시나몬처럼 진한 적갈색 피부가 되었다. 에이드는 재뉴어리를 '타고난 방랑자'라고 불렀다. 부드럽게 출렁이는 갑판에서 기어다니는 법을 배우고, 해수에서 목욕하고, 나침반을 치아 발육을 돕는 장난감으로 쓰는 아기라면 평생 여행자로 살아야 할 운명이 틀림없다고 생각했기 때문이었다.

봄이 깊어지고 섬들이 푸르러지면서 율은 자신들이 아무런 목적도 없이 항해하는 건 아니라는 생각이 들기 시작했다. 아무리 불규칙적이고 간접적이라고 해도 그들은 동쪽으로 향하는 듯했다. 따라서 어느 날 저녁, 에이드가 리지 고모가 보고 싶다고 말했을 때 율은 크게 놀라지 않았다.

"내가 어딘가의 배수로에 처박혀 썩어가고 있지 않다는 사실을 고모도 알아야 할 것 같아. 고모도 라슨 가의 새로운 딸을 보고 싶어 할 거야. 또 내 곁에 있는 남자도." 에이드가 직접 말하지는 않았지만 율은 그녀가 생전 처음으로 향수병에 걸린 게 아닐까 강하게 의심했다. 저녁이 되면 에이드는 미시시피주의 여름 오후 냄새며 건초지 위로 펼쳐진 연한 회청색 하늘에 대해 말했다. 사람은 아이가 생기면 몸이 자신의 출발점으로 기울어지는 듯했다. 마치 평생 원을 그리다가 이제는 어쩔 수 없이 그 원을 닫아야 한다는 듯이.

그들은 일 년 전에 율과 에이드가 처음 만났던 시티 오브 플럼에 들러 다시 물품을 채웠다. 소수의 시장 상인이 그들을 기억했고, 인어가 학자와 결혼해 (실망스럽게도 정상인) 여자아이를 낳았다는 소문이 퍼져나갔다. 그들이 그곳을 떠날 때쯤에는 사람들이 해변으로 제법 많이 모여들었다. 재뉴어리가 기뻐하며 그들에게 소리를 질렀다가 엄마의 어깨에 얼굴을 묻기를 되풀이하는 동안 에이드는 그들의 질문에 말도 안 되는 대답을 해주었다("우리가 어디로 가냐고요? 정말로 진실을 알고 싶다면 말해드리죠. 콜로라도주 산 정상이요"). 해질 무렵 사람들은 소풍이라도 가듯 부두로 몰려왔고, 에이드와 율은 등 뒤로 모닥불의 따뜻한 온기를 느끼며 출발했다. 사람들은 호기심과 재미, 놀라움에 이르는 다양한 표정으로 그들을 지켜보며 경고와 덕담을 외쳤다. 그들 위에서 분홍색 실크 같던 하늘이 푸른색 벨벳으로 바뀌었다.

(그 후로 오랫동안 나는 종종 그들을 생각했다. 텅 빈 동쪽 바다를 향해 출항하던 우리를 지켜봤던 이들을. 우리가 다시 그곳으로 돌아가지 못했을 때 우리의 행방을 수소문한 사람이 하나라도 있었을까? 호기심 많던 무역상이나 우리를 걱정해주던 어부가 우리를 찾아다녔을까? 덧없는 희망 한 자락이 가슴에 자리잡는다)

율은 이렇게 요란을 떠는 데 익숙하지 않았지만 에이드는 그의 말을 웃어넘겼다. "난 서른여섯 군데의 세상에 저런 사람들을 남겨두고 떠났는걸. 저들에게도 좋은 일이야. 설명할 수 없는 일을

설명하려는 노력을 통해 이야기와 동화가 탄생하니까." 에이드
는 자신의 무릎에 몸을 동그랗게 말고 누운 채 생각에 잠겨 손가
락을 빠는 재뉴어리를 내려다보았다.

"우리 딸은 걷기도 전에 동화가 될 거야. 대단하지 않아? 이 아
이는 확실히 타고난 방랑자라니까."

에이드는 기억과 별빛에 의지해 항해하며 밤의 항로를 찾아냈
다. 재뉴어리는 그녀의 가슴에 딱 붙어서 자고 있었고, 율은 선
실에서 그들을 지켜보며 딸이 성인으로 자라는 꿈에 빠져들었다.
꿈에서 재뉴어리는 6개 국어를 구사하며 아빠를 능가했고, 엄마
의 용감하며 야성적인 심장을 물려받았고, 한곳에 뿌리내리지 않
고 오히려 자신이 직접 개척한 길을 따라 여러 세상 사이에서 춤
췄다. 재뉴어리는 일만 개의 태양 아래서 자라 강인하고 빛나고
대단히 아름다울 정도로 기이한 사람이 되었다.

동이 트기 전, 에이드가 선실로 들어와 그와 그녀 사이에 재뉴
어리를 내려놓자 율은 잠에서 깨어났다. 율은 두 사람 위로 팔을
두른 채 다시 잠이 들었다.

시티의 여러 섬에서 불어오는 바람이 점점 더 거칠고 차가워졌
다. 그들은 며칠 동안 눈에 보이지 않는 조류를 가로질렀다. 파
도가 경고하듯 그들의 선체를 찰싹찰싹 때렸고, 돛은 팽팽하게
부풀었다가 힘없이 펄럭거리기를 되풀이했다. 에이드는 시야에
먹잇감이 들어온 매처럼 파도 비말 속에서 씩 웃었다. 재뉴어리
는 허리에 밧줄이 묶인 채 선미에서 뱃머리까지 기어다녔고, 가

끔은 파도 때문에 갑판 위를 구르기도 했다. 율은 에이드의 세상
으로 이어지는 문을 찾아 지평선을 살폈다.

사흘째 되던 날 새벽에 문이 나타났다. 두 개의 검은 바위가 용
의 이빨처럼 수면 위로 튀어나와 있었다. 두 바위는 끝이 거의 닿
을 듯 서로를 향해 기울어져 있었고, 그사이에 좁은 통로가 있었
다. 입구 주위에 아침 안개가 뿌옇게 피어오르고 증기가 서려 있
어 통로가 사라졌다가 다시 보였다.

'내 첫 번째 전제대로 통로는 쉽게 발견되지 않으려는 속성이
있다.'

율은 수첩에 그렇게 적었다. 수첩을 주머니에 쑤셔 넣은 그는
코트로 둘둘 감싼 재뉴어리를 품에 안은 채 뱃머리에 섰다. 에이
드의 낡은 코트 자락 위로 잠든 재뉴어리의 부드러운 얼굴이 나와
있었다. 바다는 잠잠하고 고요해졌다. 뱃머리는 종이를 가로지르
는 펜처럼 수면 위로 미끄러졌다. 바위 그림자가 배 위로 드리웠
다. 배가 통로로 들어서서 문지방을 건너고 두 세상 사이의 검은
구렁텅이로 떨어지기 직전에 율은 뒤돌아서 에이드를 보았다.

에이드는 키 앞에 쪼그리고 앉아 있었다. 넓은 어깨는 해류에
대비해 힘이 들어가 있었고, 이를 앙다물었고, 눈은 격렬한 기
쁨으로 생기가 넘쳤다. 아마 또 다른 문으로 뛰어드는 스릴 혹
은 경계나 장애가 없는 삶을 산다는 영광 혹은 집에 돌아간다는
기쁨 때문이었으리라. 에이드의 꿀 빛 머리카락은 한쪽 어깨로
모아 느슨하게 묶여 있고, 팔을 감아 올라가는 문신과 엉켜 있

었다. 율이 10년도 더 전에 삼나무가 흩어진 들판에서 에이드를 처음 본 이후 그녀는 많이 변했다. 키가 더 컸고, 몸집도 더 커졌으며, 자주 웃어 눈가에 주름이 생겼고, 관자놀이에는 처음으로 곱슬곱슬한 새치가 보였다. 하지만 그때보다 지금 모습이 더 빛났다.

아, 재뉴어리, 네 엄마는 정말 사랑스러웠다.

우리가 암흑으로 들어갈 때 네 엄마는 고개를 들더니 우리 둘을 보며 한쪽 입꼬리만 올라가는 야성적인 미소를 지었지.

박무 속에 흰색과 금색으로 찍힌 얼룩 같던 그 미소가 한 폭의 초상화처럼 지금도 눈에 선하다. 세상이 마지막으로 온전했던 순간, 금세 깨져버린 우리 가족의 마지막 순간을 상징하는 미소였어. 내가 애들레이드 라슨을 마지막으로 본 순간을 상징하는 미소이기도 했고.

이윽고 암흑이 우릴 덮쳤다. 이쪽도 저쪽도 아닌 중간 지대의 숨 막히는 부재가. 나는 눈을 질끈 감았고, 내 겁쟁이 심장은 에이드가 우릴 도와주리라고 믿었다.

그때 무언가가 찢어지고 쪼개지는 소리 아닌 소리가 났다. 왜냐하면 공기가 통하지 않는 곳이라 소리가 날 수 없으니까. 발아래 갑판이 위로 솟구쳤고, 나는 바다 괴물이나 레비아단이 나타나 그 거대한 촉수가 우리 배를 감싼 거라고 생각했다. 이내 출처를 알 수 없는 엄청난 압력이 우리를 덮쳤다. 마치 이 중간 지대 자체가 괴물에게 물려 두 동강 나는 듯했다.

나는 숨이 막히며 눈앞이 캄캄했고 패닉에 빠졌다. 하지만 내가 다른 선택을 할 수 있는 찰나의 순간이 있었다. 이제 그 순간은 기억 속에 전환점으로 정지되어 있다. 모든 것이 그 순간을 중심으로 바뀌어버리는 지점이었다. 그 순간에 나는 선미를 향해, 에이드를 향해 뛰어들 수 있었다. 그랬다면 죽었거나 끝없는 중간 지대에서 흩어지는 저주를 받았을 테지만 적어도 애들레이드와 함께 있었으리라.

하지만 나는 발에 힘을 주고 널 감싸안았다.

나는 그 순간을 자주 생각한다. 그리고 내가 한 일을 후회하지 않는다, 재뉴어리. 가장 어둡고 절망적인 마음 한구석에서도.

그 찰나의 순간은 지나갔다. 부서지는 소리는 더 커졌고, 마침내 너와 나는 신음하는 선체에 납작 엎드렸지. 우리의 폐는 비어 있었고 머리가 지끈거렸어. 내 팔은 널 바이스처럼 꼭 쥐었고 이제는 내가 널 보호하는 건지 으스러뜨리는 건지 알 수 없었어. 내 눈은 안쪽으로 눌렸고 이는 앙다물려 있었지.

공기, 산소가 희박하고 서리가 잔뜩 내리고 소나무와 눈 냄새가 나는 공기. 우리 배는 보이지 않는 장벽을 부수더니 땅 위를 질주했다. 우리는 앞으로 튀어 나갔고, 다른 세상의 차가운 땅으로 내동댕이쳐졌다.

여기서부터 내 기억은 불안정하고 혼란스럽다. 영사기 속 고장 난 전구처럼 깜빡거린다. 분명히 나는 돌이나 날아가던 목재에 머리를 부딪쳤다. 긴장한 네가 내 품에서 비명을 질렀고 따라서 네가 기적적으로, 감사하게도 살아 있다는 사실을 깨달았던 기억이 난다. 내가 비틀거리며 자리에서 일어나 흩어진 배의 잔해로 몸을 빙글 돌려 흰색이나 금색이 보이는지 절박하게 찾았던 일도 기억한다. 하지만 눈에 초점이 잡히지 않았다. 그러다가 다시 무릎으로 주저앉았고, 에이드가 말했던 목재 틀로 된 거대한 문이 있는지 찾아봤지만 재와 돌무더기뿐이었던 기억이 난다. 내가 에이드의 이름을 외쳤고, 아무 대답도 듣지 못했던 기억이 난다. 그늘 속에서 한 형체가 나타나 여명을 등지고 실루엣이 드러났던 기억이 난다. 그때 뒤통수가 번쩍하면서 세상이 산산이 부서졌다. 내 코는 솔잎과 돌멩이 위로 떨어졌고, 입에는 바다 맛이 나는 피가 가득 고였다.

'이렇게 죽는구나.' 생각했던 기억이 난다. 아련히 이기적인 안도감을 느낀 기억도 난다. 왜냐하면 그때쯤에는 나도 알았기 때문이다. 에이드가 우리와 함께 문을 통과하지 못했음을.

나는 대체로 잘 울지 않는다. 어릴 때는 매사에 눈물을 흘렸다. 누가 날 비웃거나 슬프게 끝나는 소설을 읽거나 심지어 올챙이들이 꼬물거리는 물웅덩이가 태양 아래서 말라 들어갈 때도 울었다. 하지만 언제부턴가 극기의 요령, 다시 말해 숨는 법을 배웠다. 내 성으로 들어가 도개교를 올려버리고 제일 높은 탑에서 세상을 지켜본다. 하지만 자피아 가의 오두막에서 피를 흘리며 기진맥진한 상태로 누워 있던 그때는 엉엉 울었다. 옆에는 배드가 있었고, 아빠의 이야기를 낭독하는 제인의 목소리가 우리 위로 굴러갔다.

나는 눈이 따끔따끔하고, 베개가 콧물로 푹 젖을 때까지 울었다. 마치 나 혼자가 아니라 세 사람이 미처 흘리지 못한 눈물을 대신 흘려달라는 임무라도 부여받은 듯이. 세 사람이란 심해에서 실종된 우리 엄마, 엄마를 잃고 슬픔에 휩싸인 아빠, 부모를 잃고 망연자실한 나였다.

낭독을 마친 제인은 아무 말도 하지 않았다. 울다가 잠이 드는 다 큰 여자아이에게 무슨 말을 하겠는가? 제인은 마치 책장에 멍이라도 들면 안 된다는 듯이 부드럽게 책을 덮고 나서 내 턱 밑까지 분홍색 퀼트 이불을 덮어주었다. 그런 다음 한낮의 태양을 가리기 위해 커튼을 치고, 차갑게 식어버린 커피를 든 채 흔들의자에 앉았다. 그녀의 얼굴은 어찌나 잔잔하고 매끈한지 그 안에 격렬한 감정이 잠복해 있다고는 상상할 수 없었다. 아마 그녀도 극기의 요령을 배웠으리라.

나는 오르락내리락하는 배드의 옆구리에 한 팔을 올린 채 여전히 뜨끈하게 부은 눈으로 제인을 바라보며 잠들었다. 제인이 오두막 안을 돌아다니고, 한번은 밖에 나갔다가 추워지는 저녁을 대비해 장작을 한 아름 안은 채 돌아오고, 식탁에서 시커먼 금속성 물건을 만지작거리고, 도무지 속내를 알 수 없는 얼굴을 본 기억이 꿈결처럼 아스라하게 떠오른다. 한번은 잠에서 반쯤 깼더니 문을 열어 무언가로 받쳐둔 채 제인과 배드가 현관 계단에 나란히 앉아 있었다. 여름 달빛 속에 정지된 둘은 한 쌍의 은 동상 혹은 수호천사 같았다. 그 모습을 본 뒤로는 잠을 더욱 푹 잘 수 있었다.

이튿날 아침, 나는 잠에서 완전히 깨어났다. 태양이 서쪽 벽에 희미한 첫 선을 그리고 있었는데 푸르스름하고 희미한 빛이 지금은 문명인이 일어나기에 너무 이른 시간이라고 말해주었다. 나는 태양이 그린 선이 딸기 아이스크림 색으로 변하는 걸 지켜보았고, 새들이 머뭇거리며 부르기 시작하는 노래에 귀 기울였다. 그러자 아마도 태어나서 처음으로 정말로 안전하다는 느낌이 들었다.

아, 나도 알고 있다. 나는 넓은 시골 사유지에서 자랐고, 일등석을 타고 세계 여행을 다녔으며, 진주 장신구를 하고 새틴으로 만든 옷을 입고 다녔다. 위험과는 거리가 먼 어린 시절이었다. 하지만 그것들은 죄다 누군가에게서 빌려온 특권이었고, 나도 그 사실을 알고 있었다. 나는 무도회장의 신데렐라로 내가 입은 화려한 옷과 보석은 환상이고 조건부였으며, 일련의 불문율을 얼마나 잘 따르는지에 달려 있었다. 자정이 되면 전부 사라지고 진정한 내 모습이 드러날 터였다. 돈 한 푼 없고, 보호자도 없는 적갈색 피부의 소녀.

하지만 여기 이 오두막에서는 ─아무도 찾아오지 않고, 퀴퀴한 냄새가 나고, 가장 가까운 마을에서도 20킬로미터 떨어진, 소나무로 뒤덮인 바위 위에 걸터앉은─ 마침내 진정으로 안전하다는 느낌이 들었다.

제인은 간밤에 언젠가 침대에서 배드를 쫓아냈는지 그 자리에 누워 있었고, 지금은 그녀의 꺼끌꺼끌한 검은 머리카락만 보였다. 나는 제인을 깨우지 않으려고 조심하면서 침대를 넘어가 잠시 서 있었다. 몸이 좌우로 흔들렸고, 피곤해서 속이 울렁거렸는데 이 증상은 잠을 아무리 많이 자도 그대로였다. 나는 흰곰팡이가 살짝 핀 담요를 구석에서 훔쳐 들고 나직이 배드를 불렀다. 우리는 함께 절룩거리며 현관 계단으로 나가 앉은 다음 호숫가에서 뭉게뭉게 피어오르는 하얀 물안개를 바라보았다.

머릿속에서 여러 생각들이 원을 그리며 같은 조각들로 돌아오고 또 돌아오길 거듭했고, 나는 마치 그 생각들이 귀중한 물건의 파편이라도 된다는 듯 어떻게든 끼워 맞추려고 했다. 협회, 닫힌 문들, 로크 씨, 아빠.

책은 아직 좀 더 남아 있었지만 그 후의 일을 채워 넣기란 그리 어렵지 않았다. 아빠는 갓난아기인 딸과 함께 이 불행한 세상에서 오도 가도 못하게 되었고, 여행을 다닐 수 있는 일자리를 구했으며, 17년간 집으로 돌아갈 방법을 찾아 헤맸다. 에이드에게, 내 엄마에게 돌아갈 방법을.

하지만 내가 그 문을 찾아내지 않았던가? 들판에서 봤던 푸른 문, 반대편에 은화가 기다리고 있었던 문. 그 문은 잠시 열렸다. 아빠는 그 사실을 전혀 몰랐고, 아마도 딸이 열었던 그 문을 찾다가 숨을 거두었으리라. 너무나 안타까운 일이다. 충분히 막을 수 있었던 독살 사건들과 오해가 연달아 일어나며 마지막에 모두가 죽게 되는 그런 비극 같았다.

하지만 아마도 모든 게 우연은 아닐 테고, 모든 걸 막을 수도 없었으리라. 그 산 정상의 문 앞에서 누군가 기다리고 있었다. 누군가가 그 문을 닫아버린 것이다. 아빠가 쓴 책에는 닫힌 문들과 아빠를 몰래 따라다니는 이름 모를 세력이 자주 언급된다.

나는 헤이브마이어가 이 세상이 지금 이대로 유지되길 바란다고 했던 말, 로크 씨가 나를 협회에 초대해 질서와 안정을 주제로 했던 거창한 연설을 생각했다. '문은 변화다'라고 아빠는 썼다. 하지만 뉴잉글랜드 고고학 협회가 정말로 문을 닫아버리는 흉악한 자들의 비밀 조직일까? 만약 그렇다면 로크 씨는 그 사실을 알았을까? 로크 씨가 이 이야기의 최종 악당일까?

'아냐.'

난 그 의문을 믿을 수 없었고, 믿지도 않을 터였다. 로크 씨는 우리 부녀를 보호해주었고 자기 집 방까지 내주었다. 내게 보모와 가정교사, 고급 드레스를 주었고 17년 동안 푸른색 보석 상자에 선물을 남겨주었다. 모험을 꿈꾸는 소녀에게 더할 나위 없이 어울리는 선물, 너무나 독특하고 사려 깊은 선물들이었다. 머나먼 이국의 인형, 향신료 냄새가 풍기는 스카프, 내가 모르는 언어로 적힌 책.

로크 씨가 날 사랑했던 것만큼은 분명했다.

살갗에서 브래틀보로의 암모니아 냄새가 피어오르는 듯했다. 늘 희미하게 풍기는 악취. 로크 씨가 한 짓이다. 로크 씨가 아무도 내 말을 듣지 못하고, 나를 볼 수 없는 곳으로 날 보내고 가둬버렸다. 날 보호하기 위해서라고는 했지만 이유가 뭐든 상관없었다.

제인이 밖으로 나왔을 무렵 —그녀는 떠오르는 태양에 실눈을 떴고, 머리카락은 한쪽이 약간 납작해졌다— 내 다리는 무감각했고, 호수에서 피어오르던 물안개는 증발해버렸다. 제인은 아무 말 없이 내 옆에 앉았다.

"알고 있었어요?" 잠깐의 침묵이 흐른 뒤 내가 물었다.

"뭘?"

나는 굳이 대답하지 않았다. 제인은 체념한 듯 짧게 한숨을 쉬었다.

"일부는 알고 있었지만 전부는 몰랐어. 줄리언은 자기 얘기를 하지 않는 사람이었거든." 풀숲의 뱀처럼 문장 사이로 슬금슬금 기어다니는 과거형이 날 물려고 기회를 엿봤다.[*]

나는 침을 꿀꺽 삼켰다. "우리 아빠랑 어떻게 만났어요? 아빠가 왜 당신을 내게 보낸 거예요?"

더 긴 한숨이 새어 나왔다. 잠겼던 문을 열어젖히듯이 그 한숨에서 일종의 해방감이 느껴졌다.

"난 1909년 워레오파드[**]와 오거[***]가 사는 세상에서 네 아빠를 만났어. 오거를 거의 죽일 뻔했는데 날이 저물고 있어서 내 창이 빗나갔지."

그전까지는 입이 딱 벌어진다는 말이 책에만 나오는 표현인 줄 알았다. 제인은 그런 나를 곁눈질로 지켜보며 즐거운 듯했고 자리에서 일어나며 말했다. "안으로 들어가서 아침 먹자. 내가 다 말해줄게."

∞

"미션 스쿨에서 네 번째로 도망쳤을 때 문을 발견했어. 쉽게 찾아낸 건 아니야. 서스와산 북쪽은 동굴이 많았는데 그 문은 탐험하기 좋아하는 어린아이가 아니고서는 들어갈 수 없을 만큼 좁고

[*]제인이 과거형으로 말했다는 사실은 그녀가 줄리언은 죽었다고 전제한다는 의미다
[**]아프리카 신화에 등장하는 존재로 인간과 표범의 형상을 자유자재로 오갈 수 있다
[***]전설에 나오는 거인으로 주로 아이들을 잡아먹는다

구불구불한 동굴에 숨어 있었거든. 그늘 속에서 문이 나를 향해 빛나고 있었지. 기다란 아이보리색, 그러니까 상아색 문이었어."

나는 피투성이 환자복을 벗고, 제인의 블라우스와 스커트로 갈아입은 다음 손가락으로 머리카락도 빗어내린(별 효과는 없었지만) 상태였다. 지금 우리는 먼지 쌓인 식탁을 사이에 두고 앉아 있었다. 마치 예전으로 돌아가 로크 하우스 다락에 숨어 커피를 마시고 《연인 시리즈: 훌륭한 소녀들을 위한 낭만적 모험기》 최신판을 주제로 이야기를 나누는 듯했다. 하지만 지금 우리가 나누는 이야기는 제인이 실제로 겪은 일이었고, 아직 시작도 안 했다.

"왜 도망쳤어요?"

제인이 입을 살짝 뾰로통하게 내밀었다.

"도망치는 이유야 다 똑같지."

"하지만 걱정되지 않았어요? 부모님은 어쩌고요?"

"부모님은 둘 다 없었어." 제인은 '둘 다'에 약간 힘주어 말했다. 분노를 삼키며 그녀의 울대뼈가 움직였다. "그때 내 혈육이라고는 여동생뿐이었어. 우리 둘 다 엄마의 농장이 있는 산악지대에서 태어났지. 그곳에 대한 기억은 별로 없어. 우리 피부색처럼 검은 경작지, 발효시킨 수수 냄새, 면도날로 머리를 슥슥 밀던 소리만 기억나. 무치(Mucii). 집이라는 뜻이지." 제인은 어깨를 으쓱였다.

"가뭄이 닥쳤을 때 난 여덟 살이었어. 그때 선로도 깔렸지. 엄마는 우리를 미션 스쿨로 데려갔고, 비가 내리는 4월에 돌아오겠다고 했어. 하지만 그 후로 다시는 엄마를 보지 못했지. 엄마가 일하다가 열병에라도 걸려 죽었을 거라 믿고 싶어. 그럼 엄마를 용서할 수 있을 테니까.”

제인의 목소리에서 버려졌다가 끝내 돌아오지 않은 부모를 애타게 기다리던 아이의 쓰디쓴 악심이 스며 나왔다. 나는 그게 어떤 감정인지 알기에 몸서리쳤다.

“동생은 엄마를 완전히 잊어버렸어. 너무 어렸거든. 우리 언어도, 우리 땅도, 우리 이름도 잊어버렸어. 선생님들은 내 동생을 베이비 샬럿이라고 불렀고, 내 동생 역시 자신을 베이비라고 소개했지.” 제인이 다시 어깨를 으쓱했다. “동생은 행복했어.” 그러더니 말을 멈췄다. 그녀의 턱이 대리석처럼 딱딱하게 굳어졌다. ‘나는 아니었지만’이라는 말이 들리는 듯했다.

“그래서 도망쳤군요. 어디로 갔어요?”

제인의 턱이 풀어졌다. “그냥 멀리 달아났어. 딱히 갈 곳이 없었지. 두 번은 자발적으로 학교로 돌아갔어. 몸이 아프거나 배가 고프거나 피곤해서. 한번은 장교의 말에 묶여 끌려가기도 했고. 병영에서 빵을 훔치다가 잡혔거든. 네 번째로 도망쳤을 때는 나이가 좀 더 들어서였어. 거의 열네 살이었지. 그때는 더 멀리 도망칠 수 있었어.” 열네 살 때의 내 모습이 잠시 떠올랐다. 당시 나는 미래가 불확실했고 외로웠고 잘 다린 리넨 스커트를 입고 서체를 연습했다. 그때의 내가 혼자서 아프리카 덤불을 헤치고 달아난다는 건 상상할 수 없었다. 열네 살이 아니라 몇 살이든 마찬가지였다.

"나는 고향까지 가는 데 성공했어. 다만 그곳은 이제 내 고향이 아니었지. 지붕널과 굴뚝이 있는 보기 흉한 저택이 있었고, 금발 아이들이 그 앞에서 놀고 있었어. 흰 앞치마를 두른 흑인 여자가 아이들을 지켜보고 있었고." 제인은 다시 어깨를 으쓱했다. 이쯤 되자 그 몸짓이 꽤 실용적으로 보였다. 그녀의 어깨를 짓누르겠다고 위협하는 분노를 떨쳐버리려는 몸짓이었다.

"난 계속 도망쳤어. 남쪽으로. 고원 지대가 골짜기와 산맥으로 변했지. 나무는 센 바람을 맞아 메말랐고, 바람은 뜨겁고, 음식은 귀했어. 내 몸은 점점 말라갔지. 가축을 몰던 사람들이 내가 지나가는 걸 보았지만 아무 말도 하지 않았어."

나는 믿을 수가 없다는 듯이 혀를 끌끌 찼고, 제인은 날 동정하는 눈으로 바라보았다. "그때는 유럽 열강들이 아프리카 대륙에 발을 내디딘 뒤였어. 그들이 국경을 정하고, 영토의 소유권을 주장하고, 철도를 깔고, 맥심 기관총을 가져왔지. 덤불을 가르고 도망치며 들짐승처럼 사는 고아가 나 하나는 아니었어."

나는 아무 말도 하지 않았다. 진전과 번영에 대해 이야기했던 로크 씨의 연설을 생각했다. 그 연설에 고아 소녀나 도둑맞은 농장, 맥심 기관총은 등장하지 않았다. 부목을 댄 다리를 뻣뻣하게 바깥쪽으로 뻗은 채 내 의자 아래에 누워 있던 배드가 자세를 바꿔 자기 머리로 내 한쪽 발을 완전히 덮었다.

제인이 말을 이었다.

"난 상아색 문을 발견하고 그 안으로 들어갔어. 처음에는 죽어서 신과 요정의 세계에 들어온 줄 알았지." 제인의 입술이 미소를 짓듯 벌어졌고, 새로운 감정으로 눈가에 주름이 잡혔다. 그건 갈망일까? 아니면 향수? "정신을 차려보니 숲속이었어. 신록이 우거져 온통 푸른색에 가까울 정도였지. 뒤에는 거목의 드러난 뿌리 사이로 내가 통과한 문이 보였어. 나는 그곳을 벗어나 숲속으로 점점 더 깊이 들어갔지.

지금은 그런 행위가 얼마나 어리석은 짓인지 알아. 그 세상의 숲에는 슬금슬금 기어 다니는 잔인한 짐승들, 입이 여러 개 달리고 허기가 채워지지 않는 괴물들이 우글거리거든. 다른 괴물들에게 발각되기 전에 내가 리크와 그녀의 사냥꾼들을 만난 건 그저 운이 좋아서였지. 선교사들 말대로 하자면 신의 뜻이었을 수도 있고. 그 당시에는 별로 행운이라고 생각하지 않았지만. 나무를 돌아가는데 화살촉이 내 코앞으로 지나갔거든."

나는 숨을 헉 들이쉬었다가 얼른 기침하는 척했다. 모닥불 옆에서 무서운 이야기를 듣는 어린아이 같은 반응을 보이고 싶지 않았다.

"그래서 어떻게 했어요?"

"아무것도 하지 않았어. 생존이란 종종 내가 언제 패했는지 깨닫는 문제거든. 뒤에서 부스럭거리는 소리가 나더니 사람들이 모습을 드러냈고, 난 내가 포위되었다는 걸 알았어. 활을 든 여자가 내가 모르는 언어로 속삭였지. 보아하니 내가 전혀 위협적으로 보이지 않았나봐. 목깃이 뜯어진 흰 면 원피스를 입은 굶주린 여자아이에 불과했으니까. 결국 리크는 활을 내려놓았고, 그제야 난 그들 모두를 제대로 볼 수 있었어."

행복한 추억이 떠오르자 제인의 얼굴에 잡혀 있던 주름이 조금은 부드러워지고 따뜻해졌다.

"다 여자들이었어. 근육질에 황금빛 눈동자를 가졌고 엄청나게 키가 컸지. 흐르듯이 우아한 움직임은 암사자를 연상시켰어. 피부는 얼룩덜룩했고, 웃을 때 드러나는 이는 날카로웠지. 내가 지금껏 본 생명체 가운데 가장 아름다웠어. 그들은 날 받아들여주었지. 우리는 서로 말이 통하지 않았지만 그들의 지침은 간단했어. 따라와라, 먹어라, 여기 남아라, 저녁에 먹을 수 있도록 이 짐승의 껍질을 벗겨라. 나는 몇 주, 어쩌면 몇 달 동안 그들과 함께하며 많은 걸 배웠지. 소리 없이 숲속을 기어다니는 법, 활시위에 지방으로 기름칠하는 법을 배웠어. 생고기를 먹고 따뜻한 피를 마시는 법도 배웠지. 내가 어릴 때 들었던 오거 이야기가 모두 사실이고, 그늘에는 괴물이 숨어 있다는 것도 알게 됐어."

제인의 목소리는 최면을 걸듯이 리드미컬해졌다.

"난 리크와 그녀를 따르는 사냥꾼들을 사랑하게 되었어. 그들이 변신하는 모습을 볼 때면 무섭다기보다 부러웠지. 피부가 허물처럼 벗겨지면서 바뀌고, 턱은 길어지고, 쓸모없어진 활은 덜그럭 소리를 내며 바닥에 떨어졌어. 난 평생 무력하게 살아왔는데 두려움 없이 전투에 뛰어드는 표범 여인들의 모습은 세상에 쓰여진 힘의 형태 그 자체였어." 제인의 입에서 그토록 감정적인 목소리가 흘러나온 건 처음이었다. 책의 결말이 형편없거나 커피가 타버리거나 파티에 참석한 손님이 장갑을 낀 손으로 입을 가리고 악담을 퍼부어도 제인은 좀처럼 감정을 드러낸 적이 없었다. 지금과 같은 제인의 목소리는 들어서는 안 될 것 같다는 기분이 들기도 했다.

"마침내 순찰이 끝났고, 그들은 날 집으로 데려갔어. 과실수와 농장에 둘러싸인 마을이었는데 사화산 칼데라 속에 숨겨져 있었지. 남편들이 길로 나와 우리를 맞아주었는데 통통한 아기를 한쪽 팔로 들어 옆구리에 받친 채 신선한 맥주가 든 진흙 냄비를 들고 있었어. 리크가 남편들에게 나를 소개하자 그들은 딱하다는 눈으로 날 바라봤어. 그들은 리크의 집으로 날 데려갔고 내게 음식을 줬지. 그날 밤, 그리고 그 후로도 며칠간 나는 리크의 아이들이 나지막이 코 고는 소리에 둘러싸여 부드러운 모피 위에서 잠을 잤어. 꼭……." 제인은 침을 삼켰고 잠깐 목이 메는 듯한 소리로 말했다. "집에 돌아온 기분이었어."

잠시 침묵이 흘렀다. "그래서 계속 거기서 살았어요? 그 마을에서?"

제인은 한쪽 입꼬리를 들어 올리며 쓸쓸한 미소를 지었다. "그랬지. 하지만 리크와 그녀를 따르는 사냥꾼들은 떠나버렸어. 어느 날 아침에 잠에서 깨어보니 나만 남겨두고 다들 숲으로 떠났더라고." 제인이 매우 퉁명스러운 어조로 말했다. 또다시 버림받았으니 상처가 컸으리라. "그때쯤 그들이 사용하는 언어를 어느 정도 익혔기에 남편들이 하는 말을 이해할 수 있었어. 나는 체구가 너무 작고 약하다는 거야. 그러니 마을에 남아서 아기를 키우고, 티시 열매를 갈아 가루로 만드는 일을 하면서 안전하게 있어야 한다고." 제인은 다시 한쪽 입꼬리를 치켜올리며 미소 지었다.

"하지만 그때 난 도망치기 달인이었지. 활 하나랑 물 세 통을 훔쳐 들고 다시 상아색 문으로 갔어."

"하지만……."

"왜 그랬냐고?" 제인이 식탁의 나뭇결을 따라 손가락을 문질렀다. "안전한 게 싫었으니까 그랬을 거야. 위험해지고 싶었어. 나만의 힘을 키우고 그 힘을 세상에 쓰고 싶었지."

나는 눈을 돌려 배드를 내려다보았다. 배드는 유령처럼 잠들어 있었다. "그래서 표범 여인들의 세상을 떠난 거예요? 그다음에는 어디로 갔어요?" 원래 사람은 우연히 가게 된 이상한 나라에 영영 머물지 않는 법이다. 안 그런가? 앨리스와 도로시, 달링 자매 모두 다시 지루한 세상으로 돌아와 보호자의 손에 이끌려 침대에 뉘어졌다. 우리 아빠도 이 칙칙한 현실 속에 꼼짝 못 하고 갇혀 있다.

제인이 큰 소리로 코웃음 쳤다. "이 세상으로 돌아와 곧장 문에서 제일 가까운 영국군 전초기지로 갔지. 거기서 리멧포드 라이플과 내가 가져갈 수 있을 만큼의 탄환을 훔쳐서 다시 상아색 문을 통과했어. 2주 뒤에 나는 리크의 마을에 도착했지. 어깨에 라이플을 걸치고, 악취가 풍기는 오거의 머리를 겨드랑이에 낀 채. 나는 제대로 먹지 못해서 다시 말라깽이가 됐지. 포대 자루 같은 면 원피스는 다 찢어져 아랫도리만 간신히 가렸고, 싸우다 가 갈비뼈가 두 대나 부러졌지만 내 눈은 자부심으로 활활 타오 르고 있었어." 지금도 그랬다. 제인의 두 눈은 오두막의 그늘을 뚫고 위험할 정도로 빛났다.

"나는 마을에서 리크를 발견하고 그녀의 발치로 오거의 머리를 굴려 보냈어." 제인의 미소가 커지면서 앞니의 벌어진 틈이 윙크 하는 듯했다. "그 후로는 22년 동안 표범 여인들과 함께 순찰을 다녔지. 내 이름으로 죽인 오거가 열둘이나 됐고, 남편 둘에 사 냥꾼 아내 하나를 뒀으며, 세 개의 언어로 된 세 가지 이름이 있 었어. 세상이 전부 내 것이었고, 그 세상은 피와 영광으로 가득 했지." 제인이 내게 몸을 내밀었다. 그녀는 몸을 내밀고 내 눈을 똑바로 바라보았다. 마치 보이지 않는 꼬리를 흔들어대며 사냥 중인 검은 표범 같았다. 다시 입을 열었을 때 제인의 목소리는 더 낮고 거칠었다.

"난 계속 그런 삶을 살았을 거야. 1909년에 네 아빠가 와서 내 문을 영원히 닫지만 않았더라면."

나는 한 치의 빈틈도 없이 완벽하게 말문이 막혀버렸다. 부끄 럽거나 불확실해서가 아니라 충격으로 머릿속에서 모든 단어가 흔들리다가 우수수 떨어져 나왔고, 잡음처럼 희미하게 윙윙거리는 소리만 남았기 때문이었다. 만약 우리가 계속 앉아 있었다면 나는 정신을 차리고 이런 식의 말을 했으리라. '우리 아빠가 문을 닫았다고요?' 혹은 '그걸 어떻게 아세요?'라든가 가장 솔직하고 필요한 대답인 '미안해요'라고.

하지만 나는 그중 어느 하나도 말하지 않았다. 갑자기 오두막 문을 쾅쾅 두드리는 소리가 났기 때문이다. 서늘한 목소리가 느릿느릿하게 외쳤다.

"친애하는 스칼러 양, 거기 있나? 우리의 대화가 아직 안 끝났잖아."

그 순간 수정처럼 또렷한 정적이 흘렀다. 이내 걸쇠가 들리고 오두막 문이 우리를 향해 벌컥 열렸다. 제인이 두 손을 스커트 주머니로 얼른 밀어 넣으며 자리에서 일어서자 의자가 드르륵 소리를 내며 뒤로 밀렸다. 배드는 발톱을 세우며 일어섰고, 목덜미 털을 곤두세운 채 이를 드러냈다. 내 몸은 마치 차가운 꿀 속에 잠긴 듯했다.

문지방에 헤이브마이어가 서 있었지만 그는 협회 모임에 참석하거나 크리스마스 파티에서 우리를 모욕했을 때와는 완전히 다른 사람이었다. 그가 입은 리넨 양복은 너무 오래 입어서 꼬깃꼬깃 주름지고 약간 거무스름했으며, 살갗에는 홍조가 돌았고, 미소는 역겨울 정도로 불쾌했다. 거즈를 둘둘 감은 왼손은 피에 젖어 축축한 갈색이었고, 오른손은 장갑을 끼지 않은 맨손이었다. 하지만 내가 비틀거리며 자리에서 일어나 현관문을 향해 속절없이 손을 뻗은 이유는 헤이브마이어 때문이 아니었다. 그가 반쯤 질질 끌며 데려온 젊은 남자, 실컷 두들겨 맞아 정신이 멍해진남자 때문이었다.

새뮤얼 자피아.

새뮤얼은 두 손이 등 뒤로 묶여 있었고, 입에는 면 거즈로 재갈이 물려 있었다. 평소 불에 익힌 버터 빛깔이었던 피부는 누르뎅뎅했고, 눈은 폭 꺼져 있었다. 그 눈에 담긴, 먹이로 잡힌 동물의 공포감은 내게도 익숙했다. 만약 헤이브마이어가 날 만진 뒤에 내가 거울을 봤다면 내 눈도 저와 똑같았으리라.

새뮤얼은 오두막 안의 어둠을 가늠하며 눈을 깜빡거렸다. 그의 눈은 내게 초점을 맞췄고, 입에서는 거즈를 뚫고 목쉰 소리가 흘러나왔다. 마치 내 모습이 보이지 않는 주먹이 되어 그를 가격한 듯이.

제인은 움직이기 시작했다. 어느 모로 보나 —어깨의 각도, 보폭의 길이, 무언가 희미하게 반짝이는 물건을 쥔 채 스커트 주머니에서 나오는 손— 폭력을 쓸 태세였으나 헤이브마이어가 장갑을 끼지 않은 오른손을 들어 새뮤얼의 목으로 가져가더니 따뜻한 살갗 바로 위에서 멈췄다.

"자, 숙녀분들, 진정하는 게 좋을 거야. 난 나중에 후회할 짓은 하고 싶지 않으니까."

그의 말이 왜 협박이 되는지 이해하지 못하는 제인은 어떻게 해야 할지 몰라 망설였고, 나는 그제야 말문이 터졌다.

"제인, 안 돼요!" 나는 몸을 비틀거리며 붕대를 감은 팔을 쭉 뻗었다. 마치 제인이나 배드가 헤이브마이어에게 달려들면 내가 막을 수 있다는 듯이. "저자는 뱀파이어예요. 저자의 손에 닿으면 안 돼요." 제인은 팽팽한 긴장감을 발산하며 꼼짝하지 않았다.

헤이브마이어가 짧게 웃었다. 그 웃음소리는 그의 미소만큼이나 불쾌하게 들렸다.

"나도 네 옆에 있는 그 섬뜩한 동물 곁에 가고 싶지 않구나. 저녀석이 어떻게 살아남았지? 에번스가 멍청한 놈이라는 건 진작 알았지만 적어도 개 한 마리쯤은 익사시킬 수 있을 줄 알았는데."

분노한 나는 손톱이 손바닥에 박힐 정도로 주먹을 불끈 쥐었고, 턱이 굳어졌다. 헤이브마이어의 미소 아닌 미소가 더 크게 번졌다.

"어쨌든 난 우리가 나누던 대화를 계속하려고 왔어, 스칼러 양. 네가 지난번에 약속을 어겼으니까. 하지만 솔직히 말해서 너의 그 귀여운 마법을 본 후로 내 원래의 목적이 다소 수정되긴 했지." 그는 피에 물든 붕대를 감은 왼손을 내게 흔들어대며 악의로 가득 찬 눈을 번득였다. 나는 새뮤얼이 침을 삼키자 그의 목 근육이 움직이는 걸 바라보았다.

"넌 제법 대단한 능력의 소유자더군. 사실 우리는 모두 각자 자기만의 방식으로 대단히 비범한 사람들이지. 하지만 우리 가운데 어느 누구도 세상에 없던 구멍을 만들어낼 수는 없어. 코닐리어스는 그 사실을 아나? 세상에서 제일 좋은 것들을 수집해 집이라고 부르는 그 능에 꼭꼭 숨겨두는 그 친구다운 행동이야." 헤이브마이어가 애정 어린 표정으로 고개를 절레절레 흔들었다. "하지만 더는 코닐리어스가 널 데리고 있을 수 없다는 데 우리 모두 합의했다. 우린 너와 좀 더 자세한 이야기를 나누고 싶구나." 나는 마치 다른 답이 나오기를 바라며 방정식을 거듭 풀 듯이 방 안을 휘둘러보았다. 내 눈은 제인에게서 배드로, 새뮤얼의 목에 칼날을 겨누듯 흰 손가락을 들고 있는 헤이브마이어에게로 돌아갔다.

"지금 순순히 나를 따라나선다면 이 불쌍한 식료품점 소년의 목숨은 빨아먹지 않으마."

헤이브마이어의 손끝이 불쾌할 정도로 부드럽게 새뮤얼의 살갗에 닿았다. 그러자 마치 바람에 명멸하는 불꽃처럼 새뮤얼의 온몸이 굳더니 부르르 떨렸다. 입에 물린 면 거즈 사이로 거친 숨이 새어 나왔고, 다리에서 힘이 빠졌다.

"안 돼!" 나는 앞으로 달려 나가 새뮤얼을 향해 손을 뻗었고, 앞으로 고꾸라지려는 그를 절반쯤 붙잡았다. 우리 둘 다 바닥에 털썩 주저앉았고, 새뮤얼의 떨리는 몸이 내 무릎으로 푹 쓰러졌다. 아직 아물지 않은 내 왼팔의 상처가 다시 벌어지고 피가 나면서 몹시 화끈거렸다. 나는 새뮤얼의 입에서 침에 흠뻑 젖은 거즈를 빼냈다. 그의 호흡은 편해졌지만 눈은 여전히 흐릿하고 멍했다.

내가 새뮤얼에게 뭐라고 속삭인 게 틀림없다('안 돼, 안 돼, 새뮤얼, 정신 차려'). 왜냐하면 헤이브마이어가 혀를 끌끌 차며 이렇게 말했기 때문이다. "히스테리 부릴 거 없어. 그 녀석은 아무

문제 없으니까. 뭐 문제가 전혀 없는 건 아니지. 어젯밤에 내가
찾아갔을 때 꽤 비협조적이더군. 하지만 나도 꽤 집요한 편이라
서 말이야." 그의 얼굴에 그 미소 아닌 미소가 다시 나타났다.

"네가 사라졌을 때, 물론 내 손의 일부도 가지고서 말이야, 내
가 할 수 있는 일이라고는 이 친구가 남긴 사랑의 쪽지를 추적하
는 것뿐이었어. 네가 무정하게도 그 쪽지를 브래틀보로에 남기고
갔더군. 이 친구는 멍청하게도 자피아 패밀리 식료품점 영수증
뒷면에 글을 썼고."

'버려야 해, 재뉴어리.' 새뮤얼은 그토록 용감하게 사소한 친절
을 베풀었건만 고통으로 보답받았다. 나는 죄를 지은 사람만 벌
을 받는 줄 알았다.

"더 이상 불행한 일이 일어나지 않는다면 이 친구는 회복될 거
다. 심지어 저 개와 네 하녀까지도 그냥 두고 가도록 하지." 헤이
브마이어의 목소리는 자신감이 넘쳤고 친근할 정도였다. 마치 머
뭇거리는 소를 도살장으로 끌어들이는 도살업자를 연상시켰다.

"그냥 지금 네가 나와 함께 가기만 하면 돼."

나는 새뮤얼의 파랗게 질린 얼굴과 다리에 부목을 댄 배드, 날
위해 일자리도 잃고 고향에도 돌아가지 못하는 제인을 바라보았
다. 문득 외로워야 할 고아 소녀치고 날 위해 기꺼이 고통을 감
수하는 사람들이 놀랄 만큼 많다는 생각이 들었다.

이제 그만하자.

나는 최대한 부드럽게 새뮤얼을 내 무릎에서 밀어내고는 잠시

머뭇거리다가 그의 축축한 이마에 달라붙은 진갈색 곱슬머리를 떼어냈다. 두 번 다시 그를 볼 기회가 없을 테니 이 정도는 누려야 한다.

나는 자리에서 일어났다. "좋아요." 내 목소리는 속삭임에 가까웠다. 나는 침을 삼켰다. "좋다고요. 당신이랑 갈 테니까 이 사람들을 해치지 말아요."

헤이브마이어는 날 지켜보았다. 그의 표정에서는 어딘가 모르게 잔인한 자신감이 엿보였다. 작고 약한 먹이를 몰래 따라다니는 고양이의 으스대는 걸음처럼. 그가 굶주려 보이는 맨손을 내게 내밀었고, 나는 그에게로 다가갔다. 뒤에서 발톱으로 바닥을 긁고 으르렁거리는 소리가 나더니 배드가 구릿빛 선이 되어 내 옆으로 쏜살같이 날아올랐다.

불현듯 내가 열다섯 살 때 로크 씨의 협회 파티에서 일어났던 일이 영화처럼 떠올랐다. 그날, 파티에 참석한 몇몇 손님과 집사가 끼어들고 나서야 헤이브마이어의 다리에서 배드를 떼어낼 수 있었다. 하지만 지금은 끼어들 사람이 아무도 없었다.

헤이브마이어는 인간 같지 않은 새된 비명을 지르더니 뒤로 비틀거렸다. 배드는 입 안 가득 그의 오른손을 물고 마치 줄다리기를 하듯이 발에 힘을 주고 버텼다. 배드가 부상을 당하지 않았더라면, 부목을 댄 다리를 제대로 쓸 수 있었더라면 아마 충분히 이겼으리라. 하지만 배드는 낑낑거리며 비틀거렸고, 헤이브마이어는 검붉은 피를 튀기며 손을 빼냈다. 그러더니 두 손을 가슴으로 가져가며 ─거즈를 감은 왼손은 밀랍 같은 세 손가락 끝이 잘려 나갔고, 오른손은 구멍이 뚫리고 살점이 뜯겼다─ 분노가 이글거리는 표정으로 배드를 바라봤다. 그 표정을 본 나는 헤이브마이어가 배드를 죽일 거라고 확신했다. 그는 다친 손을 배드의 털 속에 파묻고 절대 떼지 않을 터였다. 배드에게 온기라고는 전혀 남아 있지 않을 때까지, 배드의 호박색 눈동자가 차갑고 멍해질 때까지.

하지만 헤이브마이어는 그렇게 할 수 없었다. 부싯돌을 부딪치듯이 금속이 딸칵 돌아가는 소리가 나더니 별안간 천둥소리가 들렸기 때문이다. 헤이브마이어의 리넨 양복에 작은 구멍이 생겼다. 그것도 심장 바로 위에. 그는 어리둥절해 그 구멍을 내려다보며 눈을 깜빡이더니 도저히 믿기지 않는다는 표정으로 고개를 들었다.

가슴에 생긴 그 구멍 주위로 어둠이 피어났고, 헤이브마이어는 그 자리에 쓰러졌다. 우아하게 쓰러졌다기보다는 다 녹아내린 양초가 푹 주저앉듯 몸을 문에 기댄 채로.

헤이브마이어는 마치 빨대로 타르를 빨아들이는 사람처럼 가래가 그르렁거리는 소름 끼치는 소리를 내며 숨을 들이쉬더니 내 눈을 바라보며 미소 지었다. "그들은 계속 널 찾을 거다, 애야. 그리고 내가 장담하건대," 다시 타르를 빨아들이는 소리가 나며 그의 머리가 앞으로 힘없이 떨어졌다. "그들이 널 찾아낼 거야."

나는 다시 그르렁거리는 숨소리가 나기를 기다렸지만 더는 나지 않았다. 거기 누워 있는 그의 몸이 이상하게 더 작아 보였다. 죽어서 창틀에 말라비틀어져 있는 거미들처럼.

나는 천천히 뒤로 돌았다.

제인이 두 다리를 넓게 벌리고, 두 팔을 올린 채 완벽하게 안정된 자세로 서 있었다. 두 손은 무언가를 꼭 감싸 쥐고 있었다.

익숙한 물건을 평소와 전혀 다른 상황에서 봤을 때의 그 기분을 아는가? 마치 눈이 자기가 바라보는 물건의 형태를 이해하지 못하는 듯한 기분을?

나는 로크 씨의 책상에서 유리 상자 안에 든 엔필드 리볼버를 본 적이 있었다.

제인이 리볼버를 아래로 내리는 동안 총구에서 한 줄기 연기가 구불구불 피어올랐다. 제인은 초연하고 차분한 표정으로 리볼버를 이리저리 돌리며 바라보았다.

"솔직히 말해 총알이 정말로 발사되는 걸 보고 조금 놀랐어. 이 총은 골동품이거든. 하지만 다시 생각해보니까," 이 대목에서 제인은 흉포하면서도 신나는 미소를 지었고, 불현듯 나는 그녀의 옛 모습을 조금이나마 볼 수 있었다. 사냥의 모험을 즐기는 젊은 아마존 여전사의 모습. 다른 세상의 정글을 어슬렁거리며 사냥하러 다니는 치타.

"로크 씨는 소장품을 늘 최상의 상태로 보관하지."

우리 넷 중에서 —헤이브마이어까지 포함해 다섯이라고 해야 하나?— 제인만 몸이 온전했다. 배드는 몹시 흥분해 세 다리만으

로 헤이브마이어 주위를 폴짝폴짝 뛰어다니며 컹컹거렸다. 보아
하니 헤이브마이어와 제대로 싸울 기회를 빼앗겨 불만인 듯했다.
나는 다시 새뮤얼 옆에 털썩 주저앉았다. 새뮤얼은 몸을 미약하
게 움찔거리더니 인상을 쓰며 눈을 씰룩거렸다. 마치 악몽 속 전
투에 갇혀 빠져나올 수 없다는 듯이. 붕대를 감은 새뮤얼의 팔에
서 피가 흐르며 맥박이 쿵쿵거렸고, 나는 바보 같은 생각을 했다.

'우리가 읽던 펄프 매거진과는 딴판이다, 새뮤얼. 더 유혈이 낭
자하고 더 야단법석을 피워야 하는 거 아니야?'

제인은 서늘한 손을 내 볼에 대고는 뭔가 살피는 표정으로 내
눈을 바라보았다. 최근에 떨어뜨린 도자기 인형을 들고 금이 간
곳은 없는지 확인하는 사람처럼. 그러더니 고개를 한번 끄덕이고
는 ─의심스러운 진단이었다. 나로서는 금이 꽤 간 듯했기 때문이
다─ 단호하게 오두막 주변을 돌아다니기 시작했다. 헤이브마이
어 옆에 좀이 슨 시트를 펼친 제인은 그의 시신을 시트 위로 깔끔
하게 굴린 다음 문밖으로 끌고 나갔다. 그가 문지방을 넘는 동안
연신 묵직하고 불쾌한 소리가 났고 ─'문지방은 엄청나게 위험한
곳이야.' 나는 반쯤 히스테리에 빠져 딸꾹질하듯이 웃으며 생각
했다─ 이내 솔잎 사이로 무거운 물체를 슥슥 끌고 가는 소리만
이 들려왔다.

제인은 녹슨 양동이에 호숫물을 받아 돌아왔다. 소매를 팔꿈
치까지 걷어 올린 그녀의 모습은 살인자라기보다 부지런한 가정
주부 그 자체였다. 제인은 나를 보더니 동작을 멈추고 짧게 한숨

을 쉬었다.

"넌 새뮤얼을 맡아, 재뉴어리." 제인이 부드럽게 말했다.

그 말은 동시에 '정신 차려, 얘야'라고 말하는 듯했다. 어쩌면 '다 잘될 거야'일 수도 있고. 나는 몸을 살짝 떨며 고개를 끄덕였다.

새뮤얼이 멍한 상태에서도 나름 협조했지만 그를 침대에 눕히기까지 30분이 걸렸다. 우선 그와 옥신각신하며 침대로 데려간 다음, 정신 차리고 침대에 누우라고 구슬려야 했다. 그런 다음 내 손목을 부서지도록 꽉 잡은 그에게 손을 놓으라고 설득해야 했다.

"괜찮아, 넌 이제 안전해, 어쨌든 헤이브마이어는 사라졌어."

그다음에는 불을 피우고, 아직도 떨리는 그의 다리 위에 남은 담요를 포개놓았다. 의자 다리가 마룻바닥에 긁히는 소리가 나면서 제인이 내 옆으로 의자를 가져왔다. 그녀가 아직 젖은 두 손을 스커트에 닦자 얼룩이 남았다. 지저분한 연분홍색 얼룩이었다.

"줄리언이 널 보살피라고 날 고용했을 때," 제인이 부드럽게 문을 열었다. "자신을 따라다니는 사람들, 쫓아오는 누군가가 있다고 했어. 언젠가는 자기가 그들에게 잡힐 거라면서. 자신이 잡히고 나면 딸도 잡아갈지 모른다고 했어. 딸을 최대한 안전한 곳에 두기는 했다면서." 제인은 말을 멈췄고, 그녀의 눈이 내가 있는 쪽으로 휙 움직였다.

"그때 내가 줄리언에게 그랬지. 딸들은 안전한 곳에 있고 싶어 하지 않는다고. 차라리 부모와 함께 있고 싶어 한다고. 하지만 줄리언은 대답하지 않았어."

나는 발을 구르며 '대체 왜 그런 결정을 한 거죠?'라고 따지거나 제인의 품에 안겨 슬픔을 가누지 못한 채 흐느껴 울고 싶어 하는 내 안의 어린아이를 달래며 침을 삼켰다.

'어차피 이젠 다 지난 일이야.'

그 대신 이렇게 말했다. "도대체 아빠는 무얼 하고 있었던 거죠? 만약 이 세상 어디든 아빠를 따라다니는 악당들이 있다면 그들은 대체 누굴까요? 악당이라니? 어이가 없어서 코웃음을 치고 싶지만 참아야겠네요. 조금 전에 제인이 쓴 게 진짜 뱀파이어니까요."

제인은 곧바로 대답하지 않았다. 그러더니 몸을 앞으로 내밀어 침대 옆 바닥에 놓여 있던 책을 집어 들었다. 가죽으로 장정된 아빠의 책이었다.

"정말 모르겠구나, 재뉴어리. 하지만 그들이 네 아빠를 잡아갔을 수 있어. 이젠 널 잡으러 올 수도 있고. 그러니까 우선 이 책을 다 읽어야 하지 않을까?"

인생에서 몹시 두려운 순간에 내가 가장 잘하는 일, 그러니까 책으로 도피해야 한다니 이 얼마나 적절한가. 나는 제인의 손에서 《일만 개의 문》을 받아 들고 두 다리를 의자로 올려 옆으로 눕히며 마지막 장을 펼쳤다.

6장

줄리언 스칼러의 탄생

**난파선에서 구조된 남자 - 쫓고 쫓기는 남자 - 희망을 버리지
않는 남자**

율 이언의 영혼은 자신의 몸에 닻을 내리지 않은 채 요동치는 어
둠 속에서 표류했다. 그게 최선이라고 생각했고, 가능한 한 오랫
동안 그렇게 표류하기로 마음먹었지만 쉽지 않았다. 가끔 낯선 목
소리들과 랜턴 불빛, 몸의 성가신 요구들, 악몽이 어둠을 깨뜨렸
다. 악몽을 꾸고 나면 숨을 헉 들이쉬며 처음 보는 방에서 깨어났
다. 한두 번은 날카로우면서도 익숙한 아기 울음소리가 들렸고,
가슴에서 찌르는 듯한 아픔을 느꼈다. 마치 깨진 도자기 조각들이
서로 갈아대는 듯이. 그러다가 다시 망각 속으로 뛰어들었다.

하지만 율은 서서히 치유되었다. 이제는 한 번에 몇 시간씩 완
전히 깨어 있었지만 율은 꼼짝하지 않았고, 침묵으로 일관했다.
마치 조용히 침묵을 지키고 있기만 하면 암호랑이 같은 현실이
그를 발견하지 못하고 지나갈 거라는 듯이. 하지만 더는 검은 가

죽 가방을 들고 와서 그의 체온을 재고, 머리에 감은 붕대를 갈아주는 무뚝뚝하고 뚱한 남자에게서 달아날 수 없었다. 그래도 그의 질문은 무시할 수 있었고, 머리맡 테이블에 놓인 김이 모락모락 나는 수프도 먹지 않았다. 가끔 방에 들어와 딸에 대해 묻는 땅딸막한 여자도 -당신이 애 아빠인가요? 왜 애를 데리고 그 산에 혼자 갔죠? 애 엄마는 어디 있죠?- 무시해버렸다. 통증과 어둠이 다시 그를 집어삼킬 때까지 다친 머리를 매트리스에 파묻는 거칠고 효과적인 방법으로.

(날 괴롭힌 내 비겁한 행동 중에서도 최악은 아마도 네 엄마가 이런 나를 봤다면 무슨 말을 했을지 알고 있다는 점이었을 거다. 난 네 엄마가 사라졌고 따라서 실망시킬 수도 없다는 사실에 씁쓸한 만족감을 느꼈지)

며칠 혹은 몇 주 뒤에 율이 눈을 떠보니 침대 옆에 모르는 남자가 앉아 있었다. 실눈을 뜬 율의 시야에 검은 양복을 차려입은 부유해 보이는 남자의 모습이 흐릿하게 들어왔다.

"좋은 아침이오, 선생." 남자가 쾌활하게 말했다. "차 마시겠소? 아니면 커피? 아니면 이 산에 사는 야만인들이 마시는 독한 버번을 줄까요?"

율은 눈을 감았다.

"싫다고? 잘 생각했소. 버번에서는 약간 쥐약 냄새가 나거든." 낯선 남자가 잔을 쨍그랑거리며 자신이 마실 버번을 따르는 소리가 들려왔다.

"호텔 주인 말로는 당신이 사고로 머리가 이상해졌고, 여기로 실려 온 이후 말을 두 마디 이상 하지 않았다고 하더군. 여기가 이 호텔에서 제일 좋은 방인데 당신 때문에 악취가 난다고도 했고. 하지만 이 방이 제일 좋다는 말은 심한 과장같군."

율은 아무 말도 하지 않았다.

"호텔 주인이 당신 물건을 살펴봤소. 정확히 당신 물건인지는 몰라도 산 정상의 이상한 잔해에서 찾아낸 물건들인데 밧줄, 나침반, 염장 생선, 다소 이상한 옷들이더군. 도무지 알아볼 수 없는 글씨나 암호로 적힌 종이도 여러 다발 있었고. 지금 마을 사람들은 두 부류로 나뉘는데 하나는 당신이 프랑스에 정보를 넘기려는 외국인 스파이라고 주장하고 있소. 하지만 난 유색인 스파이가 있다는 말은 들어본 적이 없어. 다른 하나는 당신이 머리를 다치기 전에 이미 미쳤다고 믿는 사람들이오. 개인적으로는 둘 다 믿지 않지만."

율은 지푸라기를 넣은 매트리스에 머리를 묻었다. 눈꺼풀 안쪽에서 작은 별들이 톡톡 터졌다.

"그쯤 해두게." 남자의 목소리가 마치 입고 있던 모피 코트를 바닥으로 툭 떨어뜨리듯이 지나치게 예의 바른 껍질을 벗어던졌다. "왜 지금 자네가 길바닥에 버려져 서서히 죽어가지 않고, 이 아늑하면서 편안한 방에 누워 있는지 생각해본 적 있나? 게다가 실력이 의심스럽긴 하지만 동네 의사의 진료까지 받으면서 말이야. 그 모든 게 이 동네 사람들의 선의 때문이라고 생각하나?" 남자는 비웃듯이 짧게 웃었다. "땡전 한 푼 없고, 몸에 문신한 검둥이에게 아무도 선의를 베풀지 않아. 유감스럽게도 자네가 이렇게 편안하게 지낼 수 있는 건 순전히 내 의지 그리고 내 돈 덕분이야. 그러니까," 이 대목에서 낯선 남자는 율의 턱을 우악스럽게 잡아 자기 쪽으로 돌렸다. "자네는 내게 최대한 집중해야 할 의무가 있어."

하지만 율은 평소처럼 사회적 관습을 따르고, 상대와 대화를 주고받을 수 있는 경계를 훌쩍 넘어선 상태였다. 머릿속에서는 이 남자가 방해하지 않았다면 죽음으로 향하는 여정이 훨씬 더 빨랐으리라는 생각뿐이었다. 율은 계속 눈을 감고 버렸다.

잠시 정적이 흘렀다. "게다가 커틀리 부인이라는 여자에게 주급까지 따로 챙겨주고 있어. 만약 내가 그 돈을 대지 않았다면 자네 딸은 덴버행 기차에 던져져 주립 고아원으로 보내졌을 거야. 거기서 몸에 이가 득시글거리는 비천한 아이로 자라거나 폐결핵에 걸리거나 지나친 외로움에 시달리다가 어린 나이에 죽었겠지. 어느 쪽이든 세상 사람들 누구도 관심을 보이지 않을 테고."

아까처럼 깨진 도자기 조각들이 서로 갈리는 느낌이 다시 가슴을 찌르는 듯했고, 머릿속에서 무언의 외침이 들려왔다. 애들레이드의 목소리와 매우 비슷한 그 소리는 '절대 그렇게 되도록 내버려 둘 순 없어'라고 외쳤다.

율은 눈을 떴다. 지는 해의 어둑한 햇살이 두개골을 찌르는 수백 개의 바늘처럼 느껴졌고, 처음에 그가 할 수 있는 일은 그저 눈을 깜빡거리며 숨을 헉 들이쉬는 것뿐이었다. 서서히 실내가 또렷하게 보였다. 작고 지저분한 방으로 거칠게 톱질한 소나무로 만든 가구들이 구비되어 있었다. 그가 누워 있는 침대는 얼룩덜룩한 시트가 엉켜 있었고, 홍수의 잔해처럼 시트 밖으로 나와 있는 그의 팔다리는 지나치게 마르고 쇠약해 보였다.

여명처럼 옅은 눈동자로 율을 지켜보고 있던 남자는 한 손에 비취색 잔을 들고 있었다. 율은 갈라진 입술을 혀로 핥았다.

"왜죠?"

율의 목소리는 원래보다 더 낮고 거칠게 나왔다. 마치 폐를 녹슨 쇠 풀무로 바꾼 듯이.

"왜 자네에게 아량을 베푸냐고? 왜냐하면 난 광물에 투자할 생각으로 우연히 어떤 곳에 가게 되었는데, 광물 시장은 완전히 포화 상태라 지금은 투자 적기가 아니라네. 아무튼 그곳에서 소문을 듣게 됐어. 몸에 문신을 새긴 어떤 미치광이 남자가 산꼭대기에서 조난당했는데 문이니, 다른 행성이니, 어떤 여자에 대해 헛소리를 해댄다고. 내가 습득한 정보가 틀리지 않는다면 그 여자 이름이 애들레이드였어." 남자가 몸을 앞으로 내밀자 그의 고급 양복이 스윽 스치는 소리를 냈다. "왜냐하면 나는 원래 독특하고 진귀한 물건을 수집하는데 자네는 둘 다 해당되는 사람 같아서 말이지."

남자는 또 다른 잔을 꺼내더니 ―본인이 들고 있는 비취색 잔과 상당히 다른 진갈색 잔― 거기에 다소 기름진 액체를 따랐다.

"자, 일어나서 이걸 마시게. 그런 다음 내가 한 잔 더 따라줄 테니 다 마셔봐. 그리고 나서 있는 그대로의 사실을 말해주게. 전부다." 마지막 말을 하면서 남자는 율의 눈을 똑바로 바라보았다.

율은 침대에서 일어나 앉아 잔에 든 액체를 마셨다. 마치 불이붙은 성냥을 삼키는 듯했다. 그런 다음 이야기를 시작했다.

"저는 당신들 달력으로는 1881년에 여기 처음 왔고, 애들레이드 리 라슨이라는 여자를 만났습니다." 율의 목소리는 잠시 사라졌다가 속삭임으로 돌아왔다. "그날 이후 전 애들레이드를 사랑했고요."

율은 처음에는 주어와 동사로만 말했으나 금세 몇 단락씩, 몇장씩 말하다가 나중에는 숨을 헐떡거리며 끝없이 줄줄 이어서 말했다. 특별히 기분이 좋거나 나쁘지 않았고 그저 필요한 일이라는 생각이 들었다. 마치 저 두 개의 옅은 눈동자가 그에게서 억지로 말을 토해내도록 가슴에 얹어둔 두 개의 돌덩어리라는 듯이.

율은 문이 닫혀버린 일과 그 후로 문을 학문적으로 연구하는데 헌신했던 날들, 애들레이드도 나름대로 문을 찾아다니다가두 사람이 시티 오브 플럼 해안가에서 재회한 일에 대해 말했다. 둘 사이에서 태어난 딸과 산꼭대기에 있는 문으로 떠난 여행 그리고 세상이 무너진 일에 대해서도.

"이제는 모르겠어요. 뭘 해야 할지, 어디로 가야 할지. 집으로가는 다른 문을 찾아야 합니다. 애들레이드가 살아 있는지 알아봐야 해요. 틀림없이 살아 있을 겁니다. 아내는 늘 아주 강했으니까. 하지만 내 딸 재뉴어리는⋯⋯."

"그만 징징거리게."

율은 딸꾹질하며 말을 멈췄다. 무릎 위에서 양손을 맞잡고 쥐어짜다가 팔에 새겨진 단어(학자, 남편, 아빠)를 문지르며 이 중 어느 하나라도 아직 사실일지 생각했다. "아까도 말했다시피 난 수집가야. 내게는 지구 각지를 돌아다니며 진귀한 물건을, 그러니까 조각품, 화병, 이국적인 새 등등을 가져다주는 현장 직원이 여남은 명 있지. 자네는 방금 문에 대해 언급했지? 내가 생각하기에 자네는 그 문을 통해 귀한 물건을 가져올 수 있을 것 같군. 심지어 신화에나 나올 법한 물건들까지." 남자는 온몸으로 허기를 발산하며 몸을 앞으로 숙였다. "안 그런가?"

율은 눈을 깜빡거렸다. "네, 아마도 그럴 겁니다. 제가 연구한 결과 어느 세상에서는 흔한 물건이 다른 세상에서는 기적적으로 귀한 물건이 될 수도 있으니까요. 문화적 이해의 맥락이 전이되어⋯⋯."

"바로 그거야." 남자가 그의 말을 자르며 빙그레 웃더니 의자에 등을 기대고는 코트 주머니에서 땅딸막한 시가를 꺼냈다. 성냥을 긋는 소리와 함께 유황 냄새, 담배의 푸르스름한 악취가 풍겼다. "자, 이제 우리는 서로에게 이득인 계약을 맺을 수 있겠어." 남자가 성냥을 흔들어 불을 끄고는 타다 남은 성냥개비를 바닥에 휙 던졌다. "일단 자네는 집과 음식과 일자리가 필요해. 내가 제대로 이해했다면 아마도 고인이 됐을 아내에게로 돌아갈 방법을 찾을 돈과 기회도 필요해 보이고."

"아내는 죽지 않……."

남자가 또다시 율의 말을 잘랐다. "그 문제를 내가 다 해결해주겠네. 전부 다. 자네에게 숙식을 제공하고, 세상을 돌면서 연구할 수 있는 비용도 무제한으로 주겠어. 자네는 세상 어디든 실컷 돌아다니면서 문을 찾아다니는 거야. 하지만 대신……." 남자는 시가 연기 사이로 번쩍이는 상아색 치아를 드러내며 미소 지었다. "스미소니언 박물관이 가난뱅이의 다락방처럼 초라해 보일 정도로 훌륭한 소장품들을 갖다주게. 귀하고 기이하고 믿을 수 없고 별세계에서 온 듯한 물건들을 찾아줘. 강력한 힘이 있는 물건이라면 더 좋고. 그 물건들을 찾아내 내게 가져다주는 거야."

이제 율의 눈에는 남자가 더 또렷이 보였고, 갑작스럽게 밀려드는 희망에 맥박이 요란하게 뛰었다. 율은 남자의 제안이 믿기지 않아 모국어로 부드럽게 욕을 내뱉었다. "저기…… 유모도 하나 구해주실 수 있을까요? 저와 함께 여행할 유모요. 잠깐이면 됩니다. 제 어린 딸이……."

남자는 풍성한 콧수염이 흩날릴 정도로 코웃음을 쳤다. "그 문제라면 난 달리 생각하네. 이 세상은 어린 여자아이에게 딱히 안전하지 않아. 자네도 곧 알게 될 거야. 차라리 그 아이가 나와 함께 살도록 하는 건 어떤가? 우리 집은 넓고……." 남자가 기침을 하더니 처음으로 율에게서 시선을 돌려 멀리 떨어진 벽을 바라보았다. "난 자식이 없어. 그러니 아무 문제 없을 거야."

남자는 다시 율을 바라보았다. "내 제안이 어떤가?"

율은 잠시 말문이 막혔다. 리튼으로 돌아갈 문을 찾는 데 필요한 넉넉한 시간과 돈, 재뉴어리가 머물 수 있는 안전한 장소, 어둠 속에서 나갈 수 있는 길. 이보다 더 좋은 조건은 없었지만 율은 잠시 머뭇거렸다. 절망감은 한번 자리 잡으면 뿌리뽑기 힘들다.

율은 숨을 들이마셨다가 내쉬고는 예전에 애들레이드가 한번 보여줬던 대로 남자에게 손을 내밀었다. 남자는 필요 이상으로 이가 많이 드러나는 미소를 지으며 그의 손을 잡았다.

"자네 이름은 뭔가?"

"줄리언. 줄리언 스칼러라고 합니다."

"난 코닐리어스 로크일세. 자네와 함께 일하게 되어서 정말 기쁘다네, 스칼러."

☆

리튼에서 살았던 젊은 시절, 줄리언은 사랑에 빠진 젊은이답게 세상이 어떻게 해서든 자신의 소망을 이뤄줄 거라는 믿음에 도취해 문을 찾아다녔다. 가끔 몇 주씩 머나먼 시티의 문서 보관실을 샅샅이 훑고, 예닐곱 개의 다른 언어를 읽느라 눈이 빠질 듯이 아픈 데도 아무런 성과가 없을 때 혹은 밀림을 몇 킬로미터씩 걸어갔는데 문이라고는 전혀 보이지 않을 때면 의구심이 스멀스멀 기어들었다. 침대에 누워 비몽사몽의 무방비 상태에 빠져 있는 동안 기만적인 생각들이 머릿속으로 슬그머니 들어오기도 했다.

'만약 내가 그녀를 찾아다니다가 나이만 먹고 끝내 찾아내지 못한다면 어떻게 하지?'

하지만 새로운 아침이 오면 그런 생각들은 동튼 뒤의 안개처럼 증발해버렸다. 율은 다시 일어나 문을 찾아다녔다.

☆

애들레이드의 세상에 갇힌 지금은 시간이 제한되어있고, 나는 가슴속에서 두근거리는 초침처럼 세월이 끊임없이 흐른다는 사실을 아는 노인의 절박한 심정으로 문을 찾아다닌다.

그 시간의 일부는 그저 이 세상에서 어떻게 처신해야 하는지 배우며 보냈다. 나에게 이 세상은 도저히 이해할 수 없는 곳이자 잔인하고 쌀쌀맞은 곳이었다. 부와 지위, 경계와 여권, 총과 공중화장실, 피부색에 관한 나름의 법칙들이 있었고, 그 모두가 지금 내가 정확히 언제 어디에 있느냐에 따라 바뀌었다. 어떤 도시에서는 대학 도서관에 가서 책 몇 권 빌리는 일이 얼마든지 가능했지만 다른 도시에서는 똑같이 행동했을 때 누군가 나를 경찰서에 신고했다. 내 태도가 마음에 들지 않았던 경찰은 나를 체포하고 풀어주지 않았다. 로크 씨가 전보를 통해 올리언스 카운티 경찰서로 사과의 말과 함께 두둑한 돈을 보내기 전까지는. 어떤 상황에서는 같은 분야의 학자들을 만나 신화 창작의 고고학적 가치에 대해 의견을 나누기도 했지만 또 다른 상황에서는 영어를 배운 똑똑한 개 취급을 받기도 했다. 내가 발견한 물건들 덕분에 페르시아 왕자들의 환영을 받기도 했고, 거리에서 누군가 자기를 똑바로 바라봤다는 이유로 내게 침을 뱉기도 했다. 나는 코닐리어스의 저녁 만찬에 초대받는 사람이었지만 결코 고고학 협회 회원이 될 수 없었다.

대신 세상을 떠돌며 아름답고 놀라운 장면들을 보았다. 분홍색과 터키색의 흐릿한 덩어리가 되어 움직이던, 구자라트에서 연을 날리는 소녀들, 미시시피강 강둑에서 황금색 눈으로 나를 뚫어지게 바라보던 푸른색 왜가리, 세바스토폴의 침침한 뒷골목에서 키스하던 두 젊은 병사. 악으로만 가득 찬 세상은 아니었으나 절대로 내 세상이 될 수는 없었다.

나는 코닐리어스와의 약속을 지키는 데 많은 시간을 허비했다. 시간이 흐르고 보니 그 약속은 악마의 계약이나 다름없었다. 국경에서 검사하는 내 서류에는 직업이 '탐사 고고학 연구가'라고 적혀 있었지만 아마도 '옷만 번드르르하게 차려입은 도굴꾼'이라고 하는 편이 더 정확했으리라. 한번은 중국 위구르에서 누군가 나를 길고 복잡한 이름으로 말하는 걸 들었는데 나는 도저히 발음할 수 없는 자음들과 마찰음의 조합으로 가득한 그 이름의 뜻은 '이야기를 먹는 자'였다.

그게 나였다. 어느덧 나는 그런 사람이 되어버렸다. 지구를 샅샅이 뒤져 가장 은밀하고 아름다운 곳들을 파고들어 보물과 신화를 거둬가는 하이에나. 거기에 얽힌 이야기를 먹어 치우는 자.

나는 끌을 이용해 사원 벽에서 신과 관련된 부조를 뜯어냈고, 항아리와 가면과 홀과 마법의 램프를 훔쳤다. 무덤을 파서 죽은 자의 팔에 감긴 보석을 훔쳤다. 이 세상은 물론 백 군데의 다른 세상에서도. 그 모두가 지구 반대편에 있는 부유한 남자의 소장품을 늘려주기 위해서였다.

시티 오브 닌의 학자가 이야기를 먹는 자가 되었다니, 이 얼마나 부끄러운 일인가? 네 엄마가 알았다면 뭐라고 했을까?

네 엄마에게 돌아가는 길을 찾을 수만 있다면 난 그보다 더한 짓도 했을 거다. 하지만 시간이 없었다. 네 얼굴은 모래시계였다. 매번 로크 하우스로 돌아갈 때마다 몇 주가 아니라 몇 년씩 자리를 비운 듯했다. 네 생애가 몇 번이나 피었다 시들고, 몇 달간의 은밀한 시련과 승리를 거듭하며 네 이목구비는 내가 거의 알아볼 수 없는 누군가로 미묘하게 바뀌었다. 넌 키가 훌쩍 자랐고, 말수가 없어졌다. 네게서는 후닥닥 도망치기 직전의 암사슴처럼 불신 가득한 정적이 감돌았다. 가끔 너무 피곤하거나 심하게 취해 생각이 위험한 곳으로 빠지는 걸 막지 못할 때면 의문이 들었다. 네 엄마가 널 봤다면 어떻게 생각했을까? 네 얼굴은 가슴 아플 정도로 네 엄마를 빼닮았지만 네 영혼은 예의범절 그리고 자신이 이 세상에 속하지 않는다는 생각에 꽉 묶여 있었으니까. 네 엄마는 네가 다른 삶을 살기를 바랐다. 위험할 정도로 자유롭고, 어디에도 얽매이지 않으며, 모든 문이 네 앞에 열려 있는 삶.

나는 너에게 로크 하우스에서 코닐리어스, 그 끔찍한 독일 여

자와 살게 했다. 그 여자는 나를 당장 빨아야 하는 더러운 빨랫
감처럼 바라보았다. 나는 널 홀로 남겨두었고, 사실상 고아나 다
름없게 만들었으며, 현실의 수면 아래에서 들끓는 놀랍고 섬뜩
한 것들을 전혀 알려주지 않았다. 코닐리어스는 그게 최선이라고
했다. 어린 여자아이가 머릿속에 묻으며 다른 세상 생각으로 꽉
차서 자라는 건 건강하지 못하다고. 지금은 그런 걸 말해줄 때가
아니라고. 코닐리어스가 우리 부녀를 위해 해준 일들, 우리를 구
해주고 내게 일자리를 주고 널 친딸처럼 키워주었기에 나는 그의
말에 도저히 반대할 수 없었다.

그렇기는 해도 만약 네 엄마를 다시 찾아낸다면 그녀가 나를
용서할까?

그 생각은 하지 않으려고 한다. 종이 위의 글씨들이 날 노려보
지 않도록 새 종이를 꺼내서 다시 글을 쓸 것이다.

☆

나 같은 남자들은 자신의 고통 말고는 보이는 게 없다. 눈은
내면으로 향하고, 상처받은 마음을 보는 데 사로잡힌다. 그래서
나는 문이 사라지고 있다는 사실을 오랫동안 알아차리지 못했
다. 혹은 누군가 문을 없애고 다닌다고 말해야 더 정확하리라.

그 사실을 더 일찍 알아차려야 했건만 초창기에는 문을 찾는
데 집착한 탓에 다음 문을 찾아내기만 하면 내 세상의 쪽빛 바다

가 나올 거라고 확신했다. 나는 신화와 이야기, 소문을 따라갔고 격변과 혁명의 현장을 찾아다녔다. 그 결과 그들의 뒤틀린 뿌리에서 종종 문을 발견했으나 그중 어느 것도 날 다시 애들레이드에게 데려다주지 않았다. 그래서 나는 그저 다른 세상의 유물을 뒤져 약탈한 뒤에는 새로 발견한 문들을 최대한 빨리 버리고 떠났다. 그런 다음 훔친 보물들을 톱밥 속에 넣고 포장해 코닐리어스에게 보냈다. 버몬트주, 셸번, 챔플레인 드라이브, 1611이라는 주소를 써서. 그러고는 다음 증기선과 다음 이야기, 다음 문을 찾아 떠났다.

그 후에 벌어진 일들, 다시 말해 원인을 알 수 없는 산불이나 예정에 없던 역사적 건물의 철거, 홍수, 부지 개발, 붕괴, 가스 유출, 폭발을 볼 정도로 오래 머물지 않았다. 늘 원인도, 탓할 대상도 없는 재난이 일어나 문은 잔해와 잿더미로 변했고, 두 세상 사이의 비밀스러운 고리는 깨져버렸다.

호텔 발코니에 앉아 《밴쿠버 선》에 실린 무너진 갱도 기사를 읽었을 때 비로소 패턴을 알아차렸다. 나는 불과 일주일 전에 그 갱도에서 문을 발견한 터였다. 처음에는 사람을 탓하지 않았다. 시기를 탓했다. 우로보로스처럼 자멸하려고 작정한 듯한 20세기를 탓했다. 어쩌면 현대에는 그런 문이 어울리지 않을지 모른다고, 결국 그런 문들은 모두 닫힐 운명이라고 생각했다.

그때 알았어야 했다. 운명이란 자신을 설득하려고 만들어낸 예쁜 이야기에 불과하다는 사실을. 그 이야기 근저에는 그저 사람들, 그리고 잘못된 선택들만 도사리고 있을 뿐이다.

어쩌면 증거가 나오기 전부터 나는 그 사실을 알았는지도 모른다. 점점 더 의심이 많아져 뱅갈루루에 있는 레스토랑에서는 낯선 사람들이 날 지켜보는 게 걱정되었고, 리우데자네이루 뒷골목에서는 날 따라오는 발소리를 들었다. 그 무렵 알 수 없는 존재가 내 보고서를 가로챘다고 확신했기에 내가 만들어낸 암호로 코닐리어스에게 편지를 보내기 시작했지만 소용없었다. 문은 계속 닫혔다.

나는 나 자신을 설득했다. 그 문들이 다 파괴된들 무슨 상관인가? 모두 내가 찾는 문들이 아니었다. 그중 어떤 문도 날 다시 에이드에게, 시티 오브 닌에 있던 우리의 돌집으로, 내가 산비탈을 올라 담요 위에 누워 있던 너희 모녀, 온전하고 완벽한 그 황금빛 모습을 봤던 순간으로 돌아가게 하지는 못하리라.

하지만 자기 연민에 푹 빠져 있을 때조차도 이런 생각이 떠올랐다. '문이 없는 세상은 어떻게 되는 걸까?' 내가 도굴꾼이 아니라 학자였을 때 문은 변화를 가져온다는 결론을 내리지 않았던가? 문은 두 세계 간에 신비롭고 기적적인 요소들이 마음껏 흐르게 하는, 필수 불가결한 대로와도 같다는 이론을 제기한 터였다.

이 세상에서는 벌써 문이 사라진 효과가 나타나는 듯했다. 여름 내내 문을 닫아둔 집처럼 미묘한 침체와 부패가 나타났다. 절대 해가 지지 않는 제국들과 대륙을 횡단하는 철도, 절대 마르지 않는 부의 흐름, 절대 지치지 않는 기계들이 등장했다. 이 시스

템은 신이나 엔진처럼 너무 방대하고 게걸스러워 와해될 수 없었
고, 남녀를 통째로 삼키며 하늘로 검은 연기를 뿜어냈다. 이 시
스템의 이름을 근대성이라고 들었는데 이 근대성은 석탄을 연료
로 운행하는 배에 진보와 번영을 실어 나른다고 했다. 하지만 내
눈에는 그저 고지식함, 억압, 변화에 대한 싸늘한 저항만 보였다.

문이 없는 세상이 어떻게 되는지 나는 이미 알고 있었다. 하지
만 문을 찾아다니지 않는다는 건 곧 네 엄마를 찾지 않는다는 뜻
이었으니 난 도저히 그럴 수 없었다. 그건 내게 불가능했다.

나는 10년 전 에이드의 발자취를 다시 따라가기 시작했다. 리
튼으로 가는 문이 다른 세상에 숨겨져 있을지도 모른다고 생각
했기 때문이었다. 에이드가 내게 들려주었던 이야기들, 사람들로
붐비는 거리나 어둠침침한 술집에서 술에 취해 혀 꼬부라진 소리
로 했던 이야기들을 짜맞추기 힘들 때도 있었지만 나는 끈질기게
매달렸다. 덕분에 세인트 아워스 문, 아이티 문, 셀키 문, 그밖에
여남은 개의 문을 찾았으나 지금은 모두 사라졌다. 불에 타거나
무너졌고 부서졌거나 잊혀졌다.

1907년이 되어서야 나를 뒤쫓던 추적자를 처음으로 보게 되었
다. 그때 나는 예전에 에이드가 '검은 지옥 구덩이'라고 묘사했던
세상으로 이어지는 문을 마침내 그리스에서 찾아낸 터였다. 버려
진 교회에 있는 큼지막하고 차가운 돌문이었다. 나는 에이드가
했던 경험을 반복하고 싶은 마음이 추호도 없었으므로 (에이드의
증언에 따르면 얼음 같은 눈동자의 여족장에게 속아 하마터면 전

투에 참여할 뻔했다고 했다) 그 세상에 오래 머물지 않았다. 두려
움에 떨며 눈발을 가르고 살금살금 돌아다녔지만 살아 있는 생
명체나 훔쳐 갈 만한 물건은 전혀 발견하지 못했다. 내 눈에 들
어오는 건 끝없이 이어지는 흑송들과 저 멀리 보이는 청회색 지
평선, 파괴된 요새 혹은 마을의 잔해뿐이었다. 설령 그곳에 다른
문이 있다고 해도 더 남아서 찾고 싶지 않았다.

　나는 다시 돌문을 통과해 곰팡이가 얼룩덜룩 핀 성 베드로 성
당 내부로 기어 나왔다. 문에서 나와 경련으로 몸을 떨고, 저녁
지중해의 소금과 라임 냄새를 들이마신 후에야 타일 바닥에 이전
에는 없던 무언가가 있다는 걸 알게 되었다. 누군가의 검은 구두
였다.

　구두의 주인은 키가 크고 눈썹이 짙은 남자로 황동 단추가 달
린 그리스 경찰관 제복에 둥근 모자를 쓰고 있었다. 그는 어깨와
머리에 눈이 내려앉은 외국인이 문에서 기어 나오는 걸 보고도
딱히 놀라지 않았다. 그저 약간 귀찮다는 표정을 지을 뿐이었다.

　나는 두 손과 무릎으로 엉금엉금 기어가 물었다.

　"당신은 누구인데 여기 있는 겁니까?"

　남자는 어깨를 으쓱이더니 두 손을 옆으로 벌리며 말했다.

　"내가 있고 싶으니까." 후두음에 외국어 억양이 들어간 영어였
다. "근데 좀 일찍 온 거 같네." 남자는 한숨을 쉬더니 과장되게
신도석 먼지를 터는 시늉을 하고는 자리에 앉았다.

　나는 침을 삼켰다. "당신이 왜 여기 있는지 압니다. 아닌 척하

지 말아요. 내가 막을 겁니다. 이번에는 절대……."

내 대담하고 짧은 연설을 뚫고 나를 조롱하는 남자의 웃음소리가 들렸다. "아, 바보 같은 짓 마시오, 스칼러 씨. 당신은 그저 해변의 그 너저분한 오두막으로 돌아가서 내일 아침에 증기선을 타고 떠나면 돼. 이곳 일은 다 잊고 말이야. 당신이 여기서 할 일은 끝났어."

내가 편집증이라고 생각했던 의심이 사실로 드러났다. 남자는 내 이름을 알고 있었고, 내가 여자 어부에게 빌린 오두막에서 지낸다는 사실도 알고 있었다. 아마 내 연구의 진짜 목적도 알 것이다.

"아니. 난 다시는 그런 일이 벌어지게……."

남자는 내 말을 일축하며 손을 흔들었다. 마치 내가 자러 가기 싫어하는 아이라도 된다는 듯이.

"아니, 당신은 그렇게 할 거야. 소란 피우지 않고 조용히 떠날 거야. 여기서 벌어진 일을 아무에게도 말하지 않을 거고. 그런 다음 말 잘 듣는 개처럼 우리를 위해 다음 문을 찾아다닐 거야."

"내가 왜 그래야 하지?" 내 목소리는 긴장된 고음으로 변했고, 나는 애들레이드가 곁에 없어 아쉬웠다. 그녀는 늘 나보다 용감했다.

남자는 딱하다는 듯이 날 바라보더니 한숨을 쉬며 말했다. "아이들은 참 빨리 자라지. 안 그래? 몇 달 후면 재뉴어리는 열세 살이 될 거야."

우리는 말없이 서 있었고, 나는 내 심장이 요동치는 소리를 들으며 바다 건너에서 날 기다리고 있을 너를 생각했다.

나는 그 자리를 떴다.

이튿날 아침에 떠나는 증기선 표를 샀고, 사흘 뒤에 발렌시아에 있는 외국 신문들을 판매하는 가판대에서 신문을 샀다. 신문여섯 번째 면에 흐릿한 그리스어로 크레테 해안에서 갑자기 설명할 수 없는 산사태가 일어났다는 짧막한 기사가 실려 있었다. 다친 사람은 없지만 도로가 흙더미에 묻혔고, 인적이 끊긴 낡은 교회가 무너졌다고 했다. 기사에는 이번 사건이 '불행하지만 불가피한 일'이었다는 지역 경찰 서장의 말이 인용되었다.

☆

아래 적힌 목록은 1907년 7월 일기에 적었던 글을 일부 발췌한 것이다. 위험하고 암울한 상황을 타개한답시고 책상 앞에 앉아 목록을 작성하다니 참으로 학자다운 짓이다.

네 엄마라면 어떻게 했을까? 아마 더 시끄럽고 요란하게 해결했으리라. 시체도 하나쯤 나오고.

나는 이 목록의 제목을 〈계속 문을 없애버리는 범죄 행위 및 직계 가족에게 잠재된 위험에 대처하는 다양한 방법〉으로 짓고 밑줄을 몇 번 그었다.

A. 음모를 밝힌다. 지금까지 내가 알아낸 사실을 발표하고

(《타임스》에 기고? 신문에 광고를 낸다?) 어둠의 조직이 벌이는 일을 고발한다. 장점 : 지금 당장 착수할 수 있다. 재뉴어리의 삶에 최소한의 지장을 준다. 단점 : 실패할 가능성이 크다(신문사에서 증거도 없이 내 글을 실어줄까?). 코닐리어스가 더는 나를 신뢰하고 보호해주지 않을 것이다. 알 수 없는 집단에 (끔찍한) 응징을 당할 위험이 있다.

B. 코닐리어스에게 가서 내가 느끼는 두려움을 더 자세히 설명하고 재뉴어리의 신변을 더 철저히 보호해달라고 요청한다. 장점 : 로크 씨가 가진 상당한 재력으로 보안을 강화할 수 있다. 단점 : 그는 지금까지 내 걱정에 공감하지 않았다. '망상성 편집증'과 '허튼소리'라는 말로 깎아내리고 일축했다.

C. 재뉴어리를 안전한 제2의 장소로 옮긴다. 만약 재뉴어리가 다른 본거지에서 조용히 숨어 지낸다면 추적자들도 그 아이를 찾지 못하리라. J는 안전할 것이다. 단점 : 안전한 장소를 찾기 힘들다. J에 대한 코닐리어스의 애착을 끊기 어렵다. J의 안전이 확보될지 아니면 위험할지 불확실하다. J의 일상에 큰 지장을 줄 것이다.

이러니저러니 해도 재뉴어리는 로크 하우스를 사랑한다. 재뉴어리가 어릴 때 내가 집으로 돌아가면 종종 당황하는 유모만 있을 뿐 그 아이는 없었다. 몇 시간이 지난 뒤에야 호숫가에서 모래성을 짓거나 식료품 집 아들과 놀고 있는 재뉴어리를 찾아냈다. 요즘은 진갈색 나무 패널로 마감한 벽을 한 손으로 쓸면서 복도를 걸어가는 그 아이를 찾아낸다. 재뉴어리의 손길은 마치 널브러진 거대한 짐승의 척추를 쓰다듬는 듯하다. 혹은 다락방의 사용하지 않는 안락의자에 개와 함께 웅크린 채 앉아 있기도 한다.

재뉴어리가 평생 유일하게 집이라고 생각했던 곳을 빼앗아도 될까? 이미 나는 그 아이에게서 너무 많은 것을 빼앗았다.

D. 다른 세상에 피난처를 마련하고 달아난다. 문을 찾아내 재뉴어리를 데리고 그 문을 통과해 더 안전하고 밝은 세상에서 새로운 삶을 시작할 수 있다. 장점 : 추적자로부터 궁극적으로 안전해질 수 있다. 단점 : C 참조. 모든 세상이 서로 연결되어 있는지도 확실하지 않다. 만약 우리가 다른 세상으로 도망친다면 거기서 리튼으로 이어지는 문을 발견할 수 있을까? 만약 에이드가 이 세상으로 돌아온다면 과연 우릴 찾을 수 있을까?

E. '지금까지 해오던 대로 계속한다'라고 적은 항목은 없었지만 결국 내가 선택한 건 E였다. 인생에는 같은 방향으로 계속 전진하려는 일종의 타성이 있고, 지금껏 내린 결정들이 축적된 무게 때문에 삶의 방향을 바꾸는 게 불가능하다는 사실을 나는 알게 되었다. 그래서 계속 도둑질하고, 끌로 이야기를 뜯어내고, 그것들을 상자에 포장해서 보냈다. 코닐리어스가 부유한 친구들에게 자랑할 수 있도록. 그러면서 계속 절박하게 찾아다니고, 이야기를 따라가고, 문을 발굴했다. 내가 떠난 뒤에는 그들이 문을 없애도록 내버려두었다. 더는 어깨 너머로 돌아보지 않았다.

다만 세 가지 변화를 주었다. 첫 번째는 영국령 동아프리카 산에서 발견한 상아색 문과 리 멧포드 라이플을 불편할 정도로 가까이 마주한 일과 연관이 있는데 그로 인해 나는 제인 이리무에게 위조 여권을 구해주고 기차표를 사주었다. 제인과의 만남을 여기서 자세히 서술할 필요는 없지만 그녀는 내가 지금껏 만난 사람 중에서 가장 용감하고 거리낌 없이 잔인하며, 내가 뜻하지 않게 큰 마음의 상처를 주었다. 특히 제인은 네가 처한 상황에 무척 공감하고 있으므로 나보다 훨씬 더 훌륭하게 너를 보호해 줄 거라고 믿는다.

언제 제인에게 우리가 만나게 된 사연을 물어보거라.

두 번째 변화는 너와 제인의 퇴로를 확보해두는 건데 두 사람이 이 도피처를 쓸 일이 없기를 바란다. 여기서 그 도피처에 대해 자세히 설명하지는 않겠다. 엿보기 좋아하고 비우호적인 누군가가 우연히 이 책을 발견할 수도 있으니까. 다만 내가 발견한 문 중에서 아직 닫히지 않은 문이 하나 있다는 사실을 알려주마. 그때 나는 가명으로 여행하다가 그 문을 발견했고, 문을 발견한 후에는 수첩과 기록을 모두 태워버렸다. 바다의 풍랑이 거세 늦게 돌아왔다고 핑계를 댔지만 그때쯤에 로크 하우스를 너무 자주 비우는 터라 코닐리어스도 너도 더 묻지 않았다. 내 진짜 목적은 딱 한 사람에게만 말했다. 도망칠 곳이 필요하거나 날 쫓아다니는 그들이 너도 쫓아다니고 있다면 제인을 따라가거라.

세 번째 변화는 지금 네가 들고 있는 이 책이다(아마 내가 제본했을 거다. 제본하지 않았다면 타자로 작성해서 포장용 노끈과 날아다니는 뱀의 허물로 묶은 지저분한 종이 더미를 말하는 거다. 예전에 오스트레일리아에서 발견한 문을 통해 사악할 정도로 불쾌한 세상에 간 적이 있는데 거기서 그 뱀의 허물을 발견했다).

요즘은 저녁이면 내 이야기 −우리 이야기라고 해야겠구나− 의 이질적이고 방황하는 조각들을 모아 일직선으로 배열하고, 최대한 깔끔하게 기록하고 있다. 아주 힘든 작업이다. 가끔은 낮에 아무런 성과도 없이 아마존이나 오자크 산맥을 계속 돌아다닌 탓에 너무 지쳐서 겨우 한 줄만 쓰고 잠자리에 들 때도 있다. 가끔은 악천후 때문에 펜과 종이만 벗 삼아 종일 텐트에 갇혀 있지만 여전히 한 줄도 못 쓸 때도 있다. 사방에 거울이 붙은 내 기억 속 회합실에 갇혀 도저히 나갈 수 없었기 때문이다(널 감싸고 있던 네 엄마의 앵무조개 같은 몸의 곡선, 아마리코 해의 안개 낀 여명 속에서 흰색과 금색으로 번지던 네 엄마의 미소).

하지만 그래도 나는 계속 쓴다. 글을 쓰는 일이 끝없이 펼쳐진 가시덤불을 헤치고 나아가는 듯한 기분이 들 때도, 램프 불빛 아래서 잉크가 번진 핏자국처럼 보일 때도.

어쩌면 내가 계속 글을 쓰는 이유는 내가 자란 세상에서는 글에 힘이 있고, 곡선과 나선형 글자가 돛과 살갗을 장식하고, 능력 있는 글꾼이 기회를 찾아내 현실을 재창조할 수 있기 때문일 수도 있다. 이 세상에서 글이 아무런 힘도 없다고는 도저히 믿을 수 없기 때문인지도 모른다.

어쩌면 아무리 횡설수설하고 근거가 없는 내용이라고 해도 기록으로 남겨둘 필요를 느껴서일 수도 있다. 그리하여 내가 그토록 열심히 알아낸 진실을 다른 누군가에게 알릴 수 있도록 말이다. 누군가 이 글을 읽고 일만 개의 세상 사이에는 일만 개의 문이 있고, 누군가 그 문을 없애고 다니고, 나도 거기에 일조하고 있다는 사실을 믿을 수 있도록.

어쩌면 더 절망적이면서도 순진한 희망 때문에 글을 쓰는 것일 수도 있다. 나보다 더 용감하고, 더 훌륭한 누군가가 내 죄를 대신 속죄하고, 내가 실패한 일을 해낼 수도 있을지 모른다는 희망. 이 세상을 그 형제들과 단절시켜 척박하고 오로지 이성만 지배하며 지독히 외로운 세상이 되기를 바라는 어둠의 조직과 누군가가 싸워줄지 모른다는 희망.

누군가가 어떻게든 스스로 살아 있는 열쇠가 되어 문들을 열어줄지도 모른다는 희망.

끝

추신

(악필을 용서해다오 우리 어머니가 이 책을 보았다면 얼마나 한심해했을까? 아무튼 지금은 너무 급해 이 글을 타자로 치고 제본할 여유가 없구나)

사랑하는 재뉴어리

찾았다. 드디어 찾았어.

지금 나는 일본 북부의 춥고 바람이 거센 섬에서 야영하고 있다. 해안가 근처에 가느다란 대나무를 엮어 만든 움막과 슬레이트 지붕을 덮은 판잣집이 모여 있는데, 마을이라고 불러줄 수 있을 듯하다. 하지만 이 산비탈에는 거친 풀과 화산재가 쌓인 토양에 굳세게 달라붙은 채 말라붙은 소나무 몇 그루가 있을 뿐이다. 소나무들은 내 앞에 흥미로운 대형으로 서 있었는데 몇몇 가지가 구부러져 바다가 내다보이는 일종의 아치를 이루었다.

적당한 각도에서 보면 출입문 비슷하게 보였다.

나는 다음 이야기들을 따라간 끝에 그 문을 발견했다. 옛날에 책장을 접어 범선을 만든 남자가 있었다. 범선은 빠르고 가벼웠으며 돛은 잉크로 얼룩져 있었다. 옛날 한겨울에 사라졌다가 햇볕에 탄 채 따뜻한 몸으로 돌아온 소년이 있었다. 옛날 살갗에 기도문을 새긴 목사가 있었다.

나는 그 문을 통과하기도 전에 문이 어디로 통할지 알고 있었다. 각각의 세상은 집처럼 고유한 냄새가 있는데 아주 미묘하고 복잡해서 알아차리기 힘들다. 그런데 리튼의 냄새가 아스라한 안개처럼 소나무 가지들을 통해 걸러져 나왔다. 태양, 바다, 너덜너덜한 책등에 쌓인 먼지, 소금, 수많은 무역선에 실린 향신료. 고향의 냄새였다.

나는 가능한 한 빨리 그 문을 통과할 작정이다. 오늘 저녁에라도 여기에 오기까지 극도로 조심했지만 더욱 주의했어야 하는 게 아닐까 싶어 두렵다. 그들이, 문을 닫는 자들, 세상을 파괴하는 자들이 날 찾아낼까 두렵다. 그늘 속에서 유령 같은 형체가 튀어나와 문을 영원히 닫아버릴까 두려워 문에서 눈을 떼고 이 책장을 보는 것조차 주저하게 된다. 하지만 이 글은 다 마치고 가려 한다. 내가 어디로 갔는지 너에게 알려주고, 투야와 유하의 푸른색 궤짝을 통해 네게 이 책을 보내고 갈 것이다. 그 궤짝은 알렉산드리아에서 발견한 문으로 들어갔다가 가져온 꽤 유용한 한 쌍의 물건인데 코닐리어스에게 주지 않은 극소수의 보물 가운데 하나다. 다른 궤짝 하나는 그에게 보냈지만 하나는 내가 가지고 있다.

예전에 그 궤짝을 통해 너에게 장신구와 장난감을 보낸 적이 있다. 그 선물이 어떤 의미인지 넌 알아차렸니? 네 곁에 없는 아빠의 부족한 공물이라는 걸? '난 늘 너를 생각하고 사랑한단다. 나를 용서해주겠니?'라고 말하고 싶은 겁쟁이의 표현이라는 걸? 네가 한심하고 보잘것없는 내 선물에 실망하거나 별로라고 말할까 두려웠다.

이 책은 내 마지막 선물이다. 네게 마지막으로 주는 부족한 선물. 지금쯤 너도 아주 잘 알다시피 이 책은 매우 미흡하지만 반드시 알아야 할 진실이 담겨 있다. 너도 진작 알았어야 했지만 내가 말해줄 수 없었던 진실 말이다(한두 번 네게 말해주려고 했던 적이 있다. 네 방으로 들어가 모든 걸 말해주려고 입을 열었는데 말문이 막히더구나. 나는 도망쳤고 숨이 턱 막힌 상태로 침대에 누워 있었다. 목구멍에 쌓인, 미처 하지 못한 말의 무게에 질식할 듯했다. 난 정말로 겁쟁이인 것 같다).

하지만 이제 더는 침묵할 수 없게 되었다. 네가 푸른색 궤짝을 얼마나 자주 열어보는지 몰라 때맞춰 이 책을 발견할 수 있는 방법을 찾아냈다. 여기 있는 이 새는 믿을 만하고 인간이 얼마나 위험한지 잘 모른다.

이 책에는 거짓말이 딱 하나 있는데 나도 그게 무엇인지 알고 있다. 내가 이 책을 학문, 지식 혹은 도덕적 필요성을 위해 썼다는 주장이다. 내가 하지 못한 일을 용감하게 대신해줄, 보이지 않는 미래의 독자를 위해 '기록으로 남기고' 혹은 '내가 발견한 사실을 문서로 남기려 한다'는 주장.

하지만 사실 나는 널 위해 이 책을 썼다. 늘, 매 순간 널 위해 이 책을 썼다.

네가 예닐곱 살에 내가 미얀마 원정을 마치고 집에 돌아갔던 때를 기억하니? 내가 집에 도착했는데(그 순간을 얼마나 바라는 동시에 또 얼마나 두려워했는지 모른다. 모래시계와도 같은 너의 사랑스러운 얼굴이 내가 얼마나 많은 시간을 낭비했는지 아냐고 말해주는 그 순간을 말이다) 네가 내 품에 뛰어들지 않은 건 그때가 처음이었다. 풀을 잔뜩 먹인 드레스를 입은 너는 그냥 우두커니 서서 날 올려다보았지. 마치 내가 붐비는 열차 속 이방인이라도 되는 듯이.

'한두 번이 아니죠.' 네 눈은 이렇게 말했어. '아빠가 제 곁을 떠난 건 한두 번이 아니에요. 그리고 이제 우리 사이의 소중하고 연약한

무언가가 끊어졌어요.'

나는 그 상황을 바로잡고 싶은 절박한 바람으로 이 책을 쓴다. 마치 그동안 너와 함께 보내지 못했던 명절과 네 곁에 없었던 시간, 이기적인 슬픔에 싸여 보냈던 그 모든 세월을 속죄할 수 있다는 듯이. 하지만 결국에는 그럴 수 없다는 걸 나도 안다.

이제 나는 다시 네 곁을 떠나려고 한다. 완전히.

네게 줄 수 있는 건 이 책과 이 문이 닫히지 않게 해달라는 기도뿐이다. 언젠가 네가 날 따라오는 길을 찾아내고, 네 엄마가 살아서 날 기다리고, 언젠가 엄마가 널 다시 안아주며 흩어졌던 우리 가족이 다시 온전하게 해달라는 기도.

제인을 믿어라. 제인에게 말해다오. 미안하다고 전해다오.

문이 네 엄마의 목소리로 날 부르는구나. 그만 가야겠다.

아빠를 용서해다오. 날 따라오거라.

ys

못 하겠다.

문으로 들어가려고 했다, 재뉴어리. 네 곁을 떠나려고 했다. 하지만 난 몸이 굳은 채 그저 문지방에 우두커니 서 있었다. 내 세상의 달콤한 향기를 맡으며 온 마음으로 마지막 걸음을 내디디려고 했는데 못 하겠다. 널 떠날 수는 없다. 짐을 챙겨 로크 하우스로 돌아가려고 한다. 널 데리고 다시 여기로 와서 너와 함께 이 문을 통과하고자 한다. 네가 없다면 나도 가지 않으련다. 정말 미안하구나.

곧 가마.

아빠를 기다려다오.

도망쳐라 재뉴어리

아르카디아

믿지 마라

8 부목으로 만든 문

자갈이 많은 땅에 삽이 턱 박혔다가 흙을 퍼내는 리드미컬한 소리를 따라가보니 제인이 있었다. 제인은 섬 중앙 저지대에서 땅을 파며 흔들림 없이 일하고 있었다. 습지대의 악취와 수백만 마리 모기가 앵앵거리는 소리 말고는 그녀 혼자였다. 물론 시어 도어 헤이브마이어도 있었다. 그는 그저 얼룩진 시트 꾸러미에 불과했다. 진흙투성이 흰 시트에 쌓인 그는 약간 유충처럼 보였 다. 갈고리처럼 생긴 그의 새하얀 손이 시트 밖으로 삐죽 빠져나 와 있었다. 손에는 배드 이빨 크기의 구멍이 뚫려 있고, 거기서 피가 흘러나왔다. 늦은 오후의 햇살을 받아 그의 손이 지나치게 큰 그림자를 드리웠다.

"그냥 호수에 던져버리면 안 돼요? 아니면 그냥 버리고 가든 지요."

삽이 소리를 내며 땅에 꽂히더니 흙을 퍼내 스르륵 떨어뜨리는 소리가 났다. 제인은 고개를 들어 나를 보지는 않았지만 그녀의 얼굴에 웃음기 없는 미소가 어렸다.

"이 세상에서 헤이브마이어 같은 자들이 그냥 사라지도록 내버려둘 것 같니? 누군가 눈에 불을 켜고 이 자의 행방을 찾으려고 할 거야." 제인은 고개를 절레절레 저으며 덧붙였다. "여긴 으슥하고 습지라서 땅도 축축해. 시신이 금방 부식될 거야."

나는 그 말을 듣자 속이 살짝 울렁거려 이끼가 낀 큰 바위에 앉아 머리 위에 드리운 소나무 가지에 모여드는 까마귀들을 바라보았다. 장례식에 참석해 까악까악 험담을 해대는 몰상식한 조문객들 같았다. 나는 시야에 들어온 삽을 잡았고, 그 결과 몇 가지 사실을 알게 되었다. 첫째, 땅을 파는 일은 매우 힘들며 나는 브래틀보로에서 도망친 후유증으로 아직 몸이 아프고 속이 울렁거렸다. 둘째로 인간의 몸은 큰 편이라서 땅에 묻으려면 깊이 파야 한다. 셋째로 삽질을 하다 보면 머리에 생각할 공간이 많아진다. 비록 구슬땀이 눈을 찌르고, 손바닥은 살갗이 벗겨져 물집이라도 잡힌 듯이 따끔거리긴 해도.

'아빠는 날 버리지 않았어. 날 데리고 가려고 애썼지.' 그런 생각이 작은 태양처럼 눈 뒤에서 이글거렸다. 눈이 심하게 부셔서 편안하게 바라볼 수 없는 태양처럼.

아빠가 나를 사랑한다는 작은 증거라도 보게 되길 얼마나 오랫동안 바랐던가? 하지만 항상 엄마를 향한 아빠의 사랑, 그리고 아빠의 이기적인 슬픔이 더 강했다. 그래도 마지막에는 달랐다. 막판에 아빠는 지난 17년 동안 찾아다닌 문을 앞에 두고도 날 위해 돌아섰다.

'그렇다면 아빠는 지금 어디에 있을까?'

책의 맨 마지막 장에 미친 듯이 휘갈겨 쓴 말, '달아나라 재뉴어리, 아르카디아, 믿지 마라'가 떠오르면서 나는 뒤로 한 발 물러섰다.

책의 마지막 장을 통해 내가 새롭게 알게 된 진실은 무엇인가? 첫째로 로크 씨는 아빠가 문을 찾아다니고 있다는 사실을 잘 알고 있었고, 더 나아가 그 일을 하라고 고용한 장본인이었다. 나는 궤짝과 상자가 끝없이 늘어선 로크 하우스 지하실, 깔끔한 명판이 달린 유리 상자로 가득한 방들을 생각했다. 그 보물들 가운데 다른 세상에서 훔친 것들이 얼마나 많을까? 희한한 힘이나 기묘한 마법을 부리는 물건은 또 얼마나 많을까? 로크 씨가 이미 팔았거나 물물교환한 물건들은 얼마나 많을까?

어릴 때 런던에서 훔쳐봤던 회의, 귀중한 물건을 몰래 경매하던 현장이 떠올랐다. 그곳에는 틀림없이 협회 회원들도 있었다. 적어도 빨간 머리에 족제비처럼 생긴 남자는 협회 회원이었다. 그러니 협회도 아빠와 문, 아빠가 훔쳐 온 물건에 대해 잘 알고 있었으리라. 그렇다면 아빠를 몰래 따라다니고, 아빠를 괴롭히고, 아빠가 찾아낸 문을 닫아버린 사람들도 틀림없이 협회와 연관이 있을 것이다. 하지만 만약 그들이 아빠가 계속 보물을 훔쳐 오기를 바랐다면 왜 그런 짓을 했을까? 아니면 보물을 비축해둔 다음 더는 물건이 유출되지 못하도록 문을 봉인했을 수도 있다. 그들은 그러기를 원했을 것이다. 나는 부와 권력을 가진 사람들 가까이에서 오랜 시간을 보낸 탓에 그들이 '독점권 유지'와 '희귀성을 이용해 수요를 창출한다'와 같은 구절을 얼마나 좋아하는지 잘 알기 때문이다.

충분히 일리 있는 가설이었다. 몇 가지 오류만 제외하고. 오래전 벌판에 있었던 첫 번째 문, 엄마의 건초지에 있었던 문은 누가 닫았을까? 산 정상의 문은? 그때는 아빠가 로크 씨에게 고용되기 전이었다. 그냥 우연히 발생한 사고였을까? 아니면 아빠가 문을 찾아다니기 훨씬 이전부터 협회 회원들이 문을 닫고 다녔을까? 회원들이 한두 번 경건한 어조로 협회 설립자를 언급한 적이 있다. 어쩌면 협회는 보기보다 훨씬 더 오래된 단체일 수도 있다.

협회 회원들이 자신들을 위해 일하는 문 사냥꾼을 해치려는 이유가 뭔지 납득이 되지 않았다. 아빠가 돌아올 수 없었던 사정이 무엇이었을까? 책의 마지막 장 세 줄을 급하게 써야 했던 사정은 무엇일까?

'그들은 반드시 널 찾아낼 거다, 얘야.'

뒤에서 소름 끼치도록 묵직한 우두둑 소리가 났다.

돌아보니 제인이 나무망치를 들고 냉랭한 표정으로 헤이브마이어의 시신 옆에 쪼그리고 앉아 있었다. 흰 시트 위로 껍질을 벗긴 나무 말뚝 하나가 새로 꽂혀 있었다. 대략 헤이브마이어의 심장이 있을 만한 위치였다.

제인은 나를 향해 어깨를 으쓱였다. "혹시 모르잖아."

잠시 공포감과 웃음 사이에서 아슬아슬하게 줄타기를 하던 나는 참지 못하고 웃음을 터뜨렸다. 히스테리를 향해 살금살금 다가가는 과장된 웃음이었다. 제인이 양 눈썹을 치켜세우더니 고개를 젖히고 나와 함께 웃었다. 제인의 웃음소리에서 나와 똑같은 안도감이 느껴졌고, 문득 겉으로 보이는 그녀의 냉정하고 자신감 넘치는 태도만이 전부는 아닐지도 모른다는 생각이 들었다.

"통속 소설을 너무 많이 읽은 거 아니에요?" 내가 제인을 나무랐다. 제인은 개의치 않고 다시 어깨를 으쓱였고, 나는 다시 구덩이를 팠다. 왠지 모르게 삽질이 더 수월해졌다. 마치 어깨에 걸터앉아 있던 묵직한 무언가가 우리의 웃음소리에 날아가 버리기라도 한 듯이.

나는 몇 분 동안 말없이 땅을 팠고, 제인이 먼저 말문을 열었다. "내가 온 세상에서는 숲에서 이상하거나 특이한 걸 마주치면 일단 쏘아 죽이는 게 가장 현명한 행동이야. 네 아빠를 처음 봤을 때도 하마터면 총으로 쏴서 죽일 뻔했어. 하지만 다행히 첫발이 빗나갔지. 힘들면 그 삽을 이리 줘."

내 삽질은 점점 더 느려졌고, 한 번에 파내는 흙의 양도 점점 줄어들었다. 나는 구덩이에서 기어 나왔고, 제인이 대신 들어갔다. 제인이 삽을 땅에 푹 찔러 넣고 흙을 파내는 리듬이 그녀의 목소리와 잘 맞았다.

"줄리언은 소리를 지르면서 두 팔을 흔들어대더니 열댓 개 언어로 바꿔가며 말했어. 그중 하나가 영어였지. 영어를 큰 소리로 듣는 건 정말 오랜만이었어. 더군다나 대학교수처럼 생기고 문신을 한 흑인이 영어를 하는 건 들어본 적이 없었거든. 그래서 쏘지 않았어."

이제 구덩이가 제법 깊어져 제인의 상반신만 지면 위로 올라왔다. 제인이 삽을 박아넣을 때마다 물기를 머금은 흙이 뿍뿍 소리를 냈다. 각다귀들이 음식에 환장한 손님들처럼 구덩이 주위를 맴돌았다.

"나는 줄리언을 내 캠프로 데려가 음식을 먹였고, 우리는 각자 사연을 이야기했어. 줄리언은 내게 그 세상에서 다른 문을 발견한 적이 있는지, 글을 쓰면 현실이 된다는 이야기를 들은 적이 있는지 물었어. 내가 없다고 대답하자 그의 어깨가 축 처졌어. 나는 문득 사과해야 할 것 같은 기분이었지. 비록 내가 뭘 잘못했는지는 알 수 없었지만.

줄리언이 내게 경고했어. '내가 찾아낸 문은 이내 사라져버리죠. 누군가 날 따라다니고 있어요'라고. 그러더니 자기랑 함께 내가 태어난 세상으로 돌아가자고 애걸하는 거야. 자기 세상이 아닌 다른 세상에 갇혀서 사는 게 어떤 심정인지 안다면서 자기랑 함께 돌아가자고 했어. 난 거절했지."

"왜요?" 나는 구덩이 가장자리에 앉아 두 무릎을 세운 채 양팔로 끌어안았다. 제인에게 빌린 스커트는 이미 손을 쓸 수 없을 정도로 진흙과 얼룩투성이였다. 잠시 나는 어른들의 말을 듣지 않고 지저분한 차림새로 신나게 돌아쳤던 어린 시절로 되돌아간 느낌이었다.

제인은 구덩이에서 기어 나와 내 옆에 앉았다.

"내가 태어난 곳이 꼭 내 세상은 아니니까. 그 세상에서 난 버림받았고 내 것을 빼앗겼고 거부당했어. 내가 태어난 곳보다 더 나은 세상을 발견했다는 사실이 정말 놀랍지 않니?" 제인은 후회하듯 한숨을 길게 내쉬었다. "하지만 마지막으로 그 문을 통해 고향에 가보고 싶었어. 줄리언의 말이 옳다면 내게 주어진 마지막 기회였으니까. 줄리언이 서스와산 어귀에 있는 캠프에 남아 있는 동안 나는 주변을 돌아다녔어. 탄환을 더 찾아내고, 또 동생 소식을 들으려고." 제인의 눈동자가 겨울 공기가 몰아치는 돌풍 속 랜턴 불꽃처럼 흔들렸다. '동생은 어떻게 됐어요?'라고 묻고 싶었지만 그 질문은 목구멍 속에서 잦아들었다. 짧은 침묵이 흘렀고, 제인이 다시 입을 열었을 때는 퉁명스러운 목소리가 흘러나왔다.

"나는 줄리언의 캠프로 돌아갔어. 줄리언은 나에게 또 여기에 남으라고 하더구나. 나는 그의 면전에서 웃었어. 우리 집이 어떻게 됐는지 봤거든. 기차 차창 너머로 백인 여자들이 날 바라봤고, 우스꽝스러운 모자를 쓴 밀렵꾼들은 죽은 동물 옆에서 포즈를 잡고 사진을 찍었지. 배가 볼록 나온 아이들은 영어로 '플리즈, 플리즈'하면서 구걸했어. 아니, 나는 여기 남을 생각이 없었어. 줄리언은 내게 작별 인사를 하려고 날 다시 상아색 문까지 배웅했지. 그런데 동굴 안에서 뭔가 이상한 것이 우리를 기다리고 있었어."

제인은 긴장한 얼굴로 구덩이 속을 응시했다.

"잿빛 막대기들이 수북이 쌓여 있었고, 거기 달린 줄이 타들어 가면서 희미하게 치직거리는 소리가 났어. 네 아빠가 소리를 지르며 나를 옆으로 밀치더니 모든 게 부서졌지. 폭발로 내 팔 뒤쪽이 그슬렸고, 우리 둘 다 성냥개비처럼 앞으로 내동댕이쳐졌어. 내가 의식을 잃었는지는 모르겠지만 눈을 깜빡거렸더니 갑자기 황갈색 영국 군복을 입은 남자가 날 내려다보며 서 있더구나. 그의 뒤, 그러니까 동굴이 있어야 할 자리에는 무너져 내린 돌무더기와 흙뿐이었지.

군복 입은 남자의 입술이 움직였지만 난 귀를 다쳤는지 전혀 들리지 않았어. 그러더니 그가 권총을 꺼내 줄리언을 겨누었어. 사실은 내게 겨눴어야 했지. 총을 가진 사람은 줄리언이 아니라 나였으니까." 제인의 한쪽 입꼬리가 경멸하듯 올라갔다. "난 죽을 때 적어도 그 남자처럼 그렇게 놀라자빠질 듯한 표정을 짓지 않았으면 좋겠어."

나는 헤이브마이어의 시신을 보지 않았고, 그의 가슴에 뚫렸던 총알구멍이 얼마나 깔끔했는지 생각하지 않으려고 애썼다.

"난 군복 차림 남자가 땅에 쓰러질 때까지 기다리지 않았어. 동굴이 무너져 내린 잔해로 달려가 돌과 흙을 마구 파헤쳤지. 줄리언이 나를 말렸을 무렵에는 내 손이 훈제 고기처럼 새카매졌어. 줄리언이 나를 말리며 연신 미안하다고 했지. 그제야 난 깨달았어. 내가 여기에, 이 세상에 영영 갇혀버렸다는 사실을."

나는 제인이 우는 모습을 본 적이 없었지만 그녀의 몸이 리드미컬하게 떨리는 걸 느낄 수 있었다. 만을 가로질러 질주하는 뇌운처럼. 우리 둘 다 한동안 아무 말도 하지 않고 그저 서늘한 저녁 공기 속에 앉아 호수 건너편에서 들리는 아비 새의 공허하고 구슬픈 울음소리를 들었다.

"이 세상에서는 피부가 검은 사람이 제복을 입고 죽은 백인 옆에서 발견되면 절대로 안 돼. 혹시라도 분노한 군인들이 대규모 수색대를 꾸릴 수 있으니 총상을 없애야 했어. 나는 돌로 시신을 뭉개버리고, 돌무더기 근처에 끌어다 놓았어. 마치 폭발 사고로 죽은 것처럼 위장하려고. 그런 다음 줄리언과 함께 도망쳤지.

하르툼행 기차를 탔을 때 네 아빠가 내게 어디로 갈지 물었어. 나는 내 세상으로 돌아갈 수 있는 다른 문을 찾고 싶다고 말했어. 그랬더니 줄리언이 서글픈 미소를 지으며 자기는 평생 고향으로 돌아갈 문을 찾아다녔다고 하더라. 그러면서 자기의 부탁을 들어주면 내 세상으로 가는 문을 찾아주겠다고 했어. 버몬트 주에 있는 부유한 남자의 집으로 가서 자기 딸을 보호해달라는 부탁이었지."

다시 소리 없는 전율이 나를 흔들었다. 제인의 목소리는 지극히 담담했다. "난 약속을 지켰는데 줄리언은 지키지 않았어."

나는 헛기침을 했다. "아빠는 죽지 않았어요." 옆에 있던 제인이 새로운 희망으로 긴장한 채 숨을 죽이는 게 느껴졌다. "아빠가 쓴 책을 다 읽었어요. 아빠는 일본에서 고향으로 갈 수 있는 문을 발견했지만 들어가지 않았죠. 날 데려가려고요." 다시 눈 뒤에서 작은 태양이 잠시 활활 타오르다가 희미해졌다. "하지만 실패한 것 같아요. 아빠가 제인에게……." 나는 혀에 놓인 다음 말에 수치심을 느끼며 침을 삼켰다. "미안하다고 전해달래요."

제인의 벌어진 앞니 사이로 공기가 빠져나오며 슥 소리가 났다. "하지만 네 아빠는 고향으로 가는 문을 찾아주겠다고 나랑 약속했어." 제인은 인간의 몸에 오랫동안 영향을 주는 감정들, 다시 말해 쓰디쓴 배신감, 질투, 일종의 분노에 사무쳐 질식할 듯한 소리로 말했다.

나는 움찔했다. 제인의 눈이 나를 휙 돌아보더니 휘둥그레졌다. "잠깐만. 재뉴어리, 넌 병원에서 이 오두막으로 오는 통로를 만들었어. 나를 위해서도 그렇게 해줄 수 있니? 글을 써서 나를 집으로 보내줄 수 있어?" 제인의 얼굴이 필사적인 희망으로 반짝였다. 마치 내가 주머니에서 펜을 꺼내 우리 사이의 허공에 문을 그려주길 바라는 듯이. 마치 곧 남편들과 아내를 다시 볼 수 있다는 듯이. 제인은 그 어느 때보다도 젊어 보였다.

나는 도저히 제인의 얼굴을 마주 보면서 대답할 수 없었다. "아뇨. 아빠의 책에서 봤는데 두 나무의 가지들이 겹치듯 두 개의 세상이 서로 접촉하는 곳들이 있대요. 그런 곳에 문이 있다고 했어요. 여기 버몬트주에는 제인의 세상으로 이어지는 문이 없을 거예요."

제인은 초조한 표정으로 내 의견을 묵살했다. "알았어. 하지만 네가 나랑 함께 케냐의 상아색 문이 있던 곳으로 가면……."

난 말없이 붕대를 감은 왼팔을 들어 그녀의 눈높이까지 올렸다. 몇 초 만에 팔이 부들부들 떨렸고, 몇 초 후 나는 팔을 내렸다.

"병원에서 여기까지 오는 문을 만들다가 거의 죽을 뻔했어요." 나는 부드럽게 말했다. "같은 세상 안에서 연결되는 문이었는데도요. 두 세상 사이의 문을 다시 열려면 어떤 대가를 치러야 할지 모르지만 아마 저는 감당하지 못할 거예요."

제인은 땅에 놓인 내 손을 바라보며 아주 천천히 숨을 내쉬고는 아무 말도 하지 않았다. 그러다가 갑자기 벌떡 일어나 스커트를 털고는 다시 삽을 집어 들었다.

"난 일을 마무리할 테니까 넌 새뮤얼을 돌봐주렴."

나는 제인이 우는 걸 보느니 새뮤얼에게로 도망쳤다.

∞

배드와 새뮤얼은 둘 다 죽었다가 실력이 미심쩍은 마법사의 마법으로 다시 살아난 듯한 몰골이었다. 새뮤얼과 벽 사이의 좁은 공간을 비집고 들어가 있던 배드는 ─말라붙은 핏자국이 점점이 찍혔고, 붕대와 실밥이 여기저기 보였다─ 이제 새뮤얼의 어깨에 사랑스럽게 턱을 괸 채 잠들어 있었다. 새뮤얼의 얼굴은 흰색과 노란색 중간쯤 되는 버섯 빛깔이었고, 이불 아래에서 들리는 그의 숨소리는 힘겹게 떨렸다.

내가 침대 가장자리에 앉자 새뮤얼이 끈적한 눈곱이 달라붙은 눈을 조금 떴다. 그러더니 뜻밖에도 미소를 지었다. "안녕, 재뉴어리."

"안녕, 새뮤얼." 나는 약간 떨면서 소심하게 미소 지었다.

새뮤얼은 한쪽 팔을 빼 배드의 엉덩이를 토닥였다. "내가 뭐랬어. 배드는 네 편이라고 했잖아."

내 미소가 단단해졌다. "그래."

"나도 그렇고." 새뮤얼이 아까보다 더 부드럽게 말했다.

그의 눈은 차분했고 따스한 온기로 빛났다. 그 눈을 바라보는 건 2월에 불을 피운 벽난로에 손을 가져다 대는 것과 같았다. 나는 바보 같은 짓이나 말을 하기 전에 얼른 시선을 돌렸다.

"미안해. 헤이브마이어 때문에 그런 일을 당하게 해서."

내 목소리가 원래 이렇게 고음이었던가?

새뮤얼은 마치 고문과 납치를 당하는 일이 그저 조금 성가시고 불편한 일일 뿐이라는 듯이 어깨를 으쓱였다.

"하지만 네가 헤이브마이어의 정체를 정확히 설명해줄 거잖아. 그 문들이 대체 뭔데 그가 그토록 흥분했고, 나의 대담한 구출 작전 없이 네가 어떻게 여기까지 왔는지도." 그 말을 하는 동안 새뮤얼은 이불 밑에서 슬그머니 일어나 베개에 몸을 기대고 앉았다. 마치 온몸 구석구석이 멍들었다는 듯이.

"대담한 구출 작전?"

"아주 볼만 했을 거야." 새뮤얼이 서글프게 한숨을 쉬었다. "자정의 급습, 창문으로 던진 밧줄, 백마를 타고 탈출, 뭐 사실은 회색 조랑말이지만……. 우리가 읽은 소설에 나오는 장면들을 실현

할 수 있는 기회였는데 전부 날아가서 정말 아쉬워."

나는 그날 저녁에 두 번째로 웃음을 터뜨렸고, 새뮤얼에게 모든 걸 다 이야기해주었다. 새뮤얼이 날 비웃거나 불쌍하게 여기면 어쩌나 두려워하며 뒤죽박죽으로. 잡풀이 웃자란 벌판의 푸른 문, 엄마와 아빠, 그리고 둘 중 어느 하나 혹은 둘 다 목숨을 잃었을지도 모를 가능성, 뉴잉글랜드 고고학 협회와 닫혀버린 문들, 죽어가는 세상에 대해. 로크 씨가 우리 아빠는 목줄을 묶어둔 사냥개처럼, 나는 새장에 갇힌 새처럼 곁에 두었다는 사실도. 리튼이라고 불리는 세상 그리고 거기에서는 의지가 강한 몇몇 사람이 글로 현실을 다시 쓸 수 있다는 이야기도. 그다음에는 은화를 갈아 칼로 만든 이야기를 해주었고, 내 팔에 쓴 글을 보여주었다.

붕대 속 팔은 창백했고, 새로 딱지가 앉아 쪼글쪼글했다. 마치 다쳐서 해변으로 밀려온 심해 생물 같았다. 새뮤얼은 내 팔에 새겨진 J의 들쭉날쭉한 곡선을 만져보았다.

"그렇다면 넌 누군가 구해줄 필요가 없어 보이네. 어떤 이야기에서든 스트레가는 항상 자기 힘으로 탈출하더라."

"스트레가?"

"마녀." 새뮤얼이 정정했다.

"아." 분명 나는 그보다는 좀 더 근사한 칭찬을 듣길 바랐지만 그래도 새뮤얼은 한 치의 의심도 없이 내 말을 믿어주었다. 어쩌면 지난 몇 년 동안 식료품점 계산대를 지켜야 할 시간에 괴물이 나오는 펄프 픽션을 몰래 읽다보니 그의 엄마가 말했던 대로 뇌가 썩어버렸는지도 모른다. 어쩌면 그냥 나를 무조건 믿는 것일 수도 있고.

새뮤얼은 추측하듯이 말을 이었다. "책에서 보면 마녀들은 결국 늘 숲이나 산에서 혼자 살거나 탑에 갇히더라. 용감한 남자만 마녀를 사랑할 수 있는데, 대부분 겁쟁이라서 그런가봐." 새뮤얼은 그 말을 끝내며 나를 똑바로 바라보았다. 턱을 치켜든 대담한 표정을 보니 '나는 겁쟁이가 아니야'라고 말하는 듯했다.

나는 아무 말도 할 수 없었고, 아무런 생각조차 할 수 없었다.

잠시 뒤에 새뮤얼이 다시 부드럽게 미소 지으며 말했다. "그 협회 사람들 말이야. 그들이 계속 너를 찾아다닐 거라는 말이지? 네가 아는 사실들, 네가 할 수 있는 일 때문에."

"맞아, 틀림없이 그럴 거다." 뒤에서 제인의 목소리가 들렸다. 제인은 저물어가는 붉은 햇살을 등진 채 문간에 서 있었는데 그녀의 입매는 단호한 일직선을 이루었다. 그 모습이 어딘가 모르게 아빠를 연상시켰다. 슬픔으로 굽은 아빠의 어깨와 얼굴에 새겨진 주름을.

제인은 물이 담긴 양동이로 걸어가 흙투성이가 된 팔을 씻으며 말했다.

"우리에게는 계획과 은신처가 필요해." 그런 다음 수건으로 팔을 닦았다. "아르카디아로 가자. 메인주 남쪽 해안에 있는 숨겨진 세상이라고 네 아빠가 알려주었어. 사람이 살 수 없고, 접근하기 힘든 곳이라고. 그런 곳이라면 사라지기에 최적의 장소지.

내가 가는 길을 알아." 제인의 목소리는 지극히 담담했다. 마치 적대적이고 낯선 세상이 은행이나 우체국처럼 지극히 평범한 목적지라도 된다는 듯이.

"하지만 꼭 그럴 필요는……."

"재뉴어리." 제인이 내 말을 잘랐다. "우리는 돈도 없고, 몸을 눕히고 쉴 집도 없고, 가족도 없어. 이 나라는 흑인을 혐오하는데 나는 흑인이고, 외국인을 혐오하는데 나는 외국인이야. 설상가상으로 우리는 한 번 보면 기억에 남을 만한 사람들이야. 아프리카 여자와 헝클어진 머리에 한쪽 팔에 흉터가 있고 흑인도 백인도 아닌 소녀." 제인은 손을 뒤집어 손바닥이 위로 가게 했다. "만약 협회 회원들이 너를 찾길 원한다면 너무 쉽게 찾아낼 거야. 아마 그들 가운데 헤이브마이어가 제일 악질은 아닐 거다."

새뮤얼은 베개 위에서 자세를 바꿨다. "하지만 간과한 사실이 있어요. 재뉴어리는 무방비 상태가 아니거든요. 제인이 원하는 건 뭐든지 글로 써서 만들어낼 수 있어요. 요새, 아주 멀리 떨어진 곳이나 화성으로 가는 문, 로크 씨에게 일어나는 불행한 사고도요." 마지막 예시를 든 새뮤얼의 목소리는 다소 희망에 차 있었다. 아까 내게 브래틀보로 이야기를 들었을 때 그는 배드와 비슷하게 으르렁거렸다.

제인은 뒤틀린 미소를 지으며 얼굴을 찡그렸다. "재뉴어리의 힘은 한계가 있다고 들었어."

나는 몸이 따끔거리며 방어적으로 되었고, 수치심에 흠뻑 빠졌다.

"맞아." 내 입에서 약간 질식한 것 같은 목소리가 튀어나왔다. "아빠는 글이 현실이 되려면 대가를 치러야 한다고 했어. 세상을 막 찢어서 문을 만들었다가 내 마음대로 다시 붙여놓을 수는 없어." 나는 곁눈질로 슬그머니 새뮤얼을 보면서 낮은 목소리로 말했다. "유감스럽게도 난 그다지 훌륭한 마녀는 아니야."

새뮤얼은 손을 움직여 담요에 놓인 내 손 옆으로 바싹 다가왔다. 우리의 손끝이 달락말락 할 정도로.

"잘됐네. 나도 사실 그렇게 용감하지 않아." 새뮤얼이 속삭였다.

제인이 크게 헛기침했다. "거기까지 가기가 그리 쉽지는 않을 거야. 우리는 남들 눈에 띄지 않고, 뒤를 밟히지도 않고 320킬로미터를 가야 해. 게다가 돈도 별로 없고. 유감스럽게도," 이 대목에서 제인은 입을 꾹 다물고 차가운 미소를 지었다. "이제 스칼러 양은 지금까지와는 다른 생활에 익숙해져야 해."

그 말이 내 마음을 아프게 찔렀다. "저도 여행은 좀 해봤어요. 아시다시피." 내겐 작은 황동 명판에 내 이름이 찍힌 캐리어가 있었고, 내 여권은 손때 묻은 페이퍼백처럼 낡았다.

그러자 제인이 웃음을 터뜨렸다. 그다지 유쾌한 웃음은 아니었다.

"여행을 다니는 동안 단 하룻밤이라도 네가 직접 침구를 정리해본 적 있니? 한 끼라도 요리해본 적 있어? 이등석 티켓을 본 적이나 있고?" 나는 아무런 대답도 못 한 채 그저 제인을 노려보기만 했다. "우린 숲에서 잘 거고, 사람들에게 마차를 얻어 타고 다닐 거야. 그러니까 네 기대치를 낮춰두는 게 좋아."

나는 딱히 기발한 대답이 생각나지 않아 대화 주제를 바꾸었다.

"우리가 꼭 아르카디아라는 곳에 가야 하는지 잘 모르겠어요. 생각해보세요. 아빠는 일본에서 실종됐고, 우린 아빠를 찾아야 해요. 적어도……."

하지만 제인은 피곤하다는 듯이 고개를 저었다. "네 아빠를 추적하던 자들도 그렇게 예상할 거야. 그러니까 일본은 시간이 흘러 더 안전해졌을 때 찾아가야 해."

'언제쯤 더 안전해질 수 있지? 실현 불가능한 기대가 아닐까?'

"어쩌면 로크 씨에게 도움을 청할 수 있을지도 몰라요." 새뮤얼과 제인은 둘 다 '말도 안 된다'와 분노 사이 어딘가에 해당하는 신음을 냈다. 나는 어깨를 활짝 펴고 말을 이었다. "알아요, 알아. 하지만 내 말을 들어보세요. 로크 씨는 우리 부녀가 다치거나 죽는 걸 바라지 않을 거예요. 그저 조금 더 부유해지고, 전시용 상자에 넣어둘 희귀한 물건을 몇 개 더 소장하고 싶어 할 뿐이죠. 협회가 문을 없애버리고 다녔다는 사실조차 모를 수도 있어요. 아니면 그냥 신경 쓰지 않을 수도 있고요. 게다가 로크 씨는 저를 예뻐해요. 아마 지금도 그럴 거예요. 적어도 조금은요. 로크 씨는 우리가 숨도록 도와주고, 우리에게 돈을 빌려줘 일본으로 가게 해줄 수도……." 나는 말끝을 흐렸다.

제인의 눈이 타르처럼 걸쭉하게 흘러나오는 무언가로 가득 찼다. 연민이었다. 연민이 그토록 큰 상처를 줄 수 있다는 사실이 놀라웠다.

"넌 동화 속 영웅처럼 모험을 떠나 아빠를 구하고 싶겠지. 그 마음 충분히 이해한다. 하지만 넌 어리고, 돈 한 푼 없고, 집도 없어. 세상이 얼마나 험하고 추한지 본 적도 없지. 그런 단점이 널 통째로 삼켜버릴 거야, 재뉴어리."

옆에서 새뮤얼이 말했다. "만약 로크 씨가 널 보호하려고 한 거라면 크게 실패한 거야. 넌 도망쳐야 해."

나는 미래가 통째로 발밑에서 어지럽게 뒤틀리고 휘어지는 느낌이 들었고, 더는 아무 말도 하지 않았다. 지금껏 나는 삶이 순식간에 정상으로 돌아가기만을 기다리고 있었다. 마치 아빠가 사라진 이후로 있었던 모든 일들이 영화였고, 이제 곧 '끝'이라고 적힌 자막이 나타나면 윙윙거리는 소리와 함께 다시 조명이 켜지고, 나는 로크 하우스로 돌아가 《육지와 바다에서의 로버 형제들》을 다시 읽고 있으리라는 듯이.

하지만 그 모든 일은 이제 영원히 과거사가 되어버렸다. 호박 속에 화석으로 남은 잠자리처럼.

'제인을 따라가거라.'

"알겠어요." 나는 속삭였고, 다시 일곱 살로 돌아가 영원히 도망치는 듯한 기분을 느끼지 않으려고 애썼다. "아르카디아로 가요. 거기에서 계속 나랑 함께 있어 줄 거예요? 아니면 고향으로 돌아갈 거예요?"

제인은 움찔했다. "내겐 고향이 없어." 나는 제인의 눈을 보았다. 조금 전에 눈에 어렸던 연민은 너덜너덜하고 절망적인 무언가로 응고되었다. 고대 폐허나 썩어가는 태피스트리, 자신의 이야기를 잃어버린 사물을 연상시키는 눈빛이었다.

제인은 잠시 무슨 말인가를 ―비난 혹은 힐책 혹은 후회― 더 하려고 망설이더니 등을 꼿꼿이 세운 채 뒤돌아 오두막에서 나갔다.

새뮤얼과 나는 잠시 제인의 부재 속에서 침묵을 지켰다. 내 생각들은 술에 취한 새 떼처럼 절망(우리 둘 다 영원히 집도 없이 살게 될까? 평생을 도망치면서 살아야 할까?)과 부글부글 끓어오르는 아이다운 흥분(아르카디아로 간다! 모험이다! 탈출이다!) 사이를 계속 오갔다.

새뮤얼은 헛기침을 하더니 사뭇 진지하게 말했다.

"나도 너와 함께 갈 거야. 너만 괜찮다면."

"뭐라고? 안 돼! 네 가족과 집, 거기다 네 일까지 버리다니……그건 지나치게 무모한 결정이야."

"난 죽었다 깨어나도 훌륭한 식료품점 주인은 되기 힘들어." 새뮤얼이 부드럽게 반박했다. "우리 엄마도 인정했어. 난 처음부터 뭔가 다른 일을 하고 싶었지. 더 신나고 거창한 일. 다른 세상을 찾는 일이라면 그럭저럭 괜찮아."

나는 과장되게 웃었다. "난 우리가 어디로 갈지, 거기까지 얼마나 걸릴지도 몰라. 내 미래는 전부 엉망진창으로 얽혀 있고, 거기에 너까지 끌어들일 수는 없어. 물론 너의 선의나 동정심은 고맙지만······."

"재뉴어리." 다급한 새뮤얼의 목소리를 들으니 심장이 이상하게 쿵쿵 뛰었다. "동정심 때문이 아니야. 너도 알 텐데."

나는 눈을 돌려 창밖으로 푸르게 물들어가는 하늘을 내다보았지만 소용없었다. 여전히 내 볼에 꽂히는 그의 뜨거운 눈길이 느껴졌다. 불꽃이 일던 석탄에 비로소 불이 붙었다.

새뮤얼이 천천히 말했다. "지금껏 내가 분명하게 말하지 않았나봐. 내가 네 편이라고 했던 말은 네 곁에 있고 싶다는 뜻이기도 해. 너와 함께 모든 문과 위험 속으로 뛰어들고, 너와 함께 복잡하게 얽힌 네 미래 속으로 뛰어들겠다는 뜻이야. 언제까지나." 나는 새뮤얼의 목소리가 긴장되고 떨린다는 사실이 은근히 만족스러웠다. "너만 괜찮다면."

브래틀보로에 입원한 이후로 믿을 수 없고 말썽을 부리는 생명체가 돼버린 시간이 이제 완전히 멈춰버렸다. 우리 둘은 오후 햇살 속에 정지된 한 쌍의 먼지 입자처럼 무중력으로 둥둥 떠 있었다.

나는 딱히 이유도 없이 아빠를 생각했다. 그동안 내게서 숱하게 멀어져갔던 아빠의 고개 숙인 뒷모습, 구부러진 어깨, 아빠의 몸에 헐렁하게 걸려 있던 먼지투성이 코트. 그다음에는 로크 씨가 생각났다. 내 어깨를 잡던 그의 따뜻한 손, 유쾌하게 울리는 웃음소리. 약에 취해 집 밖으로 끌려 나가던 나를 지켜보던 눈동자에 담긴 연민.

지금까지 살면서 내가 사랑한 사람들은 다들 나를 떠나게 된다는 사실을 알게 되었다. 그들은 나를 버리고, 실망시키고, 배신하고, 가두고, 결국 나는 다시 혼자가 될 터였다. 하지만 새뮤얼은 언제나 그 자리에 있었다. 안 그런가? 내가 로크 하우스에 갇혀 말동무라고는 월다 양 밖에 없던 어린 시절에 새뮤얼은 몰래 펄프 매거진을 가져다주고 내 가장 소중한 친구가 될 강아지도 주었다. 내가 한 줄기 희망도, 도와주는 사람도 없이 정신 병원에 갇혔을 때도 새뮤얼은 열쇠를 가져다주었다. 내가 괴물과 미스터리에 쫓기는 도망자 신세인 지금도 새뮤얼은 나랑 함께하겠다고 제안했다. 언제까지나.

그 제안이 미끼처럼 내 심장을 낚아챘다. 더는 혼자가 아니고, 누군가에게 사랑받고, 따뜻한 존재가 늘 내 곁에 있어 준다면 어떤 기분일까? 나는 굶주린 눈빛으로 새뮤얼의 얼굴을 바라보며 그가 특별히 잘생긴 편인지 가늠해보려 했지만 불가능하다는 사실을 깨달았다. 나는 그저 잉걸불처럼 흔들림 없이 빛나는 그의 눈동자만 바라보았다.

지금 당장이라도 좋다고 대답하고 싶었지만 망설였다. 아빠는 책에 진정한 사랑은 중력과도 같다고 썼다. 눈에 보이지 않을 뿐 분명 존재하고, 피할 수 없는 무언가라고. 지금 내 마음을 사로잡고 숨 막히게 하는 감정이 과연 진정한 사랑일까? 아니면 그저 겁에 질리고, 외롭고, 몸을 가누기 힘들 만큼 피곤한 상태라 물에 빠진 여자가 부표를 잡듯이 새뮤얼에게 매달리는 것일까?

새뮤얼은 내 얼굴을 바라보았고, 거기서 무엇을 보았는지 몰라도 침을 삼켰다.

"내 말에 기분이 상했나보구나. 용서해줘." 새뮤얼의 미소가 점차 민망한 표정으로 굳어졌다. "그냥 제안이었을 뿐이야. 생각해보라고."

"아냐, 그런 게. 난 그냥……." 나는 무슨 말을 하려는지도 모른 채 이 말이 어떻게 끝날지 몰라 반쯤 겁을 내며 말문을 열었지만 그때 제인이 돌아왔다. 너무나 기막힌 타이밍이었다.

제인은 이끼가 낀 장작을 한 아름 들고 있었고, 봉합된 흉터처럼 아무런 감정도 드러나지 않은 표정이었다. 그녀는 우리의 표정을 보더니 멈칫하면서 '이런, 이런, 지금 무슨 상황인 거지?'라는 뜻을 담아 양 눈썹을 들어 올렸지만 아무 말도 하지 않고 난로로 갔다.

고맙기도 해라.

잠시 후(그동안 새뮤얼과 나는 둘 다 숨을 내쉬며 서로 손을 멀찍이 떼어놓았다) 제인이 부드럽게 말했다.

"오늘 밤은 일찍 자야 해. 내일 아침에는 먼 길을 떠나야 하니까."

"물론이죠." 새뮤얼의 목소리는 지극히 담담했다. 그러더니 침대에서 몸을 일으켰고, 힘을 주느라 창백해진 얼굴로 나를 향해 우아한 고갯짓을 했다.

"아, 아냐, 그럴 필요 없어. 난 바닥에서 자면 돼."

새뮤얼은 못 들은 척하고 곰팡내가 나는 담요를 구석에 펴더니 거기로 기어갔다. 그런 다음 벽 쪽으로 돌아누운 채 어깨를 움츠렸다.

"잘 자요, 제인. 재뉴어리." 새뮤얼은 내 이름에 가시라도 돋친 듯 조심스럽게 불렀다.

나는 침대로 올라가 배드 옆에 뻣뻣이 누웠다. 온몸이 아팠고 너무 피곤해서 잠이 오지 않았다. 경첩이 달린 듯한 눈꺼풀은 몹시 뜨거웠고 팔이 욱신거렸다. 제인은 무릎에 로크 씨의 리볼버를 놓아둔 채 난로 앞 흔들의자에 앉았다. 쇠 살대 안에서 희미한 석탄 불빛이 타오르며 그녀의 얼굴을 부드러운 오렌지색으로 물들였다.

이제 보는 사람이 없어서인지 제인의 얼굴에 좀 더 많은 슬픔이 솔직하게 드러났다. 아빠의 얼굴에 숱하게 나타났던 바로 그 표정이었다. 아빠는 글을 쓰다 말고 저런 표정으로 잿빛 창문 너머를 바라보곤 했다. 등에 날개가 돋쳐 창밖으로 뛰어내렸으면 좋겠다는 듯이.

저 표정만이 내가 기대할 수 있는 유일한 미래일까? 나는 내가 속하지 않은 세상에서 암울하게 살아남을 운명일까? 슬퍼하고 표류하며 지독히 외롭게?

배드가 개 특유의 부드러운 하품을 하며 내 옆에 누웠다.

'적어도 난 완전히 혼자는 아니야.'

나는 햇살 냄새가 나는 배드의 털에 얼굴을 바싹대고 잠들었다.

∞

제인과 함께 뉴잉글랜드 지역을 여행하는 건 로크 씨와 함께했던 여행과는 확연히 달랐다. 다만 둘 다 자기들이 결정권자라는 확고한 의식을 갖고 있다는 점은 비슷했다. 제인은 타인을 부리는 데 익숙한 사람에게서 흔히 볼 수 있는 차분한 자신감으로 우리에게 이런저런 명령과 지시를 내렸다. 나는 그런 제인의 모습을 보면서 그녀가 다른 세상에서 사냥꾼 무리를 이끌었을지, 만약 그랬다면 이 세상에서 하녀 행세를 하기가 얼마나 힘들었을지 생각했다.

동트기 전 어둠 속에서 제인은 새뮤얼과 나를 깨웠고, 우리가 호수를 반쯤 가로질렀을 때 꿀 빛 햇살 한 줄기가 지평선 위로 서서히 올라왔다. 우린 사람들의 호기심 어린 눈총을 받으며 페리를 타는 위험을 감수하기보다는 자피아 가의 나룻배에 억지로 끼어 앉았고, 해안가의 흐릿한 가로등 불빛을 향해 돌아가며 노를 저었다.

막상 해보니 노 젓기도 삽질만큼이나 힘들었다. 배가 거친 모래사장 위로 올라갔을 때쯤에는 손바닥에 물집이 잡히는 차원을 넘어 피투성이에 가까웠다. 새뮤얼은 무척이나 힘든 듯 실제 나이보다 몇십 년은 더 먹은 사람처럼 힘겹게 움직였다. 오로지 제인만이 멀쩡해 보였다. 스커트에 묻어 있는 흙과 여전한 핏자국을 제외하고.

우리가 두리번거리며 마을로 들어서자 사람들은 모자를 푹 눌러쓰고 수군거리며 우리를 피해 허둥지둥 사라졌다. 우리가 사람들을 불편하게 만드는 패거리라는 걸 예상했어야 마땅했다. 총을 소지한 흑인 여자, 아파 보이는 청년, 으르렁거리는 개, 몸에 맞지 않는 사이즈의 옷에 신발은 아예 없고 피부색이 이상한 소녀. 나는 우리를 피해 달아나는 여자에게 가장 가까운 기차역이 어딘지 물으려고 했지만 제인이 내 맨발을 밟았다.

"왜요? 기차를 탈 거라면서요?"

제인은 한숨을 쉬었다. "그래, 하지만 무임승차를 해야 하니까 사람들의 시선을 끌지 않는 편이 좋아." 그러더니 마을 동쪽 밖으로 구불구불 지나가는 선로를 향해 고갯짓했다.

"따라와." 제인은 내 동의도 구하지 않은 채 계속 걸어갔다.

새뮤얼과 나는 간밤에 대화를 나눈 뒤 거의 처음으로 서로의 얼굴을 마주 보았다. 그는 양쪽 눈썹을 치커세웠고, 두 눈은 장난기로 반짝거렸으며, 내게 먼저 가라는 뜻에서 손을 앞으로 뻗으며 허리를 숙였다.

제인은 텅 빈 조차장으로 우리를 데려갔고, 거기서 우리는 '몽펠리에 목재 회사'라고 적힌 무개 화물 열차에 몰래 올라타고 출발을 기다렸다. 한 시간이 지날 때쯤 기차는 동쪽으로 돌진했다. 우리는 덜커덩거리며 포효하는 기차 소리에 귀가 먹먹했고, 석탄 연기와 먼지를 한 꺼풀 뒤집어쓴 채 아이처럼 혹은 정신 나간 사람들처럼 히죽거렸다. 배드의 혀는 바람을 맞아 축 늘어져 있었다.

그 후로 이틀간은 기억이 흐릿하다. 일렁거리는 뜨거운 아지랑이와 욱신거리는 발, 나를 잡으려고 뒤에서 지켜보는 사람이 있을 거라는, 마음 한편에 늘 존재하는 두려움에 빠져 있었다. 늘 차갑고 확신이 넘쳤던 제인의 목소리는 기억한다. 잡풀이 웃자란 들판에서 별이 빛나는 밤하늘을 스팽글을 붙인 이불 삼아 웅크리고 잤던 일, 도로변 가게에서 사 먹은 기름진 생선 샌드위치, 노새 한 마리로 콩코드까지 블루베리를 운반하던 농부의 마차를 얻어 탄 일, 업무를 다 마친 수다스러운 우편배달부의 배달 차량을 얻어 탄 일은 기억한다.

우리가 메인주 경계선 바로 위에 있는 이름 없는 도로를 터덜터덜 걷고 있을 때 제인이 불어오는 산들바람에 고개를 들었던 일도 기억한다.

"방금 냄새 맡았어?" 제인이 물었다.

나도 맡았다. 염수와 차가운 암석과 생선 뼈 냄새. 바다였다.

길을 계속 걷다 보니 마침내 매끄러운 자갈길로 바뀌었고, 염분 때문에 더 높이 자라지 못한 소나무들이 눈에 들어왔다. 달빛 속에서 우리의 발소리가 고요해졌다. 제인은 지도나 기억보다 아빠의 지시에 따라 길을 찾는 듯했다. 그녀는 가끔 혼자 중얼거리면서 이상한 형상의 바위를 향해 손을 뻗거나 실눈을 뜨고 별을 올려다보았다. 파도가 밀려오는 리드미컬한 소리가 점점 더 가까워졌다.

빽빽한 소나무 숲을 돌아 짧은 절벽을 내려가자 비로소 바다가 모습을 드러냈다. 바닷가에는 여러 번 가본 적이 있었다. 남부 프랑스 해안을 따라 산책한 적도 있고, 안티과 섬 해안에서 레모네이드를 홀짝거리기도 했다. 증기선을 타고 대서양을 횡단하며 바다가 옆으로 갈라지는 광경도 지켜보았다. 호텔이나 강철로 만든 배 안에서 보면 폭풍우조차도 하찮고 멀게 느껴졌다. 지금껏 나는 바다를 유쾌하고 예쁜 곳, 내가 익히 봤던 호수보다 좀 더 클 뿐이라고 생각했다. 하지만 돌출된 바위에 서서 발아래로 부서지는 파도와 가마솥에 든 검은 액체처럼 요동치는 광막한 대서양을 바라보고 있자니 바다가 완전히 다르게 느껴졌다. 야성적이고 은밀하며 나를 통째로 삼켜버릴지도 모를 무언가로.

제인은 절벽 측면을 돌아가는 이끼 낀 길을 선택했다. 새뮤얼과 나는 제인을 뒤따랐고, 배드는 우리를 앞질러 갔다. 폐가 이상하게 조이는 듯했고, 기대감으로 맥박이 떨렸다.

'문이다.' 실재하는 진짜 문. 내가 반 들짐승이나 다름없었던 어린 시절에 들판을 뛰어다니다가 발견한 후로 처음 보는 문. 아빠가 나를 위해 숨겨두고 열어둔 문. 지구 반대편에 갇혀 있거나 감금되었거나 죽은 지금도 아빠는 날 버리지 않았다. 완전히 버린 건 아니다. 그렇게 생각하니 몸이 따뜻해졌다. 몰아치는 바닷바람 속에서도 흔들리지 않고 안전한 촛불처럼.

제인은 절벽 아래쪽 축축한 틈새로 사라져버렸다. 나는 몸을 앞으로 내밀고 제인을 열심히 찾았지만 잠시 후 그녀가 널빤지와 썩은 노끈으로 이뤄진 뗏목 파편을 끌고 다시 나타나더니 땅이 꺼지게 한숨을 내쉬었다.

"이런 날씨에 뗏목이 멀쩡하기를 바라는 건 무리겠지. 어쨌든 뗏목에 소지품을 싣고 저 문을 향해 헤엄쳐 가야 해." 그러더니 차근차근 옷을 벗기 시작했다. 남의 시선은 전혀 신경 쓰지 않으면서.

"제인, 지금 뭐하는 거예요? 문이 어디에 있어요?"

제인은 대답 없이 그저 손가락으로 바다를 가리켰다. 제인의 손가락을 따라가 보니 지평선에 울퉁불퉁한 회색 얼룩이 보였고, 군데군데 보이는 바위들이 별빛 아래에서 은색으로 빛났다.

"저 섬까지 간다고요? 하지만 어떻게요? 설마 저기까지 헤엄쳐 가려는 건 아니죠?"

"접근하기 힘들고 사람이 살 수 없는 곳. 네 아빠가 말한 그대로야."

제인의 말투는 건조했다. 그녀는 이미 바다로 첨벙 첨벙 들어가고 있었다. 그녀의 속옷이 하얗게 빛났고, 팔다리는 어둠 속으로 사라져버렸다. 배드는 신이 나서 그녀를 뒤따라 바다에 뛰어들었다.

나는 어찌해야 할지 결정을 내리지 못한 채 새뮤얼을 돌아보았지만 그도 역시 셔츠 단추를 풀고 있었다.

"내가 너를 이긴다는 데 마지막 남은 빵 하나를 걸지." 새뮤얼이 중얼거렸다. 마치 우리가 정체를 알 수 없는 무언가에 쫓겨 차가운 바다까지 오게 된 지치고 절박한 성인들이 아니라 호수에서 헤엄치고 노는 아이들이라도 된다는 듯이. 나는 어이가 없어서 피식 웃었다.

새뮤얼이 하얀 이를 드러내며 싱긋 웃더니 창백한 맨가슴으로 제인과 배드를 뒤따라 바다로 들어갔다. 나도 뒤따라갈 수밖에 없었다. 물이 차가우리라는 걸 예상했어야 했다. 메인주의 여름은 해가 지자마자 순식간에 사라져버리는 조심스러운 생명체이기 때문이다. 그렇긴 해도 이렇게 차가운 물에 몸을 던지면서 놀라지 않는다는 건 불가능하리라. 이토록 차가운 물에서 수영하는 건 온몸을 쏘아대는 모기떼 속에서 수영하는 것과 진배없었다. 우리는 곱은 손가락으로 소지품을 얹어놓은 널빤지를 붙잡은 채 헤엄치며 숨을 헐떡거렸다. 배드는 수영을 하기보다는 공중 부양을 하려는 듯 수면 밖으로 머리를 높이 쳐들고 있었다. 짠 바닷물이 붕대 안으로 스며들어 내 팔에 새겨진 글자 속으로 파고들었다. 만약 다 포기하고 로크 하우스 벽난로 앞으로 갈 수 있다면 그렇게 했으리라. 하지만 불가능한 일이었기에 차갑고 검은 바다를 향해 따끔거리는 팔을 계속 뻗으며 흐릿하게 보이는 잿빛 섬으로 조금씩 다가갔다.

죽을힘을 다해 헤엄치다보니 마침내 무릎에 돌이 긁혔다. 제인이 널빤지를 해안가로 끌어 올리고 있었고, 내 옆에서 거친 숨을 몰아쉬던 새뮤얼은 몇 미터 기어가더니 자갈밭에 얼굴을 처박으며 쓰러졌다. 차가운 바닷물 때문에 그의 몸에는 소름이 돋아 있었다.

"난 이제 차가운 거라면 진절머리가 나." 새뮤얼이 숨을 헉헉거리며 말했다.

헤이브마이어의 손이 닿았을 때 온몸을 관통하던 한기와 쓰러지는 새뮤얼의 창백한 얼굴, 두려움에 사로잡혀 그의 옆으로 달려갔던 일이 기억났다.

나는 곱은 손가락을 새뮤얼의 등에 대며 물었다. "괜찮아?"

새뮤얼은 한쪽 팔꿈치로 몸을 받치고 기진맥진한 채 고개를 들어 올렸다. 그러고는 바닷물이 들어간 눈을 깜빡거렸는데 이상하게 갑자기 무표정해졌다. 바다에 들어갔다 나오는 바람에 축 처진 포대 자루 같던 내 속옷이 제2의 살갗처럼 몸에 찰싹 들러붙어 있었고, 속이 훤히 들여다보인다는 사실을 깨달았다. 우리 둘 다 움직이지 않았다. 기름처럼 검고 잉걸불처럼 빛나는 그의 눈이 덫이 되어 나를 붙잡았고, 나는 꼼짝할 수 없었다. 그러다가 배드가 가까이 다가와 몸을 털자 얼음처럼 차가운 염수가 우리에게 튀었다.

새뮤얼은 아주 천천히 눈을 감더니 다시 자갈밭에 이마를 댔다. 그런 다음 "응. 괜찮아"라고 말한 뒤 한숨을 쉬고 비틀거리며 일어나 힘없이 널빤지를 향해 걸어갔다. 그런 다음 그나마 제일 덜 젖은 셔츠를 들고 와 내 어깨에 걸쳐주었다. 그의 손가락이 내 어깨를 스치지 않도록 조심하면서. 그의 셔츠에서 밀가루와 땀 냄새가 났다.

"거의 다 왔다. 밤이 되기 전에 문을 통과할 거야." 이제 제인마저도 지친 목소리였다.

우리는 비척거리며 제인을 따라 구불구불한 해안가를 걸어가다가 후들거리는 다리로 낮은 절벽을 올랐다. 바람이 휘몰아쳐

물기를 말려준 덕분에 살갗에 묻은 소금이 흰 서리처럼 남았다. 섬 끄트머리에 오래전에 죽은 보초의 해골처럼 버림받은 등대의 뼈대가 남아 있었다. 한때는 흰색과 빨간색 가로줄 무늬로 화사하게 칠했던 등탑은 풍화되어 바위처럼 회갈색이 되었고, 옆으로 비스듬히 기울어져 있었다. 문이 있어야 할 자리에는 떡 벌린 입만 있었다. 제인이 제일 먼저 허리를 숙여 그 입 속으로 들어가더니 쓰러진 서까래와 마룻널이 군데군데 빠진 마룻바닥을 요리조리 지나갔다. 배드와 나는 말없이 그 뒤를 따랐다.

등대 안에 서 있으니 바다 생물의 썩은 흉곽 속에 서 있는 듯 캄캄했고, 해초가 여기저기 널려 있었다. 깨진 창문으로 한줄기 밝은 달빛이 들어와 서쪽 벽의 문을 비췄다. 아까 밖에서 봤을 때는 분명 없던 문이었다. 가슴속에서 심장이 전율했다.

문은 심지어 썩어가는 이 등대보다도 더 오래된 듯 보였다. 부목을 이어 붙이고 구부러진 상아 조각을 붙여서 만든 문이었다. 문틈으로 휘파람 소리를 내는 산들바람에 8월의 태양이 내리쬐는 건초지 같은 뜨겁고 메마른 냄새가 실려 왔다.

제인이 고래수염으로 만든 손잡이를 잡아당기자 문이 물 흐르듯 매끄럽게 열렸다. 마치 기름칠을 한 듯 소리 없이. 제인은 우리를 돌아보더니 벌어진 앞니를 드러내며 씩 웃고는 암흑 속으로 들어갔다.

나는 한 손을 배드의 머리에 얹고, 다른 한 손은 충동적으로 새뮤얼에게로 뻗었다. "겁내지 마. 그리고 내 손을 놓지 마."

새뮤얼이 내 눈을 바라보며 "안 놓을 거야"라고 말하더니 내 손을 꼭 감싸 쥐었다.

우리는 함께 문지방을 통과했다. 아무것도 없는 그 공간은 지난번과 마찬가지로 소름 끼치게 무섭고 숨 막혔다. 하지만 새뮤얼과 배드가 곁에 있어 그나마 덜 무섭게 느껴졌다. 다리가 여럿 달린 별자리가 밤하늘을 가로질러 회전하듯이 우리는 세 개의 행성처럼 어둠을 가로질렀고, 어느새 발아래에서 바스락거리는 메마른 풀이 밟혔다.

우리는 다른 세상의 이질적인 오렌지빛 어스름 속에 서 있었다. 나는 잠시 어질어질한 상태로 끝없이 펼쳐진 황금빛 들판과 마치 머리 위에 바다가 걸려 있다는 착각이 들 정도로 탁 트인 하늘을 바라보았다. 이내 걸걸한 목소리가 들렸다.

"맙소사! 아주 가관이로구먼. 자, 애들아, 그 자리에 그대로 멈춰서서 아주 천천히 뒤로 돌아. 그런 다음 용건이 뭔지, 그리고 도대체 어떻게 우리 문을 발견했는지 말해."

⑨ 불타는 문

　낯선 세상에 발을 들였을 때 몸이 차갑고 사지는 힘이 없고 옷을 반쯤 벗은 상태라면 명령대로 하기 마련이다. 우리 셋은 천천히 뒤돌아섰다. 우리가 마주한 사람은 팔다리가 길고 누더기를 걸친 노인으로 허수아비와 비슷했다. 만약 허수아비가 희끗희끗한 수염을 기르고, 창을 들었다면 말이다. 노인은 군복 비스름한 회색 코트에 노끈과 고무로 만든 거친 샌들을 신었고, 엉킨 백발에는 밝은색 깃털 하나를 꽂았다. 그는 끙 소리를 내며 내 배를 향해 창을 찌르는 시늉을 했다.

　나는 떨리는 양손을 들어 올리며 말문을 열었다. "제발, 어르신, 우리는 그저……." 내 입에서 저절로 불쌍하고 겁에 질린 목소리가 새어 나왔다. 하지만 그 효과는 배드 때문에 즉시 반감되었다. 배드가 목덜미의 털을 곤두세운 채 공회전하는 엔진 같은 소리를 냈고, 제인은 로크 씨의 리볼버를 꺼내 노인의 가슴을 겨누었다.

　노인이 총으로 눈을 휙 돌렸다가 더 단호한 눈빛으로 다시 나를 바라보았다. "마음대로 해봐, 아가씨. 하지만 장담컨대 내가 피를 흘리기 전에 이 아이 배를 파버릴 테니까. 내 말이 사실인지 아닌지 내기할까?" 잠시 정적이 흘렀고, 그동안 나는 집에서 만든 녹슨 창에 내장이 찔리면 얼마나 기분이 나쁠지 상상하며 이런 세상으로 가라고 했던 아빠에게 내심 욕을 퍼부었다.

그때 새뮤얼이 우리 둘 사이에 끼어들었다. 그는 노인의 창끝에 셔츠가 찔릴 정도로 몸을 앞으로 내밀었다.

"어르신, 이럴 필요 없습니다. 맹세컨대 우리는 어르신을 해칠 생각이 전혀 없어요." 새뮤얼은 '얼른 그 총을 내려놔요'라고 말하는 눈빛으로 제인을 노려보았지만 그녀는 깡그리 무시했다.

"우리는 그저 은신처를 찾고 있을 뿐입니다. 방해할 생각은 전혀 없습니다." 노인은 여전히 의심스러운 눈빛으로 실눈을 떴다. 그 눈은 깊은 주름살 속에 자리한 두 개의 축축한 푸른색 구슬 같았다.

새뮤얼은 입술을 핥고 나서 다시 말했다. "우리, 처음부터 다시 시작할까요? 저는 새뮤얼 자피아라고 합니다. 우리 집은 버몬트주에서 자피아 패밀리 식료품점을 운영하죠. 이 개는 신드바드이고, 흔히 배드라고 부르죠. 저쪽은 제인 이리무 씨고요. 틀림없이 곧 총을 내릴 겁니다. 그리고 여기는 재뉴어리 스칼러예요. 저희는 이곳이 숨기에 좋다고……."

"스칼러?" 노인이 새뮤얼의 말을 자르더니 턱으로 나를 가리켰다.

나는 새뮤얼의 어깨 뒤에서 고개를 끄덕였다.

"그럼 네가 줄리언의 딸이냐?"

아빠의 이름이 나오자 살갗이 따끔거렸다. 나는 다시 고개를 끄덕였다.

"이런, 젠장!" 갑자기 창끝이 땅으로 내려갔다. 노인은 창에 편안히 몸을 기댄 채 손톱으로 뻐드렁니를 쑤시며 실눈으로 나를 다정하게 바라보았다. "겁을 줘서 미안하구나, 얘야. 내 실수다. 하지만 여길 지키는 게 보초의 의무니까 어쩔 수 없었단다. 조심해서 나쁠 건 없으니까. 나랑 함께 가자꾸나. 내가 따뜻한 음식과 쉴 곳을 마련해주마. 혹시……." 이 대목에서 노인은 우리 바로 뒤에 있는 옹이 많은 고목과 거대한 뿌리에 아늑하게 자리 잡은 좁은 문을 가리켰다.

"너희들을 뒤따라올 사람들이 있니?"

새뮤얼과 나는 약간 놀라 말문이 막힌 채 노인을 바라봤지만 제인은 이미 예상한 질문이라는 듯 말했다. "아마 당장은 아닐 거예요."

제인이 손에 쥐고 있던 리볼버는 어느새 노끈으로 단단히 묶은 그녀의 소지품 꾸러미 속으로 사라져버린 뒤였고, 으르렁거리던 배드도 이제는 다소곳해졌다. 배드는 아주 살짝 꼬리를 흔들었는데 호감 표시라기보다 공공연히 적대감을 드러내는 일은 중단하겠다는 뜻이었다.

"자, 그럼 어서 가자. 서두르면 저녁 식사 시간에 맞출 수 있을 거다." 노인은 석양을 향해 돌아서더니 높이 자란 풀숲에서 빨간 자전거를 일으켜 세워 좁은 길을 따라 끌고 가기 시작했다. 가락 없는 휘파람을 불어대면서.

우리는 '아무렴 어때?'부터 '이제 적어도 우릴 죽이지는 않겠네'에 이르는 일련의 시선을 교환하며 노인을 따라갔다. 우리의 볼을 따스하게 감싸고, 뼈에서 대서양의 냉기를 몰아내는 마지막 붉은 햇살을 받으며 들풀을 헤치고 평원을 가로질러 걸었다. 노인은 우리의 지치고 초조한 정적에 아랑곳하지 않고 휘파람을 불었다가 수다 떨기를 여러 번 되풀이했다.

우리는 그의 이름이 존 솔로몬 에이어스로 친구들은 그를 솔이라고 부르며, 1847년 테네시주 폴크 카운티에서 태어났다는 사실을 알게 되었다. 그는 열여섯에 테네시 보병 3연대에 입대했고, 땡전 한 푼 주지 않는 부유한 목화 농장주를 위해 싸우다가 배를 곯은 채 비참하게 죽으리라는 걸 깨닫고 열일곱 살에 탈영했다. 탈영하자마자 북부군의 포로가 되었고, 매사추세츠주 감옥에서 몇 년을 보내다가 탈옥해 해안가로 도망치던 중에 우연히 이 세상에 오게 되었고, 그 후로 계속 여기에서 살고 있다고 했다.

"그럼 계속 여기서 혼자 사셨어요? 우리 아빠가 올 때까지요?" 그래야 솔로몬의 보다 기괴한 특징 몇 가지가 설명될 듯했다. 나는 그가 움막에 홀로 쭈그리고 앉아 휘파람 부는 모습을 상상해보았다. 아마도 원주민들을 피해서.

그런데 도대체 이 세상의 원주민들은 어디에 있는 걸까? 원주민들이 요란하게 떼를 지어 나타나 우리를 공격하기라도 하려나?

나는 아무것도 없는 지평선을 바라보았으나 나지막한 언덕들과 어지럽게 널린 모래와 자갈들 말고는 놀라운 게 전혀 없었다.

솔로몬이 호탕하게 웃었다.

"아니, 그럴 리가? 우린 여길 아르카디아라고 부른단다. 그전에는 뭐라고 불렸는지 아무도 몰라. 아무튼 아르카디아는 도시가 되어가는 중이다. 내가 많은 도시를 본 건 아니지만. 자, 이제 거의 다 왔다."

아무도 그의 말에 대답하지 않았지만 제인의 얼굴에는 의구심이 가득했다. 가까이 다가갈수록 바닥에 떨어진 돌들이 점점 더 커지더니 서로 아슬아슬한 각도로 기대고 있는 거대한 바위가 되었다. 새 몇 마리가 ─독수리나 매 같았는데 솔로몬의 머리에 꽂힌 깃털처럼 빛나는 황금빛이었다─ 울퉁불퉁한 바위 꼭대기에 앉아 의심스럽다는 듯이 우리를 지켜보고 있었다. 우리가 다가가자 새들은 날아가 버렸는데 희미해진 햇살의 속임수 때문에 마치 순식간에 사라져버린 듯했다.

솔로몬은 우리를 제일 큰 바위 두 개 사이의 공간으로 이끌었다. 그 공간은 그늘진 터널 같았는데 입구에 반짝반짝 빛나는 기묘한 커튼이 걸려 있었다. 그 앞에 서고 나서야 나는 그것이 천이 아니라 수십 개의 황금빛 깃털을 엮어 만든 커튼이라는 사실을 알게 되었다. 풍경처럼 흔들리는 커튼 너머로 바위 반대편이 보였는데 아무것도 없는 언덕 몇 개와 계속 흔들리는 풀들, 저물어가는 태양의 장밋빛 석양만 보일 뿐 비밀 도시는 없었다.

솔로몬은 자전거를 바위에 기대더니 팔짱을 끼고 입구에 드리워진 커튼을 응시했다. 마치 무슨 일이 일어나길 기다리는 사람처럼.

배드가 초조하게 으르렁거렸다.

"죄송하지만, 에이어스 씨," 내가 말문을 열었다.

"이제부터 그냥 솔이라고 불러라." 그가 멍하게 말했다.

"아, 네. 죄송하지만 여기서 뭐 하시는……?" 나는 솔에게 그가 남는 시간에 깃털로 커튼이나 만들며 여가를 보낼 만큼 제대로 미친 사람인지 아니면 우리가 갈 목적지가 정말로 있기는 한지 정중하게 돌려서 물어볼 생각이었는데 바로 그때 사뿐사뿐 걸어오는 발소리가 들렸다. 커튼 뒤의 어둠 속에서 들려온 소리였지만 그곳은 돌과 맨땅뿐이었다.

갑자기 넓적한 손이 나타나 깃털로 된 커튼을 젖히더니 검은 중절모를 쓴 땅딸막한 여자가 팔짱을 끼고 실눈을 뜬 채 우리 앞에 섰다. 제인은 내가 알아들을 수 없는 말을 연신 내뱉었는데 틀림없이 무례한 말이었다.

여자는 둥그스름한 체형에 갈색 피부였고, 머리카락은 군데군데 은발이 섞여 있었다. 솔과 마찬가지로 그녀는 스타일이 동떨어진 옷들을 섞어서 입고 있었다. 은색 버튼이 달린 연미복에 황마를 바느질해 만든 바지, 밝은색 구슬이 박힌 목깃. 그런데도 용케 우스꽝스럽지 않고 당당해 보였다. 그녀는 거의 감긴 눈으로 우리를 돌아가며 노려보았다.

"손님이야, 솔?" 그녀는 '손님'을 마치 '벼룩'이나 '독감'을 언급할 때와 같은 말투로 발음했다.

솔로몬은 허리를 숙여 가며 과장되게 인사했다.

"여러분, 존경하는 우리의 수령님, 몰리 넵튠 양을 소개합니다. 그렇게 못마땅한 투로 말하지 마, 몰리. 아니긴 뭐가 아니야. 그건 그렇고 몰리, 팔에 문신이 있던 흑인 친구 기억해? 이름이 줄리언 스칼러였는데 몇 년 전 여기에 와서 딸 이야기를 했잖아." 솔로몬은 자기가 잡은 물고기 중에서 제일 큰 놈을 보여주는 어부처럼 내가 있는 쪽으로 두 손을 들어 올렸다. "마침내 그 딸이 왔어."

몰리 넵튠의 기분은 여전히 풀리지 않은 듯했다. "그렇군. 그럼 옆에 있는 사람들은 누구야?"

제인은 턱을 들어 올리며 말했다. "우리는 재뉴어리의 동행입니다. 이 아이를 안전하게 지켜야 할 책임이 있죠." 동행(Companions). 앞으로 뻗은 두 개의 팔 같은 저 구부러진 C가 보이는가? 용을 무찌르거나 가망 없는 임무를 계속하거나 한밤중에 혈맹을 맺어 줄 수 있는 일종의 친구라는 뜻이다. 나는 어찌나 고마운지 제인에게로 달려가고 싶은 충동을 겨우 참았다.

몰리가 혀로 이를 훑더니 말했다. "지금까지 그 책임을 별로 잘 수행한 것 같지는 않네. 이 아이를 보니 익사하다 살아난 꼴에 반은 벌거숭이고 온몸이 상처투성이잖아." 제인의 턱이 굳어졌고, 나는 입고 있던 셔츠 소매를 내려 손목에 감긴 거무스름해진 붕대를 가리려고 했다.

몰리는 한숨을 쉬었다. "몰리 넵튠이 약속을 지키지 않았다는 말이 나오게 할 수는 없지." 그러더니 살짝 조롱하듯 과장된 행동으로 깃털 커튼을 젖혔다.

아까 봤던 두 바위 사이의 풍광 ─하늘과 잔디밭으로 이뤄진 따분한 삼각형 조각─이 사라지고, 그 대신 여러 형태의 풍경이 어지럽게 뒤죽박죽 섞여 있었다. 나는 몰리의 팔 아래로 머리를 숙여 짧은 터널로 들어가면서 실눈을 뜨고 주변 풍광을 뚜렷이 보려고 했다. 산비탈을 올라가는 가파른 계단들, 초가지붕과 점토 벽돌, 점점 커지는 웅성거림.

도시였다.

나는 입을 살짝 벌린 채 사암이 깔린 광장으로 발을 내디뎠다. 아무것도 없던 언덕에 갑자기 엉망진창으로 뻗어나간 건물과 거리가 펼쳐졌다. 마치 거인 아이가 가지고 놀던 장난감 블록들을 계곡으로 던지고 가버린 듯이. 좁은 도로며 벽, 낮은 집들, 돔 지붕의 사원까지 모든 게 노란 점토와 마른 풀로 만들어졌다. 서늘해져 가는 황혼 속에서 도시가 황금빛으로 빛났다. 메인주 해안에 숨겨진 은밀한 엘도라도였다.

다만 이 도시는 이상하게 어딘가 죽은 듯했다. 마치 도시 자체라기보다는 도시가 죽고 남은 뼈 같았다. 바닥에 굴러떨어진 벽돌들과 폭삭 무너진 건물들이 산비탈을 따라 점점이 흩어져 있었고, 독수리 머리를 한 여자와 날개 달린 남자의 부서진 동상 여러 개가 그 잔해를 에워싸고 있었다. 그런가 하면 옹이진 나무들이 썩은 초가지붕에 뿌리를 내린 곳도 있었고, 갈라진 도로 사이에서 새싹이 돋아나기도 했다. 분수는 모두 말라버린 상태였다.

한마디로 폐허였지만 사람이 살고 있었다. 아이들은 골목길에서 고무 타이어를 굴리며 까르르 웃어댔다. 이 집 창문에서 저 집 창문으로 지그재그로 걸린 빨랫줄이 마치 전깃줄 같았다. 광장 위에는 요리할 때 나오는 기름진 연기가 나직이 걸려 있었다.

"아르카디아에 온 걸 환영해요, 스칼러 양." 몰리가 살짝 우쭐한 표정으로 나를 지켜보고 있었다.

"이 도시는 도대체 뭐죠? 이 도시를 전부 지은 건가요?" 나는 독수리 머리를 한 여자의 동상들과 즐비하게 늘어선 점토 집들을 약간 거칠게 가리켰다. 터널에서 나온 새뮤얼과 제인 역시 나처럼 놀라움과 경외심이 가득한 표정이었다.

몰리는 고개를 살짝 저었다.

"아니, 찾아냈죠." 도시 어딘가에서 종이 두 번 울리자 몰리가 말했다. "저녁이 준비됐네요. 갑시다."

나는 이상한 나라에 온 앨리스와 걸리버, 길고양이가 뒤섞인 기분으로 몰리를 따라갔다. 머릿속에서 궁금한 점들이 보글보글 올라왔지만 —만약 이들이 도시를 세운 게 아니라면 누가 세웠을까? 그들은 지금 어디 있을까? 그리고 왜 다들 서커스 단원 복장과 부랑자 옷을 섞어 입은 옷차림일까?— 묵직하고 말 없는 피로가 나를 덮쳤다. 감각을 자극하는 새로운 세상의 무게 때문일 수도 있고, 얼음장 같은 바다를 일 킬로미터가량 헤엄쳐 왔기 때문일 수도 있다.

우리는 얼빠진 듯이 우릴 바라보는 사람들과 합류했다. 나도 얼빠진 듯이 그들을 바라보았다. 이렇게 천차만별인 사람들이 모여 있는 광경은 본 적이 없었다. 어릴 때 갔던 런던 기차역이 생각났다. 그때 로크 씨는 그곳을 '인간 동물원'이라고 했다.

레몬색 원피스를 입은 주근깨투성이 빨간 머리 여자는 한쪽 옆구리에 아기를 안고 있었고, 킥킥거리는 여자아이들 한 무리는 머리카락을 땋아 머리 주위로 정교하게 빙빙 둘렀다. 나이가 많아 보이는 흑인 여자는 주기적으로 흡착음이 들어가는 언어로 말했고, 노년의 두 남자는 손을 깍지 낀 채 걷고 있었다.

내가 이상하다는 듯이 사람들을 바라보는 걸 알아차린 솔로몬이 씩 웃으며 말했다. "아까 말했듯이 도망자들이다. 도망칠 곳이 필요한 사람이라면 언젠가 아르카디아에 오게 되지. 여긴 소수의 인디언, 방직 공장에서 일하기 싫어 도망친 아일랜드 아가씨들, 노예 시장으로 팔려 가는 배 안에서 뛰어내린 유색 인종들의 후예, 심지어 중국인도 두어 명 있어. 몇 세대가 흐르자 다양한 인종이 다 섞여버렸어. 몰리의 할아버지는 인디언 주술사지만 엄마는 북부로 도망친 조지아주 출신의 노예였지."

솔로몬은 마치 자신이 몰리를 만들어낸 듯 뿌듯한 목소리로 말했다.

"그러니까 처음부터 여기에 살았던 분들은 없군요. 여기서 태어난 분들이요."

제인은 미간을 찡그린 채 솔로몬 맞은편에서 그의 이야기를 듣고 있었다.

몰리가 대답했다. "우리 할아버지가 처음 이 세상을 발견했을 당시만 해도 독수리들과 뼈만 남아 있었다고 하더군요. 살아 있는 생물은 눈을 씻고 찾아봐도 없었대요. 음식이나 물도 별로 없었고요. 하지만 백인들도 없었죠. 할아버지에게는 그것만으로 충분했대요."

"그 후로 나 같은 백인들이 몇 명 몰래 들어오기는 했어." 솔로몬이 방백 하듯 내게 말했다. 몰리는 뒤돌아보지 않은 채 그를 찰싹 때리려 했고, 솔로몬은 그녀의 손길을 피했다. 두 사람이 허물없이 구는 걸 보니 아주 오랫동안 친구로 지내온 듯했다.

우리는 야외에 줄줄이 놓인 테이블에 앉아 저녁 식사를 했다. 풍화된 널빤지로 만든 테이블이었는데 원래는 등대 바닥에 깔렸던 마룻널인 듯했다. 우리는 너무 놀라고 지쳐 음식을 씹는 행위 말고는 아무것도 할 수 없었고, 아르카디아인들도 그런 우리를 기꺼이 내버려두었다. 그들은 엄청나게 많은 수의 대가족처럼 떠들어대고 말씨름을 했으며, 음식이 수북이 담긴 그릇을 교환하며 깔깔거렸다. 이스트를 넣지 않아 거의 벽돌 같은 식감의 갈색 빵, 구운 참마, 정체를 알 수 없는 고기를 끼운 꼬치구이. 배드는 이 꼬치구이를 무척이나 맛있게 먹었다. 빈 수프 캔에 담긴 알코올음료도 있었는데 제인만이 용감하게 마셨다.

하늘이 어둑해지고 바람이 서늘해지면서 나는 새뮤얼의 어깨에 머리를 기댔고, 한참 동안 뗄 수 없었다. 이 낯선 세상이 너무도 익숙하고 따뜻했다. 새뮤얼은 나를 보지 않았지만 나는 그의 눈가에 잡힌 잔주름을 보았다.

그날 밤 우리는 빌려온 담요와 이불을 주인 없는 집 점토 바닥에 깔고 아늑한 보금자리를 만들었다. 나는 자리에 누워 짚이 뭉텅이로 빠진 천장 너머로 반짝이는 별들과 이름도 모르는 별자리들을 바라보았다.

"제인?" 내가 속삭였다.

반쯤 잠들었던 제인이 짜증이 난다는 듯 신음을 냈다.

"협회 사람들이 우릴 찾길 포기하려면 언제까지 여기에 머물러야 할까요? 언제쯤 아빠를 찾아 나서도 안전할까요?"

짧은 침묵이 흐른 뒤에 제인이 대답했다. "일단 잠부터 자두렴, 재뉴어리. 우선 네가 누리는 것에 만족하는 법을 배워."

내가 누리는 것? 훔쳐 온 베갯잇으로 꽁꽁 싸놓은 아빠의 책과 칼로 변한 은화, 내 옆에서 가볍게 코를 골며 잠든 배드, 제인, 새뮤얼, 이 세상을 바꾸기 위해 내가 앞으로 쓰려는 글. 틀림없이 이 모두는 지금 나에게 없는 엄마와 아빠, 집보다 훨씬 더 소중했다.

∞

나는 돌연 잠에서 깼다. 해변으로 떠밀려와 햇볕 아래서 치유

되는 생물이 된 듯 온몸이 소금과 땀범벅이었고 시큼한 냄새가
났다. 배드가 낑낑거리며 손님을 맞이하지 않았다면 난 의지력을
발휘해 다시 잠을 잤으리라.

"너도 잘 잤니, 강아지?" 몰리 넵튠의 느릿하고 걸걸한 목소리
였다.

나는 몸을 일으켰다. 새뮤얼도 덩달아 일어났다. 제인은 뭍으
로 올라온 물고기처럼 애처롭게 몸을 펄떡이다가 얼굴을 담요 속
에 더 깊이 묻었다.

"어젯밤에 마신 솔의 맥주 때문일 거다. 죽진 않을 거야." 몰리
는 문지방을 넘더니 바닥에 책상다리를 하고 앉았다. "아마도."
그러고는 자두가 담긴 병 두 개와 뻑뻑한 빵 반쪽을 꺼내며 말했
다. "일단 이걸 먹어라. 그다음에 이야기를 하자꾸나."

"무슨 이야기요?"

몰리는 중절모를 벗더니 진지하게 나를 바라보았다. "여긴 생
존하기 쉬운 세상이 아니란다, 재뉴어리. 네 아빠에게 어디까지
들었는지 모르겠지만," 늘 그랬듯이 거의 들은 게 없었다. "이곳
은 메마르고 척박한 땅이야. 원래 살던 주민들에게 무슨 일이 생
겼는지는 몰라도 우리 할아버지는 이 세상이 우리가 어릴 때 듣
던 이야기에 나오는 새벽의 땅이라고 생각하셨어. 우리 조상들이
이 세상 사람들과 밀접하게 교류했던 것 같다고도 하셨지. 그러
다가 그들도 우리와 똑같은 아픔과 추악한 일을 겪었을 거야. 다
만 그들은 살아남지 못했어."

몰리는 어깨를 으쓱하고 나서 말을 이었다. "사실 그런 건 중요하지 않아. 다만 우리도 그렇게 되지 않으려면 각자 자기에게 주어진 몫을 해내야 해. 우린 너희들에게 어떤 몫을 맡길지 결정해야 하고."

나는 고통스러울 정도로 강렬하고 불안한 의심이 들었지만 -내가 이 거칠고 실용적인 사람들에게 무슨 기여를 할 수 있을까? 회계? 라틴어 수업?- 새뮤얼은 편안하게 고개를 끄덕였다.

"여기서 우리가 도울 일이 뭐가 있을까요?"

"여기도 할 일이 수두룩하단다. 우리는 북쪽에 있는 샘에서 물을 퍼오고, 식용 작물을 재배하고, 프레리도그와 사슴을 사냥해. 대부분의 필요한 장비나 물건은 손수 만들지." 몰리의 눈이 날카롭게 우리를 살펴보았다. 마치 우리가 얼마나 눈치가 빠른지 시험하듯이.

나는 그 시험에 떨어진 듯했다. "그럼 만들지 못할 경우에는 어떻게 하세요?"

내 질문에 대답한 사람은 몰리가 아니라 새뮤얼이었다. 그는 자두가 든 병을 햇빛 속으로 들어 올리더니 병에 돋을새김으로 새겨진 글씨를 엄지로 훑었다. 그 병에는 '볼 메이슨 유리병 회사'라고 적혀 있었다. "훔치는 거지." 딱히 동요하지 않는 목소리로 새뮤얼이 말했다.

몰리의 눈가 주름이 씁쓸한 미소로 더욱 깊어졌다. "훔치는 게 아니라 쓰레기를 뒤진단다. 우린 필요한 물건들을 찾아내거나 빌리거나 구입하지. 가끔은 훔치기도 해. 너희 세상도 우리에게서 훔쳐 간 게 있으니 우리에게 좀 돌려준다고 나쁠 거야 없지."

나는 아르카디아인들이 메인주 작은 마을의 골목길을 태연하게 걸어 다니는 모습을 상상해보려고 했으나 실패했다. 즉시 사람들 눈에 띄거나 체포되거나 아마도 감옥에 갇힐 듯했다.

"하지만 어떻게요?"

"아주 신중히 해야지." 몰리가 무덤덤하게 대답했다. "계획이 틀어지면 우린 이걸 쓴단다." 그녀는 구슬 달린 목깃 밑에 두 손가락을 넣더니 은은하게 빛나는 황금 깃털을 꺼냈다. "여기에 올 때 독수리들을 봤지? 그 녀석들은 일생에 깃털을 딱 하나씩 흘려. 아이들은 매일 아침저녁마다 그 깃털을 찾아 초원을 뒤지지. 그 깃털을 찾아오면 온 주민이 모여 누가 깃털을 차지할지 결정하는 회의를 열어. 깃털이야말로 우리의 가장 소중한 자산이니까." 몰리는 조심스럽게 깃털 가장자리를 쓰다듬었다. "겁이 나거나 궁지에 몰렸을 때 내가 이 깃털을 후 불면 너희들은 날 볼 수 없어. 깃털이 사람의 눈을 속이는 원리는 우리도 몰라. 솔직히 원리가 뭐든 상관없어. 우리가 아는 사실은 보통 사람 눈에는 우리가 투명 인간이 된다는 거야." 몰리가 빙그레 웃었다. "도둑의 꿈이 이뤄지는 거야. 덕분에 등대까지 우리를 따라온 사람은 아무도 없었어."

간신히 한쪽 팔꿈치로 몸을 일으켰던 제인은 부은 눈으로 열심히 우리의 이야기를 듣다가 비로소 깨달았다는 신음을 냈다.

"줄리언은 어떻게 여길 찾아냈을까요?" 제인이 물었다. 그녀의 목소리는 간밤에 목구멍 안쪽에 모래를 부은 듯했다.

"소문이 돌았으니까요. 해안에 출몰하는 장난꾸러기 요정들이 창틀에 놓아둔 파이를 훔쳐 가고, 소에게서 우유를 훔쳐 가기도 한다고요. 줄리언은 이야기를 따라가는 법을 알고 있었어요. 줄리언 같은 사람이 적다는 게 우리로선 다행이죠." 몰리는 다시 일어나 연미복을 탈탈 털었다. "당신들이 경찰에 쫓기는 범죄자라면 우린 당신들에게 물건을 가져오는 일을 맡길 수 없어요."

"우리는 범죄자가⋯⋯." 새뮤얼이 말문을 열었다.

몰리는 짜증 난다는 듯이 그 말을 자르며 손을 저었다. "힘 있는 사람들이 당신을 쫓고 있나요? 돈과 영향력이 있고, 인내심을 가진 사람들이?" 우리는 불편한 눈빛으로 서로를 바라보았다. "그렇다면 당신들은 곧 범죄자가 될 거예요. 이미 그렇게 되지 않았다면요. 당신들에게 절대로 깃털을 낭비할 수 없어요. 그러니까 당신들이 할 수 있는 다른 일을 찾아봐야겠네요."

그 협박은 진심이었고 곧 현실이 되었다. 우리 셋은 다음 한 주 동안 아르카디아인들과 함께 일했다. 셋 중에서 실용적인 기술이 가장 적은 나는 아이들과 함께 일하게 되었다. 아이들은 내가 기술이 부족하다는 사실에 필요 이상으로 즐거워했다. 내게 프레리도그의 껍질을 벗기고, 물을 나르는 법을 기분 나쁠 정도로 열심히 가르쳐주더니 내가 아르카디아의 아홉 살짜리보다 동작이 더 굼뜨고 어설프다는 사실을 알고 즐거워했다.

"걱정하지 마." 이틀째 되던 아침, 회색 눈에 갈색 피부의 소녀가 내게 충고했다. 소녀는 지저분한 레이스 원피스에 남성용 작업 부츠를 신고 있었다.

"나도 물이 든 양동이의 균형을 잘 맞춰 들기까지 몇 년의 시간이 걸렸어." 나는 양동이의 물을 소녀의 머리에 부어버리고 싶었지만 성숙하고 우아하게 행동하며 참았다.

배드조차도 나보다 더 쓸모가 있었다. 배드는 부목을 제거해도 될 정도로 다리가 낫자 제인이 속한 사냥꾼 부대에 합류했다. 그들은 매일 아침 동트기 전에 평원으로 나갔고, 털 달린 짐승들을 어깨에 주렁주렁 걸치고 돌아왔다. 제인은 미소 짓지 않았지만 그녀의 동작에서는 로크 하우스의 좁은 복도에서는 한 번도본 적 없는 포식자다운 편안함이 느껴졌다.

제인이 돌아가지 못한 세상에서 표범 여인들과 사냥하고 다녔을 때의 모습이 저랬을까? 제인의 세상으로 가는 문은 영원히 닫혔을까? 나는 그 문을 열 수 있을까? 그걸 시도해볼 용기가 생길까?

새뮤얼은 다양한 일을 동시에 했다. 초가지붕을 고치는가 하면, 부엌에서 김이 올라오는 구리 가마솥 위로 허리를 숙이고 있었고, 갓 말린 풀을 매트리스 안에 넣었으며, 노란 먼지구름을 하늘로 날려 보내고, 텃밭을 갈았다. 그는 늘 미소 지었고, 마치 지금 위대한 모험이라도 하고 있다는 듯 눈이 불타올랐다.

새삼 새뮤얼이 한 말이 맞을지도 모른다는 생각이 들었다. 새뮤얼은 훌륭한 식료품점 주인으로는 적합하지 않아 보였다.

"넌 여기서 진심으로 행복할 수 있겠어?" 나흘째인가 닷새째 되던 날 저녁에 내가 물었다. 저녁을 먹은 뒤 몸이 늘어지는 시간이었고, 다들 포만감을 느끼며 느긋하게 앉아 있었다. 배드는 프레리도그의 작은 뼈를 만족스럽게 오드득 오드득 씹고 있었다.

새뮤얼은 어깨를 으쓱였다.

"아마도. 상황에 따라 다르겠지."

"무슨 상황?"

새뮤얼은 곧장 대답하지 않은 채 진지하고 흔들림 없는 눈으로 나를 바라보았다. 나는 가슴이 조였다.

"그러는 넌 여기서 행복할 수 있겠어?"

나도 어깨를 으쓱이며 눈을 돌렸다. 짧은 침묵이 흐른 뒤에 나는 회색 눈동자의 소녀 옆으로 다가가 머리를 땋아달라고 꼬드겼다. 머리카락을 비틀고 잡아당기고 최면을 거는 듯한 소녀의 손길 아래서 나는 말이 없어졌다.

아빠의 생존 여부를 끝내 알지 못하고도 행복할 수 있을까? 리튼의 바다와 시티 오브 닌의 문서 보관소를 보지 못하고도? 협회가 남몰래 술책을 꾸미고 악의적으로 문을 닫고 다니는데도?

하긴 내가 달리 뭘 할 수 있겠는가? 나는 여기에 사는 다른 이들처럼 사회 부적응자이자 도망자 신세였다. 어리고 나약하고 세상 경험도 없었다. 나 같은 여자아이들은 버거운 운명의 무게에 몸을 던져 싸우지 않는다. 악당들을 뒤쫓거나 모험을 찾아 떠나지도 않는다. 그저 몸을 낮추고 살아남아 행복을 찾을 수 있는 곳에서 행복을 찾는다.

거리를 따라 탁탁 달려오는 발소리가 들려오자 내 머리를 땋아 주던 소녀의 손가락이 멈췄다. 아르카디아인들이 왁자지껄 떠들어대던 소리도 멈췄다.

한 소년이 가슴을 들썩이고 눈을 크게 뜬 채 광장으로 돌진해 왔다. 몰리 넵튠이 자리에서 일어섰다.

"무슨 일 있니, 애런?"

그녀의 목소리는 나직하고 부드러웠지만 어깨는 긴장으로 굳어졌다.

소년은 허리를 굽힌 상태로 숨을 헐떡였고, 눈에서는 흰자위가 더 많이 보였다.

"저기 나무 옆에 어떤 할머니가 있는데, 지금 완전히 흥분해 있어요. 어떤 남자가 자기를 따라 문을 통과해 어디론가 사라졌대요."

나는 너무 무서워서 목구멍이 차가운 목화솜처럼 응고되었다.

'그들이 우릴 찾아낸 거야.'

하지만 소년은 아직 할 말이 더 남은 듯 몰리를 올려다보며 소리 없이 입술을 달싹거렸다.

"할 말이 더 있니?"

소년은 침을 삼켰다. "솔 할아버지요. 누군가 할아버지 목을 칼로 그어 돌아가셨어요."

∞

로크 씨가 나에게 제대로 가르쳐준 게 하나 있다면 소리 지르고 울부짖고 벽지를 손톱으로 박박 찢어버리고 싶을 때 침묵을 지키는 법이었다. 내 사지는 안에 솜을 넣어 조잡하게 박제된 몸통에 압정으로 붙여놓은 듯 뻣뻣했고, 머릿속에서는 정적이 울렸다. 나는 가급적 아무 생각도 하지 않으려고 안간힘을 썼다.

몰리가 큰 소리로 명령을 내리고, 제인과 새뮤얼이 도우려고 벌떡 일어섰으나 나는 '아, 안 돼, 솔로몬 아저씨'라고 생각하지 않았다. 아저씨의 머리에 꽂은 황금색 깃털이며 허수아비 같은 옷차림, 다정한 윙크를 생각하지 않았다.

사람들이 대부분 자리를 뜨고 아이들과 엄마들만 남았을 때도 뱃속으로 뱀처럼 미끄러져 들어오는 두려움을 느끼지 않았고, '다음은 내 차례일까? 그자들이 이미 여기에 왔을까?'라는 생각도 하지 않았다.

주민들이 돌아오고, 몰리 넵튠이 직접 하얀 천을 덮은 솔의 앙상한 시신을 테이블에 올려놓았을 때, 그녀의 눈동자가 열린 무덤 같았을 때도 나는 '내 탓이야. 다 내 탓이야'라고 생각하지 않았다. 배드가 따뜻한 몸을 내 다리에 기댔고, 나는 온몸에 전율이 흐르는 걸 느꼈다. 슬픔의 몸서리였다.

새뮤얼은 긴 회색 스커트 차림의 쇠약해 보이는 노부인을 안내하며 허리를 숙인 채 다리를 질질 끌고 광장으로 들어섰다. 노부인은 가엾게도 새뮤얼의 팔에 매달려 있었고, 휘어진 콧날 위로 눈물이 촉촉하게 어린 눈을 깜빡거렸다. 새뮤얼은 그녀를 조심스럽게 자리에 앉히고 나서 아주 부드럽게 숄을 바로잡아 주었다. 그 손길이 어찌나 다정한지 혹시 자기 할머니가 그리워 저러나 싶을 정도였다. 새뮤얼의 할머니는 까마귀처럼 자지러지게 웃는 노부인이었는데 자피아 식료품점 포치에 앉아 그 앞을 지나가는 로크 씨의 뷰익을 향해 이탈리아어로 욕을 중얼거리는 걸 본 적이 있었다.

새뮤얼은 할머니를 다시 만날 수 있을까?

'내 탓이야.'

노부인의 눈이 이 얼굴에서 저 얼굴로 옮겨가다가 마침내 내 얼굴로 내려왔다. 그녀의 축축하고 흉측한 입이 떡 벌어지는 순간 나는 움찔했다. 익숙한 감정이었으나 -내가 시암 출신인지 싱가포르 출신인지 알아내려는 무례한 백인 노부인들의 눈에 17년간 시달린 터였다- 새삼 거슬렸다. 아르카디아인들 사이에서 눈에 띄지 않는 사람으로 사는 호사에 이미 익숙해진 것이다.

제인은 나직하고 다급한 어조로 몰리를 비롯한 다른 사냥꾼들과 이야기를 나누고 있었는데 돌아가면서 순찰을 돌고 불침번을 서는 일을 의논했다. 한 무리의 여자들이 노부인을 에워싸고 그녀를 딱하게 여기며 달래주었다. 노부인은 떨리는 목소리로 그들의 질문에 답했다.

네, 해안을 따라 노를 젓고 있었는데 길을 잃었어요. 네, 검은 코트를 입은 남자가 나를 쫓아왔죠. 아뇨, 그자가 어디로 갔는지 모르겠어요. 대답하는 동안 노부인의 눈이 자주 내 눈을 빠르게 스쳤다. 나는 시선을 돌렸지만 내 살갗에는 여전히 그 눈동자의 끈적하고 거미줄 같은 감촉이 남아 있었다.

나도 모르게 노부인에게 화가 치밀었다.

도대체 어떻게 등대를 찾아냈을까? 왜 죽음을 달고 이 조그맣고 취약한 천국을 침범했을까?

마침내 새뮤얼이 나를 데리러 왔다. 길 잃은 양을 데리러 온 목동처럼.

"오늘 밤에는 우리가 할 수 있는 일이 아무것도 없어. 잠을 자두는 것 말고는."

나는 새뮤얼을 따라 어둡고 금이 간 거리를 걸었다. 우리 뒤에서 질질 끄는 발소리, 긴 스커트가 도로 위를 스치는 소리, 노화된 가슴에서 올라오는 거친 숨소리가 몇 번이나 들리는 듯했다. 나는 나를 꾸짖었으나 ─'바보 같은 생각하지 마. 그 사람은 힘없는 할머니일 뿐이야.'─ 어느새 배드도 걸음을 멈춘 채 조각상처럼 뻣뻣하게 서서 우리 뒤를 응시했다. 이를 드러낸 채 가슴에서 나오는 소리로 으르렁거리며.

소리 없는 냉기가 슬그머니 나를 덮쳤다. 아주 깊은 호수에 뛰어들어 겨울처럼 차가운 밑바닥 물을 휘저었을 때처럼.

나는 무릎으로 배드를 툭 치며 바싹 마른 입으로 말했다.

"그만 가자, 배드."

새로운 집으로 돌아간 나는 달빛이 줄무늬를 그리는 어둠 속에 누워 '절대 그럴 리 없어', '그건 불가능해' 같은 생각을 하다가 '불가능하다'라는 말과 최근 며칠간 그 말이 얼마나 급작스럽게 변동을 거듭했는지 곰곰이 생각하며 말똥말똥한 눈으로 계속 천장을 응시했다.

자정이 지나 제인이 귀가해 담요 속으로 기어들어 갔다. 나는 그녀의 호흡이 깊어지고 코 고는 소리라기보다는 부드러운 휘파람 소리가 나기를 기다렸다가 그녀 옆으로 살며시 기어갔다. 나는 그녀의 스커트 주머니에서 조심스럽게 리볼버를 꺼내 내 허리춤에 밀어 넣었다. 집에서 나와 바깥의 덜 어두운 밤 속으로 들어가는 동안에도 리볼버는 내 허리춤에 차갑고 묵직하게 꽂혀 있었다.

나는 거리를 따라 위로 올라갔고, 배드는 내 옆에서 소리 없이 걸었다. 길이 점차 좁아지더니 빽빽이 자란 잡풀과 땅에 떨어진 벽돌이 나왔다. 반달이 은빛으로 물들인 평원이 점차 높아졌다. 나는 잡풀을 헤치고 걸으며 손바닥에 고이는 땀과 이건 정말 매우 바보 같은 생각이라고 말하는 뱃속의 떨림을 무시하려고 애썼다.

그러다가 우뚝 멈춰 서서 기다렸다. 계속 기다렸다. 빠르게 뛰는 심장 박동에 맞춰 몇 분이 쿵쿵거리며 흘렀다.

'참아. 용기를 내. 제인처럼 용감하게 행동해.'

나는 제인처럼 침착하고 당당하게 서 있으려고 했다. 불확실한 심정으로 벌벌 떨기보다는 다리 긴 표범이 사냥할 때처럼 긴장하고 준비된 자세로.

뒤에서 발을 슥슥 끄는 소리가 속삭이듯 들려왔다. 너무 부드러워 작은 짐승이 수풀 사이에서 도랑을 파는 소리처럼 들렸다.

배드는 나직한 저음으로 으르렁거렸고, 나는 배드를 믿었다.

스커트에서 리볼버를 꺼내 뒤로 휙 돌아 허리가 굽은 형체에 총구를 겨누었다. 길고 휘어진 콧날, 목의 축 처진 주름살, 떨리는 손.

나는 가까이 다가가 나직이 물었다.

"당신 누구야?"

이 얼마나 지겹고 흔한 말인가? 관자놀이가 욱신거리고 공포심에 목구멍이 조이는 상황에서도 내가 로버 형제를 흉내 내는 데 처참하게 실패했다는 사실을 의식하지 않을 수 없었다. 로버 형제가 아무 죄도 없는 노부인을 협박했을지 의문이지만.

노부인은 두려움에 숨을 헐떡이며 말을 더듬었다.

"난 에밀리 브라운이고 길을 잃었을 뿐이에요. 제발 쏘지 말아요, 아가씨, 제발."

난 노부인의 말을 거의 믿었고 내 몸은 수축하며 움츠러들었다. 다만 노부인의 목소리가 어딘가 모르게 이상하다는 느낌이 들었다. 가까이에서 들으니 노부인의 목소리라기보다 젊은 사람이 살짝 무시하는 투로 노부인 목소리를 흉내 내는 듯했다. 고음의 떨리는 목소리.

노부인이 스커트 쪽으로 서서히 손을 움직이며 계속 겁에 질려 횡설수설했다. 옷의 검은 주름 사이에서 무언가가 은색으로 번득였다. 나는 몸이 굳었고, 순간적으로 자그마한 노부인에게 당해 내 목이 잘린다면 제인이 얼마나 실망할지 상상했다. 그래서 노부인의 손을 발로 차버리고, 그녀의 드레스 주머니를 더듬어 칼을 꺼냈다. 칼날에 검은 얼룩이 얇고 딱딱하게 굳어 있었다. 나는 어둠 속으로 칼을 던지고 다시 그녀의 가슴에 총을 겨누었다. 노부인이 말을 멈췄다.

"당신, 누구야?" 이번에는 훨씬 더 그럴듯해서 거의 협박조로 들렸다. 총을 쥔 손만 떨리지 않으면 좋으련만.

노부인의 입이 보기 흉하게 기워진 솔기처럼 꾹 닫혔다. 그녀는 잠시 실눈으로 나를 노려보더니 넌더리가 난다는 듯이 혀를 끌끌 찼다. 그러고는 주머니에서 담배를 꺼내 입에 물고 성냥에 불을 붙인 다음 담배 끝이 빨갛게 타오르며 빠지직거리는 소리가 날 때까지 빨아들였다. 흰 연기가 한숨이 되어 노부인의 콧구멍에서 흘러나왔다.

"누구냐니까?"

"코닐리어스랑 헤이브마이어가 너 때문에 왜 그렇게 고생했는지 이제야 알겠다." 노부인의 목소리는 이전보다 훨씬 나직했고, 살짝 불쾌할 정도로 매끄러웠다. "넌 참 골칫거리로구나. 안 그래?"

설마 했던 추측이 사실로 밝혀지자 기분이 묘했다. 내가 미치지 않았다는 사실을 알게 되어 기쁘긴 했지만 손길이 닿지 않는 곳이 없는 어둠의 조직에 쫓기고 있었다는 사실을 깨닫자 새삼 마음이 무거웠다.

"넌 협회에서 보낸 사람이야? 네가 솔로몬 아저씨를 죽였어?"

노부인은 양 눈썹을 치켜세우더니 무심하면서도 남자다운 몸짓으로 담뱃재를 털었다. "그래."

나는 침을 삼켰다. "넌 정체가 뭐야? 자유자재로 변신이 가능한 건가?"

"맙소사! 상상력이 풍부한 아이구나." 노부인은 뒤통수로 손을 뻗어 허공에서 무언가를 비트는 이상한 동작을 했다. 마치 보이지 않는 매듭을 풀듯이. 그러자 노부인의 얼굴이 축 처지며 가면이 흘러내렸다. 가면을 잡는 그녀의 손에 더는 주름이나 검버섯이 보이지 않았다. 이제 나를 보며 비열하게 미소 짓는 입도 축축한 자상처럼 보이지 않았다. 눈물 어린 눈만큼은 그대로였다.

이제 보니 로크 씨의 협회 모임에서 봤던 빨간 머리 남자였다. 족제비처럼 생기고, 갸름한 얼굴에 지금은 회색 스커트가 아닌 검은색 여행용 코트를 입고 있었다. 그는 팔을 휘두르고 허리를 숙여 내게 가식적으로 인사했다. 죽은 세상의 텅 빈 어둠 속에서 하기에는 우스꽝스러운 인사였다. 그러더니 은색 달빛 속으로 가면을 들어 올렸다. 가면에는 엉킨 밧줄 같은 말갈기가 달려 있었다.

"인디언들이 쓰던 가면이란다. 가짜 얼굴. 네 사랑하는 아빠가 오래전 온타리오호의 남쪽 틈으로 들어갔다가 가져온 물건이야. 제법 유용하게 쓸 수 있더라고. 늙고 추한 여자만큼 눈에 띄지 않는 존재는 없으니까." 그는 가면을 가슴에 달린 주머니에 집어넣었다.

나는 충격을 삼키며 놀란 목소리가 아닌 위협적인 목소리로 말하려고 애썼다.

"나를 어떻게 찾아냈지?"

"사람들은 입을 모아 나를 최고의 사냥꾼이라고 하지. 꼭 사냥할 대상이 있을 때마다 나를 필요로 해." 일베인은 과장되게 코를 킁킁거리다가 연기를 들이마시며 껄껄 웃었다. 배드가 으르렁거리자 그 소리가 평원을 가로질러 굴러갔고, 일베인의 자신만만한 미소가 조금이나마 누그러졌다.

일베인은 다시 가슴에 달린 주머니로 손을 뻗더니 변색되어 초록색으로 변한 구릿빛 물건을 끄집어냈다.

"물론 이것도 있고."

나는 잽싸게 몸을 날려 그 물건을 낚아채고 다시 뒤로 물러섰다. 일종의 나침반이었는데 글씨나 숫자는 물론 심지어 각도를 나타내는 작은 눈금조차 없었다. 갑자기 화살표가 돌아가며 어떤 방향을 가리켰는데 분명 북쪽은 아니었다. 나는 나침반을 풀속으로 집어던졌다. 나침반이 칼 위에 떨어지며 딸그락 소리가 났다.

"하지만 왜지?" 나는 총을 약간 거칠게 흔들며 긴장한 표정으로 총구를 따라가는 그의 눈동자를 지켜보았다.

"난 당신들에게 아무런 해악을 끼치지 않았어. 왜 나를 그냥 내버려두지 않지? 대체 원하는 게 뭐야?"

일베인이 말하지 않겠다는 듯이 어깨를 으쓱이더니 절망하고 두려워하는 내 모습을 보며 미소 지었다.

나는 돌연 이 모든 게 지긋지긋해졌다. 비밀, 거짓말, 90퍼센트 정도의 진실, 내가 반쯤 알고 반쯤은 의심하는 것들, 한 번도 시간 순서대로 들어본 적 없이 얼기설기 끼워 맞춘 이야기들. 돈이나 수단이 없는 어린 여자는 모든 걸 말해주기에는 너무 하찮은 존재라는 것이 이 세상의 불문율인 듯했다. 심지어 우리 아빠조차도 막판이 되어서야 자신이 아는 진실을 전부 다 말해주었다.

'지겨워.'

손바닥에서 리볼버의 무게와 그것이 의미하는 강철 같은 권위, 즉 잠시나마 내가 규칙을 바꿀 수 있다는 사실이 느껴졌다. 나는 헛기침을 했다.

"일베인 씨, 자리에 앉아 주세요."

"뭐라고?"

"원한다면 계속 서 있어도 되지만 당신은 지금부터 나에게 긴 이야기를 해야 할 테고, 난 당신이 다리가 아픈 걸 원치 않으니까요."

그는 시무룩한 표정으로 땅바닥에 책상다리를 하고 앉았다.

"자."

나는 총구를 그의 가슴에 겨눴다. "전부 다 말해봐요, 처음부터. 조금이라도 섣불리 몸을 움직이면 맹세컨대 배드가 당신을 먹어 치울 거예요." 배드의 날카로운 이가 어둠 속에서 푸르스름한 흰색으로 빛났다. 일베인이 침을 삼켰고, 그의 울대뼈가 올라갔다가 내려갔다.

"우리 협회 설립자는 17세기쯤에 균열을 발견하고 이 세상으로 왔어. 잉글랜드였는지 스코틀랜드였는지 기억이 안 나. 어쨌든 그에게는 사람들이 자길 따르도록 설득하는 능력이 있었어. 그는 이 세상에서 부각을 나타냈고 진리를 깨달았지. 이 세상이 엉망진창이라는 진리였어. 혁명, 격변, 혼돈, 유혈 사태. 다 쓸데없는 짓이었어. 그 모든 것의 뿌리에는 일탈이 있었지. 온갖 해로운 것들이 유입되는 부자연스러운 구멍 말이야. 설립자는 그걸 발견할 때마다 바로잡기 시작했어.

처음에는 설립자 혼자 일했지만 곧 다른 사람들을 뽑았어. 자기처럼 다른 세상에서 온 사람들도 있었고, 나머지는 그저 세상의 질서를 확립하는 데 관심이 있는 사람들이었어." 나는 젊고 야심만만하고 탐욕스러운 로크 씨를 상상했다. 이상적인 회원이었다. 그를 설득하기는 쉬웠으리라. "우리는 함께 세상을 정화하고, 안전하게 지키고, 번영하도록 만들었어."

"물론 물건도 훔치고요." 내가 덧붙였다.

일베인은 입을 삐죽거렸다. "특정한 힘과 물건들은 현명한 사람들이 아껴서 사용한다면 우리의 목적을 달성하는 데 도움이 된다는 사실을 알게 되었지. 부의 더 물질적인 형태인 명망과 권력이 그러하듯이. 우리 모두는 그런 위치에 오르려고 노력했어. 돈을 모으고 균열을 찾아 세계 곳곳으로 떠나는 원정대를 후원했지.

우린 1860년대에는 명망 있는 단체를 만들고 이름까지 지었어. '뉴잉글랜드 고고학 협회'. 일베인은 손을 양옆으로 펼치며 '짜잔'

하고 말하는 것 같은 동작을 취하더니 진지하고 다급하게 말을 이었다.

"우리 일은 성공적이었어. 제국은 번성했고 이익이 극대화되었지. 그 대신 혁명가와 선동가들은 줄어들었어. 우리는 너처럼 어린 침입자가 우리의 모든 노력을 망치도록 내버려둘 수 없고, 내버려두지도 않을 거야. 그러니까 말해보렴, 꼬마야. 네가 가진 힘이나 물건은 뭐지?"

나를 바라보는 그의 축축한 눈동자가 반짝거렸다.

나는 뒤로 한 발 물러섰다. "그건 상관없어. 이제 자리에서 일어나." 앞으로 어떻게 해야 할지 나도 알 수 없었다.

일베인을 데리고 다시 시내로 돌아가 제인에게 넘겨줘야 할까? 주인을 위해 자기가 잡아 온 사냥감을 놓아두는 고양이처럼?

그때 갑자기 일베인이 미소 지었다.

"네 아빠가 우리를 막으려다가 어떻게 됐는지 봐라." 일베인이 혀를 끌끌 찼다.

나는 멈칫했다. 어쩌면 숨 쉬는 걸 멈췄는지도 모른다.

"당신이 아빠를 죽였어?" 내 목소리에서 잠시 어른스럽게 들렸던 권위가 모두 새어 나가버렸다.

여우 같은 일베인의 미소가 더 활짝 피어났다.

"네 아빠는 일본에서 또 균열을 발견했어. 이제는 너도 그 사실을 알고 있겠지만. 네 아빠는 균열을 발견하면 그 안에서 하루이틀 돌아다니다가 로크 씨에게 보낼 흥미로운 장신구 몇 개를

가지고 돌아와 다음 목적지로 떠나는 게 습관이었지. 그런데 이
번에는 곧바로 돌아가지 않고 꾸물거렸어. 나는 기다리는 게 지
겨웠지. 이 끔찍한 걸 쓰고 있기도 지겨웠고⋯⋯."

일베인은 노부인의 가면이 들어 있는 주머니를 툭툭 쳤다.

"그러던 어느 날 네 아빠가 산비탈에서 나를 본 거야. 나를 알
아보더구나." 일베인은 짐짓 미안한 척하며 어깨를 으쓱였다.
"그때 네 아빠의 표정이라니! '당신은 협회 사람이잖아!' 네 아빠
는 그렇게 외쳤지. 17년간 목줄에 묶여 있었으면서 놀라기는?

그러더니 도를 넘어 짜증 나는 소리를 하더군. 네 아빠는 우리
의 존재를 폭로하겠다고 협박했어. 하지만 누가 네 아빠 말을 믿
어줄까? 그러더니 어린 딸을 구해야 한다느니 어쩐다느니 헛소
리를 하면서 만약 자기가 죽어야 한다면 이 문만큼은 절대로 닫
히지 않게 하겠다는 거야. 아주 가관이었지."

내 맥박은 안 돼–안 돼–안 돼–라고 속삭였고, 내가 든 총이
다시 떨렸다.

"그러더니 완전히 미친놈처럼 자기 캠프로 달려가더군. 그래서
내가 뒤따라갔지."

"거기서 아빠를 죽였나요?" 내 목소리는 속삭임보다도 더 작아
서 목이 질린 채 내뱉는 숨소리 같았다. 지금껏 진실을 모른 채
희망을 품고 기다렸는데 그 오랜 기다림의 끝이 너무 허망했다.
나는 꽁꽁 얼어붙은 채 버려진 아빠의 시신, 그걸 쪼아 먹는 바닷
새들을 상상했다.

　일베인은 여전히 빙글빙글 웃고 있었다.

　"네 아빠에게는 라이플이 있었어. 나중에 소지품을 뒤져보니 있더구나. 하지만 네 아빠는 총을 꺼내려고도 하지 않았어. 대신 텐트에서 무언가를 쓰고 있었지. 내 손에 끌려 나가면서도 마치 자기 목숨이 거기에 달렸다는 듯이 글을 쓰고 있었어. 네 아빠는 고작 자기 일기장을 상자에 집어넣으려고 나를 물어뜯고 손톱으로 할퀴었지. 솔직히 넌 그런 괴팍한 아빠를 네 인생에서 사라지게 해준 나에게 고마워해야 해."

　책 마지막 장에 절박하게 휘갈겨 쓰는 아빠의 손이 눈에 보이는 듯했다. 문신이 휘감고 올라간 아빠의 검은 손.

　'달아나라 재뉴어리, 아르카디아, 믿지 마라.'

　아빠는 내게 경고하려고 했다.

　이제 일베인의 미소가 프리즘을 통과한 듯 오색으로 보였다.

　"나는 균열이 있는 자리에 불을 질렀어. 마른 소나무여서 횃불처럼 활활 타오르더구나. 네 아빠는 울었어, 재뉴어리. 나에게 애걸복걸하더구나. 내가 네 아빠를 불길 속으로 밀어 넣기 전에 말이야. 불길 사이로 언뜻 네 아빠가 휘두르는 손이 보였고, 그걸로 끝이었어. 네 아빠는 불길 속에서 다시는 나오지 못했지."

　말을 마친 일베인은 굶주린 눈을 빛내며 나를 지켜보았다. 그는 내가 눈물을 흘리기를 바랐다. 내가 상심하고 절망하기를 바랐다. 왜냐하면 아빠는 다른 세상에 영원히 갇혀 있고, 나는 영원히 혼자가 되었기 때문이다. 하지만……

'살아 있어, 살아 있어, 살아 있어. 아빠는 살아 있어.' 머나먼 이국땅의 산비탈에서 훼손된 채 썩어가는 게 아니라 아직 살아 있다. 마침내 진정한 자신의 세상으로 돌아간 것이다. 설사 내가 다시는 아빠를 못 만난다고 하더라도.

나는 눈을 감고 상실감과 기쁨으로 이루어진 쌍둥이 파도가 나를 덮치도록 내버려두었다. 다리에서 힘이 빠져 무릎으로 털썩 주저앉았다. 배드가 걱정스럽다는 듯이 내 목덜미를 쿵쿵거리며 다친 곳이 있는지 살폈다.

일베인의 황급한 발소리를 들었을 때는 이미 늦었다. 눈을 떠 보니 그가 옆으로 달려가 자신의 칼과 구리 나침반을 더듬거리며 찾고 있었다.

"안 돼!" 내가 외쳤지만 그는 이미 다시 도심을 향해 달려가고 있었다. 검붉은 그림자가 풀 사이를 재빨리 가로질렀다. 나는 어둠 속으로 총을 쏘았지만 일베인은 몸을 휙 숙였고, 인적 없는 거리를 달리는 그의 발소리가 울려 퍼졌다. 그는 얽혀 있는 폐가들 속으로 사라졌다.

배드와 나는 일베인을 뒤쫓았다. 그를 잡는다고 해도 어떻게 해야 할지 알 수 없었다. 내 손에는 리볼버가 무겁게 들려 있었고, 하얀 천이 씌워진 솔로몬의 시신이 자꾸 눈앞에 어른거려 속이 울렁거렸다. 하지만 일베인이 도망치게 내버려둘 수는 없었다. 협회에 내가 어디에 있고, 아르카디아가 어디에 있는지 알리도록 방치할 수는 없었다.

그때 키가 큰 형체 둘이 비틀거리며 거리 앞쪽에 나타났다. 제인이 팔을 뻗어 날 잡았다. "총성을 들었어. 무슨 일이니?"

"일베인이 왔어요. 협회에서 보낸 자인데 저쪽으로 갔어요. 아마도 다시 문으로 돌아가려고 할 거예요." 나는 숨을 헐떡이며 더듬더듬 말했다. 제인은 내 말이 사실인지 확인하려고 기다리지 않고 무작정 달렸다. 넓은 보폭으로 성큼성큼 나보다 몇 배는 빠르게 언덕을 내려갔다. 새뮤얼은 보도에 솟아오른 벽돌과 금에 발이 걸려 넘어질 뻔했으나 이내 배드와 나의 속도에 맞춰 걸었다.

서둘러 광장으로 들어서니 제인이 사냥꾼의 의기양양한 미소를 지으며 깃털 커튼이 달린 터널 앞에 쭈그리고 앉아 있었다. 일베인은 몇 걸음 떨어진 곳에 서 있었는데, 성난 눈빛에 동물적인 절박함으로 콧구멍을 벌름거렸다.

"이제 여기까지인 것 같네." 제인이 냉랭하게 말하며 리볼버를 꺼내려고 스커트 주머니에 손을 집어넣었다. 하지만 그녀의 표정이 바뀌었다. 표범의 미소가 사라졌다.

내가 리볼버를 훔쳐 갔기 때문이다. 나는 순간적으로 손에 쥔 총을 쏘기 위해 공이치기를 당기려고 했지만 땀에 젖은 엄지가 미끄러졌다. 주머니에서 나오는 제인의 빈손을 확인한 일베인이 교활한 미소를 짓더니 팔을 휘둘렀다.

은빛이 번득였고, 달빛 아래서 축축한 와인 빛깔의 무언가가 어슴푸레하게 빛났다. 그러더니 일베인이 사라졌고 황금빛 커튼이 펄럭거렸다.

제인은 놀란 듯한 한숨을 부드럽게 내쉬며 무릎으로 털썩 주저 앉았다.

'안 돼.'

내가 실제로 그렇게 비명을 질렀는지는 기억나지 않는다. 그 말이 점토로 된 폐허에 부딪혀 산산조각 나고, 골목길을 따라 울려 퍼졌는지, 거기에 답하는 놀란 비명과 달려오는 발소리가 들렸는지도 기억나지 않는다.

내가 기억하는 건 제인 옆에 무릎을 꿇고, 길게 벌어진 상처 가장자리를 붙잡고, 피로 검게 물든 내 손을 바라봤던 일이 전부다. 제인의 놀란 표정도 기억난다.

새뮤얼이 제인의 반대편에 쪼그리고 앉아 '개새끼'라고 나직이 말했던 일, 그의 등이 일베인을 따라 커튼 너머로 사라졌던 일도 기억난다.

그런 다음 내 손 옆에서 상처를 누르던 다른 손, 유능하고 상처를 면밀히 살피던 손, 으깬 민트의 청결한 냄새도 기억한다.

"괜찮다, 애야. 조금만 비켜주겠니?"

나는 반백의 여자가 제인의 몸 위로 더 가깝게 몸을 숙일 수 있도록 뒤로 물러났다. 그녀 옆에서 구식 랜턴이 타닥거렸다. 나는 피로 끈적거리는 손을 내 몸에서 어색하게 떨어뜨린 상태로 들고 있었다. 마치 누가 이 손을 어떻게 하라고 말해주었으면 좋겠다는 듯이.

여자가 깨끗한 솜과 끓인 물이 필요하다고 하자 누군가 가져

오려고 재빨리 뛰어갔다. 그녀의 목소리가 어쩌나 차분하고 여유
있는지 내 안에서 실낱같은 희망이 피어올랐다.

"제인은 괜찮나요?"

내 목소리는 이제 막 껍질을 벗겨낸 듯 날것으로 들렸다. 여자
가 어깨 너머로 나를 돌아보았다. 몹시 지친 눈빛이었다.

"이 상처는 그냥 보기에만 심각할 뿐이야. 생명에 지장이 있는
부위는 다치지 않았어." 내가 눈을 깜빡거리자 그녀의 표정이 부
드러워졌다. "상처가 감염되지만 않는다면 무사할 거야."

나는 안도감으로 긴장이 풀렸고, 잘린 전선처럼 근육이 풀어졌
다. 끈적거리는 손바닥으로 두 눈을 꾹 눌러 눈꺼풀 바로 밑에서
지글거리는 히스테리성 눈물을 다시 안으로 밀어 넣었다. 그러고
는 생각했다.

'제인은 살아 있어.'

나는 그렇게 허리를 숙인 채 안도감으로 힘이 쭉 빠져 앉아 있
었다. 잠시 후 깃털 커튼이 다시 바스락거렸다. 새뮤얼이 굳게 다
문 입으로 들어서는 걸 보니 일베인이 문으로 도망쳤다는 사실을
알 수 있었다.

새뮤얼은 겁에 질린 속삭임으로 광장을 채운 사람들도, 랜턴
불빛을 받아 루비색으로 빛나는 피도 바라보지 않고 곧장 내게
로 걸어왔다. 맨발에 셔츠 단추가 절반쯤 풀어져 있었고, 눈동자
는 부정적인 감정으로 요동쳤다. 그가 내 바로 앞에 서고 나서야
나는 그 감정의 정체를 깨달았다. 두려움이었다.

"그자를 따라 나무까지 갔어." 새뮤얼이 부드럽게 말했다. "더 따라가려고 했어. 나도 문을 통과하려고. 근데……." 나는 새뮤얼이 무슨 말을 하려는지 알고 있었다. 마치 아무것도 없는 평원에서 그의 옆에 서 있었던 사람처럼 확실히.

"통과할 수 없었어." 새뮤얼은 침을 삼켰다. "문이 닫혀버렸거든."

⑩ 외로운 문

새뮤얼은 지치고 쉰 목소리로 부드럽게 말했지만 비극은 그 자체로 음량이 끔찍하게 큰 법이다. 비극은 굴러가고 갈라지며 발밑의 땅을 흔들리게 하고 여름 천둥처럼 허공에 남는다.

광장에 모여 있던 아르카디아인들은 조용해졌고, 다양한 색조의 공포와 믿을 수 없다는 심정이 담긴 눈들이 우리를 바라보았다. 피아노 줄처럼 팽팽한 정적이 점차 널리 퍼져나가더니 마침내 한 남자가 참았던 욕설을 내뱉었다. 그러자 겁에 질린 목소리들이 왁자지껄하게 아우성쳤다.

"이제 우린 어떻게 해?"

"우리 아기들, 우리 아기들에게는 필요한 물건이……."

"우린 굶어 죽을 거야. 한 명도 빠짐없이."

잠에서 깬 아기가 엄마 품에서 울었고, 엄마는 무기력한 절망감으로 아기의 찡그린 얼굴을 내려다보았다. 그때 널찍한 형체가 아기 엄마의 어깨를 툭 치고 지나가더니 인파 맨 앞으로 나갔다.

몰리 넵튠은 중절모를 쓰지 않았고, 아래 놓인 랜턴 불길에 비친 그녀의 볼과 눈두덩이 안으로 푹 꺼져 보였다.

몰리는 두 손을 들어 올렸다.

"그만! 길이 막혔으면 다른 길을 찾아내면 돼요. 살아남을 방법을 찾아낼 수 있을 겁니다. 우린 이미 어떤 식으로든 한 번 살아남은 생존자들이니까요." 몰리는 뜨거운 애정이 담긴 눈으로 좌중을 둘러보며 그들의 떨리는 사지에 힘을 불어넣었다. "하지만 오늘 밤은 아닙니다. 오늘 밤에는 쉴 겁니다. 계획은 내일 세워도 충분하니까요."

나는 그녀의 우렁찬 목소리를 받아들였고, 그 목소리는 나를 집어삼키겠다고 위협하는 죄책감과 공포의 파도를 물리쳤다. 하지만 몰리의 눈이 나와 마주치는 순간, 빗물에 염료가 빠지듯이 그녀의 얼굴에서 온기가 싹 빠져나가고 쓰디쓴 후회만이 남았다. 아마도 우리 아빠를 만난 일, 혹은 우리에게 아르카디아를 은신처로 제공한 걸 후회하는 듯했다. 또한 괴물들에게 쫓기는 나를 자신의 취약한 왕국에 끌어들인 일도.

몰리는 뒤를 돌더니 아직도 제인을 돌보고 있는 반백의 여자에게 말했다. "목숨을 건질 수 있겠어, 아이리스?"

아이리스는 재빨리 고개를 숙였다. "그럴 것 같아. 다만 상처가 몹시 깊어. 그리고……." 나는 입술을 재빨리 핥는 그녀의 분홍색 혀, 깃털 커튼을 휙 바라보는 그녀의 걱정 어린 눈빛을 보았다. "그리고 지금 요오드가 없어. 소금물로 대신할 수 있긴 하지만 그래도……." 그녀는 괴로운 어조로 속삭이며 말꼬리를 흐렸다.

몰리는 그녀의 어깨에 부드럽게 손을 올리고 고개를 저었다. "지금 걱정할 필요는 없어. 당신이 제인을 위해 최선을 다하는 것으로 충분해." 그러고는 두 젊은 남자에게 제인을 시트로 옮긴 다음 근처에 있는 집으로 데려가라고 했다. 아이리스는 그들을 뒤따라갔다. 피투성이가 된 빈손을 몸 양옆으로 내린 채.

몰리는 다시 한번 우리를 훑어보았고, 무언가 할 말이 있는 듯 입술을 달싹였지만 몸을 돌려 어두운 거리를 다시 올라가는 아르카디아인들의 마지막 무리를 따라갔다. 주위에 보는 사람이 없자 그제야 몰리의 어깨가 패배감으로 축 처졌다.

나는 몰리가 불운하고 아름다운 도시의 깊숙한 곳으로 사라질 때까지 지켜보았다.

바깥세상에서 물건을 가져오지 않을 경우 저들은 얼마나 더 버틸 수 있을까? 저들이 세운 이 두 번째 도시는 첫 번째 도시의 유골 속에서 죽어갈까?

나는 어깨를 무겁게 짓누르는 죄책감을 느끼며 눈을 감았다. 딸각거리는 발톱 소리와 닳은 신발을 끄는 소리가 나더니 새뮤얼과 배드가 내게로 다가왔다. 둘은 따뜻한 한 쌍의 태양처럼 내 양옆에 자리 잡았다.

이 굶주린 도시에 갇혀버리면 둘은 어떻게 될까?

나는 앙상해져서 갈비뼈가 드러나고 털의 윤기가 사라진 배드와 눈에서 잉걸불 같은 광채가 사라지고 멍해진 새뮤얼을 상상했다. 제인은 지독한 허기를 느끼기도 전에 고열에 잡아먹힐 수도 있다.

안 된다. 절대 그런 일이 일어나게 할 수는 없다. 나에게 그 일을 막을 가능성이 조금이라도 있는 한. 설령 실낱같고 미미한 가능성이라고 해도.

"새뮤얼." 나는 용감하고 단호한 어조이길 바랐으나 입에서는 그저 지친 목소리가 흘러나왔다. "집에 가서 우리 아빠가 쓴 책을 가져다줄래? 만년필하고."

새뮤얼은 미동도 하지 않았다. 내가 무엇을 하려는지 눈치챈 듯했다. 내 마음속 작은 배신자는 새뮤얼이 로맨스 영화의 남자 주인공처럼 내 손을 잡고 제발 그 일을 하지 말라고 애걸해주길 바랐다. 하지만 새뮤얼은 아무 말도 하지 않았다. 아마 그도 아르카디아에서 죽고 싶지 않았으리라.

새뮤얼은 천천히 일어나 집으로 갔다. 나는 반달 아래 앉아 배드를 꼭 끌어안고 그가 돌아오길 기다렸다.

새뮤얼은 가죽으로 장정된 책과 만년필을 손에 들고 돌아왔다. 나는 책장을 뒤쪽으로 넘겨 백지를 조심스럽게 뜯어냈다. 새뮤얼의 근심 어린 눈과 진지한 입매는 애써 바라보지 않았다.

"아니, 나랑 함께 가줄래?"

새뮤얼은 대답 대신 손을 내밀었고, 나는 머뭇거렸다. 나는 그의 제안을 받아들인 적이 없었다. 예스라고 말한 적이 없었다. 하지만 우리 둘 다 이 죽어가는 세상에 갇혀 짧은 여생을 마쳐야 할지도 모른다는 생각이 들자 나는 새뮤얼의 손을 잡아 깍지 꼈다.

우리는 함께 시내에서 벗어나 깊고 푸른 밤으로 들어갔다. 배드는 호박 눈을 한 유령처럼 앞장서서 풀을 가르며 앞으로 나아갔다. 밤이 깊은 탓에 달이 지평선 근처로 슬금슬금 내려갔고, 나직이 걸린 별들이 포근하게 우리를 감싸는 듯했다.

어둠 속에서 마디가 굵고 손가락이 여러 개 달린 손을 하늘을 향해 뻗은 것 같은 나무가 나타났다. 나무의 둥그런 뿌리 사이에 깔끔한 널빤지를 이어 붙인 문이 자리 잡고 있었는데 이상하게 외로워 보였다. 대문자였던 문(Door)이 이제는 그저 평범한 문(door)으로 전락해 있었다. 문에서 연기와 숯의 강한 악취가 새어 나왔고, 나는 문 반대편에서 등대가 불타고 있음을 알 수 있었다. 아빠가 마지막으로 발견한 문도 눈앞의 문처럼 화장터의 악취를 풍겼으리라.

나는 문으로 다가가 손으로 진갈색 표면을 쓰다듬다가 멈췄다. 그렇게 서서 한참 동안 움직이지 않았다. 구겨진 종이를 쥔 손바닥에서 땀이 났고, 손에 쥔 만년필이 무거웠다.

정적이 이어지는 동안 새뮤얼이 입을 열었다. "왜 그래?"

나는 웃었다. 웃음기가 전혀 없는 자포자기의 헛웃음이었다.

"실패할까 두려워. 이 방법이 효과가 없을까 두려워. 내가……." 나는 말을 멈췄다. 두려움의 알싸한 쇠 맛이 입 안을 가득 채웠다. 글을 써서 정신 병원에서 탈출한 뒤로 뼛속 깊이 느껴졌던 피로감, 방이 빙빙 돌며 구역질이 나던 느낌이 떠올랐다.

두 세상 사이에 길을 내려면 얼마나 더 힘들까?

아빠는 문이 '정의할 수 없는 특정한 공명'이 있는 장소, 두 세
상이 서로 미묘하게 스치는, 두께가 얇은 장소에 존재한다고 했
다. '어쩌면 그건 베일을 젖히거나 창문을 여는 행위에 더 가까울
거야.' 이런 근거 없는 추정에 내 목숨을 걸다니?

실눈으로 별들을 올려다보는 새뮤얼의 표정은 편안해 보였다.

"그럼 하지 마."

"하지만 제인은 어쩌고? 아르카디아는?"

"우린 살아남을 방법을 찾아낼 거야, 재뉴어리. 우릴 그렇게
못 믿어? 실패할 수도 있는 일에 괜히 네 목숨을 걸지 마." 새뮤
얼의 목소리는 담담하고 차분했다. 마치 비가 내릴 가능성이나
기차 시간표를 믿을 수 없다는 이야기를 하듯이.

나는 고개를 숙였다. 확신이 없었고, 그런 나 자신이 부끄러웠
다. 하지만 그때 무언가가 머뭇거리며 턱 밑에 닿더니 새뮤얼이
두 손가락으로 내 얼굴을 부드럽게 들어 올렸다. 그의 눈빛은 진
지했고, 입은 한쪽 입꼬리를 올린 채 미소 짓고 있었다.

"하지만 네가 기꺼이 시도하겠다면 난 네가 기필코 해낼 거라
고 믿어. 스트레가."

마치 활활 타오르는 모닥불 한가운데 서 있는 듯이 아찔한 온
기가 나를 지글지글 덮쳤다. 그게 무엇인지, 뭐라고 불러야 할지
알 수 없었지만 전에는 나를 믿어준 사람이 없었다. 혹은 나를
실제와 다른, 더욱 무능한 존재로 믿었다. 로크 씨와 아빠, 제인
은 나를 로크 하우스를 떠나지 않는 소심한 재뉴어리, 그들이 지

켜주지 않으면 살아갈 수 없는 존재로 생각했다. 하지만 지금 새 뮤얼은 마치 내가 불을 먹거나 비구름 위에서 춤추기를 기대하는 표정으로 나를 바라보았다. 마치 내가 무언가 기적적이고 용감하며 불가능한 일을 해낼 거라는 듯이.

나는 갑옷을 입거나 날개가 돋아나 내 한계를 넘어서는 기분이었다. 사랑과 매우 흡사한 감정이었다.

잠시 탐욕스럽게 새뮤얼의 얼굴을 바라보며 그의 믿음이 내 살갗에 스며들게 한 다음 문으로 몸을 돌렸다. 연기와 바다가 뒤섞인 공기를 가슴 가득 들이마시며 새뮤얼의 믿음이 내 등을 감싸는 걸 느꼈다. 따뜻한 바람에 배의 돛이 부풀듯이. 나는 펜촉을 종이에 댔다.

'문이 열린다.' 나는 그렇게 쓰고 그 문장을 진심으로 믿었다.

어둠 속에서 검게 빛나는 잉크를, 만년필을 쥔 손가락의 힘을, 보이지 않는 커튼 너머에서 기다리고 있는 다른 세상의 현실을 믿었다. 두 번째 기회와 바로잡힌 잘못과 다시 쓴 이야기를 믿었다. 새뮤얼의 사랑을 믿었다.

종이에서 펜촉을 떼자 소리 없는 바람이 평원을 가로질러 불어왔다. 머리 위에서 별들이 고동쳤고, 달그림자들이 땅에 어지러운 무늬를 그렸다. 나는 어느새 미소 지었다. 그러자 세상이 옆으로 미끄러지더니 새뮤얼이 두 팔로 나를 따뜻하게 감쌌다.

"지금 이건⋯⋯. 네가⋯⋯?"

나는 고개를 끄덕였다. 확인할 필요도 없었다. 벌써 리드미컬하게 출렁이는 대서양의 파도 소리가 들렸고, 문 너머로 무한히 뻗어 있는 문지방의 공간이 느껴졌다. 새뮤얼의 가슴에서 의기양양한 웃음이 흘러 나와 내 뺨에서 부서졌고 그제야 나도 그와 함께 웃었다. 문이 다시 열렸고 나는 죽지 않았다. 브래틀보로 병원에서 내 팔에 글을 새겼던 때와 비교하면 오히려 쉬웠다고 말할 수 있을 정도였다. 그저 베일을 옆으로 젖히듯이.

우리는 안도감으로 어질어질했고, 술에 취한 사람들처럼 서로의 몸에 기댄 채 도심을 향해 비틀비틀 걸어갔다. 지금 우리가 귀가 시간을 넘겨 보호자도 없이 쏘다니는 평범한 젊은이들인 척했다. 아침이 되면 틀림없이 크게 꾸지람을 들을 테지만 지금은 너무 신나 신경 쓰지 않는 젊은이들.

마침내 새뮤얼이 나직이 말했다. "이건 우리가 안전하다는 뜻이야. 저들은 이 세상이 완전히 사라졌다고 생각할 테니까, 안 그래? 그러니까 우리를 찾지 않을 거야. 우린 여기 머물 수 있어. 적어도 당분간은."

내 의견을 묻는 말투였지만 나는 대답하지 않았다. 일베인의 구리 나침반과 그가 흔적을 따라가는 사냥개처럼 코를 킁킁거리는 모습이 떠올랐다. 그는 다시 날 찾아낼 터였다.

그렇게 되면 나는 겁을 먹고 또 다른 세상으로 도망칠까? 나보다 더 강하고 용감한 사람들의 보호 아래 몸을 숨길까?

머릿속에서 상상의 영화 필름이 돌아가다가 딸칵 멈췄다. 오두막에서 창백한 얼굴로 힘없이 쓰러지는 새뮤얼, 흰 시트가 덮인 솔로몬, 별을 바라보며 자신이 흘린 핏속에 누워 있는 제인.

안 된다.

나는 어리고 경험도 없고 돈도 없고 단점도 많지만 —난 손가락 마디가 하얗게 변할 정도로 만년필을 꼭 쥐었다— 무력하지는 않다. 그리고 이제는 알고 있다. 어떤 문도 정말로 닫힐 수는 없다는 사실을.

나는 잿빛 여명 속에서 새뮤얼의 실루엣을 곁눈질하며 대답했다.

"그럼. 당연히 그렇지."

나는 원래 거짓말에 소질이 있다.

떠나기 전에 세 통의 편지를 썼다.

친애하는 로크 씨

제가 살아 있다는 사실을 알려드리고 싶어요. 이 편지를 쓰지 말아야 한다고 생각하기도 했지만 걱정하고 짜증 내면서 서재를 서성이거나 스털링 씨에게 소리를 지르거나 시가를 너무 많이 피우는 로크 씨의 모습이 떠올랐고, 편지를 쓰는 게 도리라는 생각이 들었어요.

제가 어르신을 미워하지 않는다는 걸 알아주세요. 아마 미워해야 마땅하겠지만요. 어르신은 우리 아빠의 사연을 알면서도 저에게 사실대로 말해주지 않았고, 악의적인 종교집단이나 다름없는 고고학 협회 회원이며, 제인을 해고했고, 신드바드가 다치도록 내버려두었고, 저를 정신 병원에 보냈으니까요. 하지만 저는 어르신을 미워하지 않아요. 미워하는 마음이 조금도 없다면 거짓말이겠지만요.

그렇다고 해서 어르신을 딱히 믿지도 않아요. 정말로 저를 보호해주려고 하셨나요? 헤이브마이어와 일베인 같은 해괴한 이들로부터요? 만약 그랬다면 어르신의 대처는 한심할 정도로 부적절했다는 사실을 아셔야 해요. 그러니까 제가 어디로 가려는지 말하지 않아도 용서해주세요.

다시 로크 하우스로, 3층의 그 작은 회색 방으로 돌아가고 싶지만 그럴 수는 없어요. 그 대신 아빠를 따라 집으로 돌아갈 거예요. 더는 어르신의 착한 아이가 되어드리지 못해 죄송합니다. 하지만 그리 많이 죄송하지는 않아요.

사랑을 담아

J

제인

혹시 몰라서 편지를 남겨요. 내가 가진 책들은 공식적으로 몽땅 당신에게 주려고 해요. 이 편지를 법적 효력이 있는 유언장으로 생각해줘요. 언젠가 로크 하우스에서 안 쓰는 물건을 파는 날이 오면 경매인에게 이 편지를 보여주고《정글북》초판본이나《운과 노력》전집을 달라고 하세요.

우습게도 난 지금까지 달아날 기회가 생기기만을 학수고대했어요. 스커트가 단정히 다려졌는지, 식사 예법에 맞게 올바른 포크를 사용하고 있는지, 로크 씨를 자랑스럽게 해드렸는지 걱정하지 않으면서 살 수 있기를, 끝없는 지평선으로 몸을 던질 기회가 오기를 갈구했어요. 그런데 지금은 육지로 향하는 대형 여객선의 밀항자처럼 로크 하우스의 탑에 웅크리고 앉아 당신과 함께 예전에 읽었던 로맨스 소설을 다시 읽으면서 비 오는 오후를 보낼 수 있다면 기꺼이 그 기회와 바꿀 수 있을 거예요.

돌이켜보면 우리는 둘 다 내심 기다리고 있었어요. 단정하게 꾸린 짐을 들고서 기대에 찬 눈으로 선로를 내려다보는 여자들처럼 고통스러우면서도 조심스럽게 마음을 졸이고 있었던 거예요. 아빠는 나나 혹은 당신과 한 약속을 지키기 위해 돌아와야 했지만 오지 않았고, 이제 우린 아빠를 그만 기다려야 해요. 짐을 역에 놓아둔 채 뛰어가야 해요.

제인, 이제 당신은 아빠와 한 약속에서 해방됐어요. 이제 내 보호자는 나예요.

당신이 시카고로 떠나 은행 경비원 같은 편안한 일자리를 찾거나 케냐로 돌아가 표범 여인들 그리고 그들과 함께 다녔던 사냥을 잊게 해줄 멋진 여자를 만났으면 좋겠어요. 하지만 당신이 그런 선택을 하지 않으리라는 걸 알아요. 당신은 계속 그 상아색 문을, 진짜 고향으로 갈 길을 찾아다니겠죠.

비록 스칼러 가의 약속이 당신에게는 별 가치가 없을 테지만 그래도 이것만은 알아줬으면 해요.

저도 그 문을 찾을 거예요.

사랑을 담아

J

새-

우리가 좀 더

난 늘 널 사

가장 쓰기 힘든 편지를 맨 마지막에 쓰다니 참 나답다는 생각이 들어. 마치 마지막에 하면 그 일이 마법처럼 쉬워지기라도 한다는 듯이. 공간이 많지 않으니 짧게 쓸게.

내 대답은 예스야. 나도 영원히 너와 함께하고 싶어.

다만 나를 쫓고, 내 발자국을 끈질기게 따라다니고, 내 일거수일투족을 지켜보는 괴물들이 있어. 너까지 놈들의 표적이 되게 할 순 없고, 그러지도 않을 거야. 나는 혼자서 그 괴물들을 마주할 수 있을 정도로 강해. 불과 몇 시간 전에 네가 그걸 보여줬어(널 사랑하기에 너의 곁을 떠날 용기를 낼 수 있었어. 정말 지독한 아이러니지?).

그러니까 넌 일단 집으로 돌아가, 새뮤얼. 집으로 돌아가서 안전하게 살아. 문이며 뱀파이어, 비밀 협회 같은 위험하고 터무니없는 일들은 다 잊어. 유별나게 기이한 소설의 줄거리였다고 생각해. 나중에 우리가 호숫가에 앉아 웃으며 이야기할 수 있는 일이었다고.

그 대신 배드를 잘 돌봐줄 수 있지? 난 지금까지 배드를 썩 잘 돌본 것 같지 않아. 배드도 너와 함께 있는 편이 더 안전할 거야.

J

추신. 배드는 내가 데려갈 거야. 배드는 나에게 과분하지만 원래 개는 그런 존재잖아. 안 그래?

나는 부엌으로 몰래 들어가 귀리 한 봉지, 사과 네 개, 배드가 먹을 염장한 프레리도그 몇 개를 훔쳐 베갯잇에 넣었다. 원래 베갯잇 안에 넣어두었던 칼이 된 은화 그리고 아빠의 책과 함께. 그런 다음 동이 트며 분홍빛으로 타오르는 아르카디아 거리로 다시 살그머니 나갔다. 깃털 커튼 앞에 거의 다 왔을 때 걸걸한 목소리가 나를 멈춰 세웠다.

"이렇게 빨리 떠나는 거니?"

배드와 나는 로크 씨의 뷰익 헤드라이트 불빛을 받은 두 마리 사슴처럼 그 자리에 얼어붙었다. "아, 좋은 아침이에요, 미스 넵튠."

몰리는 밤새 한잠도 못 잔 듯했지만 ─얼굴의 주름은 깊게 새겨진 거미줄 같았고, 희끗희끗한 머리카락은 엉겨 붙어 있었다─ 그래도 다시 중절모를 썼고, 구슬 달린 목깃도 달았다. 그녀는 실눈을 뜨고 부싯돌 조각 같은 눈동자로 나를 바라보았다.

"넌 들판에서 사흘도 못 버틸 거다. 내가 너라면 그냥 여기 남겠어."

몰리는 내가 죄책감에 못 이겨 도망친다고, 들판으로 몰래 사라지려 한다고 생각하고 있었다. 나는 저절로 어깨가 펴지고 입가에 미소가 피어났다.

"감사합니다. 하지만 집으로 돌아가 처리해야 할 일들이 있어요.

다시 문으로 나갈 거예요."

그 말이 무슨 뜻인지 점차 깨달아가는 몰리의 얼굴은 마치 나이를 거꾸로 먹는 여자의 얼굴 같았다. 그녀의 굽었던 등이 펴지고, 눈이 희망으로 가득 차며 동그래졌다.

"설마." 몰리가 나직이 말했다.

"어젯밤에 우리가, 그러니까 새뮤얼과 제가 문을 다시 열었어요. 사람들을 깨우고 싶지 않아 아침에 말씀드릴 생각이었죠."

몰리는 눈을 감더니 두 손에 얼굴을 묻었고, 그녀의 어깨가 들썩였다. 나는 떠나려고 돌아섰다.

"잠깐만." 몰리가 평소처럼 못마땅한 투의 목소리가 아닌 울먹이고 떨리는 목소리로 말했다. "널 뒤쫓는 자들이 누군지 모르겠고, 그들이 어떻게 너를 따라 여기까지 왔는지도 모르겠지만 부디 조심해라. 솔의……." 몰리가 슬픔으로 목이 메더니 침을 꿀꺽 삼켰다. "솔로몬의 깃털이, 그가 늘 머리에 꽂고 다니던 깃털이 사라졌어."

황금 깃털을 들고 있는 일베인의 손, 보이지 않는 무언가에게 쫓기는 공포를 생각하니 등줄기를 따라 소름이 돋았다. 나는 억지로 차분하게 고개를 끄덕였다.

"솔로몬의 깃털이 사라졌다니 유감이네요. 알려주셔서 감사해요." 나는 몰리를 보지 않은 채 가방으로 사용하는 베갯잇을 어깨에 고쳐 멨다. "제발 부탁인데 새뮤얼에게는 말하지 마세요. 새뮤얼을 걱정시키고 싶지 않아요."

몰리가 고개를 숙였다. "행운을 빈다, 재뉴어리 스칼러."

나는 따뜻한 햇볕 속에 앉아 마치 엄마가 잠든 자식을 바라보듯 자신의 도시를 바라보는 몰리를 남겨둔 채 길을 떠났다. 아침에 보니 문은 이상하게 더 작아 보였다. 어둡고 좁고 사무치게 외로워 보였다. 내가 문을 잡아당겼다가 닫는 동안 문이 잔디를 부드럽게 스쳤고, 나는 두 세상 사이의 허공으로 발을 내디뎠다.

∞

돈이 두둑한 사람은 전 세계에 뻗어 있는 매끄럽고 잘 닦인 길을 따라 여행한다. 벽에 나무 패널을 덧댄 기차 칸에서 내려 반짝이는 검은색 택시를 타고 벨벳 커튼이 드리워진 호텔 방으로 간다. 각 단계에서 다음 단계로 넘어가는 데 아무런 어려움이 없다. 하지만 제인, 새뮤얼과 함께 여행했을 때는 좁고 구불구불하고 종종 무서운 길을 따라갔다.

이제 나는 혼자였고, 내가 가는 길이 유일한 길이었다. 배드와 나는 시커멓게 타버린 등대의 잔해 속에 서서 안개 너머로 반대편 해안가를 바라보았다. 바위로 이뤄진 울퉁불퉁하고 거친 해안가였다. 나는 잉크와 희망만으로 무장한 채 새롭고 거친 세상의 벼랑 끝에 선 탐험가가 된 기분이었다. 우리 엄마와 같은 심정이었다. 다만 엄마는 여우 같은 이빨을 드러내며 미소 짓는, 눈에 보이지 않는 괴물들에게 쫓기지는 않았다. 그 생각을 하니 내 얼굴에서 들뜬 미소가 사라졌다.

등대에서 불에 타지 않은 널빤지를 골라 그 위에 베갯잇을 올리고, 배드와 함께 얼음장처럼 차가운 바다를 건넜다. 구름이 깃털 이불처럼 우리 주위에 내려앉았다. 발이 첨벙거리는 소리도, 해안가 풍경도, 태양까지 전부 다 삼켜버리는 깃털 같은 안개였다. 손가락이 거친 돌에 긁히고 나서야 뭍에 다다랐다는 걸 알 수 있었다.

우리는 흐물흐물해진 다리로 절벽을 올라갔고, 길을 찾아내 걸었다. 적어도 이번에는 신발을 신고 있었다. 비록 몰리에게 처음 받았을 때만 해도 신발이라는 걸 알기 힘들었지만. 신발이라기보다 작고 불운한 생물의 유해에 더 가까워 보였다. 어릴 때 로크 씨가 사주었던 에나멜가죽 구두가 떠올랐다. 구두코가 좁고 딱딱한 굽이 달려 있던 그 신발이 그립지는 않았다.

아침나절이 되면서 새로운 사실을 깨달았다. 비교적 백인에 가까운 새뮤얼이 없으니 흑인도 백인도 아닌 피부색의 소녀와 사나워 보이는 개를 기꺼이 태워주려는 트럭과 차가 없었다. 나는 차를 얻어 타려고 손을 흔들었지만 다들 속도를 늦추지 않은 채 나를 빙 둘러갔다. 마치 내가 틈새로 떨어져 보이지 않는 지하 세계로 미끄러져 들어갔고, 점잖은 사람들은 그 세계를 피하고 싶어 하는 듯했다.

마침내 마차 한 대가 내 옆에 멈춰 섰다. 마구가 쨍그랑거리는 소리와 함께 짜증 난 목소리가 들렸다.

"젠장, 로지, 내가 워워 라고 했잖아."

마차를 모는 사람은 누더기 차림에 이가 거의 다 빠진 백인 여자로 노란색 부츠를 신고, 직접 만든 듯 기묘한 망토를 입고 있었다. 그녀는 감자와 완두콩이 실린 짐칸에 배드를 태워줬고, 심지어 브래틀보로 정신 병원 근처에 날 내려줬을 때 선물로 감자와 콩을 한 자루 주었다.

"어디까지 가는지는 모르겠다만 먼 길을 가는 듯하구나." 그녀는 코를 훌쩍이더니 이렇게 말했다. "개를 꼭 옆에 데리고 다녀라. 남자가 모는 멋진 차는 얻어 타지 말고, 경찰은 피해 다녀라." 나는 그녀 역시 나처럼 틈새에 빠진 건 아닐까 생각했다.

주위가 황혼으로 붉게 물들 때 쯤에는 뉴욕주 경계선을 넘었다. 마차 이후로 딱 한 번 더 얻어 탔는데 짐이 없는 벌목 트럭이었다. 톱밥을 뒤집어쓴 채 최대한 나를 무시하려는 여남은 명의 무뚝뚝한 남자와 함께 짐칸에 앉았다. 한 남자가 자기가 먹던 베이컨 샌드위치의 가장자리를 떼어내 배드에게 먹였다. 트럭이 나를 갈림길에 내려놓고 떠날 때 그가 한 손으로 나에게 경례 비슷한 몸짓을 취했다.

그날 밤에는 양 우리에서 잠을 잤다. 양들은 의심스럽다는 듯이 우릴 향해 매매 울어댔고, 그 기묘한 눈으로 우리를 바라보았다. 나는 곁에서 들리던 제인과 새뮤얼의 부드러운 숨소리를 그리워하며 잠들었다.

꿈에서 하얀 손가락과 여우의 이빨을 드러낸 미소가 나를 향해 다가왔고, 헤이브마이어의 목소리가 들렸다.

'그들은 너를 계속 찾을 거다.'

∞

올버니 기차역에서 훔친 도로 지도를 참고해 닷새 동안 480킬로미터를 걸었고, 하마터면 체포될 만한 짓을 적어도 네 번은 저지른 끝에 나는 마침내 뉴욕주 서부 변두리에 도착했다. 지명수배 포스터만 아니었어도 더 일찍 도착했으리라.

이튿째 아침에 로크 씨에게 편지를 보내려고 우체국에 갔으나 편지를 부칠지 말지 손바닥에 땀이 날 정도로 머뭇거렸다.

하지만 로크 씨라면 내가 황폐하고 이질적인 세상에 영원히 갇혀 있지 않다는 사실을 알 자격이 있지 않을까? 만약 그가 나를 찾으려고 한다면 이 편지가 그를 일본이라는 다소 불편한 우회로로 이끌 것이다. 로크 씨는 리튼으로 가는 다른 길, 열리기를 기다리는 뒷문이 있다는 사실을 모르니까.

편지를 창구 너머로 내밀던 그때 나는 벽에 붙은 흰색 포스터를 보았다. 흑백으로 인쇄되어 뭉개지고 번진 내 얼굴이 거기에 있었다.

미아를 찾습니다. 열일곱 살의 재뉴어리 스칼러가 버몬트주 셸번의 자택에서 실종됐습니다. 아이의 행방과 관련된 정보를 후견인이 다급히 찾고 있습니다. 아이는 히스테리가 있고, 정신이 오락가락해 조심스럽게 접근해야 합니다. 흑인 여성이나 사나운 개와 동행하고 있을 수도 있습니다. **두둑한 사례금을 지급합니다.** 버몬트주, 셸번, 챔플레인 드라이브 1611, 코닐리어스 로크에게 연락 바랍니다.

로크 씨의 파티에서 찍은 내 사진, 아빠가 싫어했던 바로 그 사진이었다. 사진 속 내 얼굴은 둥글고 어려 보였고, 머리카락은 무자비하게 뒤로 당겨 핀으로 찌른 탓에 양 눈썹이 살짝 올라가 있었다. 풀 먹인 목깃 위로 삐죽 나온 목은 마치 등딱지 밖으로 머뭇머뭇 얼굴을 내민 거북이 같았다. 나는 우체국 창문에 비친 내 모습을 확인했다. 먼지를 뒤집어쓴 채 햇볕에 그을린 피부, 처음에는 곱게 땋았으나 지금은 제멋대로 엉킨 머리카락, 나를 저 사진 속 여자와 동일인이라고 생각할 사람은 없을 듯했다.

하지만 그래도 거리의 모든 이방인이 내 이름을 알지도 모르고, 경찰이 사진 속 여자를 찾아다닐지도 모른다고 생각하니 등을 따라 한기와 두려움이 스멀스멀 기어 올라왔다. 시민 사회의 일상적인 메커니즘을 자기들 마음대로 조종할 수 있는 협회로서는 굳이 가면이나 깃털, 다른 세상에서 훔쳐 온 마법이 필요 없을 듯했다.

나는 구불구불한 뒷길로만 다녔고, 어쩌다 한 번씩 마차나 차를 얻어 탔다. 하지만 버펄로에 도착했을 무렵에는 배가 너무 고프고 지쳐 위험을 무릅쓰고 일자리를 구하지 않을 수 없었다. 나는 비틀거리며 버펄로 세탁 회사 사무실로 들어가 일자리를 달라고 애걸했다. 쫓겨날 거라고 반쯤 예상하면서. 하지만 여직원이 셋이나 병가를 냈고, 최근 소년원에서 유니폼이 엄청나게 많이 들어와 일할 사람이 필요한 모양이었다. 사장은 나에게 풀 먹인 흰색 앞치마를 건네주며 시급으로 33.5센트를 주겠다고 했다. 나는 결국 근육질에 유머 감각이라고는 전혀 없는 백인 여자와 일하게 되었다. 그녀의 이름은 빅 린다였다. 빅 린다는 매우 탐탁지 않은 표정으로 나를 바라보더니 내게 젖은 옷을 털어 물 짜는 기계에 넣으라고 시켰다.

"저 롤러에 손가락이 잘려나가고 싶지 않다면 네 빌어먹을 손은 대지 마라."

세탁 일은 몹시 고된 편이었다(고되지 않다고 생각한다면 7월에 뜨거운 증기로 가득 찬 세탁실에서 물에 흠뻑 젖은 모직 유니폼 수백 개를 들어 올려본 적이 없는 사람이다). 공기는 호흡한다기보다 마셔야 했고, 솜털 같은 증기가 폐에 고여 출렁거렸다. 한 시간이 지나자 팔이 후들거렸고, 두 시간 후에는 쿡쿡 쑤셨으며, 세 시간이 지나자 아예 감각이 없어졌다. 아직 완전히 아물지 않은 팔의 상처에서 몇 군데 딱지가 벌어지면서 진물이 흘러나왔다.

그래도 나는 개의치 않고 계속 일했다. 일주일 동안 여행하면서 그 정도는 배웠기 때문이다. 심지어 내 골반이 아프고 절룩거리던 개가 나중에는 아예 세 발로만 폴짝거리며 걸어도, 저녁거리라고는 설익은 사과 세 알뿐이어도, 모든 이방인과 돌풍이 나의 적이 되어 마침내 날 따라잡게 될지라도 계속 앞으로 나아가는 법을 배웠기 때문이다.

그래서 내가 여기에 있었다. 버펄로 세탁 회사 깊숙한 곳에서 땀을 뻘뻘 흘리고 온몸이 쑤셨지만 나는 살아 있었고, 자유의 몸이었으며, 태어나서 처음으로 온전한 나 자신이었다. 그리고 철저히 혼자였다. 어둠 속에서 언뜻 보이던 연갈색 손, 담배의 주홍색 불빛이 비치던 갈색 눈동자가 잠깐 떠올랐다. 그러자 갑자기 가슴이 텅 빈 듯했고, 이가 빠진 자리처럼 쓰라렸다.

일하는 동안 나에게 말을 건 사람은 검은 피부에 반달 같은 미소를 지으며 남부식으로 느릿느릿 말하는 여자뿐이었다. 나를 보자 그녀의 얼굴에서 미소가 사라졌다. 그녀는 나를 향해 턱을 들어 올렸다.

"대체 무슨 일을 겪은 거야?" 나는 어깨를 으쓱였다. 그녀는 먼지가 뿌옇게 내려앉은 내 스커트와 허수아비처럼 앙상한 내 몸을 내려다보았다. "아무것도 먹지 못하고 한동안 걷기만 한 거야?"

나는 고개를 끄덕였다.

"더 걸어가야 해?" 나는 다시 고개를 끄덕였다. 그녀는 생각에 잠겨 이 사이로 숨을 깊이 들이쉬더니 젖은 빨래 한 무더기를 다시 내 카트에 던져놓고 고개를 절레절레 흔들며 떠났다. 빅 린다는 내게 걸레 더미 속에서 자도 된다고 했다.

"하지만 오늘 밤뿐이다. 명심해. 여긴 빌어먹을 호텔이 아니야." 배드와 나는 갯물 냄새가 나는 둥지 속 두 마리 새처럼 몸을 웅크린 채 잠들었다. 동이 트기도 전, 주위가 아직 어둠에 잠겨 있을 때 첫 번째 교대를 알리는 종이 울렸고, 우리는 잠에서 깨어났다. 우리의 둥지 옆에 배드와 내가 먹을 아침이 기다리고 있었다. 지방과 연골이 아직 그대로 달린 돼지 다리 살과 팬에 구운 옥수수빵.

나는 머릿속으로 대충 곱셈하며 다시 교대 시간의 절반을 일한 다음 사무실로 가서 사장에게 정말 미안하지만 이제 일을 그만두고 가야 한다고, 보수는 현찰이 아닌 수표로 달라고 부탁했다. 사장은 입을 삐죽거리며 부랑자와 게으름뱅이는 상종 못 할 부류라고 욕하더니 어린 여자들은 좋은 기회가 와도 좋은 줄 모른다며 투덜댔다. 그래도 내 부탁대로 수표를 써주었다.

밖으로 나온 나는 골목으로 들어가 베갯잇에서 만년필을 꺼냈다. 벽돌 벽에 수표를 대고 입술을 깨문 채 흔들리는 필체로 0과 글자 몇 개를 더했다. 갑자기 바람이 불면서 수표가 펄럭거렸고, 글씨가 흐릿해지며 구부러졌다. 나는 증기로 따뜻한 벽돌에 어지러운 머리를 댔다. 실패했어야 마땅했다. 잉크색도 달랐고, 여백에 다소 티 나게 0을 쑤셔 넣은데다 애초에 세탁부에게 4달러가 아닌 40달러 수표를 주는 사람이 어디 있단 말인가? 하지만 0을 그리는 동안 나는 그렇게 믿었고, 은행 직원도 내 수표를 믿었다.

오후 중반이 되자 나는 뉴욕 센트럴 라인에 올라탔다. 손에는 붉은 잉크로 '켄터키주, 루이빌'이라고 깔끔하게 인쇄된 소중한 기차표를 꼭 쥔 채.

베갯잇은 짐을 올려놓는 선반에 놓아두었다. 반질거리는 가죽 슈트케이스들 옆에 있으니 유난히 얼룩지고 지저분해 보였다. 마치 초라한 옷을 입고 눈에 띄지 않기를 바라는 하객 같았다. 나도 다른 승객들과 비교하니 지저분한 사람이 된 기분이 들었다. 다른 승객들은 대부분 잘 다린 리넨 양복에 하이넥 드레스를 입었고, 머리에는 멋진 각도로 모자를 썼으며, 구두는 새로 닦아 반짝거렸다.

마치 잠에서 깨어나려고 몸을 흔드는 용처럼 객차가 우르릉거리며 진저리를 치더니 기차가 버펄로 중앙역 그늘에서 벗어나 여름 오후의 나른한 햇살 속으로 나아갔다. 나는 따뜻한 유리창에 이마를 기댄 채 잠들었다.

꿈에서 나는 10년 전으로 돌아가 다른 기차를 타고 같은 방향으로 가고 있었다. 어쩌면 그저 기억이 떠오른 것인지도 모르겠다. 미시시피의 초라한 마을, 들판에 홀로 서 있던 문, 소금과 삼나무 냄새가 나던 도시.

아빠의 도시. 만약 엄마가 어떻게든 살아 있다면 엄마의 도시이기도 했다.

그곳이 내 도시가 될 수 있을까? 비록 지금은 잿더미만 남았지만 내가 다시 문을 열 수 있다고 가정한다면 말이다. 또 내가 협회에 잡히지 않고 거기까지 갈 수 있다고 가정한다면.

정거장마다 멈춰 서는 기차, 역 이름을 큰 소리로 외치며 주기적으로 내게 기차표를 보여 달라고 하는 차장, 떠나고 도착하는 승객들이 쿵쿵거리고 이리저리 움직이는 소리에 나는 졸다가 깨기를 반복했다. 아무도 내 옆에 앉지 않았지만 그들의 시선이 내게 머무는 게 느껴졌다. 내 착각일 수도 있었다. 왜냐하면 나를 바라보는 현장을 잡으려고 몇 번 고개를 옆으로 휙 돌려봤지만 다들 정중하게 얼굴을 돌리고 있었기 때문이다. 배드는 긴장한 채 내 발치에 누워 귀를 쫑긋 세우고 있었다.

나는 베갯잇에 손을 넣어 칼이 된 은화를 손바닥에 둔 채 주먹을 꼭 쥐었다. 기차는 신시내티에서 꼬박 30분 동안 정차했다. 객차는 공기가 점점 후터분해졌고, 새로 탄 승객들로 붐볐다. 마침내 차장이 사람들을 밀치며 통로를 걸어오더니 객차 뒤쪽에 사슬을 치고 깔끔한 흰색 표지판을 걸었다.

'유색 인종 좌석.'

이제 나를 보호해줄 로크 씨는 없었다. 미소 짓는 직원이 음식을 배달해주는 개인 객실도 없었고, 나와 나머지 세상 사이에 드리워진 안락한 돈의 베일도 없었다.

차장이 뭉툭한 막대로 몇몇 사람을 찌르며 다시 통로를 걸어왔다. 갈색 피부 여자와 세 아이, 민들레 솜털 같은 백발 머리 노인, 어깨가 떡 벌어지고 반항적인 표정의 젊은 두 남자. 차장은 막대로 선반을 탁탁 쳤다.

"이 기차는 주 법을 준수한다고, 녀석들아. 다음 역은 켄터키 주야. 너희들은 뒤쪽으로 가든지 내려서 걸어가든지 해. 어느 쪽이든 난 상관없으니까." 두 젊은이는 슬그머니 뒤쪽으로 자리를 옮겼다.

머뭇거리며 내 자리로 온 차장은 매끈한 내 붉은색 피부를 실 눈으로 바라보았다. 마치 머릿속으로 컬러 차트를 살피며 참고 하듯이. 그러다가 더러운 옷과 흉터가 있는 팔, 고약하게 생긴 개를 바라보더니 객차 뒤쪽을 향해 고갯짓했다.

보아하니 돈이 없으면 나는 특별하지도 않고 중간 개체도 아니 며 피부색이 독특하지도 않은 듯했다. 그저 유색 인종에 불과했 다. 그렇게 생각하자 차가운 무언가가 내 몸을 덮쳤다. 내 사지 에 매달리고 폐를 짓누르는 규칙과 법률, 위험의 무게였다.

나는 군말 없이 발을 끌며 뒤쪽으로 걸어갔다. 어차피 이런 바 보 같은 규칙이 있는 이런 바보 같은 세상에 오래 붙어 있을 생각 도 없었다.

나는 사람들이 다닥다닥 붙어 앉은 맨 뒷좌석 끝에 걸터앉았 다. 주먹 속에 축축해진 은화를 감춘 채. 기차가 다시 출발한 후 에야 옆에 있는 배드가 목에서 희미하게 으르렁거리는 소리를 내 며 통로를 뚫어지게 바라보고 있다는 걸 알아차렸다. 배드가 바 라보는 곳에는 아무도 없었지만 부드러운 바스락 소리가 꾸준히 들려왔다. 거의 숨소리 같았다.

나는 솔로몬에게서 사라진 황금 깃털을 떠올리며 베갯잇을 더 꽉 움켜잡았고, 아빠의 책 모서리가 내 배를 눌렀다. 나는 푸른 색과 녹색으로 굽이치는 전원 풍경에 조심스럽게 눈을 고정했다.

40분이 지나자 차장이 객차 앞쪽에서 외쳤다. "터너스 역입니다.

다음은 종점인 루이빌입니다." 기차가 속도를 늦추더니 문이 열렸다. 나는 숨을 죽인 채 머뭇거리다가 열린 문으로 뛰어들었고, 배드가 허둥지둥 나를 뒤따랐다. 허공에서 무언가 단단한 물체가 어깨에 부딪힌 느낌이 들더니 욕을 중얼거리는 소리가 들려왔다.

날카롭고 차가운 무언가가 내 목에 닿았다. 나는 움직이지 않았다.

"이번에는 어림없어." 귓가에서 나직한 목소리가 들려왔다. "먼저 이 인파 속에서 빠져나가볼까?" 무언가가 나를 앞으로 밀었고, 나는 비틀거리며 널빤지가 깔린 플랫폼으로 올라갔다. 그의 뜨거운 숨결이 귓가에 닿고, 칼끝에 목이 찔린 채 나는 역으로 들어갔다. 배드가 걱정스러운 눈으로 나를 지켜보았다.

'아직은 아니야.'

나는 배드에게 마음속으로 그렇게 말했다.

형체 없는 목소리는 페인트가 벗겨지고 '여자 화장실'이라고 적힌 흰색 문으로 나를 밀어 넣었다. 우리는 초록색 타일이 깔린 어둑한 화장실로 들어갔다.

"자, 천천히 뒤로 돌아. 그래야 착한 아이지."

그런데 나는 이제 착한 아이가 아니었다.

나는 주먹을 들어 손가락 사이에 끼어 있던 은화이자 칼로 어깨 너머를 찔렀다. 주먹 아래에서 소름 끼치고 축축한 푹 소리가 나더니 귀청이 찢어질 듯한 비명이 울려 퍼졌다. 내 목을 누르던 칼날이 뜨거운 선을 그으며 목에서 떨어지더니 타일 바닥 위로 빠르게 미끄러졌다.

"빌어먹을!"

배드는 눈에 보이지 않는 생명체라도 노력하면 물어버릴 수 있다고 마음먹은 듯이 허공을 향해 으르렁거리며 이를 딱딱거렸다. 그러다가 무언가를 입 안 가득 물게 되자 만족스럽게 으르렁거렸다. 나는 칼을 향해 몸을 던졌고, 피로 미끈거리는 손으로 칼을 꼭 잡은 다음 배드를 불렀다. 배드는 입에 묻은 피를 핥고 눈에 보이지 않는 먹이를 노려보며 내 옆으로 총총 다가왔다.

이제 어느 정도 그의 모습이 보였다. 실눈을 뜨면 공기 중에서 어른거리는 빛과 들썩이는 가슴, 검은 진물이 흘러나오는 수척한 얼굴이 보이는 듯했다. 증오로 가득 찬 하나뿐인 눈은 내게 고정되어 있었다.

"나침반 주세요, 일베인 씨."

일베인이 사납게 식식거렸지만 나는 그를 향해 칼을 겨누었다. 그러자 그가 주머니를 뒤져 구릿빛 물건을 꺼내더니 바닥에 내려놓고 내가 있는 쪽으로 밀었다.

나는 그에게서 눈을 떼지 않은 채 나침반을 잡았다.

"나는 이제 여기서 나갈 거예요. 충고하는데 다시는 나를 따라오지 말아요." 내 목소리는 전혀 흔들리지 않았다.

일베인이 음침한 웃음을 터뜨렸다. "어디로 달아나려고? 넌 돈도 없고, 널 보호해줄 친구도 없고, 아빠도……."

"당신네들의 문제가 뭔지 알아?" 나는 그의 말을 잘랐다. "영원을 믿는다는 거야. 질서 있는 세상이 영원히 계속되고, 닫힌 문은 영원히 닫혀 있을 거라고." 나는 고개를 저으며 문을 향해 손을 뻗었다. "너무 편협한 사고방식 아니야?"

나는 사람들로 북적이는 역으로 나와 아무렇지도 않은 척 화장실 문에 몸을 기대고 베갯잇에서 새뮤얼의 만년필을 꺼냈다. 잠시 만년필을 꼭 쥐고 내가 기억하는 온기의 여운을 느낀 다음 페인트가 벗겨진 문에 펜촉을 꾹꾹 눌러 가며 이렇게 썼다.

'문이 잠기고 열쇠는 없다.'

글자는 나뭇결을 따라 우둘투둘하게 페인트 속 깊숙이 새겨졌다. 문 안쪽에서 금속과 금속끼리 둔탁하게 긁히는 소리가 들리더니 영원할 듯한 철컥 소리가 났다. 갑자기 사지를 당기는 묵직한 피로감이 밀려오며 나는 숨을 혁 들이쉬었다. 나는 문에 이마를 댄 채 눈을 감고 다시 만년필을 들었다.

'문은 사람들의 뇌리에서 잊힌다.' 이번에는 그렇게 썼다.

다음 순간 나는 바닥에 누운 채 천장을 바라보고 있었고, 무릎으로 털썩 주저앉았는지 무릎이 얼얼했다. 잠시 꼼짝하지 않고 그대로 누워 있었다. 역장은 화장실 바닥에 쓰러진 가여운 부랑아 소녀를 살펴보러 올까? 아니면 여기서 한 시간가량 그냥 자버릴까? 눈이 아팠고, 피가 말라붙은 목은 뻣뻣했다.

그래도 성공했다. 화장실 문이 희미하고 흐릿해졌으며 너무 평범해 눈길이 머물지 않는 무언가가 되어버렸다. 이 작은 역에서는 아무도 문에 시선을 주지 않는 듯했다.

나는 지친 한숨을 내쉬었다.

이 효과가 얼마나 지속될까? 내가 달아날 때까지는 지속될 것이다. 일단 자리에서 일어날 수 있다면.

나는 무거운 몸을 끌고 대기실 벤치로 가서 한 손에 붉은 잉크로 인쇄된 기차표를 꼭 쥔 채 기다렸다. 그런 다음 남쪽으로 가는 다음 열차를 탔다. 자리에 앉아 풍요롭고 촉촉해지는 전원과 거대한 에메랄드빛 고래처럼 뛰어올랐다가 다시 아래로 뛰어드는 언덕을 바라보며 생각했다.

'곧 갈게요, 아빠.'

11 엄마의 문

마지막 500킬로미터 정도는 한 발 내디딜 때마다 3킬로미터씩 나아가는 마법의 신발을 신은 듯이 빠르게 지나갔다. 그 구간은 귀에 거슬리는 쿵 소리의 연속으로만 기억한다.

쿵쿵쿵. 나는 기차에서 내려 무분별하게 뻗어나간 루이빌의 유니언 기차역으로 들어선다. 하늘마저도 붐벼 전선과 교회 첨탑, 어른거리는 뜨거운 아지랑이들이 복잡하게 교차한다. 배드는 못마땅해하며 내 무릎에 몸을 바싹 붙인다.

쿵쿵쿵. 나는 기차역 앞 먼지투성이 공터에 서서 트럭 운전사에게 태워달라고 애걸하고 있다. 트럭 측면에는 검은색 블록체로 '블루 그래스 양조장'이라고 적혀 있다. 운전사는 내게 집으로 돌아가라고 충고하고, 그의 친구는 상스럽게 입으로 쪽쪽거리는 소리를 낸다.

쿵쿵쿵. 배드와 나는 흙과 풀 냄새가 나는 대마 줄기가 머리 높이까지 쌓인 마차를 타고 서쪽으로 삐걱거리며 흔들흔들 가고 있다. 마부석에는 근엄한 표정의 흑인 남자와 그의 어린 딸이 타

고 있다. 그들은 옥양목으로 만든 옷을 입었는데 다른 천으로 거
듭 기워 원래의 천이 거의 남아 있지 않았다. 그들은 걱정스러우
면서도 경고하는 눈으로 나를 바라본다.

쿵쿵쿵. 마침내, 나인리.

나인리는 지난 10년간 많이 달라진 듯 보이지만 딱히 달라지지
않았다. 아마 이 세상도 그럴 것이다. 나인리 마을은 여전히 초라
하고 못마땅해 보였으며, 주민들도 불만스럽다는 듯이 반쯤 실눈
을 뜬 채 나를 노려보았다. 하지만 길은 포장도로로 바뀌어 자동
차들이 자주 지나다녔고, 양복에 조끼를 갖춰 입은 신흥 부자들
은 민망할 정도로 큰 회중시계를 차고 다녔다. 미시시피강은 뿡
뿡 고동을 울리는 증기선들과 평저선들로 붐볐다. 이제는 거대하
고 흉측하게 생긴 방앗간이 강가에 자리 잡고 있었다. 머리 위로
걸려 있던 증기와 연기는 석양이 비추자 기름진 분홍빛 구름으로
변했다. 진보와 번영, 로크 씨가 말했던 그대로였다.

나는 쫓기고 내몰려 여기까지 왔으나 막상 목적지에 도착하니
이상하게 마지막 몇 걸음을 더 옮기는 게 내키지 않았다. 남은 돈
을 다 털어 주니어스 리버 잡화점에서 땅콩 한 자루를 산 다음,
연초 덩어리가 떨어져 끈적끈적해진 벤치를 찾아내 앉았다. 배드
는 보초병 청동상처럼 내 발치에 쪼그리고 앉았다.

교대를 알리는 종이 울리자 초췌한 얼굴의 여자들이 방앗간을
들락날락했다. 그들의 몸 양옆으로 내려온 손가락은 마치 굳은
살 박인 갈고리 같았다. 나는 부두에 댄 증기선에서 석탄을 운반

하는 흑인 남자들의 굽은 등과 수면에서 번들거리는 기름의 무지갯빛 광택을 바라보았다.

마침내 땅딸막한 아저씨가 땀방울이 맺힌 얼굴로 얼룩진 앞치마를 두른 채 주방에서 나와 내게 그 벤치는 돈을 내는 손님들을 위한 자리라고 했다. 그러더니 사리 분별이 있다면 어두워지기 전에 나인리를 떠나야 한다고 넌지시 말했다. 로크 씨와 함께 있었더라면 절대로 있을 수 없는 일이었다.

하지만 만약 로크 씨와 함께 있었다면 아마 나는 으르렁거리는 배드의 머리에 손을 얹은 채 이 남자를 바라보며 벤치에 계속 앉아 있지 않았으리라. 또한 자리에서 일어나 남자에게 가까이 다가가 창틀에 너무 오래 두어서 햇볕에 바짝 말라버린 식물처럼 쪼그라드는 그의 모습을 음미하지도 않았으리라. 입꼬리를 올리며 "어차피 가려던 참이었어요, 선생님"이라는 말도 하지 않았으리라.

남자는 서둘러 부엌으로 돌아갔고, 나는 어슬렁거리며 다시 도심으로 향했다. 유리창에 비친 흔들리는 내 모습이 슬쩍 보였다. 진흙을 덕지덕지 덮어쓴 큼직한 신발, 분진이 내려앉은 관자놀이에 축축한 선을 그리며 떨어지는 땀방울, 손목에서 어깨까지 마구잡이로 구불구불 이어지는 분홍빛이 도는 흰 상처. 일곱 살의 나, 만용을 부렸던 그 사랑하는 소녀가 열일곱 살의 나를 봤다면 상당한 관심을 보였으리라는 생각이 들었다.

어쩌면 그랜드 리버프런트 호텔 매니저도 날 알아봤는지 모르겠다. 왜냐하면 부랑자 꼴인 날 보고도 곧바로 호텔에서 쫓아내지 않았기 때문이다. 아니면 배드 때문에 사람들이 날 선뜻 쫓아내지 못했을 수도 있고.

"안녕하세요. 저는, 음, 라슨 가의 농장을 찾고 있어요. 여기서 남쪽으로 가면 될까요?"

그 이름을 듣자 매니저는 눈이 휘둥그레졌지만 머뭇거렸다. 마치 나처럼 괴상한 아이를 죄 없는 가족에게 안내하는 일이 도덕적으로 올바른지 고민하는 듯이. "무슨 용건으로 가려는 거지?" 그는 이렇게 묻는 것으로 타협했다.

"그분들이…… 제 친척이에요. 외가 쪽으로요."

매니저는 '넌 거짓말에 별로 소질이 없구나'하는 표정으로 날 바라보았다. 하지만 보아하니 라슨 가의 여자들은 마을 사람들에게 별로 신망을 얻지 못했는지 매니저는 내게 방앗간을 지나 남쪽으로 3킬로미터 걸어가라고 알려주었다. 그러더니 어깨를 으쓱이며 덧붙였다. "요즘에는 통 못 봤어. 하지만 아직 거기 살 거야. 마지막에 듣기로는 그랬어."

마지막 3킬로미터는 유달리 길게 느껴졌다. 문지방은 발밑에서 계속 늘어났고 한없이 약해 보였다. 마치 발을 너무 세게 내디디면 산산이 부서져 문지방 세계의 이름 없는 곳에서 오갈 데 없는 처지가 될 수 있으리라는 듯이. 어쩌면 그냥 걷는 데 질렸거나 두려운지도 모르겠다. 엄마의 삶을 책으로 읽었어도 그 내용을 믿는 것은 별개의 일이다. 모르는 사람의 현관문을 두드리며 '안

녕하세요. 꽤 신뢰할 만한 사람에게서 당신이 제 (증?)고모할머
니라고 들었어요'라고 말하는 건 더더욱 별개의 일이고.

걸어가는 동안 나는 배드의 등을 부드럽게 쓰다듬었다. 황혼
이 축축한 자주색 담요처럼 우리 어깨에 내려앉았다. 강은 —배들
이 지나다니며 텀벙거리고 철커덕거리는 소리, 강물이 조용히 흐
르는 소리, 메기와 진흙의 강한 악취— 서서히 사라지고, 인동덩
굴과 매미, 리드미컬하게 원을 그리며 3음절 가락을 똑같이 불러
대는 새들이 나타났다.

이 모두가 너무 익숙하면서도 낯설었다. 나는 푸른색 면 드레
스를 입고 시나몬 빛깔 앙상한 다리로 이와 똑같은 길을 달려가
던 소녀를 떠올렸다. 그런 다음에는 소녀 앞에서 달리는 다른 소
녀, 각진 턱에 피부가 하얀 소녀를 떠올렸다. 애들레이드. 엄마.

계속 보고 있지 않았다면 놓쳤으리라. 양쪽에 들장미와 가지
치기를 하지 않은 덩굴들이 빽빽히 늘어선 좁은 비포장 진입로가
나타났다. 그 길을 걸어가면서도 확신이 서지 않았다.

이렇게 웅크리고 등이 굽은 채 담쟁이덩굴과 벽을 타고 올라가
는 들장미 덩굴에 반쯤 잠식된 집에 사람이 살 수 있을까?

너와 지붕은 이끼가 껴서 초록색으로 변했고, 헛간은 거의 무
너져내리다시피 했다. 하지만 마당에 다리 하나를 든 채 졸고 있
는 늙은 노새 한 마리가 있었고, 헛간에서는 닭 서너 마리가 나
른하게 꼬꼬댁거렸다. 부엌 창문에서도 희미한 불빛이 어른거렸
는데 우중충한 흰 커튼에 대부분 가려진 상태였다.

나는 기울어진 현관 계단을 올라가 문 앞에서 움직이지 않았다. 배드가 옆에 앉더니 내 다리에 몸을 기댔다. 그저 회색 널빤지를 이어 붙인 낡은 문이었는데 오랜 시간 풍상을 겪으며 나뭇결이 지문의 소용돌이무늬처럼 도드라지게 되었다. 손잡이는 새까만 가죽 줄이었고, 문의 옹이구멍과 문틈 사이로 희미한 촛불이 호기심 많은 주부처럼 밖을 내다보고 있었다.

우리 엄마의 문, 외할머니의 문이었다.

나는 숨을 내쉬고 노크하려고 손을 들어 올렸다가 머뭇거렸다. 만약 모든 게 거짓말이고, 동화 속 주문이라서 내 손이 문이라는 단호한 현실에 닿는 순간 깨져버리면 어떻게 될까? 만약 문을 열어주는 노인이 '애들레이드가 누구야?'라고 묻는다면? 아니면 문을 열어주는 사람이 엄마라면? 알고 보니 엄마는 결국 이 세상으로 돌아왔지만 날 찾지 않았다면?

내가 문을 두드리기 전에 문이 열렸다.

아주 나이가 많고 심술궂게 생긴 노부인이 문지방에 서서 (말도 안 되는 일이었으나 혼란스러울 정도의) 익숙한 표정으로 나를 올려다보았다. 호두 속살처럼 쪼글쪼글하고 주름진 얼굴로 '요즘 젊은 애들이란' 하고 못마땅하게 생각하는 듯한 할머니의 표정이었다. 나는 훨씬 낮은 시점에서 저 표정을 올려다본 적이 있는 듯한 혼란스러운 느낌이 들었다. 아마도 어릴 때였으리라.

그러자 기억이 났다. 일곱 살 때 길에서 부딪쳤던 노부인. 벼락 맞은 나무 같은 표정으로 날 바라보며 넌 대체 누구냐고 물었던 할머니. 그때는 그 자리에서 달아났지만 지금은 아니었다. 눈가가 불그스레하고 금방이라도 울 듯하며 구름이 낀 듯 흐릿한 그녀의 눈이 나와 마주치는 순간 휘둥그레졌다. 일그러졌던 그녀의 입이 제자리로 돌아왔다.

"애들레이드, 애야, 머리가 왜 그렇게 되었니?"

그녀는 눈을 깜빡거리며 내 머리 뒤에 반쯤 땋은 채 엉망으로 헝클어져 수북이 쌓인 머리카락 그리고 삐져나온 머리카락들이 머리 주위에서 만들어낸 곱슬곱슬하고 불그스름한 후광을 바라보았다. 그러더니 다시 인상을 찡그리며 내 얼굴에 초점을 맞췄다. 그녀의 시선은 마치 북쪽이 어딘지 찾을 수 없어서 빙빙 돌아가는 나침반 바늘 같았다.

"아냐. 아냐, 넌 우리 애들레이드가 아니……."

"네, 부인."

내 목소리는 지나치게 컸고, 고요한 밤에 울리는 요란한 종소리처럼 울려 퍼졌다.

"저는 재뉴어리 스칼러예요. 아마도 부인은 저의 친척일 거예요. 애들레이드 라슨이 돌아가신 저의 엄마고요."

노부인의 입에서 외마디 소리가 흘러나왔다. 힘겹게 숨을 내쉬는 소리였다. 마치 오랫동안 마음의 준비를 하며 대비했던 주먹이 기어이 날아왔다는 듯이. 그러더니 문지방에 털썩 주저앉아 바닥으로 쓰러졌다. 던져진 빨래 더미처럼 구겨진 채 미동도 없이.

∞

라슨 가 내부는 외부와 비슷해 볼품없고 제대로 관리가 되어 있지 않았으며, 사람이 산다는 증거가 거의 없었다. 포도 덩굴이 부식한 창틀 안쪽으로 슬금슬금 들어왔고, 설탕에 절인 음식들이 저물어가는 햇살 속에서 탁한 황금색으로 빛났다. 무언가가 서까래에 둥지를 틀었다가 마룻바닥에 하얀 방울을 후드득 떨어뜨리고 떠난 듯했다.

내 품에 안긴 노부인은 (고모할머니?) 새처럼 뼈가 가볍고 연약했다. 나는 집 안에서 천 조각이나 더러운 접시가 놓여 있지 않은 유일한 가구인 흔들의자에 그녀를 앉혔다. 흔들의자는 어찌나 오래되었는지 의자 밑 마룻바닥에 반질거리는 홈이 파여 있었다. 나는 노부인을 깨우기 위해 극적이고, 싸구려 소설에 나올 만한 방법을 쓸까 고민했다. 이를테면 얼굴에 찬물을 끼얹는다든가. 하지만 그만두기로 했다. 그 대신 부엌을 여기저기 뒤져보았다. 그러자 입주해 있던 쥐들이 찍찍거리며 잽싸게 달아나더니 이내 배드가 턱을 탁 다무는 불쾌한 소리와 우드득우드득 씹어 삼키는 소리가 들렸다. 나는 달걀 세 개와 곰팡이가 핀 양파 하나, 너무 말라붙고 쪼그라들어 로크 씨가 소장품을 넣어두는 유리 상자에 넣어도 손색없을 감자 네 개를 찾아냈다(절단된 귀들, 4세기, 식용 불가능). 머릿속에서 제인의 목소리와 매우 유사한 목소리가 나직이 들려왔다.

'네가 한 끼라도 직접 차려본 적 있니?'

요리가 힘들어 봤자 얼마나 힘들까.

그 답은 −흔들리는 촛불 속에서 녹슨 무쇠 프라이팬, 온도가 미지근하거나 태양처럼 뜨거워지거나 둘 중 하나인, 작동법이 까다로운 스토브로 요리해본 경험이 있는지에 따라 답을 알 수도 모를 수도 있지만− '정말 힘들다'였다. 나는 재료를 썰고, 이것저것 달그락거렸으며, 불길을 살리려고 스토브 문을 수백 번은 열었다가 닫았다. 프라이팬 뚜껑을 열었다가 덮기도 하며 실험을 해봤지만 아무 효과도 없었다. 스토브에서 두툼한 감자 조각 하나를 꺼내 보았는데 어떻게 된 영문인지 겉은 바싹 타고 안은 덜 익어 배드도 선뜻 먹으려고 하지 않았다.

이 모두가 내 주의를 돌리는 데 매우 효과적이었다.

'엄마는 틀림없이 바로 이 자리에 서 있었을 거야' 혹은 '엄마는 아직 살아 있을까? 아빠는 엄마를 찾았을까?' 혹은 '두 분에게 요리를 배웠더라면 정말 좋았을 텐데' 같은 생각을 할 겨를이 없었다. 심지어 푸른 문조차 생각할 수 없었다. 이렇게 문 가까이에 있으니 잿더미가 애통해하며 혼잣말을 속삭이는 소리가 들리는 듯했다.

"네가 이 집을 태우려는 건지, 저녁을 준비하는 건지 모르겠구나."

나는 들고 있던 부지깽이를 던지고, 저절로 닫히려는 스토브 문으로 손을 뻗었다가 화상을 입은 채 몸을 돌려 노부인을 마주 보앉다. 노부인은 여전히 흔들의자에 힘없이 앉아 있었으나 지금은 촛불이 반사된 눈을 가늘게 뜨고 숨쉬기가 힘든지 씨근거렸다.

나는 침을 삼켰다.

"저녁을 만드는 중이었어요, 부인."

"고모할머니라고 부르렴. 너에게는 내가 고모할머니니까."

"네, 고모할머니. 감자랑 달걀 요리를 드시겠어요? 감자 사이의 저 바삭한 갈색 조각이 달걀이에요. 소금을 쳐서 먹으면 좀 나을 거예요." 나는 음식을 긁어 두 개의 양철 접시에 담고, 조리대 위에 놓인 통에서 손으로 물을 떠서 마셨다. 물은 풀과 삼나무 맛이 났다.

우리는 정적 속에서 음식을 먹었다. 탄 음식이 치아 사이에서 바삭바삭 부서지는 소리만 났다. 나는 할 말이 생각나지 않았다. 혹은 할 말이 적어도 백 가지는 떠올랐으나 적당한 말을 고를 수가 없었다.

"나는 늘 그 아이가 돌아올 거라고 생각했다. 언젠가는 꼭." 배드가 접시를 핥아먹고 한참 지나고 나서야 고모할머니가 입을 뗐다. 창문 너머로 쪽빛이 점점 희미해지더니 검은 벨벳으로 변했다. "계속 기다렸어."

나는 고모할머니에게 조카의 운명에 대해 내가 말해줄 수 있는 다양한 사실들을 -난파되고 가족과 떨어져 생경한 세상에 발이 묶인 신세- 생각하다가 가장 친절하면서 단순하기 그지없는 사실을 말해주기로 했다.

"엄마는 제가 어릴 때 끔찍한 사고로 돌아가셨어요. 저는 사실 엄마에 대해 잘 몰라요." 고모할머니는 대답하지 않았고, 나는 덧붙였다. "하지만 이거 하나는 알아요. 엄마는 고향으로 돌아가고 싶어 여기로 오려고 했어요. 다만 성공하지 못했죠."

마치 주먹으로 가슴을 맞은 듯 다시 숨을 힘겹게 내쉬는 소리가 나더니 고모할머니가 신음했다. "아." 그러더니 느닷없이 울기 시작했다. 아주 큰 소리로. 나는 아무 말도 하지 않고 내 의자를 고모할머니 곁으로 끌고 가 들썩이는 그녀의 등에 손을 올렸다.

흐느낌이 잦아들고, 울음소리가 짧게 끊어지고, 콧물이 흐르는 호흡으로 변했을 때 내가 말했다.

"저 혹시 엄마에 대해 말해주실 수 있어요?"

고모할머니는 다시 조용해졌다. 침묵이 오래 지속되었고, 나는 혹시 고모할머니를 화나게 한 건 아닌지 걱정되었다. 하지만 그때 삐거덕거리는 소리와 함께 할머니가 자리에서 일어나더니 식료품 저장실에서 갈색 유리병을 꺼내 내게 기름진 액체를 따라주었다. 맛이나 냄새가 꼭 등유 같았다. 고모할머니는 병을 들고 다시 발을 질질 끌며 흔들의자로 걸어가 자리에 앉더니 이야기를 시작했다.

할머니가 들려준 이야기를 여기에 전부 다 적지는 않겠다. 두 가지 이유에서인데 첫째로 아마 여러분은 지루해서 미쳐버릴 가능성이 크기 때문이다. 고모할머니는 엄마의 첫걸음마 때부터 이야기를 시작해 엄마가 날 수 있다고 생각하고 헛간 난간에 올라가 뛰어내린 일, 고구마는 싫어하는 대신 신선한 벌집은 좋아하는 식성, 옆으로 재주를 넘은 다음 마당을 가로질러 달리는 엄마를 온 가족이 지켜보았던 6월의 어느 완벽한 저녁에 대해 말해주었다.

둘째로 모든 이야기가 뭐라고 설명할 수 없는 은밀한 방식으로 내게는 소중하고 고통스러웠기 때문이고, 나는 아직 그 이야기를 다른 이에게 내보일 준비가 되지 않았기 때문이다. 당분간은 내 안의 고요한 저류 속에 고모할머니가 들려준 이야기를 담아두고 싶다. 이야기의 모서리가 강물 속 자갈처럼 매끈하게 닳을 때까지.

어쩌면 언젠가는 여러분에게 이 이야기를 들려줄 수 있지 않을까?

"네 엄마는 뒤뜰과 거기 있는 낡아빠진 오두막을 아주 좋아했단다. 우리가 그 땅을 팔기 전까지는. 지금도 그 일이 후회되는구나."

"건초지를 판 일 말씀이세요?"

고모할머니는 고개를 끄덕이더니 생각에 잠겨 등유 같은 술을 한 모금 마셨다(내 잔에 담긴 술은 그대로 남아 있었다. 냄새만 맡아도 눈썹이 불에 그슬리는 듯했다).

"건초지를 판 덕분에 돈을 받아서 좋긴 했지. 거짓말은 하지 않으마. 하지만 도시에서 온 그 남자는 아무짝에도 쓸모가 없었어. 그 땅을 그대로 방치했지. 그저 헛간을 없애버리고 땅이 썩게 내버려두었어. 그 후로 에이드는 뒤뜰에 가지 않았다. 우린 늘 그 아이에게 뭔가 잘못한 것 같았지."

만약 고모할머니에게 그녀가 사실은 그 땅을 비밀스러운 협회 회원에게 팔았고, 사랑에 빠진 두 사람을 이어주는 통로를 닫아버렸고, 그런 이유로 두 사람은 끝없이 방황하는 삶을 살게 되었다고 말하면 어찌 될까? 내가 별 설득력 없이 말했다.

"적어도 귀찮은 이웃은 없었네요."

할머니는 코웃음을 쳤다.

"글쎄다. 그 남자는 땅을 그대로 방치해두었지만 대략 10년마다 한 번씩 찾아왔어. 투자한 땅을 확인하려고. 1902년이었는지 1901년이었는지 정확하지 않은데 아무튼 그가 뻔뻔하게 우리 집에 찾아와 현관문을 두드리더니 근처에서 수상한 사람을 본 적이 있는지 묻더구나. 누군가 자기 땅에서 뭔가를 한 흔적이 있다는 거야. 그래서 나는 한 번도 본 적이 없다고 하고서 이렇게 덧붙였지. 멋진 회중시계를 사고 머리를 염색할 정도로 금전적 여유가 있는 사람이라면 빌어먹을 울타리쯤은 세울 여유가 있지 않냐고. 그렇게 걱정되면 늙은 여자들을 괴롭히지 말고 울타리나 세우라고. 내가 염색 이야기를 꺼낸 건 그 남자가 우리가 계약한 이후 전혀 나이를 먹지 않았더라고."

고모할머니는 갈색 유리병에 든 술을 한 입 더 마시더니 혼자서 중얼거렸다. 부자, 젊은이, 오지랖 넓은 사람들, 북부인, 외국인에 대한 불평이었다.

나는 할머니의 말을 듣지 않았다. 방금 들은 이야기가 왠지 모르게 마음을 불편하게 만든 탓이었다. 그 이야기가 옷에 들러붙은 씨앗처럼 내 지친 머릿속 깊은 곳을 쿡쿡 찔렀다. 질문 하나가 만들어지더니 수면으로 떠올랐다.

"다들 지옥에나 떨어지라지." 고모할머니는 그렇게 결론을 내리고는 역겨운 갈색 병의 뚜껑을 다시 닫았다. "이제 그만 잘 시간이다, 얘야. 넌 위층에서 자렴. 나는 여기서 잘 테니." 잠시 정적이 흐르더니 할머니의 입가에 패인 냉소적인 주름이 부드러워졌다. "북쪽 창문 밑에 있는 침대에서 자거라. 에이드가 돌아오지 않으리라는 걸 깨달은 뒤로 우린 그 빌어먹을 침대를 없애버리려고 했지만 어찌된 영문인지 끝내 없앨 수가 없었어."

"감사합니다, 고모할머니."

내가 두 계단 올라갔을 때 할머니가 말했다.

"내일은 어쩌다가 흉터투성이 유색 인종 아이와 사나워 보이는 개가 우리 집에 오게 됐는지 이야기를 들려다오. 그리고 왜 그리 빌어먹게 오래 걸렸는지도."

"네, 할머니."

나는 엄마가 쓰던 침대에서 잠들었다. 배드가 내 옆구리에 몸을 바싹 붙였다. 코에서는 먼지 냄새가 감돌았고, 그 흐릿한 질문이 여전히 말없이 머릿속을 다 차지했다.

∞

그날 밤 푸른 문과 나를 향해 뻗는 손이 나오는 악몽을 꾸었다. 다만 이번에 나온 손은 하얗고 거미 같은 손이 아니라 손가락이 두툼하고 눈에 익은 손이었다. 로크 씨의 손. 그 손이 내 목을 조이려고 다가왔다.

잠에서 깨어보니 배드가 턱 밑에서 코를 킁킁거렸고, 덩굴에 먹혀버린 창문으로 녹색 햇살이 새들어왔다. 나는 배드의 귀를 쓰다듬으며 두근거리는 가슴이 알아서 고요해지기를 기다렸다. 방 안은 지저분한 박물관의 전시품이 진열된 듯했다. 화장대 위 철사 같은 백발 몇 가닥, 뻣뻣한 털의 브러시, 남부 연합군 군인의 은판 사진이 들어 있는 사진틀, 창틀에 일렬로 놓인 어린아이의 보물들(황철석 한 덩어리, 바늘이 부러진 나침반, 흐릿한 흰 화석이 박힌 바위, 곰팡이가 핀 새틴 리본).

다른 세상을 발견하기 전까지 엄마에게는 이 방이 세상 전부였다. 죽기 전에 떠났던 항해의 목적지가 바로 여기였다. 늙은 여자와 베이컨 냄새가 나는 이 초라한 주택, 바로 엄마의 집이었다.

내게는 배를 타고 돌아갈 집이 있을까? 나는 로크 하우스를 떠올렸다. 훔쳐 온 보물들이 가득한 그 짜증 나고 호화로운 객실이 아니라 내가 제일 아끼던, 충전재가 울룩불룩하게 뭉쳐 있던 안락의자, 호수를 가로질러 다가오는 폭풍우를 지켜볼 수 있는 작고 둥근 창문, 늘 밀랍과 오렌지 오일 냄새가 나는 계단통.

내게도 집이 있었지만 이제는 돌아갈 수 없었다.

'모전여전이네.'

고모할머니가 차린 아침 식사는 물을 끓여 검게 얼룩진 천으로 걸러낸, 지독히 쓴 커피가 전부였다. 청산가리를 마셔본 적 없었지만 뜨거운 액체가 위벽을 지지는 느낌은 비슷하리라.

"그럼 어디 들어보자."

고모할머니는 그렇게 말하고는 지친 얼굴로 어서 서두르라는 몸짓을 했다.

나는 엄마가 사라진 지 이십여 년이 지난 뒤 어떻게 흑인도 백인도 아닌 조카 손녀가 그녀의 현관에 나타나게 되었는지 이야기했다. 모든 사실을 있는 그대로 말하지는 않았다. 그랬다가는 나의 유일한 혈육이 내가 미쳤다고 생각할 테고, 나는 사람들에게 미치광이라는 오해를 받는 데 약간 거부반응이 생겼기 때문이다. 그래도 중요한 부분은 사실대로 말하려고 노력했다. 아빠는 외국인인데(고모할머니는 '쳇'이라고 중얼거렸다) 나인리를 돌아다니다가 아주 우연히 엄마를 만났다고 했다. 두 사람은 몇 년 동안 서로 찾아다닌 끝에 다시 만났고, 법적으로 부부가 되었으며("거참 다행이구나") 역사 교수인(못 믿겠다는 침묵) 아빠의 월급으로 살았다고. 두 사람은 켄터키주로 돌아오는 중이었는데 끔찍한 사고가 나서 엄마는 목숨을 잃었고(이번에도 고모할머니는 가슴을 무언가로 맞은 듯한 신음을 냈다), 아빠와 나는 부유한 후원자에게 입양 비슷한 것을 당하는 신세가 되었는데(역시나 믿을 수 없다는 침묵) 아빠는 지난 10년 반 동안 전 세계를 돌아다니며 연구했고, 재혼은 하지 않았다고(마지못해 잘했다고 인정하는 소리) 했다.

"저는 버몬트주의 로크 하우스에서 자랐어요. 여자아이들이 원하는 물건은 다 갖춰진 곳이었죠." 가족이나 자유만 제외하고요. 하지만 그게 뭐가 중요하겠어요? "저는 양아버지와 여행을 많이 다녔어요. 여기도 한 번 온 적이 있죠. 기억하실지 모르겠지만."

고모할머니는 실눈을 뜨고 나를 바라보더니 이제야 기억났다는 듯이 짧게 '아' 소리를 냈다.

"그땐 네가 애들레이드의 딸인 줄 몰랐다. 예전에는 사방에서 애들레이드를 보곤 했거든. 하지만 늘 금발을 땋아 내린 다른 소녀거나 낡은 코트를 입은 남자였어. 에이드는 내 코트를 입고 돌아다니곤 했거든. 세상에서 제일 흉한 코트였지. 어쨌든 그게 언제였니? 넌 왜 여기에 왔었지?"

"1901년이었어요. 제 양아버지와 함께……."

그 말을 하는 동안 1901이라는 숫자가 이상하게 울렸다.

어젯밤에 고모할머니가 그 수수께끼의 땅 주인이 다시 나타난 게 1901년이라고 하지 않았나? 같은 해에 우리 둘 다 나인리에 있었다는 게 좀 이상하지 않나?

어쩌면 우린 동시에 여기 있었을 수도 있다. 그랜드 리버프런트 호텔에서 동선이 교차했을 수도 있다.

땅 주인이 혹시 해골을 모으는 그 주지사였을까?

나는 아빠의 책에서 그 땅 주인이 어떻게 묘사되었는지 기억해내려고 애썼다. 잘 다듬은 콧수염, 고급 양복, 차가운 눈동자.

달 혹은 동전과 같은 빛깔의 눈동자.

내 생각들이 마치 허리까지 올라오는 시럽 속을 힘겹게 걸어가듯이 느려졌다. 밤새 나를 괴롭히며 따라다닌 형체 없는 괴물 같던 질문이 불현듯 또렷해졌다. 내가 필사적으로 피하고 싶었던 질문이었다.

"죄송하지만 고모할머니는 뒤뜰을 산 남자를 아시죠? 그 사람 이름이 뭐였나요?"

고모할머니는 나를 바라보며 눈을 깜빡거렸다.

"글쎄다, 난 그 남자의 이름을 몰라. 생각해보면 이상한 일이지. 이름도 모르는 남자에게 땅을 팔다니. 하지만 그 남자는 어딘가 기이한 구석이 있었어. 그리고 그 눈은……." 고모할머니는 몸을 살짝 떨었고, 나는 그녀의 살갗을 차갑게 눌렀을 빙하 같은 눈동자를 떠올렸다.

"하지만 계약서에 그 남자의 회사 이름이 적혀 있었다. W.C. 로크 주식회사였어."

∞

내가 어떤 반응을 보였는지 정확히 기억나지 않는다. 소리를 질렀을 수도 있고, 숨을 헉 들이쉬며 두 손으로 입을 가렸을 수도 있다. 의자에 앉은 채 뒤로 넘어져 깊고 차가운 물 속에 풍덩 빠져 아래로 계속 가라앉았을 수도 있다. 최후의 빛나는 방울들이 연달아 다시 수면으로 부글부글 올라가고…….

어쩌면 헛기침을 하고 고모할머니에게 제발 다시 한번 말해달라고 부탁했을 수도 있다.

일요일 예배가 끝난 뒤 열다섯 살의 엄마를 만났던 사람도, 엄마에게 유령 소년과 오두막 문에 관해 꼬치꼬치 캐물었던 사람도, 라슨 가의 뒤뜰을 구입해 엄마 아빠의 문을 닫아버린 사람도 다 로크 씨였다.

'정말로 그 사실을 몰랐어?'

머릿속에서 울리는 목소리는 날카롭고 어른스러웠다. 일리 있는 말이었다. 나는 로크 씨가 거짓말쟁이에 도둑이자 악당이라는 사실을 이미 알고 있었다. 그가 협회 회원이고, 문을 파괴하는 일에 매달렸다는 사실도 알고 있었다. 부자가 경주마를 사듯이 그가 냉정한 사리사욕으로 아빠를 고용했고, 17년간 아빠의 고통을 통해 이득을 봤다는 사실도 알고 있었다. 내게 보여준 사랑이 조건적이고 깨지기 쉬우며, 경매소에서 예술품을 팔 때처럼 쉽게 버릴 수 있다는 사실도 알고 있었다. 다만 그가 그렇게 잔인한 사람일 줄은 미처 몰랐다. 혹은 그런 깨달음을 허락하지 않았다. 그가 아빠의 세상으로 이어지는 문을 한 번도 아니고 두 번이나 고의로 닫아버릴 정도로 잔인한 사람이라는 사실을.

어쩌면 로크 씨는 그 푸른색 문이 특별하다는 사실을 몰랐을 수도 있다. 몇 년 뒤에 만나게 된 문신투성이 기묘한 사내와 그 문을 연결 짓지 못했을 수도 있다(지금 생각해보니 이 또한 절박하고 어리석은 희망이었다. 마치 로크 씨를 구원해 그를 다시 '이제는 소원해졌지만 어린 시절에 거의 아빠나 다름없었던 사람'으로 만들 단서를 어떻게든 발견할 수 있다는 듯이).

나는 냄새가 나고 얼룩진 베갯잇 속 물건을 식탁에 쏟았다.

"우리 집 식탁에서 무슨 짓이야!"라고 꽥꽥대는 고모할머니는 무시했다. 가죽으로 장정된 책, 아빠의 책, 나를 이 정신 나가고 종잡을 수 없는 길로 내보내 출발점으로 돌아가게 한 책.

나는 마지막 장, 로크 씨가 기적적으로 나타나 슬픔에 잠긴 아빠를 구해주는 장면을 펼쳤다. 거기에 적혀 있었다. 1881년에 이 세상에 처음 와서 애들레이드 리 라슨이라는 여자를 만났다고. 틀림없이 로크 씨는 그 이름과 연도를 알고 있었으리라. 덫에 걸린 듯한 공포심이 목구멍에 차올랐다. 이제는 변명할 말이 바닥난 어린아이처럼.

로크 씨는 알고 있었다.

1895년에 로크 씨가 아빠를 만났을 때 라슨 가와 그들이 소유했던 뒤뜰, 그 뜰에 있던 문에 대해 이미 모두 알고 있었다. 그 문을 닫은 사람이 바로 로크 씨였다. 하지만 그는 가엾고 어리석은 아빠에게 그 일에 대해 일절 말하지 않았다. 심지어 —나는 이 대목에서 실제로 숨을 헉 들이쉬었고, 고모할머니가 짜증을 내며 혀를 끌끌 차는 소리가 들렸다— 1901년에 문을 다시 발견했을 때조차도.

만약 로크 씨가 정말로 우리 부녀를 사랑했다면, 내가 푸른 문을 다시 열었을 때 한 시간 내에 아빠에게 전보를 보냈으리라.

'당장 귀국하게, 줄리언. 여행을 중단해. 자네가 찾는 문을 찾아냈네.'

아빠는 수면 위를 탐방탐방 스치며 나아가는 돌멩이처럼 대서양을 가로질렀으리라. 아빠는 로크 하우스 문을 왈칵 열어젖혔을 테고, 나는 아빠의 품에 달려가 안겼으리라. 아빠는 그런 내게 이렇게 속삭였으리라.

'재뉴어리, 우리 딸, 이제 우린 집으로 갈 거야.'

하지만 로크 씨는 그렇게 하지 않았다. 그 대신 푸른 문을 불질러 잿더미로 만들었고, 나를 방에 가뒀으며, 아빠를 10년 더 이 세상에 묶어두었다.

아, 아빠! 아빠는 자신을 부유한 남작이나 왕자의 넉넉한 후원을 받는 기사쯤으로 생각하셨죠? 하지만 사실은 굴레를 쓴 채 채찍을 맞으며 달리는 말이었어요.

나는 아빠의 책을 계속 들고 있었다. 엄지 두 개가 새하얗게 질릴 정도로 책장을 꾹 누르고 있었다. 질식할 듯한 열기가 ─끔찍한 최후의 배신, 부풀어 오르는 분노─ 목구멍을 가득 채웠고, 그 분노가 어찌나 강렬한지 은근히 두려울 정도였다. 하지만 지금은 화낼 시간이 없었다. 로크 씨에게 쓴 편지 내용이 이제 막 기억났기 때문이다.

'저는 집으로 돌아가요.' 나는 그렇게 썼다. 당시에는 그렇게 쓰면 내가 일베인이 없애버린 일본에 있는 문이나 협회가 닫아버린 콜로라도주에 있는 문으로 간 줄 알 거라고 생각했다. 로크 씨가 이 첫 번째 문에 대해서는 아무것도 모를 거라고 생각했다. 그저 아빠의 사연을 통해 오래전에 닫힌 문으로만 알고 있을 거라고 생각했다.

이런 젠장!

"저는 이만 가야겠어요. 지금 당장." 나는 이미 일어선 상태였고, 이미 문 쪽으로 비틀거리며 걸어가고 있었다. 배드가 나를 따라잡으려고 허둥거렸다.

"버려진 건초지가 어느 쪽이죠? 대답 안 하셔도 돼요. 제가 찾아갈게요. 강 쪽에 있죠?"

나는 그렇게 말하며 여름 햇볕을 받아 휘어진 탓에 잘 열리지 않는 서랍을 끙끙대며 잡아당겼고, 그 안에 든 고모할머니의 물건을 마음껏 뒤졌다. 서랍에 빛바랜 갱지 몇 장이 들어 있었다. 나는 갱지를 나머지 물건들과 함께 베갯잇에 넣었다. 일베인의 초록색 나침반, 칼로 변한 은화, 아빠의 책, 새뮤얼의 만년필. 이걸로 충분하리라.

"잠깐만, 얘야. 넌 옷을 덜 입었잖니?" 입을 건 다 갖춰 입었다. 그저 양말을 신지 않았고, 블라우스 단추를 어긋나게 채웠을 뿐이다. "게다가 대체 거긴 왜 가겠다는 거냐?"

나는 몸을 돌려 고모할머니를 마주 보았다. 흔들의자에 앉아 있는 고모할머니는 너무나 쪼그라들고 연약해 보였다. 마치 껍질이 뜯겨나가 서서히 화석화되는 무언가처럼. 나를 바라보는 고모할머니의 눈은 눈가가 붉게 물들고 불안한 눈빛이었다.

"죄송해요." 나는 늘 혼자 남겨지고, 늘 누군가 집에 돌아오기를 기다리는 게 어떤 심정인지 알고 있었다. "하지만 저는 가야 해요. 이미 늦었는지도 몰라요. 하지만 다시 돌아올게요. 맹세해요."

고모할머니 입가의 주름이 뒤틀리며 씁쓸하고 상처받은 미소가 되었다. 전에도 그런 약속을 들은 적 있고, 그런 약속은 믿지 않는 편이 좋다는 사실을 아는 미소였다. 그 심정이 어떨지 잘 알고 있었다.

나는 무심코 흔들의자로 달려가 고모할머니의 이마에 키스했다. 마치 오래된 책장에 키스하듯 이마는 메말랐고 곰팡내가 났다.

할머니는 반쯤 웃듯이 하 소리를 냈다.

"맙소사. 너는 딱 네 엄마 같구나." 그러고는 코를 훌쩍거렸다. "네가 돌아올 때까지 여기 있으마."

나는 베갯잇을 움켜쥐고, 매끈한 황동 창처럼 날아가는 배드와 함께 엄마의 집을 나섰다.

12 재의 문

그는 벌써 나를 기다리고 있었다. 당연히.

미궁으로 들어갔다가 거의 나왔다고 생각했는데 모퉁이를 돌았더니 짜잔! 다시 입구로 돌아왔을 때의 기분을 아는가? 시간을 거슬러 간 듯한 그 휘어지고 기이한 기분.

풀이 웃자란 들판과 그 들판 한가운데서 검은 양복을 입고 나를 기다리는 형체를 봤을 때 내가 딱 그런 기분이었다. 내가 어딘가에서 실수를 저질러 문을 발견했던 일곱 살의 어느 날로 빙 돌아간 기분.

다만 그때와 미묘하게 풍광이 바뀌었다. 내가 일곱 살이었을 때는 계절이 가을이라서 풀이 오렌지빛이었고 메말랐는데 지금은 수백 가지 채도와 농담의 초록색이었으며, 폭발하듯 피어난 노란색 양미역취가 점점이 박혀 있었다. 그때 나는 깔끔한 푸른색 드레스 차림에 작고 예쁜 수첩을 제외하고는 세상에 나 혼자뿐이었다. 하지만 지금은 맨발에 먼지투성이였고, 내 옆에서 배드가 사뿐사뿐 걷고 있었다.

그리고 그때는 로크 씨에게 다가가기보다 도망쳤다.

"잘 있었니, 재뉴어리. 신드바드. 너희들을 다시 보니 반갑구나." 로크 씨는 여행을 하느라 옷이 약간 구겨진 듯했으나 나머지는 아주 똑같았다. 단정한 옷차림, 창백한 눈동자, 자신감 넘치는 태도. 그런 그의 모습에 놀란 기억이 난다. 마치 그가 붉은 실크 안감을 댄 검은 망토를 입었거나 긴 콧수염을 돌리며 음산한 미소를 지을 거라고 예상했다는 듯이. 하지만 그는 그저 편안하고 익숙한 모습의 로크 씨였다.

"안녕하세요, 어르신." 내가 속삭였다. 정중하게 행동하겠다는, 정상적인 상태를 유지하며 예의를 지키겠다는 의지가 무시무시할 정도로 강력했다. 무례하게 굴어서는 안 된다는 이유만으로 어디까지 악을 용인해야 할까? 가끔은 그런 의문이 든다.

로크 씨는 미소를 지었다. 본인은 그 미소가 매력적이고 다정해 보인다고 믿는 게 틀림없었다.

"내가 널 놓쳐버리고, 너는 이미 아무도 모르는 세상에서 신나게 돌아다니는 게 아닐까 생각했다."

"아니에요, 어르신." 뾰족한 펜촉이 손바닥을 찔렀다.

"내가 운이 좋았구나. 맙소사, 애야. 팔이 왜 그 모양이냐?" 로크 씨가 실눈을 떴다. "푸줏간 칼로 네 아빠와 똑같은 문신이라도 새기려고 했니?"

이번에도 '아니요, 어르신'이라고 대답하려고 했으나 그 대답이 목에 걸려 나오지 않았다. 내 눈은 잡초가 우거진 땅, 한때 푸른 문이 있었으나 지금은 둥근 잿더미만 남아 있고 그마저도 거의 사라진 땅에 떨어졌다. 내 앞에 서 있는 남자는 그 문을 태우고, 아빠를 배신하고, 나를 정신 병원에 가둬버렸다. 나는 그에게 예의 바르게 굴어야 할 의무가 전혀 없었다. 나는 그에게 아무것도 빚지지 않았다.

나는 어깨를 활짝 펴고 고개를 들었다.

"난 당신을 믿었어요. 아빠도 그랬고요."

빗물에 지워지는 광대 그림처럼 그의 얼굴에서 유쾌한 기색이 슬며시 사라졌다. 그는 실눈을 뜨더니 감시하듯이 날 바라보았고, 내 말에 대답하지 않았다.

"난 당신이 우리 부녀를 돕는 줄 알았어요. 우리를 아끼는 줄 알았다고요."

이제 로크 씨가 나를 달래듯이 한 손을 들어 올렸다.

"그야 당연히……."

"하지만 결국 당신은 우리 부녀를 배신했어요. 아빠를 이용했고, 아빠에게 거짓말을 했고, 아빠를 다른 세상에 영원히 가둬놓았어요. 그다음에는 내게 거짓말을 했죠. 아빠가 죽었다고." 내 목청이 높이 올라갔고, 가슴에서 목소리가 끓어올랐다.

"말로는 나를 보호해준다면서……."

"재뉴어리, 난 네가 이 세상에 온 순간부터 널 보호해왔다." 로크 씨는 내 말을 자르더니 마치 내 어깨를 잡으려는 듯 두 손을 앞으로 뻗은 채 다가왔다. 나는 뒤로 물러섰고, 배드는 목덜미의 털을 세우고 이를 드러낸 채 자리에서 일어났다. 내가 평소 배드에게 로크 씨는 절대 물어서는 안 된다고 단단히 일러두지 않았다면 그를 물었으리라.

로크 씨는 뒤로 물러섰다.

"시어도어가 저 짐승을 호수에 처넣은 줄 알았는데. 물에 빠지고도 저 더러운 성질머리는 별로 고치지 못한 듯하구나."

배드와 나는 그를 노려보았다.

로크 씨는 한숨을 쉬었다.

"재뉴어리, 내 말을 들어봐라. 우리가 콜로라도주의 그 문을 막 닫으려고 할 때 너와 네 아빠가 그 문을 부수고 나왔다. 동료들은 너희 부녀의 머리통을 부수고, 그냥 산비탈에서 죽도록 버려두고 가자고 했어."

"아빠가 쓴 책을 보니 아주 제대로 하신 것 같더군요."

내가 냉담하게 말했다.

로크 씨는 하루살이를 쫓듯이 손을 흔들며 내 말을 일축했다.

"분명히 말하는데 오해다. 우리가 거기 갔던 이유는 네 엄마가 야단법석을 피워서 신문에까지 실렸기 때문이야. 다들 미친 여자와 산에서 만든다는 그 배를 비웃었지만 우리는 거기에 뭔가 더 있지 않을까 의심했단다. 역시나 우리 짐작대로였어. 안 그러냐?" 로크 씨는 헛기침을 했다. "내 부하가 네 아빠에게 조금, 뭐랄까, 지나치게 흥분한 면은 있지. 하지만 그 불쌍한 친구가 문을 부수고 있는데 빌어먹을 배 반쪽이 문으로 들어오는 거야. 어차피 너희 둘 다 살았잖니. 나는 다른 이들과 상의하는 동안 너희 둘을 잘 보살피게 했다."

"협회 회원들을 말하는 거죠?"

로크 씨는 정중하게 머리를 숙였다.

"다들 당신에게 둘 다 죽여버리라고 하든가요? 당신이 우릴 죽이지 않은 걸 고마워해야 하나요?" 나는 그에게 침을 뱉고 소리를 지르고 싶었다. 하찮고 무가치하고 길을 잃은 기분이 어떤지 그가 느낄 때까지. "협회에서 갓난아기를 죽이지 않았다고 메달이라도 주던가요? 아니면 그냥 멋진 증명서를 줬나요?"

나는 그가 소리 지를 줄 알았다. 어쩌면 은근히 그러기를 바랐는지도 모른다. 그가 호의와 선의라는 가식을 벗어던지고 신나서 자지러지게 웃기를 바랐다. 악당은 그래야 하니까. 그래야 주인공이 그들을 미워할 수 있기 때문이다.

하지만 로크 씨는 그저 한쪽 입꼬리를 비틀어 올린 채 날 바라볼 뿐이었다.

"나한테 몹시 화가 났구나. 이해한다." 나는 그 말이 진심으로 매우 의심스러웠다. "하지만 너희 부녀는 우리가 그토록 열심히 막으려고 애썼고, 막겠다고 맹세한 바로 그 자체였어. 온갖 문제와 혼란을 일으킬 가능성이 있는, 무분별하고 이질적인 요소였단 말이다. 반드시 싹을 잘라야만 했어."

"아빠는 슬픔에 잠긴 학자였고, 저는 엄마를 잃은 갓난아기였어요. 우리가 대체 무슨 문제를 일으킨다는 건가요?"

로크 씨는 다시 고개를 숙였고, 그의 미소가 약간 굳어졌다.

"그래서 나는 회원들과 언쟁했고, 결국 그들 모두를 설득했다. 난 내가 원하면 상당한 설득력을 발휘하니까." 작고 검은 웃음이 터졌다. "난 네 아빠의 쪽지와 기록, 또 다른 균열을 찾아 나서야만 하는 그의 특별하고도 개인적인 동기를 회원들에게 설명했지. 그 대신 내가 직접 너를 키우면서 유용하고 특별한 재능이 있는지 살피고, 그 능력을 우리 목적에 맞게 사용할 거라고 했어. 난 너를 구한 거야, 재뉴어리."

자라면서 저 말을 얼마나 자주 들었던가? 로크 씨가 가여운 우리 아빠를 발견하고, 후원하고, 우리에게 좋은 옷과 넓은 방을 주었다는 말을 얼마나 듣고 또 들었던가? 그런데 감히 내가 이토록 버릇없이 말한다고?

나는 로크 씨 앞에서 매번 죄책감과 고마움으로 시들어버리곤 했다. 주인이 목줄을 잡아당긴 애완견처럼.

하지만 이젠 자유였다. 이젠 로크 씨를 마음껏 미워할 수 있었고, 그에게서 언제든 달아날 수 있었으며, 나만의 이야기를 쓸 수 있었다. 나는 손안에서 만년필을 돌려 잡았다.

"재뉴어리, 점점 더워지는구나." 로크 씨는 과장된 동작으로 이마에 맺힌 구슬땀을 닦았다. "우리 함께 시내로 가면 어떻겠니? 좀 더 문명화된 장소에서 이야기를 더 나누자꾸나. 오해가 많이 쌓여서……."

"아뇨." 아무래도 로크 씨는 나를 이 속삭이는 초록색 들판과 문의 검은 잔해에서 끌고 나가려는 듯했다. 혹은 나를 다시 시내로 데려가 경찰을 부르거나 협회에 연락하려는 꼼수일 수도 있고.

"아뇨. 사실 우리가 해야 할 이야기는 모두 끝난 것 같은데요. 그러니까 그만 가세요."

내 목소리가 어찌나 무덤덤한지 기차에서 나오는 차장의 안내 방송이라고 해도 무방할 정도였으나 로크 씨는 방어하듯 두 손을 들어 올렸다.

"넌 내 말을 이해하지 못하는구나. 넌 개인적으로 불행을 겪었지. 나도 인정한다. 하지만 그렇게 이기적으로 살아서는 안 돼. 이 세상에 무엇이 이로울지 생각해야 해, 재뉴어리! 우리가 균열 혹은 일탈이라고 부르는 이 문이 무엇을 가져올지 생각해보렴. 무질서, 광기, 마법……. 그것들은 질서를 어지럽힌단다. 나는 질서가 없는 세상, 권력과 부를 향한 끊임없는 경쟁과 잔인한 변화만이 횡행하는 세상을 본 적이 있다."

이제 로크 씨는 내게 손을 뻗더니 으르렁거리는 배드를 무시한 채 내 어깨에 서툴게 손을 올려놓았다. 무색 얼음 조각 같은 그의 눈동자가 내 눈을 똑바로 바라보았다.

"나는 그런 세상에서 젊음을 낭비했어."

'뭐라고요?' 만년필을 쥐고 있던 손에서 힘이 빠졌다.

로크 씨는 다정한 말투로 천천히 말했다. "난 차갑고 잔인한 세상에서 태어났다. 하지만 도망쳐서 더 나은 세상을 발견했지. 더 온화하고 잠재력으로 가득한 세상. 난 그 세상을 더 나은 곳으로 만드는 데 일생을 바쳤다. 거의 2세기에 걸쳐서."

"2세기요?"

이제 로크 씨의 목소리에서는 시럽처럼 달고 산패한 듯한 연민이 느껴졌다.

"젊은 시절 나는 여행을 하다가 고대 중국 한복판에서 균열을 발견했고, 그곳을 통해 들어간 세상에서 아주 특별한 비취색 잔을 얻었지. 분명 너도 봤을 거다. 그 잔은 인간의 수명 주기를 늘려주는 특성이 있어. 아마 무한정 늘어날 거야. 두고 보면 알겠지." 나는 그가 전혀 늙지 않았다던 고모할머니의 말을 생각했다. 아빠의 희끗희끗한 머리카락, 입가의 주름과 비교해보았다.

로크 씨는 한숨을 쉬며 부드럽게 말했다.

"난 1764년에 처음 이 세상에 왔다. 스코틀랜드 북쪽 산의 균열을 통해서."

'잉글랜드인지 스코틀랜드인지 기억이 안 나.'

난 내가 미로의 출발점으로 되돌아갔다고 생각했다. 내가 어디 있는지 안다고 생각했다. 하지만 이제는 시야에 있던 모든 사물이 이상하게 비틀어졌고, 나는 내가 아직 미궁 한복판을 헤매고 있음을 깨달았다. 완전히 길을 잃은 채.

"당신이 설립자로군요." 내가 속삭였다.

로크 씨는 빙그레 웃었다.

나는 뒤로 비틀거리며 배드의 털을 움켜잡았다.

"하지만 어떻게? 아뇨, 그건 중요하지 않아요. 상관없어요. 저는 이만 가볼게요."

나는 더듬거리며 갱지를 찾았고, 떨리는 손가락으로 만년필을 꼭 쥐었다.

'달아나, 달아나.' 나는 이 세상이 지긋지긋했다. 잔인하고 괴물들이 들끓고 배신이 만연하다. 거기다 거지 같은 기차의 거지 같은 유색인 구간 하며…….

"그게 네 비밀이었니? 마법의 잉크 같은 걸로 글을 쓴 거야? 진작 의심했어야 했는데." 로크 씨의 목소리는 다정하고 차분했다. "그만해라, 애야." 나는 고개를 들어 그를 보았다. 갈라진 펜촉은 이미 갱지에 닿았다.

로크 씨의 눈동자는 두 개의 은빛 낚싯바늘처럼 나를 낚았다.

"그걸 내려놔라, 재뉴어리. 그리고 움직이지 마."

내 손에서 만년필과 갱지가 떨어졌다.

로크 씨는 그걸 줍더니 만년필을 코트 주머니에 넣었고, 갱지는 잘게 찢어 뒤로 던졌다. 갱지 파편이 풀 위로 황백색 나방처럼 흩날렸다.

"너는 이제부터 내 말을 들을 거다." 머릿속에서 박동이 팽창하고 느릿해졌다. 나는 빙하 속에 영원히 보존된 불운한 선사시대 소녀처럼 모든 것이 정지된 느낌이었다. "내 이야기를 다 듣고 나면 내가 일생을 바쳐서 하려던 일이 뭔지 이해하게 될 거다. 그리고 너도 날 도와줬으면 좋겠구나."

그래서 나는 로크 씨의 이야기를 들었다. 들을 수밖에 없었기 때문이다. 그의 눈이 내 살에 꽉 박힌 낚싯바늘 혹은 칼 혹은 갈고리였기 때문이다.

"네가 읽는 이야기들은 늘 이렇게 시작하지? 옛날 옛적에 아주 불운한 소년이 살았단다. 그 아이는 끔찍하고 잔인하고 비참한 세상에 태어났지. 죽고 죽이는 데 혈안이 된 나머지 이름조차 없는 세상이었어. 지구인들은 그곳을 이프린이라고 부른다는 걸 나중에 알게 됐지. 게일어로 지옥이라는 뜻이야. 우리 세상이 바로 그랬다. 지옥이 어둡고 뼛속까지 추운 곳이라면."

로크 씨의 억양이 이상하게 오락가락했고, 말투는 담담한 해설과 격렬한 분노를 오갔다. 마치 내가 자라면서 보아온 로크 씨, 그의 목소리와 버릇, 자세는 그저 파티장에서 쓰는 가면에 불과하고 그 뒤에는 훨씬 더 늙고 이상한 사람이 숨어 있는 듯했다.

"그 불운한 소년은 열네 살이 되기도 전에 네 개의 전투에서 싸웠어. 상상이 가니? 지저분한 모피를 입은 소년과 소녀들은 들짐승이나 다름없었고, 배고픈 하이에나처럼 군인들 사이를 뛰어다녔지. 물론 넌 상상할 수 없을 거다.

싸운 대가로 우리가 받은 보상은 그야말로 보잘것없었어. 눈으로 뒤덮인 좋은 사냥터 몇 평, 어딘가에 보물이 있다는 풍문, 자부심이 전부였다. 가끔은 왜 싸우는지조차 몰랐지. 여족장이 그러길 원했다는 것 말고는. 우리는 그녀를 무척이나 사랑했다. 또 무척이나 증오했지." 이 대목에서 내 표정이 변했는지 로크 씨가 웃음을 터뜨렸다. 지극히 정상적으로 들리는 웃음, 지금까지 내가 수백 번쯤 들었던 유쾌하고 우렁찬 웃음이었지만 나는 양팔의 솜털이 곤두섰다.

"그래, 둘 다야. 늘 둘 다지. 아마 너도 나에게 같은 감정일 거다. 나도 그 아이러니한 감정이 어떤 건지 안다. 하지만 난 우리 통치자들처럼 네게 잔인하진 않았어." 이제 그의 말투는 불안해졌다. 마치 우리 둘 중 하나 혹은 우리 둘 다 그를 믿지 않을까 두렵다는 듯이. "난 네 이익에 어긋나는 어떤 일도 시킨 적이 없어. 하지만 이프린에서는 어린아이들을 이용했지. 군인들이 총알을 사용하듯이. 정말 더럽게 추운 세상이어서 집단을 벗어나 배고픈 상태로는 살 수가 없었어. 하지만 생득권만 아니었다면 벗어나려는 시도는 했을지 모르지."

생득권(birthright)의 b가 로크 씨의 문장을 뚫고 나오며 뒤로 둥글납작한 그림자를 드리우는 소리가 들렸지만 나는 그게 무슨 말인지 이해하지 못했다.

"생득권 이야기부터 먼저 할 걸 그랬구나. 뒤죽박죽이 돼버렸어." 로크 씨는 인중에 맺힌 땀을 톡톡 닦았다. "이 쓰레기 같은 스토리텔링도 보기보다는 힘들구나, 응? 생득권. 열여섯 살이나 열일곱 살이 되면 이프린에서는 극소수의 아이들에게 뭐랄까, 특별한 능력이 발현된단다. 처음에는 그 아이들을 깡패나 매력적인 아이들로 착각하기 쉽지. 하지만 그들은 훨씬 더 희귀한 능력을 갖췄어. 바로 지배하는 힘이지. 사람들의 마음을 흔들고, 대장장이가 뜨거운 무쇠를 구부리듯이 타인의 의지를 꺾어버리는 힘. 그리고 당연히 특이한 눈을 가지고 태어난다. 그게 마지막 표식이란다."

로크 씨는 내게 몸을 내밀더니 내가 살펴볼 수 있도록 얼음처럼 창백한 눈을 크게 떴다. 그러고는 부드럽게 물었다. "이걸 무슨 색이라고 부르겠니? 영어에는 없지만 우리 세상에는 이런 색을 가리키는 단어가 있어. 하늘에서 내렸다가 다시 얼어서 회색빛으로 반투명해지는 아주 독특한 종류의 눈을 가리키는 말이지."

'아냐.' 난 생각했지만 그 말은 내 머릿속에서 약하고 아득하게 느껴졌다. 멀리서 누군가가 도와달라고 외치듯이. 부러진 풀 줄기가 맨발의 움푹 파인 부분을 찔렀다. 나는 줄기를 발바닥으로 누르며 살갗이 반원으로 벗겨지는 걸 느꼈다. 살갗이 벗겨진 피부가 공기에 닿으며 따끔거렸다.

로크 씨의 얼굴이 여전히 코앞에 있었다.

"당연히 너도 생득권에 대해 이미 알고 있을 거야. 넌 참으로 고집이 센 아이니까."

'대장장이가 뜨거운 무쇠를 구부리듯이.' 잠시 망치로 두들기고 또 두들기는, 대장간에서 탁한 오렌지색으로 빛나는 무쇠가 된 내 모습이 스쳤다.

로크 씨는 다시 허리를 폈다.

"생득권이란 지배하라는 초대장이지. 우린 의지의 투쟁을 통해 현재 여족장에게 도전하거나 몰래 도망쳐서 우리만의 비참한 무

리를 만들어야 해. 나는 될 수 있는 대로 빨리 여족장에게 도전했
어. 낙담해서 우는 그 늙은 년을 남겨두고 열여섯 살에 내 생득권
을 주장했지." 그의 목소리는 만족감으로 사나워졌다.

"하지만 그 세상에서는 아무것도 지속되지 않았어. 늘 새로운
집단, 새로운 리더, 새로운 전쟁이 있었어. 내 법칙에 도전하는
반체제 놈들. 그러던 어느 날 야간 공격이 있었고, 그 의지의 투
쟁에서 나는 졌다. 져서 도망치다가 내가 결국 뭘 발견했는지 넌
알겠지, 당연히."

내 입이 움직였지만 소리는 나오지 않았다. '문.'

로크 씨가 온화한 미소를 지었다.

"그래, 빙하가 갈라진 좁고 깊은 틈으로 들어갔더니 다른 세상
이 나오더구나. 아, 참으로 놀라운 세상이었어. 비옥하고 푸르고
따뜻하고 내 사소한 제안도 따라주는, 눈빛이 약한 사람들이 살
고 있었지. 모든 면에서 이프린과 달랐어. 불과 몇 시간 만에 나
는 그 균열로 돌아가 맨손으로 그곳을 허물어버렸다."

내가 눈을 크게 뜨며 숨을 헉 들이쉬자 로크 씨는 코웃음을 쳤다.

"왜냐고? 내가 그 문을 그대로 활짝 열어뒀어야 한다고 생각하
니? 그래서 이프린 놈들이 날 따라 이 세상에 몰래 들어오도록?
내 사랑스럽고 풍요로운 세상을 망치도록? 절대 안 되지."

로크 씨는 죄 많은 신도들을 구원하려고 노력하는 성직자처럼
목소리가 커졌고, 신념에 사로잡혀 있었다. 다만 저 설교 이면에
는 다른 무언가가 숨을 헐떡이고 있었는데 궁지에 몰린 개나 익

사하는 사람처럼 일종의 절박한 공포를 연상시켰다.

"그게 내가 하고 싶은 말이다, 재뉴어리. 넌 그걸 '문'이라고 부르더구나. 마치 그게 필요하고 일상적인 존재라도 된다는 듯이. 하지만 사실은 정반대야. 문은 온갖 위험한 요소들을 들어오게 하지."

'당신이나 나처럼?'

"나는 눈에 띄지 않고 살 수 있는 대도시를 찾아냈다. 생득권을 가진 사람에게 옷과 음식을 구하기란 쉬운 일이지. 좋은 집과 영어를 가르쳐줄 젊고 친절한 여자를 찾아내는 일도 그랬고." 의기양양한 미소. "그 여자가 산에 금을 잔뜩 쌓아두고 사는, 날개 달린 거대한 용이 나오는 이야기를 해주더구나. 영혼을 도둑맞고 싶지 않으면 절대 용의 눈을 보면 안 된다고." 애정 어린 미소. "솔직히 난 원래 멋진 보물들을 좋아했다. 로크 하우스야말로 용의 보물 창고 아니겠니?"

로크 씨는 불규칙한 원을 그리며 서성였고, 코트 주머니에서 반쯤 씹다 만 시가를 꺼냈다. 그러더니 정오의 푸른 하늘을 뒤로 한 채 크게 손짓하며 이 세상의 언어와 지리, 역사, 경제를 공부했던 처음 몇 년에 대해 말해주었다. 해외여행과 균열을 더 발견한 일, 그곳을 통해 새로운 세상에 들어가 약탈하는 동시에 통로를 파괴해버린 일, 이 새로운 세상은 여전히 가지각색의 쓰레기와 불평분자로(처음에는 미국인, 그다음에는 빌어먹을 프랑스인, 심지어 아이티인까지! 꼬리에 꼬리를 물고!) 고통받고 있지만 질서 있는 새로운 제국들의 보호 아래서 꾸준히 나아지고 있다는 결론을 내린 것까지.

나는 그의 이야기를 들었다. 태양이 뜨거운 노란색 심장 박동처럼 살갗 위에서 쿵쿵 울렸고, '움직이지 마라'라는 말이 머릿속에서 하피처럼 맴돌았다. 나는 다시 열두 살로 돌아가 그의 서재에서 강의를 들으며 유리 케이스에 들어 있는 엔필드 리볼버를 빤히 바라보는 기분이었다.

로크 씨는 1781년에 영국 동인도 회사에 취직했다. 그리고 물론 빠른 속도로 승진해 ―'꼭 내 생득권 때문만은 아니었다. 그런 표정으로 보지 마라.'― 꽤 많은 재산을 모으고 자기 사업을 시작한 다음 나이에 대한 의심을 피하려고 은퇴했다가 다시 취직하는 일을 몇 차례 되풀이했다. 덕분에 런던과 스톡홀름, 시카고에 집을 마련했고, 1790년대에는 버몬트주 시골에 땅까지 사게 되었다. 물론 이 집에서 저 집을 오가며 살았고, 대여섯 번은 집을 팔았다가 다시 사들였다.

오랫동안 그는 그 정도면 충분할 거라고 생각했다. 하지만 1857년에 식민지의 반항적인 몇몇 국민이 봉기해 영국군 요새 몇 군데를 불 질렀고, 거의 일 년 동안 시골 지역을 행진하며 승리를 쌓아오다가 다시 한번 잔인하게 토벌되었다.

"나는 그 현장에 있었다, 재뉴어리. 델리에 있었어. 반란에 가담했던 자들을 찾아내려고 인도 전역을 돌아다녔지. 장군이 놈들에게 대포를 쏘아댔던 탓에 살아남은 자들은 많지 않았어. 하지만 다들 같은 이야기를 했다. 메루트의 한 나이 든 벵골인 여자가 이상한 아치로 들어가더니 사라졌다가 열이틀 만에 돌아왔다고. 그녀는 신탁을 내리는 존재와 이야기를 나누고 왔는데 그녀와 동포들이 언젠가 외국의 통치로부터 해방될 거라는 말을 들었다는 거야. 그래서 그들은 우리에게 대항할 군대를 조직했지."

로크 씨는 그때의 분노가 기억났는지 두 손을 허공에 쳐들었다.

"균열! 그 망할 놈의 문이 바로 내 코앞에 숨어 있었던 거야." 그는 자신을 진정시키려는 듯이 억지로 숨을 내쉬며 양 엄지를 허리춤에 찔러넣었다. "당장 내가 해야 할 임무가 무엇인지, 균열을 막는 게 얼마나 중요한지 깨달았지. 그래서 내 대의에 동참할 사람들을 모으고 다녔다."

그렇게 협회가 결성되었다. 힘 있는 자들의 비밀 조직. 작은 벨벳 상자에 심장을 보관하는 볼고그라드의 노인, 스웨덴의 부유한 상속녀, 거대한 흑돼지로 변신하는 필리핀에 사는 친구, 몇 안 되는 왕자들과 여남은 명의 국회의원, 인간의 온기를 먹고 살며 피부가 종잇장처럼 하얀 루마니아 남자.

서성이던 로크 씨는 몸을 돌려 나를 마주 보았고, 자신의 눈으로 내 눈을 낚아챘다.

"우린 맡은 임무를 잘 수행했다. 반세기 동안 이 세상이 안전하고 번영을 누리도록 보이지 않는 곳에서 열심히 일했지. 우린 수십 개의 균열을 닫았어. 어쩌면 수백 개일지도 몰라. 그렇게 안전하고 밝은 미래를 건설했다. 하지만 재뉴어리," 그의 눈빛이 강렬해졌다. "그걸로는 부족했어. 여전히 불만스러운 속삭임, 안정을 위협하는 존재들, 위험한 변동이 있었어. 솔직히 우리는 고양이 손이라도 빌려야 할 처지다. 특히나 이젠 네 아빠도 없으니까."

그는 조그맣게 속삭였다. "우릴 도와다오, 얘야. 우리에게 동참하거라."

∞

정오가 훌쩍 지난 시간이라 발아래로 조심스럽게 슬금슬금 길어졌던 그림자는 높이 자란 풀잎들을 검게 물들이며 각각의 잎새를 따라 산산이 흩어졌다. 마치 땅이 혼자서 콧노래를 부르는 듯 발밑에서 강과 매미가 윙윙거리는 소리를 쏟아냈다.

로크 씨는 숨을 내쉬며 내 대답을 기다렸다.

나는 입천장에 말이 달라붙었다. '감사합니다' 혹은 '네, 물론이죠, 어르신' 혹은 '시간을 좀 주세요' 같은 말들. 하나같이 상대를 기분 좋게 하는 말들로 로크 씨가 날 사랑하고 믿고 자기 곁에 두고 싶어 한다는 사실에 아이처럼 감사하는 마음이 듬뿍 담겨 있다.

그건 과연 나의 말일까? 아니면 로크 씨의 흰 눈동자를 통해 내게 전달된 그의 말일까? 그런 생각을 하니 속이 울렁거리고 어지럽고 머리끝까지 화가 치밀었다.

"아뇨. 사양할게요."

나는 이를 꽉 물고 나직이 말했다.

로크 씨는 혀를 찼다.

"경솔하게 굴지 마라, 얘야. 닫아야 할 문을 열어놓고 다니는 네가 영원히 자유롭게 돌아다닐 수 있을 거라고 생각하니? 협회는 그런 생명체가 살아 있도록 허락하지 않을 거다."

"그 얘기라면 이미 일베인에게 충분히 들었어요. 헤이브마이어에게도요."

로크 씨는 분노로 씩씩거렸다.

"그래, 시어도어와 바살러뮤 일은 정말 미안하다. 둘 다 극단주의자에다 잔인한 해결책을 선호하지. 분명 시어도어를 그리워할 사람은 없을 거야. 솔직히 그 아프리카 여자랑 네 친구인 식료품점 아들이 걱정되기는 했다만 지금은 다 처리했다."

'처리했다.'

하지만 두 사람은 아르카디아에 안전하게 숨어 있어야 했다. 귀에서 부드럽게 흐느끼는 소리가 들렸다. 마치 멀리서 들리는 누군가의 통곡 소리 같았다. 나는 앞으로 발을 내디뎠다가 잿더미 속에 파묻힌 무언가에 발이 걸려 비틀거렸다.

"제인……. 새, 새뮤얼이……." 나는 두 사람의 이름을 간신히 말했다.

"둘 다 아무 이상 없다!" 그 말을 듣자 안도감으로 몸에서 힘이 쭉 빠져서 잿더미 위에 무릎을 꿇었고, 배드가 옆에서 나를 받쳐주었다.

"우리는 너를 뒤쫓아 메인주 해안가를 살금살금 따라가는 두 사람을 발견했지. 그 도둑년은 구경도 못 했다. 어찌나 빨리 달리던지. 하지만 장담하건대 결국에는 우리에게 잡힐 거야. 반면 남자애는 꽤 협조적이더구나."

정적이 울렸다. 매미가 맴맴 거리며 흥분했다.

"그 아이를 어떻게 했어요?" 나는 속삭였다.

"저런, 저런, 지난 10년 동안 책을 읽겠다고 방에만 틀어박혀 있더니 그새 그 애를 좋아하게 되었니?"

'만약 새뮤얼을 죽였다면 칼로 내 손바닥에 글을 쓸 거야. 맹세컨대 반드시.'

"진정해라, 재뉴어리. 나는 헤이브마이어보다 훨씬 덜, 흠, 원시적인 방법으로 신문하니까. 나는 그저 그 아이에게 너에 대해 몇 가지 질문을 했고, 네가 현명하지 못하게도 협회 일을 전부 다 말했다는 걸 깨달았지. 그래서 내가 그 아이에게 전부 다 잊어버리라고 말했더니 고맙게도 그렇게 하더구나. 그 친구는 아무 걱정 없이 서둘러 집으로 떠났다."

나를 위로하고 안심시키는 듯한 로크 씨의 미소를 보니 그는 자기가 무슨 짓을 했는지 전혀 모른다는 사실을 알 수 있었다. 그는 그게 얼마나 끔찍한 폭력인지 이해하지 못했다. 누군가의 머릿속에 들어가 점토를 주무르듯이 기억을 조작하는 일이 헤이브마이어가 한 짓보다 훨씬 더 악랄한 짓이라는 사실을 몰랐다.

로크 씨는 내게도 평생 그렇게 한 걸까? 내가 억지로 다른 누군가가 되도록 강요했을까? 고분고분하고 착하고 얌전한 아이,

건초지로 도망치지 않고, 식료품점 아들과 바닷가에서 놀지 않고, 아빠와 모험을 떠나게 해달라고 매주 애걸하지 않는 아이로 만들었을까?

'착한 아이가 되렴. 그리고 네 분수를 파악해.' 아, 얼마나 노력했던가? 로크 씨가 말했던 착한 여자아이라는 좁은 틀에 나를 맞추려고 얼마나 노력했던가? 번번이 실패를 거듭해 얼마나 애통해했던가?

잿더미와 웃자란 풀들 속에 무릎을 꿇고 앉아 눈물이 볼에서 흙탕물로 변해가던 그때 내가 로크 씨를 얼마나 증오했는지 그는 이해하지 못했다.

"그러니까 모든 게 다 잘 처리되고 있다. 협회에 가입하면 이 말도 안 되는 일들은 모두 잊어버리게 될 거야. 내 초대는 아직 유효하다. 내가 약속했듯이 말이야." 나는 아우성치고 울부짖는 분노 때문에 그의 말을 간신히 알아들었다. "넌 원래 그 일을 해야 할 운명이었다는 걸 모르겠니? 나는 널 내 옆에서 키우면서 세상을 보여주고, 내가 아는 모든 걸 가르쳤다. 원래……. 음……." 로크 씨는 살짝 겸연쩍은지 헛기침을 했다. "자식을 갖는 건 현명한 일이 아니라고 생각했어. 만약 내 자식이 생득권을 타고난다면 어떻게 되겠니? 그 아이가 내 규칙에 도전한다면? 하지만 너를 봐라. 알고 보니 내 수양딸은 내 적자 못지않게 고집이 세고 강력한 힘을 가졌어." 나를 바라보는 그의 눈이 자부심으로 빛났다. 마치 자신의 가장 좋은 말을 감탄하며 바라보는 주인처럼.

"솔직히 말해서 네 능력이 정확히 뭔지는 모르겠지만 함께 찾아보자꾸나. 우리와 함께하렴. 우리가 이 세상을 지키는 걸 도와다오."

로크 씨에게 무언가를 보호한다는 건 그걸 가두고 숨이 막히게 하며, 유리 상자에 든 잘린 팔처럼 보존해둔다는 뜻이었다. 그는 나를 평생 보호해왔고, 나는 그 때문에 죽을 뻔했다. 적어도 내 영혼은 그랬다.

로크 씨가 이 세상을 그런 식으로 망치도록 절대 내버려두지 않을 것이다.

하지만 로크 씨가 그저 바라보기만 봐도 내 의지가 꺾이는데 어떻게 그럴 수 있을까?

나는 잡초가 우거진 잿더미 속에 손을 묻었다. 소리가 나오지 않는 통곡이 목구멍에 걸렸다. 그 순간 흥미로운 물건 두 개를 발견했다. 첫째는 비를 맞아 꾸덕꾸덕해진 재와 진흙 표면 아래 숨은 숯덩어리였다. 둘째는 타다 만 채 썩어가는 내 수첩이었다. 10년 전 아빠가 오로지 나를 위해 푸른 궤짝에 넣어둔 수첩.

한때 최고로 부드러운 송아지 가죽이었던 표지는 이제 뻣뻣하고 금이 갔으며 가장자리가 검게 그을려 있었다. 내 이름의 첫 세 글자만 아직 남아 있었다(J의 동그랗게 말렸다가 펼쳐진 듯한 곡선을 보라. 감옥 창문 밖에 매달린 밧줄 같다). 수첩을 펼치자 종이가 바스러지더니 작은 조각으로 떨어져 나갔다. 안의 지저분한 종이에는 불에 타다가 만 자국이 있었다.

"그게 뭐냐? 대체 뭘…… 그거 내려놔라, 재뉴어리. 명령이다."

로크 씨의 발이 나를 향해 쿵쿵 다가왔다. 나는 숯을 들어 종이에 대고 물결처럼 꼬불꼬불한 선을 하나 그렸다.

'제발, 이 방법이 통하기를.'

"농담 아니다." 땀으로 축축한 손이 내 턱을 움켜잡더니 억지로 내 얼굴을 들어 올렸다. 나는 그 옅은 색의 매서운 눈을 바라보았다.

"그만해라, 재뉴어리."

마치 누군가 날 겨울 강물 속으로 밀어 넣는 듯했다. 나는 엄청난 무게에 쭈그러들고 짓눌렸으며 무언가가 내 옷과 사지를 잡아당겨 한 방향으로 끌고 갔다.

이럴 때는 이를 악물고 물살에 저항하기보다 그냥 몸을 맡기는 편이 훨씬 더 편하지 않을까?

나는 다시 '집'으로 돌아갈 수 있었다. 주인의 발치에 머무는 충직한 사냥개처럼 예전의 착한 아이 자리에 다시 웅크리고 들어갈 수 있었다.

뼈처럼 창백한 로크 씨의 눈을 들여다보는 동안 의문이 생겼다. 로크 씨는 나를 분수를 아는 착한 아이로 만드는 데 철저히 성공했을까? 그는 내 의지를 완벽하게 퇴색시켰을까? 그는 내 원래 모습을 박박 문질러 없애고 도자기 인형만 남겨두었을까? 아니면 그저 내게 옷만 입히고 맡은 역할을 수행하게 했을까?

갑자기 스털링 씨가 생각났다. 마치 그의 보드라운 벨벳 가면 뒤에 아무것도 숨어 있지 않은 듯했던 그 기이한 공허감. 그게 내 미래일까? 오래전 이 들판에서 문을 발견했던, 고집 세고 만용을 부리던 아이의 면모가 내게 조금이라도 남아 있을까?

나는 정신 병원에서 필사적으로 도망친 일, 한밤중에 버려진 등대로 헤엄쳐 갔던 일, 남쪽으로 위험한 길을 구불구불 내려갔던 일을 생각했다. 월다 양의 말에 복종하지 않았던 일이나 로크 씨의 서재에 펄프 매거진을 몰래 들고 가서 《로마 제국 쇠망사》가 아닌 그 잡지를 읽었던 일을 생각했다. 그러다 지금 내 모습, 헤이브마이어와 협회, 로크 씨에게 반항하며 여기 엄마의 고향 땅에 무릎 꿇고 앉아 있는 나를 생각했다. 그러자 어린 시절의 면모가 조금은 남아 있다는 생각이 들었다.

그렇다면 지금 나는 어떤 사람이 되고 싶은지 선택할 수 있을까?

강물이 순식간에 밀려와 내게 달려들며 나를 아래로, 아래로, 아래로 가라앉히려고 했지만 나는 엄청나게 묵직한 납 동상, 애완견과 함께 있는 소녀 동상이라도 된 듯 압도적인 강물에도 꿈쩍하지 않았다.

나는 내 턱을 잡은 로크 씨의 손을 뿌리치고 그의 눈에서 벗어났다. 종이 위에서 숯이 움직였다.

그녀의 글은…….

로크 씨는 뒤로 비틀거리더니 허리춤을 뒤지며 무언가를 찾았다. 나는 그를 무시했다.

그녀의 글은 재의…….

그러더니 금속과 가죽이 스치는 부드러운 슥 소리가 났고, 엇

박자로 딸칵거리는 소리가 났다. 나는 저 소리를 알고 있었다. 자피아 가의 오두막에서 헤이브마이어를 죽인 천둥소리가 나기 전에 들었던 소리였다. 아르카디아 들판에서 일베인에게 미친 듯 이 총을 쏠 때도 들었다.

"재뉴어리, 네가 뭘 하려는지 잘 모르겠지만 허락할 수 없다." 나는 어렴풋이 로크 씨가 저렇게 떨리는 목소리로 말하는 걸 들 어본 적이 없음을 깨달았지만 신경 쓸 겨를이 없었다. 그가 손에 든 물건에 정신이 팔렸기 때문이다.

리볼버였다. 제인이 훔쳐 온 낡고 사랑받는 엔필드 리볼버가 아니라 훨씬 매끈하게 보이는 새로운 총이었다. 나는 총구의 검 은 터널을 말없이 바라보았다.

"그거 내려놔라, 얘야." 로크 씨의 목소리가 어찌나 차분하고 권위적인지 회의를 주관하는 중이라고 해도 믿을 정도였다. 다 만 미묘한 떨림이 있었다. 그는 무언가를 두려워하고 있었다.

나일까? 아니면 문 그리고 문 반대편에 자신보다 더 강력한 무 언가가 도사리고 있다는, 늘 그의 마음 한구석을 차지하는 위협 일까?

아마 모든 권력자는 내심 겁쟁이일 것이다. 왜냐하면 권력이 영속할 수 없음을 그들도 알기 때문이다.

로크 씨는 미소 지었다. 혹은 애써 미소 지으려고 했지만 이를 드러낸 채 찡그린 표정이 되었다.

"너의 이 문들은 닫혀 있어야 한다, 유감이지만."

'아니, 그렇지 않아.'

세상은 결코 감옥이 되어서는 안 된다. 닫히고 숨 막히고 안전해서는 안 된다. 세상은 모든 창문을 활짝 열어둔 저택과 같아야 한다. 창문으로 바람이 불어오고, 여름비가 들이치고, 옷장은 마법의 통로가 되어야 하고, 다락에는 비밀 보물 상자가 있어야 한다.

로크 씨와 협회는 한 세기 동안 미친 듯이 저택 주위를 돌아다니며 창문이란 창문은 모조리 막고 문을 잠갔다.

닫힌 문이라면 넌더리가 난다.

그녀의 글은 재의 문을…….

돌이켜보니 나는 그때까지 한 번도 로크 씨를 정말로 무서워했던 적은 없었다. 어린아이 같은 내 마음은 수많은 기차와 증기선, 페리에서 내 옆자리에 앉았던 남자, 시가와 가죽과 돈 냄새가 풍기는 남자, 친부모가 곁에 없었을 때 늘 곁에 있어 줬던 남자가 정말로 날 해칠 리 없다고 믿었다.

그런 내 생각이 맞을 수도 있었다. 왜냐하면 로크 씨는 나를 쏘지 않았기 때문이다. 대신 검게 번득이는 총구가 오른쪽으로 돌아가더니 배드를 겨누었다. 배드의 털이 두둑한 솔기를 이루며 가슴과 맞닿은 부분을.

나는 움직였다. 우렁차게 울려 퍼지는 총성이 내 비명을 먹어 버렸다.

그러더니 로크 씨가 소리를 질렀고, 내게 욕을 했다. 나는 '안 돼. 제발 안 돼'라고 속삭이며 배드의 가슴을 쓰다듬었다. 배드는 낑낑거렸지만 가슴에는 상처도, 구멍도 없었고 살갗은 예전과 다름없이 매끈하고 완전했다.

그렇다면 대체 이 빨갛게 번진 얼룩은 어디서 생긴 거지?

아.

"넌 제발, 한 번이라도 좋으니까, 빌어먹을 분수를 파악할 순 없니?"

나는 쪼그리고 앉아 피가 작은 도랑들처럼 먼지로 더러워진 내 팔을 타고 내리는 모습을 바라보았다. 마치 이국 도시의 거리가 표시된 지도 같았다. 배드가 걱정스럽게 귀를 뒤로 바짝 잡아당긴 채 내 어깨의 검은 구멍을 살펴보는 동안 배드의 수염을 타고 핏방울이 흘러내렸다. 나는 왼손을 들어서 배드를 진정시키려 했지만 고장 난 꼭두각시 줄을 잡아당길 때처럼 팔이 움직이지 않았다.

아프지는 않았다. 혹은 아프기는 했으나 통증이 강하지 않았다. 통증은 마치 점잖은 손님처럼 그저 내 시야 가장자리에서 얌전히 기다렸다.

나는 손에 쥐고 있던 숯을 떨어뜨렸다. 내 문장은 손끝에서 만들어지는 작은 붉은색 웅덩이 옆에 미완성된 채로 남아 있었다.

저 문장을 완성해야만 한다. 한때 사랑했던 사람이 내게 저리도 끔찍한 짓을 저지를 수 있는 이 사악하고 적대적인 세상에 더 오래 머물고 싶지 않았기 때문이다.

나는 늘 도망치는 데 소질이 있다.

느긋하게 손가락을 뻗어 진흙과 피가 섞인 웅덩이에 담갔다가 땅에 직접 글을 썼다. 붉은 진흙 글씨가 여름 오후 햇살에 번들거렸다. 매미 소리에 손의 뼈가 울렸다.

그녀의 글은 재의 문을 만든다. 문이 열린다.

나는 사람들이 신이나 중력을 믿을 때처럼, 다시 말해 자신이 믿는다는 사실조차 알아차리지 못할 정도로 굳건하고 열렬하게 저 문장을 믿었다. 내가 글꾼이고, 내 의지가 현실의 모든 씨실과 날실을 바꿔놓을 수 있다고 믿었다. 두 세상이 공명하고, 두 행성의 하늘이 서로 속삭이는 드문 장소에 문이 존재한다고 믿었다. 아빠를 다시 만날 거라고 믿었다.

갑자기 강둑 쪽에서 동풍이 불어왔다. 축축하거나 메기 냄새가 나는 바람이어야 마땅했는데 그렇지 않았다. 대신 건조하고 서늘한 바람으로 시나몬 같은 진한 향신료와 삼나무 냄새가 풍겼다.

바람이 잿더미 위를 휘익 지나가더니 빙글빙글 돌았다. 가끔 허공에서 낙엽을 괴롭히는 그 신기한 회오리바람처럼. 빗물에 젖어 썩은 숯과 재, 흙도 위로 솟아올랐다. 그들은 로크 씨와 나 사이에 잠시 걸려 있었고, 푸른 여름 하늘을 배경으로 한 아치가 되었다. 로크 씨의 얼굴은 충격을 받은 표정이었고, 총이 흔들렸다.

그러더니 재가…… 뭐라고 해야 할까? 퍼졌다? 녹았다? 마치 흙이나 숯의 입자 하나하나가 물속에 떨어지는 잉크 방울인 듯했고, 섬세한 덩굴손들이 서로를 향해 나선형으로 나아가고 연결되고 섞이고 검어지면서 허공에 구부러진 선을 형성했다. 그러다가 마침내…….

내 앞에 아치형 통로가 나타났다. 조금만 건드려도 와르르 무너져 다시 잿더미로 돌아갈 것처럼 이상하게 약해 보였으나 그래도 분명 문이었다. 벌써 바다 냄새가 났다.

나는 내팽개쳐둔 베갯잇을 집어 들고 위태롭게 일어났다. 피곤한 탓에 시야가 흐릿했고, 무릎에는 흙과 풀이 붙어 있었다. 로크 씨가 다시 리볼버를 고쳐 잡았다.

"자, 자, 멈춰라. 아직 바로잡을 수 있어. 넌 나와 함께 돌아가는 거야. 집으로. 아직 모든 게 좋아질 수 있다."

거짓말이다. 나는 위험한 존재고, 로크 씨는 겁쟁이다. 겁쟁이는 절대 위험한 존재들에게 자신의 빈방을 내어주지 않는다. 가끔은 아예 그들이 살아 있는 것 자체를 용납하지 않는다.

나는 재의 문으로 다가갔고, 마지막으로 로크 씨의 눈을 보았다. 한 쌍의 달처럼 하얗고 황량한 눈동자. 불현듯 그에게 '나를 정말로 사랑하긴 했나요?'라고 묻고 싶은 아이 같은 욕구가 솟아났지만 총구가 다시 위로 올라오는 걸 보며 생각했다.

'아닌 것 같네요.'

나는 배드와 함께 재의 통로로 뛰어들었고, 가슴 속에서 심장이 쿵쿵거렸다. 두 번째 날카로운 총성이 귓가에 울리며 암흑 속으로 나를 따라왔다.

⅓ 열린 문들

그전까지 문지방을 네 번 건넜다. 그래서 메아리치는 암흑 속으로 추락하며 '어쩌면 다섯 번째는 그렇게 힘들지 않을지 몰라'라고 생각했다. 물론 그 생각은 틀렸다. 하늘을 자주 쳐다본다고 해서 하늘이 덜 푸르러지지 않듯이 원자도 공기도 없는 두 세계 사이의 공간도 덜 무서워지지 않는다.

어둠이 생물처럼 나를 삼켰다. 나는 몸이 앞으로 기울며 떨어졌지만 추락이라고 할 수는 없었다. 추락하려면 위아래가 있어야 하는데 문지방 세상에서는 아무것도 없는 암흑만이 끝없이 펼쳐지기 때문이다. 배드가 나를 스쳐 지나가는 게 느껴졌다. 배드의 발이 텅 빈 허공 속에서 헛되이 움직였다. 나는 한 팔로 배드를 끌어안았다. 배드가 내게 눈을 고정하자 문득 개들은 중간 지대에서 길을 잃는 법이 없을 것이라는 생각이 들었다. 늘 목적지를 정확히 알기 때문이다.

그래서 이번에는 나도 그렇게 했다. 갈비뼈를 찌르는 아빠의 책을 느끼며 아빠의 세상, 나의 고향에서 풍기는 삼나무와 소금 냄새를 따라 백석의 도시로 향했다.

암흑이 굶주린 듯 나를 잡아당기던 느낌이 아직도 기억나지만 마침내 내 안에 있던 밝고 빛나는 무언가가 펼쳐지며 가장자리까지 나를 꽉 채운 듯했다. 나는 나약했고 상처로 가득했으나 ─배신당하고 버림받고 어깨에는 작고 검은 구멍이 뚫렸으며 왼쪽 골반에서는 무언가 단단히 잘못되었다는 새로운 통증까지 느껴졌으나 생각하고 싶지 않았다─ 온전히 나 자신이었다. 그리고 두렵지 않았다.

누군가가 내 발목을 잡기 전까지는.

로크 씨가 날 따라올 줄은 몰랐다. 그 점을 이해해주길 바란다. 그가 나를 따라오게 하려는 의도는 손톱만큼도 없었다. 나는 그가 자신의 안전하고 작은 세상에 남아 내 문을 부숴 다시 재와 숯으로 돌아가게 할 거라고 생각했다. 후회의 한숨을 내쉬며 머릿속 장부에서 내 이름을 지우고('흑인도 백인도 아닌 소녀, 마력을 가진 것으로 의심됨, 가치는 알 수 없음') 자신의 쌍둥이 욕망인 부의 축적과 문의 폐쇄에 다시 집중할 거라고 생각했다.

어쩌면 결국 그는 날 사랑했는지도 모르겠다.

뒤돌아서 그의 얼굴을 봤을 때 얼핏 사랑을 본 것 같기도 했다. 혹은 적어도 소유욕이 강하고 조건적인 사랑, 소유하고 싶은 욕구이거나. 하지만 그 사랑은 그의 격렬한 분노에 즉시 흡수되었다. 대단한 권력가가 힘없는 사람 때문에 자신의 계획이 좌절됐을 때 느끼는 분노는 그 어디에도 비할 바가 없다.

로크 씨의 손가락이 내 발목을 파고들었다. 그의 다른 손은 여전히 빛나는 리볼버를 들고 있었고, 나는 그의 엄지가 움직이는 걸 보았다. 문지방의 세계에서는 소리가 없지만 그 불길하게 딸 칵거리는 소리가 다시 들리는 듯했다.

'안 돼 안 돼 안 돼.'

나는 몸의 움직임이 느려졌고, 암흑 속에서 허둥댔고, 두려움에 목표가 흐릿해졌다. 하지만 배드를 잊고 있었다. 내 최초의 친구이자 사랑하는 동반자, 이 세상에 절대 물지 말아야 할 사람 같은 건 없다고 생각하는 내 사나운 강아지.

배드는 자기가 가장 좋아하는 일을 하는 동물의 극심한 기쁨으로 노란 눈을 빛내며 몸을 뒤로 젖혔고, 로크 씨의 손목에 이빨을 밀어 넣었다.

로크 씨의 입이 소리 없는 비명으로 벌어졌고, 그의 손이 나를 놓아주었다. 그러더니 그가 붕 떠올라 광막하고 텅 빈 문지방 세상에서 홀로 추락했고, 그의 눈은 중국산 도자기 접시처럼 둥글고 새하얗게 변했다.

온갖 문을 다 닫고 다니면서 정작 로크 씨가 마지막으로 문을 통과한 적이 언제일지, 마지막으로 문지방의 세상을 본 지가 언제일지 궁금했다. 로크 씨는 분노와 자신이 가려는 방향, 손에 쥔 총을 잊은 듯했고, 이제 얼굴에는 정신 나간 공포뿐이었다.

그래도 여전히 나를 따라올 수 있었다.

하지만 로크 씨는 너무 두려웠다. 변화와 불확실성, 문지방 자

체가 두려웠다. 자신의 힘 밖에 있는 것들, 중간에 있는 것들이
두려웠다.

나는 어둠이 세심하게 로크 씨의 가장자리를 야금야금 먹어 치
우는 광경을 지켜보았다. 처음에는 그의 오른손과 리볼버가 사
라지더니 이윽고 팔 전체가 사라졌다. 로크 씨의 눈, 그에게 막
강한 부와 높은 지위를 가져다주고, 적은 지배하고 동지는 설득
하며, 심지어 고집 센 소녀까지도 일시적으로 개조했던, 강력하
고 옅은 눈동자는 어둠을 거스르는 어떤 일도 할 수 없었다.

나는 몸을 돌렸다. 쉬운 일은 아니었다. 로크 씨에게 손을 뻗
어 살리고 싶은 마음도 남아 있었다. 또 한편으로는 그가 서서히
사라지는 모습을, 모든 배신과 거짓말의 대가를 치르는 장면을
보고 싶기도 했다. 하지만 내 세상이 북극성처럼 확실하고 흔들
림 없이 날 기다리는 듯했고, 계속 뒤돌아본다면 나는 앞으로 나
아가지 못할 터였다.

맨발 밑으로 단단하고 따뜻한 돌이 닿았다.

그 순간 머릿속에서는 오로지 햇살과 바다 냄새뿐이었다.

∞

눈을 떴을 때는 해가 지고 있었다. 태양이 붉은 석탄처럼 서쪽
바닷속으로 가라앉고 있었다. 모든 사물의 가장자리가 부드러웠
고, 분홍빛이 감도는 황금색 광채에 잠겨 있었다. 그 광채를 보

니 어릴 때 아빠에게 받았던 퀼트 이불을 덮고 졸음이 쏟아졌던 순간이 기억났다.

'아, 아빠, 보고 싶어요.'

내가 큰 소리로 한숨을 쉰 게 틀림없다. 왜냐하면 옆에서 뭔가 작게 터지는 소리가 나더니 배드가 대포에서 발사된 듯이 벌떡 일어나 뛰어올랐기 때문이다. 배드는 다친 다리로 어색하게 땅에 착지해 낑낑거렸고, 꿈틀거리며 내 목에 얼굴을 묻는 걸로 만족했다.

나는 두 팔로 배드를 끌어안았다. 혹은 그러려고 했으나 오른쪽 팔만 내 열정에 따라주었다. 왼팔은 물고기처럼 펄떡거리기만 하다가 움직이지 않았다. 약간 실망하는 마음으로 반항하는 왼팔을 바라보던 그 순간에야 비로소 얌전하게 기다리고 있었던 통증이 헛기침을 하더니 앞으로 나와 자신을 소개했다.

'빌어먹을!'

나는 또렷이 생각했다. 그러더니 심장이 몇 번 더 뛰는 동안 찢어진 어깨 근육의 섬유 하나하나와 왼쪽 골반의 흔들리는 뼈가 느껴졌고, 나는 말을 바꿨다.

"젠장."

욕을 하니 실제로 약간 도움이 되었다. 열세 살 때 내가 주방에서 새로 일하게 된 남자아이에게 빌어먹을 손으로 나를 만지지 말라고 말한 적이 있었다. 그 모습을 본 로크 씨가 나에게 다시는 욕하지 말라고 했다.

내 삶을 지배했던 이 사소한 법칙들이 다 사라지려면 얼마나 걸릴까? 오로지 그 법칙들을 깨는 순간에만 그들의 존재를 알아차리게 되는 날이 올까?

그렇게 생각하니 다소 힘이 났다.

로크 씨가 어둠의 화신에게 잡아먹히는 장면이 더는 떠오르지 않고 냉정해질 때까지는 얼마나 걸릴지 궁금해졌다.

나는 자리에서 일어났다. 더 많은 욕을 내뱉으며 천천히, 고통스럽게. 그러고는 《일만 개의 문》을 겨드랑이에 끼워 넣었다. 발 아래로 도시가 펼쳐졌다. 내가 전에 이 도시를 어떻게 묘사했더라? 바닷물과 돌로 이뤄진 세상, 구불구불 늘어선, 백색 도료를 바른 건물들에는 석탄 연기와 먼지의 흔적이 전혀 없었다.

해안을 따라 돛과 배가 **빽빽**이 들어서 있었다. 모든 게 그대로였고 거의 변하지 않았다(지금 와서 생각해보니 의문이 든다. 문이 닫힌다는 것은 내가 사는 익숙한 세상만이 아니라 다른 세상들에도 영향을 미칠까?)

"갈까?"

내가 배드에게 웅얼거렸다. 배드가 앞장서서 바위투성이 산비탈을 내려갔다. 방금 통과한 석조 아치와 허름한 커튼, 햇볕에 말라붙어 땅 위에서 얇게 벗겨지고 갈라진 핏자국을 뒤로한 채 우리는 시티 오브 닌으로 향했다.

우리가 돌길에 발을 내디뎠을 때는 어스름이 완전히 내려앉은 뒤였다. 창문마다 꿀 빛 램프 불빛이 흘러나왔고, 저녁 식사 자리에서 나누는 대화가 제비처럼 내 머리 위 허공을 가르며 내려와 덮쳤다. 그들의 언어에는 귀에 익은, 오르락내리락하는 리듬이 있었는데 그 나른하게 굴러가는 억양이 아빠의 목소리를 연상시켰다. 지나가는 남자 몇 명은 아빠를 닮기도 했다. 붉은 기가 도는 검은 피부에 검은 눈, 손목부터 시작해 팔을 감고 올라가는 문신. 나는 아빠가 기본적으로 다른 사람과 달리 이질적이며 기이한 사람이라고 생각하며 자랐는데 이제는 그저 고향에서 아주 멀리 떨어져 살았던 사람에 불과하다는 사실을 알게 되었다.

사람들이 나를 빤히 바라보고, 쑥덕거리고, 서둘러 옆으로 지나가는 걸로 보아 나는 이 세상에서도 여전히 어울리지 않고 어딘가 다른 듯했다.

어디를 가든 평생 잘못된 피부색에 중간 개체로 살아야 하는 걸까?

그러다가 지금 내가 상당히 낡아빠진 복장을 했다는 사실을 깨달았다. 게다가 배드와 나는 둘 다 더럽고 발을 절며 피를 흘리고 있었다.

밤하늘에는 새로 뜬 별들이 신기한 별자리를 이루며 장난스럽게 윙크했다. 나는 대략 북쪽으로 구불구불 걸어갔다. 사실 내가 어디로 가는지도 알지 못했다.

'북쪽 높은 산비탈에 있는 석조 주택'은 주소라기에는 너무 애매했다. 하지만 그건 얼마든지 극복할 수 있는 사소한 장애물 같았다.

나는 흰 돌벽에 등을 기댄 채 일베인의 초록빛 구리 나침반을 꺼냈다. 나침반을 손에 꼭 쥔 채 아빠를 생각했다. 나침반 바늘이 서쪽으로 빙그르르 돌아가더니 차분한 잿빛 바다를 똑바로 가리켰다. 나는 다시 시도했다. 대신 이번에는 17년 전 엄마와 햇볕을 듬뿍 머금은 퀼트 담요에 누워 있었던 황금빛 저녁, 내게 집과 미래와 날 사랑하는 부모님이 있었던 때를 떠올렸다. 바늘이 유리 밑에서 덜덜 떨며 머뭇거리더니 정북에서 약간 어긋난 방향을 가리켰다.

나는 그쪽으로 갔다.

작은 구리 바늘이 가리키는 방향과 일치하는 듯한 흙길이 나오자 그 길을 따라 지푸라기 색 초승달을 향해 걸었다. 사람들이 많이 다닌 길이었으나 가팔랐다. 가끔 걸음을 멈춘 채 통증이 발을 쿵쿵 굴러대고 내 귀에 소리를 질러대도록 내버려두었다가 진정시킨 다음 다시 걸었다.

반짝이는 글자 같은 별들이 더 많이 뜨더니 어둠에 잠긴 나직한 집 한 채가 우리 앞에 나타났다. 그러자 가슴 속에서 심장이 ─인류 역사상 이렇게 지치고 쥐어짤 대로 쥐어짠 심장은 없으리라─ 다시 살아났다.

창문에 펄럭이는 불빛이 비쳤고, 두 형체가 빛을 받으며 서 있었다. 키가 크고 노화로 등이 굽은 남자는 백발이 듬성듬성 나 있었고, 머리에 스카프를 두른 노부인은 팔에서 어깨까지 문신으로 거무스름했다.

둘 다 아빠나 엄마가 아니었다. 당연했다. 기대가 얼마나 컸는 지는 그게 땅으로 곤두박질친 후에야 비로소 알게 된다.

논리적인 사람이었다면 이쯤 해서 몸을 돌려 도시로 돌아가 구 걸을 하든 손짓 발짓을 하든 따뜻한 식사와 잠자리, 의학적 도움 을 받았으리라. 틀림없이 나처럼 소리 없이 눈물을 줄줄 흘리며 앞으로 비틀비틀 나아가지 않았으리라. 낡고 소금기가 밴 나무 판에 손잡이 대신 무쇠 고리를 달아둔, 나의 문이 아닌 문 앞에 서서 다치지 않은 손을 들어 올려 노크하지 않았으리라.

또한 노부인이 문을 열어주며 무슨 일이냐는 듯이 주름진 얼굴 을 들어 올리고, 희뿌연 눈을 가늘게 떴을 때도 울음을 터뜨리며 대답하지 않았으리라.

"불쑥 찾아와서 죄송합니다, 부인. 혹시 예전에 이 집에 살았 던 남자를 아시나 해서요. 제가 아주 먼 길을 왔고 그분을 꼭, 꼭 만나고 싶거든요. 이름이 줄리언이에요. 그러니까 율 이언……."

노부인이 입을 꾹 다물자 상처의 봉합선처럼 가느다란 직선이 되었다. 그녀는 고개를 저었다.

"아뇨." 그러더니 화가 난 듯이 덧붙였다. "대체 누군데 우리 율에 대해 묻는 거죠? 우린 거의 20년이나 그 아이를 보지 못했 어요."

나는 달을 보며 통곡하거나 길 잃은 어린아이처럼 문 앞에 웅 크리고 앉아 울고 싶었다. 아빠는 집에 돌아오지 못했고, 엄마도 마찬가지였으며, 한번 깨진 물건은 결코 다시 되돌릴 수 없다.

노부인의 말은 잔인한 최종 평결이었다.

또한 다소 신기하게도 영어였다.

팔다리가 위험하고 어리석게 따끔거리기 시작했다. 어떻게 저 노부인이 내가 살았던 세상의 언어를 알고 있지? 누구에게 배웠나? 내가 완전히 미친 건가? 아니면 저 노부인의 광대뼈와 기울어진 어깨가 정말 나랑 똑같은 건가? 하지만 그때 밀려오던 질문들이 고요해졌다.

언덕 위의 작은 돌집에는 한 사람이 더 있었다. 옆에 있던 배드가 귀를 쫑긋 세웠다.

램프 불빛을 등진 노부인의 실루엣 뒤로 인기척이 났다. 어둠 속에서 무언가가 여름의 밀밭처럼 연한 금색으로 은은히 빛나더니 또 다른 여자가 문간에 나타났다.

시간과 친근함이 주는 차분한 이득을 누린 지금은 여러분께 그녀의 모습을 쉽게 묘사할 수 있다. 지치고 강인해 보이는 얼굴에 관자놀이가 희끗희끗해진 금발, 주근깨투성이에다가 햇볕에 너무 그을려서 이 세상 사람이라고 해도 믿을 정도로 거무스름한 피부, 작가들이 '시선을 사로잡는다'라고 표현하는 강하고 아름답지 않은 이목구비.

하지만 마치 누군가가 내 갈비뼈 뒤에서 손을 뻗어 심장을 움켜잡은 듯 가슴이 조이는 상태로 서 있던 그 순간에는 그녀를 단편적으로만 보았다. 손가락이 굵고, 빛나는 흰 흉터가 가득하고, 손톱 세 개가 통째로 사라진 손. 검은 문신으로 뒤덮인 근육질의 팔. 부드럽고 몽상가의 푸른빛을 띤 눈. 코, 각진 턱, 일자 눈썹. 모든 게 나와 똑같았다.

그녀는 나를 알아보지 못했다, 당연히. 거의 17년간 완전히 다른 행성에서 살았는데 알아봐주길 바라는 게 어리석은 일이었으나 그래도 나는 그러기를 바랐다.

"안녕하세요, 애들레이드."

'엄마'라고 불러야 했을까? 그 단어는 내 혀에 너무 무겁고 낯설었다. 어차피 내게는 아빠가 쓴 책에 나오는 등장인물로 더 익숙했다.

그녀의 눈썹이 상대의 이름은 모르지만 무례를 범하고 싶지 않은 사람의 불확실한 표정으로 일그러졌고, 입은 '뭐라고요?' 혹은 '저를 아세요?' 같은 말을 하려고 벌어졌다. 그런 말을 들으면 다시 총에 맞은 기분이 들 터였다. 시간이 흐를수록 더 심해지는 아픔이 가슴을 파고들 것이다. 하지만 그때 그녀의 눈이 휘둥그레졌다.

내가 영어로 말해서 그랬을 수도 있고, 내 옷이 이질적인 동시에 눈에 익었기 때문일 수도 있지만 어쨌든 그녀는 나를 보았다. 제대로 눈여겨보았다. 강렬하고 절박한 허기가 어린 표정으로. 그녀의 눈은 몇 달 전 내 눈과 똑같은 광란의 춤을 추었다. 마구 헝클어지고 땋아 내린 머리, 피딱지가 내려앉은 팔, 눈, 코, 턱…….

그러더니 깨달았다.

나는 놀라우면서도 끔찍한 깨달음이 그녀에게 도달하는 과정을 보았다. 내 기억 속에서 당시 그녀는 내 이름을 따온 신처럼 두 개의 완전히 다른 얼굴을 동시에 가지고 있었다. 한 얼굴은 태양처럼 환히 빛나며 시끌벅적한 즐거움으로 가득했다. 하지만 또 다른 얼굴은 깊은 애도, 통곡, 아주 오랫동안 무언가를 찾아다녔으나 너무 늦게 발견한 사람의 뼛속까지 사무치는 아픔이 서려 있었다.

그녀는 날 향해 손을 뻗었고, 나는 그녀의 입술이 움직이는 것을 보았다.

재-뉴-어리.

영화 마지막의 흔들리는 화면처럼 모든 게 흔들렸고, 나는 내가 얼마나 온몸이 부서지도록 노력했는지, 얼마나 아팠는지, 정확히 여기까지 오는 데 얼마나 오래 걸렸는지 기억났다. 나는 '안녕, 엄마'라고 생각하고는 고통 없는 어둠 속으로 떨어졌다.

확신할 수는 없지만 누군가가 떨어지는 날 붙잡았던 것 같다. 강인하고 바람에 거칠어진 팔이 다시는 날 놓지 않겠다는 듯이 날 감쌌던 것 같다. 볼에 누군가의 쿵쿵거리는 심장 박동이 느껴졌던 것 같다. 내 한가운데서 부서져 쨍그랑거리던 무언가가 다시 조각이 맞춰지며 수리되는 듯했다.

∞

지금 나는 펜을 쥔 채 노란 나무 책상 앞에 앉아 있다. 깨끗한 종이 한 무더기가 대기 중인데 어찌나 깨끗하고 완벽한지 거기 적는 모든 단어가 막 내린 눈에 찍히는 발자국이자 죄였다. 창틀에 놓인 낡고 아무런 표시도 없는 나침반은 여전히 고집스럽게 바다를 가리켰다. 머리 위에는 주석을 잘라 만든 별들이 대롱거렸는데 창문으로 비스듬히 들어오는 호박색 햇살을 받아 번쩍이며 빙글빙글 돌아갔다. 나는 팔의 진줏빛 흉터 위에서 춤추는 빛의 흔적과 깔끔하게 붕대를 맨 어깨, 허리 주위에 조심스럽게 쌓은 쿠션을 바라보았다. 여전히 아팠고, 척추 깊숙이 파고드는 열기는 절대 가라앉지 않았다. 의사 선생님 —베르트 본멘더*라고 불렀던 것 같다—은 앞으로도 늘 그럴 거라고 했다.

어찌 보면 공평한 일이다. 두 세상 사이의 문을 열고, 후견인이자 간수였던 사람을 문지방의 영원한 암흑 속으로 보내버렸는데 예전과 똑같은 상태로 산다는 건 안 될 일이었다.

게다가 배드와 나는 잘 어울리는 한 쌍이 될 터였다. 돌투성이 산비탈에 등을 문질러대는 배드가 보였다. 보는 이로 하여금 따라 해보고 싶은 마음이 들 정도로 개 특유의 희열에 가득 찬 모습이었다. 배드는 다시 매끈한 구릿빛이 되었고, 삐뚤빼뚤한 바늘땀과 혹도 사라졌지만 한쪽 다리는 아직도 완전히 펴지지 않는 듯했다.

배드 뒤로 바다가 보였다. 연회색 수면과 햇볕을 받아 황금색으로 빛나는 물마루. 애들레이드는 몇 년 전 산비탈 돌집에 이 방을 하나 더 만들었는데 이 창문이 바다를 마주 보는 건 우연이 아니리라. 이 창문으로 늘 지평선에서 눈을 떼지 않은 채 지켜보고

*Bonemender 뼈를 고치는 사람이라는 뜻

찾고 희망을 품기 위해서였다.

오늘은 내가 여기 온 지 열엿새째 되는 날이다. 아빠는 아직도 돌아오지 않았다. 나는 에이드에게 (아직은 '엄마'보다 에이드라고 부르는 게 더 편하다. 에이드는 날 나무라지 않았으나 가끔씩 내가 그렇게 부르면 움찔했다. 마치 내가 돌이라도 던졌다는 듯이) 아빠를 찾으려고 지도도 없이, 방향도 모른 채 배를 타고 푸른 바다로 나가지 말라고 아주 힘들게 설득했다. 아빠가 찾아낸 문이 리튼의 어디와 연결되어 있을지 우리는 모르며, 여기 오려고 아빠가 온갖 위기를 겪는 중일 수도 있고, 그녀가 닌을 떠나 바다로 나간 직후에 아빠가 배를 타고 닌으로 온다면 크게 후회하게 될 것임을 상기시켰다. 그래서 그녀는 닌에 남았으나 그녀의 몸은 바다로 기울어진 또 다른 나침반 바늘이 되었다.

"별반 다르지 않구나, 사실." 사흘째 되던 날 에이드가 말했다. 우리는 어둠침침한 그녀의 침실에 앉아 있었다. 동트기 전의 부드러운 시간이었다. 나는 열과 통증이 너무 심해서 잠들지 못한 채 베개에 몸을 기대어 앉아 있었다. 에이드는 침대에 등을 기댄 채 바닥에 앉아 있었고, 배드는 그녀의 무릎을 베고 누워 있었다. 내가 아는 한 에이드는 사흘 동안 이 방에서 나가지 않았다. 내가 눈을 뜰 때마다 그녀의 각진 어깨선과 백발이 섞인, 엉킨 머리카락이 보였다.

"전에는 늘 네 아빠를 찾아다녔지. 이젠 기다리는 중이다." 에이드가 지친 목소리로 말했다.

"그러니까 시도는 했군요." 나는 갈라진 입술을 핥았다. "우리를 찾으려고요." 나는 목소리에 악감정과 내가 받은 상처가 실리지 않게 하려고 노력했다.

'지금까지 어디 있었던 거예요?'라든가 '우린 엄마가 필요했다고요' 같은 원망. 그렇다, 나도 안다. 내 평생 엄마가 다른 세상에서 살았던 건 엄마 탓이 아니다. 하지만 심장은 체스판이 아니라서 규칙대로 움직이지 않는다. 그래도 엄마는 그런 내 심정을 다 알아들었다.

엄마의 단단한 어깨선이 움찔하더니 안으로 움츠러들었고, 엄마가 양 손바닥으로 눈을 꾹 눌렀다.

"얘야, 지난 17년 동안 너를 찾으려고 하지 않았던 날은 단 하루도 없었어."

나는 아무 말도 하지 않았다. 사실은 할 수가 없었다.

잠시 뒤 에이드가 말을 이었다. "그 빌어먹을 문이 닫혔을 때, 네 말대로라면 그 개자식이 그 문을 닫았을 때 나는 바위틈에 끼어서 옴짝달싹할 수 없었어. 그렇게 몇 날 며칠이 지났지. 솔직히 말하면 며칠이나 그렇게 있었는지 모르겠다. 먹을 음식도 없었고, 잔해 사이에서 둥둥 떠다니던 작은 물통 하나가 전부였지. 가슴이 아프더니 모유가 흘러나왔고, 나중에는 그것마저 말라버렸어. 난 네게 갈 수 없었고, 내 아기를 찾을 수 없었지." 에이드가 침을 삼키는 소리가 들렸다. "그러다가 잠시 후에 열사병이 걸렸고, 난 어쩌면 이 바위를 파 내려가면 네게 갈 수 있을지도 모

른다고 생각했어. 열심히 노력한다면 말이야. 아마 그래서 사람
들이 날 찾아낸 것 같아. 미친 사람처럼 울면서 단단한 바위를
마구 할퀴고 있었으니까."

에이드는 손을 오므려 손톱이 빠져버린 세 손가락을 가린 채
가슴으로 가져갔다. 내 가슴 속에서 깨졌다가 붙은 무언가가 욱
신거렸다.

"나를 발견한 사람들은 시티 오브 플럼의 어부들이었어. 우리
가 출항하는 걸 봤는데 돌아오지 않으니 걱정이 됐던 거야. 그들
은 나를 집에 데려가 음식을 먹이고, 내가 욕하고 소리를 지르는
것도 참아줬어. 밧줄로 나를 침대에 꽁꽁 묶어놓았지. 아무래도
내가 다시 바다에 뛰어들지 못하게 하려고 그랬을 거야. 그 시절
은 잘 기억이 안 나."

하지만 결국 그녀는 회복되었다. 적어도 계획을 세울 수 있을 정
도로. 그녀는 다시 시티 오브 닌으로 돌아가 시부모에게 사정을
말했다.

"난 바보처럼 사실을 전부 말씀드렸어. 하지만 그분들은 그저 당
신의 아들과 손녀가 바다에서 실종된 걸로 생각하고 슬퍼하셨지."

그런 다음 시부모에게 간청하고 일하고 훔쳐 돈을 모았다. 그 돈
으로 키호를 수리하고 집으로 갈 다른 길을 찾아 항해에 나섰다.

첫 몇 년간은 미친 듯이 돌아다녔으나 별 소득이 없었다. 슬픔
으로 백발이 돼버린 미친 과부가 잃어버린 가족을 찾아 끝없이
항해한다는 소문이 지금도 들린다. 그녀는 바다 동굴과 버려진

탄광, 인적인 끊긴 폐허 같은 외진 장소에 자주 나타나 아기를 찾아다녔다.

그 과정에서 수십 개의 문을 발견했다. 아리송하게 말하는 날 개 달린 고양이, 진주 비늘이 달린 용, 구름 속에 높이 떠 있는 초록색 도시들, 화강암과 설화석고로 만들어진 남녀도 보았다. 하지만 그녀가 바라는 유일한 문은 끝내 찾지 못했다. 그 문이 존재하기는 할지, 문 반대편에 남편과 딸이 있을지도 확실하지 않았다("난 너랑 아빠가 중간 지대에서 길을 잃었을지 모른다고, 어쩌면 나도 너희 부녀를 따라서 거기로 뛰어들어야 할지 모른다고 가끔씩 생각했어").

마침내 그녀는 리튼 전역을 항해할 돈을 벌기 위해 소소하게 무역업을 시작했다. 아주 적은 돈으로 혹은 아주 재미있는 이야기 한두 개를 들려주는 대가로 기꺼이 아주 멀리까지 가주는 선원, 귀항이 며칠 혹은 몇 주 늦어지기는 해도 종종 신기하면서도 기이한 물건들을 가져오는 선원이라는 명성을 얻었다. 하지만 정상적인 무역상과 달리 일정한 지역을 정기적으로 오가지 않았으므로 돈을 많이 벌지는 못했다. 그래도 배를 곯지는 않았다.

그녀는 계속 찾아다녔다. 딸이 열 살, 열두 살, 열다섯 살이 되어 이제는 만나도 알아보지 못하리라는 사실을 알면서도. 심지어 시부모에게 재혼하면 다시 아이를 낳을 수 있을 거라는 말을 들은 뒤에도. 펜을 쥐고 있던 율 이언의 정확한 손 모양, 책상 위로 몸을 구부리고 있던 모습이나 어깨를 흔들며 웃던 모습(내가 그렇게 웃는 아빠의 모습을 본 적이 있던가?)을 다 잊어버린 뒤에도.

"일 년에 서너 번, 일이 없을 때 여기로 돌아와 내 집에서 자면서 가만히 있는 법을 기억해냈지. 줄리언의 부모님도 찾아뵙고. 어머님이 문신 가게를 그만둔 후로 두 분은 여기로 이사 오셨어. 하지만 대개는 그냥 계속 항해했지."

그때쯤에는 해가 떠서 레몬 빛 햇살 한 줄기가 슬금슬금 마룻바닥을 가로질렀다. 나는 최근에 분해되었다가 깨끗이 닦은 뒤에 다시 맞춰진 기분이었으나 모든 게 전과 같지 않았다. 그 안에는 여전히 약간의 씁쓸함과 상당한 아픔이 떠다녔지만 깃털처럼 가볍고 반짝이는 무언가도 있었다. 아마 용서나 연민일 것이다.

나는 너무 오랫동안 말하지 않은 터라 사용하지 않은 경첩처럼 삐걱거리는 목소리가 나왔다.

"전 늘 그런 삶을 꿈꿨어요. 자유롭게 돌아다니는 삶."

엄마가 슬픈 코웃음을 쳤다.

"내가 늘 말했던 대로 타고난 방랑자네."

엄마는 배드의 머리를 쓰다듬더니 배드가 제일 좋아하는 자리인 턱 밑을 긁어주었다. 배드는 엄마의 무릎 위에 퍼져버린, 털로 뒤덮인 구릿빛 웅덩이가 된 채 힘없이 앞발로 허공을 할퀴었다.

"하지만 내 말을 믿으렴. 나 혼자만 누리는 자유는 아무짝에도 쓸모가 없어. 그 문을 통과하지 않았더라면 좋았을 거라고 생각하며 얼마나 많은 시간을 보냈는지 모른단다, 재뉴어리. 하지만 가장 추악하고 이기적인 순간은 뱃머리에 널 안고 서 있던 사람이 나였으면 좋았을 거라는 마음이 들 때였어. 적어도 줄리언에게는 네가 있었으니까."

그녀의 목소리는 너무 부드러워서 잘 들리지 않았고, 17년간의 지독한 아픔으로 목이 메이는 듯했다.

나는 아빠를 생각했다. 아빠를 거의 만나지 못하고 살았던 세월, 엄마처럼 속이 텅 비고 지친 아빠의 얼굴, 마치 너무 오래 바라보면 다칠 수도 있다는 듯이 내 얼굴을 스치듯 훑어보던 아빠의 눈.

"네, 아빠에게는 제가 있었어요. 하지만 저만으로는 충분하지 못했어요." 이상한 일이었다. 예전에는 그 사실이 나를 그토록 화나게 했는데 이제는 그 분노가 녹아내리는 밀랍처럼 물렁물렁하고 부드러워졌다.

엄마가 분노에 차서 거칠게 숨을 헉 들이쉬었다.

"당연히 너만으로 충분해야지. 줄리언은, 그이는⋯⋯." 나는 엄마가 뭘 묻고 싶은지 알고 있었다. '그이는 좋은 아빠였니?' 나는 그 질문에 대답하고 싶지 않았다. 불필요하게 잔인한 대답이 될 듯했다.

"엄마에게는 저만으로도 충분했을까요? 엄마는 아빠를 찾으러 다니지 않았을까요?" 대신 그렇게 물었다.

엄마는 숨이 턱 막혔으나 대답하지 않았다. 대답할 필요도 없었다. "여기요." 나는 쿠션과 이불을 더듬거려 《일만 개의 문》의 따뜻한 가죽 표지를 찾아냈다. "이 책을 읽어보세요. 아빠를 이해할 수 있도록요.”

'용서할 수 있도록요.'

엄마는 책을 받아들었다.

요즘도 엄마는 아빠가 쓴 책을 읽는다. 그 책에 인쇄된 단어들이 기적이나 마법의 주문이라도 된다는 듯 손끝으로 훑고 기도문을 읊듯이 중얼거리면서. 엄마에게 책이 도움이 된 듯하다. 정확히 말해 도움은 아닐 것이다. 지키지 못한 약속, 잃어버린 기회들이 등장하는 자기 삶의 내러티브를 다시 읽고, 아빠가 어떤 사람이었고, 어떤 선택을 했는지 읽는 건 지독히 고통스러웠으리라. 하지만 엄마는 그 책을 계속 읽는다. 아빠가 아직 살아 있고, 엄마를 사랑하며, 엄마에게 돌아갈 길을 찾아내려고 고군분투한다는 증거, 부서진 구조물도 다시 온전해질 수 있다는 증거이기 때문이리라.

그리하여 이제 우리 모녀는 함께 바다를 응시한다. 기다린다. 희망을 품는다. 둥근 지평선을 타고 오르는 배들을 지켜보고, 돛에 소용돌이무늬처럼 검게 수놓아진 축복의 글을 읽는다. 가끔은 엄마가 내게 그 글귀들을 번역해주기도 한다.

'만선 기원.', '상호 이익이 되는 거래 기원.', '안전한 여행과 강한 조류 기원.'

가끔은 조부모도 우리와 함께 앉아 지켜본다. 우리는 많은 이야기를 나누지는 않는다. 아마도 이렇게 함께 있다는 사실 그 자체가 경이로워 말할 엄두를 내지 못하기 때문이리라. 나는 그분들이 내 곁에 앉아 있는 느낌이 좋다. 할머니는 종종 내 존재가 믿기지 않는다는 듯이 내 손을 잡는다.

가끔 우리 모녀만 있을 때면 엄마와 나는 이야기를 나눈다. 나는 엄마에게 로크 하우스와 협회, 정신 병원에 대해 그리고 아빠와 제인에 대해 이야기했다. 네 얘기도 많이 했고. 리지 고모할머니가 라슨 농장에서 혼자 산다고 말해주었다("맙소사, 고모가 보고 싶네." 엄마는 그렇게 말하며 한숨을 쉬었다. 내가 아직 문이 열려 있으며 이번 주 언제라도 그 문을 통과할 수 있다고 말하자 엄마의 눈이 휘둥그레졌다. 하지만 엄마는 떠나지 않았다. 계속 지평선을 응시했다).

이제는 우리 모녀도 주로 말없이 서로 바라만 본다. 엄마는 찢어진 돛을 기우고, 아빠의 책을 다시 읽고, 얼굴의 눈물 자국을 말려주는 바람을 맞으며 산비탈에 서 있다.

나는 글을 쓰고, 기다리고, 널 생각한다.

그때 지평선에 날카로운 이가 달린 달 같은 돛 하나가 나타난다. 돛의 글귀는 바느질에 익숙지 않은 누군가가 서둘러 수놓은 듯 비뚤어지고 거칠다.

배가 더 커진 후에야 나는 깨닫는다. 돛에 적힌 글귀를 다른 사람이 번역해줄 필요가 없다는 사실을. 영어로 또렷이 적혀 있어 내가 직접 읽을 수 있다.

'집으로. 진정한 사랑으로. 애들레이드에게로.'

태양을 등진 채 뱃머리에 홀로 서 있는 선원의 실루엣이 보인다(정말로 보았을까? 아니면 상상일 뿐인가?). 선원은 도시 쪽으로, 산비탈의 돌집 쪽으로, 가슴의 욕망 쪽으로 몸을 내민다.

아, 아빠! 마침내 돌아오셨군요.

∞

지금 나는 키호의 밑바닥에 옹크리고 누운 채 이국적인 보름달의 은빛 혀에 의지해 이 글을 쓴다. 선체에서는 정향과 타닌과 주니퍼 베리 주의 냄새가 난다. 기묘한 지평선의 지는 해와 이름 없는 별자리, 빙글빙글 돌아가는 나침반 바늘, 세상 끝에서 잊힌 경계선의 냄새가 난다. 엄마의 배에서 아빠의 책과 똑같은 냄새가 나는 건 우연이 아닐 것이다.

그러고 보니 키호는 이제 엄마의 배라고 할 수 없겠다. 엄마는 이 배를 나와 배드에게 주었다.

"이 배도 마지막으로 멋진 항해를 할 자격이 있을 것 같구나." 엄마는 그렇게 말하고 한쪽 입꼬리를 들어 올리며 슬픈 미소를 지었다. 아빠가 한 팔로 엄마의 어깨를 꼭 끌어안자 슬펐던 미소는 물속으로 뛰어들었다가 태양을 향해 솟아오르는 갈매기처럼 희망차게 바뀌었다.

키호가 부모님에게서 멀어지는 동안 두 분 다 너무 젊어 보였다.

부모님은 당연히 내가 리튼에 남기를 바랐으나 그럴 수 없었다. 부모님 옆에 서 있으면 열린 용광로 옆에 서 있는 것과 다르지 않다는 이유도 있었다(부모님에게는 절대 비밀이다). 부모님들에게서 얼굴을 돌리면 내 볼은 햇볕에 심하게 그을린 듯이 쓰 렸고, 눈은 태양을 똑바로 바라본 듯이 따가웠다.

아빠가 배에서 내린 순간부터 그랬다. 배드와 나는 오후의 열 기에 땀으로 끈끈해진 채 느릿느릿 절뚝거리며 돌길을 걸어갔다. 하지만 엄마는 벌써 선창에 도착해 맨발로 널빤지 위를 달렸고, 머리카락은 깃발처럼 뒤로 나부꼈다. 엄마를 향해 비틀거리며 다 가오는 검은 형체는 눈에 익은 후줄근한 코트를 입고 있었다. 그 러더니 양팔을 들어 올렸고, 손은 대충 붕대를 감고 있었다. 두 사람은 물리 법칙에 따라 서로 이끌리듯 움직였다. 마치 충돌하 려고 돌진하는 두 개의 별처럼. 하지만 아빠가 비틀거리며 그 자 리에 멈춰 섰다.

아빠는 엄마에게서 몇 발짝 떨어져 있었다. 엄마에게 몸을 내 밀고 붕대를 감은 손을 엄마의 뺨으로 가져갔으나 직접 대지는 않았다.

나는 걸음을 멈추고 100미터쯤 떨어진 곳에서 두 사람을 지켜 보았다. 나직이 '어서 가세요, 가세요, 가세요'라고 중얼거리면서.

하지만 무슨 이유에서인지 아빠는 지난 17년간 자신을 계속 절 박한 심정으로 떠돌아다니게 하고, 일만 개의 세상으로 끌고 다 니며 마침내 내가 살았던 세상의 연도로는 1911년, 아빠가 속한 세상의 연도로는 6938년에 여기, 시티 오브 닌에서 진정으로 사 랑했던 여자의 여름 하늘빛 눈동자를 바라보게 해준 그 무언가를 거부했다. 마치 심장이 두 개로 쪼개져 서로 싸우는 듯했다.

아빠는 엄마의 얼굴 부근에서 손을 거두며 주먹을 쥐었고, 고개를 앞으로 숙인 채 뭐라고 말했다. 나는 그 말을 들을 수 없었지만 나중에 엄마가 말해주었다.

'난 그 애를 두고 왔어. 우리 딸을.'

엄마가 등을 똑바로 펴더니 고개를 한쪽으로 갸웃했다. 그러고는 이렇게 말했다.

'그래. 우리 딸을 두고 내게 다시 돌아와도 괜찮을 거라고 생각했다면 오산이야.'

아빠의 고개가 더 깊이 떨어졌고, 불에 탄 가여운 손은 절망에 빠져 몸 양옆으로 축 처졌다.

그러더니 엄마가 미소 지었고, 나는 내가 선 자리에서도 그 미소 속에서 활활 타오르는 자부심을 느낄 수 있었다.

'다행히 우리 딸은 그 문제를 자기가 직접 해결했어.'

물론 아빠는 그 말을 이해하지 못했다. 하지만 그 순간 절뚝거리는 배드가 아빠의 시야에 들어왔다. 배드를 본 아빠는 그 자리에서 얼어붙었다. 수학적으로 불가능한 일을 마주해 어떻게 2 더하기 2가 갑자기 5가 되는지 이해하려고 안간힘을 쓰는 사람 같았다. 그러다 고개를 들었고, 아빠의 얼굴은 터무니없는 희망으로 환하게 밝아졌다.

나를 본 것이다.

아빠는 선창에 털썩 주저앉아 울었다. 엄마가 그 옆에 무릎을 꿇고 여기 온 첫날 나를 안아주었던, 햇볕에 그을리고 강인한 그

팔로 아빠의 들썩이는 어깨를 감쌌다. 그런 다음 아빠의 이마에 엄마의 이마를 댔다.

파도 위로 소리 없는 천둥이 치고, 시티 오브 닌의 거리에 있던 모든 사람이 일을 멈춘 채 해안 쪽을 바라보며 가슴 속에서 고동 치는 심장을 느꼈다는 건 아마 내 머릿속 상상이겠지?

그럴 것이다.

하지만 지금 이 이야기의 화자는 나 아닌가?

나는 이야기꾼 소질이 있다. 마침내 아빠에게 내 이야기를 들려주었을 때 아빠가 나를 어찌나 뚫어지게 바라보았는지 분명 눈을 깜빡이는 걸 잊었으리라. 왜냐하면 눈물이 아빠의 코 양옆으로 줄줄 흘러내려 바닥으로 소리 없이 뚝뚝 떨어졌기 때문이다.

내 이야기가 끝나자 아빠는 아무 말도 하지 않고 그저 손을 뻗어 내 팔에 새긴 글씨를 손끝으로 훑었다. 엄마가 며칠 동안 진수성찬을 차렸는데도 아빠의 얼굴은 여전히 마르고 허기져 보일 만큼 죄책감에 시달렸다.

"그만 하세요." 내가 명령했다.

아빠는 눈을 깜빡거렸다.

"뭘?"

"보다시피 제가 이겼어요. 정신 병원에서 탈출했고, 헤이브마이어와 일베인에게서 도망쳤고, 로크 씨도 물리⋯⋯." 갑자기 아빠가 여러 가지 언어로 욕을 퍼붓더니 로크 씨가 지옥에서 영원히 고통받기를 바란다는 다소 격렬한 희망까지 말했다. "쉿, 그

게 중요한 게 아니에요. 중요한 건 제가 가끔 겁에 질렸고, 상처
받았고, 혼자였지만 결국 이겨냈다는 거죠. 전 이제 자유예요.
그리고 이게 자유를 얻은 대가라면 전 기꺼이 치를 거고요." 나
는 너무 거창하게 말한 듯해서 멈칫했다. "앞으로도 계속 그럴
거예요."

아빠가 속을 알 길 없는 표정으로 몇 초간 내 얼굴을 뚫어지게
바라보더니 내 뒤에 있던 엄마를 바라보았다. 두 사람 사이에서
텔레파시로 무언가가 오가는 듯했다. 이내 아빠가 부드럽게 말
했다.

"내가 너를 키우지 않았으니 자랑스러워할 자격은 없다만 그래
도 네가 자랑스럽구나."

내 가슴속에서 깨졌다가 다시 붙은 무언가가 흡족해하며 가르
릉거렸다. 그 후로 부모님은 나를 붙잡으려고 너무 노력하지 않
았다. 물론 나를 걱정하는 마음은 있었지만 (아빠와 할머니는 내
게 여기 남아서 진짜 글꾼이 되라고 애걸했다. 내가 글을 써서 불
가능하면서도 엄청난 일을 해냈으니 제대로 된 가르침을 받아야
한다는 이유에서였다. 나는 현실의 규칙을 정확히 모를 때 그걸
깨기가 훨씬 더 쉽고, 어차피 공부와 수업이라면 질렸다고 우겼
다) 그래도 날 가두지는 않았다. 그 대신 내가 하려는 일에 필요
한 것들을 전부 주었다. 비록 그 일이 위협적이고 두렵고 약간 미
친 짓이라고 하더라도.

할머니는 직접 구운 허니 케이크를 잔뜩 주었고, 내가 원한다

면 팔의 흉터를 가릴 수 있도록 그 위에 문신을 해주겠다고 했다. 나는 팔에 하얀색으로 볼록 올라온 글씨(*그녀의 글은 피와 은으로 된 문을 만든다. 오로지 그녀를 위해 문이 열린다*)를 쓰다듬으며 생각하다가 고개를 저었다. 그러고는 이 흉터를 가리지 말고, 그 주위로 문신을 더 새겨달라고 부탁했다. 그 덕분에 이제는 내 팔을 타고 구불구불 올라가는 글의 덩굴이 생겼다. 하얀 흉터가 된 글 사이로 요리조리 올라가는 검은 덩굴 같다.

'재뉴어리 워드워커, 애들레이드 리 라슨과 율 이언 스칼러의 딸로 시티 오브 닌에서 태어나 중간 지대로 향하다. 그녀가 방황하더라도 늘 집으로 돌아오기를, 그녀가 쓴 모든 글이 이뤄지기를, 그녀 앞에서 모든 문이 열리기를.'

엄마는 내게 키호를 주며 꼬박 3주 동안 항해술을 가르쳐주었다. 아빠는 더 숙련된 선원으로서 자기가 가르쳐야 한다고 짧게 반박했다. 엄마는 그저 입을 꾹 다물고 무덤덤하게 아빠를 바라보더니 "이젠 아니야, 줄리언"이라고 말했다. 아빠는 아무 말도 하지 않았고, 다시는 끼어들지 않았다.

아빠는 《아마리코 해 이야기》라는 책을 주었다. 내가 말할 수 없는 언어와 모르는 글씨로 적혀 있었지만 아빠는 언어란 상점에서 우유를 살 때처럼 그저 '고르는' 것이라고 생각하는 듯했다. 또한 원래는 엄마 옷이었지만 아빠가 오랫동안 입고 다녔던, 후줄근하고 여기저기 기운 코트도 내게 주었다. 머나먼 곳에서도 그 코트를 입으면 따뜻했고, 늘 집으로 안전하게 돌아오도록 해줬기 때문에 내게도 그렇게 해줄지 모른다고 생각한 모양이었다. 게다가 이제 아빠는 또 어딘가로 떠나는 일은 없을 거라고 했다.

"그리고 재뉴어리," 아빠의 목소리가 마치 멀리서 들리는 것처럼 희미하고 긴장되어 있었다. "미안하다. 네 곁에 있어 주지 못하고 끝내 널 두고 가버려서. 정말 돌아가려고 했다. 아빠는 널 사랑……." 아빠는 울먹이며 말을 멈췄고, 수치심에 눈을 감았다.

나는 '괜찮아요'라든지 '이젠 아빠를 용서했어요'라고 말하지 않았다. 정말 괜찮은지, 혹은 내가 아빠를 용서했는지 확실하지 않기 때문이다. 그래서 그냥 "알아요"라고 말했다.

그러고는 아빠의 품에 와락 안겼다. 내가 아주 어렸을 때 아빠가 외국 여행을 마치고 돌아오면 그랬듯이. 그러다 일곱 살이 된 후로 하지 않은 포옹이었다. 우리는 잠시 그렇게 있었다. 내 얼굴을 아빠의 가슴에 비비고, 아빠는 두 팔로 나를 꼭 껴안은 채.

나는 아빠에게서 몸을 떼고 눈물을 닦았다.

"어쨌든 언젠가는 돌아올 거예요. 이제는 아빠가 기다릴 차례죠."

나머지 가족은 (위아래가 도르르 말린 양피지 같은 저 가족 [family]의 f자를 보라. 햇볕 속에서 펼쳐지는 나뭇잎 같지 않은가?) 내게 음식과 단지에 담긴 신선한 물, 아마리코 해 해도, 믿음직하게 북쪽을 가리키는 나침반, 선원 복장부터 대충 바지와 셔츠라고 할 수 있는 새 옷 여러 벌을 주었다. 특히 옷은 실물을 본 적이 없는 재봉사가 만든 탓에 기묘하고 어중간했는데 두 세계가 완벽하게 조화를 이루어서 나에게 제법 잘 어울렸다.

어쨌든 나는 거친 중간 지대를 들락날락하며 여생을 보낼 작정이다. 세상과 세상을 연결해주는, 사람들의 눈에 띄지 않고 두께가 얇은 곳을 찾아낼 것이다. 협회가 남겨둔 닫힌 문의 흔적을 따라가 그 문들을 다시 열어버릴 것이다. 위험하고 아름다운 광기가 다시 세상들 사이에서 자유롭게 흐르도록 할 것이다. 아빠가 말한 대로 나 자신을 살아 있는 열쇠로 벼려서 문을 열 것이다.

(그게 내가 부모님과 닌에 머무를 수 없었던 두 번째 이유다, 당연히)

내가 제일 먼저 열어젖힐 문이 무엇일지 여러분도 틀림없이 짐작할 수 있으리라. 1893년에 엄마가 배로 통과했고, 1895년에 로크 씨가 파괴해버린 산꼭대기 문. 단란했던 우리 가족을 산산조각 내고, 각자 뿔뿔이 흩어져 무시무시한 어둠 속으로 추락하게 했던 그 문. 바로잡아야만 하는 오래된 오류이며, 거기까지 긴 여정이 될 테니 그 안에 이 빌어먹을 책을 끝낼 수 있으리라(이야기를 쓰는 게 이렇게 힘든 일일 줄 누가 알았으랴. 나는 사람들에게 손가락질받는 싸구려 소설과 로맨스 소설을 쓰는 작가들에게 전에 없던 존경심이 생겼다).

아마 여러분은 내가 애초에 왜 이 이야기를 썼는지 의아할 것이다. 왜 내가 여기, 달빛이 쏟아지는 종이 다발 앞에 웅크리고 앉아 개 한 마리와 너른 은빛 그림자 같은 바다만을 벗 삼아 마치 내 영혼이 이 일에 달렸다는 듯이 손에 쥐가 나도록 이 글을 쓰는

지 의아하게 생각할 것이다. 어쩌면 유전적 강박인지도 모른다.

단순한 두려움 때문일 수도 있다. 내가 고귀한 목표를 이루지 못하고 아무런 기록도 남길 수 없을지도 모른다는 두려움. 뭐니 뭐니 해도 협회는 지구의 틈으로 기어들어 온 매우 힘 있고 위험한 존재들로 이뤄진 집단이고, 다들 문이 닫혀 있기를 강력히 원했다. 그런 생명체를 끌어들이거나 그런 생각이 싹튼 곳이 우리 세상뿐일 거라는 짐작은 매우 어리석다. 가끔 나는 일천 개의 거울이 달린 끝없는 연회장에 나 홀로 있고, 그 거울을 통해 헤이브마이어 같은 괴물들이 내게 하얀 손을 뻗치는 악몽을 꾼다. 정말로 끔찍한 악몽일 때는 거울이 옅은 눈동자로 가득 차고, 그걸 본 순간 단단히 감아두었던 내 의지가 풀려나간다.

내가 하려는 일은 위험하다. 그래서 내가 실패했을 경우에 대비해 일종의 보험 약관으로 이 이야기를 써두었다. 만약 여러분이 우연히 이 책을 발견한 이방인이라면 −외국의 쓰레기 더미 속에서 썩어가거나, 먼지 쌓인 여행용 트렁크 안에 갇혀 있거나, 이 책을 잘못 이해한 소형 출판사에서 출판해 서점의 소설 코너에 꽂혀 있을지 모른다− 용기를 내어서 해야 할 일을 해주길 바란다. 이 세상의 틈새를 찾아내 더 넓게 벌려 다른 세상의 햇살이 그 사이로 빛날 수 있게 해주기를 바란다. 이 세상을 계속 통제할 수 없고, 엉망진창이고, 이상한 마법으로 가득하게 만들어주기를 바란다. 열린 문을 모조리 통과한 다음 돌아와서 이야기를 들려주기를 바란다. 하지만 내가 이 이야기를 쓴 진짜 이유는 당연히 따로 있다. 난 널 위해 이 이야기를 썼다. 네가 이 책을 읽고 잊어버리라는 주문이 걸린 일들을 기억해낼 수 있도록.

이젠 내가 기억나지? 내게 했던 제안도 기억나고?

음, 이제 넌 적어도 맑은 머리로 네 미래를 들여다보며 선택할 수 있어. 이성적인 남자들이 그러듯이 집에 남아 안전하고 정상적인 삶을 살 수도 있지. 맹세컨대 네가 그런 선택을 내린다고 해도 이해해.

아니면 나와 함께 은은하게 빛나는 미친 수평선으로 달아날 수도 있어. 일만 개의 세상이 붉게 익어 따먹을 수 있는, 이 영원한 초록색 과수원을 누비며 춤을 추고, 나와 함께 나무 사이를 거닐며 나무들을 돌보고, 잡초를 뽑고, 바람이 통하도록 살피며 사는 거야.

모든 문을 열면서.

에필로그

안개 속의 문

창문마다 서리가 슬금슬금 들쭉날쭉한 선을 그리며 꽃을 피우고, 호수에서 가느다란 김이 피어오르는 10월 말이다. 버몬트주의 겨울은 참을성이 없다.

새벽인데도 한 젊은이가 '워싱턴 밀스 최강 밀가루'라고 적힌 포대들을 트럭에 싣고 있다. 트럭은 윤기가 흐르는 검은색으로 측면에 소용돌이치듯 뱅글뱅글 돌아가는 황금색 글씨가 적혀 있다. 젊은이는 가무잡잡한 피부에 침통한 눈을 하고 있다. 목덜미에 닿는 차가운 진줏빛 안개에 그는 모자를 이마 아래로 푹 끌어내린다.

젊은이는 힘든 노동에 익숙한 사람처럼 편안한 리듬으로 일하지만 입 주위에는 불행한 주름이 희미하게 모여 있다. 그 주름은 생긴 지 얼마 안 된 듯했고, 어떻게 움직여야 할지 모른다. 그는 주름 때문에 나이 들어 보였다.

가족들은 그 주름이 지난여름 그가 아팠다가 더디게 회복되는 과정에서 생겼다고 생각한다. 지난여름 젊은이는 한동안 아주 이상하게 행동했고, 로크 하우스에 살던 아프리카 여자와 다급히 대화를 나누더니 7월 말의 어느 밤에 느닷없이 사라져버렸다. 그러다 2주 후 비틀거리며 집으로 돌아왔다. 방향 감각을 잃고 인사불성인 상태로. 지난 2주 동안 무슨 이유로 사라졌는지 혹은 어디에 갔는지 전혀 기억하지 못했다. 의사는(사실은 말을 돌보는 수의사여서 독한 강장제를 반값에 처방해주었다) 고열에 시달리느라 뇌가 손상되었을 수 있다며 설사약을 추천했고 시간이 약이라고 했다.

시간이 도움이 되기는 했다. 7월에 느꼈던 어지러울 정도의 혼란은 사라지고 이제는 희미하고 불확실한 기억만 남았다. 눈빛이 약간 흐릿해졌고, 마치 무언가 혹은 누군가가 나타날지 모른다는 듯이 틈만 나면 지평선을 바라보았다. 그토록 좋아했던 펄프 매거진도 그의 주의를 오래 붙잡지는 못한다. 가족들은 저런 증상이 결국에는 사라지리라 생각했고, 새뮤얼 본인도 가슴이 아린 증상이 없어지길 바랐다. 그에게 매우 소중한 무언가를 잃어버렸는데 그게 뭔지 기억나지 않는 것 같은 이 끈질긴 느낌도.

3주 전에 있었던 일도 그의 증상을 악화시켰다. 셸번 여관으로 물건을 배달하는 그에게 한 여자가 다가왔다. 누가 봐도 외국인이었고, 기름처럼 새까만 피부였으나 그렇게 이상한 사람치고는 너무 익숙한 느낌이 들었다. 그녀는 많은 이야기를 했는데 그로 서는 도무지 납득이 되지 않았다. 아니다, 그보다는 처음에는 납득이 되었으나 이내 알아들을 수 없었다. 마치 단어들이 그의 마음속에서 늘어지고 흩어진듯이. 게다가 머릿속에서 '다 잊어버려라, 얘야'라고 말하는 목소리가 들리는 듯했다. 결국 여자는 그에게 짜증을 냈다.

그녀는 붉은 잉크로 주소를 휘갈겨 쓴 종이를 그의 손에 쥐여주며 속삭였다.

"만약을 대비해서 가지고 있어."

"만약이라뇨, 부인?" 그가 물었다.

"혹시 기억날 경우에 대비해 가지고 있으라고." 여자는 한숨을 쉬었고, 한숨 소리를 들은 새뮤얼은 이 여자도 가슴에 구멍이 뚫린 건가 궁금했다. "또 그 아이를 다시 만날 경우에 대비해서도."

그녀는 그렇게 말하고 사라졌다.

그 후로 그의 가슴은 겨울에 열어둔 창문처럼 시리다.

오늘 아침처럼 까마귀 울음소리가 차갑게 부서지고 홀로 있을 때면 더욱 그렇다. 별안간 아무 이유 없이 어릴 때 타고 다녔던 회색 조랑말이 떠오른다. 그 말을 타고 달가닥거리며 로크 하우스 진입로를 따라갔고, 누군가를 보고 싶은 마음에 3층 창문을 올려다본 일. 그게 누구였는지는 기억나지 않는다. 새뮤얼은 배달 가는 길과 밀가루, 구멍이 뚫린 포대를 어떻게 쌓아야 밀가루가 새지 않을지만 생각하려고 노력한다.

그때 인기척이 느껴져 그는 깜짝 놀란다. 자갈이 깔린 골목길 끝의 안개 속에서 두 형체가 다소 갑작스럽게 나타난다. 턱이 큰 구릿빛 개와 젊은 여자다. 여자는 키가 크고 갈색 피부에 머리카락을 땋아 머리에 감았는데 한 번도 본 적 없는 머리 모양이다. 옷은 사교계에 첫선을 보이는 여자와 방랑자를 섞어놓은 차림새였다. 진주 단추들로 잠근 푸른색 고급 스커트에 골반 아래로 늘어지게 걸친 가죽 벨트, 그녀보다 몇 세기는 더 오래 살아온 듯한 후줄근한 코트를 입고 있다. 그녀는 다리를 살짝 절뚝거린다. 개도 그렇고.

개는 그를 보며 즐겁게 짖어댔고, 새뮤얼은 자신이 여자를 빤히 바라보고 있음을 알아차리고 다시 밀가루 포대로 단호히 시선을 돌린다. 하지만 그 여자에게는 뭔가가 있다. 후광이랄까? 닫힌 문 주위로 빛나는 빛처럼 말이다.

새뮤얼은 그 여자가 샴페인 색 드레스를 입고, 진주 목걸이를 두른 채 북적거리고 정신없이 성대한 연회장에 있는 모습을 상상해본다. 그 상상 속에서 그녀는 매우 불행해 보인다. 우리에 갇힌 동물 같다. 하지만 지금은 행복해 보인다. 사실은 빛이 날 정도로. 그녀의 미소는 모닥불처럼 환하고 약간 불안해 보인다. 시간이 조금 흐른 뒤에야 새뮤얼은 그녀가 걸음을 멈춘 채 제자리에 서 있고, 자신을 보며 미소 짓고 있음을 깨닫는다.

"안녕, 새뮤얼." 그녀의 목소리는 닫힌 문을 두드리는 노크 같다.

"안녕하세요." 그는 자신의 대답이 잘못되었음을 단번에 알았다. 모닥불 같던 그녀의 미소가 약간 잦아들었기 때문이다. 개는 아랑곳하지 않고 마치 그들이 오랜 친구라는 듯이 새뮤얼에게 다가왔다.

여자의 미소는 슬퍼 보이지만 목소리는 차분하다.

"당신에게 줄 게 있어요, 자피아 씨." 그녀는 코트에서 갈색 실과 해진 천, 울타리를 칠 때 사용하는 뻣뻣한 철사로 묶은 듯한 두툼한 종이 다발을 꺼낸다. 너덜너덜한 종이, 철조망 같은 줄.

"엉망이라 미안해요. 근데 이 책을 인쇄하고 제본할 때까지 기다릴 수가 없어서."

새뮤얼은 종이 다발을 받아든다. 받지 않을 수가 없었기 때문이다. 종이 다발을 건네주는 그녀의 왼손 손목에 문신과 흉터가 미로처럼 얽혀 있었다.

"이 모든 상황이 너무 이상하게 느껴지리라는 거 알아요. 하지만 제발 그냥 읽어줘요. 내 부탁이라고 생각하고. 이젠 그 말이 별 의미가 없겠지만요." 여자는 씩씩거리며 말하는데 그 소리가 거의 웃음처럼 들린다. "어쨌든 읽어봐요. 다 읽고 나면 나를 찾아와요. 로크 하우스가 어디 있는지는 아직 기억하죠?"

새뮤얼은 이 여자가 약간 미친 게 아닐까 생각한다.

"네. 하지만 로크 씨는 벌써 몇 달째 집을 비운 상태인데요. 집에는 아무도 없고, 하인들도 다 떠났습니다. 그의 유언장에 대한 소문이 있던데. 돌아온다는 얘기도 있고."

여자는 느긋하게 손을 저었다.

"아, 로크 씨는 돌아오지 않을 거예요. 그의 유언장은 최근에, 음, 발견됐어요." 그녀의 미소는 음흉하고 장난스러웠으며, 입꼬리에는 약간의 복수심이 담겨 있었다. "일단 변호사들이 서류에 서명을 마치고, 수수료를 최대한 뜯어내고 나면 그 집은 내 차지가 될 거예요. 그 집이 내가 하려는 일에도 잘 맞을 것 같아요. 일단 그 기분 나쁜 소장품부터 치워야겠지만."

새뮤얼은 이 정신 나간 여자가 로크 씨의 재산을 물려받는 정당한 상속녀라는 사실을 받아들이려고 했으나 실패했다.

혹시 이 여자는 미친 동시에 범죄자가 아닐까?

하지만 이상하게도 이제는 그런 점이 전혀 신경 쓰이지 않았다.

"할 수만 있다면 로크 씨의 소장품을 원래 주인에게 돌려주려고 생각 중이에요. 그러려면 아주 이상하고 놀라운 곳들을 엄청나게 많이 돌아다녀야 하겠지만."

그러자 그녀의 눈이 확 타오르며 반짝거렸다.

"우린 먼저 동아프리카로 갈 거예요. 제인이 정확한 장소로 데려가줘야 하는데 나타나리라 믿어요. 혹시 제인을 본 적 있어요?" 새뮤얼이 대답하기도 전에 그녀가 말을 잇는다. "제인이 떠나면 너무 그리울 테지만 그에 대한 대책을 마련할 수 있을 것 같아요. 로크 하우스에는 문이 수두룩하거든요. 그 문이 어디로 이어질지 누가 알겠어요?"

그녀는 거실을 다시 꾸미는 여자처럼 실눈을 뜬다.

"아프리카로 이어지는 문, 켄터키주로 이어지는 문, 심지어 당신이 원한다면 호수 북쪽의 어떤 오두막으로 이어지는 문도 만들 수 있어요. 대가를 치러야 할 테지만 그럴 만한 가치가 있으니까요. 난 점점 강해지는 것 같거든요."

"아." 새뮤얼이 신음한다.

그녀의 얼굴에서 여름날의 환한 햇살 같은 미소가 다시 피어오르더니 작은 태양처럼 그를 향해 빛난다.

"그 책을 빨리 읽어요, 새뮤얼. 우린 해야 할 일이 있어요." 그녀는 꽤 거침없이 다가오더니 그의 볼을 만진다. 그의 차가운 볼에 닿은 그녀의 손가락이 잉걸불처럼 따뜻하다. 이제 그녀는 그의 코앞에 있고, 그녀의 눈은 불타고 있으며, 그의 가슴속 구멍은 울부짖고 조잘거리고 욱신거리고……

그때 순간적으로 로크 하우스 3층에서 그를 내려다보던 그녀의 얼굴이 보인다.

'재뉴어리.' 그 이름이 떠오르자 그의 가슴속 문이 삐걱 열리며 그 끔찍한 부재 속으로 빛이 쏟아져 들어온다. 그녀가 그에게 키스하더니 ─부드러운 열기 같은 키스였고, 어찌나 순식간에 끝났는지 그의 상상인 것 같기도 했다─ 돌아선다. 새뮤얼은 말문이 턱 막혀버린다.

새뮤얼은 여자와 개가 골목길로 걸어가는 뒷모습을 지켜본다. 그녀는 걸음을 멈추더니 마치 하늘에 글씨를 쓰듯 허공을 가르며 손가락을 움직인다. 그러자 소용돌이치는 안개가 거대한 흰색 고양이처럼 그녀 주위로 구불구불 다가가 통로 혹은 문 같은 형태를 만들어낸다.

그녀는 그 안으로 들어가 사라진다.

〈끝〉